CARL HIAASEN

Stürmische Zeiten

Buch

Florida-TV meldet den Hurrikan des Jahrhunderts: Schwefelgelbe Wolken ziehen am Horizont auf und lassen die Bewohner Floridas wissen, daß in den nächsten Stunden die Hölle losbrechen wird. Während verängstigte Touristen fluchtartig den Sunshine State verlassen, wittern ein paar clevere Typen das Geschäft ihres Lebens. Denn wenn statt kristallklaren Wassers Palmen die Swimmingpools füllen und Motorboote mitten im Wohnzimmer parken, scheint das Absahnen bei Versicherungen oder verschreckten Bürgern ein Kinderspiel. Wie die Aasgeier fallen sie über das Land herein: ein ausgebuffter Straßenräuber im Nadelstreifenanzug, eine halbseidene Lady mit Ebbe in der Kasse, ein verwaister Mafiakiller. In dem herrschenden Chaos versucht jeder jeden übers Ohr zu hauen.

»So urkomisch und bissig war Hiaasen noch nie. Hier operiert ein begnadeter Satiriker unter Volldampf bei Windstärke 10.«
The Sunday Times

Autor

Carl Hiaasen, Reporter und Starkolumnist des *Miami Herald,* ist dem Establishment von Florida verhaßt, greift er doch mit spitzer Feder genau jene Themen auf, die die skrupellosen Geschäftemacher im Sunshine State nicht an die große Glocke hängen wollen: Profitgier, Touristennepp und Umweltzerstörung. Mit seinem Roman »Striptease« gelang dem Autor der große internationale Durchbruch; die Geschichte der Nachtclubtänzerin Erin wurde mit Demi Moore verfilmt.

Von Carl Hiaasen außerdem bei Goldmann erschienen:

Die Glücksfee (54063)
Große Tiere (42957)
Striptease (43628)

Carl Hiaasen

Stürmische Zeiten

Roman

Aus dem Amerikanischen
von Michael Kubiak

GOLDMANN

Die Originalausgabe erschien 1995
unter dem Titel »Stormy Weather«
bei Alfred A. Knopf, New York

Umwelthinweis:
Alle bedruckten Materialien dieses Taschenbuches
sind chlorfrei und umweltschonend.

Der Goldmann Verlag
ist ein Unternehmen der Verlagsgruppe Bertelsmann GmbH

Genehmigte Taschenbuchausgabe 6/99

Umschlaggestaltung: Design Team München
Umschlagfoto: Liaison Stock
Druck: Elsnerdruck, Berlin
Titelnummer: 44398
BH · Herstellung: Sebastian Strohmaier
Made in Germany
ISBN 3-442-44398-9

1 3 5 7 9 10 8 6 4 2

Für Donna, Camille, Hugo
und Andrew

Dieser Roman ist reine Fiktion. Alle Namen und Personen sind entweder frei erfunden oder werden rein romanhaft benutzt. Die beschriebenen Ereignisse haben nur in der Phantasie des Autors stattgefunden, obgleich die Schilderungen eines hurrikanbedingten Touristenansturms, einer hurrikanbedingten Affenplage und eines hurrikanbedingten Besuchs des Präsidenten auf wahren Begebenheiten beruhen.

1. KAPITEL

Am 23. August, dem Tag, bevor der Hurrikan zuschlug, wachten Max und Bonnie Lamb früh auf, liebten sich zweimal und fuhren mit dem Pendelbus nach Disney World. Am Abend kehrten sie ins Peabody Hotel zurück, duschten getrennt, schalteten die Fernsehnachrichten ein und erfuhren, daß der Wirbelsturm direkt auf die Südostspitze von Florida zuhielt. Der Wetteronkel warnte die Zuschauer, es sei der heftigste Sturm seit vielen Jahren.

Max Lamb saß am Fußende des Bettes und starrte auf das farbige Radarbild – eine ausgefranste feuerfarbene Kugel, die sich gegen den Uhrzeigersinn rotierend auf die Küste zubewegte. »Mein Gott«, sagte er, »sieh dir das an!«

Ein Hurrikan, dachte Bonnie Lamb, ausgerechnet während unserer Flitterwochen! Während sie unter die Decke schlüpfte, hörte sie den Regen auf die Dächer der Mietwagen draußen auf dem Parkplatz trommeln. »Gehört das schon dazu?« fragte sie. »Dieses Sauwetter?«

Ihr Ehemann nickte. »Wir sind an vorderster Front.«

Max Lamb war anscheinend auf eine Weise erregt, die Bonnie beunruhigte. Sie wußte, daß es keinen Sinn hatte, eine Änderung ihrer Pläne vorzuschlagen, wie zum Beispiel mit der nächsten Maschine nach La Guardia zurückzufliegen. Ihr junger Ehemann gab nicht klein bei. Sie hatten das Zimmer für fünf Nächte und sechs Tage gebucht, und, bei Gott, so lange würden sie auch bleiben. Es war ein günstiges Sonderarrangement, Rückerstattungen ausgeschlossen.

»Wahrscheinlich schließen sie den Park«, sagte sie.

»Disney?« Max Lamb lächelte milde. »Disney schließt niemals. Weder wegen Epidemien noch wegen Hungersnöten, noch nicht einmal wegen Wirbelstürmen.« Er erhob sich, um den Fernseher lauter zu stellen. »Außerdem ist das verdammte Ding noch knapp fünfhundert Kilometer weit weg. Das einzige, was wir davon mitbekommen, dürfte mehr Regen sein.«

Bonnie Lamb hörte aus dem Tonfall ihres Mannes Enttäuschung heraus. Die Hände in die Seiten gestützt, stand er nackt vor dem Fernseher. Seine bleichen Schulterblätter und Hinterbacken waren von einem Tag auf den Kanälen krebsrot gestreift. Max war kein sportlicher Typ, aber er hatte auf der Wildwasserbahn keine schlechte Figur gemacht. Bonnie fragte sich, ob ihm das Ganze vielleicht zu Kopf gestiegen war, denn er reckte die Schultern wie ein Collegeathlet. Sie erwischte ihn dabei, wie er sich im Spiegel betrachtete, seinen mageren Bizeps anspannte und seine eigene Nacktheit betrachtete. Vielleicht war das auch nur eine Flitterwochenerscheinung.

In den Nachrichten des örtlichen Kabelsenders wurde soeben ein Video von älteren Mitbürgern gezeigt, die aus ihren Reihenhaussiedlungen und Apartmenthäusern evakuiert wurden. Viele der alten Leute hatten Katzen oder Pudel auf den Armen.

»Also«, sagte Bonnie Lamb, »bleibt es dabei, daß wir morgen nach Epcot fahren?«

Ihr Mann gab keine Antwort.

»Liebling?« hakte sie nach. »Epcot?«

Max Lambs Aufmerksamkeit wurden von den Nachrichten über den Hurrikan gefesselt. »Aber sicher«, erwiderte er geistesabwesend.

»Hast du an die Regenschirme gedacht?«

»Ja, Bonnie, sind im Wagen.«

Sie bat ihn, den Fernseher auszuschalten, und ins Bett zu kommen. Als er unter die Decke schlüpfte, rutschte sie näher zu ihm, knabberte an seinen Ohrläppchen und kraulte die seidigen Härchen auf seiner knochigen Brust.

»Rat mal, was ich nicht anhabe«, flüsterte sie.

»Pssst«, sagte Max Lamb. »Hör dir mal diesen Regen an.«

Edie Marsh war unterwegs nach Dade County. Sie kam von Palm Beach, wo sie sechs Monate lang versucht hatte, einen Kennedy ins Bett zu locken. Sie hatte sich einen genauen Plan zurechtgelegt, wie sie einen jungen Kennedy verführen und dann damit drohen würde, mit einer häßlichen Geschichte über Perversionen, Vergewaltigung und Folter zur Polizei zu rennen. Auf die Idee zu dieser List war sie gekommen, als sie sich die Gerichtsverhandlung gegen William Kennedy Smith auf dem Gerichtskanal angesehen und die atemlose Erleichterung bemerkt hatte, mit der die berühmte Familie den Freispruch aufgenommen hatte. Sie zeigten alle ihre phantastischen Zähne, als sie in die Kameras strahlten. Dabei hatten sie jedoch einen Gesichtsausdruck, den Edie Marsh schon des öfteren während ihrer neunundzwanzig wildbewegten Lebensjahre gesehen hatte – es war die Miene derer, die um Haaresbreite der tödlichen Kugel entgangen waren. Sie würden einen neuen Skandal nicht ertragen können, jedenfalls nicht so kurz nach dem soeben Überstandenen. Das nächste Mal käme sofort das Scheckbuch der Familie auf den Tisch, um das Problem aus der Welt zu schaffen. Edie hatte es sich perfekt ausgedacht.

Sie räumte das Bankkonto ihres Freundes leer und fuhr mit der Amtrak nach West Palm, wo sie ein billiges Duplex-Apartment mietete. Sie verbrachte die Tage damit zu schlafen, Cocktailkleider zu stehlen und Fingernägel zu lackieren. Jeden Abend wanderte sie über die Brücke zur Insel der Reichen, wo sie unverdrossen im Au Bar und den anderen angesagten Clubs herumlungerte. Sie verteilte üppige Trinkgelder an Barkeeper und Serviererinnen und erwartete dafür, daß ihr umgehend Bescheid gegeben würde, wenn ein Kennedy, irgendein Kennedy, auftauchen sollte. Auf diese Art und Weise hatte sie schnell zwei Shrivers und einen entfernten Lawford kennengelernt, aber für Edie wären es allenfalls Nummern am Rande gewesen. Sie sparte sich ihre Reize und ihren Charme für einen direkten Erben, für eine Pipeline zur Hauptader des alten Joe Kennedy, auf. In einem der wöchentlich erscheinenden Klatschblätter war ein Familienstammbaum abgedruckt gewesen, den Edie gleich neben einem Far-Side-Kalender in der Küche aufgehängt hatte. Edie hatte von Anfang an entschieden, die Finger von angeheirateten Kennedys zu lassen. Das richtige Geld folgte stets der direkten Erblinie, wie auch die Skandalreporter. Rein statistisch betrachtet, schien einer von Ethels und Bobbys Söhnen ihr lohnendstes Opfer zu sein, da sie so viele hatten. Nicht daß Edie für eine mögliche Nummer mit John jr. nicht nackt über Glasscherben gekrochen wäre, aber die Wahrscheinlichkeit, daß *er* ohne Begleitung in eine Bar in Palm Beach geschlendert kam, war lächerlich gering.

Außerdem war Edie Marsh, wenn überhaupt etwas, dann eine Realistin. John Kennedy jr. hatte Filmstars als Freundinnen, und Edie wußte, daß sie kein Filmstar war. Hübsch, sicher. Und verdammt sexy in einem tief ausgeschnittenen Versace-Kostüm. Aber John-John würde wahrscheinlich keinen zweiten Blick an sie verschwenden. Aber da waren noch seine Vettern, Bobbys Söhne – Edie war überzeugt, daß sie dort einigen Schaden würde anrichten können. Sie würde ihnen einen blasen, bis sie schielten, und dann die Anwälte anrufen.

Unglücklicherweise erbrachten sechs aufreibende Monate in den diversen Bars nur zwei Begegnungen mit echten Kennedys. Keiner der beiden versuchte mit Edie ins Bett zu gehen. Sie konnte es nicht fassen. Einer der jungen Männer holte sie sogar zu einem richtigen Rendezvous ab, aber als sie nachher zu ihrer Wohnung zurückkehrten, versuchte er noch nicht mal, ihr an die Möpse zu gehen. Er gab ihr nur ein Gutenachtküßchen auf die Wange und bedankte sich für den schönen Abend. Der perfekte gottverdammte Gentleman, hatte sie gedacht. Ausgerechnet bei mir. Edie hatte tapfer versucht, ihn umzustimmen, hatte in regelrecht auf der Motorhaube seines Wagens festgenagelt, ihn geküßt und massiert und begrapscht. Nichts! Erniedrigend war es gewesen. Nachdem der junge Kennedy abgefahren war, hatte Edie sich ins Badezimmer zurückgezogen und sich im Spiegel betrachtet. Vielleicht hatte sie Schmalz in den Ohren oder Spinat zwischen den Zähnen, irgendwas Scheußliches, das den Knaben abgestoßen hatte. Aber nein, sie sah prima aus. Wütend riß sie sich das geklaute Kleid vom Leib und betrachtete ihre Figur und dachte: Hat dieser kleine Scheißer etwa gedacht, er sei zu gut hierfür? Ein absoluter Witz, der legendäre Kennedy-Charme. Der Junge hatte das Charisma von Haferschleim. Er hatte sie schon zu Tode gelangweilt, noch ehe der Hummercocktail serviert wurde. Am liebsten wäre sie auf den Tisch gesprungen und hätte aus Leibeskräften gebrüllt: Wer zum Teufel interessiert sich für Analphabetismus in Süd-Boston? Erzähl mir von Jackie und dem Griechen!

Dieser triste Abend war, wie sich herausstellte, Edies letzte Chance. Der Sommer in Palm Beach war tot, und alle vielleicht zu fickenden Kennedys reisten nach Hyannis ab. Edie war zu abgebrannt, um ihnen nachzujagen.

Der Hurrikan auf dem Radargerät im Fernsehen hatte sie auf eine neue Idee gebracht. Der Sturm war dreizehnhundert Kilometer entfernt und rührte die Karibik um, als sie einen Mann namens Snapper anrief, der gerade eine kurze Strafe wegen Totschlags abgesessen hatte. Snapper hatte seinen Spitznamen wegen eines gebrochenen Kiefers erhalten, zu dem ihm ein Gefängniswärter verholfen hatte und der anschließend schlecht verheilt war. Edie Marsh verabredete sich mit ihm in einer Bar in der Nähe des Strandes. Snapper hörte sich ihren Plan an und sagte, das sei das verrückteste Ding, von dem er je gehört hätte, weil (a) der Wirbelsturm wahrscheinlich gar nicht hier zuschlagen würde und (b) man dafür richtig lange ins Gefängnis wandern könnte.

Drei Tage später, als der Sturm stramm auf Miami zumarschierte, meldete Snapper sich bei Edie Marsh und sagte, was soll's, sehen wir uns das Ganze mal an. Ich kenne da einen Typ, sagte Snapper, der sich in diesen Dingen auskennt.

Der Name des Typs war Avila, und er hatte früher als Bauinspektor für die Stadtverwaltung von Dade County gearbeitet. Snapper und Edie trafen ihn vor einem Supermarkt auf dem Dixie Highway in South Miami. Angesichts der Nähe des Hurrikans war der Regen trügerisch leicht, aber die Wolken hingen bedrohlich tief am Himmel und schimmerten in einem gespenstischen Gelb.

Sie nahmen Avilas Wagen. Snapper saß vorn neben Avila, und Edie hatte die Rückbank für sich. Sie fuhren zu einer Siedlung namens Sugar Palm Hammocks: einhundertvierundsechzig Einfamilienhäuser, die von einem Sadisten auf nur sechzehn Hektar Land aufgestellt worden waren. Kommentarlos fuhr Avila langsam durch die Straßen. Viele Bewohner waren draußen und nagelten hektisch Sperrholzplatten vor die Fenster ihrer Häuser.

»Sie haben keine Gärten«, bemerkte Snapper.

Avila nickte. »Wir nennen diese Bauweise Haus an Haus.«

»Wie gemütlich«, meldete Edie Marsh sich von der Rückbank zu Wort. »Was wir brauchen, ist ein Haus, das bei dem Sturm völlig zerlegt wird.«

Avila nickte selbstsicher. »Sucht euch eins aus. Zusammenbrechen werden sie alle.«

»Kein Scheiß?«

»Ja, Schätzchen, kein Scheiß.«

Snapper wandte sich zu Edie Marsh um und sagte: »Avila muß es wissen. Er hat die verdammten Dinger inspiziert.«

»Perfekt«, sagte Edie. Sie kurbelte das Fenster herunter. »Dann laß uns was Hübsches suchen.«

Auf Anweisung der Behörden verließen Touristen zu Tausenden die Florida Keys. Der Verkehr auf der U.S. 1 nach Norden war ein mühsam dahinkriechender Wurm, blinkende Bremslichter, so weit das Auge reichte. Jack Fleming und Webo Drake war in Big Pine das Bier ausgegangen. Nun hingen sie hinter einem Greyhoundbus mitten auf der Seven Mile Bridge fest. Der Bus war wegen eines Getriebeschadens liegengeblieben. Jack Fleming und Webo Drake stiegen aus dem Wagen – es war der Wagen von Jacks Vater – und begannen, leere Coors-Dosen von der Brücke hinabzuwerfen. Die beiden jungen Männer waren noch ein wenig angeschlagen von einer Nacht im Turtle Kraals in Key West. Dort war ihnen die Vorstellung, in einen Hurrikan der Stärke vier zu geraten, wie ein tolles Abenteuer erschienen, eine wilde Geschichte, die man den Jungs im Kappa-Alpha-Haus würde erzählen können. Das Problem war, daß Jack und Webo nach dem Aufwachen hatten feststellen müssen, daß sie kein Geld und kein Bier mehr hatten und hinzukam, daß Jacks Vater auf die Rückkehr seines fast nagelneuen Lexus wartete … und zwar schon seit gestern.

Da waren sie nun, eingekeilt auf einer der längsten Brücken der Welt, während in nur wenigen Stunden ein entsetzlicher tropischer Wirbelsturm zuschlagen würde. Der Wind raste mit einer Lautstärke über den Atlantik, die Jack Fleming und Webo Drake nie zuvor gehört hatten. Er holte sie beinahe von den Füßen, als sie aus dem Wagen stiegen. Webo schleuderte eine leere Coors-Dose in Richtung des Betongeländers, aber der Wind peitschte sie zurück wie einen geraden Schlag die Linie entlang. Natürlich kam es sofort zu einem Wettstreit, wer den besten Wurfarm hatte. In der High-School war Jack Fleming ein echter Starwerfer gewesen, vorwiegend mit Seitenarmtechnik, daher waren seine Würfe nicht so sehr den Windböen ausgesetzt wie Webo Drakes Bälle, der nur in den Anfangsjahren als Reserve-Quarterback eingesetzt worden war. Jack führte mit acht zu sechs Bierdosen von der Brücke, als eine Hand – eine riesige braune Hand – mit einem nassen Klatschen auf dem Geländer erschien.

Webo Drake schaute seinen Verbindungsbruder besorgt an. Jack Fleming runzelte die Stirn. »Was jetzt?«

Ein bärtiger Mann zog sich von einer Verstrebung unter der Brücke hoch. Er war hochgewachsen und hatte krauses, silbergraues Haar, das ihm in verfilzten Strähnen bis auf die Schultern herabhing. Seine nackte Brust wies ein Streifenmuster aus schmalen, rosafarbenen Hautabschürfungen auf. Der Mann trug ein zusammengerolltes schmutziges Seil unter einem Arm. Bekleidet war er mit einer Hose in Tarnfarben und alten braunen Armeestiefeln ohne Schürsenkeln. In der rechten Hand hielt er eine zerquetschte Coors-Dose und ein totes Eichhörnchen.

Jack Fleming starrte ihn entgeistert an. »Sind Sie Kubaner?«

Webo Drake war entsetzt.

Während er die Stimme senkte, vermutete Jack: »Ohne Scherz. Ich wette, er ist mit einem Floß hergekommen.«

Das erschien einleuchtend. Dies war die Gegend in den Keys, wo die Flüchtlinge gewöhnlich an Land gingen. Jack erhob die Stimme und wandte sich wieder an den Mann mit dem Seil. *»Usted Cubano?«*

Der Mann hob die Bierdose hoch und erwiderte: »Usted un Arschloch?«

Seine Stimme war ein Donnergrollen, das zu seiner Größe paßte. »Was fällt euch Scheißern eigentlich ein«, sagte er und war deutlich über dem Wind zu verstehen, »euren gottverdammten Müll ins Wasser zu werfen?« Der Mann machte einen Schritt vorwärts und kickte ein hinteres Beifahrerfenster des Lexus von Jacks Vater aus dem Rahmen. Er warf die leere Bierdose und das tote Eichhörnchen auf die Rückbank. Dann packte er Webo Drake an seinem Jeansgürtel. »Sind deine Hosen trocken?« fragte der Mann.

Passagiere im Greyhound drückten sich die Nasen an den Fensterscheiben platt, um mitzubekommen, was geschah. Hinter dem Lexus konnte man eine Familie in einem gemieteten Kleinwohnmobil dabei beobachten, wie sie von innen die Türen verriegelten, eine blitzschnelle Aktion, die sie offenbar geübt hatten, ehe sie den Flughafen von Miami verließen.

Webo Drake nickte, ja, seine Jeans seien trocken. Der Fremde nickte zufrieden. »Dann halt doch mal mein Auge.« Mit einem Zeigefinger entfernte er lässig die Glaskugel aus seiner linken Augenhöhle und verstaute sie behutsam in einer von Webos Hosentaschen. »Es hat sich gelockert«, erklärte der Fremde, »nach soviel Gischt und Regen.«

Völlig unsensibel, was die Bedeutung dieses Augenblicks betraf, zeigte Jack Fleming auf das zerschmetterte Fenster der Luxuslimousine seines Vaters. »Weshalb zum Teufel haben Sie das getan?«

Webo zitterte. »Jack, ist schon in Ordnung.«

Der Einäugige drehte sich zu Jack Fleming um. »Ich zähle dreizehn verdammte Bierdosen im Bach und nur ein Loch in deinem Auto. Ich würde sagen, ihr seid glimpflich davongekommen.«

»Vergessen Sie's«, schlug Webo Drake vor.

»Ich gebe euch noch eine Chance«, sagte der Fremde, »weil ihr außerordentlich jung und dämlich seid.«

Vor ihnen schnaufte der Greyhound, ruckte und begann endlich nach Norden zu schleichen. Der Mann mit dem Seil öffnete die hintere Tür des Lexus und wischte die Glasscherben vom Sitz. »Ich brauche jemanden, der mich ein Stück mitnimmt«, sagte er.

Jack Fleming und Webo Drake sagten, natürlich, Sir, das macht überhaupt keine Umstände. Sie waren eine Dreiviertelstunde auf dem Highway unterwegs, ehe sie den Mut aufbrachten, den Einäugigen zu fragen, was er unter der Seven Mile Bridge trieb.

»Warten«, antwortete der Mann.

»Worauf?« fragte Webo.

»Schaltet das Radio ein«, sagte der Mann. »Wenn es euch nichts ausmacht.«

Jede Station brachte die neuesten Nachrichten über den Hurrikan. Laut den jüngsten Vorhersagen zog der Sturm über die Bahamas nach Westen und würde irgendwo zwischen Key Largo und Miami Beach aufs Festland treffen.

»Genauso, wie ich gedacht habe«, sagte der einäugige Mann. »Ich war zu weit südlich. Das hab ich schon am Himmel erkannt.«

Er hatte den Kopf mit einer geblümten Duschhaube bedeckt. Jack Fleming bemerkte es im Rückspiegel, verbiß sich aber einen Kommentar. Der junge Mann machte sich viel mehr Sorgen, wie er seinem Vater das eingeschlagene Fenster erklären sollte, und auch den hartnäckigen Fleck, den ein totes Eichhörnchen auf dem teuren Lederpolster hinterlassen könnte.

Webo Drake räusperte sich. »Wozu ist das Seil?«

»Gute Frage«, sagte der Fremde, lieferte aber keine Erklärung.

Eine Stunde später verbreiterte die Straße sich zu vier Fahrspuren, und der Verkehr floß ein wenig schneller. So gut wie kein Fahrzeug fuhr nach Süden. Bei North Key Largo gabelte sich der Highway, und der Fremde wies Jack Fleming an, nach rechts auf die Country Road 905 abzubiegen.

»Auf dem Schild steht, daß die Straße gebührenpflichtig ist«, sagte Jack.

»Und?«

»Hören Sie, wir sind total abgebrannt.«

Ein feuchter Zehn-Dollar-Schein landete auf dem Vordersitz zwischen Jack Fleming und Webo Drake. Erneut erklang die Erdbebenstimme: »An der Brücke anhalten.«

Zwanzig Minuten später näherten sie sich der Card Sound Bridge, die sich von North Key Largo bis zum Festland spannt. Jack Fleming tippte die Bremse an und lenkte den Wagen aufs Bankett. »Nicht hier«, befahl der Fremde. »Bis ganz nach oben.«

»Ganz oben auf der Brücke?«

»Bist du taub, Junior?«

Jack Fleming fuhr vorsichtig weiter. Der Wind war schrecklich. Er warf den Lexus in seiner Federung hin und her. Auf dem Scheitelpunkt des Brückenbogens lenkte Jack den Wagen so weit nach rechts, wie es ihm ungefährlich erschien. Der einäugige Mann holte sich von Webo Drake sein Glasauge zurück und stieg aus dem Wagen. Er riß sich die Plastikhaube vom Kopf und stopfte sie sich in den Hosenbund.

»Kommt her«, befahl der Fremde den beiden jungen Männern. »Bindet mich fest.« Er setzte sich das Auge in die Höhle und säuberte es, indem er es mit einer Ecke eines Halstuchs polierte. Dann kletterte er über das Geländer und schob die Beine durch den Spalt, so daß er direkt am Abgrund kniete.

Andere Hurrikanflüchtlinge verlangsamten die Fahrt, um die verrückte Szene eingehender zu betrachten, aber niemand wagte anzuhalten. Der Mann, der an die Brücke gebunden wurde, sah so wild aus, als verdiente er sein Schicksal. Jack Fleming und Webo Drake arbeiteten so schnell wie möglich, wenn man die Heftigkeit der Windböen und die Schnelligkeit berücksichtigte, mit der ihr Key-West-Kater sich verschlimmerte. Der Fremde gab genaue Anweisungen, wie er gefesselt werden wollte, und die Studenten taten, was von ihnen verlangt wurde. Sie knoteten ein Ende des Seils um die kräftigen Fußknöchel des Mannes und spannten das andere über das Geländer. Nachdem sie es viermal um seine Brust gewickelt hatten, zurrten sie es fest, bis der Mann ein Keuchen von sich gab. Dann führten sie das Seil unter dem Geländer hindurch und zurück zu den Knöcheln, wo sie es endgültig festknoteten.

Am Ende hatten sie ein Geschirr hergestellt, das die Arme des Fremden frei ließ. Webo Drake überprüfte die Knoten und erklärte sie für fest und sicher. »Können wir jetzt gehen?« fragte er den Einäugigen.

»Aber selbstverständlich.«

»Und was ist mit dem Eichhörnchen, Sir?«

»Es gehört euch«, sagte der Fremde. »Laßt es euch schmekken.«

Jack Fleming ließ den Wagen bergab rollen. Am Ende der Brücke lenkte er ihn von der Fahrbahn, damit er den Verkehr nicht aufhielt. Webo Drake fand in einem Müllhaufen eine verrostete Gardinenstange, und Jack entfernte damit den Tierkadaver aus dem Lexus seines Vaters. Webo hielt sich in sicherer Distanz und versuchte sich eine Zigarette anzuzünden.

Oben auf der Brücke und unter einem mörderisch dunklen Himmel streckte der kniende Fremde den wogenden grauen Wolken beide Arme entgegen. Heftige Böen des heißen Windes ließen die Haare des Mannes aufstehen wie einen Heiligenschein aus silbernen Funken.

»Ein Irrer«, krächzte Jack Fleming. Er stieg über das tote Eichhörnchen hinweg und schleuderte die Gardinenstange in die Mangroven. »Meinst du, er hatte eine Pistole? Das werde ich nämlich meinem Alten erzählen. Daß irgendein Verrückter mit einer Kanone das Wagenfenster rausgetreten hat.«

Webo Drake deutete mit der Zigarette auf die Brücke. »Weißt du was, Jack?« sagte er. »Der Verrückte wartet auf den Sturm!«

Obgleich die jungen Männer etwa zweihundert Meter weit weg waren, konnten sie erkennen, daß der einäugige Fremde wie irr dem zunehmenden Sturm entgegengrinste. Sein Lächeln ließ sein Gesicht regelrecht leuchten.

»Bruder«, sagte Jack zu Webo, »laß uns schnellstens von hier verschwinden.« Das Kassenhäuschen war nicht besetzt, daher bretterten sie mit achtzig Sachen durch die Sperre und schlitterten auf den Parkplatz von Alabama's Jack. Dort kauften sie sich von dem Zehn-Dollar-Schein des Einäugigen vier kalte Dosen Cherry Coke, die sie während der Fahrt über die Card Sound Road tranken. Als sie sie ausgetrunken hatten, warfen sie die leeren Dosen nicht aus dem Wagen.

Ein Geräusch weckte Bonnie Lamb. Es war Max, der die Schlösser eines Koffers aufschnappen ließ. Sie fragte, was um alles in der Welt ihm einfiele, um vier Uhr früh vollständig bekleidet die Koffer zu packen. Er erwiderte, er habe sie überraschen wollen.

»Verläßt du mich?« fragte sie. »Nach zwei Nächten.«

Max Lamb lächelte und kam zum Bett. »Ich packe für uns beide.«

Er versuchte, Bonnies Wange zu streicheln, aber sie vergrub ihr Gesicht im Kopfkissen, um nicht vom Licht geblendet zu werden. Es regnete jetzt heftiger, und die Tropfen wurden horizontal gegen die Fensterscheiben des Wolkenkratzerhotels getrieben. Sie war froh, daß ihr Mann zur Vernunft gekommen war. Sie konnten sich Epcot irgendwann später ansehen.

Sie lugte aus dem Kissen heraus und fragte: »Liebling, ist der Flughafen noch offen?«

»Das weiß ich wirklich nicht.«

»Solltest du nicht lieber erst dort anrufen?«

»Weshalb?« Max Lamb tätschelte die Decke dort, wo sie sich um die Hüften seiner Frau schmiegte.

»Wir fliegen nach Hause, nicht wahr?« Bonnie Lamb setzte sich auf. »Deshalb packst du doch.«

Ihr Mann sagte, nein, wir fliegen nicht nach Hause. »Wir machen einen Abenteuertrip.«

»Ich verstehe. Wohin, Max?«

»Nach Miami.«

»Soll das die Überraschung sein?«

»Das ist sie.« Er zog ihr die Decke weg. »Beeil dich, wir haben eine lange Fahrt ...«

Bonnie Lamb rührte sich nicht. »Du meinst es tatsächlich ernst.«

»... und ich möchte dir beibringen, wie man mit der Videokamera umgeht.«

Sie schüttelte den Kopf. »Ich habe eine bessere Idee. Warum bleiben wir nicht hier und lieben uns drei Tage lang? Tag und

Nacht, okay? Wir nehmen das ganze Zimmer auseinander. Ich meine, wenn dir der Sinn nach Abenteuer steht.«

Max Lamb war längst wieder aufgesprungen und stopfte die Koffer voll. »Du verstehst mich nicht. Eine Chance wie diese bekommt man nur einmal im Leben.«

Richtig, sagte Bonnie, die Chance, während der Flitterwochen zu ertrinken. »Ich bliebe lieber dort, wo es warm und trocken ist. Ich seh mir sogar im Hotelkanal *Emanuelle VI* an, wie du es gestern abend wolltest.« Sie betrachtete das als ein enormes Entgegenkommen.

»Wenn wir in Miami ankommen«, sagte Max, »ist der gefährlichste Teil längst vorüber. Wahrscheinlich ist sogar jetzt schon alles vorbei.«

»Welchen Sinn soll das Ganze dann haben?«

»Du wirst schon sehen.«

»Max, ich möchte das nicht. Bitte.«

Er umarmte sie unbeholfen, väterlich. Sie wußte, daß er gleich mit ihr reden würde, als wäre sie gerade sechs Jahre alt. »Bonnie«, sagte Max Lamb zu seiner frisch angetrauten Frau. »Meine hübsche kleine Bonnie, hör gut zu. Disney World können wir immer noch besuchen. Wann wir wollen. Aber wie oft gibt es einen Hurrikan? Du hast doch den Wetteronkel gehört. ›Sturm des Jahrhunderts‹ nannte er ihn. Wie oft hat ein Mensch Gelegenheit, sich so was anzusehen?«

Bonnie Lamb konnte den überheblichen Tonfall ihres Mannes nicht ertragen. Sie verabscheute es so sehr, daß sie alles getan hätte, um Max zum Schweigen zu bringen.

»Na schön, Max. Hol mir meinen Morgenmantel.«

Er gab ihr einen schmatzenden Kuß auf die Stirn. »Braves Mädchen.«

2. KAPITEL

Snapper und Edie Marsh nahmen zwei Zimmer im Best Western in Pembroke Pines, knapp fünfzig Kilometer nördlich des Punktes, wo der Sturm das Festland erreichen sollte. Snapper erklärte dem Hotelangestellten, ein Zimmer würde ausreichen, aber Edie sagte, nur über meine Leiche. Die Beziehung war stets rein geschäftlich gewesen, wobei Snapper gelegentlich als Hehler für Damenbekleidung auftrat und Edie als gelegentliche Diebin derselben. Ihr neues Projekt sollte zu einer weiteren geschäftlichen Partnerschaft führen, noch ehrgeiziger, aber keinesfalls intimer. Von vornherein machte Edie Snapper darauf aufmerksam, daß sie sich absolut keine Situation vorstellen könnte, in der sie Sex mit ihm hätte, auch nicht eine einzige. Er schien über diese Neuigkeit nicht sonderlich geknickt zu sein.

Sie ging zu Bett und hielt sich die Ohren zu, um das infernalische Geheul des Sturms auszusperren. Es war mehr, als sie allein ertragen konnte. Während der kurzen Ruhe im Auge des Sturms trommelte sie gegen die Tür von Snappers Zimmer und sagte, sie sei halbtot vor Angst. Snapper meinte, komm doch rein, wir amüsieren uns ganz prima.

Irgendwo, mitten im Unwetter, hatte er eine Nutte gefunden. Edie war beeindruckt. Die Frau hatte eine halbvolle Flasche Barbancourt zwischen ihre Brüste gebettet. Snapper hatte sich dem Wodka verschrieben. Er trug eine Marlins-Mütze und rote Boxershorts, auf links gedreht. Kerzen verliehen dem Motelzimmer eine weiche, gottesdienstähnliche Illumination. Der Strom war seit zwei Stunden ausgefallen.

Edie Marsh machte sich mit der Prostituierten bekannt, die Snapper bei einem telefonischen Begleitservice angefordert hatte. Das war mal eine pflichtbewußte Angestellte! dachte Edie.

Die Nachhut des Sturms überfiel sie mit einem Gebrüll, das so unerträglich war, daß die drei sich wie verschreckte Waisenkinder auf dem Fußboden zusammenkauerten. Die Kerzen flackerten wild, als der Wind an den Fenstern zerrte. Edie konnte die Wände regelrecht atmen sehen – mein Gott, was für eine lausige Idee hatte sie da gehabt! Das großformatige Gemälde von einem Pelikan fiel von der Wand und schrammte an einem Fußknöchel der Nutte entlang. Sie schrie unterdrückt auf und kaute auf ihren künstlichen Fingernägeln. Snapper hielt sich an den Wodka. Gelegentlich tauchte seine freie Hand wie eine riesige Spinne auf Edies Oberschenkel auf. Sie zerquetschte sie, aber Snapper seufzte nur.

Als der Morgen graute, war der Sturm landeinwärts weitergezogen, und das Hochwasser fiel schnell. Edie Marsh hatte ein dezentes blaues Kleid und dunkle Nylonstrümpfe angezogen und ihr langes braunes Haar zu einem Knoten frisiert. Snapper trug den einzigen Anzug, den er besaß, einen schiefergrauen Nadelstreifenanzug, den er zwei Jahre vorher anläßlich der Beerdigung eines ehemaligen Zellengenossen angeschafft hatte. Die mit einem Aufschlag versehenen Hosenbeine endeten zwei Zentimeter über seinen Schuhen. Edie kicherte und meinte, es sei absolut perfekt.

Sie setzten die Prostituierte vor einem Denny's-Restaurant ab und nahmen die Schnellstraße nach Süden, um sich anzusehen, was der Hurrikan angerichtet hatte. Der Verkehr war ein einziger Wahnsinn. Überall wimmelte es von Feuerwehrautos und Streifenwagen und Ambulanzen. Der Rundfunk meldete, Homestead sei von der Landkarte geblasen worden. Der Gouverneur schickte die Nationalgarde.

Snapper fuhr auf der 152nd Street nach Osten, verlor aber sofort jegliche Orientierung. Alle Verkehrsampeln und Straßenschilder waren verschwunden. Snapper konnte Sugar Palm Hammocks nicht finden. Edie Marsh wurde allmählich unruhig. Sie wiederholte die Adresse mehrmals laut: 14275 Noriega Parkway. Eins-vier-zwo-sieben-fünf. Ein braunes Haus, braune

Fensterläden, Swimmingpool, Doppelgarage. Avila hatte seinen Wert auf 185 000 Dollar geschätzt.

»Wenn wir uns nicht beeilen«, sagte Edie zu Snapper, »wenn wir nicht bald dort sind – «

Snapper befahl ihr, verdammt noch mal endlich die Klappe zu halten.

»War da nicht ein Dairy-Queen-Laden?« fuhr Edie fort. »Ich glaube, er ist an einem Dairy Queen oder so abgebogen.«

Snapper sagte: »Das Dairy Queen ist weg. *Jeder* gottverdammte Bau ist weg, falls du das noch nicht gemerkt hast. Was wir hier veranstalten, ist der reinste Blindflug.«

Edie hatte noch nie derartige Zerstörungen gesehen. Es sah aus, als hätte Castro eine Atombombe geworfen. Häuser ohne Dächer, Wände, Fenster. Wohnwagen und Pkws zerknüllt und zerquetscht wie Blechspielzeug. Bäume in Swimmingpools. Weinende Menschen, Herr im Himmel, und überall das Dröhnen von Hämmern und das Knurren von Kettensägen.

Snapper sagte, sie könnten ein anderes Haus nehmen. »Es gibt doch nur zehntausend, von denen wir uns eins aussuchen können.«

»Schätzungsweise.«

»Was ist denn so besonders an 1-4-2-7-5?«

»Es hatte Charakter«, sagte Edie Marsh.

Snapper trommelte mit den Fingerknöcheln auf dem Lenkrad. »Sie sehen alle gleich aus. All diese Häuser, völlig gleich.«

Seine Pistole lag auf dem Sitz zwischen ihnen.

»Na schön«, sagte Edie, durch die Planänderung, das Chaos, den düsteren, regenschweren Himmel verunsichert. »Na schön, suchen wir uns ein anderes.«

Max und Bonnie Lamb kamen kurz nach Tagesanbruch in Dade County an. Die Straßen waren glatt und verstopft. Am grauen Himmel lärmten Schwärme von TV-Hubschraubern. Im Radio hieß es, zweihunderttausend Häuser seien schwer beschädigt oder völlig zerstört. Mittlerweile bat das Rote Kreuz um Spenden in Form von Lebensmitteln, Wasser und Kleidung.

Die Lambs verließen den Turnpike am Quail Roost Drive. Bonnie war entsetzt über die Verwüstungen. Max hingegen strahlte. Er hatte die Handycam im Schoß liegen, während er fuhr. Alle zwei oder drei Straßen bremste er, um besonders spektakuläre Trümmerhaufen auf Video zu bannen. Einen plattgedrückten Eisenwarenladen. Die Überreste eines Sizzler-Steakhauses. Einen Schulbus, der von einer fünfzehn Meter hohen Tanne durchbohrt worden war.

»Hab ich es dir nicht gesagt?« fragte Max Lamb. »Ist das nicht einmalig?«

Bonnie Lamb erschauerte. Sie meinte, sie sollten bei der nächsten Notunterkunft anhalten und fragen, ob sie helfen könnten.

Max achtete nicht auf sie. Er parkte vor einem explodierten Wohnhaus. Der Wirbelsturm hatte ein Motorboot mitten ins Wohnzimmer geworfen. Die Familie – ein Latino im mittleren Alter, seine Frau, zwei kleine Mädchen – stand völlig benommen auf dem Bürgersteig. Sie trugen zueinander passende gelbe Regenjacken.

Max Lamb stieg aus dem Wagen. »Was dagegen, wenn ich ein paar Aufnahmen mache?«

Der Mann erlaubte es gleichgültig. Max nahm das zerstörte Gebäude aus verschiedenen dramatischen Blickwinkeln auf. Dann, indem er durch abgefallenen Putz, zerborstene Möbel und verbogenes Spielzeug watete, betrat er wie selbstverständlich das Haus. Bonnie konnte es nicht fassen. Er marschierte einfach durch das Loch, das früher mal die Haustür gewesen war!

Sie entschuldigte sich bei der Familie, aber der Mann erwiderte, es mache ihm nichts aus. Er brauchte sowieso ein paar Bilder vom Haus für die Versicherungsleute. Seine Töchter begannen zu weinen und zu zittern. Bonnie Lamb ging in die

Hocke, um sie zu trösten. Über ihre Schultern hinweg entdeckte sie ihren Mann mit der Kamera am Auge, der soeben die Szene durch ein kaputtes Fenster aufnahm.

Als sie später wieder in ihrem Mietwagen saßen, sagte sie: »Das war das Scheußlichste, was ich je gesehen habe.«

»Ja, es ist wirklich sehr schlimm.«

»Ich rede von dir«, fauchte Bonnie.

»Wie bitte?«

»Max, ich will zurück nach Hause.«

»Ich wette, wir können ein paar von den Aufnahmen verkaufen.«

»Wag das nur ja nicht.«

Max redete einfach weiter. »Ich wette, C-Span nimmt uns einiges davon ab. Am Ende bezahlen sie uns die ganze Hochzeitsreise.«

Bonnie schloß die Augen. Was hatte sie getan? Hatte ihre Mutter mit ihrer Meinung über diesen Mann recht gehabt? Ein latentes Arschloch, hatte ihre Mutter ihr bei der Hochzeit zugeflüstert. Hatte sie recht?

Gegen Abend schluckte Edie zwei Darvons und ging den Plan noch einmal mit Snapper durch, dem plötzlich Bedenken kamen. Ihm gefiel es nicht, daß sie einige Wochen auf das Geld warten müßten. Edie erklärte, sie hätten keine andere Wahl, die Versicherungen arbeiteten nun mal so langsam. Snapper sagte, er wolle sich trotzdem alle Möglichkeiten offenhalten. Edie Marsh verstand es so, daß er jederzeit aussteigen würde.

Sie hatten sich ein Haus in einer zerstörten Siedlung namens Turtle Meadow ausgesucht, wo der Hurrikan sämtliche Dächer abgedeckt hatte. Snapper sagte, es sei wahrscheinlich eine von Avilas Touren. Er sagte, Avila hätte damit geprahlt, täglich achtzig neue Häuser zu inspizieren, ohne ein einziges Mal aus seinem Wagen zu steigen. »Rollinspektion« nenne Avila diese Methode. Snapper gab zu, daß Avila kein toller Dachinspektor sei, da er unter Höhenangst leide und sich deshalb weigere, eine Leiter auf seine Inspektionstouren mitzunehmen. Infolgedessen entstünden Avilas Dachzertifikate nach dem Augenschein, von einem Fahrzeug aus, und zwar nicht selten bei einer Geschwindigkeit von über fünfzig Stundenkilometern. Snapper sagte, Avilas Tempo und seine Vertrauensseligkeit hätten ihn zum Liebling der örtlichen Bauunternehmer und Bauherren gemacht, vor allem in der Weihnachtszeit.

Während sie die Trümmerhaufen betrachtete, sagte Edie Marsh, Avila habe verdammtes Glück, daß er nicht im Knast sitze. Deshalb hat er doch gekündigt, entgegnete Snapper. Die Knochen hätten ihm geraten, es sei an der Zeit. Sie und eine Grand Jury.

Knochen? fragte Edie.

Du willst es gar nicht wissen, sagte Snapper. Ehrlich nicht.

Sie spazierten über den Bürgersteig dem Haus gegenüber, das sie während ihrer Rundfahrt am Vormittag ausgesucht hatten. Nun war die Gegend stockfinster bis auf das gelegentliche Aufblitzen von Taschenlampen und den matten Schein von ein paar kleinen Lagerfeuern. Viele Familien hatten die jämmerlichen Überreste ihrer Heime verlassen und waren in nahe gelegene Motels umgezogen, doch ein paar Männer waren geblieben, um Wache zu stehen und Plünderer abzuhalten. Die Männer hatten verkniffene Mienen und trugen Schrotflinten unterm Arm. Snapper war froh, Weißer zu sein und einen Anzug zu tragen.

Das Haus, für das er und Edie Marsh sich entschieden hatten, war nicht leer oder dunkel oder still. Eine nackte Glühbirne hing von den skelettartigen Überresten eines Dachs herab, und der grau-blaue Schimmer eines Fernsehapparats geisterte über den Verputz. Dieser Luxus fand seine Erklärung im Knattern eines tragbaren Generators. Edie und Snapper hatten früher am Tag einen fetten Mann beim Betanken des Geräts beobachtet.

Die Straße war entweder die Turtle Meadow Lane oder der Calusa Drive, je nachdem welches der umgekippten Straßenschilder zutraf. Die Nummer »15 600« stand in roter Sprühfarbe auf einer Außenmauer des Hauses neben dem Namen der Versicherung: »Midwest Casualty«.

Ein großes Unternehmen, stellte Edie fest. Sie hatte die Werbespots im Fernsehen gesehen. Das Symbol der Gesellschaft war ein Dachs.

»Ein Dachs?« fragte Snapper stirnrunzelnd. »Was zum Teufel hat ein Dachs mit Versicherungen zu tun?«

»Keine Ahnung.« Edies Mund war trocken. Sie wurde müde. »Was hat ein Jaguar mit Autos zu tun? Ist doch nur wegen der Werbung.«

Snapper zuckte die Achseln. »Das einzige, was ich von Dachsen weiß, ist, daß sie störrisch sind. Und das letzte, was wir brauchen können, ist eine störrische Versicherung.«

Edie seufzte gequält. »Um Himmels willen ...«

»Komm, suchen wir uns ein anderes Haus!«

»Nein!« Leicht schwankend überquerte sie die Straße und ging auf 15 600 zu.

»Hast du mich gehört?« rief Snapper, dann ging er hinter ihr her.

Edie bog in die Zufahrt ein. »Komm, machen wir's!« sagte sie. »Jetzt gleich, solange noch alles ruhig ist.«

Snapper zögerte und wackelte mit dem Unterkiefer wie ein angeschlagener Boxer.

»Komm endlich!« Edie zupfte sich das Haar aus dem Knoten und kämmte es sich mit den Fingern ins Gesicht. Dann raffte sie ihr Kleid hoch und kratzte mit den Fingernägeln über ihre Schenkel, bis ihre Strümpfe nur noch Fetzen waren.

Snapper schaute sich prüfend um und vergewisserte sich, daß keiner der Männer, die hier Patrouille gingen, sie beobachtete. Edie suchte sich eine Stelle auf der Zufahrt aus und legte sich auf den Bauch. Mit Hilfe zweier geborstener Dachträger vervollkommnete Snapper die Szene. Edie war regelrecht festgenagelt.

Aus dem Trümmerhaufen heraus sagte sie: »Blut würde das Ganze noch abrunden.«

Snapper schob mit dem Fuß einen Nagel zu ihrer linken Hand. »Immer mit der Ruhe.«

Edie Marsh hielt die Luft an und kratzte sich mit der Spitze des Nagels vom Ellbogen bis zum Handgelenk über die Haut. Es tat verdammt weh. Sie wischte sich mit dem Arm über eine Wange, um das Blut zur Verstärkung der dramatischen Wirkung zu verschmieren. Auf ein Zeichen hin begann Snapper um Hilfe zu rufen. Edie war beeindruckt. Er klang verdammt echt.

Max Lamb beglückwünschte sich selbst, daß er vor ihrer Fahrt von Orlando hierher genug Ersatzbänder gekauft hatte. Andere Touristen waren auf den Hurrikan nicht so gut vorbereitet, und man konnte sie dabei beobachten, wie sie verzweifelt in ihrem Gepäck nach leeren Videokassetten und Reservebatterien suchten. Unterdessen produzierte Max Lamb dramatische Sequenzen einer historischen Naturkatastrophe, unterbrochen von kurzen Pausen, wenn er eine neue Kassette einlegen mußte. Selbst wenn C-Span sich nicht für sein Material interessieren würde, seine Freunde in New York wären sicher ganz heiß darauf. Max war Kontakter in einer mittelgroßen Werbeagentur, und es gab dort eine ganze Reihe Leute, die er nur zu gern beeindruckt hätte. Max konnte ganz gut mit der Sony-Kamera umgehen, aber es würde sicherlich nicht schaden, sich professionelle Hilfe zu suchen. Er kannte ein Labor in der East 50th Street, das Amateurvideos bearbeitete und gegen eine geringe zusätzliche Gebühr Titel sowie Vor- und Nachspann hinzufügte. Es wäre perfekt! Sobald Bonnie sich beruhigt und den Haushalt im Griff hatte, würde Max Lamb sie bitten, eine Cocktailparty vorzubereiten, während der er seinen Kunden und Kollegen in der Agentur die Hurrikanvideos vorführen könnte.

Max zog mit räuberischer Energie von einem zerstörten Haus zum nächsten, während die Videokamera in seiner Hand ständig surrte. Er war derart in die Aufzeichnung der Tragödie vertieft, daß er seine Frau völlig vergaß, die es schon drei Straßen vorher aufgegeben hatte, ihm zu folgen. Max hatte Bonnie die Bedienung der Kamera erklären wollen, damit er inmitten der Hurrikantrümmer posieren konnte. Sie hatte daraufhin erklärt, lieber würde sie einen Liter Salzsäure trinken.

Zwecks späterer Bearbeitung hatte Max Lamb im Kopf eine Liste mit den besten Aufnahmen angelegt. Er hatte eine Menge Trümmerszenen und glaubte, er müsse die visuellen Schockszenen mit anrührenden Momenten mildern – Vignetten, die den rein menschlichen Verlust dokumentierten, und zwar sowohl in spiritueller als auch in physischer Hinsicht.

Ein verbogenes Fahrrad fesselte Max' Aufmerksamkeit. Der Wirbelsturm hatte es so eng wie einen Trauring um den Stamm einer Kokospalme gewickelt. Ein Junge, der nicht älter als acht Jahre war, versuchte, das Fahrrad loszumachen. Max ließ sich auf ein Knie nieder und zoomte das Gesicht des Jungen heran, während dieser verbissen an der verbogenen Lenkstange zerrte. Der Gesichtsausdruck des Jungen war stumpf und kalt, die Lippen waren vor Konzentration zusammengepreßt.

Er steht unter Schock, dachte Max. Er weiß noch nicht mal, daß ich hier bin.

Den Jungen schien überhaupt nicht zu interessieren, daß sein Fahrrad derart zerstört war, daß es nicht mehr repariert werden konnte. Er wollte lediglich, daß der Baum es wieder herausrückte. Er zog und zerrte mit aller Kraft. In den leeren Augen war nicht die geringste Frustration zu erkennen.

Erstaunlich, dachte Max Lamb, während er durch den Sucher linste. *Erstaunlich.*

Etwas stieß gegen seinen rechten Arm, und das Bild des Jungen im Sucher wackelte. Eine Hand zupfte an Max' Ärmel. Fluchend löste er das Auge von der Videokamera.

Es war ein Affe.

Max Lamb wirbelte herum und richtete die Kamera auf das

zerzauste Tier. Durch den Sucher erkannte er, daß der Affe den Sturm ziemlich ramponiert überstanden hatte. Das braune Fell war verfilzt und verdreckt. Eine Beule, so rund und rot wie ein Radieschen, wölbte sich auf der breiten, samtigen Nase. Die Knopfaugen blinzelten und waren mit einem milchigen Schleim verschmiert.

Auf allen vieren schwankend, entblößte der Affe seine Zähne mit einem seufzenden Gähnen. Ruhelos begann er mit seinem Schwanz zu spielen.

»Was haben wir denn da – einen wilden Affen!« kommentierte Max für zukünftige Betrachter des Films. »Seht euch nur mal diesen armen kleinen Burschen an . . .«

Hinter ihm erklang eine emotionslose Stimme. »Nehmen Sie sich lieber in acht, Mister.« Es war der Junge mit dem kaputten Fahrrad.

Max, die Handycam immer noch am Auge, fragte: »Was ist denn los, Kleiner?«

»Nehmen Sie sich vor diesem Ding lieber in acht. Mein Dad mußte gestern abend so einen erschießen.«

»Tatsächlich?« Max lächelte versonnen. Weshalb sollte jemand einen Affen erschießen?

»Sie sind echt krank. Das hat mein Dad gesagt.«

»Also, ich passe ganz bestimmt auf«, sagte Max Lamb. Er hörte schnelle Schritte, als der seltsame Junge davonrannte.

Durch den Sucher beobachtete Max, daß die Stirn des Affen seltsam zuckte. Plötzlich befand er sich in der Luft. Max senkte die Kamera im gleichen Moment, als das Tier gegen sein Gesicht prallte und ihn nach hinten stolpern ließ. Winzige gummiartige Finger tasteten nach Max' Nasenlöchern und Augen. Er schrie ängstlich auf. Das feuchte Fell des Affen stank entsetzlich.

Max Lamb rollte sich im Dreck, als stünde er in Flammen. Kreischend ließ das kleine Tier los. Max richtete sich auf und wischte sich mit den Ärmeln seines Hemdes übers Gesicht. Der stechende Schmerz verriet ihm, daß er gekratzt worden war.

Zuerst einmal brauchte er jetzt eine Tetanusspritze und dann etwas Kräftigeres, um die Bakterien des Affen zu neutralisieren.

Während er aufstand, hörte Max hinter dem Palmenstamm ein Zwitschern. Er wollte schon flüchten, bis er den Affen mit schnellen Hüpfern in die entgegengesetzte Richtung verschwinden sah. Er zog etwas an einem Riemen hinter sich her.

Max Lamb war außer sich. Die verdammte Bestie klaute seine Handycam! Wie ein Idiot rannte er hinter dem Affen her.

Eine Stunde später, als Bonnie Lamb nach ihrem Mann schauen wollte, war er verschwunden.

Zwei uniformierte Trooper der Highway Patrol standen im Regen auf dem Scheitelpunkt der Brücke. Der eine war ein hochgewachsener, athletisch gebauter Schwarzer. Der andere Trooper war eine Frau mit heller, glatter Haut. Sie war mittelgroß und hatte rotbraunes Haar. Sie lehnten nebeneinander am Betongeländer und betrachteten das Ende des durchtrennten Seils, das im Wind über den bewegten lehmbraunen Fluten baumelte.

Fünf Autofahrer hatten über ihre Mobiltelefone gemeldet, daß ein Verrückter an die Card Sound Bridge gefesselt war. Die Meldung war nur wenige Stunden vor dem Ausbruch des Hurrikans eingegangen, als jeder Polizeibeamte im Umkreis von fünfundsiebzig Kilometern damit beschäftigt gewesen war, die Vernünftigen in Sicherheit zu bringen. Niemand hatte Zeit für Spinner, also schaute auch niemand auf der Brücke nach.

Der schwarze Trooper war von Liberty County in Nord-Florida nach Miami geschickt worden, um bei der Verkehrsregelung für die Rettungskonvois zu helfen. In der Kommandozentrale hatte er einen Blick auf die Personenbeschreibung in der Vorfallsmeldung werfen können – »Weiß, männlich, 40–50 J. alt, 170–200 Pfd., graues Haar, grauer Bart, wahrscheinlich geisteskr.« – und entschieden, schnellstens nach North Key Largo zu verschwinden, um sich die Sache anzusehen. Offiziell war er dem Bezirk Homestead zugeteilt, aber in dem Chaos nach dem Sturm konnte man ausgiebig umherstreifen, ohne von irgendwem vermißt zu werden. Er hatte die Beamtin gefragt, ob sie mitfahren wolle, und obgleich sie dienstfrei hatte, war sie sofort eingestiegen.

Nun bremsten Verkehrsteilnehmer, die die steile Brücke überquerten, neugierig beim Anblick von zwei Polizisten mitten auf der Brücke. *Was suchen die, Mom? Schwimmt da vielleicht eine Leiche im Wasser?*

Regentropfen perlten vom Rand des Stetsons auf dem Kopf des schwarzen Beamten herab, während er den Blick über die Biscayne Bay schweifen ließ, die bleigrau und nach dem furchtbaren Sturm von Gischtkronen bedeckt vor ihm lag. Er beugte sich über das Geländer und zog das triefnasse Seil hoch. Nachdem er das Ende untersucht hatte, zeigte er das Seil seiner Kollegin und sagte müde: »Das ist mein Junge.«

Das Seil war nicht im Hurrikan gerissen. Es war mit einem Messer durchgeschnitten worden.

3. KAPITEL

Tony Torres saß in den Überresten seines Wohnzimmers und trank das, was von seinem Chivas Regal noch übrig war. Er fand es amüsant, daß die Urkunde, mit der er als »Verkäufer des Jahres« ausgezeichnet worden war, den Hurrikan überlebt hatte. Sie war alles, was an Schmuck noch an den regendurchtränkten Wänden hing. Tony Torres erinnerte sich an die Party vor zwei Monaten, als sie ihm die billige, in Plastikfolie eingeschweißte Tafel überreicht hatten. Sie war seine Belohnung dafür, daß er siebenundsiebzig Komfortmobilheime verkauft hatte, und damit achtzehn mehr als jeder andere Verkäufer in der Geschichte von PreFab Luxury Inc., ehemals Tropic Trailers, ehemals A-Plus Affordable Homes, Ltd. In der Halsabschneiderwelt des Mobilheim-Busineß war Tony Torres zum Star avanciert. Sein Boß hatte ihm den Chivas und einen Tausend-Dollar-Bonus sowie die Urkunde überreicht. Sie hatten eine Kellnerin dafür bezahlt, oben ohne auf einem Tisch zu tanzen und »For He's a Jolly good Fellow« zu singen.

Na ja, dachte Tony Torres. Das Leben ist eine beschissene Achterbahn. Er streichelte den Kolben der Schrotflinte, die auf seinem kugelförmigen Schoß ruhte, und erinnerte sich an Dinge, die er lieber längst vergessen hätte. Zum Beispiel an den Blödsinn, den er während des Verkaufsgesprächs über die Sicherheitsbestimmungen der amerikanischen Regierung verzapft hatte...

Die Steens hatten ihn ausgiebig nach Wirbelstürmen gefragt. Gleichfalls die Ramirez' und die Stichlers, die ihm entsetzlich auf den Sack gegangen waren. Auch Beatrice Jackson, die Witwe mit ihrem halslosen Sohn, hatte ihn gelöchert. Tony Torres sagte stets, was man ihm als Antwort auf derartige Fragen eingebleut hatte, nämlich daß PreFab Luxury moderne Mobilheime mit der Garantie baute, daß sie starken Winden standhielten. Uncle Sam habe es so festgelegt. Es stünde doch alles in der Broschüre!

Also besorgten sich Tonys Kunden ihre Hypotheken und kauften die Mobilwohnheime, und dann kam der Hurrikan und blies sie einfach weg. Alle siebenundsiebzig. Die Wohnwagen implodierten, explodierten, rissen sich von den Sicherungsleinen los und erhoben sich wie flügellahme Aluminiumgänse in die Luft. Nicht eins der verdammten Dinger überdauerte den Sturm. Soeben noch gemütliche Mittelstandshütten mit Videorecordern und hochklappbaren Sofas und Babywiegen... und im nächsten Moment waren sie ein Haufen Schutt und Abfall. Tony Torres war selbst zum Wohnwagenpark gefahren, um sich einen persönlichen Eindruck zu verschaffen. Der Ort sah aus wie ein Kriegsschauplatz. Er wollte schon aus dem Wagen steigen, als jemand ihn erkannte – der alte Stichler, der wie irr zu schimpfen begann und den Verkäufer mit scharfkantigen Mörtelbrocken bewarf. Tony suchte schnellstens das Weite. Später erfuhr er, daß die Witwe Jackson tot zwischen den Trümmern des Mobilheimparks aufgefunden worden war.

Tony Torres war Reue fremd, aber er empfand doch so etwas wie Kummer. Darum kümmerte sich der Chivas. Wie hätte ich es denn wissen können? dachte er. Ich bin ein Kaufmann und kein verdammter Ingenieur.

Je mehr Tony trank, desto weniger Mitleid empfand er für seine Kunden. Sie wußten sehr wohl Bescheid. Sie wußten, daß sie eine Konservendose anstelle eines richtigen Hauses erwarben. Sie wußten genau, wie gefährlich es war, in einem Hurrikangebiet zu wohnen. Sie waren schließlich erwachsen, sagte Tony Torres sich. Sie hatten sich frei entschieden.

Trotzdem rechnete er mit Verdruß. Die Schrotflinte war ein Trost. Unglücklicherweise brauchte jeder, der ihn suchte, nur im Telefonbuch von Dade County nachzuschlagen. Ein Kaufmann zu sein bedeutet, für die gesamte Menschheit erreichbar zu sein.

Sollen sie doch kommen! dachte Tony. Sollen die bescheuerten Kunden herkommen und sich ansehen, was der Sturm mit *meinem* Haus angestellt hat. Sollten sie unangenehm werden, wird Señor Remington hier auf meinem Schoß schon für Ruhe sorgen.

Laute Rufe ließen Torres aus der klebrigen Umarmung seines BarcaLounger-Ruhesessels hochschrecken. Er begab sich mit der Flinte und einer Stablampe vor sein Haus. In der Zufahrt stand ein Mann in einem unvorteilhaften Nadelstreifenanzug und mit einem Gesicht, das aussah, als sei es mit einer Brechstange zurechtgerückt worden.

»Meine Schwester!« rief der Mann und deutete auf einen Haufen geborstener Holzbalken.

Tony Torres entdeckte die ausgestreckte Gestalt einer Frau unter den Balken. Die Augen waren halb geschlossen, und ein frischer Blutfleck glänzte in ihrem Gesicht. Die Frau stöhnte eindrucksvoll. Der Mann bat Tony, schnellstens 911 anzurufen.

»Erzählen Sie erst mal, was passiert ist«, sagte der Wohnwagenverkäufer.

»Das sehen Sie doch – sie ist von einem Teil Ihres verdammten Dachs beinahe erschlagen worden!«

»Hmmm«, sagte Tony Torres.

»Um Gottes willen, stehen Sie doch nicht so untätig herum!«

»Ihre Schwester, hm?« Tony ging zu der Frau hin und leuchtete ihr mit der Stablampe in die Augen. Die Frau blinzelte reflexartig und hob beide Hände, um die Augen vor dem grellen Licht zu schützen.

»Ich glaube nicht, daß Sie querschnittgelähmt sind, Schätzchen«, sagte Tony Torres.

Er klemmte sich die Lampe unter einen Arm, hob die Schrotflinte und zielte damit auf den Mann. »Passen Sie mal auf, Freundchen, ich erzähl Ihnen, wie es weitergeht. Die Telefone sind im Eimer, also ruft niemand die 911 an, es sei denn, Sie haben ein Handy in der Hose, aber was ich da sehe, kommt mir eher wie eine Pistole vor. Zweitens, selbst wenn wir die 911 anrufen könnten, würden wir wahrscheinlich bis Halloween warten müssen. Jeder Krankenwagen von hier bis Key West ist wegen des Hurrikans im Einsatz. Ihre ›Schwester‹ hätte *vor* ihrem Unfall daran denken sollen –«

»Was zum Teufel wollen Sie –«

Tony Torres zog dem Mann die Pistole aus dem Hosenbund. »Drittens«, sagte der Verkäufer, »ist mein verdammtes Dach niemandem auf den Kopf gefallen. Diese Holzbalken stammen vom Haus meines Nachbarn. Der heißt Lionel Varga und wohnt nebenan. Mein eigenes Dach liegt völlig zertrümmert irgendwo draußen in der Everglades, nehme ich an.«

Unter dem Holzhaufen erklang die Stimme der Frau. »Scheiße, Snapper.« Der Mann bedachte sie mit einem wütenden Blick, dann wandte er sich ab.

Tony Torres nickte zustimmend. »In meinem Geschäft ist es wichtig, Leute schnell einschätzen zu können. Genau das muß ein guter Verkäufer können, und wenn das Ihre Schwester ist, Kumpel, dann bin ich der Zwillingsbruder von Mel Gibson.«

Der Mann mit dem schiefen Unterkiefer zuckte die Achseln.

»Der Punkt ist der«, sagte Tony, »daß sie gar nicht richtig verletzt ist und Sie nicht ihr Bruder sind. Und wie immer euer Plan, mich auszunehmen, ausgesehen haben mag – er ist hiermit offiziell beendet.«

Die Miene des Mannes verfinsterte sich. »Hey, es war *ihre* Idee.«

Tony befahl ihm, die Holzbalken von seiner Partnerin zu entfernen. Als die Frau aufstand, bemerkte der Kaufmann, daß sie sowohl attraktiv war als auch intelligent aussah. Er winkte mit der Schrotflinte.

»Sie kommen beide rein. Scheiße, drinnen ist es im Grunde nicht anders als draußen, dank diesem verdammten Sturm. Aber kommen Sie trotzdem rein, denn ich würde mir liebend gern Ihre Geschichte anhören. Ich könnte jetzt was zum Lachen gebrauchen.«

Die Frau strich die Vorderfront ihres Kleides glatt. »Wir haben einen dummen Fehler gemacht. Lassen Sie uns einfach laufen, okay?«

Tony Torres lächelte. »Das ist lustig, Schätzchen.« Er schwenkte die Remington herum, richtete sie auf das Haus und zog den Abzug durch. Die Ladung stanzte ein Loch von der Größe eines Fußballs in das Garagentor.

»Psst«, sagte der betrunkene Vertreter und hielt lauschend eine Hand hinters Ohr. »Hören Sie das? Totenstille. Ich hab geschossen, und niemand stört es. Niemand kommt nachschauen. Niemand will helfen. Wissen Sie, warum? Wegen des Hurrikans. Die gesamte Gegend ist das reinste Irrenhaus!«

Der Mann mit dem schiefen Unterkiefer fragte eher aus Neugier als aus Sorge: »Was wollen Sie eigentlich von uns?«

»Darüber bin ich mir noch nicht im klaren«, antwortete Tony Torres. »Wir sollten erst einmal was trinken.«

Eine Woche vor dem Hurrikan starb Felix Mojack an einem Vipernbiß in den Fußknöchel. Das Eigentumsrecht an seiner schlechtgehenden Tierimportfirma ging auf seinen Neffen Augustine über. An dem verregneten Vormittag, an dem er vom Tod seines Onkels erfuhr, war Augustine zu Hause und absolvierte sein Jongliertraining. Er hatte alle Fenster aufgerissen, und aus der Stereoanlage dröhnten die Black Crows. Augustine war barfuß und trug lediglich eine königsblaue Turnhose. Er stand im Wohnzimmer und jonglierte im Takt der Musik. Die Gegenstände, mit denen er jonglierte, waren menschliche Schädel. Er schaffte bereits fünf gleichzeitig. Je schneller Augustine jonglierte, desto glücklicher war er.

Auf dem Küchentisch lag ein Briefumschlag von Paine Webber. Er enthielt einen Scheck über 21 344,55 Dollar. Augustine hatte kein Interesse an dem Geld. Er war fast zweiunddreißig Jahre alt, und sein Leben war so einfach und leer, wie es ein Leben nur sein konnte. Manchmal zahlte er die Paine-Webber-Dividenden auf sein Konto ein, und manchmal schickte er das Geld an Wohltätigkeitsvereine, aussichtslose politische Kandidaten oder an ehemalige Freundinnen. Augustine gab den Strafverteidigern seines Vaters keinen Penny. Das waren die Schulden des alten Herrn, und die konnte er verdammt noch mal ganz gut selbst begleichen, wenn er aus dem Gefängnis entlassen wurde.

Augustines Jonglieren war ein ganz persönlicher Zeitvertreib. Seine Schädel waren Fundstücke und medizinische Präparate, die er von Freunden erworben hatte. Wenn er sie durch die Luft kreisen ließ – drei, vier, fünf Schädel, die in einer perfekten Flugbahn von Hand zu Hand wanderten –, konnte Augustine den Lufthauch ihrer fernen Lebensspannen spüren. Es war unerklärlich und ungemein erhebend. Augustine kannte weder ihre Namen, noch wußte er, wie sie gelebt hatten und gestorben waren, aber aus ihrer Berührung gewann er neue Energie.

In seiner Freizeit las Augustine Bücher und verfolgte das Fernsehprogramm und wanderte durch die Reste der Wildnis Floridas. Schon lange bevor er reich wurde – als er noch auf dem Fischerboot seines Vaters arbeitete und später an der juristischen Fakultät –, empfand Augustine eine unbestimmte Wut, die er nicht ergründen konnte und von der er meinte, daß er sie auch lieber nicht ergründen sollte. Sie manifestierte sich in dem gelegentlichen Drang, etwas in Brand zu stecken oder in die Luft zu sprengen – einen Wolkenkratzer, einen Highway oder andere Dinge dieser Art.

Seit Augustine über Zeit und Geld verfügte, hatte er plötzlich keine feste Stoßrichtung für derartige radikale Empfindungen mehr, und er verfügte nicht über das nötige Fachwissen in Sachen Sprengstoff. Bar jeden Schuldgefühls spendete er beachtliche Summen für ehrenwerte Anliegen wie den Sierra Club und die Nature Conservancy. Seine Forderung nach Gewalt im Namen des Guten blieb eine harmlose Phantasievorstellung. Unterdessen wirbelte er durch die Turbulenzen des Lebens wie ein Stück Treibholz auf dem Meer.

Die Erfahrung, beinahe gestorben zu sein, die Augustine zu seinem Reichtum verholfen hatte, offenbarte ihm keinerlei Einblicke in einen großen Sinn oder eine kosmische Bestimmung. Augustine konnte sich kaum daran erinnern, wie die verdammte Beechcraft abstürzte. Er sah ganz sicher kein blendendweißes Licht am Ende eines kühlen Tunnels, und er hörte auch nicht die Stimmen verstorbener Familienangehöriger, die ihn aus dem Himmel zu sich riefen. Alles, was ihm von dem Koma nach dem Unfall im Gedächtnis haftenblieb, war ein quälender und unstillbarer Durst.

Nachdem er sich von seinen Verletzungen erholt hatte, kehrte Augustine nicht in die Tretmühle des Jurastudiums zurück. Die Versicherungssumme, die ihm ausgezahlt wurde, finanzierte eine angenehme Ziellosigkeit, die so mancher junge Mann überaus reizvoll gefunden hätte. Aber Augustine war zutiefst unglücklich. Eines Nachts, in einem Anfall von Depression, verbannte Augustine sämtliche Bücher von zu jung gestorbenen Genies aus seinen Regalen. Dazu gehörte auch sein geschätzter Jack London.

Typischerweise wartete Augustine darauf, daß eine Frau erschien und ihn wieder auf den rechten Weg brachte. Bisher war das nicht geschehen.

Einmal überraschte ihn eine Tänzerin, mit der Augustine sich regelmäßig traf, beim Jonglieren mit seinen Schädeln im Schlafzimmer. Sie glaubte, es sei dazu gedacht, sie zu provozieren. Sie erklärte ihm, sie fände es nicht lustig, sondern pervers. Dann zog sie um nach New York. Ungefähr ein Jahr später schickte Augustine der Frau ohne besonderen Grund einen seiner Dividendenschecks von Paine Webber. Sie kaufte sich von dem Geld einen Toyota Supra und schickte Augustine ein Foto von sich selbst, auf dem sie in die Kamera strahlte und aus dem Fahrersitz winkte. Augustine fragte sich, wer wohl das Foto aufgenommen hatte und was er von dem neuen Wagen hielt.

Augustine hatte keine Brüder und Schwestern, seine Mutter war in Nevada, und sein Vater saß im Knast. Der engste Verwandte war sein Onkel Felix Mojack, der Tierimporteur. Als Junge hatte Augustine sich oft auf der heruntergekommenen Farm draußen in der Wildnis herumgetrieben. Es machte mehr Spaß, als den Zoo zu besuchen, denn Felix ließ Augustine bei der Versorgung und Pflege der Tiere mithelfen. Vor allem ermutigte Felix seinen Neffen, sich eingehend mit exotischen Schlangen zu befassen, da Felix selbst an einer Phobie litt (und, wie sich herausstellte, an einer fatalen Inkompetenz), wenn es um die Behandlung von Reptilien ging.

Nachdem Augustine herangewachsen war, sah er seinen geschäftigen Onkel immer seltener. Der Fortschritt hatte sich gegen Felix verschworen. Der Bauboom bewegte sich nach Westen, und staatliche Bebauungsrichtlinien zwangen ihn, des öfteren mit seinem Laden umzuziehen. Es schien, als hätte niemand den Wunsch, Grundschulen oder Einkaufszentren einen Steinwurf entfernt von Käfigen mit Wildkatzen und wilden Kobras zu bauen. Als Felix Mojack das letzte Mal gezwungen war, seine Tierfarm zu verlegen, gab Augustine ihm zehntausend Dollar für den Umzug.

Als Felix starb, gehörten zum Inventar der Farm ein männlicher afrikanischer Löwe, drei Pumas, ein kastrierter Kaffernbüffel, zwei Kodiakbären, siebenundneunzig Papageien und Aras, acht Nilkrokodile, zweiundvierzig Schildkröten, siebenhundert sortierte Eidechsen, dreiundneunzig Schlangen (giftige und ungiftige) und achtundachtzig Rhesusaffen.

Die Tiere wurden auf einem neun Morgen großen Gelände an der Krome Avenue, nicht weit vom Bundesgefängnis entfernt, gehalten. Am Tag nach der Beerdigung fuhr Augustine allein dorthin. Er hatte das Gefühl, daß sein Onkel seinen Betrieb ziemlich nachlässig geführt hatte, und ein Rundgang bestätigte diesen Verdacht. Die Zäune waren zum Teil umgekippt und verrostet, die Käfigtüren brauchten neue Scharniere, und die Betonbecken der Reptilien waren seit Monaten nicht mehr geleert und gereinigt worden. In dem mit Teerpappe gedeckten Schuppen, den Felix als Büro benutzt hatte, fand Augustine Unterlagen, die die geringe Achtung seines Onkels vor den Zollbestimmungen der Vereinigten Staaten dokumentierten.

Es überraschte ihn nicht, daß Felix sich als Schmuggler entpuppte. Augustine war sogar froh, daß sein Onkel sich für den Schmuggel von exotischen Vögeln und Schlangen entschieden hatte und nicht von etwas anderem. Wildtiere stellten jedoch ihre ganz eigenen Ansprüche. Während Ballen von Marihuana nicht gefüttert werden mußten, sah das bei Pumas und Bären erheblich anders aus. Abgemagert und hungrig war eine eher schmeichelhafte Zustandsbeschreibung der Menagerie. Augustine war entsetzt über den Zustand einiger Tiere und gelangte zu dem Schluß, daß ihre schlechte Gesundheit eine Folge der jüngsten finanziellen Probleme seines Onkels war. Glücklicherweise erklärten die beiden jungen Mexikaner, die bisher für Felix Mojack gearbeitet hatten, sich großzügig bereit, nach seinem Tod noch für ein paar Tage auszuhelfen. Sie packten die Kühlschränke mit rohem Fleisch für die großen Fleischfresser voll, kauften kistenweise Futter für die Papageien und Affen und füllten die Vorräte an weißen Mäusen und Insekten für die Reptilien auf.

Unterdessen bemühte Augustine sich, einen Käufer für die Tiere aufzutreiben, jemanden, der hinreichend qualifiziert war, sich angemessen um sie zu kümmern. Augustine war derart intensiv mit der Suche beschäftigt, daß er den Meldungen vom Entstehen eines tropischen Unwetters in der Karibik nicht genug Aufmerksamkeit schenkte. Selbst als es sich zu einem Hurrikan entwickelte und Augustine den Wetterbericht im Fernsehen verfolgte, nahm er an, daß dieser Wirbelsturm das gleiche tun würde wie die meisten Stürme im Spätsommer – nämlich nach Norden ziehen, weg von Süd-Florida, und sich über dem Atlantik austoben.

Als klar war, daß der Hurrikan direkt auf den südlichen Teil von Dade County zueilte, hatte Augustine wenig Zeit zum Handeln. Er war sich schmerzhaft bewußt, was stetige, mit hundertsechzig Stundenkilometern wehende Winde mit der baufälligen Farm seines verstorbenen Onkels anstellen würden. Er verbrachte den Vormittag und den Nachmittag am Telefon und versuchte, einen sicheren Ort für die Tiere zu finden. Das Interesse seiner Gesprächspartner nahm jeweils nach Erwähnung des Kaffernbüffels merklich ab. Gegen Abend fuhr Augustine hinaus, um die Käfige und Ställe mit Zeltplanen und Haltestrikken zu sichern. Da sie den herannahenden Sturm witterten, trabten die Bären und die großen Wildkatzen nervös hin und her und knurrten erregt. Die Papageien gerieten völlig in Panik. Ihre schrillen Rufe lockten mehrere Habichte an, die sich in den Tannen in der Nähe sammelten. Augustine blieb zwei Stunden auf der Farm und entschied, daß es hoffnungslos war. Er schickte die Mexikaner nach Hause und fuhr zu einer nahe gelegenen Notunterkunft des Roten Kreuzes, um dort das Ende des Sturms abzuwarten.

Als er im Morgengrauen zurückkehrte, war das Anwesen zerstört. Die Zäune waren wie Festgirlanden über das Grundstück verteilt. Das Wellblechdach war wie der Deckel einer Sardinendose von den Stallungen weggerissen worden. Bis auf ein Dutzend leicht verwirrter Schildkröten waren die wilden Tiere seines Onkels in die Busch- und Marschlandschaft und unweigerlich auch in die Vororte von Miami geflüchtet. Sobald das Telefonnetz wieder funktionerte, unterrichtete Augustine die Polizei von den Ereignissen. Die Frau in der Telefonzentrale erwiderte ungerührt, es würde vermutlich fünf bis sechs Tage dauern, bis ein Beamter sich um diese Angelegenheit kümmern könnte, da jedermann nach dem Hurrikan Doppelschichten ableisten müsse. Als Augustine fragte, wie weit eine Gabunviper in fünf oder sechs Tagen wandern könne, versprach die Telefonistin, sie wolle versuchen, schon früher jemanden hinauszuschicken

Augustine konnte unmöglich dasitzen, gar nichts tun und warten. Im Radio wurde gemeldet, daß ein ganzer Trupp sturmzerzauster Affen ein Wohngebiet am Quail Roost Drive, wenige Kilometer von der Farm entfernt, überfallen habe. Augustine packte sofort das Betäubungsgewehr seines Onkels, zwei lange Fangschlingen, eine geladene .38er Special und einen Fünf-Pfund-Sack vom Regen aufgeweichtes Affenfutter in seinen Truck.

Er hatte keine Ahnung, was er sonst hätte tun sollen.

Als Bonnie Lamb die Gegend auf der Suche nach ihrem Mann durchkämmte, traf sie auch den Jungen mit dem verbogenen

Fahrrad. Seine Beschreibung von dem Trottel mit der Videokamera traf Max nur zu genau.

»Er ist hinter dem Affen hergerannt«, sagte der Junge.

»Hinter welchem Affen?« fragte Bonnie Lamb.

Der Junge erklärte es ihr. Bonnie nahm die Information gelassen auf. »In welche Richtung ist er gelaufen? Der Junge zeigte es ihr. Bonnie bedankte sich und bot an, ihm dabei zu helfen, das Fahrrad vom Baum zu lösen. Der Junge wandte sich ab, daher setzte sie ihren Weg fort.

Bonnie war verwirrt durch die Affengeschichte, aber am intensivsten beschäftigte sie die Frage nach Max Lambs Charakter. Wie konnte ein Mann einfach losziehen und seine frisch angetraute Ehefrau vergessen? Weshalb war er so sehr von den Sturmschäden fasziniert? Wie konnte er sich nur so grausam am Leid derer weiden, die hier lebten?

Während der zwei Jahre, die er ihr den Hof gemacht hatte, war Max niemals unsensibel erschienen. Manchmal konnte er sehr unreif und egoistisch sein, aber Bonnie hatte noch keinen Mann kennengelernt, bei dem das nicht so war. Im großen und ganzen war Max verantwortungsbewußt und aufmerksam. Mehr als nur ein harter Arbeiter, ein ehrgeiziger Macher. Bonnie gefiel das, da ihre vorhergehenden beiden Freunde dem Prinzip der Ganztagsbeschäftigung eher lässig gegenübergestanden hatten. Max beeindruckte sie mit seiner Ernsthaftigkeit und seiner Hingabe, seiner überschäumenden Entschlossenheit, sich beruflichen Erfolg und finanzielle Sicherheit zu erkämpfen. Mit dreißig befand Bonnie sich an einem Punkt in ihrem Leben, wo ihr die Aussicht auf Sicherheit durchaus reizvoll erschien. Sie war es leid, über Geld nachzudenken und sich mit Männern abzugeben, die keins hatten. Darüber hinaus fand sie Max Lamb wirklich attraktiv. Er war nicht besonders schön oder romantisch, aber vorbehaltlos aufrichtig. Seine Ernsthaftigkeit, sogar im Bett, war liebenswert. Dies war ein Mann, von dem Bonnie glaubte, daß man sich ihm anvertrauen konnte.

Bis zu diesem Tag, als er angefangen hatte, sich wie ein Widerling zu verhalten.

Diese frühmorgendliche Expedition nach Miami erschien anfangs wie ein lustiger Flitterwochengag – Max' Art und Weise, seiner Braut zu demonstrieren, daß er genauso wild und impulsiv sein konnte wie ihre alten Freunde. Gegen ihre inneren Vorbehalte machte Bonnie dieses Spiel mit. Sie war überzeugt, daß ein umfassender Eindruck von den furchtbaren Schäden des Wirbelsturms Max' Dokumentationsdrang beenden würde, daß er seine Kamera einpacken und sich den freiwilligen Katastrophenhelfern anschließen würde, die busweise aus dem ganzen Land eintrafen.

Aber er tat es nicht. Er filmte in einem fort und wurde dabei immer erregter, bis Bonnie Lamb es nicht mehr ertragen konnte. Als er sie bat, die Kamera zu bedienen, während er auf einem umgekippten Kombiwagen posierte, hätte Bonnie ihm beinahe die Kamera auf den Kopf geschlagen. Sie verzichtete darauf, Max zu begleiten, weil sie nicht mit ihm zusammen gesehen werden wollte. Mit ihrem eigenen Ehemann.

In einem verwüsteten Haus entdeckte sie eine alte Frau im Alter ihrer Mutter, die sich durch geborstene Schlafzimmermöbel tastete. Die Frau rief den Namen einer Katze, die im Sturm verschwunden war. Bonnie Lamb bot ihr an, bei der Suche zu helfen. Die Katze tauchte nicht auf, aber Bonnie fand das Hochzeitsalbum der alten Frau unter einem zerschmetterten Spiegel. Bonnie wischte die Glasscherben beiseite und barg das Album. Es war feucht, aber noch nicht ruiniert. Bonnie blätterte darin bis zum Datum der Widmung: 11. Dezember 1949. Als die alte Frau das Album sah, brach sie in Bonnies Armen zusammen. Mit einem Anflug von Scham schaute Bonnie sich um und vergewisserte sich, daß Max sie nicht heimlich filmte. Dann begann auch sie zu weinen.

Später, entschlossen, ihren Mann zur Rede zu stellen, machte Bonnie Lamb sich auf die Suche nach ihm. Wenn er sich weigerte, die dämliche Kamera beiseite zu legen, würde sie die Schlüssel des Mietwagens verlangen. Das Ganze versprach, der erste Härtetest ihrer jungen Ehe zu werden.

Zwei Stunden verstrichen ohne eine Spur von Max, und Bonnies Zorn wandelte sich in Sorge. Was der Junge mit dem verbogenen Fahrrad erzählt hatte, wäre normalerweise belustigend gewesen, aber Bonnie betrachtete es als weiteren Beweis für Max' rücksichtslose Besessenheit. Er hatte Angst vor Tieren, sogar vor Goldhamstern, ein Zustand, den er einem nicht näher spezifizierten Kindheitstrauma zuschrieb. Geradezu tollkühn einen wilden Affen zu verfolgen, entsprach eindeutig nicht seinem Charakter. Andererseits war Max regelrecht in die Handycam verliebt. Mehr als einmal hatte er Bonnie darauf aufmerksam gemacht, daß sie siebenhundert Dollar gekostet hatte und per Postversand aus Hongkong geliefert worden war. Sie konnte ihn sich sehr leicht dabei vorstellen, wie er hinter einer Investition von siebenhundert Dollar durch die Straßen herjagte. Sie konnte sich sogar vorstellen, wie er den Affen erwürgte, falls es nötig sein sollte.

Ein weiterer Schauer ergoß sich vom Himmel, und Bonnie stieß einen halblauten Fluch aus. Viel war nicht stehengeblieben, was sie als Zuflucht hätte benutzen können. Sie fröstelte, als Regentropfen an ihrem Hals herabrannen, und beschloß, sich wieder in den Mietwagen zu setzen und dort auf Max zu warten. Nur war sie nicht ganz sicher, wo der Wagen geparkt war – ohne Straßenschilder oder Briefkästen sah ein Block des zerstörten Viertels so aus wie der andere. Bonnie Lamb hatte sich verirrt.

Sie sah die Hubschrauber über sich kreisen, hörte den Chor der Sirenen in der Ferne, aber auf den Straßen in der Nachbarschaft waren keine Polizisten, keine Soldaten, keine richtigen Behördenvertreter, denen man einen vermißten Ehemann hätte melden können. Erschöpft ließ Bonnie sich auf einen Bordstein sinken. Um halbwegs trocken zu bleiben, versuchte sie, eine größere Sperrholzplatte über ihren Kopf zu halten. Eine Windbö fing sich unter dem Brett und riß Bonnie nach hinten auf den Rücken. Während sie umkippte, schlug eine Ecke des Brettes heftig gegen ihre Stirn.

Einige Sekunden lang lag sie benommen da, schaute zum schlammfarbenen Himmel empor und zwinkerte sich die Regentropfen aus den Augen. Ein Mann erschien und blieb vor ihr stehen. Er hatte sich ein kleines Gewehr über eine Schulter gehängt.

»Warten Sie, ich helfe Ihnen«, bot er an.

Bonnie Lamb ließ zu, daß er sie aus dem nassen Gras hochzog. Sie stellte fest, daß ihre Bluse durchnäßt war, und verschränkte schüchtern die Arme vor ihren Brüsten. Der Mann holte das Sperrholzbrett zurück und lehnte es gegen einen Betonmast. Dort fanden er und Bonnie Schutz vor dem strömenden Regen.

Der Mann war Anfang Dreißig, hatte breite Schultern und sonnengebräunte, kräftige Arme. Sein braunes Haar war kurz geschnitten, und sein Gesicht wurde von einem energischen Kinn und freundlich blickenden blauen Augen beherrscht. Er trug Rockport-Wanderschuhe, was Bonnie innerlich erleichtert aufatmen ließ. Sie konnte sich keinen psychopathischen Mörder vorstellen, der Rockports trug.

»Wohnen Sie hier in der Gegend?« erkundigte Bonnie sich.

Der Mann schüttelte den Kopf. »Nein. In Coral Gables.«

»Ist das Gewehr geladen?«

»Gewissermaßen«, sagte der Mann, ohne eine weitere Erklärung zu liefern.

»Ich heiße Bonnie.«

»Und ich Augustine.«

»Was tun Sie hier?« fragte sie.

»Ob Sie es glauben oder nicht«, erwiderte er, »ich suche meine Affen.«

Bonnie Lamb lächelte. »Was für ein Zufall.«

Max Lamb wachte mit einem Kopfschmerz auf, der im Begriff war, schlimmer zu werden. Er stellte fest, daß er bis auf seine Unterwäsche ausgezogen und an einen Baumstamm gefesselt worden war. Der große Mann mit dem Glasauge, der Mann, der ihn von der Straße aufgelesen hatte wie ein verwahrlostes Kleinkind, wälzte sich und zappelte auf einer mit Laub bedeckten Lichtung am Lagerfeuer herum. Als der eindrucksvolle Anfall endete, nahm der Kidnapper die Lotushaltung ein. Max Lamb bemerkte einen dicken schwarzen Kragen um den Hals des Mannes. In einer Hand hielt er einen glänzenden Zylinder, der Max an eine Fernbedienung für ein Modellauto erinnerte. Der Zylinder besaß eine kurze Gummiantenne und drei farbige Knöpfe.

Der einäugige Mann murmelte: »Zuviel Saft, zuviel...« Er trug eine billige Plastikduschhaube auf dem Kopf. Max hätte angenommen, daß er ein Landstreicher war, bis auf die Zähne. Der Kidnapper verfügte über ein hervorragendes Gebiß.

Er schien nicht zu bemerken, daß sein Gefangener ihn beobachtete. Vorsichtig streckte der Mann beide Beine aus, um sich abzustützen, atmete zweimal tief durch, dann drückte er auf den roten Knopf des Fernbedienungszylinders. Sofort begann sein Körper zu zucken und zu tanzen wie eine riesige defekte Marionette. Max Lamb beobachtete hilflos, wie der Fremde sich durch das Laub auf das Feuer zuschob. Seine Stiefel lagen schon in den Flammen, als der Anfall endlich nachließ. Dann stand der Mann erstaunlich schnell auf und stampfte mit den riesigen Füßen auf, bis die Sohlen sich abgekühlt hatten.

Eine Hand griff an seinen Hals. »Bei Gott, das ist besser.«

Max Lamb entschied, daß er sich in einem Alptraum befand, und schloß die Augen. Als er sie wieder öffnete, viel später, sah er, daß das Lagerfeuer frisch geschürt war. Der einäugige Kidnapper kauerte in der Nähe. Nun war sein Hals nackt. Er fütterte den diebischen Affen, der sich sichtlich zu erholen schien, mit Oreo-Keksen. Max war sich zunehmend sicherer, daß das, was er vorher gesehen hatte, ein Traum gewesen war. Er war bereit, sich nachdrücklich bemerkbar zu machen.

»Wo ist meine Kamera?« wollte er wissen.

Der Entführer stand auf und lachte durch seinen wild wuchernden Bart. »Perfekt«, sagte er. »›Wo ist meine Kamera?‹ Das ist einfach perfekt.«

In einem gefährlich überheblichen Tonfall fuhr Max Lamb fort: »Lassen Sie mich frei, Partner. Sie wollen doch sicher nicht ins Gefängnis kommen, oder?«

»Ha«, sagte der Fremde. Er griff nach dem glänzenden schwarzen Zylinder.

Ein Feuerstoß brannte sich quer durch Max Lambs Hals. Er erschauerte heftig und schnappte nach Luft. Seine Zunge schmeckte nach heißem Kupfer. Rote Lichtspeere durchbohrten die Nacht. Max würgte vor Angst.

»Ein Elektroschockhalsband«, erklärte der Kidnapper unnötigerweise. »Das TriTronics 200. Drei Reizintensitätsstufen. Anderhalb Kilometer Reichweite. Wiederaufladbare Nickel-Cadmium-Batterien. Drei Jahre Garantie.«

Max spürte es jetzt, steifes Leder auf der weichen Haut seines Halses.

»Modernste Technik«, sagte der Fremde. »Sind Sie Vogeljäger?«

Max formte lautlos mit dem Mund das Wort »Nein«.

»Nun, vertrauen Sie mir. Tiertrainer schwören auf diese Dinger. Hunde begreifen sehr schnell, um was es geht, sogar Labradorhunde.« Der Fremde wirbelte mit der Fernbedienung herum, als wäre sie ein Taktstock. »Ich könnte ein solches Ding niemals einem Tier zumuten. Ich konnte es noch nicht einmal Ihnen verpassen, ohne es selbst ausprobiert zu haben. So ein alter Riesensofty bin ich nun mal.«

Der Kidnapper kraulte den Kopf des Affen. Der Affe wich zurück und fletschte seine winzigen Zähne, die mit schwarzen Oreo-Krümeln verklebt waren. Der Kidnapper lachte.

Max Lamb begann zu zittern. »Halten Sie die Bestie von mir fern!«

»Sie haben wohl für Tiere nichts übrig, oder?«

»Was wollen Sie?«

Der Fremde drehte sich zum Feuer um.

»Wollen Sie Geld?« fragte Max. »Sie können alles haben, was ich bei mir trage.«

»Mein Gott, sind Sie dämlich.« Der Fremde drückte auf den roten Knopf, und Max Lamb warf sich für einen kurzen Moment gegen seine Fesseln. Der Affe verzog sich und verließ den Lichtschein des Feuers.

Max schaute sich um und entdeckte den Verrückten, der ihn mit der Videokamera filmte. »Sagen Sie ›Cheese‹«, verlangte der Fremde und blickte mit dem gesunden Auge durch den Sucher der Handycam.

Max Lamb errötete. Er fühlte sich in seiner Unterwäsche mickrig und bleich.

»Das könnte ich an Rodale & Burns schicken«, überlegte der Mann laut. »Was meinen Sie – für die Weihnachts-Büroparty? ›Was ich in meinem Floridaurlaub erlebt habe‹, mit Max Lamb in der Hauptrolle?«

Max ließ sich hängen. Rodale und Burns war die Werbeagentur in der Madison Avenue, wo er arbeitete. Der Verrückte hatte seine Brieftasche untersucht.

»Man nennt mich Skink«, stellte sich der Kidnapper vor. Er schaltete die Handycam aus und setzte behutsam die Schutzkappe auf die Optik. »Aber ›Captain‹ gefällt mir besser.«

»Captain was?«

»Offensichtlich waren Sie von dem Hurrikan beeindruckt.« Der Fremde packte die Videokamera in einen Leinenbeutel. »Was mich betrifft, so war ich enttäuscht. Ich hatte auf etwas mehr ... hm, Biblisches gehofft.«

Max Lamb sagte so respektvoll wie möglich: »Es kam mir ziemlich schlimm vor.«

»Haben Sie Hunger?« Der Kidnapper brachte einen Jutesack zu dem Baum, an den er seinen Gefangenen gebunden hatte.

»O Gott«, stöhnte Max Lamb, während er in den Sack starrte. »Das kann nicht Ihr Ernst sein.«

4. KAPITEL

Seinen BarcaLounger ausfüllend wie ein ausgestopfter Thunfisch, ermutigte Tony Torres Edie Marsh und Snapper, Details ihres gescheiterten Betrugsversuchs zum Besten zu geben. Mit einer geladenen Schrotflinte vor der Nase gehorchten sie gern.

Snapper deutete mit säuerlicher Miene auf Edie, welche die Erklärung lieferte. »Ganz einfach. Ich mime einen Sturz in Ihrer Zufahrt. Mein ›Bruder‹ droht mit einer Klage. Sie bekommen Schiß und bieten uns Geld an.«

»Weil ihr genau wißt«, sagte Tony und zerquetschte einen Moskito auf seinem speckigen Hals, »daß ich wegen des Hurrikans ein schönes Sümmchen kriege. Von der Versicherung.«

»Genau«, sagte Edie Marsh. »Ihre Hütte ist hin, und das letzte, was Sie jetzt brauchen können, ist ein Prozeß. Also macht Snapper Ihnen ein Angebot: Sobald das Hurrikangeld bei Ihnen eintrifft, geben Sie uns einen Teil davon, und wir sind quitt.«

»Und wieviel sollte es sein, Schätzchen?«

»Soviel wir Ihnen abluchsen konnten.«

»Aha«, sagte Tony.

»Wir dachten uns, daß Sie uns einfach in Ihrer Forderung an die Versicherung einschließen. Steigern Sie Ihre Verluste um ein paar Riesen. Wer soll das schon merken?«

»Sehr hübsch«, sagte Tony.

»Na klar«, sagte Snapper, »verdammt genial. Sie sehen ja, wie gut es funktioniert hat.«

Er und Edie lehnten mit den Rücken an der Wohnzimmerwand. Snapper hatte seine langen Beine angezogen, Edie ihre ausgestreckt und preßte die Knie gegeneinander. Ein Bild der Unschuld, dachte Tony Torres. Die Laufmaschen in ihren Strümpfen waren ein raffiniertes Detail.

Der Teppich war von dem Unwetter durchnäßt, aber Edie beklagte sich nicht. Snapper spürte, wie die Feuchtigkeit durch seinen Hosenboden drang – das Gefühl war so unangenehm, daß er deshalb Tony Torres töten würde, sobald sich dazu die Gelegenheit ergab.

Nachdenklich trank der Wohnwagenverkäufer aus einer beschlagenen Flasche Importbier. Er bot seinen Gefangenen einen Schluck lauwarme Gatorade an, die sie kommentarlos ablehnten. Eine feuchtwarme Brise wehte durch die Risse in den Wänden und versetzte die nackte Sechzig-Watt-Birne an ihrem Balken in Schwingungen. Edie Marsh legte den Kopf in den Nacken und sah unzählige Sterne dort, wo sich früher Tonys Zimmerdecke befunden hatte. Der Lärm des tragbaren Generators bescherte Snapper rasende Kopfschmerzen.

Schließlich sagte Tony Torres: »Ihnen ist klar, daß es kein nennenswertes Gesetz mehr gibt. Einstweilen steht die ganze Welt auf dem Kopf.«

»Sie könnten uns umbringen und unbehelligt davonkommen. Das ist es doch, was Sie meinen«, sagte Snapper.

Edie musterte ihn geringschätzig. »Du bist uns wirklich eine große Hilfe.«

Tony deutete an, daß er es vorzöge, sie nicht zu erschießen. »Aber ich hab mir folgendes gedacht«, sagte er. »Morgen, vielleicht auch erst übermorgen, dürfte jemand von Midwest Casualty herkommen, um sich das Haus anzusehen. Ich rechne damit, daß er es als Totalverlust einstuft, falls er nicht blind wie ein Maulwurf ist. Die gute Nachricht ist, daß mir die Hütte voll und ganz gehört. Sie wurde im vergangenen März bezahlt.« Tony hielt inne, um einen Rülpser zu unterdrücken. »Meine

Geschäfte gingen hervorragend. Also habe ich die Hypothek abgelöst.«

Edie Marsh sagte: »Verkäufer des Jahres.« Sie hatte die Ehrenurkunde gesehen.

»Mister«, meldete sich Snapper zu Wort, »haben Sie irgendwas, das ich mir unter den Arsch schieben kann? Der Teppich ist ganz naß. Eine Zeitung vielleicht?«

»Ach, ich denke, Sie werden's überleben«, sagte der Verkäufer. »Wie dem auch sei, da der Bank das Haus nicht mehr gehört, fließt die gesamte Versicherungssumme an mich. Wie ich schon sagte, das ist die gute Nachricht. Die schlechte ist, daß die Hälfte meiner Frau gehört. Ihr Name steht auf der Besitzurkunde.«

Snapper fragte, wo sie sei. Tony Torres erwiderte, sie sei vor drei Monaten mit einem Professor für Parapsychologie an der Universität durchgebrannt. Er sagte, sie hätten die Heilkraft der Kristalle entdeckt und seien nach Eugene in Oregon gezogen.

»In einem VW-Bus!« höhnte er. »Aber sie kommt sicher zurück, um sich ihren Anteil zu holen. Daran besteht kein Zweifel. Sehen Sie nun, worauf ich hinauswill?«

»Ja«, sagte Snapper »Sie wollen, daß wir Ihre Frau töten.«

»Mein Gott, was für ein eingleisiges Hirn Sie haben. Nein, ich will nicht, daß Sie meine Frau töten.« Der Verkäufer redete nun mit Edie Marsh. »Sie verstehen, nicht wahr? Ehe sie einen Scheck ausklinkt, braucht die Versicherung beide Unterschriften. Meine und die meiner Frau. Und ich glaube außerdem, daß der Schadenssachverständige sich auch noch persönlich einen Eindruck verschaffen möchte. Was sagten Sie, wie lautet Ihr Name?«

»Edie.«

»Okay, Edie, wenn Sie eine Schauspielerin sein wollen, hier ist Ihre Chance. Wenn der Mann von der Midwest Casualty auftaucht, sind Sie Neria Torres. Meine mich liebende Ehefrau.« Tony verzog spöttisch das Gesicht. »Nun?«»

Edie Marsh fragte, was für sie dabei rausspringen würde, und Tony Torres meinte, zehn Riesen. Edie sagte, sie müsse sich das durch den Kopf gehen lassen, was etwa eine Hundertstelsekunde dauerte. Sie brauchte Geld.

»Was ist mit mir?« fragte Snapper.

»Ich hab mir schon immer einen Leibwächter gewünscht«, sagte Tony.

Snapper knurrte mißgelaunt »Wieviel?«

»Zehn auch für Sie. Das ist mehr als fair.«

Snapper gab zu, daß es das war. »Weshalb«, fragte er mit einem Anflug von Mißtrauen in der Stimme, »brauchen *Sie* einen Leibwächter?«

»Einige Kunden sind richtig sauer auf mich. Es ist eine lange, verdrießliche Geschichte.«

»Wie sauer?« wollte Edie Marsh wissen.

»Ich habe nicht vor, das herauszufinden«, sagte Tony Torres. »Sobald ich den Scheck habe, bin ich schon verschwunden.«

»Wohin?«

»Das geht Sie nichts an.«

Tony dachte an Mittelamerika. An ein hübsches zweistöckiges Haus mit einer Veranda und einem offenen Kamin und einem Dreiviertelmorgen Land in der Nähe von Tulsa. Was Tony an Mittelamerika reizte, war die Tatsache, daß es dort keine Hurrikane gab. Es gab jede Menge Tornados, aber niemand erwartete, daß eine von Menschen hergestellte Konstruktion (am allerwenigsten ein Mobilheim) der schrecklichen Energie eines Tornados widerstand. Niemand würde einem die Schuld geben, wenn die Wohnwagen, die er verkaufte, zertrümmert würden, denn das gehörte zur himmlischen Natur eines Tornados. Tony Torres schätzte, daß er in Tulsa vor unzufriedenen Kunden sicher wäre.

Snapper blinzelte. »Als Leibwächter brauche ich aber meine Pistole.«

Tony lächelte. »Nein, die brauchen Sie nicht. Ihr Gesicht reicht völlig aus, daß die meisten Sterblichen sich vor Angst in die Hose machen. Was eigentlich auch ganz gut ist, denn die

Leute, die wütend auf mich sind, brauchen eigentlich nicht erschossen zu werden. Es reicht, ihnen einen Schrecken einzujagen. Sie verstehen, worum es mir geht?«

Er griff nach einem Stück Wasserrohr und zertrümmerte Snappers Pistole.

»Ich habe ebenfalls eine Frage«, sagte Edie Marsh.

»Nun, was haben Sie auf dem Herzen?«

»Was geschieht, wenn Ihre Frau auftaucht?«

»Wir haben wahrscheinlich sechs oder sieben Tage Zeit«, sagte Tony Torres. »So lange, wie man mit dem alten VW-Bus von Oregon bis hier braucht. Neria wird nämlich nicht fliegen. Sie hat Angst vor Flugzeugen.«

Snapper bemerkte, daß Geld bekanntermaßen einen Menschen dazu bringen konnte, schneller als gewöhnlich zu fahren oder seine Flugangst zu überwinden. Tony sagte, er mache sich in dieser Hinsicht keine Sorgen. »Im Radio wurde gemeldet, daß State Farm und Allstate bereits mit der Schadensregulierung begonnen haben. Midwest wird nicht lange auf sich warten lassen. Sehen Sie, keine Firma möchte im Zusammenhang mit einer nationalen Katastrophe kleinlich erscheinen.«

Edie fragte Tony Torres, ob er die Absicht habe, sie festzuhalten, als seine Gefangenen sozusagen. Er lachte feucht und dröhnend und sagte, Teufel auch, sie könnten verschwinden, wann sie wollten. Edie richtete sich auf und verkündete, sie werde ins Motel zurückkehren. Snapper folgte ihrem Beispiel, ließ aber die Schrotflinte keine Sekunde aus den Augen.

Zu Tony sagte er: »Weshalb tun Sie das? Uns hier einfach rausmarschieren lassen.«

»Weil Sie zurückkommen«, sagte der Verkäufer. »Ganz bestimmt sogar. Ich sehe es in Ihren Augen.«

»Tatsächlich?« fragte Edie spitz.

»Tatsächlich, Schätzchen. Damit verdiene ich doch meinen Lebensunterhalt. Indem ich Menschen einschätze.« Das Kunstlederpolster füllte sich zischend mit Luft, als Tony Torres sich aus seinem BarcaLounger hochwuchtete. »Ich muß mal aufs Klo«, gab er bekannt. Dann fügte er mit einem verschmitzten Grinsen hinzu: »Sie finden sicher allein nach draußen.«

Während der gemütlichen Rückfahrt nach Pembroke Pines überdachten Edie Marsh und Snapper ihre Möglichkeiten. Sie waren beide pleite. Beide erkannten in dem Durcheinander nach dem Sturm eine goldene Chance. Beide waren sich darin einig, daß zehntausend Dollar für eine Woche Arbeit ganz anständig waren.

»Das Problem ist nur«, sagte Edie, »daß ich diesem Arschloch nicht traue. Was verkauft er eigentlich?«

»Mobilheime.«

»Du meine Güte!«

»Dann laß uns verschwinden«, sagte Snapper ohne Überzeugung. »Versuchen wir unsere Unfallnummer bei jemand anderem.«

Edie betrachtete den häßlichen Kratzer an ihrem Arm. Unter dem Holzhaufen zu posieren, war weitaus unangenehmer gewesen, als sie erwartet hatte. Sie war nicht scharf darauf, es noch einmal zu versuchen.

»Ich probiere es für ein oder zwei Tage mit diesem Wichser«, sagte sie zu Snapper. »Du kannst tun, was du willst.«

Snapper verzog seinen schiefen Unterkiefer zu etwas, das ein Grinsen darstellen sollte. »Ich weiß genau, was du denkst. Ich bin zwar kein Verkäufer, aber ich durchschaue dich trotzdem. Du denkst, in diesem Geschäft sind vielleicht mehr als nur zehntausend drin, wenn du es richtig anstellst. Wenn *wir* es richtig anstellen.«

»Warum nicht.« Edie Marsh preßte die Wange gegen das kühle Glas des Wagenfensters. »Es wird allmählich Zeit, daß ich auch mal Glück habe.«

»Daß *wir* Glück haben«, korrigierte Snapper sie, wobei seine Hände sich um das Lenkrad verkrampften.

Augustine half Bonnie Lamb bis zum Einbruch der Dunkelheit bei der Suche nach ihrem Mann. Max fanden sie nicht, aber sie stießen unterwegs auf einen ausgebrochenen männlichen Rhesusaffen. Er saß in einem Grapefruitbaum und bewarf Passanten mit unreifen Früchten. Augustine schoß mit einem Betäubungspfeil auf das Tier, und es fiel vom Baum wie eine Marionette, der jemand die Schnüre durchgeschnitten hatte. Zu seiner Enttäuschung fand Augustine in einem der Ohren eine eingeheftete Marke, die das Tier als Eigentum der Universität von Miami auswies.

Er hatte einen fremden ausgebrochenen Affen eingefangen.

»Was nun?« fragte Bonnie Lamb nüchtern. Sie streckte die Hand aus, um das betäubte Tier zu streicheln, überlegte es sich dann jedoch anders. Der Rhesusaffe studierte sie mit müden, halboffenen Augen.

»Sie sind ein guter Schütze«, sagte sie zu Augustine.

Er hörte nicht zu. »Das ist nicht in Ordnung«, murmelte er. Er trug den schlaffen Affen zum Grapefruitbaum und bettete ihn behutsam in eine Astgabel. Dann brachte er Bonnie zu seinem Truck zurück. »Es wird bald dunkel«, sagte er. »Ich habe vergessen, eine Stablampe mitzunehmen.«

Sie kurvten eine Viertelstunde lang durch die Siedlung, bis Bonnie Lamb den Mietwagen entdeckte. Max war nicht da. Jemand hatte den Kofferraum aufgebrochen und das gesamte Gepäck sowie Bonnies Handtasche gestohlen.

Diese verdammten Kinder, sagte Augustine. Bonnie war viel zu müde, um zu weinen. Max hatte die Wagenschlüssel, die Kreditkarten, das Geld, die Flugtickets. »Ich brauche ein Telefon«, sagte sie. Ihre Familie würde ihr Geld schicken.

Augustine fuhr zu einem Polizeiposten, wo Bonnie ihren Mann als vermißt meldete. Er war einer von vielen und stand auf der Liste nicht allzuweit oben. Tausende, die während des Hurrikans aus ihren Heimen geflüchtet waren, wurden von ihren besorgten Angehörigen gesucht. Für die Katastrophenhelfer stand die Zusammenführung der in dieser Gegend lebenden Familien an erster Stelle. Das Aufspüren verirrter Touristen war einstweilen nebensächlich.

In der Nähe des Postens waren sechs Telefone installiert worden, aber die Warteschlangen vor den Apparaten waren lang. Bonnie entschied sich für die kürzeste und richtete sich auf eine längere Wartezeit ein. Sie bedankte sich bei Augustine für seine Hilfe.

»Was tun Sie heute nacht?« fragte er.

»Ich komme schon zurecht.«

Bonnie hörte ihn zu ihrer Verwunderung erwidern: »Das werden Sie nicht.«

Er ergriff ihre Hand und führte sie zum Pick-up. Bonnie kam kurz in den Sinn, daß sie sich eigentlich fürchten müßte, aber sie fühlte sich unlogischerweise bei diesem Fremden völlig sicher. Ihr kam außerdem in den Sinn, daß sie auf das Verschwinden ihres Mannes eigentlich mit Panik hätte reagieren müssen, doch statt dessen empfand sie eine völlig unangemessene Ruhe und Gelassenheit. Wahrscheinlich eine Folge der Erschöpfung, redete sie sich ein.

Augustine fuhr zu dem ausgeraubten Mietwagen zurück. Er schrieb eine kurze Nachricht auf einen Zettel und klemmte ihn unter einen Scheibenwischer. »Meine Telefonnummer«, informierte er Bonnie Lamb. »Falls Ihr Ehemann im Laufe der Nacht hierherfinden sollte. Dann weiß er, wo Sie sind.«

»Wir fahren zu Ihnen?«

»Ja.«

In der Dunkelheit konnte sie Augustines Gesichtsausdruck nicht erkennen. »Hier draußen regiert der Wahnsinn«, sagte er. »Diese Idioten schießen auf alles, was sich bewegt.«

Bonnie nickte. Sie hatte aus allen Richtungen Schüsse gehört. *Dade County ist das reinste Waffenlager,* hatte man im Reisebüro gewarnt. Todeswunschtrips nannten sie Reisen dorthin. *Nur ein Narr wagte sich weiter als bis Orlando nach Süden.*

Dieser verrückte Max, dachte Bonnie. Was war nur in ihn gefahren?

»Wissen Sie, weshalb mein Mann hierhergekommen ist?« fragte sie. »Wissen Sie, was er tat, als er verschwand? Er filmte mit der Videokamera zerstörte Häuser. Und die Menschen dazu.«

»Weshalb?« fragte Augustine.

»Für zu Hause. Um sie seinen Kumpels im Norden vorzuführen.«

»Mein Gott, das ist doch...«

»Pervers«, sagte Bonnie. »Pervers ist dafür genau das richtige Wort.«

Augustine sagte nichts mehr. Langsam suchte er sich seinen Weg bis zur Schnellstraße. Daß die Affenjagd ein vergebliches Unterfangen war, wurde ihm schnell klar. Augustine begriff, daß die meisten Tiere seines verstorbenen Onkels nicht mehr eingesammelt werden konnten. Die größeren Säugetiere würden sich unweigerlich bemerkbar machen – der Kaffernbüffel, die Bären, die Pumas –, und die Folgen dürften ziemlich unangenehm sein. Unterdessen feierten die Schlangen und die Krokodile wahrscheinlich ihre Freiheit, indem sie sich in den Everglades fröhlich paarten und so einen Brückenkopf für ihre Spezies in einem neuen tropischen Lebensraum schufen. Augustine hatte den Eindruck, daß es moralisch falsch wäre, sich einzumischen. Eine ausgebrochene Kobra hatte genauso ein Recht auf Leben in Florida wie all die pensionierten Arbeiter aus den Textilfabriken in Queens. Eine natürliche Auslese würde stattfinden. Auch Max Lamb würde sich dieser Prüfung stellen müssen, aber Augustine hatte Mitleid mit seiner Frau. Er würde seinen Prinzipien einstweilen untreu werden und ihr bei der Suche nach ihrem vermißten Mann helfen.

Er fuhr mit eingeschaltetem Fernlicht, weil die Straßenbeleuchtung ausgefallen war, und die Straßen waren ein mit Abfall bedecktes Band aus umgekippten Bäumen und Strommasten, aus Haufen von Holzbalken und verbogenen Metallteilen, aus zertrümmerten Möbeln und zerfetzten Sofas. Sie sahen ein Barbie-Puppenhaus und ein Baldachinbett und einen antiken chinesischen Lackschrank und einen Kinderrollstuhl und eine Schreibmaschine und ein Gewirr von Golfschlägern und einen Badezuber aus Zedernholz, der in der Mitte durchgebrochen war wie eine Kokosnuß – Bonnie sagte, es sei, als hätte eine riesige übernatürliche Faust hunderttausend Leben zusammengerafft und deren Inhalt über die gesamte Schöpfung verstreut.

Für Augustine sah das Ganze eher nach einem Luftangriff aus.

»Ist das Ihr erster?« fragte Bonnie.

»Genaugenommen nein.« Er bremste, um eine verendete Kuh zu umrunden, die mit aufgeblähtem Leib auf der weißen Mittellinie lag. »Ich wurde während Donna gezeugt – zumindest hat meine Mutter das immer erzählt. Ich bin ein Hurrikanbaby. Das war 1960. An Betsy kann ich mich kaum noch erinnern, denn damals war ich erst fünf. Wir verloren ein paar Zitronenbäume, aber das Haus hielt sich wacker.«

Bonnie blickte versonnen vor sich hin. »Das ist irgendwie romantisch. Mitten in einem Hurrikan gezeugt worden zu sein.«

»Meine Mutter sagte, es sei perfekt hingekommen, wenn man bedenkt, was aus mir geworden ist.«

»Und was ist aus Ihnen geworden?«

»Da gehen die Meinungen auseinander.«

Augustine zwängte den Truck in eine Fahrzeugkolonne, die die nördliche Rampe zur Schnellstraße hinaufschlich. Ein mit Rostflecken übersäter Ford mit verbogenem Georgia-Nummernschild schnitt sie. Der Wagen war besetzt mit umherziehenden Bauarbeitern, die schon seit mehreren Tagen unterwegs waren und sich offensichtlich die ganze Zeit mit Trinken vertrieben hatten. Der Fahrer, ein zerzauster Blondschopf mit grünlichen Zähnen, grinste lüstern und brüllte Bonnie Lamb eine Obszönität entgegen. Mit einer Hand griff Augustine hinter seinen Sitz und holte das kleine Gewehr hervor. Er stützte es gegen den Türpfosten ab und feuerte dem Fahrer einen Beruhigungspfeil mitten in den fetten Bauch. Der Fahrer gab einen erstickten Quieklaut von sich und kippte zur Seite in den Schoß eines seiner Kumpel.

»Keine Manieren«, sagte Augustine kopfschüttelnd. Er gab Gas und schob den liegengebliebenen Ford mit dem Pick-up von der Straße.

Bonnie Lamb dachte, mein Gott, was tue ich hier eigentlich?

Sie brachen das Lager um Mitternacht ab – Max Lamb, der Rhesusaffe und der Mann, der sich Skink nannte. Max war dankbar, daß der Mann ihm gestattet hatte, seine Schuhe anzuziehen, denn sie wanderten stundenlang bei absoluter Finsternis durch tiefe Sümpfe und dornige Dickichte. Max' nackte Beine brannten von Kratzern und juckten von Insektenstichen. Er hatte furchtbaren Hunger, beklagte sich aber nicht, da er wußte, daß der Mann für ihn die Keulen des toten Waschbären aufbewahrt hatte, der zum Abendessen zubereitet worden war. Max wollte nichts davon haben.

Sie kamen an einen Kanal. Skink band Max' Hände los, nahm ihm das Schockhalsband ab und befahl ihm zu schwimmen. Max hatte den Kanal zur Hälfte überwunden, als er den blauschwarzen Alligator aus dem Gras auftauchen und ins Wasser gleiten sah. Skink sagte, er solle aufhören zu jammern und statt dessen kräftig mit den Beinen schlagen. Er selbst schwamm mit dem aus der Betäubung erwachten Affen auf dem Kopf. Eine große Hand hielt Max' wertvolle Sony-Kamera und die Fernbedienung für das Hundehalsband über das Wasser.

Nachdem er an Land gekrabbelt war, fragte Max. »Captain, können wir eine Rast einlegen?«

»Haben Sie schon mal einen Blutegel gesehen? An Ihrer Backe klebt nämlich ein Prachtexemplar.«

Nachdem Max aufgehört hatte, sich das Gesicht wund zu kratzen, fesselte Skink ihm wieder die Hände und legte ihm das Hundehalsband um. Dann sprühte er ihn von Kopf bis Fuß mit einem Insektenabwehrmittel ab. Max krächzte ein müdes Dankeschön.

»Wo sind wir?« wollte er wissen.

»In den Everglades«, antwortete Skink. »Mehr oder weniger.«

»Sie haben versprochen, daß ich meine Frau anrufen kann.«

»Bald.«

Sie wanderten nach Westen, trotteten durch Palmenhaine und Fichtenwäldchen, die vom Sturm zerfetzt worden waren. Der Affe trabte voraus und stillte seinen Hunger mit wilden Beeren und jungen Fruchtknospen.

»Werden Sie mich töten?« fragte Max.

Skink blieb abrupt stehen. »Jedesmal, wenn Sie diese dämliche Frage stellen, kriegen Sie einen mit.« Er stellte die Fernbedienung auf schwächste Intensität. »Bereit?«

Max Lamb biß sich auf die Lippen. Skink versetzte ihm einen leichten Schlag. Der Tourist zuckte schicksalsergeben. Bald stießen sie auf ein Miccosukee-Dorf, das nicht so stark beschädigt war, wie Max Lamb erwartet hätte. Da die Indianer wach und mit der Zubereitung des Essens beschäftigt waren, vermutete Max, daß die Morgendämmerung kurz bevorstand. In einigen Türöffnungen drängten sich schüchtern kleine Kinder, um die beiden fremden weißen Männer zu begaffen. Skink mit seinem silbergrauen Haar, seinem schlecht sitzenden Glasauge und dem schmutzigen Affen, Max Lamb mit seiner schmutzigen Unterwäsche und dem Hundehalsband.

Skink blieb vor einem Holzhaus stehen und redete leise mit einem alten Miccosukee, der ein Mobiltelefon herausbrachte. Während er Max' Hände losband, warnte Skink: »Sie haben nur einen Anruf. Er sagt, die Batterie sei schon schwach.«

Max begriff, daß er gar nicht wußte, wie er seine Frau erreichen sollte. Er hatte keine Ahnung, wo sie war. Deshalb rief er ihr Apartment in New York an und hinterließ eine Nachricht auf dem Anrufbeantworter. »Liebling, ich wurde gekidnappt...«

»Entführt!« unterbrach Skink ihn. »Bei einem Kidnapping wird Lösegeld gefordert, Max. Nehmen Sie sich nicht so beschissen wichtig.«

»Okay, ›entführt‹. Liebling, ich wurde entführt. Ich kann nicht mehr sagen, als daß es mir den Umständen entsprechend gutgeht. Bitte ruf meine Familie an und auch Pete bei Rodale wegen der Angelegenheit mit den Bronco-Reklametafeln. Sag ihm, der Rennwagen sollte rot und nicht blau sein. Die Unterlagen sind auf meinem Schreibtisch... Bonnie, ich weiß nicht, wer mich in seiner Gewalt hat oder weshalb, aber ich glaube, ich werde es bald erfahren. Lieber Gott, hoffentlich hörst du diese Nachricht...«

Skink schnappte sich das Telefon. »Ich liebe dich, Bonnie«, sagte er. »Max hat vergessen, es Ihnen zu sagen, deshalb tue ich es. Auf Wiederhören.«

Sie aßen zusammen mit den Miccosukees, die Skinks gekochten Waschbären ablehnten, ihnen dafür aber großzügige Portionen gebratenen Fisch, Yamswurzeln, Maiskrapfen und Orangensaft vorsetzten. Max Lamb aß mit Appetit, redete aber wegen des Hundehalsbands nur wenig. Nach dem Frühstück fesselte Skink ihn an einen Zypressenstamm und verschwand mit mehreren Männern des Stammes. Als er zurückkehrte, sagte er, es sei Zeit zu gehen.

»Wo sind meine Sachen?« fragte Max. Er machte sich Sorgen wegen seiner Brieftasche und seinen Kleidern.

»Hier.« Skink deutete mit einem Daumen auf seinen Rucksack.

»Und meine Kamera?«

»Hab ich dem alten Mann gegeben. Er hat sieben Enkelkinder, deshalb wird er eine Menge Spaß daran haben.«

»Und was ist mit meinen Bändern?«

Skink lachte. »Sie haben ihm gefallen. Vor allem der Angriff des Affen. Max, heben Sie mal die Arme.« Er besprühte seinen Gefangenen mit Insektenschutz.

Max Lamb wurde ernst. »Die Handycam kostet im Laden immerhin neunhundert.«

»Ich hab sie ja nicht verschenkt. Sondern eingetauscht.«

»Gegen was?«

Skink klopfte ihm auf die Schulter. »Ich wette, Sie sind noch nie mit einem Propellerboot gefahren.«

»Oh, nein. Bitte!«

»Hey, ich dachte, Sie wollten Florida sehen.«

Als farbiger Trooper der Highway Patrol hatte man es in Florida nicht leicht. Es war noch schwieriger, wenn man eine intime Beziehung zu einem weißen Trooper unterhielt, so wie Jim Tile zu Brenda Rourke.

Sie hatten sich während eines Seminars über die neuesten technischen Einrichtungen zur Geschwindigkeitsüberprüfung kennengelernt. Im Kursraum saßen sie nebeneinander. Jim Tile mochte Brenda Rourke auf Anhieb. Sie betrachtete ihren Job sachlich und nüchtern, und sie brachte ihn zum Lachen. Sie tauschten ihre Erfahrungen mit verrückten Verkehrskontrollen, mieser Bezahlung und der unmöglichen Polizeibürokratie aus. Weil er schwarz war und es nur wenige Kollegen gab, die es auch waren, fühlte Jim Tile sich in einem Saal voller Staatspolizisten nicht gerade wohl. Aber neben Brenda Rourke ging es ihm richtig gut, sicherlich zum Teil, weil auch sie zu einer Minderheit gehörte. Die Highway Patrol stellte nämlich noch weniger Frauen als Schwarze oder Latinos ein.

Während einer Seminarsitzung fixierte ein kurzgeschorener Redneck Jim Tile mit einem drohenden Blick, um ihn daran zu erinnern, daß Trooper Rourke eine Weiße war, und das hatte in vielen Teilen Floridas immer noch eine ganz besondere Bedeutung. Jim Tile stand nicht auf und zog um. Er blieb neben Brenda sitzen. Der Super-Trooper brauchte nur etwa zwei Stunden, bis er aufhörte, ihm finstere Blicke zuzuwerfen.

Während der Mittagspause suchten Jim Tile und Brenda Rourke ein Arby's-Restaurant auf. Sie machte sich Sorgen wegen ihrer bevorstehenden Versetzung nach Süd-Florida. Jim Tile konnte nicht viel dazu beitragen, ihre Befürchtungen zu zerstreuen. Sie sagte, sie lerne bereits Spanisch, um sich auf den Streifendienst in Miami vorzubereiten. Der erste Satz, den sie lernte, lautete: *Sale del carrio con las manos arriba*. Raus aus dem Wagen und die Hände hoch!

Zu dieser Zeit hatte Jim Tile noch keine romantischen Absichten. Brenda Rourke war eine nette Frau, das war alles. Er fragte sie noch nicht mal, ob sie einen Freund habe. Ein paar Monate später, als er anläßlich eines Prozesses nach Dade County kam, lief er ihr in der FHP-Zentrale über den Weg. Später aßen sie gemeinsam zu Abend, dann gingen sie in Brendas Apartment, wo sie bis drei Uhr morgens tatsächlich nur miteinander plauderten – anfangs aus Nervosität und später, weil zwischen ihnen mittlerweile eine lockere Atmosphäre von Vertrautheit herrschte. Der Strafprozeß dauerte sechs Tage, und jeden Abend tauchte Jim Tile wieder bei Brenda auf. Jeden Morgen wachten sie genauso auf, wie sie eingeschlafen waren – ihr Kopf in der Kuhle seiner rechten Schulter, während seine Füße aus dem zu kurzen Bett heraushingen. Er hatte sich noch nie so friedlich gefühlt. Nachdem der Prozeß beendet und Jim Tile wieder nach Nord-Florida zurückgekehrt war, wechselten er und Brenda sich an den Wochenenden mit den langen Fahrten ab.

Er war nicht besonders gesprächig, aber Brenda konnte alles aus ihm herausholen. Besonders gern hörte sie die Geschichten aus der Zeit, als er dem Gouverneur von Florida als Leibwächter zugeteilt war – nicht irgendeinem Gouverneur, sondern dem, der seinen Dienst quittiert hatte, verschwunden war und fortan als legendärer Einsiedler lebte. Brenda war noch auf der High-School gewesen, aber sie konnte sich daran erinnern, was damals passiert war. Die Zeitungen und das Fernsehen hatten sich geradezu überschlagen. »Mental instabil«, hatten die Lehrer in der zwölften Klasse den verschwundenen Gouverneur genannt.

Als Jim Tile das hörte, brach er in schallendes Gelächter aus. Brenda hockte mit übereinandergeschlagenen Beinen auf dem Teppich, stützte das Kinn in die Hand und lauschte gebannt seinen Geschichten von dem Mann, der jetzt Skink genannt wurde. Aus Loyalität und Vorsicht erwähnte Jim Tile nicht, daß er und der Mann immer noch die engsten Freunde waren.

»Ich wünschte, ich hätte ihn einmal kennengelernt«, hatte Brenda gesagt und dabei die Vergangenheitsform benutzt, als wäre Skink tot. Weil Jim Tile, vielleicht unbewußt, mit seinen Geschichten den Eindruck erzeugt hatte, daß dies der Fall war.

Nun, zwei Jahre später, schien es, als würde Brendas unwahrscheinlicher Wunsch in Erfüllung gehen. Der Gouverneur war im Hurrikangebiet aufgetaucht.

Während der Fahrt zurück vom Card Sound fragte sie: »Weshalb hat er sich während eines Hurrikans an die Brücke gefesselt?«

»Er hat auf einen großen Sturm gewartet«, sagte Jim Tile.

»Weswegen?«

»Brenda, ich kann es dir nicht erklären. Es ist nur zu verstehen, wenn man ihn kennt.«

Zwei oder drei Kilometer lang sagte sie nichts. Dann: »Weshalb hast du mir nie erzählt, daß ihr noch miteinander redet?«

»Weil wir es nur selten tun.«

»Vertraust du mir nicht?«

»Natürlich.« Er zog sie an sich, um ihr einen Kuß zu geben. Sie machte sich von ihm los, und ihre blauen Augen funkelten. »Du willst ihn suchen. Komm schon, Jim, sei ehrlich.«

»Ich fürchte, bei ihm ist eine Schraube locker. Und das ist nicht gut.«

»Das ist doch nicht das erste Mal, oder?«

»Nein«, sagte Jim, »es ist nicht das erste Mal.«

Brenda ergriff seine Hand, zog sie an ihre Lippen und küßte ihn sanft auf die Fingerknöchel. »Es ist schon okay, du großer Junge. Ich kenne mich aus mit Freunden.«

5. KAPITEL

Als sie Augustines Haus erreichten, fragte Bonnie Lamb ihren Anrufbeantworter in New York ab. Sie hörte sich Max' Nachricht zweimal an, dann reichte sie Augustine den Telefonhörer.

»Wie finden Sie das?« fragte sie.

»Nicht gut. Ist Ihr Mann eine Menge Geld wert?«

»Er nagt nicht gerade am Hungertuch, aber er ist kein Millionär.«

»Und seine Familie?«

Bonnie sagte, der Vater ihres Mannes sei ziemlich wohlhabend. »Aber ich bin sicher, daß Max nicht so dumm war, es den Kidnappern gegenüber zu erwähnen.«

Augustine schloß es jedoch nicht aus. Er wärmte Tomatensuppe für Bonnie und bezog das Bett im Gästezimmer mit frischen Laken. Dann ging er hinaus in die Diele und rief einen Freund beim FBI an. Als er das Gespräch beendet hatte, war Bonnie Lamb auf der Wohnzimmercouch eingeschlafen. Er trug sie ins Gästezimmer, legte sie ins Bett und deckte sie zu. Dann machte er sich in der Küche zwei große Steaks und eine gebakkene Kartoffel und spülte alles mit einer gekühlten Flasche Amstel-Bier hinunter.

Später duschte er heiß und ausgiebig und dachte daran, wie wundervoll Mrs. Lamb – warm und feucht von Regen und Schweiß – in seinen Armen gerochen hatte. Augustine wickelte sich in ein Badetuch und machte es sich auf dem Holzfußboden vor dem Fernseher bequem. Er sprang zwischen den verschiedenen lokalen Nachrichtensendungen hin und her und hoffte, keins der wilden Tiere seines verstorbenen Onkels Amok laufen oder sehen zu müssen, wie Mrs. Lambs Ehemann in einen Leichenwagen geschoben wurde.

Gegen Mitternacht hörte Augustine einen Schrei aus dem Gästezimmer. Er schloß zu Recht daraus, daß Mrs. Lamb seine Schädelsammlung entdeckt hatte. Als er hinging, saß sie im Bett und hatte das Laken bis zum Kinn hochgezogen. Sie starrte auf die Wand.

»Ich dachte, es wäre ein Traum«, sagte sie.

»Bitte, haben Sie keine Angst.«

»Sind die echt?«

»Ich bekomme sie von Freunden geschickt«, sagte Augustine, »meistens aus dem Ausland. Einer war ein Weihnachtsgeschenk von einem Angelführer in Islamorada.« Er war sich nicht sicher, was Bonnie Lamb von seinem Hobby hielt, daher entschuldigte er sich dafür, sie erschreckt zu haben. »Einige Leute sammeln Münzen. Ich interessiere mich für forensische Objekte.«

»Körperteile?«

»Keine frischen – Demonstrationsobjekte. Ob Sie es glauben oder nicht, aber es ist schwer, einen Schädel aufzutreiben.«

Das war der Satz, der sie gewöhnlich zur Tür hinausrennen ließ. Bonnie rührte sich nicht.

»Darf ich mal sehen?«

Augustine nahm einen aus dem Regal. Sie inspizierte ihn aufmerksam, als sei er eine Melone in einem Gemüseladen. Augustine lächelte. Ihm gefiel die Lady.

»Männlich oder weiblich?« Bonnie drehte den Schädel hin und her.

»Männlich. Ende Zwanzig, Anfang Dreißig. Aus Guyana, etwa 1940. Er kam von einer medizinischen Fakultät in Texas.«

Bonnie fragte, weshalb der Unterkiefer fehle. Augustine erklärte ihr, er sei abgefallen, als die Gesichtsmuskeln verwesten. Die meisten alten Schädel würden ohne Unterkiefer gefunden.

Indem sie die Finger in seine Augenhöhlen schob, stellte

Bonnie das gespenstische Relikt wieder auf seinen Platz im Regal. »Wie viele haben Sie insgesamt?«

»Neunzehn.«

Sie stieß einen Pfiff aus. »Und wie viele davon sind Frauen?«

»Keiner«, antwortete Augustine. »Es sind ausnahmslos junge Männer. Sie müssen sich also Ihren hübschen Kopf nicht zerbrechen.«

Sie verdrehte die Augen über den Scherz. »Weshalb nur Männer?« erkundigte sie sich dann.

»Um mich an meine eigene Sterblichkeit zu erinnern.«

Bonnie stöhnte. »Sind Sie einer von *denen*?«

»Manchmal«, sagte Augustine. »Wenn ich überzeugt bin, daß mein Leben absolut auf dem Nullpunkt ist, komme ich her und stelle mir vor, was diesen armen Schweinen zugestoßen ist. Das läßt mich schon viel zuversichtlicher in die Zukunft blicken.«

Sie sagte: »Na schön, das klingt mindestens genauso einleuchtend wie tausend andere Erklärungen. Kann ich duschen?«

Später, bei einer Tasse Kaffee, erzählte er ihr, was der FBI-Mann ihm gesagt hatte. »Sie behandeln das Verschwinden Ihres Mannes erst dann als ein Kidnapping, wenn eine glaubwürdige Lösegeldforderung vorliegt. Dabei betonte er das Wort ›glaubwürdig‹.«

»Aber was soll diese Nachricht auf dem Anrufbeantworter? Die Stimme eines anderen Mannes, der dazwischenfährt?«

»Natürlich hören sie es sich an. Aber ich muß Sie warnen. Im Augenblick sind sie ziemlich knapp an Personal. Viele Agenten wurden ebenfalls von dem Sturm in Mitleidenschaft gezogen, deshalb haben sie Sonderurlaub.«

Bonnie war entrüstet über den Mangel an Interesse für Max' Schicksal. Augustine erklärte, daß wanderlustige Ehemänner häufig Naturkatastrophen als Tarnung ausnutzen, um ihren Frauen wegzulaufen. Wertvolles Personal und eine Menge Geld würde vergeudet, um sie zu den Apartments, Reihenhäusern und Hausbooten ihrer jeweiligen Freundinnen zu verfolgen.

Infolgedessen würden Meldungen von vermißten Partnern nach Wirbelstürmen mit kühler Skepsis aufgenommen.

Bonnie Lamb sagte: »Um Gottes willen, wir haben gerade erst geheiratet. Max würde sich niemals auf diese Art und Weise aus dem Staub machen.«

Augustine zuckte die Achseln. »Manche Leute kriegen kalte Füße.«

Sie lehnte sich über den Tisch und holte zu einer Ohrfeige aus. Augustine fing ihre Hand mit dem Unterarm ab. Er riet Mrs. Lamb, sich zu beruhigen. Ihre Wangen hatten sich gerötet, und ihre Augen sprühten Funken.

»Ich meinte doch nur, wir sollten keine Möglichkeit ausschließen«, sagte Augustine.

»Aber Sie haben doch den Mann auf dem Anrufbeantworter gehört!«

»Ja, und ich frage mich, weshalb ein ernsthafter Kidnapper so ein Klugscheißer sein sollte. ›Nehmen Sie sich nicht so wichtig, Max.‹ Und dann kommt der Kerl selbst an den Apparat und sagt ›Ich liebe dich, Bonnie.‹ Nur um Ihren Mann zu ärgern, klar? Damit er sich beschissen vorkommt.« Augustine schenkte ihnen eine weitere Tasse Kaffee ein. »Die ganze Geschichte ist irgendwie verdammt seltsam. Mehr wollte ich gar nicht sagen.«

Bonnie Lamb mußte ihm beipflichten. »Daß er seine Stimme auf einem Tonband hinterläßt...«

»Genau. Entweder ist der Kerl unglaublich dämlich, oder er ist frech wie Oskar...«

»Oder es ist ihm einfach egal«, sagte Bonnie.

»Daran haben Sie also auch schon gedacht.«

»Es ist unheimlich.«

»Ich weiß nicht so recht«, sagte Augustine.

»Fangen Sie nicht schon wieder damit an. Max spielt mir nichts vor!«

»Seine Bitte, Sie sollten Pete bei Rodale anrufen, diese Bronco-Reklame – war das ein Geheimcode? Wenn mich irgendein Verrückter in seiner Gewalt hätte, wäre meine letzte Sorge, was mit meinen Werbeetats geschieht. Ich würde nur daran denken, meine Haut zu retten.«

Bonnie senkte den Blick. »Sie kennen Max nicht, er hängt mit Leib und Seele an seinem Beruf.«

Augustine rutschte vom Tisch weg. Normalerweise war er nicht gerade wild auf Frauen, die ohne guten Grund um sich schlugen.

»Was tun wir jetzt?« Sie hielt ihre Kaffeetasse mit beiden Händen fest, die leicht zitterten. »Sie haben den Tonfall des Mannes gehört.«

»Ja, das habe ich.«

»Einigen wir uns darauf, daß er nicht unbedingt der typische Kidnapper ist. Was ist er dann?«

Augustine schüttelte den Kopf. »Woher soll ich das wissen, Mrs. Lamb?«

»Ich heiße Bonnie.« Sie stand auf, war jetzt vollkommen ruhig und zurrte den Gürtel des Bademantels, den er ihr geliehen hatte, fest. »Vielleicht kommen wir ihm gemeinsam auf die Schliche.«

Augustine kippte den Inhalt seiner Tasse in die Spüle. »Ich glaube, wir beide brauchen ein wenig Schlaf.«

Als sie zu Tony Torres Haus zurückfuhren, wollte Edie Marsh von Snapper wissen, ob er eine Stoppuhr habe.

»Weshalb?«

»Weil ich bei diesem Wichser die Zeit nehmen möchte«, antwortete sie. »Ich will sehen, wie lange es dauert, bis er versucht, mich zu vögeln.«

Snapper, der schon die gleichen Träume gehabt hatte, sagte: »Ich gebe ihm zwei Tage, ehe er den ersten Schritt tut.«

»Ich gebe ihm zwei Stunden«, sagte Edie.

»Also, was willst du tun? Zehn Riesen sind zehn Riesen.«

Edie sagte: »Hoffentlich hast du das als Witz gemeint. Ich

würde mir eher die Augen ausstechen, als daß ich mich von diesem Schwein anfassen lasse.« Es war ein langer, trostloser Abstieg von einem Rendezvous mit einem Kennedy bis zu einer Nummer mit einem Mobilheimverkäufer.

»Und wenn er nicht aufhört, dir nachzusteigen?« fragte Snapper.

»Dann haue ich ab!«

»Na schön, aber –«

»Hey«, sagte Edie, »wenn du das Geld unbedingt haben willst, kannst du mit ihm ficken, klar! Ich glaube, ihr beide wärt ein reizendes Paar.«

Snapper verfolgte das Thema nicht weiter. Er hatte sich bereits einen Ersatzplan zurechtgelegt für den Fall, daß die Sache mit Torres schiefgehen sollte. Avila war bester Laune gewesen, als er im Motel angerufen hatte. Offenbar hatten die *Santería*-Heiligen ihm mitgeteilt, daß er sehr reich werden könne, wenn er seine eigene Dachdeckerfirma gründete. Die Heiligen hatten darauf hingewiesen, daß der Sturm zweihunderttausend Menschen obdachlos gemacht hatte und daß viele dieser armen Teufel so schnell ihre Häuser repariert haben wollten, daß sie niemals auf die Idee kämen, sich eine gültige Arbeitslizenz vorlegen zu lassen, die Avila natürlich nicht besaß.

»Aber du leidest doch unter Höhenangst«, hatte Snapper angemerkt.

»Deshalb solltest du mitmachen«, hatte Avila gesagt. »Ich bin der Boß, und du bist der Vorarbeiter. Jetzt brauchen wir nur noch einen Bautrupp.«

»Das soll heißen, daß du uns oben auf dem Dach bei kochendem Teer und glühender Sonne keine Gesellschaft leisten willst.«

»Mein Gott, Snap, irgend jemand muß doch den Papierkrieg erledigen. Jemand muß die Aufträge annehmen, die Rechnungen schreiben.«

Snapper hatte sich dann nach dem Gewinn erkundigt. Avila

sagte, die Typen in dem Gewerbe, die er kenne, verlangten fünfzehn Riesen pro Dach, ein Drittel als Anzahlung. Er erzählte weiter, einige Hausbesitzer böten Bargeld an, um die Arbeiten zu beschleunigen. Avila sagte, es sei genug Arbeit vorhanden, um sie zwei Jahre lang bestens im Geschäft zu halten.

»Dank deiner aufopferungsvollen Tätigkeit als Bauinspektor«, hatte Snapper gesagt.

Avila sah nicht die Ironie, die darin lag, daß sträflich inkompetente Bauinspektionen ein wesentlicher Grund dafür waren, daß während des Sturms so viele Dächer weggeflogen waren und daß sich nun für inkompetente Dachdeckerbetriebe die besten Geschäftsbedingungen ergeben hatten.

»Hattet ihr Typen vom Bauamt das Ganze von Anfang an so geplant?« hatte Snapper gefragt.

»Was sollen wir geplant haben?«

Snapper traute Avila nicht weiter, als er spucken konnte, aber diese Dachdeckersache war durchaus erwägenswert, falls Torres' Plan nicht funktionierte.

Der Wohnwagenverkäufer war ebenfalls bester Laune, als Snapper und Edie Marsh eintrafen. Er lag mit nacktem Oberkörper in einem Liegestuhl auf dem Rasen vor dem Haus. Er trug eine Bermudashorts und hatte die mit Monogramm versehenen Socken bis zu seinen haarigen Schienbeinen hochgezogen. Der Lauf der Schrotflinte lugte unter einem Stapel Zeitungen auf seinem Schoß hervor. Als Edie Marsh und Snapper aus dem Wagen stiegen, klatschte Tony in die Hände. »Ich wußte, daß ihr zurückkommt!« rief er.

»Ein richtiger Nostradamus«, sagte Edie. »Ist der Strom noch abgeschaltet? Wir haben nämlich ein paar Sachen für den Kühlschrank mitgebracht.«

Tony erwiderte, daß es noch immer keinen Strom gab und daß im Laufe der Nacht der Sprit für den Generator ausgegangen war. Er hatte seine Lebensmittel in zwei große Igloo-Kühlboxen gepackt, die mit Eis gefüllt waren, das er Halsabschneidern für zwanzig Dollar pro Sack abgekauft hatte. Eine gute Nachricht hatte er jedoch: Das Telefon funktionierte wieder.

»Und ich bin sofort zu Midwest Casualty durchgekommen«, berichtete Tony weiter. »Sie schicken noch heute oder morgen einen Schadensregulierer vorbei.«

Das ist zu schön, um wahr zu sein, dachte Edie. »Also warten wir?«

»Wir warten«, sagte Tony. »Und vergessen Sie nicht, der Name lautet Neria. N-e-r-i-a. Mit Mittelinitial G wie in Gómez. Was habt ihr gekauft?«

»Thunfischsandwiches«, sagte Snapper, »Käse, Eier, Eiscreme, Sprite light und ein paar weiche Lorna Doones. Wir hatten keine große Auswahl.« Er legte die Lebensmittel in die Kühlbox, holte sich einen Liegestuhl und wählte seinen Platz auf der Luvseite des verschwitzten Tony Torres. Die Wolken hatten sich verzogen, und die Sommersonne brannte herab, aber es war zwecklos, nach Schatten Ausschau zu halten. Es gab keinen. Sämtliche Bäume in Turtle Meadows waren umgeknickt.

Tony lobte Edie Marsh dafür, daß sie sich kostümiert hatte wie eine authentische Hausfrau – Jeans, weiße Sandalen, eine weite Bluse mit hochgekrempelten Ärmeln. Ihn störte lediglich das seegrüne Tuch in ihrem Haar. Er sagt: »Seide ist unter diesen Umständen ein wenig übertrieben.«

»Weil sie sich mit Ihren eleganten Bermudashorts beißt?« Edie musterte Tony Torres, als wäre er eine Made auf einem Geburtstagskuchen. Sie hatte nicht vor, das Tuch abzunehmen, das ihr besonders gut gefiel. Sie hatte es in einem Lord & Taylor's in Palm Beach mitgehen lassen.

»Mach, was du willst«, sagte Tony. »Der Punkt ist, daß gerade die Details verdammt wichtig sind. Es sind die kleinen Dinge, die den Leuten ins Auge fallen.«

»Ich werd mich bemühen, daran zu denken.«

»Hey, Mister Starverkäufer«, sagte Snapper, »läuft der Fernseher mit dem Generator?«

Tony erwiderte, sicher, wenn sie Benzin hätten.

Snapper tippte auf seine Armbanduhr und sagte: »In zwanzig Minuten fängt Sally Jessy an. Männer, die die Schwiegermutter ihrer Schwiegertöchter verführen.«

»Kein Scheiß? Wir könnten Ihren Wagen anzapfen.« Tony deutete auf die Trümmer seiner Garage. »Da drunter muß irgendwo ein Schlauch liegen.«

Snapper ging hinüber, um ihn zu suchen. Edie Marsh sagte, es sei eine dämliche Idee, Sprit aus dem Wagen zu nehmen, da sie vielleicht für einen schnellen Abgang sorgen müßten. Snapper erwiderte mit einem Augenzwinkern, sie solle sich keine Sorgen machen. Dann zog er los, die Straße hinunter, den Schlauch um seine linke Schulter geschlungen.

Edie okkupierte den Liegestuhl am Pool. Tony Torres wurde munter. »Rücken Sie doch näher, Schätzchen.«

»Na, wunderbar«, murmelte sie halblaut.

Der Verkäufer fächelte sich mit dem Sportteil des *Miami Herald* Kühlung zu. Er räusperte sich: »Jetzt begreife ich erst: Männer, die ihren Schwiegertöchtern die Schwiegermutter wegnehmen. Das ist grandios! Er sieht zwar nicht wie ein Komiker aus, aber der Witz ist gut.«

»Oh, er steckt voller Überraschungen.« Edie schloß die Augen. Der Sonnenschein auf ihrem Gesicht tat richtig gut.

Der Hurrikan hatte den Wohnwagenpark in einen ausgedehnten Aluminiumschrottplatz verwandelt. Ira Jackson fand Parzelle 17 dank des hellgelben Plastikbandes, das die Polizei um die Überreste des Komfortmobilheims gespannt hatte, in dem seine Mutter Beatrice gestorben war. Nachdem er ihre sterblichen Überreste im Leichenschauhaus identifiziert hatte, war Ira Jackson direkt zum Suncoast Leisure Village gefahren, um sich selbst umzuschauen.

Nicht ein Wohnwagen hatte den Wirbelsturm überstanden. Aus den Trümmern zog Ira Jackson das verstellbare Craftamatic-Bett seiner Mutter. Die Matratze hatte sich gewölbt wie eine riesige Muschel. Ira Jackson kroch hinein und streckte sich aus.

Als wäre es erst gestern gewesen, erinnerte er sich an den Vormittag, an dem er und seine Mutter sich mit dem Verkäufer getroffen hatten, um den Handel perfekt zu machen. Der Name des Mannes war Tony. Er war fett, litt unter Blähungen und bekam eine Glatze. Trotzdem wirkte er ungemein selbstsicher. Beatrice Jackson war von seinem Vortrag beeindruckt.

»Mr. Torres sagt, es ist so solide gebaut, daß es einen Hurrikan übersteht.«

»Es fällt mir schwer, das zu glauben, Mom.«

»O ja, Mr. Jackson, Ihre Mutter hat recht. Unsere aus Fertigteilen gebauten Heime sind so stabil, daß sie Böen bis zu zweihundert Stundenkilometer aushalten. Das ist eine Vorschrift der Regierung. Andernfalls dürften wir sie nicht verkaufen.«

Ira Jackson war gerade in Chicago, um für die Ortsgruppe der Gewerkschaft ein paar Streikbrecher zu verprügeln, als er von dem Hurrikan hörte, der auf South Florida zumarschierte. Er rief seine Mutter an und drängte sie, in eine sichere Notunterkunft des Roten Kreuzes umzuziehen. Sie erwiderte, das käme gar nicht in Frage.

»Ich kann Donald und Marla nicht allein lassen«, teilte sie ihrem Sohn mit.

Donald und Marla waren Mrs. Jacksons über alles geliebte Zwergdackel. In der Notunterkunft waren keine Haustiere zugelassen.

So war Iras Mutter aus Treue zu ihren Hunden und aus einem unangebrachten Vertrauen darauf, daß der Mobilheimverkäufer die Wahrheit gesagt hatte, zu Hause geblieben. Donald und Marla hatten den Hurrikan überlebt, indem sie unter ein Eichenschränkchen gekrochen waren und sich die Nacht gemeinsam mit einem Lederkauknochen vertrieben hatten. Ein Nachbar hatte sie am nächsten Morgen geborgen und zu einem Tierarzt gebracht.

Beatrice Jackson hatte nicht soviel Glück. Sekunden nachdem der Hurrikan die Nordwand ihres Komfortmobilheims weggerissen hatte, wurde sie von einem fliegenden Holzkohlengrill getötet, der einem ihrer Nachbarn gehörte. Das Grillmuster war immer noch auf ihrem Gesicht zu sehen, so friedlich es auch war, als er sie im Leichenschauhaus von Dade County identifiziert hatte.

Der Tod Beatrices hatte überhaupt keine Auswirkungen auf die Stimmung ihrer Zwergdackel, aber ihr Sohn war untröstlich. Ira Jackson haderte mit sich selbst, weil er zugelassen hatte, daß seine Mutter den Wohnwagen kaufte. Es war seine Idee gewesen, daß sie nach Florida zog – aber das war üblicherweise das, was Typen in seinem Gewerbe für ihre verwitweten Mütter taten. Sie holten sie aus der Kälte und brachten sie nach Süden in die Sonne.

Gott sei mir gnädig, dachte Ira Jackson und wälzte sich ruhelos auf der mechanischen Matratze herum. Ich hätte noch ein Jahr warten sollen. Bis ich es mir hätte leisten können, sie in ein Eigentumsapartment zu setzen.

Dieser Schwanzlutscher Torres. *Zweihundert-Stundenkilometer-Böen*. Was für ein Schwein würde eine Witwe belügen?

»Entschuldigen Sie!«

Ira Jackson richtete sich ruckartig auf und sah einen grauhaarigen Mann in einem weißen Unterhemd und einer ausgebeulten Trainingshose. Haut und Knochen. Eine Brille mit Drahtgestell, die ihn aussehen ließ wie einen Fischreiher. In einem Arm hielt er eine braune Einkaufstasche.

»Haben Sie eine Urne gesehen?« fragte er.

»Mein Gott, was?«

»Eine blaue Urne mit der Asche meiner Frau. Sie sieht aus wie eine Flasche.«

Ira Jackson schüttelte den Kopf. »Nein, die habe ich nicht gesehen.« Er stand auf und bemerkte, daß der alte Mann zitterte.

»Ich bringe ihn um«, sagte er wütend.

»Wen?« fragte Ira Jackson.

»Diesen verlogenen Hurensohn, der mir den Luxustrailer verkauft hat. Ich habe ihn nach dem Hurrikan hier gesehen, aber er ist abgehauen.«

»Torres?«

»Ja.« Die Wangen des alten Mannes röteten sich. »Ich schwöre, ich würde ihn abmurksen, wenn ich könnnte.«

Ira Jackson nickte. »Sie würden dafür einen Orden bekommen.« Er wollte dem Mann beipflichten in der Hoffnung, daß ihm die Luft ausging und er verschwand.

»Zum Teufel, Sie glauben mir nicht.«

»Aber ja doch.« Er hätte dem alten Mann am liebsten gesagt, er solle sich nicht aufregen, um Señor Tony Torres würde man sich kümmern. Und zwar gründlich. Aber Ira Jackson wußte, daß es töricht wäre, die Aufmerksamkeit auf sich zu ziehen.

»Ich heiße Levon Stichler«, sagte der alte Mann. »Ich habe vier Parzellen entfernt gewohnt. War das Ihre Mutter, die hier gestorben ist?«

Ira Jackson nickte.

Levon Stichler sah ihn mitfühlend an. »Das tut mir wirklich leid. Ich hab ihre beiden Hunde gefunden – sie sind bei Dr. Tyler in Naranja.«

»Meine Mutter wäre Ihnen dankbar.« Ira Jackson nahm sich vor, die Dackel abzuholen, ehe die Tierarztpraxis schloß.

»Die Asche meiner Frau wurde vom Hurrikan weggeweht«, sagte der alte Mann nun.

»Ja, also, wenn ich eine blaue Flasche finden sollte . . .«

»Was zum Teufel könnten sie mir schon tun?« Levon Stichler grinste gespenstisch. »Wenn ich ihn umbringe, was könnten sie tun? Ich bin einundsiebzig Jahre alt – was, ein Leben im Gefängnis? Nicht schlimm. Ich besitze sowieso nichts mehr.«

Ira Jackson sagte: »An Ihrer Stelle würde ich das vergessen. Abschaum wie Torres bekommt gewöhnlich, was er verdient.«

»Nicht in meiner Welt«, sagte Levon Stichler. Aber der Sohn der Witwe Jackson hatte ihm den Wind aus den Segeln genommen. »Zur Hölle, ich weiß sowieso nicht, wie ich diesen Hurensohn finden soll. Sie vielleicht?«

»Ich hab nicht die geringste Ahnung«, sagte Ira Jackson.

Levon Stichler zuckte resigniert die Achseln und kehrte zu dem Trümmerhaufen zurück, der sein Zuhause gewesen war. Ira Jackson beobachtete ihn, wie er im Schutt herumstocherte und sich gelegentlich bückte, um irgendein Teil eingehender zu überprüfen. Überall auf dem Wohnmobilplatz waren andere Nachbarn der verstorbenen Beatrice Jackson zu sehen, wie sie in gebückter Haltung umherstapften, Gegenstände untersuchten und gelegentlich aufhoben und einsteckten.

Ihr Sohn klappte seine Brieftasche auf. Sie enthielt sechshundert Dollar in bar, ein Bild seiner Mutter, das in Atlantic City aufgenommen worden war, drei gefälschte Führerscheine, eine gefälschte Sozialversicherungskarte, einen gestohlenen Vielfliegerausweis von Delta Airlines und etliche Zettel mit zahlreichen Telefonnummern aus dem 718er Ortsnetz. In der Brieftasche befanden sich auch einige echte Visitenkarten, darunter eine, auf der zu lesen war:

ANTONIO TORRES
Gebietsverkaufsleiter
PreFab Luxury Homes
(305) 555-200

Der Wohnwagenverkäufer hatte seine Privatnummer auf die Rückseite der Visitenkarte geschrieben. Ira Jackson wühlte in den vom Regen durchweichten Habseligkeiten seiner Mutter herum, bis er ein Telefonbuch von Miami und Umgebung fand. Die Privatnummer des Verkäufers war mit der Nummer eines

A. C. Torres, 15600 Calusa Drive, identisch. Ira Jackson riß die Seite aus dem Telefonbuch. Er faltete sie sorgfältig zusammen, damit er sie zu den anderen wichtigen Telefonnummern stecken konnte.

Dann fuhr er mit seinem unter falschem Namen zugelassenenen Coupe de Ville zu einem Supermarkt, wo er sich eine Rand-McNally-Straßenkarte von Dade County kaufte.

6. KAPITEL

Der ausgebrochene Affe verzichtete auf die Propellerbootfahrt. Max Lamb hatte keine Wahl. Der einäugige Mann schnallte ihn auf den Beifahrersitz, und los ging's mit achtzig Stundenkilometern über das Gras, die Teichkolben und die Wasserlilien. Für eine Weile folgten sie einem Kanal, der parallel zu einer zweispurigen Schnellstraße verlief. Max konnte die Gesichter der Verkehrsteilnehmer erkennen, die ihn in seiner Unterhose angafften. Er kam gar nicht auf den Gedanken, durch Zeichen um Hilfe zu bitten. Das elektrische Hundehalsband hatte ihn zu totaler Passivität erzogen.

Oben auf dem Fahrersitz sang der Mann, der sich Skink nannte, aus Leibeskräften. Es klang wie »Desperado«, ein alter Titel von den Eagles. Die vertraute Melodie schwebte über dem ohrenbetäubenden Getöse des Propellermotors. Mehr als je zuvor glaubte Max Lamb, daß er sich in der Gewalt eines Irren befand.

Bald beschrieb das Propellerboot einen weiten Bogen und entfernte sich von der Straße. Es legte eine schwappende Spur durch das Marschland, wobei das Riedgras zischend gegen den Stahlrumpf peitschte. Der Hurrikan hatte den Sumpf mißhandelt und gezeichnet. Umgestürzte Zypressen und Fichten lagen kreuz und quer im Wasser. Skink brach seinen Gesang ab und begann, kurze Pfeif- und Heultöne auszustoßen, in denen Max Lamb entweder Vogelrufe oder einen beängstigend heftigen Schnupfenanfall vermutete. Er wagte nicht nachzufragen.

Gegen Mittag machten sie an einem trockenen Wäldchen halt. Die einst üppig belaubten Äste waren vom Sturm zu Skeletten entblößt worden. Skink band das Propellerboot an eine knorrige Wurzelgruppe. Die Reste früherer Lagerfeuer verrieten Max Lamb zu seiner Beruhigung, daß schon vorher Menschen hiergewesen waren. Der Kidnapper machte sich nicht die Mühe, ihn zu fesseln. Es gab nichts, wohin er hätte flüchten können. Mit Skinks Erlaubnis zog Max seine Kleider an, um sich vor den Bremsen und Moskitos zu schützen. Als er über heftigen Durst klagte, reichte Skink ihm seine eigene Feldflasche. Max nahm einen vorsichtigen Schluck.

»Kokosmilch?« fragte er hoffnungsvoll.

»So etwas Ähnliches.«

Max deutete an, daß es wohl nicht länger nötig sei, das Schockhalsband zu tragen. Skink holte die Fernbedienung hervor, drückte auf den roten Knopf und sagte: »Solange Sie glauben, darüber sprechen zu müssen, ist es nötig.«

Max krümmte sich lautlos auf dem feuchten Erdboden, bis der Schmerz nachließ. Skink fing eine Sumpfschildkröte und bereitete zum Mittagessen eine Suppe. Während er das Feuer schürte, sagte er. »Max, ich gestatte Ihnen drei Fragen.«

»Drei?«

»Vorerst. Mal sehen, wie es läuft.«

Max warf einen mißtrauischen Blick auf die Fernbedienung. Skink versprach, es werde keine elektrischen Strafen für dumme Fragen geben. »Also, schießen Sie los.«

»Na schön«, sagte Max Lamb. »Wer sind Sie?«

»Mein Name ist Tyree. Ich habe im Vietnamkrieg gedient und später als Gouverneur dieses schönen Staates. Ich trat zurück aufgrund moralischer und philosophischer Konflikte. Die Einzelheiten wären für Sie nicht von Interesse.«

Max Lamb schaffte es nicht, seinen Unglauben zu kaschieren. »Sie waren Gouverneur? Erzählen Sie keinen Unsinn.«

»Ist das Frage Nummer zwei?«

Ungeduldig zerrte Max am Hundehalsband. »Nein. Die zweite Frage lautet: Warum ich?«

»Weil Sie ein ideales Ziel abgegeben haben. Sie mit Ihrer Videokamera, mit der Sie die ganze Gegend entweiht haben.«

Max Lamb glaubte sich verteidigen zu müssen. »Ich war nicht der einzige, der Aufnahmen gemacht hat. Es waren auch noch jede Menge andere Touristen unterwegs.«

»Aber Sie habe ich zuerst gesehen.« Skink schüttete heiße Suppe in eine Blechtasse und reichte sie seinem mißgelaunten Gefangenen. »Ein Hurrikan ist eine heilige Sache«, sagte er, »aber Sie haben ihn als Amüsement behandelt. Das hat mich geärgert, Max.«

Skink nahm den Topf von der Glut herunter und setzte ihn an die Lippen. Dampf wehte aus seinem Mund und beschlug sein Glasauge. Er setzte den Topf ab und wischte sich Schildkrötensuppe vom Kinn. »Ich war an einer Brücke festgebunden«, sagte er, »und sah, wie der Sturm sich aus dem Ozean erhob. Gott, was für ein Anblick!«

Er trat auf Max Lamb zu und hob ihn am Hemd hoch, wobei Max die Suppe, die er noch gar nicht gekostet hatte, fallen lassen mußte.

Skink hievte ihn auf Augenhöhe und sagte: »Zwanzig Jahre habe ich auf diesen Sturm gewartet. Wir waren so nahe dran, verdammt nahe dran. Zwei oder drei Grad weiter nach Norden, und wir wären im Geschäft gewesen...«

Max Lamb zappelte im eisernen Griff des Fremden. Skinks heiles Auge schimmerte von wilder, verträumter Leidenschaft.

»Sie haben noch eine Frage«, sagte er und ließ Max wieder auf die Füße herunter.

Nachdem er sich ein wenig erholt hatte, fragte Max: »Was geschieht jetzt?«

Skinks stürmischer Gesichtsausdruck löste sich zu einem Lächeln auf. »Was jetzt geschieht, Max, ist, daß wir zusammen unterwegs sind und die Lektionen des Lebens gemeinsam lernen.«

»Oh.« Max' Blick richtete sich besorgt auf das Propellerboot.

Der Gouverneur stieß ein bellendes Lachen aus, das einen Schwarm schneeweißer Silberreiher hochflattern ließ. Er fuhr seinem Gefangenen durchs Haar und sagte: »Wir richten uns nach den Gezeiten.«

Aber ein verzweifelter Max Lamb hatte wenig Interesse am wahren Abenteuer. Nun, da es schien, als würde er nicht ermordet, bedrückte ihn eine andere existentielle Sorge: *Wenn ich nicht nach New York zurückkomme, verliere ich meinen Job.*

Edie Marsh träumte von Segelbooten aus Teakholz und attraktiven jungen Kennedys, als sie spürte, wie die feuchte Hand von Tony Torres sich auf ihre linke Brust legte. Sie öffnete ein Auge einen Spaltbreit und seufzte.

»Hören Sie auf zu drücken. Das ist keine Tomate.«

»Darf ich mal sehen?« fragte Tony.

»Ganz bestimmt nicht.« Aber sie hörte das Quietschen der Gewichtsverlagerung, als der Verkäufer die Liege näher zu ihr schob.

»Niemand ist in der Nähe«, sagte er und fummelte an ihren Knöpfen herum. Dann folgte ein öliges Lachen. »Immerhin sind Sie meine Frau.«

»Mein Gott.« Edie spürte die Sonne auf ihren Brustwarzen und blickte nach unten. Also da waren sie – das Schwein hatte die Bluse aufgeknöpft. »Verstehen Sie kein Englisch?«

Tony Torres betrachtete zufrieden ihre Brüste. »Ja, Schätzchen, aber wer hat hier die Schrotflinte?«

»Ach, wie romantisch«, sagte Edie Marsh. »Droht mich zu erschießen – es gibt keine bessere Methode, um ein Mädchen in Stimmung zu bringen. Ehrlich, ich bin schon ganz feucht, wenn ich nur dran denke.« Sie stieß seine Hand weg und knöpfte ihre Bluse wieder zu. »Wo ist meine Sonnenbrille?« murmelte sie.

Tony legte sich die Remington-Flinte quer über den Bauch. Schweiß bildete in seinem Nabel eine Pfütze. »Du wirst drüber nachdenken«, sagte er zuversichtlich. »Das tun sie nämlich alle.«

»Ich denke auch an Krebs, aber das macht mich nicht scharf.« Für Edie war das einzige Attraktive an Tony Torres seine goldene Cartier-Armbanduhr, die wahrscheinlich so kitschig graviert war, daß man sie keinem Hehler andrehen konnte.

Er hatte noch eine Frage an sie. »Hast du's schon mal mit 'nem Mann ohne Haare getrieben?«

»Nee. Haben Sie schon mal venerische Warzen gesehen?«

Der Verkäufer schnaubte und wandte sich ab. »Hier scheint jemand schlechte Laune zu haben.«

Edie Marsh kramte die schwarze Ray-Ban-Sonnenbrille aus ihrer Handtasche und verschwand dahinter. Die Schrotflinte machte sie nervös, aber sie beschloß, cool zu bleiben. Sie versuchte das grelle Sommerlicht, das endlose Knattern und Dröhnen von Kettensägen und Müllwagen und das Rascheln von Tony Torres' Zeitung aus ihrem Bewußtsein zu verbannen. Die wärmenden Sonnenstrahlen machten es Eddie Marsh leicht, sich die Dünen von Martha's Vineyard oder die Privatstrände von Manalapan vorzustellen.

Ihr geistiger Abstecher wurde durch Schritte auf einem Bürgersteig auf der anderen Straßenseite unterbrochen. Sie hoffte, daß es Snapper war, aber er war es nicht. Es war ein Mann, der zwei kleine Dackel an der Leine führte.

Edie spürte Tonys Hand auf ihrer und hörte ihn sagen: »Liebling, würdest du mir die Schultern mit Sonnenöl einreiben?«

Schnell erhob sie sich aus dem Liegestuhl und überquerte die Straße. Der Mann schaute zu, wie seine Dackel gegen den abgebrochenen Pfosten eines Briefkastens pinkelten. Er hielt beide Leinen locker in einer Hand. Die Haltung seiner Schultern drückte eine tiefe Melancholie aus, die eigentlich durch das Auftauchen einer schönen Frau hätte vertrieben werden müssen.

Edie Marsh sagte zu ihm, die Hunde seien einfach reizend. Als sie sich bückte, um sie zu streicheln, warfen die Dackel sich synchron auf den Rücken und krümmten und streckten sich wie Würmer auf einem heißen Backblech.

»Wie heißen sie?«

»Donald und Marla«, erwiderte der Mann. Er war nicht groß, aber stämmig gebaut. Er trug ein pfirsichfarbenes Strickhemd und eine khakifarbene Sommerhose. Er musterte Edie fragend. »Wohnen Sie in diesem Haus da drüben?«

Sie sah, wie Tony Torres sie von seiner Liege aus beobachtete. Sie fragte den Fremden, ob er von der Midwest Casualty Versicherung käme. Er deutete mit einem Kopfnicken auf die Hunde. »Klar doch«, sagte er sarkastisch. »Und meine Assistenten kommen von Merrill Lynch.«

Die Dackel waren wieder aufgestanden, wedelten mit den Schwänzen und leckten Edies nackte Fußknöchel. Der Mann stieß sein Doppelkinn in Richtung Tony Torres. »Sind Sie mit ihm verwandt? Seine Ehefrau vielleicht oder seine Schwester?«

»Ich bitte Sie«, sagte Edie Marsh und schüttelte sich übertrieben.

»Okay, dann habe ich einen Rat für Sie. Machen Sie einen verdammt langen Spaziergang.«

Edies Gedanken begannen sich zu überschlagen. Sie schaute in beide Richtungen die Straße entlang, konnte aber Snapper nirgendwo sehen.

»Auf was zum Teufel warten Sie noch?« Er reichte ihr die beiden Hundeleinen. »Gehen Sie jetzt!«

Augustine erwachte von dem Duft frischen Kaffees und den Geräuschen einer verheirateten Frau, die in der Küche das Frühstück vorbereitete. Es schien der geeignete Zeitpunkt zu sein, die Lage zu überdenken.

Sein Vater saß im Gefängnis, seine Mutter war weggegangen, und die wilden Tiere seines verstorbenen Onkels waren ausgebrochen und trieben sich unter völlig ahnungslosen Rentnern und Pensionären herum. Augustine selbst war frei, und das im wahrsten und traurigsten Sinn des Wortes. Er hatte absolut keine persönliche Verantwortung zu tragen. Wie sollte er einen solchen Zustand Bonnie Lamb erklären?

Mein Vater war Fischer. Nebenbei schmuggelte er Drogen, bis er unweit der Insel Andros verhaftet wurde.

Meine Mutter ging nach Las Vegas und hat dort wieder geheiratet. Ihr jetziger Ehemann spielt Tenorsaxophon im Orchester von Tony Bennett.

Meine letzte Freundin war ein Beinmodel für einen größeren Strumpffabrikanten. Sie hat sich ein Haus in Brentwood, Kalifornien, gekauft, wo sie ausschließlich beschnittenen Filmagenten und dem einen oder anderen Regisseur einen bläst.

Und was ist mit Ihnen? wird Mrs. Lamb fragen. Wie verdienen Sie Ihren Lebensunterhalt?

Ich lese meine Kontoauszüge.

Und Mrs. Lamb wird mit höflicher Neugier reagieren, bis ich ihr von dem Flugzeugunglück erzähle.

Es passierte vor drei Jahren, als ich von Nassau nach Hause flog, nachdem ich meinen alten Herrn im Fox Hill Prison besucht hatte. Ich hatte nicht bemerkt, daß der Pilot betrunken war, bis er die zweimotorige Beechcraft in den Rumpf eines Hubschraubers der Küstenwache bohrte, der in einem Hangar auf dem Flughafen in Opa-Locka stand.

Danach schlief ich drei Monate und siebzehn Tage auf der Intensivstation des Jackson-Hospitals. Als ich aufwachte, war ich reich. Der Versicherer des Charterservice hatte sich mit einem Rechtsanwalt geeinigt, den ich nicht kenne und den ich bis auf den heutigen Tag nie zu Gesicht bekommen habe. Ein Scheck über achthunderttausend Dollar kam bei mir an, und zu meiner großen Überraschung habe ich das Geld klug investiert.

Dann wird Mrs. Lamb, wenn ich sie richtig einschätze, sagen: Was *tun* Sie denn nun?

Ehrlich gesagt, ich weiß es nicht genau ...

Die Unterhaltung bei Speck und Toast verlief nicht genau so, wie Augustine sie sich vorgestellt hatte. Am Ende der Geschichte blickte Bonnie Lamb über den Rand ihrer Kaffeetasse und fragte: »Haben Sie daher die Narbe – von dem Flugzeugunglück?«

»Welche Narbe?«

»Die Y-förmige unten an ihrem Rücken.«

»Nein«, sagte Augustine vorsichtig. »Das ist etwas anderes.« Er nahm sich vor, nie mehr ohne Hemd herumzulaufen.

Später, während sie den Tisch abräumte, erkundigte Bonnie sich nach seinem Vater.

»Er wurde ausgeliefert«, berichtete Augustine, »aber er zieht Talladega den Bahamas ganz entschieden vor.«

»Stehen Sie beide sich nahe?«

»Sicher«, sagte Augustine. »Es sind nur elfhundert Kilometer.«

»Wie oft besuchen Sie ihn?«

»Immer wenn ich wütend und deprimiert werden will.«

Augustine hatte sich oft gewünscht, daß der Flugzeugcrash seine Erinnerungen an den letzten Besuch im Fox Hill Prison ausgelöscht hätte, aber das hatte er nicht. Sie hätten über die Auslieferung reden sollen, über das Engagement eines halbwegs anständigen Rechtsanwalts in den Vereinigten Staaten und über ein mögliches Geschäft mit Staatsanwälten, damit sein alter Herr möglicherweise noch vor der Jahrtausendwende rauskäme.

Aber Augustines Vater wollte über etwas ganz anderes reden, als sein Sohn ihn besuchte. Er wollte ihn um einen Gefallen bitten.

– Bollock, du erinnerst dich an Bollock? Er schuldet mir einen Teil der Lieferung.

– Die Antwort ist nein.

– Komm schon, A. G. Ich muß die Anwälte bezahlen. Nimm Leaker und Ape mit. Sie kommen mit Bollock zurecht. Aber nicht mit dem Geld. Das sollst nur du in Empfang nehmen.

– Dad, ich glaub's nicht. Ich kann es einfach nicht fassen...

– Hey, fahr mal runter nach Nassau in den Hafen. Sieh dir an, was sie mit meinem Boot gemacht haben! Ape erzählte, sie hätten das Radar und die gesamte Elektronik ausgebaut.

– Na und? Du hattest sowieso keine Ahnung, wie man damit umgeht.

– Hör mal, Klugscheißer, ich wurde beschossen. Und es war mitten in der Nacht.

– Trotzdem ist es nicht so einfach, ein Sechzig-Fuß-Boot in zwanzig Zentimeter Wasser zu parken. Wie hast du das eigentlich geschafft?

– Hüte deine Zunge, mein Junge!

– Wie kann sich ein erwachsener Mann nur mit Typen abgeben, die Leaker und Ape heißen? Sieh nur, wohin dich das gebracht hat.

– A. G., ich würde wirklich gern mit dir alte Erinnerungen auffrischen, aber der Wächter meint, unsere Zeit sei um. Also, machst du es? Geh zu Henry Bollock unten auf Big Pine. Hol meinen Anteil und bring ihn auf den Caymaninseln unter. Was ist so schlimm daran?

– Erbärmlich.

– Was?

– Ich sagte, du bist erbärmlich.

– Soll ich das als »Nein« verstehen? Du willst es also nicht für mich tun?

– Herrgott im Himmel.

– Du enttäuschst mich, Junge.

– Und ich bin stolz auf dich, Dad. Ich poliere immer meine Knöpfe, sobald dein Name irgendwo genannt wird.

Und Augustine entsann sich, was er dachte, als er in der

Beechcraft auf der Rollbahn in Nassau saß: Er ist ein hoffnungsloser Fall, mein alter Herr. Er lernt es einfach nicht. Er kommt aus dem Gefängnis und fängt gleich wieder damit an.

Ein Sohn sieht einem Mann in die Augen und nennt ihn erbärmlich, *erbärmlich*. Jeder andere Vater hätte geflucht oder geschrien oder dem Jungen eine gescheuert. Meiner nicht. Bei Gott, nicht wenn Drogengeld kassiert werden muß. Also, wie ist es, A. G.?

Scheiß auf ihn, dachte Augustine. Nicht wegen dem, was er getan hat und was er transportiert hat, sondern weil seine dämliche, egoistische Habgier stärker ist als alles andere. Eigentlich hätte er mich aufziehen sollen, verdammt noch mal, nicht ich ihn.

Und dann startete das Flugzeug.

Und dann kam es runter.

Und Augustine sah nun die Welt und seinen Platz in ihr nicht mehr so wie vorher. Manchmal war er sich nicht ganz sicher, ob es tatsächlich der Unfall gewesen war, der ihn verändert hatte, oder der Besuch bei seinem Vater im Fox Hill Prison.

Im FBI-Hauptquartier unterhielt Bonnie Lamb sich eine Stunde lang mit nervtötend höflichen Agenten. Einer von ihnen wählte ihren Anrufbeantworter an und nahm Max' seltsame Entführungsmeldung auf Band auf. Sie schärften ihr ein, sofort das Büro zu benachrichtigen, wenn sie eine glaubwürdige Lösegeldforderung erhielt. Dann, und erst dann, würde die Abteilung für Kidnapping den Fall übernehmen. Die Agenten wiesen Bonnie an, ihren Anrufbeantworter öfter abzuhören und auf keinen Fall irgendwelche Aufnahmen zu löschen. Ihnen schien es im Grunde gleichgültig zu sein, ob sie in Miami blieb und ihren Mann suchte, oder ob sie nach New York zurückkehrte und dort wartete.

Die Agenten überließen Bonnie Lamb für kurze Zeit ein Büro, wo sie erfolglos versuchte, Max' Eltern zu erreichen, die sich auf einer Europareise befanden. Danach rief Bonnie ihre eigenen

Eltern an. Ihre Mutter klang aufrichtig entsetzt, ihr Vater reagierte wie üblich hilflos. Er machte ihr das halbherzige Angebot, nach Florida zu fliegen, aber Bonnie erwiderte, das sei nicht nötig. Sie könne ohnehin nichts anderes tun, als auf Max zu warten oder darauf, daß der Kidnapper sich wieder meldete. Bonnies Mutter versprach ihr, per Federal Express Geld und ein Foto von Max für die Polizei zu schicken.

Das letzte Telefongespräch führte Bonnie Lamb mit Peter Archibald von der Werbeagentur Rodale & Burns in Manhattan. Max Lambs Kollege war geschockt von Bonnies Nachricht, versprach aber, die vom FBI geforderte Vertraulichkeit zu wahren. Als Bonnie die wilden Instruktionen ihres Mannes zu den Zigarettenreklametafeln weitergab, sagte Peter Archibald: »Du hast einen echten Kämpfer geheiratet, Bonnie.«

»Danke, Peter.«

Augustine lud sie zum Mittagessen in ein Fischrestaurant ein. Sie bestellte einen Gin Tonic und sagte: »Mich interessiert Ihre ehrliche Meinung über die FBI-Typen.«

»Okay. Ich glaube, sie hatten Probleme mit dem Tonband.«

»Max klang nicht ängstlich genug.«

»Schon möglich«, sagte Augustine. »Und, wie ich schon erwähnte, er schien sich zuviel Sorgen um den Marlboro-Etat zu machen.«

»Es ist Broncos«, korrigierte Bonnie. An der Art und Weise, wie sie bei dem Gin den Mund verzog, konnte Augustine erkennen, daß sie so gut wie keinen Alkohol trank.

»Demnach haben sie mich unter der Rubrik ›sitzengelassene Ehefrau‹ einsortiert.«

»Überhaupt nicht. Sie haben eine Akte angelegt. Sie sind die verdammt besten Aktenanleger der ganzen Welt. Dann schikken sie Ihr Tonband ins Audiolabor. Wahrscheinlich werden sie sogar einige Telefongespräche führen. Aber Sie haben ja gesehen, wie verlassen die Büros waren – die Hälfte der ganzen Besatzung ist zu Hause und beseitigt Sturmschäden.«

»Aber wegen eines Hurrikans bleibt doch die Welt nicht stehen!«

»Nein«, sagte Augustine, »aber sie gerät ganz schön ins Wakkeln. Ich nehme die Shrimps, und Sie?«

Mrs. Lamb redete erst wieder, als sie im Pick-up saßen und nach Süden ins Hurrikangebiet rollten. Sie bat Augustine, zum Leichenschauhaus des County zu fahren.

Er dachte: Hätte sie nicht *vor* dem Mittagessen auf diese blendende Idee kommen können?

Snapper hatte weder den Ehrgeiz noch die Energie, um ein Krimineller klassischer Prägung zu sein. Er betrachtete sich selbst als gerissenen Opportunisten. Er würde niemals planen, ein Schwerverbrechen zu begehen, es sei denn, es ergab sich durch Zufall. Er glaubte daran, daß ihm die Dinge in den Schoß fielen, denn es entsprach seinem Lebensstil minimaler Anstrengung.

Er hörte die Kids schon lange, ehe er sie sah. Der frisierte Cherokee plärrte Snoop Doggy Dogg durch die Nachbarschaft und brachte die paar Fenster zum Klirren, die der Hurrikan nicht zerschmettert hatte. Die Kids fuhren einmal vorbei, umrundeten den Block und tauchten noch einmal auf.

Snapper grinste vor sich hin und dachte, es sind die verdammten Nadelstreifen. Sie glauben, ich hätte Geld in der Tasche.

Er ging weiter. Als der Cherokee ein drittes Mal erschien, war der Rapgesang ausgeschaltet. Dämlich, dachte Snapper. Weshalb hatten sie keine Reklametafel bei sich? *Alle mal herschauen, wie wir den Kerl ausrauben!*

Während der Jeep von hinten heranrollte, ging Snapper zur Seite und verlangsamte sein Tempo. Er nahm Tony Torres' Gartenschlauch von der Schulter und trug ihn aufgerollt mit beiden Händen vor sich her. Der Cherokee kam auf gleiche Höhe. Einer der Jungen hing aus dem Beifahrerfenster. Er winkte Snapper mit einer verchromten Pistole.

»Hey, Mother-fucker!« rief der Junge.

»Guten Morgen«, erwiderte Snapper. Er schlang geschickt dem Jungen ein Stück Gartenschlauch um den Kopf und zerrte ihn mit einem Ruck aus dem Wagen. Als der Junge aufs Pflaster knallte, ließ er die Pistole fallen. Snapper hob sie auf. Er stellte einen Fuß auf die Brust des Jungen und begann mit einer Hand, den Schlauch um den Hals des Jungen zuzudrehen.

Die anderen Straßenräuber quollen aus dem Cherokee mit der Absicht, ihren Freund zu retten und den häßlichen Fatzke im glänzenden Anzug zu töten, aber ihr Plan änderte sich, als sie erkannten, wer die Pistole hatte. Sie rannten davon.

Snapper wartete, bis der Junge auf dem Erdboden beinahe bewußtlos war, ehe er den Schlauch lockerte. »Ich muß mir was Benzin leihen«, sagte Snapper, »um Sally Jessy sehen zu können.«

Der Junge richtete sich langsam auf und massierte seinen Hals, der dort blutete, wo die drei goldenen Halsketten ins Fleisch eingeschnitten hatten. Er trug ein Trägerhemd, um die Tätowierungen auf seinem linken Bizeps zu präsentieren – ein Bandenemblem und den Spitznamen »Babyschänder«.

»Baby, hast du einen Benzinkanister?« fragte Snapper.

»Scheiße, nein«, röchelte der Junge.

»Sehr schade. Dann muß ich wohl den ganzen Wagen nehmen.«

»Mir egal. Er gehört mir nicht.«

»Tja, so was hatte ich mir schon gedacht.«

»Mann, was stimmt mit Ihrem Gesicht nicht?« fragte der Junge nun.

»Wie bitte?«

»Ich hab gefragt, was mit Ihrer Scheißvisage nicht in Ordnung ist.«

Snapper ging zum Cherokee und holte die Snoop-Doggy-Dogg-CD aus dem Player. Er benutzte die glänzende Seite wie einen kleinen Spiegel und tat so, als bewundere er sich selbst.

»Sieht doch völlig in Ordnung aus«, sagte er nach mehreren Sekunden.

Der Junge grinste blöde. »Scheiße!«

Snapper drückte die Pistole gegen die Schläfe des Jungen und befahl ihm, sich auf den Bauch zu legen. Dann zog er dem Straßenräuber die Hose bis zu den Fußknöcheln hinunter.

Ein Hebebühnenwagen der Florida Power and Light kam die Straße hinunter. Der Junge rief um Hilfe, aber der Fahrer kümmerte sich nicht um ihn.

Indem er sich verdrehte, um über die Schulter nach hinten zu schauen, sah Babyschänder, wie Snapper die CD zum Himmel reckte, als wäre sie eine verchromte Hostie.

»Das ist das Beschissenste an Musik, das ich je gehört habe«, erklärte Snapper.

»Mann, was ham Se damit vor?«

»Rat mal.«

Ira Jackson stand mit dem Rücken zur Sonne. Tony Torres blinzelte und überschattete mit einer Hand die Stirn.

»Kenne ich Sie etwa?« fragte der Verkäufer. »Natürlich kenne ich Sie.«

»Meine Mutter war Beatrice Jackson.«

»Ich sagte doch, daß ich mich an Sie erinnere.«

»Sie ist tot.«

»Das hab ich gehört. Es tut mir sehr leid.« Ausgestreckt auf der Liege fühlte Tony Torres sich verletzlich. Er zog beide Knie an, um eine Stütze für die Schrotflinte zu haben.

Ira Jackson fragte Tony, ob er sich noch an etwas anderes erinnere. »Zum Beispiel daran, daß Sie meiner Mutter versichert haben, das Mobilheim sei ebenso standfest und sicher wie ein normales Einfamilienhaus.«

»Hey, Freundchen, so was hab ich nie behauptet.« Tony Torres wäre am liebsten aufgestanden, aber das war ein recht schwieriges Unterfangen. Eine falsche Bewegung, und die zerbrechliche Sonnenliege würde unter seinem Gewicht zusammenbrechen.

»›Amtlich geprüft und zugelassen‹, habe ich erklärt, Mr. Jackson. Das waren genau meine Worte.«

»Meine Mutter ist tot. Das Komfortheim wurde völlig zerlegt.«

»Nun, es war ein höllischer Hurrikan. ›Der Wirbelsturm des Jahrhunderts‹, hieß es im Fernsehen.« Tony Torres begann sich zu fragen, ob dieser blöde Affe nicht die Remington sah, die auf seinen Schwanz zielte. »Wir haben es hier mit einer Naturkatastrophe zu tun, mein Freund. Sehen Sie sich an, was mit den Häusern ringsum passiert ist. Auch mit meinem Haus. Verdammt, es hat die gesamte Homestaed Air Force Base weggeblasen! Vor so etwas gibt es keinen Schutz. Das mit Ihrer Mutter tut mir leid, Mr. Jackson, aber ein Wohnwagen ist nun mal ein Wohnwagen.«

»Was ist mit den Halterungen passiert?«

O Jesus, dachte Tony. Wer kam denn schon auf die Idee, sich die verdammten Halterungen anzusehen? Er gab sich Mühe, den Entrüsteten zu mimen. »Ich habe keine Ahnung, wovon Sie reden.«

Ira Jackson erklärte es ihm sofort. »Ich habe zwei davon an einem abgebrochenen Teil des Mobilheims hängen sehen. Die Gurte waren völlig verrottet. Die Erdschrauben waren gekürzt. Und es gab keine Ankerplatten – diese Scheiße habe ich mit eigenen Augen gesehen.«

»Sie irren sich bestimmt. Alles ist einer Inspektion unterzogen worden, Mr. Jackson. Jedes Mobilheim, das wir verkauft haben, wurde genauestens überprüft.« Die Selbstsicherheit war aus der Stimme des Verkäufers verschwunden. Er fühlte sich unbehaglich, während er mit einer gesichtslosen Silhouette diskutierte.

»Geben Sie es zu«, sagte Ira Jackson. »Jemand hat die verdammten Erdschrauben abgeschnitten, um sich die paar Dollar für die Installation zu sparen.«

»Wenn Sie so weiterreden«, warnte Tony Torres, »verklage ich Sie wegen übler Nachrede!«

Noch bevor es als besondere Bedingung in seine Bewährungsauflagen aufgenommen wurde, hatte Ira Jackson schon keine Schußwaffe besessen. In den vielen Jahren seiner Tätigkeit als professioneller Schläger hatte er die Erfahrung gemacht, daß Männer, die mit Schußwaffen herumfuchtelten, auch stets mit einer erschossen wurden. Ira Jackson bevorzugte den persönlichen Kontakt, wie er mit Brechstangen, Aluminiumbaseballschlägern, Nunchakuhölzern, Klaviersaiten, Tischbesteck oder Tennissocken voller Senkblei hergestellt werden konnte. Jeder dieser Gegenstände wäre mit Tony Torres leicht fertig geworden, aber Ira Jackson war mit nichts als seinen nackten Fäusten zum Haus des Verkäufers gekommen.

»Was wollen Sie?« fragte Tony Torres.

»Eine Erklärung.«

»Die ich Ihnen gerade gegeben habe.« Tonys Augen tränten vom ständigen Starren in die grelle Sonne, und er begann sich Sorgen zu machen. Edie, die eisige Jungfrau, war mit Ira Jacksons Hunden verschwunden – was zum Teufel hatte *das* zu bedeuten? Stecken sie etwa unter einer Decke? Und wo war dieser Irre in dem schlechtsitzenden Anzug, sein sogenannter Leibwächter?

Tony sagte zu Ira Jackson: »Ich glaube, es wird Zeit, daß Sie gehen.« Er schwenkte die Schrotflinte in Richtung Straße.

»Ist das die Art, wie Sie unzufriedene Kunden behandeln?«

Ein spöttisches Lachen brach aus dem Verkäufer hervor. »Kumpel, Sie sind doch sicher nicht hergekommen, um auf einer Rückerstattung zu bestehen.«

»Sie haben recht.« Ira Jackson war froh über den Lärm in der Nachbarschaft – Hämmer, Bohrer, Sägen, Stromgeneratoren. Alle Leute waren intensiv damit beschäftigt, ihre Behausungen zu reparieren. So wurden eventuelle Geräusche übertönt, falls der Mobilheimverkäufer sich wehren sollte.

Tony Torres sagte: »Wenn Sie glauben, ich würde diese Kanone nicht benutzen, dann irren Sie sich gewaltig. Sehen Sie sich mal das Loch im Garagentor an.«

Ira Jackson stieß einen anerkennenden Pfiff aus. »Ich bin beeindruckt, Mr. Torres. Sie haben ein Haus erschossen.«

Tonys Gesichtszüge verhärteten sich. »Ich zähle bis drei.«

»Meine Mutter wurde von einem Gartengrill getroffen.«

»*Eins!*« begann der Verkäufer. »Mit jeder Sekunde sehen Sie einem Plünderer ähnlicher, Mister.«

»Sie haben geschworen, ihr Heim wäre sicher. All diese armen Menschen – wie zum Teufel können Sie nachts ruhig schlafen?«

»*Zwei!*«

»Beruhigen Sie sich, Sie fettes Arschloch. Ich gehe ja schon.« Ira Jackson machte kehrt und schlenderte langsam zur Straße zurück.

Tony Torres holte tief Luft. Seine Zunge fühlte sich an wie Sandpapier. Er senkte den Lauf der Remington, bis er auf einer seiner Kniescheiben lag. Er beobachtete, wie der Sohn von Beatrice Jackson in der Zufahrt in die Knie ging, als wollte er sich einen Schuh zubinden.

Indem er sich halb aufrichtete, um besser sehen zu können, brüllte Tony: »Machen Sie voran, Sportsfreund!«

Der Kaminstein traf ihn völlig überraschend – erstens sein Gewicht, fast dreißig Pfund soliden Betons, und zweitens die Tatsache, daß Ira Jackson einen so schweren Gegenstand in Kugelstoßtechnik mit derartiger Zielsicherheit werfen konnte.

Als er gegen die Brust des Verkäufers prallte, schlug ihm der Betonklotz die Flinte aus der Hand, das Bier aus der Blase und die Luft aus den Lungen. Tony gab einen feuchten Zischlaut von sich, ähnlich einem Wasserbett, wenn es platzt.

So wuchtig war der Aufprall des Betonklotzes, daß er Tony Torres in der Taille einknicken ließ und den Liegestuhl veranlaßte, wie eine übergroße Mausefalle über ihm zuzuklappen.

Das Stöhnen, das er von sich gab, während Ira Jackson ihn zum Wagen schleifte, war bei dem Kettensägenchor seiner Nachbarn praktisch nicht zu hören.

7. KAPITEL

Das Büro des Gerichtsmediziners von Dade County war ruhig, sauber und modern – es entsprach in keiner Hinsicht Bonnie Lambs Vorstellung von einem städtischen Leichenschauhaus. Sie bewunderte die Umsicht des Architekten. Die Gestaltung des Gebäudes vermied erfolgreich jeglichen Hinweis auf Mord und Totschlag. Mit seinem sachlichen und geradezu religiös unauffälligen Aussehen hätte es als Gebietszentrale einer Versicherung oder einer Hypothekenbank durchgehen können, bis auf die Leichen im Nordflügel.

Eine freundliche Sekretärin brachte Kaffee für Bonnie Lamb, während Augustine sich kurz mit einem stellvertretenden Gerichtsmediziner unter vier Augen unterhielt. Der junge Arzt erinnerte sich an Augustine, der eine Woche vorher erschienen war, um die von einer Schlange gebissenen sterblichen Überreste seines Onkels abzuholen. Der Pathologe nahm mit Interesse Augustines Bericht zur Kenntnis, daß die tropische Viper, die Felix Mojack getötet hatte, nun in Freiheit war. Er schickte per E-Mail ans Jackson Memorial eine Meldung, worin er der Notaufnahme riet, für alle Fälle einen größeren Vorrat an Schlangenserum zu ordern. Dann verschwand er mit einer Fotokopie von Bonnie Lambs Vermißtenanzeige im Flur.

Als er zurückkehrte, sagte der Pathologe, daß das Leichenschauhaus zwei nicht identifizierbare Tote hätte, auf die in etwa die Beschreibung Max Lambs zuträfe. Augustine überbrachte Bonnie diese Neuigkeit.

»Meinen Sie, Sie schaffen das?« fragte er.

»Wenn Sie mich begleiten.«

Es war ein langer Weg bis zum Obduktionssaal, wo die Temperatur um mindestens fünfzehn Grad absackte. Bonnie Lamb ergriff Augustines Hand, während sie an den Stahltischen mit ihren Blutablaufrinnen entlanggingen, auf denen ein halbes Dutzend Leichen in unterschiedlichen Stadien der Sektion lagen. Im Raum herrschte ein lähmender Geruch. Es war eine widerlich süße Mischung aus Chemikalien und totem Fleisch. Augustine spürte, wie Bonnies Hand eisig kalt wurde. Er fragte, ob sie gleich ohnmächtig würde.

»Nein«, erwiderte sie. »Es ist nur ... o Gott, ich dachte, sie wären alle mit Laken bedeckt.«

»Nur im Kino.«

Der erste unbekannte Tote hatte glattes Haar und schüttere, ungleichmäßige Koteletten. Er war weiß und im gleichen Alter, hatte aber sonst keinerlei Ähnlichkeit mit Max Lamb. Die Augen des Toten waren grünlich blau. Max' Augen waren braun. Trotzdem starrte Bonnie ihn eindringlich an.

»Wie ist er gestorben?«

»Ist das Max?« fragte Augustine.

Sie schüttelte heftig den Kopf. »Aber sagen Sie mir, wie er gestorben ist.«

Mit einem Kugelschreiber deutete der junge Pathologe auf ein Loch von der Größe eines Vierteldollars unterhalb der linken Achselhöhle des Toten. »Eine Schußwunde«, sagte er.

Augustine und Bonnie Lamb folgten dem Arzt zu einem anderen Tisch. Hier war die Todesursache kein Rätsel. Der zweite Unbekannte hatte einen schrecklichen Unfall gehabt. Er war skalpiert, und sein Gesicht war bis zur Unkenntlichkeit zerstört. Die schwarze Linie einer Obduktionsnaht erstreckte sich von seiner Brust bis zum Unterleib.

»Ich weiß nicht«, stammelte Bonnie, »ich kann nicht sagen, ob ...«

»Sehen Sie sich seine Hände an«, sagte der Pathologe.

»Kein Trauring«, stellte Augustine fest.

»Bitte. Sie sollen ihn sich anschauen«, sagte der Pathologe. »Wir nehmen ihnen den Schmuck ab und bewahren ihn auf.«

Bonnie umkreiste benommen den Tisch. Der bläuliche Schimmer der Haut des Toten machte es schwierig, die normale Farbe seines Teints zu erkennen. Er hatte eine Figur wie Max – schmale Schultern, eine knochige Brust mit einer von bläulichen Venen durchzogenen Rolle Babyspeck in Taillenhöhe. Die Arme und Beine waren schlank und mit feinen Härchen bedeckt wie bei Max...

»Ma'am, was ist mit den Händen?«

Bonnie Lamb zwang sich hinzuschauen und war froh, daß sie es getan hatte. Die Hände gehörten nicht zu ihrem Ehemann. Die Fingernägel waren schmutzig und abgekaut. Max hingegen schwor auf sorgfältige Maniküre und abschließendes Polieren seiner Fingernägel.

»Nein, er ist es nicht.« Sie redete sehr leise, als habe sie Angst, den Mann ohne Gesicht aufzuwecken.

Der Arzt wollte wissen, ob ihr Mann irgendwelche besonderen Kennzeichen hätte. Bonnie erwiderte, sie habe nichts bemerkt, und hatte Schuldgefühle – als hätte sie nicht genug Zeit damit verbracht, die Details von Max' Körper und Extremitäten zu untersuchen. War es nicht so, daß die meisten Liebenden die intimsten Mängel ihrer Partner auswendig kannten?

»Ich erinnere mich an ein Muttermal«, sagte sie eifrig, »an einem seiner Ellbogen.«

»An welchem?« fragte der Pathologe.

»Das weiß ich nicht.«

»Als ob das so wichtig wäre«, sagte Augustine. Er wollte schnellstens von dort weg. »Untersuchen Sie doch einfach beide Arme, okay?«

Der Arzt schaute nach. Die Ellbogen des Toten wiesen keine Muttermale auf. Bonnie wandte sich von der Leiche ab und lehnte den Kopf gegen Augustines Brust.

»Er fuhr auf einem gestohlenen Motorrad«, erklärte der Doktor, »und hatte einen gestohlenen Mikrowellenherd hinter sich festgebunden.«

Augustine seufzte zornig. »Also ein Plünderer.«

»Genau. Fuhr mit hundertzwanzig Sachen gegen einen Holzlaster.«

»Und das erzählt er uns *jetzt erst*«, stöhnte Bonnie Lamb.

Die Erleichterung machte sich bei ihr erst bemerkbar, als sie wieder in Augustines Pick-up saß. *Der Mann im Leichenschauhaus war nicht Max, denn Max ist noch am Leben. Das ist gut. Das ist ein Grund, dankbar zu sein.* Dann begann Bonnie zu zittern, als sie sich vorstellte, wie ihr Mann, ausgenommen wie ein Fisch, auf einem glänzenden Stahltisch lag.

Als sie in die Gegend zurückkehrten, in der Max Lamb verschwunden war, stand der Mietwagen auf den Radfelgen. Die Motorhaube war geöffnet, und der Kühler war verschwunden. Augustines Nachricht unter dem Scheibenwischer war unberührt – ein Beweis, merkte er an, für den Analphabetismus unter den Autodieben. Er bot an, einen Abschleppwagen herzubestellen.

»Später«, sagte Bonnie knapp.

»Das meinte ich auch. Später.« Er schloß seinen Truck ab und aktivierte die Alarmanlage.

Sie wanderten fast zwei Stunden lang durch die Straßen, Augustine mit der .38er Special im Hosenbund. Er hielt es für möglich, daß Max Lambs Entführer sich irgendwo versteckt haben könnte, daher untersuchten sie jedes verlassene Haus der Siedlung. Während sie von einem Block zum nächsten marschierten, unterhielt Bonnie sich mit Leuten, die ihre ramponierten Häuser ausbesserten. Sie hoffte, daß einer sich daran erinnerte, Max am Morgen nach dem Hurrikan gesehen zu haben. Mehrere Hausbewohner lieferten lebhafte Schilderungen von Affen, die sie gesehen hatten, aber Bonnie fand niemanden, der sich an die Entführung eines Touristen erinnern konnte.

Augustine fuhr sie zu einem Posten der Stadtpolizei, wo sie einen Abschleppdienst benachrichtigte und mit der Mietwagenagentur in Orlando telefonierte. Dann wählte sie die Nummer ihrer New Yorker Wohnung, um den Anrufbeantworter abzuhören. Nachdem sie eine Minute lang zugehört hatte, drückte sie auf den Wahlwiederholungsknopf des Telefons und reichte Augustine den Hörer.

»Unglaublich«, sagte sie.

Max Lambs Stimme war in der Leitung. Das Rauschen war so stark, als riefe er aus Tibet an.

»Bonnie, Liebling, alles ist okay. Ich glaube nicht, daß mein Leben in Gefahr ist, aber ich kann nicht sagen, wann ich freigelassen werde. Es ist zu heikel, um es am Telefon zu erklären – ach ja, Moment noch, er will, daß ich etwas vorlese. Bereit? Hör zu:

›Ich habe nichts mit der knarrenden Maschinerie der Humanität gemein – ich gehöre der Erde! Ich sage das auf meinem Kopfkissen liegend und kann die Hörner aus meinen Schläfen sprossen fühlen.‹«

Nach einer mit Rauschen erfüllten Pause: »Bonnie, Schatz, es klingt schlimmer als es ist. Bitte sag meinen Eltern nichts – Dad soll sich nicht ohne Grund aufregen. Und ruf, bitte, Pete an, er soll mich krank melden, falls die ganze Affäre noch länger dauert. Und sag ihm, er soll im sechsten Stock Bescheid sagen, daß die Bronco-Konferenz ausfällt. Vergiß es nicht, okay? Sag ihm, daß auf keinen Fall Bill Knapp einspringen soll. Es ist noch immer mein Etat . . .«

Max Lambs Stimme versank in einem Durcheinander aus hallenden Knack- und Kratzlauten. Augustine legte auf. Er brachte Bonnie zu seinem Pick-up zurück.

Als sie einstieg, sagte sie: »Das alles macht mich noch verrückt.«

»Wir rufen aus meinem Haus noch einmal an und nehmen alles auf Band auf.«

»Oh, wenn das FBI die Nachricht hört, werden sie bestimmt Dampf machen. Vor allem nach diesem seltsamen Text.«

»Ich glaube, es ist ein Zitat.«

»Was soll es bedeuten?«

Augustine langte über ihren Schoß hinweg und deponierte die .38er Special im Handschuhfach. »Es bedeutet«, sagte er, »daß Ihr Mann vermutlich nicht so sicher ist, wie er glaubt.«

Im großen und ganzen waren die in Nord-Florida stationierten Angehörigen der Highway Patrol nicht unbedingt begeistert, als sie von ihrer vorübergehenden Versetzung nach Süd-Florida erfuhren. Viele hätten den Dienst in Beirut oder in Somalia vorgezogen. Die Ausnahme bildete Jim Tile. Ein Ausflug nach Miami bescherte ihm viel wertvolle Zeit mit Brenda Rourke, obgleich die Doppelschichten im Hurrikangebiet ihnen kaum genug Energie ließ, um sich nach Feierabend erschöpft in die Arme zu fallen.

Jim Tile hatte nicht mit einer Störung durch den Gouverneur gerechnet, aber allzu überraschend kam es für ihn nicht. Der Mann verehrte Wirbelstürme. Seine Gegenwart zu ignorieren, wäre selbstsüchtig und unverantwortlich gewesen. Der Trooper nahm weder die Freundschaft auf die leichte Schulter noch die Fähigkeit seines Freundes zu ungewöhnlich bizarren Verhaltensweisen. Jim Tile hatte keine andere Wahl, als zu versuchen, in seiner Nähe zu bleiben.

Im Zeitalter der Political Correctness konnte ein großer schwarzer Mann in einer makellos gebügelten Polizeiuniform nach seinem eigenen Gutdünken durch die Korridore weißer reaktionärer Bürokratie marschieren und nicht einmal aufgehalten werden. Jim Tile nutzte diese Tatsache in den Tagen nach dem großen Sturm weidlich aus. Er zeigte sich bei den Deputies von Dade County, bei der Polizei von Homestead, bei Feuerwehrleuten, Rote-Kreuz-Helfern, der Nationalgarde, beim Armeekommando und bei den eifrig herumwieselnden Gesandten der Federal Emergency Management Agency. Zwischen seinen Arbeitsschichten versorgte Jim Tile sich mit Kaffee und A-Formularen, 911er-Anruferlisten, Computerausdrucken und handgeschriebenen Einsatzberichten – er suchte nach nichts Speziellem, sondern nur nach einem Zeichen.

Es sah allerdings so aus, als sei nach dem Durchzug des Sturms der Wahnsinn ausgebrochen. Jim Tile blätterte den Papierwust durch und dachte, mein Gott, in der gesamten Stadt drehen die Leute ja durch.

Die beim Wiederaufbau eingesetzten Maschinen entwickelten sich zu neuartigen Waffen für häusliche Gewalttaten. Tausende von Sturmopfern waren losgezogen, um Kettensägen zum Entfernen der Trümmer zu erstehen, und nun wurden die gefährlichen Maschinen dazu benutzt, dem Zorn der Besitzer Luft zu machen. Ein Gentleman mit einer Black & Decker versuchte einen besonders sturen Versicherungsgutachter zu köpfen. Eine alte Frau in Florida City brachte den stimmgewaltigen Papagei eines Nachbarn mit einer leichtgewichtigen Sears zum Schweigen. Und in Sweetwater entfernten zwei Angehörige einer Jugendbande einander die Arme (einen linken und einen rechten) bei einem kurzen Duell mit gestohlenen Homelites.

Während Kettensägen das Leben bei Tageslicht bestimmten, beherrschten Feuerwaffen die Nacht. Aus Angst vor Plünderern entleerten wachehaltende Hausbesitzer ihre großkalibrigen halbautomatischen Pistolen bei jedem Rascheln, Kratzen und Huschen in der Dunkelheit. Zu den Opfern gehörten sieben Katzen, dreizehn streunende Hunde, zwei Opossums und ein Mülltransporter, aber kein einziger Dieb. Bewohner einer ländlichen Gegend feuerten wild Dutzende von Kugeln ab, um eine, wie sie behaupteten, Horde plündernder Affen zu verscheuchen – eine Episode, die Jim Tile unter der Rubrik Massenhalluzination ablegte und gleich wieder vergaß. Er beschloß, seine Ermittlungsarbeiten auf die Tagesstunden zu begrenzen, wann immer sich dazu die Möglichkeit bot.

Fast alle vermißten Personen, die den Behörden gemeldet wurden, waren Ortsansässige, die vor dem Sturm geflüchtet waren und von ihren besorgten Verwandten im Norden nicht mehr erreicht werden konnten. Die meisten tauchten in Notunterkünften oder bei hilfsbereiten Nachbarn wieder auf. Aber ein Fall erregte Jim Tiles Aufmerksamkeit: ein Mann namens Max Lamb.

Laut den Informationen seiner Ehefrau waren die Lambs am Morgen nach dem Hurrikan unterwegs nach Miami. Mrs. Lamb erklärte gegenüber der Polizei, daß ihr Mann sich die Sturmschäden hätte ansehen wollen. Das überraschte den Trooper überhaupt nicht – die Straßen waren voll mit Fremden, die das Sturmgebiet als touristische Sehenswürdigkeit betrachteten.

Mr. Max Lamb hatte seinen Mietwagen verlassen, um Videoaufnahmen zu machen. Es erschien Jim Tile unwahrscheinlich, daß jemand aus Manhattan sich zu Fuß in dem simplen Straßenmuster einer Reihenhaussiedlung in Florida verirren konnte. Die Zweifel des Troopers erhielten durch einen anderen Zwischenfall, der in dem Aktenstapel versteckt war, weitere Nahrung.

Eine vierundsiebzig Jahre alte Frau hatte angerufen, um möglicherweise einen Raubüberfall zu melden. Er war vom Diensthabenden in der Telefonzentrale stichwortartig festgehalten worden.

»Anruferin meldet, Tatbeteiligter rannte am 10700er Block entlang über den Quail Roost Drive und trug anderen Verdächtigen auf der Schulter. Verdächtiger eins beschrieben als w/m, Größe und Gewicht unbekannt. Verdächtiger zwei ist w/m, Größe und Gewicht unbekannt.

Anruferin meldet, Verdächtiger zwei wehrte sich und war möglicherweise nackt. Verdächtiger eins führte eine Faustfeuerwaffe mit rotem Blinklicht (??) bei sich. Kontrolle der Gegend durch Einheiten 2334 und 4511 negativ.«

Jim Tile kannte keine Pistolen mit roten Blinklichtern, aber die meisten Videokameras verfügten über so etwas. Aus der Ferne konnte ein ängstlicher älterer Mensch eine Sony-Kamera durchaus mit einer Smith & Wesson verwechseln.

Vielleicht war die alte Frau Zeuge der Entführung von Mr. Max Lamb geworden. Jim Tile hoffte, daß es nicht so war. Er hoffte, daß die Beobachtung auf dem Quail Roost Drive nichts anderes war als eine typische Dade-County-Episode und nicht die Tat seines sehr beweglichen, im Sumpf hausenden Freundes, der bekanntermaßen wenig Achtung vor Touristen mit schlechten Manieren hatte.

Der Trooper fertigte eine Kopie von Mrs. Lambs Anzeige an und verstaute sie mit mehreren anderen in seinem Aktenkoffer. Wenn er dienstfrei hätte, würde er versuchen, ihr ein paar Fragen zu stellen.

Ihm blieben gerade noch zwanzig Minuten Zeit für ein gemeinsames Mittagessen mit Brenda, ehe sie beide eine neue Schicht beginnen mußten. Sie zu sehen, wenn auch nur kurz, war die Mühsal seines Einsatzes in den chaotischen Straßen von Süd-Florida allemal wert.

Jim Tile war deshalb höchst ungehalten, persönlich die gewaltsame Inbesitznahme eines Lastwagens der Heilsarmee miterleben, während er zum Red-Lobster-Restaurant fuhr, wo Brenda wartete. Der Trooper war verpflichtet, den Dieb zu verfolgen, und als alles vorbei war, hatte er seine Verabredung zum Mittagessen versäumt.

Während er den Lastwagendieb entwaffnete und mit Handschellen fesselte, überlegte Jim Tile laut, weshalb jemand mit einem Mindestmaß an Intelligenz eine Mac-10 benutzen sollte, um einen Lastwagen voll gebrauchter Kleidung zu stehlen. Der junge Mann sagte, ursprünglich habe er die Absicht gehabt, mit Farbe ein Bandenemblem auf die Seitenfläche des Heilsarmeelastwagens zu sprühen, aber ehe er damit fertig war, sei der verdammte Fahrer losgefahren. Der junge Mann erklärte weiter, er habe keine andere Wahl gehabt – da es eine Frage der

Selbstachtung war –, als die Maschinenpistole hervorzuholen und, ja, den beschissenen Truck zu stehlen.

Während Trooper Jim Tile den redseligen Lkw-Dieb in den Arrestkäfig seines Streifenwagens schob, schwor er sich im stillen, Brenda Rourke noch heftiger zu bestürmen, sich aus diesem Höllenloch namens Miami in ein zivilisierteres Höllenloch versetzen zu lassen, wo sie gemeinsam ihrer Arbeit nachgehen konnten.

Snapper war stolz darauf, wie er den Jeep Cherokee beschafft hatte, aber Edie Marsh zeigte kein Interesse an seiner Eroberung.

»Was ist damit?« Snapper deutete auf die Zwergdackel.

»Donald und Marla«, sagte Edie ungehalten. Die Tiere zerrten sie auf Tony Torres' Vorgarten hin und her und pinkelten mit begeisterter Hingabe. Edie staunte über die Kraft ihrer stummeligen Wiener-Würstchen-Beine.

»Übrigens«, sagte sie und stemmte sich gegen die Leinen, »dieses Arschloch hat gerade mal drei Minuten gebraucht, ehe er mir an die Titten ging.«

»Tolle Geschichte, demnach hast du die Wette gewonnen.«

»Nimm endlich diese verdammten Hunde!«

Snapper schreckte zurück. Zahlreiche Begegnungen mit deutschen Polizeischäferhunden hatten ewige Narben bei ihm hinterlassen, in physischer und seelischer Hinsicht. Im Lauf der Jahre war Snapper zu einem Katzenfan geworden.

»Laß sie doch einfach laufen«, schlug er Edie vor.

Sobald sie die Leinen fallen ließ, warfen die beiden Dackel sich vor ihre Füße und rollten sich zusammen.

»Wie schön«, sagte Snapper knurrig. »Hey, sieh mal, was ich gefunden habe.« Er holte die verchromte Pistole hervor, die er den Gangstern weggenommen hatte. Als er die billige Waffe hin und her drehte, stellte er fest, daß das Magazin leer war. »Verdammte Nigger«, schimpfte er und schleuderte sie in den trüben Swimmingpool.

Edie Marsh erzählte Snapper von dem harten Burschen mit dem New Yorker Akzent, der wegen Tony Torres gekommen war. »Du hast dir wieder mal den besten Moment ausgesucht, um zu verschwinden«, fügte sie hinzu.

»Halt die verdammte Klappe.«

»Nun, Tony ist weg. Sogar seine verdammte Strandliege. Du kannst dir selbst ausrechnen, was das bedeutet.«

»Scheiße.«

»Der kommt nicht mehr zurück«, sagte Edie ernst. »Jedenfalls nicht in einem Stück.«

Ein Betonklotz nahm die Stelle ein, wo Tonys Liege gestanden hatte. Snapper verfluchte sein armseliges Timing. Die zehn Riesen konnte er vergessen. Selbst in dem unwahrscheinlichen Fall, daß der Verkäufer zurückkam, würde er niemals zahlen. Snapper hatte großen Mist gebaut. Er war offenbar nicht zum Leibwächter geschaffen.

»Ich nehme nicht an, daß du einen neuen Plan hast«, sagte er.

Eine Sirene deckte Edies Antwort zu, die sie mit einer vertrauten Handbewegung unterstrich. Ein Krankenwagen kam den Calusa Drive heruntergerast. Snapper dachte, daß der Wagen Babyschänder zwecks eines ungewöhnlichen chirurgischen Eingriffs ins Krankenhaus brachte. Snapper wäre nicht überrascht, irgendwann in einer medizinischen Fachzeitschrift einen Bericht über diese Operation zu lesen.

Er entdeckte Tony Torres' Schrotflinte, die zerschmettert in der Auffahrt lag. Snapper dachte: Es wird nun endgültig Zeit, die Mission abzubrechen. Morgen würde er Avila wegen dieser Dachdeckergeschichte anrufen.

»Ich nehme dich mit«, sagte er zu Edie Marsh, »aber nicht diese verdammten Köter!«

»Mein Gott, ich kann sie doch nicht einfach hier lassen.«

»Tu, was du willst.« Snapper fischte drei Heineken aus Tonys Kühlbox, stieg in den aufgemotzten Cherokee und fuhr davon, ohne auch nur einmal zu winken.

Edie Marsh band Donald und Marla an einen Rasensprenger im Garten hinterm Haus. Dann betrat sie die Überreste des Verkäuferheims, um nach Wertgegenständen zu suchen.

Skink befahl Max Lamb, sich auszuziehen und auf einen Baum zu klettern. Max gehorchte. Es war eine unbelaubte Weide. Max setzte sich behutsam auf einen federnden Ast und ließ seine nackten Beine baumeln. Unter ihm marschierte Skink schimpfend auf und ab. In einer Hand hielt er die Fernbedienung für das elektronische Erziehungshalsband.

»Ihr kommt einfach hierher – verdammte Yuppies –, ohne ein Fünkchen Ahnung, ohne Achtung, ohne *Interesse* an der Naturgeschichte dieser Gegend, an dem Leben, von dem es früher hier gewimmelt hat. Disney World – mein Gott, Max, das ist nicht Florida!« Er deutete anklagend auf seinen Gefangenen. »Ich habe die Eintrittskarten in Ihrem Portemonnaie gefunden, Sie Tourist!«

Max war erschüttert. Er hatte angenommen, daß alle Menschen Disney World liebten. »Bitte«, sagte er zu Skink, »wenn Sie mir jetzt einen Schock verpassen, stürze ich ab.«

Skink zog seine geblümte Duschhaube aus und ging neben den erkalteten Resten des Lagerfeuers in die Knie. Max Lamb machte sich große Sorgen. Kohlrabenschwarze Moskitos umschwärmten seine bleichen, runden Zehen, aber er wagte es nicht, sie zu verscheuchen. Er hatte Angst, auch nur einen einzigen Muskel zu bewegen.

Während des Tages schien die Laune des Kidnappers sich gebessert zu haben. Er hatte Max sogar zu einer Raststätte am Tamiami Trail gebracht, damit Max in New York anrufen und Bonnie eine weitere Nachricht hinterlassen konnte. Während Max vor dem Münzfernsprecher wartete, war Skink auf den Highway gerannt, um ein soeben totgefahrenes Tier aufzusammeln. Seine Stimmung war gelöst, beinahe heiter. Er sang während der ganzen Propellerbootsfahrt zurück zum Zypressenwäldchen. Später tadelte er Max lediglich, weil er nicht wußte, daß Neil Young früher bei Buffalo Springfield Gitarre gespielt hatte.

Max Lamb glaubte, mit einer gewinnenden Persönlichkeit gesegnet zu sein, ein Irrtum, der ihn annehmen ließ, daß der Kidnapper Sympathien für ihn entwickelt hatte. Max glaubte, es wäre nur eine Frage der Zeit, bis er Skink bequatschen könnte, ihn freizulassen. Er schenkte Skinks Biographie nicht den geringsten Glauben, sondern betrachtete den Mann als geistig gestört, aber mittelmäßig intelligenten Penner. Kurz gesagt, als eine verwirrte Seele, die man leicht manipulieren konnte, wenn man es behutsam und nicht zu dumm anstellte. Und war das nicht die große Stärke eines Werbemannes – Leute zu manipulieren, sie für sich zu gewinnen? Max glaubte, er mache in dieser Richtung Fortschritte durch scheinbar belanglose Konversation, alberne Anekdoten und gelegentliche Scherze auf eigene Kosten. Skink verhielt sich ruhiger, wenn nicht gar friedlich. Drei Stunden waren verstrichen, seit er zum letzten Mal das Hundehalsband aktiviert hatte. Ein beruhigendes Zeichen, von Max' Standpunkt aus betrachtet.

Aus unerfindlichen Gründen kochte das einäugige Scheusal jetzt wieder vor Wut. Er sagte zu Max Lamb: »Ein Quiz.«

»Worüber?«

Skink erhob sich langsam. Er steckte die Fernbedienung in eine Gesäßtasche. Mit beiden Händen raffte er sein wildes Haar zusammen und schlang auf einer Kopfseite, über dem Ohr, einen Knoten hinein – ein verrutschter Pferdeschwanz. Dann nahm er sein Glasauge heraus und polierte es mit Speichel und einem schmuddeligen Halstuch. Max' Unruhe nahm zu.

»Wer war zuerst hier?« fragte Skink, »die Seminolen oder die Tequestas?«

»Ich, hm – ich weiß nicht.« Max klammerte sich derart krampfhaft an den Ast, daß seine Knöchel sich rosig färbten.

Skink setzte sich das künstliche Auge wieder ein und zog die

Fernbedienung aus der Tasche. »Wer war Napoleon Bonaparte Broward?«

Max schüttelte hilflos den Kopf. Skink zuckte die Achseln. »Wie ist es mit Marjory Stoneman Douglas?«

»Ja, ja, Moment mal.« Der Weidenast zitterte unter Max nervösem Gesäß. »Sie hat *Frühling des Lebens* geschrieben!«

Sekunden später, als er das Bewußtsein wiedererlangte, fand er sich wie ein Fötus zusammengerollt auf einem Moosflecken unter dem Baum wieder. Beide Knie waren von dem Sturz aufgeschürft. Sein Hals und die Arme brannten noch von dem Schock aus dem Hundehalsband. Als er die Augen aufschlug, sah Max vor sich die Spitzen von Skinks schweren Schuhen. Von irgendwoher hörte er eine Stimme wie Donner. »Ich sollte Sie töten.«

»Nein, nicht –«

»Mit welcher Arroganz Sie hierherkommen und überhaupt keine Ahnung haben –«

»Es tut mir leid, Captain.«

»– sich nicht einmal informieren wollen –«

»Ich sagte Ihnen doch, ich bin in der Werbung tätig.«

Skink legte eine Hand unter Max Lambs Kinn. »An was glauben Sie?«

»Um Gottes willen, ich bin auf der Hochzeitsreise.« Max stand dicht vor einem hysterischen Anfall.

»Für was kämpfen Sie? Können Sie mir das erklären, Sir?«

Max Lamb krümmte sich. »Das kann ich nicht.«

Skink lachte bitter. »Für spätere Gelegenheiten – Sie haben Ihre Marjories durcheinandergebracht. Von Rawlings ist *Frühling des Lebens*, von Douglas *Der grüne Strom*. Ich denke, das werden Sie so bald nicht mehr vergessen.«

Er säuberte die Schürfwunden an Max' Beinen und befahl ihm, sich anzuziehen. Mit angeschlagenem Selbstvertrauen und in einem arthritischen Zeitlupentempo schlüpfte Max in seine Kleider. »Werden Sie mich jemals laufen lassen?«

Skink schien die Frage nicht gehört zu haben. »Wissen Sie, was ich wirklich möchte?« sagte er und fachte ein neues Lagerfeuer an. »Ich würde gern Ihre Braut kennenlernen.«

»Das ist unmöglich«, sagte Max heiser.

»Oh, nichts ist unmöglich.«

In dem Strom Gesetzloser, der in den hektischen Stunden nach dem Hurrikan gen Süden eilte, befand sich ein Mann namens Gil Peck. Er hatte vor, sich als erfahrener Maurer auszugeben, an Vorauszahlungen zusammenzuraffen, was er kriegen konnte, und dann schnellstens nach Alabama zurückzukehren. Dieser Trick hatte makellos bei den Opfern des Hurrikans Hugo in South Carolina funktioniert, und Gil Peck war zuversichtlich, daß er auch in Miami funktionieren würde.

Er kam in einem Viertonner mit einer kleinen, aber überzeugenden Ladung roter Ziegelsteine an, die er auf einer unbewachten Baustelle in Mobile – eine neue Krebsabteilung für ein Kinderkrankenhaus – hatte mitgehen lassen. Gil Peck hatte zufälligerweise die Fernsehübertragung von der feierlichen Grundsteinlegung gesehen. Am Nachmittag desselben Tages war er mit seinem Lkw hingefahren, hatte bei den Ziegeln zugegriffen und war nonstop bis Süd-Florida weitergefahren.

Bisher blühte das Geschäft. Gil Peck hatte fast zweitausendsechshundert Dollar in bar von einem halben Dutzend verzweifelter Hausbesitzer erhalten, die allesamt von ihm erwarteten, daß er am folgenden Samstag mit seiner Ladung Ziegelsteine bei ihnen erschien. Zu diesem Zeitpunkt wäre Gil Peck natürlich längst nach Norden unterwegs und verschwunden.

Tagsüber betrieb er sein Geschäft, und nachts wühlte er in den Hurrikantrümmern herum. Der große Lkw verströmte Autorität, und niemand zweifelte an der Rechtmäßigkeit seines Erscheinens. Sogar nach der Ausgangssperre winkten die Männer der Nationalgarde ihn durch die Straßensperren.

Zahlreiche Wertgegenstände hatten den Sturm überstanden, und Gil Peck wurde ein Experte im Durchsuchen der Trümmerhaufen. Im Laufe seiner zweitägigen Prospektorentätigkeit hatte sich auf seinem Lkw unter anderem folgendes angesammelt: ein Brötchentoaster, ein Stairmaster-Treppenrollstuhl, ein silbernes Teeservice, drei No-Name-Sturmgewehre, ein Mobiltelefon von Panasonic, zwei Paar Herrengolfschuhe, ein wasserdicht verpacktes Kilo Haschisch, ein Messingleuchter, ein Sporttauchgerät, ein goldener Klassenring der Universität von Miami (1979), ein Paar Polizeihandschellen, eine Sammlung seltener finnischer Pornographie, eine Michael-Jackson-Handpuppe, eine noch versiegelte 100-Milligramm-Flasche mit Darcovet-Tabletten, eine Box Willie-Nelson-Alben, eine Loomis-Fliegenangel, ein Vogelkäfig und einundzwanzig Damenschlüpfer.

Als er die zerstörten Überreste eines Mobilheimparks durchsuchte, war Gil Peck praktisch wunschlos glücklich. Sein Schritt federte unternehmungslustig, während er dem gelben Lichtstrahl seiner Taschenlampe von einer Ruine zur anderen folgte. Dank der Nationalgarde, der Highway Patrol und der Polizei von Dade County war Gil Peck vollkommen allein und ungestört in der Sommernacht. Er konnte ungehindert plündern.

Und was er jetzt mitten auf einem Shuffleboardfeld erspähte, ließ sein habgieriges Herz vor Freude Purzelbäume schlagen: eine riesengroße Satellitenschüssel. Der Hurrikan hatte sie zweifellos vom Anwesen eines Millionärs losgerissen und hierhergeschleudert, damit Gil Peck sie bergen konnte. Mit der Taschenlampe untersuchte er die Außenhülle und fand nur eine kleine Delle. Ansonsten war die Satellitenantenne von knapp zweieinhalb Meter Durchmesser in bestem Zustand.

Gil Peck grinste und dachte, Mann, ich bin der reinste Glückspilz. Eine Schüssel von dieser Größe brachte leicht zwei Riesen. Gil Peck überlegte, daß sie auch sehr gut in seinen eigenen Garten passen würde, gleich neben den Hühnerstall. Er stellte sich vor, welche Sender er kostenlos bis an sein Lebensende empfangen könnte.

Er ging um die Schüssel herum, um sich zu vergewissern, daß sie keine weiteren Schäden aufwies. Er war schockiert von dem, was seine Taschenlampe enthüllte: In der Schüssel befand sich ein toter Mann, ausgebreitet und arrangiert wie ein Schmetterling.

Der Tote war auf der kegelförmigen Spitze des Empfängerstabs aufgespießt, aber das war nicht das Werk des Wirbelsturms. Die Hände und Füße waren sorgfältig in Kreuzigungshaltung am Rahmen der Antenne festgebunden worden. Der Tote selbst war fett und hatte eine Halbglatze und wies keinerlei Ähnlichkeit mit dem Jesus Christus von Pecks strenger Baptistenerziehung auf. Nichtsdestoweniger erschütterte der Anblick den falschen Maurer so sehr, daß er beinahe zu weinen begonnen hätte.

Er knipste die Taschenlampe aus und ließ sich auf das Shuffleboardfeld sinken, um sich zu fassen. Die Satellitenschüssel mitzunehmen, kam offensichtlich nicht in Frage; Gil Peck versuchte genügend Mut zusammenzubekommen, um wenigstens die teure Uhr einzusacken, die er am linken Handgelenk des Gekreuzigten entdeckt hatte.

Abgesehen davon, daß er seine Großmutter in ihrem Sarg geküßt hatte, hatte Gil Peck noch nie zuvor eine Leiche berührt. Gott sei Dank, dachte er, sind seine Augen geschlossen. Vorsichtig kletterte Gil Peck in die Satellitenschüssel, die unter dem zusätzlichen Gewicht zu schaukeln begann. Mit der Taschenlampe im Mund beleuchtete er die goldene Cartier-Uhr des Toten.

Der Verschluß des Armbandes war schwierig zu öffnen. Die Totenstarre erschwerte Gil Pecks Aufgabe zusätzlich. Der gekreuzigte Kerl weigerte sich, seinen Zeitmesser herzugeben. Je heftiger Gil Peck mit der Leiche rang, desto heftiger schwankte die Schüssel auf ihrer Achse wie ein Kreisel. Gil Peck wurde schwindlig und wütend. Gerade als er es geschafft hatte, die Klinge eines Taschenmessers zwischen die straff gespannte Haut des Mannes und das Uhrarmband zu schieben, gab der Tote lautstark einen postmortalen Furz von sich. Der dumpfe Knall ließ Gil Peck entsetzt von der Satellitenschüssel herunterhechten.

Edie Marsh bezahlte einen Nachbarsjungen dafür, daß er Benzin aus Snappers verlassenem Wagen abzapfte und Tony Torres' tragbaren Generator in Gang setzte. Sie gab dem Jungen einen Fünf-Dollar-Schein, den sie mit fünf weiteren in einer Werkzeugkiste in der Garage des Verkäufers gefunden hatte. Es war ein jämmerlicher Ersatz für einen versteckten Notgroschen. Edie war sicher, daß irgendwo noch mehr sein mußte.

Bei Einbruch der Dunkelheit beendete sie einstweilen die Suche und machte es sich, mit einer Brechstange bewaffnet, in Tonys BarcaLounger bequem. Sie drehte die Lautstärke des Fernsehers so hoch, wie sie es gerade noch ertragen konnte, um das Rascheln und Flüstern der Nacht zu übertönen. Ohne Türen, Fenster oder ein Dach war das Torres-Haus im Grunde nicht mehr als ein offener Lagerplatz. Draußen war es pechschwarz und gespenstisch. Menschen wanderten wie Geister durch die unbeleuchteten Straßen. Ganz allein hatte Edie Marsh schreckliche Angst. Sie wäre gern in Tonys Schiff von einem Chevrolet abgehauen, wenn er nicht in der Zufahrt von Snappers Wagen blockiert worden wäre, den Edie Marsh gern geklaut hätte, wenn Snapper nur nicht die verdammten Schlüssel mitgenommen hätte. So hing sie im Torres-Haus bis Tagesanbruch fest, wenn eine Frau sich zu Fuß und in Begleitung von zwei Zwergdackeln wieder auf die Straße wagen könnte.

Sie hatte die Absicht, Dade County zu verlassen, ehe noch mehr schiefging. Die Expedition war ein einziges Desaster, und Edie machte dafür niemand anderen als sich selbst verantwortlich. Nichts in ihrer bescheidenen kriminellen Vergangenheit hatte sie auf diese diffusen und bösartigen mentalen Schwingungen der Hurrikanzone vorbereitet. Jedermann stand unter Dampf. Das Böse, die Gewalt und die Paranoia lauerten in den tiefen Schatten. Edie Marsh bewegte sich auf völlig unbekanntem Terrain. Morgen würde sie zusehen, daß sie per Anhalter nach West Palm gelangte und die Wohnung aufgab. Danach würde sie mit der Eisenbahn nach Jacksonville zurückkehren und versuchen, sich wieder mit ihrem Freund zu vertragen. Sie schätzte, daß die Versöhnung sie mindestens eine Wochenration Fellatio kosten würde, gemessen daran, wieviel sie von seinem Bankkonto abgeräumt hatte. Aber am Ende würde er sie wieder mit offenen Armen aufnehmen. Das taten die Typen immer.

Edie Marsh ließ gerade ein Fernsehquiz über sich ergehen, als sie von der Haustür eine männliche Stimme rufen hörte. Sie dachte: Tony! Das Schwein ist zurück.

Sie packte die Brechstange und sprang aus dem Sessel. Der Mann an der Tür hob die Arme. »Immer mit der Ruhe«, sagte er.

Es war nicht Tony Torres. Dieser Mann war schlank und blond und trug eine Brille mit runden Gläsern. In der einen Hand trug er einen braunen Aktenkoffer, der farblich zu den Hush Puppies an seinen Füßen paßte. In der anderen Hand hielt der Mann einen Schnellhefter.

»Was wollen Sie?« Edie hielt die Brechstange so lässig in der Hand, als hätte sie sie immer bei sich.

»Ich wollte Sie nicht erschrecken«, sagte der Mann. »Ich heiße Fred Dove und komme von der Midwest Casualty.«

»Oh.« Edie Marsh verspürte ein angenehmes Kitzeln in der Magengrube. Genauso wie bei ihrer ersten Begegnung mit einem der jungen Kennedys.

Fred Dove warf einen prüfenden Blick auf den Schnellhefter. »Vielleicht bin ich in der falschen Straße gelandet«, sagte er. »Das ist doch hier 15600 Calusa?«

»Richtig.«

»Und Sie sind Mrs. Torres?«

Edie lächelte. »Bitte«, sagte sie, »nennen Sie mich Neria.«

8. KAPITEL

Bonnie und Augustine teilten sich gerade eine Pizza, als Augustines Freund vom FBI aufkreuzte, um das Tonband mit Max Lambs letzter Botschaft abzuholen. Er hörte sie sich mehrmals auf dem Kassettendeck in Augustines Wohnzimmer an. Bonnie studierte den Gesichtsausdruck des FBI-Mannes, der betont neutral blieb. Sie vermutete, daß sie ihn auf der Academy trainierten.

Nachdem er das Band abgespielt hatte, drehte der FBI-Agent sich zu Augustine um. »Ich hab das mal irgendwo gelesen. Diese ›knarrende Maschinerie der Menschheit‹.«

»Ich auch. Ich zermartere mir schon die ganze Zeit das Gehirn.«

»Mein Gott, ich sehe sie jetzt schon in Washington, wie sie eine ganze Kompanie Psychofritzen daran setzen...«

»Oder Kryptographen«, fügte Augustine hinzu.

Der FBI-Mann lächelte. »Genau.« Er nahm dankbar ein Stück Peperonipizza für den Heimweg an und wünschte eine gute Nacht.

Augustine stellte Bonnie eine Frage, die der Agent nur angedeutet hatte. War es vorstellbar, daß Max Lamb so etwas selbst geschrieben haben könnte?

»Niemals«, erwiderte Bonnie. Ihr Mann beschäftigte sich mit Werbeliedchen und Erkennungsmelodien, aber nicht mit metaphysischen Fragen. »Und er liest nicht sehr viel«, fügte sie hinzu. »Das letzte Buch, das er ausgelesen hat, war eine Trump-Autobiographie.«

Das reichte aus, um Augustine davon zu überzeugen, daß Max Lamb am Telefon keine Show machte. Es war der geheimnisvolle Mann, der ihm den Text soufflierte. Augustine hatte allerdings keine Vorstellung, warum er das tat. Die Situation war außerordentlich seltsam.

Bonnie ging unter die Dusche. Sie kam in einem babyblauen Flanellnachthemd heraus, das einer alten Freundin Augustines gehört hatte. Bonnie hatte es in einem Kleiderschrank gefunden.

»Gibt es eine Geschichte dazu?« erkundigte sie sich.

»Eine ziemlich heiße sogar.«

»Tatsächlich?« Bonnie setzte sich neben ihm aufs Sofa und hielt eine rein freundschaftliche Distanz. »Lassen Sie mich raten – Stewardeß?«

»Sind wir hier in einer Talk-Show?« fragte Augustine.

»Serviererin? Mannequin?«

»Ich bin kaputt.« Augustine griff nach einem Buch – einer Biographie Lech Walesas – und schlug es in der Mitte auf.

»Aerobictrainerin? Anwaltsgehilfin?«

»Chirurgin«, sagte Augustine. »Sie hat eines Tages unter der Dusche versucht, mir die Nieren rauszuschneiden.«

»Daher die Narbe auf Ihrem Rücken? Das Y?«

»Wenigstens war sie keine Urologin.« Er klappte das Buch zu und angelte sich die Fernbedienung des Fernsehers.

»Sie haben sie betrogen«, blieb Bonnie bei ihrem alten Thema.

»Nein, aber sie hat es angenommen. Sie glaubte außerdem, daß es in der Badewanne von Tausendfüßlern wimmelte, daß kubanische Spione ihre Limonade vergifteten und daß Richard Nixon in der Nachtschicht im Farm Store in der Bird Road arbeitete.«

»Drogen?«

»Offensichtlich.« Augustine fand ein Spiel der Dodgers auf ESPN und versuchte so zu tun, als gäbe es für ihn nichts Interessanteres.

Bonnie Lamb äußerte den Wunsch, sich die Narbe genauer

ansehen zu dürfen, aber er lehnte ab. »Die Lady hatte eine ziemlich miese Technik«, sagte er.

»Hat sie ein richtiges Skalpell benutzt?«

»Nein, einen Korkenzieher.«

»Mein Gott!«

»Wie kommt es nur, daß Frauen auf Narben abfahren?«

Bonnie sagte: »Ich wußte es. Sie sind schon früher danach gefragt worden.«

Flirtete sie etwa mit ihm? Augustine war sich nicht sicher. Er hatte überhaupt keine Vergleichsmöglichkeiten, was verheiratete Frauen anging, deren Ehemänner kurz vorher verschwunden waren.

»Was halten Sie davon«, sagte er. »Sie erzählen mir alles über Ihren Ehemann, und ich zeige Ihnen anschließend vielleicht die verdammte Narbe.«

»Abgemacht«, sagte Bonnie Lamb und zog das Nachthemd herunter, damit es ihre Knie bedeckte.

Max Lamb lernte Bonnie Brooks kennen und verliebte sich in sie, als sie als Werbeassistentin bei Crespo Mills International arbeitete, einem führenden Hersteller von Imbiß- und Frühstücksgerichten. Rodale & Burns hatten den lukrativen Crespo-Werbeetat erhalten und Max Lamb mit der Aufgabe betraut, in den Druckmedien und im Rundfunk die Kampagne für eine neue Zerealie namens Plum Crunchies vorzubereiten. Bonnie Brooks kam aus der Crespo-Zentrale in Chicago zu einer Besprechung herübergeflogen.

Im Grunde waren Plum Crunchies gewöhnliche, in Zucker getauchte Cornflakes, die mit steinharten Stücken von Trockenpflaumen vermischt wurden. Allerdings sollte der Schwerpunkt der Werbung nicht auf dem Pflaumenanteil liegen, eine Vorgabe der Herstellerfirma, mit der sowohl Max Lamb als auch Bonnie Brooks aus ganzem Herzen einverstanden waren. Die Zielgruppe waren schließlich Jugendliche um die vierzehn und darunter, die eine Vorliebe für Süßigkeiten hatten, und keine Rentner, die unter Verstopfung litten.

Schon bei ihrem zweiten Treffen in einem pakistanischen Restaurant in Greenwich Village eröffnete Max Bonnie Brooks seinen Slogan für Crespos neue Zerealie: *Plumps fröhlich in den Tag mit Plum Crunchies!* »Solche Wortspiele sind beim Verbraucher sehr beliebt«, erläuterte er schnell.

Obgleich sie persönlich die Benutzung lahmer Homonyme vermied, sagte Bonnie zu Max, daß in seinem Slogan eine Menge Möglichkeiten steckten. Sie bemühte sich, seinen Enthusiasmus nicht zu bremsen. Außerdem war er der Experte, das kreative Talent. Alles, was sie tat, war das Verfassen von Pressemitteilungen.

Auf eine Papierserviette skizzierte Max Lamb grob einen bunten, verschmitzt zwinkernden Mynah, einen Hirtenstar, der als Packungsmaskottchen für Plum Crunchies verwendet werden sollte. Max sagte, der Vogel werde purpurfarben sein (»Wie eine Pflaume!«) und sollte auf den Namen Dinah der Mynah hören. An dieser Stelle glaubte Bonnie Brooks, sich zu Wort melden zu müssen, als Kollegin, um Max Lamb an die zahlreichen anderen Zerealien zu erinnern, die bereits mit Vogel-Logos arbeiteten (Froot Loops, Cocoa Puffs, Kellogg's Corn Flakes und so weiter). Außerdem äußerte sie vorsichtige Zweifel an dem Einfall, den Hirtenstar nach einer alternden, wenngleich beliebten Fernsehsängerin zu benennen.

Bonnie: »Soll der Vogel weiblich sein?«

Max: »Der Vogel hat kein eindeutig festgelegtes Geschlecht.«

Bonnie: »Nun, ernähren Mynahs sich denn tatsächlich von Pflaumen?«

Max: »Sie sind einfach entzückend, wissen Sie das?«

Er verliebte sich in sie, und sie verliebte sich (wenngleich etwas weniger überstürzt) in ihn. Es stellte sich heraus, daß Max' Chefs bei Rodale & Burns sein Slogan gefiel, aber die Idee mit Dinah dem Mynah lehnten sie ab. Die Geschäftsleitung von Crespo Mills schloß sich dieser Meinung an. Als die neue Zerealie schließlich auf den Markt kam, war auf dem Karton ein Doppelgänger der Basketball-Legende Patrick Ewing zu sehen, wie er soeben eine fröhliche Pflaume von oben in einem Korb versenkte. Umfragen ergaben später, daß die Kunden annahmen, es handelte sich um eine übergroße Rosine oder eine Dörrpflaume. Plum Crunchies schafften es nicht, sich einen nennenswerten Anteil auf dem hartumkämpften Frühstücksflockenmarkt zu erobern, und verschwanden heimlich, still und leise für immer aus den Supermarktregalen.

Bonnies und Max' Langstreckenromanze dauerte an. Sie fühlte sich mitgerissen von seiner Energie, seiner Entschlossenheit und seinem Selbstvertrauen, so unangebracht es auch häufig war. Obwohl Bonnie Max' Neigung, die Menschheit nach Alter, Rasse, Geschlecht und durchschnittlichem Einkommen zu beurteilen, besorgniserregend fand, schrieb sie seine kühle, gefühllose Sichtweise der Indoktrination durch die Werbebranche zu. Sie selbst hatte sich ebenfalls eine zynische Sicht hinsichtlich der Gehirnaktivitäten des Durchschnittsverbrauchers angeeignet, während sie Crespos weltweiten Erfolg so zweifelhafter Lebensmittelprodukte wie gesalzener Teigbällchen, Olivenbrotaufstrich und Popcorn mit Shrimpsgeschmack miterlebt hatte.

In den ersten Monaten seiner Werbung erfand Max ein Spiel, mit dem er Bonnie Brooks imponieren wollte. Er wettete, er könne genau bestimmen, was für ein Automodell eine Person besaß, allein aufgrund ihres Verhaltens, ihrer Garderobe und ihrer physischen Erscheinung. Diese Gabe sei rein intuitiv, erklärte er Bonnie, ein großes Geschenk. Er sagte, diesem Talent verdanke er es, ein derart raffinierter Werbeprofi zu sein. Bei ihren Rendezvous folgte er manchmal fremden Leuten aus den Restaurants oder Kinos, um festzustellen, welche Autos sie fuhren. »Ha! Ein Lumina – was hab ich dir gesagt? Der Typ war doch das sprichwörtliche Mittelmaß, sozusagen die Mittelklasse in Person!« pflegte Max zu singen, wenn er richtig geraten hatte (was, nach Bonnies großzügiger Schätzung, in etwa fünf Prozent aller Fälle zutraf). Nach kurzer Zeit wurde dieses Autospiel langweilig, und Bonnie Brooks bat Max Lamb aufzuhören. Er nahm es nicht persönlich. Es war schwierig, ihn zu beleidigen. Auch diese Eigenschaft schrieb Bonnie den menschenverachtenden Arbeitsbedingungen in der Madison Avenue zu.

Während Bonnies Vater Max mit freundlicher Gleichgültigkeit begegnete, lehnte ihre Mutter ihn ganz offen ab. Sie hatte das Gefühl, er gebe sich zuviel Mühe, sympathisch zu erscheinen, und sei einfach zu aufdringlich. Sie meinte, daß er sich Bonnie auf die gleiche Art und Weise zu kaufen versuchte, wie er Frühstücksflocken und Zigaretten unters Volk brachte. Bonnies Mutter hielt Max Lamb keinesfalls für einen Heuchler, ganz im Gegenteil. Sie glaubte, daß er genau das war, was er zu sein schien – ständig auf der Jagd nach irgendeinem Erfolg. Er verhielt sich zu Hause nicht anders als im Büro, wollte auch dort ständig der Sieger sein. Bonnies Mutter meinte außerdem, in Max Lambs gewinnendem Auftreten liege eine versteckte Arroganz. Bonnie betrachtete dies als eine etwas seltsame Kritik ausgerechnet von einer Frau, die Bonnies verflossene Freunde als zaghafte, unmotivierte Verlierertypen abqualifiziert hatte. Dennoch hatte ihre Mutter keinen von Bonnies früheren Freiern mit »Arschloch« tituliert. Daß sie Max Lamb dieses Etikett so schnell verpaßte, nagte an Bonnies Bewußtsein bis zu ihrem Hochzeitstag.

Nun, da Max offensichtlich von einem Verrückten entführt worden war, dachte Bonnie über etwas anderes nach, das ihre Mutter des öfteren erwähnt hatte: eine Eigenschaft bei Max, die so offensichtlich war, daß sogar Bonnie sie bemerkt hatte. Augustine wußte genau, was sie meinte.

»Ihr Mann glaubt, er könne jeden austricksen.«

»Leider«, sagte Bonnie.

»Das höre ich aus den Telefonaufnahmen heraus.«

»Nun«, sagte sie auf der Suche nach einem Strohhalm, »bisher ist er ganz gut zurechtgekommen.«

»Vielleicht hat er mittlerweile gelernt, wann er lieber den Mund halten sollte.« Augustine stand auf und reckte sich. »Ich bin müde. Können wir das mit der Narbe auf einen späteren Zeitpunkt verschieben?«

Bonnie Lamb lachte und sagte, na klar. Sie wartete, bis sie die Schlafzimmertür zufallen hörte, ehe sie Pete Archibald zu Hause in Connecticut anrief.

»Habe ich dich geweckt?« fragte sie.

»Zum Teufel, nein. Max sagte, du würdest dich vielleicht melden.«

Bonnie blieben die Worte beinahe im Hals stecken. »Du – Pete, hast du mit ihm gesprochen?«

»Etwa eine Stunde lang.«

»Wann?«

»Heute. Er ist völlig verzweifelt, daß Bill Knapp sich den Bronco-Etat schnappen könnte. Ich meinte, er solle sich keine Sorgen machen, Billy hätte genug mit den Nichtrauchern während irgendeiner dämlichen Rodeo-Kampagne zu tun –«

»Pete, das interessiert mich nicht. Von wo hat Max angerufen?«

»Keine Ahnung, Bon. Ich hatte angenommen, er hätte auch mit dir gesprochen.«

Bonnie gab sich Mühe, ihre Stimme nicht verletzt klingen zu lassen. »Hat er dir erzählt, was passiert ist?«

Am anderen Ende druckste Pete Archibald unbehaglich herum. Er räusperte sich, schluckte. »Nicht in allen unschönen Einzelheiten, Bonnie. Alle – zumindest alle Paare, die ich kenne – machen schon mal irgendwelche Schlafzimmerkrisen durch. Man streitet sich und was nicht alles. Ich bin dir nicht böse, daß du mir nicht schon bei unserem früheren Gespräch die Wahrheit gesagt hast.«

Bonnie Lamb erhob die Stimme. »Peter – Max und ich haben

keinen Streit. Und ich *habe* dir die Wahrheit gesagt.« Sie riß sich zusammen. »Zumindest war es die Geschichte, die Max mir erzählt hat.«

Nach einer unbehaglichen Pause sagte Pete Archibald: »Bon, seht zu, daß ihr die Angelegenheit untereinander regelt, okay? Ich möchte nicht mit hineingezogen werden.«

»Du hast recht, wirklich, absolut.« Sie bemerkte, daß sie ihre rechte Hand zur Faust geballt hatte und auf dem Stuhl hin und her schaukelte. »Pete, ich möchte dich nicht aufhalten. Aber könntest du mir vielleicht erzählen, was Max sonst noch gesagt hat?«

»Er hat über seine Arbeit gesprochen, Bonnie.«

»Eine ganze Stunde lang?«

»Na ja, du kennst deinen Mann. Wenn er einmal loslegt, hört er nicht mehr auf.«

Vielleicht kenne ich ihn doch nicht, dachte Bonnie.

Sie verabschiedete sich von Pete Archibald und legte auf. Dann ging sie zu Augustines Zimmer und klopfte an die Tür. Als er nicht reagierte, schlüpfte sie hinein und setzte sich vorsichtig auf die Bettkante. Sie dachte, daß er schlief, bis er sich umdrehte. »Das ist wohl nicht die richtige Nacht für das Schädelzimmer, nicht wahr?«

Bonnie Lamb schüttelte den Kopf und begann zu weinen.

Edie Marsh gab sich jede Mühe. Für eine Weile lief alles wie geschmiert. Der Mann von der Midwest Casualty machte sich ausführliche Notizen, während er ihr von Zimmer zu Zimmer durch das Torres-Haus folgte. Viele der Besitztümer des Ehepaares waren bis zur Unkenntlichkeit vernichtet, daher begann Edie, Verluste zusammenzuphantasieren, um die Forderung zu erhöhen. Liebevoll beschrieb sie die zerborstenen Überreste eines chinesischen Lackschränkchens als nahezu unbezahlbare Antiquität, die Tony von einer Urgroßmutter in San Juan geerbt hatte. Sie blieb vor einer leeren Schlafzimmerwand stehen und deutete auf zwei Nägel, an denen früher einmal zwei echte (und sehr teure) Aquarelle des legendären Jean-Claude Jarou gehangen hatten, eines für seinen Glauben zu Tode gefolterten haitianischen Künstlers, den Edie aus dem Stegreif erfand. Ein zersplitterter Schlafzimmerschrank wurde zu einer mit Handschnitzereien versehenen Mahagonikommode, welcher die unbarmherzigen Böen des Hurrikans acht Kaschmirpullover entrissen hatten.

»Acht Pullover«, wiederholte Fred Dove und blickte von seinem Schreibbrett hoch. »In Miami?«

»Aus der edelsten schottischen Kaschmirwolle – können Sie sich das vorstellen? Fragen Sie Ihre Frau, ob ihr das nicht das Herz brechen würde.«

Fred Dove holte eine kleine Stablampe aus der Sakkotasche und ging hinaus, um sich die Schäden an der Bausubstanz des Hauses anzusehen. Kurz darauf hörte Edie wildes Gekläff aus dem Garten, gefolgt von saftigen menschlichen Flüchen. Als sie den Ort des Geschehens erreichte, hatte jeder der Dackel sich ein Stück des Versicherungsvertreters gesichert. Edie führte ihn ins Haus, bettete ihn auf den BarcaLounger, krempelte seine Hosenbeine hoch und behandelte seine blutigen Knöchel mit Evian und einer Pflegelotion, die sie in der Küche gefunden hatte.

»Ich bin nur froh, daß es keine Rottweiler sind«, sagte Fred Dove, besänftigt von Edies Handreichungen mit einem weichen Tuch.

Sie entschuldigte sich mehrmals für die Attacke. »Zum Glück sind sie regelmäßig gegen Tollwut geimpft worden«, sagte sie, ohne die geringste Ahnung zu haben, ob ihre Behauptung zutraf.

Sie wies Fred Dove an, im Sessel zu bleiben, damit die Füße erhöht lagen und die Blutung nachließ. Während er sich zurücksinken ließ, entdeckte er an der Wand Tony Torres' Urkunde, die ihn als »Verkäufer des Jahres« auswies. »Ganz schön beeindruckend«, sagte Fred Dove.

»Ja, es war für uns ein ganz großer Tag.« Edie strahlte, ganz die stolze Ehefrau.

»Und wo ist Mr. Torres zur Zeit?«

Außerhalb, erwiderte Edie, bei einem Mobilheimkongreß in Dallas. Zum zweiten Mal drückte Fred Doves Miene große Zweifel aus.

»Sogar während des Hurrikans? Das muß aber ein wichtiger Kongreß sein.«

»Das ist er auch«, sagte Edie Marsh. »Tony erhält eine weitere Auszeichnung.«

»Ah.«

»Deshalb mußte er hin. Es würde schließlich nicht sehr gut aussehen, wenn er nicht dort erschiene. So als wäre er nicht dankbar oder als hätte er kein Interesse am Wohlergehen seiner Firma.«

Fred Dove nickte verständnisvoll. »Das stimmt auch wieder. Wann kommt Mr. Torres denn nach Miami zurück?«

Edie seufzte theatralisch. »Ich habe keine Ahnung. Bald, hoffe ich.«

Der Versicherungsmann versuchte, die Liege hochzustellen, aber sie sank immer wieder in die Schlafposition zurück. Schließlich setzte Edie Marsh sich auf das Fußende, damit Fred Dove herausklettern konnte. Er sagte, er wolle sich noch einmal die Schäden im Schlafzimmer ansehen. Edie sagte, nur zu.

Sie wusch gerade das blutige Handtuch in einer Spüle aus, als der Versicherungsmann ihren Namen rief. Sie eilte ins Schlafzimmer, wo Fred Dove eine gerahmte Fotografie hochhielt. Er hatte sie zwischen den Sturmtrümmern gefunden. Es war ein Bild von Tony Torres mit einem großen toten Fisch. Der Fisch hatte ein Maul so groß wie eine Mülltonnenöffnung.

»Der auf der linken Seite, das ist Tony«, sagte Edie und lachte bemüht.

»Ein ganz netter Zackenbarsch. Wo hat er ihn gefangen?«

»Im Meer.« Wo sonst, dachte Edie.

»Und wer ist das?« Der Versicherungsmann hob einen zweiten Bilderrahmen vom Fußboden auf. Das Glas war gesprungen, und das Bild warf Wellen vom Regenwasser. Es war ein Farbfoto, das mit goldenen Ornamenten verziert war. Es zeigte Tony Torres, der seinen Arm um die Taille einer zierlichen, aber vollbusigen Südamerikanerin legte. Beide grinsten selig in die Kamera.

»Seine Schwester Maria«, platzte Edie heraus und ahnte gleichzeitig, daß das Spiel jeden Moment enden mußte.

»Sie trägt ein Hochzeitskleid«, stellte Fred Dove ohne einen Anflug von Sarkasmus in der Stimme fest. »Und Mr. Torres trägt einen schwarzen Frack.«

Edie nickte. »Er war Trauzeuge.«

»Tatsächlich? Seine Hand liegt auf ihrem Hintern.«

»Sie stehen einander sehr nahe«, sagte Edie, »dafür, daß sie Bruder und Schwester sind.« Es klang wie eine Rechtfertigung.

Fred Doves Haltung versteifte sich, und sein Ton wurde kühler. »Haben Sie vielleicht irgendeinen Ausweis? Ein Führerschein würde mir schon reichen. Irgend etwas mit einem aktuellen Paßbild.«

Edie Marsh sagte nichts. Sie hatte Angst, der einen Straftat noch eine weitere hinzuzufügen.

»Lassen Sie mich mal raten«, fuhr der Versicherungsmann fort. »Ihre persönlichen Papiere sind allesamt im Sturm verlorengegangen.«

Edie senkte den Kopf und dachte, es ist doch nicht möglich, daß es schon wieder passiert. Irgendwann muß ich doch mal Glück haben. »Scheiße«, sagte sie.

»Wie bitte?«

»Ich sagte ›Scheiße‹. Das heißt, ich gebe auf.« Edie konnte es nicht fassen – ein beschissenes Hochzeitsfoto! Tony und die untreue Hexe, die er um die Hälfte der Versicherungssumme bescheißen wollte. Zu schade, daß Snapper abgehauen war, dachte sie. Das war ja zehnmal besser als Sally Jessy.

»Wer sind Sie?« Fred Dove klang ernst und amtlich.

»Hören Sie, was passiert jetzt?«

»Ich kann Ihnen genau erklären, was jetzt passiert –«

In diesem Moment ging das Benzin des Generators zur Neige, und die Maschine blieb nach einer Serie matter Rülpser stehen. Die Glühbirne erlosch, und der Fernsehschirm wurde schwarz. Das Haus 15600 Calusa Drive war plötzlich so still und friedlich wie eine Kirche. Das einzige Geräusch war ein leises Klirren im Garten, wo die beiden Dackel sich bemühten, sich von ihren Leinen zu befreien.

In der Dunkelheit griff Fred Dove nach seiner Taschenlampe. Edie Marsh fing sein Handgelenk auf und hielt es fest. Sie entschied, daß sie nichts zu verlieren hatte.

»Was tun Sie da?« fragte der Versicherungsmann.

Edie führte seine Hand an ihren Mund. »Was ist es Ihnen wert?«

Fred Dove stand so reglos da wie eine Statue.

»Kommen Sie schon«, sagte Edie, und ihre Zunge huschte über seine Knöchel, »was ist es Ihnen wert?«

Die Stimme des Versicherungsmannes zitterte. »Was soll was wert sein?« fragte er. »Nicht die Polizei zu holen? Meinen Sie das?«

Edie lächelte. Fred Dove spürte es an ihren Lippen und Zähnen auf seiner Hand.

»Wie hoch ist das Haus versichert?« fragte sie.

»Weshalb?«

»Hundertzwanzig? Hundertdreißig?«

»Hunderteinundvierzig«, sagte Fred Dove und dachte: Ihr Atem ist so *unglaublich* weich.

Edie schaltete um auf ihre Sexkatzenstimme, die es nicht geschafft hatte, den jungen Palm-Beach-Kennedy zu entflammen. »Hunderteinundvierzig? Sind Sie ganz sicher, Mr. Dove?«

»Für die Bausubstanz, ja. Wegen des Swimmingpools.«

»Natürlich.« Sie rückte näher an ihn heran und wünschte sich, daß sie keinen BH trüge, vermutete jedoch, daß es gar nicht so wichtig war. Die Bremsen des armen Freddie qualmten schon jetzt. Sie ließ ihre Wimpern über seinen Hals fächern und spürte, wie er sein Gesicht in ihrem Haar vergrub.

Der Versicherungsmann hatte Probleme beim Sprechen. »Was wollen Sie?«

»Einen Partner«, antwortete Edie Marsh und besiegelte das Bündnis mit einem langen blinden Kuß.

Sergeant Cain Darby nahm seine Wochenenden bei der Nationalgarde genauso ernst wie seinen regulären Job als Gefängniswärter im Hochsicherheitsbereich. Obgleich er lieber bei den Straßenräubern und Serienmördern in Starke geblieben wäre, rief die Pflicht ihn am Tag nach dem Durchzug des Hurrikans nach Süd-Florida. Geführt wurde Darbys Einheit der Nationalgarde vom Nachtportier eines Days Inn, der seine Soldaten mit ernster Miene anwies, auf keinen Fall zu schießen, ehe auf sie geschossen wurde. Nach dem, was Cain Darby von Miami wußte, erschien dieses Szenario nicht grundsätzlich unwahrscheinlich. Nichtsdestoweniger begriff er, daß die Hauptaufgabe eines Nationalgardisten darin bestand, die Ordnung auf den Straßen aufrechtzuerhalten, bedürftigen Bürgern zu helfen und Plünderungen zu verhindern.

Der erste Nachmittagseinsatz der Einheit bestand darin, Zelte für die Obdachlosen zu errichten und schwere Fässer mit Trinkwasser von einem Rot-Kreuz-Anhänger abzuladen. Nach dem Abendessen wurde Cain Darby zu einem Posten am Quail Roost Drive, nicht weit vom Florida Turnpike, abkommandiert. Darby und ein anderer Gardist, ein Vorarbeiter einer Papierfabrik, wechselten sich damit ab, Pkws und Lkws anzuhalten und zu kontrollieren. Die meisten Fahrer hatten einleuchtende Begründungen dafür, daß sie nach Beginn der Ausgangssperre noch auf der Straße unterwegs waren – einige suchten vermißte Angehörige, andere wollten ins nächste Krankenhaus, und einige hatten sich ganz einfach in einer Gegend verfahren, die sie nicht mehr wiedererkannten. Falls die Begründungen der Fahrer Anlaß zu Zweifeln gaben, überließ der Vorarbeiter der Papierfabrik die Entscheidung Sergeant Darby aufgrund dessen Erfahrung im Strafvollzug. Verstöße gegen die Ausgangssperre erfolgten gewöhnlich von Fernsehteams, Gaffern und Teenagern, die die Absicht hatten zu stehlen. Diesen Fahrzeugen verweigerte Cain Darby die Durchfahrt und schickte sie zum Turnpike zurück.

Um Mitternacht kehrte der Vorarbeiter aus der Papierfabrik ins Lager zurück, so daß Sergeant Darby an der Straßensperre allein auf Posten blieb. Er döste ungefähr zwei Stunden vor sich hin, bis er von einem lauten Schnauben aufgeschreckt wurde. Mit verschlafenen Augen gewahrte er in kaum dreißig Meter Entfernung, am Rand eines Fichtenwäldchens, die Gestalt eines großen Bären. Vielleicht war es aber auch nur ein besonders bizarrer Schatten, denn er glich überhaupt nicht den untersetzten Schwarzbären, die Cain Darby regelmäßig im Ocala National Forest wilderte. Was er nun zu sehen glaubte, hatte eine Schulterhöhe von fast zwei Meter fünfzig.

Cain Darby kniff krampfhaft die Augen zu, um den Schlaf zu vertreiben. Dann schlug er sie wieder auf, und zwar sehr, sehr langsam. Der riesige Schatten stand noch immer dort, ein regloses Phantomgebilde. Der gesunde Menschenverstand sagte ihm, daß er sich irrte – in Florida gab es keine Tausend-Pfund-Bären! Aber genauso sah die Erscheinung aus …

Daher brachte er das Gewehr in Anschlag.

Dann, aus einem Augenwinkel, bemerkte er Scheinwerfer, die den Quail Roost Drive herunterrasten. Er drehte den Kopf. Jemand jagte wie ein Höllenhund auf die Straßensperre zu. Dem anschwellenden Sirenenchor nach zu urteilen, war die halbe Belegschaft der Stadtpolizei an der Jagd beteiligt.

Als Cain Darby wieder zu dem Bären oder zu der Erscheinung, die aussah wie ein Bär, herumfuhr, war der Schatten verschwunden. Er senkte den Gewehrlauf und richtete seine

Aufmerksamkeit auf den Verrückten in dem herandonnernden Lastwagen. Cain Darby nahm vor der rot-weiß gestreiften Barrikade eine stramme militärische Haltung an – Brust raus, Bauch rein, die Beine leicht gespreizt und das Gewehr schußbereit quer vor der Brust.

Einen knappen Kilometer hinter dem Lastwagen folgte ein ganzer Strom blauer und roter Warnblinklichter. Der flüchtige Fahrer schien davon nicht sonderlich beeindruckt zu sein. Während die Scheinwerfer näher kamen, ging Sergeant Darby in Gedanken schnell seine Möglichkeiten durch. Das Arschloch würde nicht anhalten, das zumindest war klar. Mittlerweile hatte der Mann – falls er nicht betrunken oder blind oder beides war – den Soldaten auf seiner Fahrspur gesichtet.

Trotzdem verringerte das Fahrzeug sein Tempo nicht. Im Gegenteil, es schien sogar zu beschleunigen. Cain Darby stieß einen Fluch aus, als er sich mit einem Sprung in Sicherheit brachte. Wenn es etwas gab, das er unerträglich fand, dann war es die Mißachtung einer Uniform, ganz gleich, ob sie zu der staatlichen Strafvollzugsbehörde oder zur Nationalgarde gehörte. Daher feuerte er ungehalten einige Schüsse ab, während der völlig verrückte Fahrer die Sperren niederwalzte.

Niemand war mehr vom Donner gerührt als Cain Darby, als der dahinrasende Lkw die Turnpikeauffahrt verließ und mit vollem Tempo in einen Drainagekanal stürzte. Niemand außer dem Fahrer des Lkws, Gil Peck. Das Krachen des Gewehrfeuers hatte seine angegriffenen Reflexe völlig ruiniert, vor allem seine Fähigkeit, das Bremspedal zu finden. Er konnte nicht fassen, daß irgendein dämlicher Nationalgardist auf ihn schoß.

Was Gil Peck hingegen nicht überraschte, wenn er an seine schwere Ladung gestohlener Ziegelsteine dachte, war, wie schnell der Lastwagen im warmen, braunen Wasser versank. Er quetschte sich durch das Seitenfenster, schwamm ans Ufer und begann über sein Mißgeschick zu weinen. Seine gesamte Hurrikanbeute war verloren, bis auf das Paket Haschisch, das in genau dem Moment an die Oberfläche stieg und auf den Wellen tanzte, als der erste Polizeiwagen eintraf.

Aber es waren nicht die Drogen, denen Gil Pecks rechtliche Bedenken galten. Während ihm die Handschellen angelegt wurden, verkündete er: »Ich habe ihn nicht getötet.«

»Wen getötet?« fragte der Beamte.

»Diesen Kerl, wissen Sie. Den Kerl im Mobilheimpark.« Gil Peck nahm, an, daß die Cops deswegen hinter ihm her waren – sie hatten offenbar die Leiche des Gekreuzigten gefunden.

Aber das hatten sie nicht. Gil Pecks Übelkeit verschlimmerte sich. Er hätte seine verdammte Klappe halten sollen. Nun war es zu spät. Rote und blaue Damenschlüpfer stiegen wie bleiche Quallen von der Ladefläche des Lastwagens an die Wasseroberfläche hoch.

»Welchen Kerl in welchem Mobilheimpark?« hakte der Beamte nach.

Gil Peck erzählte ihm von dem Toten, der auf der Satellitenschüssel aufgespießt worden war. Während weitere Polizisten eintrafen, wiederholte Gil Peck die Geschichte und auch seine leidenschaftlichen Unschuldsbeteuerungen. Einer der Beamten fragte Gil Peck, ob er sie zu der Leiche führen würde, und er war einverstanden.

Nachdem die Sanitäter ihn auf irgendwelche Knochenbrüche untersucht hatten, wurde der Dieb abgetrocknet und auf den vergitterten Rücksitz eines Wagens der Highway Patrol verfrachtet. Der Trooper am Lenkrad war ein athletischer Schwarzer mit einem Stetson auf dem Kopf. Während der Fahrt zum Mobilheimpark gab Gil Peck einen weiteren aufgeregten Monolog zu seiner Unschuld von sich.

»Wenn Sie es nicht getan haben«, unterbrach ihn der Trooper, »weshalb sind Sie dann abgehauen?«

»Ich hatte Angst, Mann.« Gil Peck fröstelte. »Sie werden schon sehen.«

»Oh, ich kann es kaum erwarten«, sagte der Trooper.

»Sind Sie Christ, Sir?«

Es war schon erstaunlich, dachte der Trooper, wie schnell die Handschellen Frömmigkeit auslösen konnten. »Hat irgend jemand Ihnen Ihre Rechte vorgelesen?« fragte der Polizist.

Gil Peck preßte sein Gesicht gegen den Maschendraht des Arrestkäfigs. »Wenn Sie Christ sind, müssen Sie glauben, was ich Ihnen sage. Ich war es nicht, der den armen Teufel gekreuzigt hat.«

Aber Jim Tile hoffte aus tiefstem christlichen Herzen, daß er es doch gewesen war. Denn der andere Tatverdächtige war jemand, den er nicht verhaften wollte – es sei denn, er hätte keine andere Wahl.

9. KAPITEL

Skink lauschte gemütlich, während Max Lamb zwei Telefongespräche führte. Die Telefonzelle stand an einer Raststätte auf der Krome Avenue, am Rand der Everglades. Sattelschlepper, die überladen waren mit Bauholz, Fensterglas und Teerpappe, rollten vereinzelt und in Konvois ins Hurrikangebiet. Niemand beachtete den unrasierten Mann am Telefon trotz des schwarzen Kragens um seinen Hals.

Als Max Lamb aufgelegt hatte, packte Skink seinen Arm und führte ihn zum Propellerboot, das am Ufer eines versumpften Kanals lag. Skink befahl ihm, sich im Bug hinzulegen, und dort blieb er zwei Stunden lang, wobei sein Wangenknochen jede Schwingung des Bootsrumpfs mitbekam. Das Getöse des Propellermotors füllte seine Ohren. Skink sang nicht mehr, und Max Lamb fragte sich, was er getan hatte, um seinen Entführer noch mehr zu verärgern.

Sie hielten einmal an. Skink verließ für kurze Zeit das Propellerboot und kehrte mit einem großen Pappkarton zurück, den er neben Max in den Bug stellte. Sie waren bis zum Einbruch der Dunkelheit unterwegs. Als Skink ihm schließlich hochhalf, sah Max zu seiner Überraschung das Indianerdorf. Sie blieben nicht lange genug, als daß Max über die Rückgabe seiner Videokamera hätte verhandeln können. Skink lieh sich einen Kombiwagen, stellte den Pappkarton in den Frachtraum und schnallte seinen Gefangenen auf dem Beifahrersitz fest. Von dem Affen war nichts zu sehen, und dafür war Max Lamb dankbar.

Skink zog sich die Duschhaube über und startete den Wagen. Max mußte pinkeln, hatte jedoch Angst, um eine kurze Pause zu bitten. Er war sich nicht mehr so sicher, daß er sich allein durch geschicktes Verhandeln aus seiner Situation würde befreien können.

»Stimmt etwas nicht?« fragte er.

Skink bedachte ihn mit einem eisigen Blick. »Ich habe Ihre Frau im Hurrikanvideo gesehen. Sie hatte zwei kleine kubanische Mädchen im Arm.«

»Ja, das war Bonnie.«

»Eine schöne Frau. Sie sind mit dem Zoom auf ihr Gesicht zugefahren.«

»Können wir kurz anhalten«, platzte Max heraus und krümmte sich dabei, »nur für eine Minute?«

Skink blickte weiterhin starr auf die Straße. »Ihre junge Frau hat ein gutes Herz. Das kann man schon auf dem Video erkennen.«

»Eine Heilige«, pflichtete Max ihm bei. Er klemmte beide Hände zwischen die Oberschenkel. Er würde sich eher einen Knoten in den Schwanz machen, als vor dem Gouverneur in die Hose zu pinkeln.

»Weshalb sie mit Ihnen zusammen ist, kann ich mir nicht erklären. Das ist wirklich ein Rätsel«, sagte Skink. Er bremste scharf. »Weshalb haben Sie heute nicht versucht, sie anzurufen? Sie haben Ihren Freund in New York angerufen. Sie haben Ihre Eltern in Mailand angerufen. Weshalb nicht Bonnie?«

»Ich weiß nicht, wo sie ist. Dieser verdammte Anrufbeantworter –«

»Und dann dieser Quatsch, Sie beide hätten Streit –«

»Ich wollte nicht, daß Peter sich Sorgen macht«, sagte Max.

»Nun, da sei Gott vor.« Skink stellte den Schalthebel der Automatik auf »Parken« und sprang aus dem Wagen. Er tauchte im Lichtkegel der Scheinwerfer als weißhaarige Erscheinung auf, die mitten auf der Straße kauerte. Max Lamb verrenkte sich fast den Hals, um zu erkennen, was er tat.

Skink kam zum Kombiwagen zurückgeschlendert und warf ein totes Opossum auf den Sitz neben Max, der scharf einatmete und erschrocken zurückwich. Ein paar Kilometer später fügte Skink dem Abendmenü eine plattgefahrene Peitschenschlange hinzu. Max vergaß den Druck in seiner Blase, bis sie westlich von Krome in einem verlassenen Pferdestall ihr Nachtlager aufschlugen.

Die Pferde waren verschwunden, vom Sturm in die Flucht geschlagen. Die Eigentümer hatten die Sättel und das Zaumzeug geborgen und Futter ausgestreut für den Fall, daß die Tiere zurückkehrten. Max Lamb stand allein in der nach Moschus riechenden Dunkelheit und erleichterte sich geradezu wolkenbruchartig. Er erwog, einfach wegzulaufen, befürchtete jedoch, nicht eine Nacht in dieser Wildnis lebend zu überstehen. Nach Max' Vorstellung war ganz Florida südlich von Orlando ein riesiger Sumpf, in dem es von Raubtieren wimmelte. Einige hatten Klauen und Giftzähne, andere lenkten Propellerboote und ernährten sich von dem, was auf den Straßen den Tod fand. Für Max waren sie alle gleich gefährlich.

Skink erschien neben ihm, um anzukündigen, daß das Abendessen gleich fertig sei. Max folgte ihm zu den Pferdeboxen. Er fragte, ob es klug sei, in der Scheune ein Feuer anzuzünden. Skink erwiderte, daß es außerordentlich gefährlich sei, aber gemütlich.

Max Lamb stellte mit Staunen fest, daß der Geruch von

Pferdemist nicht einmal von einem Hurrikan der Stärke vier vertrieben werden konnte. Durchaus positiv war zu vermerken, daß dieser Geruch den Duft von gekochtem Opossum und gebratener Schlange total neutralisierte. Nach dem Abendessen zog Skink sich bis auf seine Boxershorts aus und absolvierte zweihundert Sit-ups in einer Staubwolke aus altem, trockenem Pferdedung. Dann holte er einen länglichen Karton aus dem Wagen und brachte ihn in die Scheune. Er fragte, ob Max eine Zigarette wolle.

»Nein, danke«, sagte Max. »Ich rauche nicht.«

»Das ist doch ein Scherz.«

»Nein, ich bin absoluter Nichtraucher«, beteuerte Max.

»Aber Sie verkaufen das Zeug –«

»Wir machen die Werbung dafür. Mehr nicht.«

»Aha«, sagte Skink. »Nur die Werbung.« Er hob seine lange Hose vom Erdboden auf und durchsuchte die Taschen. Max Lamb glaubte, er suche Zündhölzer, aber das tat er nicht. Er suchte nach der Fernbedienung für das Schockhalsband.

Als Max wieder zu sich kam, lag er in einem Haufen feuchten, vor sich hinmodernden Heus. Seine Augäpfel knirschten in den Höhlen, und sein Hals kitzelte und fühlte sich heiß an. Er setzte sich auf. »Was habe ich getan?« fragte er.

»Sie glauben doch sicherlich an die Produkte, für die Sie werben.«

»Sehen Sie, ich rauche nicht.«

»Sie könnten es lernen.« Mit einem Taschenmesser öffnete Skink den Pappkarton. Er war gefüllt mit Bronco Zigaretten, an die vier Dutzend Päckchen. Max Lamb schaffte es nicht, sein Entsetzen zu verbergen.

Der Kidnapper fragte, wie er von einem Produkt überzeugt sein konnte, bevor er es selbst getestet hatte. Max erwiderte ungehalten: »Ich produziere außerdem Fernsehspots für Intimspray mit Himbeergeschmack, aber ich benutze das Zeug ebenfalls nicht.«

»Vorsicht«, warnte Skink strahlend, »oder ich komme noch auf ganz andere Ideen.« Er öffnete eine Packung Broncos. Er schüttelte eine Zigarette heraus und klemmte sie zwischen Max' Lippen. An der Scheunenwand zündete er ein Streichholz an und hielt die Flamme an die Zigarette.

»Nun?«

Max spuckte die Zigarette aus. »Das ist doch lächerlich.«

Skink hob die feuchte Bronco auf und steckte sie wieder in Max' zornig verzogenen Mund. »Sie haben zwei Möglichkeiten«, sagte er und hielt die Fernbedienung hoch. »Entweder Sie rauchen, oder Sie werden geräuchert.«

Widerstrebend machte Max einen Zug an der Zigarette. Augenblicklich begann er zu husten. Es wurde noch schlimmer, als Skink ihn stehend an einen Stützpfeiler fesselte. »Ihr Leute seid mir ein Rätsel, Max. Weshalb kommt ihr hierher? Weshalb verhaltet ihr euch so seltsam? Weshalb führt ihr ein solches Leben?«

»Um Himmels willen –«

»Seien Sie jetzt still. Ich bitte Sie darum.«

Skink kramte im Rucksack herum und holte einen Walkman heraus. Er verzog sich in eine feuchte Nische der Scheune und setzte den Kopfhörer auf. Er zündete sich etwas an, das offensichtlich ein Joint war, nur roch der Rauch nicht nach Marihuana.

»Was ist das?« fragte Max.

»Kröte.« Skink machte einen Zug. Nach ein paar Minuten verdrehte sich sein heiles Auge, und sein Hals wurde schlaff.

Max Lamb konsumierte die Broncos wie eine Maschine. Immer wenn Skink ein Auge öffnete, tippte er sich mit dem Finger gegen den Hals – eine drohende Erinnerung an das Schockhalsband. Max rauchte und rauchte. Er beendete gerade Zigarette Nummer dreiundzwanzig, als Skink aus seiner Starre erwachte und sich erhob.

»Verdammt guter Krötenstoff.« Er nahm Max den Broncostummel aus dem Mund.

»Mir ist schlecht, Captain.«

Skink band ihn los und sagte, er solle sich ausruhen. »Morgen werden Sie eine Nachricht für Ihre Frau hinterlassen. Sie werden ein Treffen vereinbaren.«

»Weshalb?«

»Damit ich euch beide zusammen beobachten kann. Die Chemie zwischen euch, die strahlenden, verliebten Blicke, dieser Scheiß. Okay?«

Skink ging hinaus, kroch unter den Kombiwagen und begann wenig später zu schnarchen. Max hustete sich in der Scheune in den Schlaf.

Bonnie Lamb wachte in Augustines Armen auf. Ihr Schuldgefühl wurde durch die Feststellung zerstreut, daß er Jeans und T-Shirt trug. Sie erinnerte sich nicht daran, daß er sich im Laufe der Nacht angezogen hatte, aber offenbar hatte er genau das getan. Sie war sich verhältnismäßig sicher, daß nichts Sexuelles passiert war. Es hatte viele Tränen gegeben, sicher, aber keinen Sex.

Bonnie wollte sich von ihm losmachen, ohne ihn zu wecken. Andernfalls käme es vielleicht zu einem peinlichen Moment, wenn sie beide Arm in Arm dalagen. Vielleicht auch nicht. Vielleicht wußte er genau, was er in dieser Situation nicht sagen durfte. Es war klar, daß er im Umgang mit weinenden Frauen Erfahrung hatte, denn er war außerordentlich gut im Streicheln und Trösten. Als sie sich dabei ertappte, daß sie darüber nachdachte, wie gut er roch, wußte Bonnie, daß es Zeit wurde, aus dem Bett zu schleichen.

Und wie sie gehofft hatte, war Augustine so taktvoll, sich schlafend zu stellen, bis sie in der Küche war und Kaffee machte.

Als er hereinkam, spürte sie, wie sie errötete. »Es tut mir so leid«, platzte sie heraus, »wegen vergangener Nacht.«

»Weshalb? Haben Sie mich etwa ausgenutzt?« Er ging zum Kühlschrank und holte einen Karton mit Eiern heraus. »Ich schlafe immer sehr fest«, sagte er, »und bin deshalb leichte Beute für sexhungrige Frauen.«

»Vor allem für frisch verheiratete.«

»Oh, das sind die Schlimmsten«, sagte Augustine. »Geradezu unersättlich. Wollen Sie Rühr- oder Spiegeleier?«

»Spiegeleier.« Sie setzte sich an den Tisch. Sie riß ein Tütchen NutraSweet auf und schaffte es, alles neben die Kaffeetasse zu schütten. »Bitte, glauben Sie mir. Normalerweise schlafe ich niemals mit fremden Männern.«

»Schlafen ist völlig in Ordnung. Es ist das Vögeln, vor dem Sie sich in acht nehmen sollten.« Er stand an der Spüle und schälte eine Orange. »Beruhigen Sie sich, okay? Es ist nichts passiert.«

Bonnie lächelte. »Darf ich mich dann wenigstens dafür bedanken, daß Sie sich wie ein guter Freund verhalten haben?«

»Nichts zu danken, Mrs. Lamb.« Er blickte über die Schulter. »Was ist denn so lustig?«

»Die Jeans.«

»Jetzt sagen Sie nur nicht, daß sie ein Loch haben.«

»Nein. Es ist nur – na ja, daß Sie mitten in der Nacht aufgestanden sind und sie angezogen haben. Das war eine nette Geste.«

»Eigentlich war es eher eine Vorsichtsmaßnahme.« Die Eier zischten, als Augustine sie in die heiße Pfanne gleiten ließ. »Es überrascht mich, daß Sie es überhaupt bemerkt haben«, sagte er, woraufhin Bonnie erneut errötete.

Während des Frühstücks klingelte das Telefon. Es war das Büro des Gerichtsmediziners – ein weiterer unbekannter Toter war soeben in der Leichenhalle des County eingetroffen. Der diensthabende Pathologe wollte, daß Bonnie vorbeikäme, um sich die Leiche anzusehen. Augustine versprach, sie werde in Kürze zurückrufen. Er legte den Hörer auf und teilte ihr die Neuigkeit mit.

»Können sie mich zwingen, hinzukommen?«

»Ich glaube, nicht.«

»Weil es nicht Max ist«, sagte Bonnie. »Max steht ständig mit Rodale und Burns in Verbindung.«

»Ein männlicher Weißer, haben sie gesagt. Offenbar ermordet.«

Das letzte Wort hing in der Luft wie Schwefelgeruch. Bonnie legte ihre Gabel hin. »Er kann es nicht sein.«

»Wahrscheinlich nicht«, stimmte Augustine zu. »Wir müssen nicht hinfahren.«

Sie stand auf und begab sich ins Badezimmer. Kurz darauf hörte Augustine die Dusche rauschen. Er spülte das Geschirr, als sie herauskam. Sie war vollständig angezogen. Sie hatte das nasse Haar nach hinten gekämmt, und sie hatte im Badezimmerschrank den roséfarbenen Lippenstift der Ärztin gefunden.

»Ich glaube, ich muß mich trotzdem vergewissern«, sagte sie.

Augustine nickte. »Anschließend fühlen Sie sich bestimmt besser.«

Snappers richtiger Name lautete Lester Maddox Parsons. Seine Mutter hatte ihn nach einem Politiker aus Georgia benannt, der dadurch bekannt geworden war, daß er schwarze Restaurantbesucher mit einem Axtstiel verjagte. Snappers Mutter meinte, daß Lester Maddox Präsident der Vereinigten Staaten und der gesamten weißhäutigen Welt werden sollte. Snappers Vater sympathisierte mit James Earl Ray. Als Snapper gerade sieben Jahre alt war, nahmen seine Eltern ihn zu seiner ersten Ku-Klux-Klan-Versammlung mit. Aus diesem Anlaß kostümierte Mrs. Parsons ihren Sohn mit einem Gewand, das sie aus Kopfkissenbezügen aus weißem Musselin zusammengenäht hatte. Besonders stolz war sie auf die spitze kleine Kapuze. Die anderen Klanmänner und deren Frauen stürzten sich auf Lester und äußerten sich begeistert über sein attraktives Südstaatengesicht – ein verblüffendes Lob, denn alles, was vom kleinen Lester zu sehen war, waren seine glänzenden braunen Augen, die durch die Schlitze des Lakens lugten. Er dachte: Ich könnte genausogut ein Neger sein, ohne daß sie etwas merken würden!

Trotzdem gefielen dem Jungen die Klantreffen, denn dort wurde gegrillt, und am Ende gab es tolle Lagerfeuer. Er war enttäuscht, als seine Familie nicht mehr daran teilnahm, aber er konnte der Begründung seiner Eltern für ihren Rückzug nicht widersprechen. Sie nannten es *den Unfall*, und Lester würde die Nacht niemals vergessen. Sein Vater hatte sich wie üblich sinnlos betrunken und zündete, als der große Moment heranrückte und das Kreuz in Brand gesteckt werden sollte, unglücklicherweise statt dessen den örtlichen Grand Kleagle an. In Ermangelung eines Feuerwehrschlauchs waren die aufgeregten Klanmänner gezwungen, ihren brennenden Kameraden zu retten, indem sie ihn mit heftig geschüttelten Schlitz-Bierdosen bespritzten. Sobald das Feuer gelöscht war, betteten sie den angekokelten Kleagle auf die Ladefläche des Pick-up von Lesters Vater und fuhren ihn zum Krankenhaus. Obgleich der Mann am Leben blieb, war seine sorgsam gewahrte Anonymität für immer gelüftet. Ein Team des örtlichen Fernsehsenders hielt sich zufälligerweise vor der Notaufnahme auf, als der Kleagle – ohne Kapuze und mit versengtem und zerfetztem Gewand – eintraf. Nachdem seine Zugehörigkeit zum Klan im Fernsehen enthüllt worden war, trat der Mann von seinem Posten als Bezirksstaatsanwalt zurück und zog in die Provinz nach Macom um. Lesters Vater machte sich die heftigsten Vorwürfe, worin ihm die anderen Klanmänner in aller Schärfe beipflichteten. Der Kampfgeist der Ortsgruppe litt noch mehr, als eine Zeitung enthüllte, daß der junge Arzt, der den halbtoten Kleagle wiederbelebt hatte, ein Schwarzer war und möglicherweise aus Savannah stammte.

Die Parsons beschlossen, den Klan zu verlassen, solange sie die Wahl hatten. Lesters Vater trat danach einem Bowlingclub für Weiße bei, während seine Mutter Flugblätter für J. B. Stoner verschickte, einen anderen berühmten Rassisten, der sich regelmäßig um das Gouverneursamt bewarb. Politik langweilte den jungen Lester, der seine jugendliche Energie voll und ganz dem Verbrechen verschrieb. An seinem vierzehnten Geburtstag verließ er die Schule, obgleich seine vielbeschäftigten Eltern fast zwei Jahre lang nicht das geringste ahnten. Zu diesem Zeitpunkt verdiente der Junge mit dem Diebstahl von Dreschmaschinen und Treckern doppelt soviel wie sein Vater mit der Reparatur derselben. Die Parsons zogen es vor, nicht zu wissen, was ihr Sohn trieb, selbst als es ihn in Schwierigkeiten brachte. Lesters Mutter machte sich Sorgen, daß der Junge einen Hang zum Bösen hatte. Sein Vater meinte, das hätten alle richtigen Jungen. Anders kämen sie in dieser gottverlassenen Welt gar nicht zurecht.

Lester Maddox Parsons war siebzehn, als er seinen Spitznamen erhielt. Er schloß gerade den Traktor eines Farmers auf einem Erdnußfeld kurz, als ein Wildhüter hinter ihm auftauchte. Lester schoß aus dem Führerhaus hervor und attakkierte den Mann, der Lesters Gesichtszüge gelassen mit dem Kolben einer Ithaca-Flinte zurechtrückte. Drei Tage saß er im Countygefängnis, bis ein Arzt erschien, um seinen Unterkiefer zu untersuchen, der sich um etwa sechsunddreißig Grad aus seiner ursprünglichen Position verschoben hatte. Daß er überhaupt verheilte, war ein kleines Wunder. Snapper spuckte Klavierdraht bis zu seinem zweiundzwanzigsten Lebensjahr.

Der Strafvollzug von Georgia lehrte den jungen Mann eine wichtige Lektion: Es war am besten, seine Meinung über die Vermischung der Rassen für sich zu behalten. Als Avila Snapper nun mit der Dachdeckermannschaft bekannt machte, stellte Snapper fest (ohne sich darüber zu beklagen), daß zwei der vier Arbeiter so schwarz waren wie der Teer, den sie anrührten. Der dritte Dachdecker war ein muskulöser junger Marielito, der sich die Zahl »69« geschmackvoll in seine Unterlippe hatte eintätowieren lassen. Der vierte Dachdecker war ein weißer Crackhead aus dem Santa Rosa County, der ein Englisch sprach, das für Snapper und die anderen vollkommen unverständlich war. Obgleich jeder der Dachdecker eine lange Vorstrafenlatte hatte, konnte Snapper nicht behaupten, daß er so etwas wie eine innere Verwandtschaft mit der Truppe empfand.

Avila versammelte die Männer um sich, um sie heißzumachen.

»Dank dem Hurrikan brauchen allein in Dade County um die hundertfünfzigtausend Häuser neue Dächer«, begann er. »Nur ein Idiot würde es nicht schaffen, den armen Teufeln das Geld aus der Tasche zu ziehen.«

Der Plan bestand darin, möglichst viele Käufer zu finden und möglichst wenig Dächer zu reparieren. Da Snapper einen Anzug und eine Krawatte besaß, sollte er mit der Aufgabe betraut werden, die potentiellen Kunden durch das Kleingedruckte des jeweiligen »Vertrags« zu lavieren und anschließend die Anzahlungen zu kassieren.

»Die Leute sind ganz wild auf neue Dächer«, sagte Avila lebhaft. »Es regnet ihnen auf den Kopf, oder die Sonne brät sie. Sie werden von Ungeziefer attackiert. Je schneller sie wieder ein Dach über den Kopf bekommen, desto mehr zahlen sie.« Er reckte die Hände zum Himmel. »Hey, fragen sie denn wirklich nach dem Preis? Den zahlen doch die Versicherungen, mein Gott!«

Einer der Dachdecker wollte wissen, wieviel Arbeit denn tatsächlich geleistet werden müßte. Avila erklärte, sie brauchten bei jedem Haus nur einen kleinen Dachabschnitt zu reparieren. »Um die Leute in Sicherheit zu wiegen«, fügte er hinzu.

»Was ist denn ein ›kleiner‹ Dachabschnitt?« fragte der Dachdecker.

»Wir haben August, Chef«, sagte ein anderer. »Ich habe schon von Typen gehört, die an einem Hitzschlag gestorben sind.«

Avila versicherte den Männern, daß es schon ausreichen würde, wenn sie einen Quadratmeter, vielleicht sogar noch weniger, von jedem Dach deckten. »Dann könnt ihr abhauen.

Wenn ihnen erst einmal klarwird, daß ihr nicht mehr zurückkommt, ist es sowieso zu spät für sie.«

Der Crackhead murmelte etwas von Arbeitslizenzen. Avila wandte sich an Snapper und sagte: »Falls sie unsere Lizenz sehen wollen, dann weißt du ja, was du tust.«

»Abhauen?«

»*Exactamente!*«

Snapper war nicht glücklich mit seiner Klinkenputzerrolle bei der Operation, vor allem angesichts der Chance, mit größeren Haushunden konfrontiert zu werden. Er sagte zu Avila: »Das klingt, als müßte ich mich ziemlich viel mit Fremden herumschlagen. Das hasse ich. Weshalb kümmerst du dich nicht um die Verträge?«

»Weil ich ein paar von diesen gottverdammten Häusern inspiziert habe, als ich noch beim Bauamt beschäftigt war.«

»Das wissen die Eigentümer doch gar nicht.«

Chango hatte Avila gewarnt, möglichst vorsichtig zu sein. Chango war Avilas persönliche *Santería*-Gottheit. Avila hatte sich bei ihm mit einer Schildkröte und zwei Kaninchen bedankt.

»Ich bleibe lieber im Hintergrund«, sagte Avila zu Snapper. »Die Bauaufsichtsbehörde hat überall im County ihre Spione sitzen. Sobald jemand mein Gesicht wiedererkennt, sind wir geliefert.«

Snapper war sich nicht ganz sicher, ob Avila paranoid oder einfach nur faul war. »Wo genau bist du denn«, fragte er, »wenn wir auf irgendeiner Baustelle herumsteigen? In einem klimatisierten Büro vielleicht?« Er hörte, wie die Dachdecker kicherten. Es war ein hoffnungsvolles Zeichen der Solidarität.

Aber Avila demonstrierte schnell seine absolute Autorität. »Baustelle? Es gibt keine ›Baustelle‹, das Ganze ist eine Schau. Ihr seid nicht hier, weil ihr mit Teer umgehen könnt. Ihr seid hier, weil ihr so *ausseht*, als könntet ihr es.«

»Was ist denn mit mir?« hakte Snapper nach. »Weshalb bin ich dabei?«

»Weil wir Robert Redford nicht kriegen konnten.« Avila erhob sich, um das Ende der Versammlung anzuzeigen. »Snap, was denkst du denn, weshalb du dabei bist? Damit die Leute auch wirklich bezahlen. *Comprende?* Ein Blick in deine ramponierte Visage, und sie wissen, daß mit dir nicht zu spaßen ist.«

Ein gewöhnlicher Krimineller hätte dies vielleicht als Kompliment aufgefaßt. Snapper tat es nicht.

Alle Matratzen im Torres-Haus waren von dem Unwetter noch völlig durchnäßt, daher hatte Edie Marsh mit dem Versicherungsmann Sex im BarcaLounger. Es war ein geräuschvolles und mühsames Unterfangen. Fred Dove war nervös, so daß Edie ihm bei jedem Schritt behilflich sein mußte. Nachher sagte er, er hätte sich wahrscheinlich einen Rückenwirbel verrenkt. Edie hätte am liebsten entgegnet, daß er nicht genug Muskeln bewegt hätte, um sich irgend etwas zu verrenken. Statt dessen versicherte sie ihm, daß er hinsichtlich Technik und Proportionen ein wilder Hengst gewesen sei. Es war eine Taktik, die nur selten versagte. Fred Dove schlief zufrieden mit dem Kopf auf ihrer Schulter und den Beinen in das Fußteil geklemmt ein, aber nicht ohne vorher versprochen zu haben, daß er eine extrem betrügerische Schadensforderung für das Torres-Haus einreichen und den Scheck mit Edie Marsh teilen würde.

Eine Stunde vor Tagesanbruch hörte Edie im Garten einen fürchterlichen Lärm. Sie konnte nicht aufstehen, um nachzuschauen, weil sie unter dem Versicherungsmann im BarcaLounger eingezwängt war. Dem Tumult nach zu urteilen hatten Donald und Marla einen Tollwutanfall. Die Auseinandersetzung endete mit kurzatmigem klagenden Gejaule und einem haarsträubenden Gebrüll. Edie Marsh rührte sich nicht, bis die Sonne aufging. Dann weckte sie behutsam Fred Dove, der in Panik geriet, weil er vergessen hatte, seine Frau in Omaha anzurufen. Edie riet ihm, still zu sein und seine Hosen anzuziehen.

Sie führte ihn in den Garten. Die einzigen Spuren der beiden

Zwergdackel waren schlaffe Leinen und leere Halsbänder. Der Torres-Rasen war total zerwühlt. Mehrere breite Spuren waren in der feuchten grauen Erde zu erkennen, tiefe Furchen, wie sie von starken Klauen hinterlassen werden.

Fred Doves linker Hush Puppy paßte leicht in einen der Abdrücke. »Du meine Güte«, sagte er, »und ich habe Größe zehneinhalb.«

Edie Marsh fragte, welches wilde Tier eine solche Spur hinterlasse. Fred Dove sagte, der Abdruck sei groß genug, um von einem Löwen oder einem Bären zu stammen. »Aber ich bin kein Jäger«, fügte er hinzu.

Sie fragte: »Kann ich mit zu dir kommen?«

»Ins Ramada?«

»Was – dürfen dort keine Frauen rein?«

»Edie, wir sollten lieber nicht zusammen gesehen werden. Jedenfalls nicht, falls wir diese Sache erfolgreich durchziehen wollen.«

»Erwartest du etwa von mir, daß ich allein hier draußen bleibe?«

»Sieh mal, das mit deinen Hunden tut mir leid...«

»Das waren nicht meine verdammten Hunde.«

»Bitte, Edie.«

Mit seinen runden Brillengläsern erinnerte er sie an einen ernsthaften jungen Englischlehrer, den sie mal auf der High-School gekannt hatte. Der Mann hatte Bass-Schuhe ohne Socken getragen und träumte nur von T. S. Eliot. Edie Marsh hatte mit dem Burschen zweimal in der Fakultätsmensa gevögelt, aber er hatte ihr trotzdem bei ihrer Abschlußprüfung nur eine Vier gegeben, weil sie (so behauptete er) »J. Alfred Prufrock« überhaupt nicht verstanden habe. Diese Erfahrung hatte Edie ein tiefes Mißtrauen gegenüber gelehrt aussehenden Männern eingepflanzt.

Sie sagte: »Was meinst du damit, *falls* wir diese Sache durchziehen? Wir haben ein Abkommen getroffen.«

»Ja«, sagte Fred Dove. »Ja, das haben wir.«

Während er ihr ins Haus folgte, fragte sie: »Wie schnell kannst du das regeln?«

»Nun, ich könnte die Schadensforderung diese Woche einreichen und –

»Einhundert Prozent Verlust?«

»Genau«, erwiderte der Versicherungsmann.

»Einhunderteinundvierzig Riesen. Einundsiebzig für mich, siebzig für dich.«

»Richtig.« Für jemanden, der im Begriff war, den Gewinn seines Lebens einzustreichen, wirkte Fred Dove ziemlich bedrückt. »Meine Befürchtung ist, wie ich schon andeutete, daß Mr. Torres –«

»Wie ich dir gestern abend schon klargemacht habe, steckt Tony in einer schlimmen Klemme. Ich bezweifle, daß er jemals zurückkommt.«

»Aber hast du nicht auch gesagt, daß Mrs. Torres, die echte Mrs. Torres, vielleicht nach Miami zurückkehrt –«

»Deshalb müssen wir uns beeilen«, sagte Edie Marsh. »Mach den Leuten in der Zentrale klar, daß es sich um einen Notfall handelt.«

Der Versicherungsmann schürzte die Lippen. »Edie, *jeder* Fall ist ein Notfall. Schließlich haben wir es mit einem Hurrikan zu tun.«

Teilnahmslos schaute sie zu, wie er sich anzog. Er verbrachte fünf Minuten damit, die Falten aus seinen vom Sex zerknautschten Dockers rauszustreichen. Als er sie fragte, ob sie ihm ein Bügeleisen leihen könnte, erinnerte Edie ihn daran, daß es keinen elektrischen Strom gab.

»Wie wäre es, wenn du mich zum Frühstück einlädst?« fragte sie.

»Ich komme jetzt schon zu spät zu einem Termin in Cutler Ridge. Einem armen alten Mann ist ein Pontiac aufs Haus gefallen.« Fred Dove gab Edie einen Kuß auf die Stirn und fügte noch die obligatorische Umarmung für den Morgen danach hinzu. »Ich komme heute abend wieder. Paßt es dir um neun Uhr?«

»Prima«, sagte sie. Am Abend würde er zweifellos Kondome mitbringen – ein weiteres lächerliches Hindernis auf der Rennstrecke zur Leidenschaft. Sie nahm sich im stillen vor, eine von Tonys Matratzen zum Trocknen in die Sonne hinauszuschleppen. Eine weitere anstrengende Sitzung im BarcaLounger könnte vielleicht den armen Freddie noch in einem Streckverband enden lassen.

»Bring aber die Formulare für die Schadensaufstellung mit«, sagte sie zu ihm. »Ich will alles sehen.«

Er machte sich eine entsprechende Notiz auf seinem Schreibbrett und verstaute es in seinem Aktenkoffer.

»Ach ja«, sagte Edie, »ich brauche noch ein paar Liter Benzin aus deinem Wagen.«

Fred Dove verzog verwirrt das Gesicht.

»Für den Generator«, erklärte sie. »Ein heißes Bad wäre nicht übel... da du ja nicht zuläßt, daß ich deine Badewanne im Ramada benutze.«

»Oh, Edie –«

»Und vielleicht noch ein paar Dollar für Lebensmittel.«

Sie wurde gleich wieder zärtlich, als der Versicherungsmann seine Brieftasche herausholte. »Bist doch ein braver Junge.« Sie küßte ihn auf den Hals und biß abschließend leicht zu, um die Batterien aufzuladen.

»Ich habe Angst«, sagte er.

»Das brauchst du nicht, Süßer. Es ist ein Kinderspiel.« Sie nahm sich zwei Zwanziger und schickte ihn los zu seiner Verabredung.

10. KAPITEL

Während der Fahrt zur Leichenhalle hörten Augustine und Bonnie in den Nachrichten eine Meldung über eine fünf Meter lange, netzartig gemusterte Pythonschlange, die in der Salatbar eines Imbißrestaurants in Perrine aufgetaucht war.

»Eins von Ihren Tieren?« fragte Bonnie.

»Das würde ich auch gern wissen.« Es ließ sich unmöglich mit Sicherheit sagen, ob die Schlange Augustines totem Onkel gehört hatte. Felix Mojacks handschriftliche Inventurliste war hinsichtlich der Details der Menagerie nicht besonders aufschlußreich.

»Er hatte zwei große Schlangen«, sagte Augustine, »aber ich hab die verdammten Dinger nie gemessen.«

»Hoffentlich hat man sie nicht getötet«, sagte Bonnie.

»Das hoffe ich auch.« Es gefiel ihm, daß sie Anteil am Schicksal eines urweltlichen Reptils nahm. Das würden nicht alle Frauen tun.

»Sie könnten sie einem Zoo schenken«, sagte sie.

»Oder sie auf die Bezirksverwaltung loslassen.«

»Sie sind ja ein Schlimmer.«

»Ich weiß«, sagte Augustine. Als gesetzlicher Besitzer der Menagerie fühlte er sich zu einem Teil verantwortlich für Bonnie Lambs Zwangslage. Ohne die Jagd nach einem Affen wäre ihr Mann wahrscheinlich nicht entführt worden. Vielleicht war der Übeltäter einer von Onkel Felix' Rhesusaffen gewesen, vielleicht aber auch nicht.

Ohne einen Hauch von Vorwurf in der Stimme fragte Bonnie: »Was tun Sie, wenn eins der Tiere einen Menschen tötet?«

»Beten, daß es jemand war, der es verdient hat.«

Bonnie war entsetzt. Augustine zuckte die Achseln. »Ich weiß nicht, was ich außer einer Safari sonst unternehmen könnte. Haben Sie eine Ahnung, wie groß die Everglades sind?«

Sie fuhren für eine Weile schweigend weiter, ehe Bonnie wieder das Wort ergriff. »Sie haben recht. Die Tiere sind frei, und so sollte es auch sein.«

»Ich weiß nicht, wie irgendwas sein sollte, aber ich weiß, wie es ist. Zum Teufel, diese Silberlöwen könnten schon längst in Key Largo sein.«

Bonnie Lamb lächelte traurig. »Ich wünschte, *ich* wäre es.«

Ehe sie die kalten Räumlichkeiten des Büros des Gerichtsmediziners betraten, schlüpfte sie in einen weiten Skipullover, den Augustine für diesen Anlaß mitgenommen hatte. Diesmal gab es vor der Identifikation keine Präliminarien. Derselbe junge Arzt brachte sie sofort in den Autopsiesaal, wo der jüngst ermordete Unbekannte den Mittelpunkt des Interesses bildete. Die Leiche war von Detectives, uniformierten Polizisten und einer Gruppe eher desinteressierter Medizinstudenten der Universität von Miami umringt. Sie machten Augustine und Bonnie Lamb bereitwillig Platz.

Ein rotgesichtiger, grauhaariger Mann in einem Laborkittel stand am Kopfende des Stahltischs. Er nickte freundlich und trat einen Schritt zurück. Mit angehaltenem Atem wagte Bonnie es, die Leiche anzusehen. Der Mann hatte einen Schmerbauch und eine Halbglatze. Seine olivfarbene Haut war von den Schultern bis zu den Zehen mit einem dichten Pelz glänzender schwarzer Haare bedeckt. Mitten in der Brust klaffte eine himbeerfarbene tiefe Wunde. Sein Hals trug ein Kollier aus Blutergüssen, die aussahen wie rote Fingerabdrücke.

»Das ist nicht mein Mann«, sagte Bonnie Lamb.

Augustine führte sie aus dem Raum hinaus. Ein athletischer schwarzer Polizist folgte ihnen.

»Mrs. Lamb?«

Bonnie ging weiter wie ein programmierter Roboter.

»Mrs. Lamb, ich muß Sie sprechen.«

Sie wandte sich um. Der Polizist hatte breite Schultern und war muskulös. Er zog sein rechtes Bein ein wenig nach. Er trug die Uniform eines State Troopers und hielt einen Stetson in seinen großen Händen. Er schien genauso erleichtert wie Augustine und Bonnie zu sein, den Autopsiesaal verlassen zu haben.

Augustine fragte, ob es ein Problem gebe. Der Trooper schlug vor, irgendwo hinzugehen, wo sie sich ungestört unterhalten könnten.

»Worüber?« fragte Bonnie.

»Über das Verschwinden Ihres Mannes. Ich verfolge ein paar Spuren, mehr nicht.« Das Auftreten des Troopers war für einen Uniformierten ungewöhnlich informell. Er sagte: »Nur ein paar Fragen, Leute. Versprochen.«

Augustine verstand nicht, weshalb die Highway Patrol sich für einen Entführungsfall interessierte. Er sagte: »Sie hat sich bereits mit dem FBI unterhalten.«

»Es dauert nicht lange.«

Bonnie räusperte sich. »Wenn Sie irgendwas Neues wissen, dann würde ich es gern erfahren.«

»Ich kenne ein gutes italienisches Restaurant«, sagte der Trooper.

Augustine erkannte, daß Bonnie sich entschieden hatte. »Ist dies ein offizielles Gespräch?« fragte er den Trooper.

»Absolut inoffiziell.« Jim Tile setzte seinen Hut auf. »Gehen wir etwas essen.«

Mitte der siebziger Jahre bewarb sich ein Mann namens Clinton Tyree um das Amt des Gouverneurs von Florida. Auf dem Papier schien er der ideale Kandidat zu sein, eine mutige frische Stimme in einer von Zynismus geprägten Zeit. Er war einer der wenigen in diesem Staat Geborenen, attraktiv, sportlich; ein ehemaliger Footballstar seines Colleges und hochdekorierter Vietnamveteran. Während des Wahlkampfs konnte er in Palm Beach gerissen argumentieren oder im Panhandle den Trottel vom Land spielen. Die Medien waren begeistert, denn er konnte in vollständigen Sätzen sprechen, und zwar spontan und ohne

Karteikarten mit Stichwörtern. Am besten aber war, daß seine persönliche Vergangenheit nicht von unsauberen Geschäften überschattet war, deren Kompliziertheit das Verständnis von Journalisten und Lesern gleichermaßen strapazierte.

Clinton Tyrees einziger politischer Nachteil war eine fünfjährige Tätigkeit als Dozent für englische Literatur an der Universität von Florida, ein Job, der historisch betrachtet einen Kandidaten als zu nachdenklich, gebildet und tolerant für ein Staatsamt gebrandmarkt hätte. Aber in einer Demonstration erstaunlicher Einigkeit verziehen die Wähler Clinton Tyree seine Belesenheit und wählten ihn zum Gouverneur.

Naiverweise begrüßte das Establishment von Tallahassee das neue Oberhaupt des Staates. Die Marktschreier, Zuhälter und Wendekünstler, die die Legislative beherrschten, gingen davon aus, daß Clinton Tyree sich ebenso wie seine Vorgänger pflichtschuldigst in ihr Programm einfügen würde. Er war schließlich einer von ihnen. Er verstand sicher, wie die Dinge liefen.

Aber hinter dem Filmstarlächeln des Gouverneurs verbarg sich das glühende Sendungsbewußtsein eines Terroristen. Er brachte eine derart tiefe und ungezähmte Leidenschaft in die Hauptstadt, daß die anderen Politiker völlig aus dem Konzept gerieten. Sehr schnell entschieden sie, daß Clinton Tyree völlig verrückt war. In seinem ersten Interview nach der Wahl erklärte er der *New York Times*, daß Florida von ungezügeltem Wachstum, übermäßiger Erschließung und von allgemeiner Umweltverschmutzung zerstört würde, und daß die stinkende Wurzel all dieser Übel die Habgier sei. Um zu illustrieren, was er meinte, bescheinigte er dem Sprecher des Abgeordnetenhauses von Florida »die moralischen Ansichten einer Darmbakterie«, nur weil der Mann sich von einem Bauunternehmer in Miami Beach eine Reise nach Bangkok hatte spendieren lassen. Später meldete Tyree sich im Rundfunk und bestürmte Besucher und mögliche Zuwanderer, sich doch für ein paar Jahre vom Sunshine State fernzuhalten, »damit wir endlich wieder zur Vernunft kommen«. Er verkündete als großes Ziel das negative Bevölkerungswachstum und stellte denjenigen Countys Steuervorteile in Aussicht, die die Bevölkerungsdichte innerhalb ihrer Grenzen deutlich senkten. Tyree hätte keinen größeren Aufruhr auslösen können, wenn er Kindern im Vorschulalter den Satanismus gepredigt hätte.

Die Auffassung, daß der neue Gouverneur geistig labil war, wurde durch seine Weigerung bestätigt, Bestechungsgelder anzunehmen. Noch schlimmer war, daß er die Details derartiger verbrecherischer Angebote dem Federal Bureau of Investigation mitteilte. Auf diese Art und Weise wurde einer der reichsten und politisch mit den umfangreichsten Beziehungen ausgestatteten Grundstücksspekulanten kaltgestellt, angeklagt und wegen Korruption verurteilt. Clinton Tyree war eindeutig eine Bedrohung.

Kein Gouverneur zuvor hatte es gewagt, dem Bestreben, Florida zu asphaltieren, Einhalt zu gebieten. Siebzig wunderschöne Jahre lang hatte der Staat sicher im Griff jener gezappelt, die seine Ressourcen am effizientesten ausbeuteten. Plötzlich beschuldigte dieser dreiste junge Emporkömmling die Leute wie ein verdammter Kommunist. Rettet die Flüsse. Rettet die Küsten. Rettet das Big Cypress National Reserve. Wo würde das enden? *Time* brachte ein Foto von ihm als Titelbild. David Brinkley nannte ihn einen neuen Populisten. Die National Audubon Society verlieh ihm eine verdammte Medaille...

Eines Abends, in einer durch einen Vorhang abgetrennten Nische eines Restaurants namens Silver Slipper, wurde ein Pakt geschlossen, um den Wahnsinnigen zu stoppen. Seine Heldentaten in Südostasien hatten ihn gegen die übliche Verleumdungstaktik immun gemacht, daher bestand die einzige sichere Alternative darin, ihn politisch zu neutralisieren. Es war ein einfacher, zielgerichteter Plan: Ganz gleich, was der neue Gouverneur wollte, die Legislative und das Kabinett würden genau das Gegenteil tun – es war ein Abstimmungsverhalten, das durch umfangreiche Spenden von Bankiers, Unternehmern, Immobilienmaklern, Hoteliers, landwirtschaftlichen Konglomeraten und anderen Gruppen mit Sonderinteressen, die philosophische Differenzen mit Clinton Tyree hatten, abgesichert wurde.

Die Strategie hatte Erfolg. Sogar die Parteifreunde des Gouverneurs fühlten sich von seinen Reformen ausreichend bedroht, um ihn ohne Bedenken fallenzulassen. Sobald Clint Tyree erkannte, daß er kaltgestellt war, begann sein schrittweiser Abstieg. Jede Niederlage im Senat traf ihn wie mit einem Schmiedehammer. Seine öffentlichen Auftritte zeichneten sich durch gallige Ansprachen und düstere Andeutungen aus. Er verlor Gewicht und ließ sich die Haare nicht mehr schneiden. Zu einer rätselhaften Pressekonferenz erschien er mit nacktem Oberkörper. Er schrieb wütende Briefe auf seinem amtlichen Briefpapier und gab Interviews, in denen er ausgiebig Carl Jung, Henry Thoreau und David Crosby zitierte. Eines Nachts fand der State Trooper, der als Leibwache des Gouverneurs abkommandiert war, ihn auf einem Friedhof, wo er auf allen vieren herumkroch. Clinton Tyree erklärte, er habe die Absicht, die sterblichen Überreste Napoleon Bonaparte Browards auszugraben, des Gouverneurs, der als erster die Idee verfolgt hatte, die Everglades trockenzulegen. Tyree wollte die Gebeine Gouverneur Browards als Souvenirs an Besucher der Regierungsgebäude verteilen.

Unterdessen ging die Ausplünderung Floridas wie auch der ständige Zuzug ungehindert weiter. An die tausend Glückssucher täglich ließen sich im Staat nieder, und es gab nichts, was Clinton Tyree dagegen hätte unternehmen können.

Daher gab er auf, floh an einem trüben Morgen in einer staatlichen Limousine aus Tallahassee und verschwand in der Wildnis. In der Geschichte Floridas hatte bisher noch kein Gouverneur von sich aus den Dienst quittiert. Tatsächlich hatte bisher noch kein Amtsinhaber sich auf derart abrupte und exzentrische Art und Weise aus dem öffentlichen Leben zurückgezogen. Journalisten und Schriftsteller jagten den verschwundenen

Clinton Tyree, konnten ihn jedoch niemals stellen. Er war nur nachts unterwegs, lebte von dem, was er an überfahrenem Getier auf den Straßen fand, und führte die Existenz einer Sumpfratte. Diejenigen, mit denen er Kontakt hatte, kannten ihn unter dem Namen Skink oder einfach als »Captain«. Meistens bestanden die kurzen Unterbrechungen eines friedlichen Einsiedlerlebens aus berechtigten Brandstiftungen, tätlichen Angriffen oder Schießübungen auf Verkehrsteilnehmer auf dem Highway.

Nur ein Mann konnte sich des uneingeschränkten Vertrauens des geflüchteten Gouverneurs rühmen – der Highway Patrol Trooper, der ihm während seines Wahlkampfs als Leibwächter gedient und später auch im Gouverneurspalast Dienst getan hatte. Es war der Beamte, der die Limousine an dem Tag gefahren hatte, als Clinton Tyree verschwand. Er allein kannte seinen jeweiligen Aufenthaltsort, blieb mit ihm in Kontakt und verfolgte seine Aktionen. Er war außerdem stets zur Stelle, wenn Clinton Tyree durchdrehte, was gelegentlich geschah. Der Trooper war auch erschienen, kurz nachdem sein Freund während einer wüsten Prügelei ein Auge verloren hatte. Er kam ebenfalls, nachdem er vom Straßenrand aus einige Mietwagen beschossen hatte und nachdem er einen Vergnügungspark hatte in Flammen aufgehen lassen.

Einige Jahre verliefen ein wenig ruhiger als andere.

»Aber er hat auf diesen Hurrikan gewartet«, sagte Jim Tile und drehte sich einen Löffel voll Spaghetti auf die Gabel. »Es gibt durchaus Anlaß zur Sorge.«

Augustine nickte. »Ich hab schon von diesem Burschen gehört.«

»Dann verstehen Sie sicherlich, weshalb ich mit Mrs. Lamb reden muß.«

»Mrs. Lamb«, sagte Bonnie bissig, »kann nicht glauben, was sie da hört. Meinen Sie, dieser Verrückte hat Max in seiner Gewalt?«

»Eine alte Dame in der Nachbarschaft sah einen Mann, auf den die Beschreibung des Gouverneurs paßt, einen Mann davontragen, auf den die Beschreibung Ihres Mannes paßt. Auf der Schulter. Splitternackt.« Jim Tile schwieg einen Moment, damit Mrs. Lamb Zeit hatte, sich diese Szene in Gedanken bildhaft vorzustellen. Er sagte: »Ich weiß nicht, wie gut die Augen der Lady sind, aber es könnte sich lohnen, die Angaben zu überprüfen. Sie erwähnten ein Tonband, das Sie aufgenommen haben – mit der Stimme des Kidnappers.«

»Es befindet sich im Haus«, sagte Augustine.

»Hätten Sie etwas dagegen, wenn ich es mir einmal anhöre?«

Bonnie schüttelte den Kopf. »Es ist doch absurd, was Sie da sagen –«

»Tun Sie mir den Gefallen«, sagte Jim Tile.

Bonnie schob ihren nur zur Hälfte geleerten Teller Lasagne zurück. »Welche Interessen verfolgen Sie?«

»Er ist mein Freund. Und er ist in Schwierigkeiten«, antwortete der Trooper.

»Ich mache mir nur Sorgen wegen Max.«

»Sie sind beide in Gefahr.«

Bonnie wollte mehr über den fetten Mann im Leichenschauhaus wissen. Der Trooper erzählte, er sei erwürgt und auf einer Satellitenschüssel aufgespießt worden. Das Motiv für diesen Mord schien jedoch nicht Raub zu sein.

»Hat Ihr ›Freund‹ auch das getan?«

»Sie verhören gerade einen schwachsinnigen Tramp aus Alabama, aber ich weiß nicht, ob sie den richtigen haben.«

Bonnie konnte das alles kaum fassen. »Sie sagten, ›aufgespießt‹?«

»Ja, Ma'am.« Von der Kreuzigung sagte der Trooper lieber nichts. Mrs. Lamb war auch so schon ziemlich von den Socken.

Sie biß die Zähne zusammen. »Das ist hier das reinste Irrenhaus«, zischte sie.

Jim Tile konnte ihr darin nur voll und ganz beipflichten.

Müde sah er Augustine an. »Ich verfolge lediglich ein paar Spuren.«

»Kommen Sie mit nach Hause. Wir spielen Ihnen das Tonband vor.«

Ira Jackson hatte eigentlich vorgehabt, den Mobilheimverkäufer zu töten und anschließend sofort nach New York zurückzukehren und die Beerdigung seiner Mutter vorzubereiten. Zu seinem Mißfallen fühlte er sich nach der Ermordung von Tony Torres ruhelos und unzufrieden. Wenn er sich im Hurrikangebiet umsah, erkannte Ira Jackson, was für ein bedauernswert unbedeutendes kleines Licht Tony Torres gewesen war. In Süd-Florida wimmelte es von Typen, die Witwen regelrechte Todesfallen andrehten. Es war offensichtlich. Miese Bausubstanz erkannte Ira Jackson auf den ersten Blick, und er sah sie überall. Während die Häuser einer Wohnanlage den Sturm überstanden hatten, ohne daß auch nur eine Dachpfanne verrutscht war, war eine ebenso teure Wohnanlage auf der anderen Straßenseite völlig ausradiert, war praktisch jedes Haus ein Trümmerhaufen.

Eine verdammte Schande, dachte Ira Jackson. Das war genau das, wodurch Korruption in schlechtes Licht geriet. Er erinnerte sich an Tony Torres' dreiste Behauptung: *Jedes Heim, das wir verkauft haben, wurde genauestens überprüft.*

Zweifellos traf das zu. Die Inspektoren der Bauaufsichtsbehörde von Dade County waren für das Ausmaß der Zerstörung ebenso verantwortlich wie betrügerische Verkäufer von Torres' Zuschnitt. Ira Jacksons kundiger Blick sagte ihm, daß die schlechte Bauausführung derart weit verbreitet war, daß sie sich nicht allein durch Unfähigkeit der Bauunternehmer erklären ließ. Sogar ein Blinder hätte einige dieser Kartenhäuser für völlig unbewohnbar erklärt. Höchstwahrscheinlich waren die zuständigen Inspektoren mit Bargeld, Spirituosen, Stoff, Weibern oder sogar mit allem zusammen bestochen worden. So etwas passierte auch in Brooklyn, aber Brooklyn wurde eher selten von Wirbelstürmen heimgesucht.

Ira Jackson dachte wütend an die Halterungen, mit denen das Mobilheim seiner verstorbenen Mutter eigentlich hätte verankert sein sollen. Jemand von der Countyverwaltung hätte die brüchigen Seile sehen müssen. Jemand hätte die Bodenanker untersuchen müssen, um zu gewährleisten, daß sie nicht abgesägt worden waren. Ira Jackson fragte sich, wer der Betreffende wohl sein mochte und wieviel man ihm gezahlt hatte, damit er seinen Job nicht erledigte.

Er fuhr daher zur Baufaufsichtsabteilung der Stadtverwaltung, um sich zu informieren.

Snapper hatte seinen billigen Anzug durchgeschwitzt. Mr. Nathaniel Lewis machte Schwierigkeiten wegen der Anzahlung. Draußen auf dem Lkw tranken die falschen Dachdecker warmes Bier und diskutierten die jüngsten Sportergebnisse.

»Viertausend ist absolut ungewöhnlich«, stellte Nathaniel Lewis soeben fest.

»Es hängt davon ab, wie schnell Sie Ihr neues Dach haben wollen. Ich hatte angenommen, Sie hätten es eilig.«

»Wir haben es eilig. Sehen Sie sich doch nur mal um.«

Snapper gab zu, daß das Haus in einem schrecklichen Zustand war. Die Lewis' hatten Plastikmüllsäcke aufgeschnitten und sie an den nackten Dachträgern befestigt, um sich wenigstens vor dem Regen zu schützen. »Sehen Sie«, sagte Snapper, »fast jedes Dach wurde weggeblasen. Unser Telefon klingelt den ganzen Tag. Mit vier Riesen stehen Sie ganz oben auf unserer Liste. Sie werden dann als erster bedient.«

Nathaniel Lewis war cleverer, als es Snapper lieb war. »Wenn Ihr Telefon den ganzen Tag klingelt, wieso tauchen Sie dann bei mir auf wie ein verdammter Hausierer? Und weshalb sitzt Ihre Truppe draußen faul auf dem Hintern, wenn Sie soviel Arbeit haben?«

»Sie machen gerade Pause«, log Snapper. »Wir arbeiten an dem Doppelhaus zwei Blocks weiter. Wir sparen Sprit, wenn wir in der Nachbarschaft ein paar weitere Aufträge übernehmen können.«

»Dreitausend«, sagte Lewis, »aber nur, wenn Sie sofort anfangen.«

»Das läßt sich einrichten.«

Die Mannschaft kletterte auf das Skelett von Lewis' Dach. Snapper brauchte den Männern nicht zu sagen, daß sie sich Zeit nehmen sollten. Das taten sie schon von sich aus. Avila hatte erklärt, es sei wichtig, jede Menge Lärm zu machen, genauso wie echte Dachdecker. Daher starteten die beiden Schwarzen einen Wettstreit im Balkenhämmern, wobei der Latino als Schiedsrichter fungierte. Der weiße Crackhead sägte schon mal ein paar Sperrholzbretter für die Deckenbalken zurecht.

Snapper wartete im Führerhaus des Trucks, in dem es nach schalem Coors und Marihuana roch. Gnädigerweise verdunkelte der Himmel sich nach einer Stunde, und ein heftiges Gewitter entlud sich. Während die Dachdecker schnellstens ihr Werkzeug und ihr Material auf den Lkw luden, versprach Snapper Nathaniel Lewis, daß sie ganz früh am nächsten Morgen zurückkämen. Lewis überreichte ihm einen Barscheck über dreitausend Dollar. Ausgestellt war der Scheck auf Fortress Roofing, Avilas Schwindelfirma. Snapper fand, daß der Name amüsant klang.

Er stieg in den gestohlenen Jeep Cherokee und fuhr nach Süden. Der Bautrupp folgte mit dem Lastwagen. Avila hatte Snapper geraten, umherzufahren und sich nicht nur in einer Gegend aufzuhalten. Eine schlaue Taktik, mußte Snapper zugeben. Sie kamen noch vor dem Gewitter nach Cutler Ridge. Snapper fand ein luxuriöses Haus im Ranchstil auf einem Hektar Waldland. Das halbe Dach war vom Hurrikan weggerissen worden. Ein Landrover und ein schwarzer Infiniti parkten in der mit Platten belegten Auffahrt.

Volltreffer, dachte Snapper.

Die Dame des Hauses bat ihn herein. Sie hieß Whitmark und brauchte dringendst ein ganzes Dach über dem Kopf. Sie hatte die Regenwolken am Horizont entdeckt, und die Möglichkeit, daß ihr Wohnzimmer schon in Kürze wieder unter Wasser stehen würde, hatte sie zum Medizinschrank stürzen und diverse Beruhigungstabletten schlucken lassen. Der »Dachdekkermeister« hörte sich Mrs. Whitmarks leidvolle Geschichte an:

Der Veloursteppich sei bereits ruiniert, desgleichen Mr. Whitmarks exklusive Stereoanlage, und natürlich habe der Schimmel sämtliche Vorhänge, die Bett- und Tischwäsche sowie die Hälfte ihrer Wintergarderobe in Mitleidenschaft gezogen. Das italienische Ledersofa und die Anrichte aus Kirsche seien bereits in den Westflügel gebracht worden, aber –

»Wir können schon heute nachmittag anfangen«, unterbrach Snapper sie, »aber wir brauchen eine Anzahlung.«

Mrs. Whitmark fragte, wieviel. Snapper zauberte eine Summe aus dem Ärmel: siebentausend Dollar.

»Ich nehme an, Sie sind auch mit Bargeld einverstanden?«

»Klar«, sagte Snapper und versuchte so beiläufig wie möglich zu klingen, als hätten all seine Kunden siebentausend Dollar in Keksdosen herumliegen.

Mrs. Whitmark ließ Snapper allein, während sie das Geld holen ging. Er schaute zu dem riesigen Loch in der Decke hoch. In diesem Moment brach ein Sonnenstrahl durch die dunklen Wolken und tauchte das Haus in goldenes Licht.

Snapper überschattete die Augen. War das etwa ein Zeichen des Himmels?

Als Mrs. Whitmark zurückkehrte, wurde sie von zwei schwarzsilbernen Deutschen Schäferhunden flankiert.

Snapper wurde starr. »Heilige Muttergottes«, murmelte er.

»Meine Babys«, sagte Mrs. Whitmark liebevoll. »Wir haben mit Plünderern keine Probleme. Nicht wahr, ihr Süßen?« Sie kraulte den größeren der beiden Hunde unter der Schnauze. Auf

Kommando hockten die beiden Tiere sich zu ihren Füßen hin. Sie legten die Köpfe schief und blickten Snapper, der plötzlich unter Darmkrämpfen litt, erwartungsvoll an.

Seine Hände zitterten so heftig, daß er kaum fähig war, den Vertrag auszufüllen. Mrs. Whitmark erkundigte sich, was mit seinem Gesicht geschehen sei. »Sind Sie etwa vom Dach gestürzt?«

»Nein«, sagte er kurz angebunden. »Ein Bungee-Unfall.«

Mrs. Whitmark überreichte ihm das Geld in einem nach Parfüm duftenden rosafarbenen Briefumschlag. »Wann können Sie anfangen?«

Snapper versprach, daß seine Mannschaft in einer halben Stunde zurückkäme. »Wir müssen noch Holz holen. Sie haben schließlich ein sehr großes Haus.«

Mrs. Whitmark und ihre Wachhunde begleiteten Snapper zur Haustür. Er hatte beide Hände in den Hosentaschen vergraben für den Fall, eine der gefährlichen Bestien würde sich auf ihn stürzen. Wenn sie wie Polizeihunde ausgebildet wären, würden sie sich gar nicht erst mit seinen Händen aufhalten. Sie würden direkt nach seinen Eiern schnappen.

»Beeilen Sie sich«, bat Mrs. Whitmark und suchte den Himmel mit ängstlich geweiteten Pupillen ab. »Diese Wolken gefallen mir gar nicht.«

Snapper ging zum Lastwagen und verkündete dem Bautrupp die traurige Nachricht. »Sie hat abgelehnt. Sie sagt, ihr Mann habe bereits den Auftrag vergeben. An irgendeine Firma in Palm Beach, meinte sie.«

»Gott sei Dank«, sagte einer der beiden Schwarzen und gähnte. »Ich bin völlig fertig, Chef. Sollen wir nicht Feierabend machen?«

»Hab nichts dagegen«, sagte Snapper.

Jim Tile spulte das Tonband zurück und spielte es erneut ab.

»Liebling, ich wurde gekidnappt…«

»Entführt! *Bei einem Kidnapping wird Lösegeld gefordert, Max. Nehmen Sie sich nicht so beschissen wichtig...«*

»Und?« fragte Bonnie Lamb.

»Er ist es«, sagte der Trooper.

»Sind Sie sicher?«

»Ich liebe dich, Bonnie. Max hat vergessen, es Ihnen zu sagen, deshalb tue ich es. Bis demnächst...«

»O ja«, sagte Jim Tile. Er ließ die Kassette aus dem Recorder springen.

Bonnie bat Augustine, den befreundeten Agenten beim FBI anzurufen. Augustine meinte, das sei keine besonders gute Idee.

Der Trooper pflichtete ihm bei. »Sie werden ihn niemals finden. Sie wissen nicht, wo sie nach ihm suchen sollen, und auch nicht, wie.«

»Aber Sie wissen es?«

»Vermutlich wird folgendes passieren«, sagte Jim Tile. »Der Gouverneur wird Ihren Mann festhalten, bis er ihn zu langweilen beginnt.«

»Was dann?« wollte Bonnie wissen. »Bringt er ihn dann um?«

»Nur wenn Ihr Mann Dummheiten macht.«

Augustine dachte: Dann haben wir vielleicht ein Problem.

Der Trooper riet Bonnie, nicht in Panik zu geraten. Der Gouverneur sei rationalen Argumenten nicht unzugänglich. Es gebe Möglichkeiten, ihn aufzustöbern, Verbindung mit ihm aufzunehmen, mit ihm zu reden.

Bonnie entschuldigte sich und ging hinaus, um Aspirintabletten zu suchen. Augustine begab sich mit dem Trooper vors Haus. »Das FBI gibt sich mit dieser Sache nicht ab«, sagte Jim Tile und sprach so leise wie möglich. »Es gibt keine Lösegeldforderung und kein Überschreiten der Staatsgrenze. Das ist für sie nicht leicht zu verstehen.«

Augustine stellte fest, daß Max Lamb sich zudem ziemlich seltsam verhielt, indem er in seiner Lage ausgerechnet mit New York telefonierte, um seine Werbeetats zu überprüfen. »Nicht unbedingt die Reaktion des typischen Entführungsopfers«, sagte er.

Jim Tile stieg in seinen Wagen und legte den Stetson auf den Beifahrersitz. »Ich melde mich schon bald wieder bei Ihnen. Versuchen Sie unterdessen, die Lady auf andere Gedanken zu bringen.«

»Sie nehmen demnach nicht an, daß er verrückt ist, oder?« sagte Augustine.

Der Polizist lachte. »Mein Junge, Sie haben doch das Band gehört.«

»Ja, ich glaube auch nicht, daß er verrückt ist.«

»›Anders‹ ist das Wort dafür. Grundlegend anders.« Jim Tile drehte das Radio des Streifenwagens lauter, um die letzten Nachrichten über den Hurrikanwahnsinn zu hören. Die Einsatzzentrale der Highway Patrol schickte mehrere Trooper zur Kreuzung U.S. 1 und Kendall Drive, wo ein mit Eis beladener Lkw umgekippt war. Es komme zu erheblichen Verkehrsstörungen, Krankenwagen seien bereits zum Unfallort unterwegs.

»Mein Gott«, sagte Jim Tile. »Jetzt bringen sie sich gegenseitig schon wegen Eiswürfeln um.« Er fuhr los, ohne sich zu verabschieden.

Nachdem er ins Haus zurückgekehrt war, fand Augustine zu seiner Überraschung Bonnie Lamb in der Küche, wo sie neben dem Telefon saß. Vor ihr lag ein Notizblock, auf dem sie mehrere Zeilen notiert hatte. Er war verblüfft über die Eleganz ihrer Handschrift. Er hatte mal eine Frau gekannt, deren I-Punkte aus perfekten winzigen Kreisen bestanden; manchmal zeichnete sie lachende Gesichter in die Kreise, manchmal traurige. Die Frau war früher Cheerleader beim Footballteam ihres Colleges gewesen, und sie konnte sich nicht ganz davon lösen.

In Bonnie Lambs Handschrift war keine Spur davon zu erkennen. »Eine Wegbeschreibung«, sagte sie und wedelte mit dem Notizblock.

»Wohin?«

»Um Max und diesen Skink zu treffen. Sie haben entsprechende Angaben auf meinem Anrufbeantworter hinterlassen.«

Sie war aufgeregt. Augustine ließ sich neben ihr nieder. »Was haben sie sonst noch gesagt?«

»Keine Polizei. Kein FBI. Max hat es ausdrücklich verlangt.«

»Und?«

»Vier AA-Batterien und eine Kassette mit einer Aufnahme von *Exile on Main Street*. Dolby, Chromoxid, was immer das bedeutet. Und ein Glas entkernte grüne Oliven, ohne Pfeffer.«

»Ist das die Einkaufsliste des Gouverneurs?«

»Max haßt grüne Oliven.« Bonnie Lamb legte eine Hand auf Augustines Arm. »Was tun wir jetzt? Wollen Sie die Nachricht hören?«

»Reden wir mit ihnen, wenn sie es unbedingt wollen.«

»Nehmen Sie Ihr Gewehr mit. Und das meine ich ernst.« Ihre Augen funkelten. »Wir können Max dem Kidnapper kidnappen. Warum nicht!«

»Beruhigen Sie sich, bitte. Wann soll dieses Treffen stattfinden?«

»Morgen nacht.«

»Wo?«

Als sie es ihm sagte, schüttelte er mutlos den Kopf. »Sie werden nicht kommen. Nicht dorthin.«

»Sie irren sich«, sagte Bonnie Lamb. »Wo haben Sie Ihr Gewehr?«

Augustine verschwand im Wohnzimmer und schaltete den Fernseher an. Er sprang von Kanal zu Kanal, bis er eine Monty-Python-Wiederholung fand. Es war der Sketch, in dem John Cleese einen toten Papagei kaufte. Er brachte Augustine unweigerlich zum Lachen.

Bonnie setzte sich neben ihn aufs Sofa. Als der Sketch beendet war, drehte Augustine sich zu ihr um und sagte: »Sie haben überhaupt keine Ahnung von Gewehren.«

11. KAPITEL

Max Lamb erwachte von folgenden Worten: »Sie brauchen ein Vermächtnis.«

Er und Skink hatten es geschafft, in einem U-Haul-Truck mitgenommen zu werden. Sie rollten den U.S. Highway One hinunter, eingezwängt zwischen zweitausend Dosen Campbell's Brokkoli-Käse-Suppe, die den Hurrikanopfern von einer Baptistenkirche in Pascagoula, Mississippi, gespendet worden waren. Was dieser Lieferung an Vielfalt abging, machte sie durch christliche Nächstenliebe allemal wett.

»Dies«, sagte der Kidnapper und deutete auf die Kartons mit den Suppendosen, »tun die Leute füreinander in Zeiten der Not. Sie helfen. *Sie* hingegen –«

»Ich sagte doch schon, daß es mir leid tut.«

»– Sie, Max, tauchen mit einer Videokamera auf.«

Max Lamb zündete sich eine Zigarette an. Der Gouverneur hatte schon den ganzen Tag über schlechte Laune. Zuerst war seine liebste Stones-Kassette gerissen, danach hatten die Batterien seines Walkman den Geist aufgegeben.

»Die Leute, die diese Suppe gespendet haben«, fuhr Skink fort, »haben Camille erlebt. Bitte sagen Sie, daß Sie über Camille Bescheid wissen.«

»Auch ein Hurrikan?«

»Ein wahres Monster von einem Hurrikan. Max, ich glaube, Sie machen Fortschritte.«

Der Werbemann zog zufrieden an der Bronco-Zigarette. »Sie haben davon gesprochen, ein Boot zu besorgen.«

»Jeder sollte ein Vermächtnis haben«, sagte Skink. »Etwas, das an ihn erinnert. Lassen Sie mal ein paar von Ihren Slogans hören.«

»Nicht ausgerechnet jetzt.«

»Ich sehe nicht mehr fern, aber an einige Werbespots kann

ich mich noch erinnern.« Der Kidnapper deutete auf die Schlucht rot-weißer Suppendosen. »›M'm, m'm gut!‹ Das war ein Klassiker, nicht wahr?«

Max Lamb war kaum beeindruckt. »Haben Sie schon mal was von Plum Crunchies gehört?« fragte er. »Das waren Frühstücksflocken.«

»Frühstücksflocken«, sagte Skink.

»›Plumps fröhlich in den Tag mit Plum Crunchies!‹«

Der Kidnapper runzelte die Stirn. Aus seiner Tarnhose zog er eine kleine Samtdose, wie sie von Juwelieren benutzt werden. Er öffnete sie und holte einen Skorpion hervor, den er auf sein nacktes braunes Handgelenk setzte. Der Skorpion hob seine fetten Klauen und ruderte damit verwirrt in der Luft herum. Max betrachtete das Tier ungläubig. Die Haut seines Halses wurde unter dem Schockhalsband heiß. Er zog die Beine an, um sofort vom Lastwagen hinunterzuspringen, falls Skink ihm mit diesem schrecklichen Tier zu nahe kommen würde.

»Dieser kleine Satan«, erzählte Skink, »kommt aus Südostasien. Ich hab ihn auf Anhieb erkannt.« Mit einem kleinen Finger streichelte er den Skorpion, bis dieser seinen Giftstachel hochreckte.

Max Lamb fragte, wie ein vietnamesischer Skorpion den weiten Weg bis nach Florida zurückgelegt haben konnte. Skink erwiderte, er sei vermutlich von Importeuren ins Land geschmuggelt worden. »Dann, als der Hurrikan zuschlug, hat unser Mortimer das Weite gesucht. Ich hab ihn im Pferdestall gefunden. Erinnern Sie sich an Larks? ›Zeigen Sie Ihre Larks her!‹«

»Nur ganz schwach.« Max war noch ein Kind gewesen, als die Lark-Kampagne im Fernsehen gesendet wurde.

»Das ist es, was ich mit Vermächtnis meine«, sagte Skink. »Erinnert sich jemand daran, wer sich diese Larks-Kiste ausgedacht hat? Aber der Marlboro-Mann, mein Gott, das dürfte wohl die erfolgreichste Werbekampagne aller Zeiten sein.«

Das stimmte. Max fragte sich, woher Skink das wußte. Er bemerkte, daß der Skorpion sich in den grau-blonden Härchen auf dem Arm des Captains verfangen hatte.

»Was haben Sie mit dem Tier vor?« fragte Max.

Keine Antwort. Er versuchte es mit einer anderen Taktik. »Bonnie hat schreckliche Angst vor Insekten.«

Skink setzte den Skorpion auf seine Handfläche. »Das ist kein Insekt, Max. Das ist ein Spinnentier.«

»Ich meinte kleine Tierchen, Captain. Sie hat Angst vor allem, was krabbelt.« Max redete in eigener Sache. Eisige Nadeln der Angst und Nervosität stachen in seine Arme und Beine. Er bemühte sich, die Sympathien des Kidnappers für den Skorpion zu seinen Ansichten über den Marlboro-Mann in Beziehung zu setzen. Was hatte der Psychopath damit sagen wollen?

»Kann Ihre Bonnie schwimmen? Dann wird ihr nichts passieren.« Der Gouverneur schnippte sich den Skorpion in den Mund und verschluckte ihn mit einem deutlich hörbaren Glucksen.

»O mein Gott«, seufzte Max.

Nach einer Weile öffnete Skink den Mund. Der Skorpion hatte sich friedlich auf seiner Zunge zusammengerollt und die Scheren gefaltet.

Max Lamb drückte die Bronco aus und zündete sich hastig eine frische an. Er lehnte den Kopf gegen eine Kiste Suppendosen und sprach ein stummes Gebet: Lieber Gott, laß Bonnie nichts sagen, was diesen Kerl ärgern könnte.

Avilas Karriere als Bauinspektor des County war bis auf das halbe Jahr, in dem er Gegenstand polizeilicher Ermittlungen war, nicht bemerkenswert. Die Polizei hatte sich in Gestalt eines Undercoveragenten, der als Aufseher auftrat, ins Bauamt eingeschlichen. Der Agent stellte neben einer Vielzahl anderer Unregelmäßigkeiten fest, daß Avila neue Dächer mit einer geradezu übermenschlichen Rate von etwa sechzig pro Tag inspizierte, ohne dazu eine Leiter zu brauchen. Ein Überwachungstrupp wurde losgeschickt und beobachtete, daß Avila sich niemals die Mühe machte, auf die Dächer zu steigen, die er begutachten sollte. Tatsächlich verließ er seinen Wagen nur selten außer zu einem regelmäßigen zweistündigen Mittagessen in einer Oben-ohne-Bar in Hialeah. Es wurde außerdem festgehalten, daß Avila mit derart hoher Geschwindigkeit an den Baustellen vorbeifuhr, daß die Unternehmer häufig hinter seinem Wagen herrennen mußten, um ihre verbotenen Zuwendungen loszuwerden. Die Transaktionen wurden gestochen scharf auf Videoband festgehalten.

Als die polizeilichen Ermittlungen öffentlich bekannt wurden, trat eine Grand Jury zusammen, um über die Anklageerhebung zu beraten. Um den Eindruck zu vermitteln, daß sie dem Fall Bedeutung beimäßen, degradierte das Bauaufsichtsamt Avila und mehrere seiner betrügerischen Kollegen und betraute sie mit Aufgaben, die als minderwertig angesehen wurden, eine Bewertung, die in den relativ geringen Bestechungssummen ihre Bestätigung fand. In Avilas Fall war das die Inspektion von Mobilheimen. Es war ein Job, für den er weder qualifiziert war noch Begeisterung entwickelte. Wohnmobile waren Wohnmobile und für Avila nichts anderes als glorifizierte Sardinenbüchsen. Die Vorstellung, bestimmte Vorschriften in einem Wohnmobilpark durchzusetzen, war ein Widerspruch in sich. Keine der Hütten, das wußte Avila genau, würde auch nur den sanftesten aller Hurrikane überstehen. Weshalb also sollte man sich die Mühe machen, die Dinger festzubinden?

Aber er tat so, als führte er ernsthafte Inspektionen durch, und nahm gern die bescheidenen Geschenke an, die die Mobilheimhändler ihm gelegentlich zusteckten – fünfzig Dollar hier, eine Flasche Old Grand-Dad dort, Pornovideos oder ein bißchen Koks. Avila machte sich keine Sorgen, auf seinen Runden von der Polizei beobachtet zu werden. Die Behörden hatten genug damit zu tun, die mittelständischen Hauskäufer zu beschützen. Niemand scherte sich einen feuchten Dreck darum, was mit Leuten passierte, die einen Wohnwagen kauften.

Außer einem Mann wie Ira Jackson, dessen Mutter in einem gewohnt hatte.

Abgesehen vom Busbahnhof in Guatemala City war das Bauamt von Dade County die am schlechtesten organisierte und gleichgültigste Institution, die Ira Jackson jemals gesehen hatte. Er brauchte anderthalb Stunden, um einen Angestellten aufzutreiben, der zugab, Englisch zu verstehen und zu sprechen, und eine weitere Stunde, bis er endlich die Unterlagen für den Suncoast-Leisure-Village-Wohnwagenpark in Händen hatte. Unter den gegebenen Umständen war Ira Jackson ziemlich überrascht, daß die Akte überhaupt noch existierte. Soweit er es beurteilen konnte, verschwanden andere Akten zu Hunderten. Da sie erkannt hatten, daß der Hurrikan einen Riesenskandal in der Bauindustrie auslösen würde, war den Grundstücksspekulanten, den Bauunternehmern und den jeweils zuständigen Inspektoren kein Schritt zu dreist, um ihre eigene Rolle in diesem Wust von Verstößen und Gaunereien zu verschleiern. Während Ira Jackson sich zu einem freien Stuhl durch die Menschen drängte, erkannte er – zwischen den aufrichtig Betroffenen – die Gesichter der wahren Schuldigen: schweißbedeckte Stirnen, zusammengepreßte Lippen, verkniffene und unstete Augen. Es waren Männer, die sich davor fürchteten, in die Öffentlichkeit gezerrt zu werden, sich in langwierigen Prozessen verantworten und ins Gefängnis wandern zu müssen.

Wenn es doch nur so wäre, dachte Ira Jackson. Die Erfahrung hatte ihn etwas ganz anderes gelehrt. Penner, die einen Schnapsladen überfielen, kamen gewöhnlich ins Gefängnis, aber nicht die Reichen und die Bürokraten und die Angestellten des öffentlichen Dienstes.

Ira Jackson blätterte die Unterlagen des Wohnwagenparks durch, bis er auf den Namen des Mannes stieß, der die Inspektion des Komfortmobilheims seiner Mutter vorgetäuscht hatte. Dann kämpfte er sich zurück zum Aktenausgabeschalter und erwischte einen gehetzt aussehenden Angestellten, der ihm mitteilte, daß Mr. Avila nicht mehr bei der Verwaltung von Dade County beschäftigt sei.

Weshalb nicht? fragte Ira Jackson.

Weil er gekündigt hat, erwiderte der Angestellte. Er hat sich selbständig gemacht. Da Ira Jackson bereits ziemlich erregt wirkte, sah der Angestellte keinen Sinn darin zu enthüllen, daß Avilas Kündigung Teil einer Abmachung mit dem Büro des Bezirksstaatsanwalts gewesen war. Es war eine private Angelegenheit, über die Mr. Avila selbst mit Mr. Jackson reden könne, falls er es für geraten hielt.

»Sie haben doch eine aktuelle Adresse von ihm, oder?« fragte Ira Jackson.

Der Angestellte erwiderte, er sei nicht befugt, diese Information weiterzugeben. Ira Jackson langte über die Theke und legte dem jungen Mann eine Hand ganz leicht auf die Schulter. »Hör gut zu, Paco«, raunte er. »Ich komme dich besuchen. Ich radiere deine Familie aus. Hast du verstanden? Sogar eure Haustiere müssen dran glauben.«

Der Angestellte nickte. »Ich bin gleich wieder da«, sagte er.

Snapper erschrak nicht, als er das blinkende Blaulicht in seinem Rückspiegel entdeckte; er war verärgert. Er hatte sich gedacht, daß der Jeep Cherokee bereits heiß war, als er ihn den Rap-Gangstern abgenommen hatte. Er hatte nicht erwartet, daß die Polizei schon so schnell nach dem Wagen Ausschau hielt. Jedenfalls nicht bei all den Notrufen nach dem Hurrikan.

Während er den Wagen nach rechts an den Straßenrand lenkte, überlegte er, ob Babyschänder vielleicht gequatscht hatte, als er ins Krankenhaus kam. Zweifellos war der Junge ziemlich sauer, als Snapper ihm die CD in den Arsch geschoben hatte wie ein großes, glänzendes Zäpfchen.

Aber welches Interesse könnten die Cops denn *daran* haben? Vielleicht, dachte Snapper, hat es überhaupt nichts mit den Rap-Gangstern oder dem gestohlenen Jeep zu tun. Vielleicht liegt es nur an meiner Fahrweise.

Der Cop, der ihn anhielt, war ein weiblicher Trooper der Highway Patrol. Sie hatte ein attraktives Gesicht und hübsche blaue Augen und erinnerte Snapper an das Mädchen in Atlanta, mit dem er sich immer hatte verabreden wollen, eine Art Katholikin mit Turbolader. Die Polizistin hatte sich das dunkle Haar unter die Mütze gesteckt, und sie trug einen goldenen Trauring, der danach schrie, zum nächsten Pfandleiher gebracht zu werden. Das Holster erschien an ihrer Hüfte riesengroß und völlig fehl am Platz. Sie leuchtete mit einer Lampe ins Wageninnere und forderte Snapper auf, ihr seinen Führerschein zu zeigen.

»Ich hab meine Brieftasche zu Hause gelassen.«

»Haben Sie keinen Ausweis?«

»Ich fürchte, nein.« Um seine Antwort zu bekräftigen, klopfte er seine Taschen ab.

»Wie heißen Sie?«

»Boris«, sagte Snapper. Er liebte Boris und Natascha aus der alten Fernsehserie Rocky und Bullwinkle.

»Boris – und weiter?« fragte die Polizistin.

Snapper konnte den Nachnamen des Zeichentrick-Boris nicht buchstabieren, daher antwortete er: »Smith. Boris J. Smith.«

Die hellen Augen der Polizistin schienen sich zu verdunkeln, und ihre Stimme wurde hart. »Sir, Sie sind mit über hundert Stundenkilometern gefahren, obgleich nur siebzig erlaubt waren.«

»Kein Scherz?« Snapper war erleichtert. Ein blöder Strafzettel wegen Geschwindigkeitsüberschreitung! Vielleicht gab sie ihm eine Verwarnung, ohne das Nummernschild überprüfen zu lassen.

Die Polizistin war noch nicht fertig. »Es verstößt gegen die Vorschriften, in Florida ein Motorfahrzeug ohne gültigen Führerschein zu lenken. Ist Ihnen das bewußt?«

Okay, dachte Snapper, *zwei* Strafzettel. Was machte das schon? Aber ihm fiel auf, daß sie ihn nicht »Mr. Smith« nannte.

»Ist Ihnen auch bewußt, daß es ungesetzlich ist, einem amtlichen Gesetzesvertreter falsche Informationen zu geben?«

»Klar.« Snapper stieß einen lautlosen Fluch aus. Die blöde Kuh glaubte ihm nicht.

»Bleiben Sie bitte in Ihrem Fahrzeug sitzen.«

Im Rückspiegel sah Snapper den Taschenlampenstrahl auf und ab tanzen, als sie zu ihrem Wagen zurückging. Zweifellos hatte sie vor, das Nummernschild des Cherokee durchzugeben. Snapper spürte, wie seine Schultern sich spannten. Er konnte das gestohlene Fahrzeug genausowenig plausibel erklären wie die siebentausend Dollar in seiner Sakkotasche.

Er hatte zwei Möglichkeiten. Die erste bestand darin, zu flüchten, was unweigerlich in einer Verfolgungsjagd, einem schlimmen Unfall und einer Verhaftung wegen zahlreicher nicht kautionsfähiger Vergehen enden würde.

Die zweite Möglichkeit bestand darin, die Polizistin aufzuhalten, ehe sie an ihr Funkgerät herankam. Und genau das tat er.

Einige Gauner würden niemals eine Frau angreifen, aber Snapper vertrat in dieser Frage einen völlig neutralen Standpunkt. Ein Cop war ein Cop. Die Beamtin sah ihn zwar kommen, hatte aber, behindert durch das Lenkrad, Probleme, die riesengroße Smith & Wesson aus dem Holster zu ziehen. Sie schaffte es noch, wenigstens eine Schnalle zu öffnen, doch dann wurde es um sie bereits tiefe Nacht.

Er nahm die Taschenlampe, die Knarre und den Trauring und ließ die Polizistin bewußtlos am Straßenrand liegen. Als er losfuhr, entdeckte er einen Farbfleck auf einem seiner Fingerknöchel.

Es sah aus wie Make-up.

Er empfand keine Scham, kein Bedauern oder überhaupt irgend etwas.

Edie Marsh konnte allmählich die Leiden echter Hurrikanopfer gebührend einschätzen. Es regnete dreimal am Tag, und überall im Torres-Haus blieben schmutzige Pfützen zurück. Die Teppiche quietschten bei jedem Schritt, grüne Frösche hüpften von Wand zu Wand, und Moskitos legten ihre Eier in eines der Waschbecken im Badezimmer. Sogar nachdem die Wolkenbrüche aufgehört hatten, tropfte stundenlang Wasser von den nackten Deckenbalken. Zusammen mit der Kakophonie aus lautem Gehämmer und Kettensägengeknatter in der Nachbarschaft brachte das ganze Spektakel Edie fast um den Verstand. Sie ging hinaus und rief halbherzig nach den verschwundenen Dackeln. Darauf verzichtete sie jedoch sehr schnell, als sie eine fette braune Schlange entdeckte. Edies Schrei lockte einen Nachbarn herbei, der die Schlange mit einem Schrubber verscheuchte. Dann erkundigte er sich nach Tony und Neria.

Sie sind weggelaufen, sagte Edie Marsh. Sie haben mich gebeten, auf das Haus aufzupassen.

Und Sie sind...?

Eine Cousine, erwiderte Edie, wohl wissend, daß sie – ebensowenig lateinamerikanisch aussah wie Goldie Hawn.

Sobald der Nachbar sich verzogen hatte, rannte Edie ins Haus zurück und postierte sich in Tonys Liege. Sie drehte das Radio auf und legte das Brecheisen in Reichweite neben sich. Als die Dunkelheit hereinbrach, hörte das Hämmern und Sägen auf, und die Geräusche in der Nachbarschaft bestanden nun aus Babygeschrei, krächzenden Radios und Türenschlagen. Edie machte sich Sorgen wegen Plünderern und Vergewaltigern und wegen des unbekannten Raubtiers, das Donald und Marla wie Bonbons verputzt hatte. Als Fred Dove endlich auftauchte, war sie ein Nervenbündel.

Der Versicherungsmann hatte ein Ansteckbukett aus Gardenien mitgebracht. Als wollte er sie zum Schlußball abholen!

Edie Marsh starrte ihn entgeistert an. »Das kann nicht dein Ernst sein!«

»Was ist so schlimm daran? Ich konnte keine Rosen auftreiben.«

»Fred, ich kann nicht länger hierbleiben. Besorg mir ein Zimmer.«

»Alles kommt in Ordnung. Sieh mal, ich habe eine Flasche Wein mitgebracht.«

»Fred?«

»Und Duftkerzen.«

»Hey, Fred!«

»Was ist?«

Edie dirigierte ihn zu einem durchnäßten Sofa und nötigte ihn, sich hinzusetzen. »Fred, das hier ist rein geschäftlich, keine Romanze.«

Er sah gekränkt aus.

»Süßer«, sagte sie, »wir haben bisher ein einziges Mal gevögelt. Keine Sorge, die Chancen stehen bestens, daß wir es noch mal tun werden. Aber nicht aus Liebe oder Leidenschaft. Zwischen uns herrscht eine rein finanzielle Partnerschaft.«

Der Versicherungsmann schmollte. »Du hast mich verführt.«

»Natürlich habe ich das. Und du warst phantastisch.«

Als Fred Doves Ego sich wieder aufblies, verbesserte sich auch seine Haltung.

»Aber keine Blumen mehr«, sagte Edie bestimmt, »und keinen Wein. Besorg mir nur ein Zimmer in deinem verdammten Ramada, okay?«

Der Versicherungsmann erklärte sich damit einverstanden. »Gleich morgen früh.«

»Sieh dich doch mal um, Schätzchen. Kein Dach. Keine Fensterscheibe ist mehr heil. Das ist kein Haus, sondern eine verdammte Strandhütte!«

»Du hast recht, Edie, du kannst nicht hierbleiben. Ich frisiere meine Spesenrechnung.«

Sie verdrehte die Augen. »Fred, sei doch nicht so kleinkariert. Wir sind im Begriff, deinem Arbeitgeber hunderteinundvierzigtausend Dollar aus der Tasche zu luchsen, und du machst dir wegen sechzig Dollar für ein Hotelzimmer in die Hose. Denk mal drüber nach.«

»Bitte sei nicht böse.«

»Hast du die Versicherungsunterlagen mitgebracht? Die Schadensaufstellung?«

»Aber klar.«

Nachdem sie die Zahlen überflogen hatte, fühlte Edie Marsh sich schon besser. Sie zupfte die Gardenien aus dem Ansteckhalter und arrangierte sie in einer Kaffeekanne, die mit lauwarmem Regenwasser gefüllt war. Sie öffnete die Flasche Chablis, und sie stießen auf ein erfolgreiches Unternehmen an. Nach vier Gläsern fühlte Edie sich wieder so behaglich, daß sie den Versicherungsmann fragte, was er mit seinem Anteil der Beute vorhabe.

»Ich kaufe mir ein Boot«, sagte Fred Dove, »und segle nach Bimini.«

»Und was ist mit dem lieben kleinen Frauchen?«

»Mit wem?« fragte Fred Dove. Sie lachten beide. Dann wollte er von Edie Marsh wissen, wie sie ihre einundsiebzig Riesen ausgeben wolle.

»Ich gehe nach Hyannis Port«, antwortete sie ohne weitere Erklärung.

Später, als die Flasche Chablis leer war, schleifte Edie eine trockene Matratze ins Wohnzimmer, knipste die Glühbirne aus und zündete eine von Fred Doves Kerzen an, die nach Milch und Honig roch. Während Edie sich auszog, hörte sie, wie Fred in seiner Brieftasche nach einem Gummi suchte. Er riß die Verpakkung mit den Zähnen auf und drückte ihr das Päckchen in die Hand.

Selbst wenn sie nüchtern war, brachten Kondome Edie zum

Lachen. Leicht angetrunken, fand sie sie zum Schreien komisch. Sie waren die albernste Einrichtung, die sie sich vorstellen konnte. Für diesen Abend hatte Fred Dove sich tollkühn für ein rotes Modell entschieden, und Edie war ihm überhaupt keine Hilfe beim Überziehen. Fred brachte es auch nicht. Edies Gekicher verdarb die Stimmung völlig und machte die gute Wirkung des Weins zunichte.

Flach auf dem Rücken liegend, drehte der Versicherungsmann den Kopf zur Seite. Edie Marsh drückte seine Beine auseinander und kniete sich dazwischen. »Jetzt laß mich nur nicht im Stich«, schimpfte sie. »Paß auf, Süßer. Komm schon.« Sie packte entschlossen zu.

»Könntest du nicht einfach –?«

»Nein.« Es war immer schlechter Stil, während des Blasens zu kichern, und Fred Dove war einer von der Sorte, die sich niemals emotional erholen würde. »Konzentrier dich«, befahl sie ihm. »Denk daran, wie gut es gestern abend war.«

Edie hatte das Kondom teilweise aufgestülpt, als sie hörte, wie der Stromgenerator erstarb. Kein Sprit mehr, dachte sie. Das konnte warten. Fred jr. gab erste Lebenszeichen von sich.

Sie hörte ein leises Klicken, und plötzlich wurde der festlich gekrönte Penis des Versicherungsmanns von einem Kreis hellen Lichts illuminiert. Edie Marsh ließ ihn los und richtete sich auf. Fred Dove, die Augen vor Konzentration fest zusammenkneifend, sagte: »Hör jetzt nicht auf!«

In der Haustür stand ein Mann mit einer starken Taschenlampe.

»Kerzen«, sagte er. »Das ist ja verdammt gemütlich.«

Fred Doves Brust hörte auf sich zu heben und zu senken, und eine Hand tastete nach der Brille. Edie Marsh stand auf und verschränkte die Arme vor ihren Brüsten. Sie sagte: »Danke fürs Anklopfen, du Arschloch.«

»Ich wollte nur meinen Wagen holen.« Snapper ließ den Lichtkegel über ihren Körper gleiten.

»Er steht in der Auffahrt, wo du ihn stehengelassen hast.«
»Ich hab's nicht eilig«, sagte Snapper und trat ins Haus.

Bonnie Lamb begab sich gegen halb zwei Uhr morgens in Augustines Zimmer. Sie schlüpfte unter die Decke, ohne ihn auch nur zu berühren. Das war nicht so einfach in einem Doppelbett.

»Schlafen Sie schon?« flüsterte sie.

»Wie ein Murmeltier.«

»Entschuldigen Sie.«

Er drehte sich zu ihr um. »Brauchen Sie ein Kissen?«

»Ich brauche einen Arm.«

»Keine gute Idee.«

»Weshalb?«

»Weil ich ein wenig nackt bin. Ich hatte keinen Besuch erwartet.«

»Entschuldigung Nummer zwei«, sagte sie.

»Schließen Sie die Augen, Mrs. Lamb.« Er stand auf und schlüpfte in eine weite Leinenhose. Kein Hemd, stellte sie fest, ohne nervös zu werden. Er kam wieder unter die Decke und nahm sie in die Arme. Seine Haut war warm und weich an ihrer Wange, und als er sich bewegte, spürte sie einen harten Muskelstrang. Max' physische Beschaffenheit war völlig anders, aber Bonnie verdrängte den Gedanken aus ihrem Kopf. Es war nicht fair, Kuscheltechniken zu vergleichen. Nicht jetzt.

Sie fragte Augustine, ob er schon mal verheiratet gewesen sei. Er verneinte.

»Verlobt?«

»Dreimal.«

Bonnie hob den Kopf. »Das ist doch ein Scherz.«

»Leider nicht.« Im künstlichen Zwielicht sah Augustine, daß sie lächelte. »Amüsiert Sie das?«

»Es interessiert mich«, sagte sie. »Dreimal?«

»Sie sind alle zur Vernunft gekommen.«

»Wir reden doch von verschiedenen Frauen. Keine Wiederholungstäter?«

»Richtig«, sagte Augustine.

»Ich muß fragen, was passiert ist. Sie brauchen mir nicht zu antworten, aber ich muß fragen.«

»Nun, die erste heiratete einen erfolgreichen Anwalt für Schadensersatzfälle – er hat sich auf fehlerhafte Brustimplantationen spezialisiert. Die zweite machte sich mit einem Architekturbüro selbständig und ist zur Zeit die Geliebte eines venezolanischen Ministers. Und die dritte tritt in einer beliebten kubanischen Seifenoper auf – sie spielt Miriam, die eifersüchtige Schizophrene. Daher würde ich meinen«, schloß Augustine seine Aufzählung, »daß jede von ihnen eine weise Entscheidung traf, als sie sich von mir trennte.«

»Ich wette, Sie haben ihnen sogar die Verlobungsringe gelassen«, sagte Bonnie Lamb.

»Hey, es ist doch nur Geld.«

»Und Sie sehen sich noch immer die Seifenoper an, nicht wahr?«

»Sie ist sehr gut. Sehr überzeugend.«

Bonnie schüttelte den Kopf. »Was für ein ungewöhnlicher Mensch.«

»Fühlen Sie sich jetzt besser? Meine persönlichen Probleme scheinen andere Leute stets aufzumuntern.«

Sie senkte den Kopf. »Ich habe Angst vor morgen, wenn ich Max wiedersehe.«

Augustine sagte, es wäre völlig normal, daß sie nervös sei. »Ich bin auch nicht gerade der Ruhigste.«

»Nehmen Sie Ihr Gewehr mit?«

»Wir sollten alles auf uns zukommen lassen.« Er hatte ernsthafte Zweifel, daß der Gouverneur erscheinen würde, und daß er ihnen Bonnies Ehemann übergab, erwartete er erst recht nicht.

»Haben Sie Angst?« Er spürte ihren Atem auf seiner Brust.

»Ich bin unruhig«, erwiderte er, »aber ich habe keine Angst.«

»Hey.«

»Hey, was?«

»Bekommen Sie allmählich Zuwachs?«

Augustine drehte sich verlegen um. Was erwartete sie eigentlich? Er sagte: »Jetzt bin ich mit Entschuldigen an der Reihe.«

Aber sie rührte sich nicht. Daher atmete er langsam weiter und versuchte sich auf etwas anderes zu konzentrieren... auf Onkel Felix' flüchtige Affen zum Beispiel. Wie weit waren sie gekommen? Wie kamen sie mit ihrer neu errungenen Freiheit zurecht?

Augustines zweckgebundene Grübeleien wurden unterbrochen, als Bonnie Lamb sich wieder zu Wort meldete. »Was ist, wenn Max plötzlich ganz anders ist? Vielleicht ist irgend etwas mit ihm passiert.«

Augustine dachte: Ganz bestimmt ist etwas passiert. Darauf kannst du dich verlassen.

Aber zu Bonnie sagte er: »Ihr Mann hat sich bestens gehalten. Sie werden schon sehen.«

12. KAPITEL

»Auch 'ne Prise Krötenstoff?« fragte Skink.

Das Schockhalsband hatte sein Werk vollbracht. Max Lamb war bedingungslos konditioniert. Wenn der Captain wollte, daß er Krötenstoff rauchte, dann würde er eben Krötenstoff rauchen.

»Es ist ein Angebot, kein Befehl«, sagte Skink zur Klarstellung.

»Danke nein, danke.«

Max Lamb blickte blinzelnd in die warme, salzige Nacht. Irgendwo da draußen suchte Bonnie nach ihm. Max war weder beunruhigt noch so voller Hoffnung, wie er es eigentlich hätte sein sollen, und er fragte sich, warum. Seine Reaktion auf nahezu alle Umstände war gedämpft, als ob wichtige Synapsen in seinem Gehirn durch die Strapazen der Entführung stillgelegt worden wären. Zum Beispiel hatte er nicht den geringsten Einwand geäußert, als sie am Golfplatz von Key Biscayne angehalten hatten, um den asiatischen Skorpion freizulassen. Skink hatte das giftige Krabbeltier liebevoll ins Loch auf dem achtzehnten Grün gesetzt. »Der Lieblingsplatz des Bürgermeisters«, hatte er dazu bemerkt. »Ich bin nun mal ein Optimist.« Max hatte wortlos zugeschaut.

Nun befanden sie sich in einem Pfahlhaus aus Holz mitten in der Bucht. Skink ließ die Beine vom Ende eines Stegs herabbaumeln, der so verwunden und bucklig war wie ein chinesischer Paradedrachen. Der Hurrikan hatte die hölzernen Stützpfähle aus ihren Löchern herausgezogen. Die meisten Pfahlhäuser waren regelrecht abrasiert worden, doch dieses hatte den Sturm überstanden, wenn auch stark ramponiert. Es schwankte und knarrte im Wind. Max Lamb vermutete, daß es mit den Gezeiten aufstieg und sank. Skink sagte, das Haus gehöre einem Mann, der wegen Unfähigkeit vom Posten des Leitenden Staatsanwalts zurückgetreten sei. Der Mann habe vor kurzem eine bildschöne Gitarristin geheiratet und sich auf der Insel Exuma niedergelassen.

Unter einer hin und her schwingenden Laterne zündete Skink sich einen frischen, exotisch riechenden Joint an. Marihuana und französische Zwiebelsuppe, dachte Max Lamb. Etwas Kräftiges und Käsehaltiges.

»Die Kröte selbst ist giftig«, erklärte Skink. »*Bufo marinus.* Aus Südamerika eingeführt – hat die hier ansässige Spezies völlig verdrängt. Kommt einem bekannt vor, nicht wahr?« Er nahm einen tiefen, zischenden Zug. »Die Drüsen von Señor Bufo scheiden einen milchigen Saft aus, der einen ausgewachsenen Dobermann innerhalb von sechs Minuten töten kann.«

Für Max klang das nicht nach einer Substanz, die man inhalieren sollte.

»Es gibt einen ganz speziellen Prozeß der Gewinnung«, sagte Skink. Er nahm einen weiteren tiefen Zug.

»Was bewirkt er, dieser Krötensaft?«

»Nichts. Alles. Was alle guten Drogen bewirken, denke ich. Psychoneurotisches Roulette.« Skinks Kinn sank auf seine Brust herab. Sein gesundes Auge flatterte und schloß sich. Sein Atem steigerte sich zu einer erschreckenden Lautstärke. Wenn er ausatmete, klang es wie die Bremsen eines U-Bahn-Zuges. Für eine Viertelstunde rührte Max Lamb sich nicht. Die Idee, daß er fliehen könnte, kam ihn nicht in den Sinn, so stark war der Pawlowsche Einfluß des Halsbandes.

In dieser Phase erzwungener Untätigkeit wanderten Max' Gedanken zu Bill Knapp bei Rodale. Dieses intrigante Schwein hatte sicher schon Max' Eckbüro mit seinem teilweise versperrten, aber nichtsdestoweniger beflügelnden Blick auf die Madison Avenue im Visier. Jeder Tag, den er in der Gewalt dieses ambivalenten Kidnappers verlor, war ein gewonnener für Billy, den Meuchelmörder. Max Lamb brannte darauf, in die Agentur zurückzukehren und die ehrgeizigen Pläne des hinterhältigen kleinen Scheißers zu zerschlagen. Brutale Erniedrigung war gefordert, und Max hoffte, daß er dieser Aufgabe gewachsen war. Er stellte sich Billy Knapp als stellungslosen, frauenlosen, heimatlosen, zahnlosen Penner vor, der sich in einer winterlichen Gasse über eine Dose Sterno beugte und an einem feuchten Zigarettenstummel zog, der mit giftigem Krötenschweiß getränkt war...

Als Skink abrupt aufwachte, hustete er heftig und schnippte den winzigen Rest des erloschenen Joints in das vom Sturm getrübte Wasser. Nicht weit vom Haus entfernt ragte der abgebrochene Mast eines versunkenen Segelboots aus den Wellen. Skink deutete auf das gespenstische Wrack, sagte jedoch zunächst nichts. Sein Finger verharrte lange in der Luft.

»Nennen Sie mir«, sagte er zu Max Lamb, »den atemberaubendsten Ort, den sie je gesehen haben.«

»Der Yellowstone Park. Wir haben mit dem Bus eine Rundfahrt gemacht.«

»Ach du lieber Gott.«

»Na und?«

»Vor dem Yellowstone gibt es einen Vergnügungspark mit Grizzlybären. Waren Sie auch dort? Ich meine, dort leben ein paar wirklich traurige Fälle – keine Krallen, keine Hoden. Sie sind etwa so wild wie Goldhamster, aber die Touristen stehen Schlange, um sich kastrierte Grizzlybären anzusehen.«

Skink schüttelte heftig den Kopf, als wollte er eine Hummel aus seinem Ohr verscheuchen. Max Lamb hatte keine Ahnung, weshalb die Unterhaltung derart hatte abgleiten können. Er teilte nicht das Mitleid des Verrückten für operierte Grizzlybären. Ihnen die Krallen wegzunehmen, schien im Hinblick auf mögliche Schadensersatzforderungen eine durchaus vernünftige Prozedur für einen Vergnügungspark zu sein. Aber Max wußte, daß es keinen Sinn hatte zu widersprechen. Er schwieg, während Skink sich auf den Planken des schiefen Stegs zusammenrollte. Der Kidnapper zitterte und wälzte sich hin und her und rief Namen, die Max Lamb nicht kannte. Eine halbe Stunde später war er wieder auf den Beinen und suchte den mit Sternen übersäten Horizont ab.

»Geht's Ihnen gut?« erkundigte Max sich.

Skink nickte ruhig. »Die unschönen Begleiterscheinungen des Krötenstoffs. Ich bitte um Entschuldigung.«

»Sind Sie sicher, daß Bonnie uns hier draußen findet?«

»Weshalb in Gottes Namen sollten Sie eine Frau heiraten, die nicht einmal einer einfachen Wegbeschreibung folgen kann?«

»Aber es ist so dunkel – «

Die Fahrt nach Stiltsville hatte Max fürchterliche Angst eingejagt – Vollgas, kein Scheinwerfer, kabbelige See und dann dieses offene Boot. Viel unangenehmer als das Propellerboot. Der

Hurrikan hatte die Bucht in einen Schrottplatz voller versunkener Jachten, Fischerboote, Kabinenkreuzer und Speedboote verwandelt. Für die Fahrt hatte Skink sein Glasauge herausgenommen und es zur sicheren Aufbewahrung Max in die rechte Hand gedrückt. Max hatte es festgehalten, als wäre es der Hope-Diamant.

»Ihre Frau«, sagte Skink, »wird sich sicherlich mit jemandem zusammentun, der den Weg kennt.«

»Ich könnte jetzt eine Zigarette vertragen. Bitte, Captain.«

Max Lamb schämte sich, daß er sich so schnell an die abscheulich starken Broncos gewöhnt hatte. In der Agentur wurden sie scherzhaft Bronchials genannt, so schlimm war ihr tödlicher Ruf bei den fanatischen Nichtrauchern. Max sah die Ursache für seine gefährliche neue Gewohnheit in schwerem Streß und nicht in einer Charakterschwäche. In der Werbebranche war es lebenswichtig, sich von den Gelüsten freizuhalten, die den Durchschnittsverbraucher tyrannisierten.

»Was gibt es noch von Ihnen, das Sie vorweisen können?« fragte Skink.

»Ich weiß nicht, was Sie meinen.«

»Slogans, Tiger. Außer den Plum Crispies.«

»Crunchies«, korrigierte Max gepreßt.

Der Steg schwankte, als Skink sich erhob. Max hielt sich an einem halbverfaulten Balken fest. Sie kamen nicht von dort weg. Der alte Mann, der sie über die Bucht gesetzt hatte, hatte sich Skinks fünfzig Dollar geschnappt und war mit seinem Boot schnellstens zum Festland zurückgekehrt.

Skink schwenkte die Laterne um seinen Kopf. Durch das wilde Geflacker von seinen Ängsten abgelenkt, sagte Max: »Okay, Captain, es gibt noch einen: ›Dieses frische Guten-Morgen-Gefühl für einen ganzen Tag.‹«

»Welches Produkt?«

»*Intimate Mist.*«

»Nein!« Die Laterne zischte, als Skink sie auf den Steg stellte.

Max bemühte sich, nicht so zu klingen, als wollte er sich rechtfertigen. »Es ist ein weibliches Hygieneprodukt. Sehr beliebt.«

»Die Himbeerspülung! Heiliger Jesus, ich dachte schon, Sie machten Witze. Das ist also die Summe Ihrer Lebensleistungen – Intimsprayslogans?«

»Nein«, sagte Max scharf. »Limonaden, Benzinzusätze, Laserdrucker – ich habe an vielen Etats gearbeitet.« Er fragte sich, was ihn bewogen hatte, die *Intimate-Mist*-Kampagne zu erwähnen. War es ein unbewußter masochistischer Akt gewesen, oder war er vor Erschöpfung unvorsichtig geworden?

Skink ließ sich ächzend auf der Veranda nieder, die sich in einem erschreckenden Winkel zum Festland neigte. »Ich höre ein Boot«, sagte er.

Max blickte neugierig über das Wasser. Er vernahm nichts außer dem Plätschern der Wellen und den vereinzelten Schreien der Möwen. »Was passiert jetzt?« fragte er.

Er erhielt keine Antwort. Max Lamb sah im gelben Flackern der Laterne, wie ein Lächeln über das Gesicht des verrückten Mannes glitt.

»Wollen Sie wirklich kein Lösegeld?«

»*Geld will ich jedenfalls nicht.*«

»Was denn?« Max schnippte seine Zigarette ins Wasser. »Erklären Sie mir endlich, was zum Teufel das alles soll. Ich bin dieses Spiel wirklich leid.«

Skink amüsierte sich über diese Demonstration von Wut. Vielleicht bestand für diesen netten kleinen Mistkerl doch noch Hoffnung. »Ich möchte«, sagte er zu Max Lamb, »einige Zeit mit Ihrer Frau zusammensein. Sie interessiert mich.«

»In welcher Hinsicht?«

»Rein klinisch. Anthropologisch. Was um alles in der Welt sieht sie in Ihnen? Wie passen Sie beide zusammen?« Skink zwinkerte verschmitzt. »Ich mag Geheimnisse.«

»Wenn Sie sie nur ein einziges Mal anfassen – «

»Was für ein tapferer Junge Sie sind!«

Max Lamb machte zwei Schritte auf den Verrückten zu, erstarrte jedoch, als Skink sich an den Hals faßte. *Das Halsband*! Max spürte, wie ein heißes Prickeln von seiner Schädeldecke die ganze Wirbelsäule hinunterlief. Sofort sah er sich wie eine Marionette tanzen. Hätte er gewußt, daß die Batterie in der Fernbedienung des Tri-Tronics-Halsbands seit sechs Stunden leer war, hätte dies seine Reaktion nicht im mindesten beeinflußt. Er war ein Sklave seines Unterbewußtseins. Er hatte gelernt, daß die Aussicht auf Schmerzen noch lähmender war als die Schmerzen selbst – obgleich dieses Wissen ihm auch nicht half.

Als Max sich beruhigt hatte, versicherte Skink ihm, daß er bei seiner Frau keinerlei fleischliche Interessen verfolge. »Mein Gott, ich versuche bestimmt nicht, jemanden ins Bett zu locken. Ich möchte mir nur über den Platz des Menschen innerhalb der Nahrungskette klarwerden.« Seine langen Arme schienen die Sterne einzuschließen. »Ein Rätsel der Zeit, Sie Tourist. Vor fünftausend Jahren kritzelten wir die Wände von Höhlen voll. Und heute schreiben wir Hymnen auf Intimsprays mit Fruchtgeschmack.«

»Es ist ein ganz normaler Job«, erwiderte Max Lamb trotzig. »Begreifen Sie das endlich.«

Skink gähnte wie eine vollgefressene Hyäne. »Da kommt ein verdammt großer Motor. Ich hoffe nur, Ihre Bonnie war nicht so dumm, die Polizei zu rufen.«

»Ich habe ihr eingeschärft, es nicht zu tun.«

Skink fuhr fort: »Meine Meinung über Ihre Frau wird davon bestimmt, wie sie sich in dieser Situation verhält. Wen sie mitbringt. Ihre Haltung. Ihr Auftreten.«

Max Lamb wollte von Skink wissen, ob er eine Pistole habe. Skink schnalzte mit der Zunge. »Sehen Sie die Lichter?«

»Nein.«

»Vor Key Biscayne. Dort drüben.«

»O ja.«

»Es klingt nach zwei Motoren. Ich tippe auf Zwillings-Mercurys.«

Jemand auf dem Boot hatte einen starken Scheinwerfer. Sein Strahl wischte über die Untiefen von Stiltsville. Während sich das Boot näherte, kam der Lichtstrahl auf der Veranda des Pfahlhauses zur Ruhe. Skink schien sich nicht die geringsten Sorgen zu machen.

Er fing an, Kröten aus seinen Taschen zu holen, graue, wabbelige, mürrische, mit Knoten bedeckte Kröten, einige so groß wie Idaho-Kartoffeln. Max Lamb zählte insgesamt elf. Skink ordnete sie in zwei Reihen neben seinen Füßen an. Max hatte diesem Szenario nichts hinzuzufügen. Vielleicht war alles nur ein Traum, angefangen mit dem zerzausten Hurrikanaffen, und er würde schon bald im Bett neben Bonnie aufwachen...

Die fetten Kröten begannen sich zu bewegen, sich aufzublähen und zu pinkeln. Skink tadelte sie murmelnd. Als der Lichtstrahl des Powerboots sie traf, blinzelten die Kröten mit ihren feuchten runden Augen und drängten dem Licht entgegen. Nacheinander hüpften sie vom Steg und plumpsten ins Wasser. Skink stieß einen heiseren Anfeuerungsruf aus. »Nach Süden, Jungs! Nach Havanna, San Juan, wo immer zum Teufel ihr hergekommen seid!«

Max beobachtete, wie die Kröten verschwanden. Einige strebten in die Tiefe, andere tanzten auf den schaumigen Wellenkämmen. Max hatte keine Ahnung, was mit ihnen passieren würde. Es interessierte ihn auch nicht. Es waren ja nur häßliche Kröten, und wenn es nach ihm ginge, könnten sie ruhig von Barrakudas gefressen werden. Ihn interessierte nur, ob er aus dieser Episode eine Lehre ziehen könnte, die ihm vielleicht half, mit seinem zyklopischen Entführer fertig zu werden.

Aber Skink schien die Kröten längst vergessen zu haben. Er äußerte sich noch einmal über den Hurrikan. »Sehen Sie sich nur mal Cape Florida an, jeder Baum entwurzelt – vom Wald zur Mondlandschaft in dreißig gesegneten Minuten.«

»Das Boot – «

»Darüber sollten Sie mal nachdenken.«

»Es blinkt uns mit dem Scheinwerfer zu – «

»Diese wunderbare Kraft in dem Sturm. Und dann kommen Sie mit Ihrer Videokamera.« Skink seufzte enttäuscht. »›Die Sünde ist etwas, das dem Menschen ins Gesicht geschrieben ist.‹ Oscar Wilde. Ich glaube nicht, daß Sie ihn schon mal gelesen haben.«

Max' Schweigen bestätigte die Vermutung.

»Nun, ich habe darauf gewartet«, sagte Skink, »sie auf Ihrem Gesicht zu sehen. Die Sünde.«

»Was ich getan habe, war harmlos, okay? Vielleicht ein wenig unsensibel, aber harmlos. Sie haben deutlich gemacht, worum es Ihnen geht, Captain. Lassen Sie mich jetzt frei.«

Das Powerboot war nahe genug herangekommen, um erkennen zu lassen, daß es metallicblau war und einen weißen gezackten Streifen, ähnlich einem Blitz, über die ganze Rumpflänge aufwies. Zwei Gestalten waren am Steuer zu sehen.

»Da ist sie«, sagte Max.

»Und keine Cops.« Skink winkte das Boot heran.

Eine der Gestalten ging zum Bug und warf ein Seil herüber. Skink fing es auf und band es fest. Sobald das Seil sich spannte, verstummten die Zwillingsaußenbordmotoren. Die Strömung schob das Heck des Bootes gegen die Stützen und in den Lichtkreis der Laterne.

Max Lamb sah, daß Bonnie am Bug stand. Als er ihren Namen rief, kletterte sie auf den Steg und umarmte ihn wie ein Kindermädchen und tröstete ihn, als wäre er ein Kind im Krabbelalter mit aufgeschürftem Knie. Max reagierte auf soviel Aufmerksamkeit mit männlicher Zurückhaltung. Er war sich bewußt, daß er nicht nur von seinem Entführer, sondern auch von Bonnies Begleiter beobachtet wurde.

Skink betrachtete lächelnd die Wiedervereinigungsszene und verschmolz wieder mit dem Schatten des Pfahlhauses. Der Lenker des Bootes machte keinerlei Anstalten auszusteigen. Er war jung und breitschultrig und schien sich auf dem offenen Wasser wohl zu fühlen. Er trug einen hellblauen Pullover, eine Jeans mit abgeschnittenen Beinen und keine Schuhe. Er schien keine Schwierigkeiten gehabt zu haben, sich einen Weg durch die pechschwarze Bucht zu suchen, die mit gekenterten Booten und im Wasser treibenden Holzbalken vermint war.

Aus der Dunkelheit fragte Skink den jungen Mann nach seinem Namen.

»Augustine«, antwortete er.

»Haben Sie die Sachen dabei?«

»Natürlich.«

»Keine Sorge«, sagte Bonnie Lamb. »Er ist nicht von der Polizei.«

»Das kann ich sehen«, erklang Skinks Stimme.

Der Bootslenker kam an die Reling. Er reichte Bonnie eine Einkaufstasche, die sie ihrem Mann gab, der sie an den Entführer im Schatten weiterreichte. Max Lamb sagte: »Bonnie, Liebling, der Captain möchte mit dir reden. Dann läßt er mich frei.«

»Ich ziehe es jedenfalls in Erwägung«, sagte Skink.

»Über was will er mit mir reden?«

Der Lenker des Bootes nahm sich eine Dose Bier. Er trank einen Schluck und lehnte sich mit der Hüfte an das Ruder.

Bonnie Lamb musterte ihren Mann aufmerksam. »Was ist das da an deinem Hals?« fragte sie. Es sah aus wie ein ganz spezielles Fesselungsinstrument. Ähnliche Dinge hatte sie in den Schaufenstern von ganz speziellen Ledergeschäften in Greenwich Village gesehen.

Skink trat ins Licht. »Es ist eine Disziplinierungsvorrichtung. Legen Sie sich hin, Max.«

Bonnie Lamb studierte den hochgewachsenen, zerzausten Fremden. Er war all das, was der Staatspolizist versprochen hatte, und mehr. Von der Größe her schien er zu allem fähig zu sein, dennoch fühlte Bonnie sich in keiner Weise bedroht.

»Max, jetzt!« sagte der Entführer zu ihrem Ehemann.

Gehorsam streckte Max sich auf dem Holzsteg aus. Als Skink ihm befahl, sich herumzurollen wie ein Hund, tat er es.

Bonnie schämte sich für ihren Mann. Der Kidnapper bemerkte es und entschuldigte sich dafür. Er befahl Max, aufzustehen.

Die Einkaufstasche enthielt alles, was Skink verlangt hatte. Innerhalb von wenigen Sekunden waren die frischen Batterien in den Walkman eingesetzt, und »Tumbling Dice« hämmerte aus den Kopfhörern. Er öffnete das Glas mit den grünen Oliven und kippte sie in seinen feucht schimmernden Eimer von Mund.

Bonnie Lamb wollte von Max wissen, was in Gottes Namen vor sich ging.

»Später«, flüsterte er.

»Sag es mir jetzt!«

»Sie sollte es wirklich erfahren«, mischte der Kidnapper sich mit vollem Mund ein. »Sie riskiert ihr Leben, um hier draußen mit einem Verrückten wie mir zusammenzutreffen.«

Bonnie hatte sich passend zu der Bootsfahrt gekleidet – blaue Windjacke, Jeans und Bootsschuhe. Gute und praktische Sachen, stellte Skink fest, nichts von diesem Katalogramsch aus Kalifornien. Er nahm die Kopfhörer ab und beglückwünschte Bonnie zu ihrem gesunden Menschenverstand. Dann befahl er ihrem Mann, das Schockhalsband abzunehmen und ins Meer zu werfen.

Max' Hände zitterten an seinem Hals. Skink sagte, er solle weitermachen, verdammt noch mal, runter mit dem Ding! Max' Lippen wurden schmal vor Anstrengung, aber er konnte sich nicht überwinden, das Halsband anzurühren. Am Ende war es seine Frau, die vortrat, den Verschluß öffnete und die Tri-Tronics-Lehrhilfe für Hunde abnahm. Sie untersuchte das Halsband im Licht der Laterne.

»Widerlich«, sagte sie zu Skink und legte das Halsband auf den Steg.

Skink holte eine Videokassette aus seiner Jacke. Er warf sie Bonnie zu, die sie mit beiden Händen auffing. »Der Urlaubsfilm Ihres Ehemanns vom Hurrikan. Soviel zum Thema widerlich.«

Bonnie wirbelte herum und schleuderte die Kassette in die Bucht.

Die Kleine hatte Feuer! Sie war Skink schon jetzt sympathisch. Nervös zündete Max sich eine Zigarette an.

Seine Frau wäre nicht entsetzter gewesen, wenn er sich eine Heroinspritze in den Arm gejagt hätte. »Seit wann rauchst du?« fragte sie entgeistert.

»Wenn Sie ihm noch einmal das Halsband umlegen«, bot Skink hilfsbereit an, »kann ich ihn dazu bringen, daß er wieder aufhört.«

Max Lamb sagte zu Skink, er solle endlich anfangen. »Sie sagten, Sie wollten mit ihr reden, also reden Sie.«

»Nein, ich sagte, ich wollte einige Zeit mit ihr verbringen.«

Bonnie wandte sich an den barfüßigen jungen Mann am Ruder des gestreiften Powerboots. Er hatte offenbar nichts zu sagen. Seine Haltung war lässig, fast gelangweilt.

»Wo«, fragte Bonnie den Kidnapper, »wollen Sie diese Zeit verbringen? Und was wollen Sie tun?«

»Nicht, was du denkst«, warf Max Lamb ein.

Skink setzte seine Plastikduschhaube auf. »Der Hurrikan hat mir einen neuen Rhythmus gegeben. Ich spüre ihn in mir.«

Er legte seine Hände auf Bonnies Schultern und schob sie sanft neben Max. Sie spürte den Blick des Gouverneurs aus dem Schatten. Er studierte sie, sie und Max, als wären sie Laborratten. Dann hörte sie ihn murmeln: »Ich begreife es einfach nicht.«

»Verraten Sie uns endlich, was Sie wollen«, sagte Bonnie gepreßt.

»Nimm dich in acht«, warnte Max. »Er hat Dope geraucht.«

Skink wandte den Blick ab und schaute hinaus aufs Meer.

»Nehmen Sie es mir nicht übel, Mrs. Lamb, aber Ihr Mann läßt mich an der menschlichen Rasse zweifeln. Ein weiblicher Widerpart wäre jetzt sehr willkommen.«

Bonnie wurde von einem wohligen Schauer überrascht, der an ihrem Hals Gänsehaut erzeugte. Die Stimme des Fremden war beruhigend und hypnotisch, ein wilder breiter Fluß. Sie hätte ihm die ganze Nacht zuhören können. Verrückt war er, total verrückt. Doch seine Geschichte faszinierte sie. Er war früher Gouverneur gewesen, hatte der Trooper gesagt. Bonnie hätte gern mehr darüber gewußt.

Doch da war ihr Mann, erschöpft, von der Sonne verbrannt, emotional ausgelaugt. Sie müßte sich eigentlich um ihn kümmern. Der arme Max hatte einen Höllentrip hinter sich.

»Ich möchte nur mit Ihnen reden«, sagte der Kidnapper.

»Na schön«, erwiderte Bonnie, »aber nur für eine kleine Weile.«

Er legte eine Hand trichterförmig an den Mund. »Hey, Augustine! Bringen Sie Mr. Lamb in Sicherheit. Er braucht eine Dusche und eine Rasur und vermutlich auch ein Abführmittel. Kommen Sie gegen Morgen zurück, um seine Frau abzuholen.«

Skink packte Max unter den Armen und ließ ihn ins Powerboot hinunter. Er schnitt die Leine mit einem Taschenmesser durch und drückte den Bug von dem windschiefen Pfahlhaus weg. Er schlang einen Arm um Bonnie und begann mit dem anderen zu winken. Während das Boot aus dem Lichtkreis der Laterne herausglitt, sah Skink, wie eine dritte Gestalt sich am Bootsheck erhob – wo hatte *der* sich versteckt? Dann riß der junge Mann am Ruder ein Gewehr an die Schulter.

»Verdammt«, sagte Skink und stieß Bonnie Lamb aus der Schußlinie.

Etwas traf ihn heftig, wirbelte ihn im Uhrzeigersinn herum und ließ ihn zusammenbrechen. Er drehte sich noch immer, als er ins warme Wasser eintauchte, und er fragte sich, weshalb seine Arme und Beine nicht funktionierten, weshalb er weder einen Schuß gehört, noch einen Mündungsblitz gesehen hatte. Und er fragte sich, ob er vielleicht tot war.

13. KAPITEL

Spät am Abend des 27. August, mit einem warmen Wind im Rücken und neun kalten Budweiser im Bauch, beschloß Keith Higstrom, auf die Jagd zu gehen. Seine Freunde weigerten sich, ihn zu begleiten, da Keith sowohl ein ungeschickter und unzuverlässiger Schütze als auch ein Säufer war.

Genaugenommen gab es in Süd-Florida nicht mehr viel zu jagen, da das jagdbare Wild schon längst geflohen oder eingegangen war. Der Hurrikan hatte jedoch den Vororten eine exotische neue Jagdbeute beschert: Vieh. Im ländlichen Teil von Dade County waren kilometerweise Ranchzäune aus dem Boden gerissen worden und hatten ganze Herden von Rindern und Pferden in die Freiheit entkommen lassen, wo sie die Gebiete jenseits ihrer schlammigen und überfluteten Weiden erforschen konnten. Eher von bohrendem Hunger getrieben als von natürlicher Neugier, tauchten die Tiere an Orten auf, wo man ihnen gewöhnlich nie zu begegnen pflegte. Ein solcher Ort war Keith Higstroms Nachbarschaft, eine Siedlung aus voneinander nicht unterscheidbaren muschelfarbenen Häusern, die zu zwanzig mal fünfundzwanzig schachbrettartig errichtet worden waren und auf beiden Seiten von pleite gegangenen Einkaufszentren gesäumt wurden.

Hier hatte Keith Higstrom seine Kindheit verbracht. Die Familie seines Vaters war Anfang der vierziger Jahre von Nord-Minnesota nach Miami umgezogen und hatte eine Vorliebe für Gewehre und für die wilde, ungezähmte Natur mitgebracht. Keith war ein leicht zu beeindruckender Junge und hatte sein ganzes Leben lang Jägerlatein gehört – Wölfe und Schwarzbären in den nördlichen Wäldern, Rehe und wilde Truthähne im Buschland von Florida. Der Kopf eines Achtenders, stumm, aber mit funkelnden Glasaugen, hing über dem Eßtisch der Higstroms. Das lohfarbene Fell eines Panthers war an der Westwand des Arbeitszimmers aufgespannt und festgenagelt worden. Mit fünf Jahren begann Keith in lederbezogenen Ordnern jede Ausgabe von *Outdoor Life, Field & Stream* und *Sports Afield* zu sammeln. Sein wertvollstes Stück war ein Foto mit Autogramm des berühmten Joe Foss mitsamt einem toten Grizzly. Mit sechs Jahren bekam der kleine Keith eine Spielzeugpistole, mit neun Jahren eine Luftpistole, mit elf ein Luftgewehr und mit dreizehn seine erste .22er.

Aber – selbst beim Zielen auf Bierdosen im örtlichen Steinbruch bewies der Jungen mangelndes Geschick im Umgang mit Feuerwaffen. Sein Vater war mehr als nur gelinde enttäuscht. Der kleine Keith war mit dem Gewehr die reinste Landplage. Üben brachte keine Verbesserung, und auch das Ausprobieren verschiedener Waffenarten erwies sich als vergebliche Liebesmüh. Zielfernrohre brachten nichts. Stative brachten nichts. Rückstoßdämpfer brachten nichts. Sogar ausgiebige Atemübungen brachten nichts.

Sehr oft endeten diese Schießübungen von Vater und Sohn mit Schimpftiraden und Tränen, bis der alte Higstrom kapitulierte und dem jungen Keith gestattete, ein paar Schüsse mit einer Mossberg Kaliber 12 abzufeuern, damit er wenigstens die Erfahrung machte, überhaupt etwas zu treffen. Die Familientradition todsicherer Meisterschützen hatte eindeutig ein trauriges Ende gefunden. Keith' Vater kehrte von diesen Ausflügen stets bleich und erschüttert zurück, erzählte Keith' Mutter jedoch nichts davon, was er im Steinbruch erlebt hatte.

Als Keith schließlich alt genug war, um auf die Jagd zu gehen, war in Miami außer Ratten und tief fliegenden Möwen nichts mehr übrig, auf das man hätte schießen können. Jeden Herbst bestürmte Keith seinen Vater, ihn in den Big Cypress Swamp oder die privaten Jagdcamps in den Everglades mitzunehmen, wo die Rehe von Propellerbooten ins Wasser getrieben und aus nächster Nähe abgeschossen wurden. Der alte Higstrom verabscheute diese Exkursionen und fand keinen Gefallen am sinnlosen Töten, doch sein Sohn konnte nicht glücklicher sein, wenn er Handgranaten auf verkrüppelte Rehkitze geworfen hätte.

Es geschah an einem solchen trübsinnigen Morgen, daß Keith Higstroms Vater für immer der Jagd abschwor. Sie fuhren mit einem riesengroßen Sumpfbuggy hinter einem mickrigen, altersschwachen Rotluchs her, als Keith plötzlich wie wild auf ein Objekt am Himmel zu feuern begann – auf einen weißköpfigen Seeadler, wie sich herausstellte, eine bundesweit geschützte Tierart. Die versuchte Straftat wurde nicht vollzogen, dank der mangelhaften Schießfertigkeit des jungen Mannes, doch in der fieberhaften Erregung schaffte er es, seinem Vater das linke Ohr abzuschießen.

Taub, blutüberströmt, zuckend auf dem Bauch im Matsch der Everglades liegend, erfuhr der alte Higstrom eine seltsame Katharsis, eine unerwartete Reinigung der Seele, so als würde ein kühles weißes Laken langsam über seinen Kopf gebreitet. Ja, seine Verletzung war schlimm, und die Taubheit würde (wenn er sie offenbarte) ihn seinen Job als Fluglotse kosten.

Andererseits würde er aber nie mehr gezwungen sein, mit seinem leicht erregbaren Sohn auf die Jagd zu gehen!

Keith Higstrom konnte die Verantwortung für den Unfall nicht abwälzen, und auch nicht das schlechte Gewissen, das damit einherging. Sein Vater erholte sich von der Schußwunde und war freundlich genug, sie nicht mehr als ein- oder zweimal pro Tag zur Sprache zu bringen. Nicht lange, und Keith' Mitleid verwandelte sich in einen tiefempfundenen Groll. Denn er vermutete, daß sein Vater das fehlende Ohr als Entschuldigung benutzte, um ihren Wochenendexkursionen aus dem Weg zu gehen. Ein Facharzt für plastische Chirurgie hatte ein dauerhaftes Faksimile aus Polyurethan an der linken Kopfseite des alten

Higstrom angebracht, während ein High-Tech-Hörgerät die Hörfähigkeit des Alten bis auf einundachtzig Prozent dessen gesteigert hatte,was sie vor dem Zwischenfall in den Everglades betragen hatte. Dennoch weigerte er sich standhaft, ein Gewehr anzufassen. Anweisung des Arztes, erklärte er.

Jagdkameraden zu finden, war für Keith zunehmend schwieriger. Seine Freunde schienen immer, wenn Keith sie einlud, mit ihm auf die Jagd zu gehen, anderweitige Verpflichtungen zu haben. Frustriert und ruhelos verbrachte er lange, düstere Wochenenden damit, seine Gewehre zu reinigen und sich Videos von seinen liebsten Episoden der Serie *American Sportsman* anzusehen. Immer wenn sein Abzugfinger zu jucken begann, fuhr er hinaus zum Tamiami Trail und parkte am Kanal. Sobald es dunkel war, lud Keith eine doppelläufige Schrotflinte, schnallte sich die Stirnlampe um und wanderte am Strand entlang. Seine Ziele waren gewöhnlich Schildkröten und Opossums, alles, was schneller oder schlauer war, konnte vor ihm flüchten.

Kurz nach dem Hurrikan sah Keith Higstrom vier Milchkühe und eine Palominostute, die im Vorgarten seines Nachbarn grasten. Jedermann aus dem Block hatte sich auf dem Bürgersteig versammelt, lachte und machte Fotos. Es war ein unbeschwerter Moment in der ansonsten bitteren Zeit nach dem Sturm. Als Keith an diesem Abend mit seinen Freunden in einer irischen Bar am Kendall Drive saß und trank, fragte er: »Wieviel wiegt eine Kuh?«

Einer von Keiths Freunden sagte: »Ich gebe auf, Higstrom. Wieviel wiegt eine Kuh?«

»Es ist kein Scherz. Mehr als ein Elch? Denn in meiner Straße laufen herrenlose Kühe herum.«

»Von dem Hurrikan«, sagte einer seiner Freunde.

»Ja, aber wie groß schätzt du sie? Größer als ein Maultier?« Keith Higstrom trank sein Budweiser und stand auf. »Kommt, Jungs, wir gehen auf die Jagd.«

»Setz dich, Higstrom.«

»Kommt ihr Memmen mit oder nicht?«

»Trink noch ein Bier, Keith.«

Mit einem Rülpser stürmte er durch die Tür hinaus. Er fuhr nach Hause, ging ins Arbeitszimmer und holte die alte .30-06 seines Großvaters aus dem Waffenschrank aus Ahorn. Er ließ einen Karton Patronen fallen und kicherte betrunken, als niemand von dem Lärm aufwachte. Er schlüpfte in seine Stiefel und seinen Versandhaus-Tarnanzug, schnallte sich die Stirnlampe um und ging los, um eine Kuh zu schießen.

Sie weideten nicht mehr im Vorgarten seines Nachbarn. Indem er eine übertriebene Pirschhaltung einnahm, schlich Keith Higstrom die Straße hinunter. Er fühlte sich leicht wie eine Feder und tödlich wie eine Schlange. Das Gewehr lag glatt und herrlich in seiner Hand. Er hatte die Absicht, die tote Kuh auf die vordere Stoßstange seines Honda Civic zu binden und zur Kendall zurückzufahren, zurück zu der irischen Bar, wo seine feigen Freunde soffen. Keith Higstrom kicherte schon im voraus, als er sich dieses Spektakel vorstellte.

Als Deckung benutzte er Berge von Hurrikantrümmern. Geräuschvoll huschte er von einem zum anderen. Die Straße war leer und schwarz und völlig schattenlos. Die Häuser auf der nördlichen Seite hatten noch immer keinen Strom. Als er am Haus der Ullmans vorbeikam, hörte Keith Higstrom ein Geräusch aus dem Garten – ein rasselndes Schnauben. Er tippte auf die entlaufene Palominostute. Als er sich um die Ecke der Garage schob, illuminierte der Lichtstrahl von Keith Higstroms Stirnlampe ein Paar glänzender tiefblauer Augen, die so groß wie Untertassen waren.

»Verdammt!« rief er aus.

Ein riesengroßes Tier stand neben dem zur Hälfte geleerten Swimmingpool der Ullmans. Der Lichtstrahl von Keith' Stirnlampe glitt über die bläulich-glatten Flanken des Tiers. Dies war keine gewöhnliche Kuh. Zuerst einmal war das Tier so groß wie ein Traktor. Die spitzen Hörner waren ausladend und nach unten gerichtet, völlig anders als bei den heimischen amerikanischen Rinderrassen.

Keith Higstrom wußte genau, was da vor ihm stand. Hatte er nicht im *American Sportsman* gesehen, wie Jimmy Dean und Curt Gowdy eine dieser majestätischen Bestien geschossen hatten? Aber das war in Afrika gewesen, verdammt noch mal. Und nicht in Miami, Florida.

Es kam Keith in den Sinn, daß er vielleicht unter den Folgen zu hohen Alkoholgenusses litt und daß dieses riesenhafte, mit ovalen Augen ausgestattete Monster, das ihn anglotzte, lediglich ein budweisermäßig vergrößertes Angusrind war.

Dann schnaubte die Erscheinung wieder und blies zwei Fahnen feuchten Schleims aus. Das Tier senkte den Schädel und wühlte mit bügeleisengroßen Hufen den frisch gepflanzten Bermudarasen der Ullmans auf.

»Mich laust der Affe«, sagte Keith Higstrom und brachte das Gewehr seines Großvaters in Anschlag. »Das ist ein Kaffernbüffel!«

Er feuerte und schoß natürlich daneben. Zweimal.

Die Schüsse weckten Mr. Ullman, einen Bankier, der gerade aus Kopenhagen eingetroffen war und nun vom Schlafzimmerfenster aus einen gigantischen Bullen durch seinen Vorgarten galoppieren sah, auf dessen Hörnern ein junger Amerikaner strampelte. Mr. Ullman rief umgehend die Polizei und informierte sie so schnell, wie es sein neu erlerntes Englisch gestattete, daß ein »unglücklicher Cowboy soeben ernstlich perforiert wurde«. Nach und nach kam die Polizei dahinter, was Mr. Ullman damit zu sagen versuchte.

Zwei Stunden später rief ein Polizeibeamter bei Augustine an und hinterließ eine Nachricht. Der Kaffernbüffel seines verstorbenen Onkels, der an einer Marke im Ohr identifiziert worden war, sei zwischen den Verkaufsregalen eines vom Sturm zerstörten Supermarktes aufgetaucht. Leider gebe es Schwierigkeiten.

Der Beamte verlangte, daß Augustine sich umgehend bei Animal Control melden solle.

Augustine kam während der nächsten Stunden nicht dazu, seinen Anrufbeantworter abzuhören, denn er war mit Bonnie Lamb auf der Biscayne Bay unterwegs.

Sie hatten sich das Powerboot von einem Freund Augustines, einem Piloten, ausgeliehen. Der Pilot war Augustine aus einer vor längerer Zeit erfolgten Ehescheidung noch einen Gefallen schuldig, als Augustine ihm gestattet hatte, goldene Krügerrands im Wert von 45 000 Dollar hinter seiner Garage zu vergraben, um sie vor dem Privatdetektiv seiner zukünftigen Ex-Frau zu verstecken. Nachdem die Scheidungsverhandlungen abgeschlossen waren, blieb dem Piloten nichts außer dem geheimen Münzschatz. Er brachte ihn sofort mit einem Mannequin durch, das ihn später in einem Fünf-Sterne-Hotel in Marokko sitzenließ. Obgleich seitdem mehrere Jahre verstrichen waren, vergaß der Pilot Augustines freundschaftliche Geste in seiner Zeit privater Notlage niemals.

Das Powerboot befand sich auf einem Anhänger in North Miami Beach, wo der Hurrikan ihm nichts hatte anhaben können. Augustine und Bonnie Lamb trafen Jim Tile dort. Seine Augen waren gerötet, und seine Stimme klang heiser. Er berichtete ihnen, daß eine enge Freundin, eine Polizistin, von einem Autodieb furchtbar zusammengeschlagen worden sei und daß er lieber auf der Straße unterwegs wäre, um diesen feigen, verkommenen Hurensohn zu suchen.

Obgleich er mit seinen Gedanken ganz woanders war, schien Jim Tile aber auch wegen der Bootsfahrt ziemlich nervös zu sein. Sogar in der Dunkelheit machte die Bucht einen ziemlich aufgewühlten und unerfreulichen Eindruck. Seltsamerweise war Bonnie Lamb überhaupt nicht beunruhigt. Vielleicht war es die Art und Weise, wie Augustine am Ruder stand und lässig mit zwei Fingern lenkte, während er mit der anderen Hand den

Scheinwerfer bediente. Gekonnt kurvte er um dicke Äste und vom Sturm losgerissenes Treibholz und geisterhafte gekenterte Boote herum. Die riskante Fahrt verdrängte wenigstens zeitweise Jim Tiles Vorstellung von Brenda, wie sie auf einer Bahre liegend in einen Krankenwagen gehoben wurde...

Bonnie war gespannt auf ihre erste Begegnung mit dem Mann namens Skink. Sie dachte immer wieder an die blutige Leiche im Leichenschauhaus – aufgespießt auf eine Satellitenschüssel, hatte der Trooper gesagt. War Skink der Mörder? So wie der Trooper ihn schilderte, gehörte der Ex-Gouverneur nicht zu der Sorte amtlich beglaubigter Verrückter Mansonscher Prägung. Statt dessen verfolgte er eine Mission: eine tollkühne, zum Scheitern verurteilte Mission, die kraß außerhalb der Gesetze lag. Bonnie fühlte sich von Exzentrikern angezogen. Sie hatte keine Angst vor Skink, nicht mit Augustine und dem Trooper an ihrer Seite. Auf ziemlich seltsame Art, obgleich sie es niemals zugegeben hätte, freute sie sich ebenso auf die Begegnung mit dem Entführer wie auf die Wiedervereinigung mit ihrem Mann...

Nun mühten Jim Tile und Augustine sich ab, den bewußtlosen Mann über den Rand des Powerboots zu ziehen. Seine Kleider waren triefnaß, was sein ohnehin beträchtliches Gewicht noch vermehrte. Augustine hatte eine Hand in die silbergrauen Haare des Mannes gekrallt, der Trooper hielt ihn an den Gürtelschlaufen, während Bonnie seine Beine an den Schuhen ins Boot hievte. Nach einer letzten Anstrengung lag der Kidnapper an Deck und spuckte Meerwasser.

Vom Bug drang ein jammernder Laut herüber. Dort hockte Max Lamb mit verschränkten Armen und verkniffenem Gesicht und sog gierig an einer Bronco-Zigarette. Bonnie wandte sich wieder dem betäubten Fremden zu. Der Trooper kniete neben ihm. Mit einem Taschentuch wischte er Skinks Gesicht trocken. Dabei verwendete er auf das Glasauge besondere Sorgfalt.

»Er atmet«, stellte Augustine fest.

Ein vulkanisches Husten, dann erklang seine Stimme. »Ich habe Hummer gesehen, die so groß waren wie Sonny Liston.« Skink hob den Kopf.

»Sei jetzt still«, sagte Jim Tile.

»Mein Walkman!«

»Wir besorgen dir einen neuen. Und jetzt bleib ruhig liegen.«

Skink ließ den Kopf mit einem dumpfen Laut nach hinten auf die Planken fallen. Er summte leise vor sich hin und schloß die Augen.

Bonnie Lamb fragte: »Was tun wir jetzt mit ihm?«

Max lachte. »Er kommt ins Gefängnis! Was dachtest du denn?«

Bonnie schaute Augustine fragend an. Er zuckte die Achseln. »Das kommt auf Jim an. Er vertritt das Gesetz.«

Der Trooper hatte eine Thermosflasche geöffnet und versuchte seinem benommenen Freund ein wenig heißen Kaffee einzuflößen. Bonnie stützte den Kopf des Entführers, um ihm bei Trinken zu helfen. Augustine ging zum Führerstand und startete das Boot. Über den Motorenlärm fragte Bonnie Jim Tile, ob sie sich während der Rückfahrt zu dem Mann setzen solle, für den Fall, daß ihm wieder schlecht werden würde. Der Trooper beugte sich zu ihr und senkte die Stimme zu einem Flüstern herab. »Es geht ihm gut. Kümmern Sie sich lieber um Ihren Mann.«

»Okay«, sagte Bonnie. Sie war froh darüber, daß es dunkel war, denn so konnte der Trooper nicht sehen, wie sie errötete. Und Max auch nicht.

Die Unterhaltung zwischen Gar Whitmark und seiner Frau verlief nicht gerade liebevoll. Daß sie einer Bande von Gaunern siebentausend Dollar in bar übergeben hatte, war schon ärgerlich genug. Daß sie es versäumt hatte, sich den Namen dessen geben zu lassen, der das Geld angenommen hatte, war unverzeihlich dumm. Der einzige Hinweis für die Suche nach den

Ganoven war ein Stück gelbes Papier, das Mrs. Whitmark von dem falschen Dachdeckermeister erhalten hatte. Das gelbe Papier sollte die Quittung und einen Kostenvoranschlag darstellen, und dieses gelbe Papier hatte Mrs. Whitmark unmittelbar nach der Transaktion verlegt.

Gar Whitmarks Zorn hatte noch einen anderen Grund. Er baute, verdiente sein Geld damit, und kannte daher jeden ehrlichen und kompetenten Dachdecker in Dade County persönlich. Die Liste war nicht sehr umfangreich, aber aus ihr hatte Gar Whitmark die Truppe auswählen wollen, die das Dach seines zerstörten Heims reparieren sollte. Er hatte bei einem halben Dutzend Firmen entsprechende Anfragen hinterlassen und seiner Frau (wiederholt) erklärt, daß es einige Zeit dauern würde, ehe der Auftrag ausgeführt werden könnte. Der Hurrikan hatte unter den Dachdeckern eine wilde, goldrauschartige Stampede ausgelöst – die besten waren mit Eilaufträgen zugeschüttet worden und wären wahrscheinlich monatelang beschäftigt. Unterdessen strömten stadtfremde Dachdecker lastwagenweise nach Miami. Einige waren durchaus fähig und erfahren, einige waren einfach glücklos und unfähig, und viele gaben lediglich vor, von ihrem Job Ahnung zu haben. Alle fanden bei ihrer Ankunft begrenzte Möglichkeiten vor.

Das typische Hurrikanopfer, das schnellstens wieder ein Dach über dem Kopf haben wollte, war gezwungen, sich auf seinen Instinkt zu verlassen, wenn es sich für einen Dachdecker entschied. Unglücklicherweise waren die Instinkte des typischen Hurrikanopfers in dieser Hinsicht nicht besonders zuverlässig. Gar Whitmark hingegen hatte die beiden Vorteile, die beteiligten Personen genauestens zu kennen und den Einfluß zu besitzen, um die besten von ihnen für seine eigenen dringenden Bedürfnisse einzuspannen. Ohne große Probleme fand er einen Spitzendachdecker, der sich einverstanden erklärte, sämtliche anderen Aufträge liegenzulassen, um Gar Whitmarks Dach in Angriff zu nehmen (Whitmark war einer der führenden Häuserbauer – und Auftraggeber für Dachdeckerfirmen – in ganz Süd-Florida). Der Handwerker, den Whitmark ausgewählt hatte, mußte jedoch zuerst zwei andere Dächer ersetzen: nämlich sein eigenes und das der Mutter seiner Frau.

Gar Whitmark ließ dem Mann sieben Tage Zeit, um die Familiendächer auszubessern. Die Verzögerung erwies sich für Mrs. Whitmark als untragbar, deren schreckliche Angst vor der Möglichkeit weiterer regengetränkter Chippendale-Möbel nicht von ihren üblichen lindernden Dosen an Sedativen, Krampflösern, Einschlafhilfen und Stimmungsverbesserern bewältigt werden konnte. Für Mrs. Whitmark war das unerwartete Erscheinen von arbeitswilligen Dachdeckern an ihrer Tür ein Gottesgeschenk gewesen. Sie dachte, ihr Mann wäre dankbar für ihre Initiative – es wäre ein Problem weniger, um das er sich neben den zahlreichen von Kunden angedrohten Klagen wegen fahrlässiger Bauausführung kümmern müßte, deren von Whitmark Signature erbauten Heime sich während des Hurrikans wie aufgeweichte Pappkartons aufgelöst hatten.

Während er im Wohnzimmer stand und der Regen einen Trommelwirbel auf seiner von blauen Adern durchzogenen Stirn veranstaltete, befahl Gar Whitmark seiner Frau, die verdammte Quittung oder den Kostenvoranschlag, oder wie immer der verdammte sogenannte Meister den Zettel genannt hatte, augenblicklich herbeizuschaffen. Nachdem sie eine Stunde lang gesucht hatte, tauchte das wichtige gelbe Papier säuberlich zusammengefaltet in Mrs. Whitmarks High-School-Jahrbuch auf. Gar Whitmark hatte keinerlei Erklärung dafür, weshalb seine Frau den Zettel dort deponiert, noch wie sie ihn dort gefunden hatte. Sie selbst konnte es auch nicht erklären – ihr Gehirn war durch den Hurrikan zu heftig durchgeschüttelt worden.

Die Quittung stammte laut Aufdruck von einer Firma namens »Fortress Roofing«, was Gar Whitmark zu einem bitteren Kichern animierte. Wenigstens hatten die Betrüger einen gewissen Sinn für Humor! Gar Whitmark wählte die auf der Quittung angegebene Telefonnummer und landete bei einem Anrufbeantworter. Er legte auf und rief den Chef des Bezirksbauamtes an, der seinen Job sieben Bezirkschefs verdankte, die wiederum dank Gar Whitmarks großzügiger Wahlkampfspenden zu ihren Posten gelangt waren. Wie erwartet äußerte der Bauamtsleiter Entsetzen und Zorn darüber, daß Gar Whitmarks Frau einem Betrug zum Opfer gefallen war, und versprach eine gründliche kriminalpolizeiliche Untersuchung.

Nein, von Fortress Roofing habe er noch nie etwas gehört – aber er würde auf jeden Fall herausfinden, wer sich dahinter verbarg.

Je eher desto besser, sagte Gar Whitmark und rubbelte seinen brennenden Schädel, auf dem fünfzig frisch implantierte Haarstöpsel mit rosigen Stengeln prangten, mit einem Handtuch vom Regenwasser trocken.

Eine Viertelstunde später rief der Bauamtsleiter zurück, um traurig zu melden, daß Fortress Roofing niemals eine gültige Unternehmerlizenz in Dade County beantragt habe und deshalb zu den ungesetzlich operierenden unbekannten Betrieben gehöre.

In seiner Wut begann Gar Whitmark andere Dachdecker anzurufen, die er kannte – einige davon ehrlich, andere nicht. Einem oder zweien war der Name Fortress Roofing bekannt, da sie vor kurzem Personal an diese neue Firma verloren hätten. Der windige Eigentümer, so berichteten sie, sei ein ehemaliger Bauamtsinspektor namens Avila. Ein Bursche mit Dreck am Stecken, warnten die Dachdecker.

Gar Whitmark kannte Avila recht gut, da er ihn jahrelang erfolgreich bestochen hatte. In dieser Zeit hatte Gar Whitmarks Subunternehmer dem habgierigen Bastard alle möglichen Zuwendungen rübergeschoben! Bargeld, Spirituosen, Pornos – Avila hatte eine besondere Vorliebe für die harten Sachen, Frau-auf-Frau, wenn Gar Whitmark sich recht erinnerte.

Er rief seine Sekretärin an, deren Finger schnell eine höchst vertrauliche Computerliste mit korrupten und/oder korrumpierbaren amtlichen Vertretern in den Counties Dade, Broward, Palm Beach, Lee und Monroe aufrief. Es war eine ziemlich lange Liste, die aus praktischen Gründen alphabetisch geordnet war. Avilas Name und geheime Telefonnummer befanden sich am unteren Ende des ersten Schirms.

Gar Whitmark wartete bis drei Uhr morgens, ehe er anrief.

»Hier ist Ihr alter Freund Gar Whitmark«, sagte er. »Ihre Bande Schwindler hat meiner Frau sieben Riesen aus dem Kreuz geleiert. Meiner Frau geht es gar nicht gut, Avila. Wenn ich nicht spätestens morgen früh mein Geld wiedersehe, sitzen Sie morgen abend im Bezirksgefängnis. Außerdem sorge ich dafür, daß Sie die Zelle mit Paul Pick-Percy teilen.«

Die Drohung ließ Avila schlagartig hellwach werden. Paul Pick-Percy war ein berüchtigter Kannibale. Er erwartete zur Zeit seinen Prozeß wegen der Ermordung und Verspeisung seines Vermieters, der es unterlassen hatte, ein undichtes Schwimmerventil im Wassertank von Paul Pick-Percys Toilettenspülung zu reparieren. Erst kürzlich war er auch der Ermordung und Verspeisung eines schlampigen Fernsehmonteurs und einer unhöflichen Straßenmautkassiererin für schuldig befunden worden.

»Siebentausend?« fragte Avila. »Mr. Whitmark, ich schwöre bei Gott, daß ich davon nicht das geringste weiß.«

»Wie Sie meinen –«

»Moment, warten Sie...« Avila richtete sich in seinem Bett auf. »Erzählen Sie, was angeblich passiert ist, ja?«

»Es gibt kein beschissenes ›angeblich‹.« Gar Whitmark gab die traurige Geschichte seiner Frau wieder.

»Und es war unser Lastwagen? Sind Sie ganz sicher?«

»Ich habe Ihre Quittung vor mir liegen, Sie Scheißkerl. ›Fortress Roofing‹ steht auf dem Zettel.«

Avila verzog schmerzhaft das Gesicht. »Wer hat unterschrieben?«

Gar Whitmark erwiderte, die Unterschrift sei unleserlich. »Meine Frau hat erzählt, der Kerl habe einen total verformten Unterkiefer gehabt, mit dem er ausgesehen habe wie eine Muräne. Außerdem habe er einen schlechtsitzenden Anzug getragen.«

»Scheiße«, sagte Avila. Genau das hatte er befürchtet.

»Klingelt es jetzt bei Ihnen?« Gar Whitmarks Sarkasmus war unverkennbar und drohend.

Avila sank gegen das Kopfbrett seines Bettes. »Sir, ich gebe Ihnen natürlich umgehend das Geld zurück.«

»Das will ich meinen. Und ein neues Dach außerdem.«

»Wie bitte?«

»Sie haben mich gehört, Sie Nudelschwanz. Die sieben Riesen, die Ihre Leute geklaut haben, sowie die Begleichung der Rechnung, sobald mein neues Dach hergerichtet wurde. Von *echten* Dachdeckern.«

Avilas Magen krampfte sich zusammen. Gar Whitmark wohnte wahrscheinlich in einer verdammten Ranchhütte unten im Süden bei all den anderen Millionären. Avila schätzte, daß er mit zwanzigtausend für ein neues Dach rechnen müßte. Er sagte: »Das ist wirklich nicht fair.«

»Möchten Sie lieber in Pick-Percys Kochtopf enden?«

»Ach, mein Gott, Mr. Whitmark.«

»Das habe ich auch nicht angenommen.«

Avila verließ sein Bett und begab sich in den Garten, um sich zwei Hähne zu holen, die er zum Köpfen in die Garage brachte. Er hoffte, daß dieses Opfer gnädig angenommen würde. Nach einem kurzen Hand- und Flügelgemenge war die Tat vollbracht. Avila ließ das Blut in einen Plastikeimer rinnen, der mit Pennymünzen, gebleichten Katzenknochen und Schildkrötenschalen gefüllt war. Der Eimer wurde vor einer Porzellanfigur von Chango, dem Gott der Blitze und des Feuers, aufgestellt. Die kindgroße Statue trug einen Mantel, farbige Bänder und eine vergoldete Krone. Indem er in Gebetshaltung davor niederkniete, reckte Avila die blutbeschmierten Arme zum Himmel und bat Chango, Snapper mit einem Blitz zu töten, weil er ihm das Dachdeckergeschäft verdorben hatte.

Avila war sich nicht sicher, ob diese Zeremonie wirkte. Er stand noch am Anfang des Studiums des *santería* und hatte sich typischerweise noch nicht die Mühe gemacht, sich gründlich zu informieren. Avila hatte es zum ersten Mal laienhaft mit Blutopfern versucht, als er erfuhr, daß die Behörden wegen Bestechungsverdachts gegen ihn ermittelten. Mehrere Kokainhändler aus seinem Bekanntenkreis hatten beteuert, daß die *Santería*-Gebete ihnen das Gefängnis erspart hätten, daher kam Avila zu dem Schluß, daß er nichts zu verlieren hätte, wenn er es auch einmal versuchte. In Hialeah unterhielt er sich mit einem echten *Santero*-Priester, der ihm anbot, ihn in die Geheimnisse der Religion einzuweihen, die in uralten afrokubanischen Sitten und Gebräuchen wurzelte. Die Geschichte war für Avila viel zu komplex und mystisch, und er verlor nach und nach das Interesse an den Lehrstunden.

Alles, was er eigentlich wollte, erklärte er dem *santero*, war, die Fähigkeit zu erlangen, seine Feinde mit Flüchen zu belegen. Mit tödlichen Flüchen.

Der Priester heulte auf und sagte, er solle Leine ziehen. Aber Avila kehrte mit der Überzeugung nach Hause zurück, daß er genug von dem Hokuspokus gesehen hatte, um sich selbst die Grundlagen der Hexerei beizubringen. Denn als seine Gottheit hatte Avila sich den heiligen Chango ausgesucht, der ihm wegen seines machohaften Namens gefiel. Als erstes Opfer wählte er den Bezirksstaatsanwalt, der die Untersuchung gegen korrupte Inspektoren der Bauaufsichtsbehörde leitete.

Pennys waren einfach zu beschaffen, desgleichen alte Tierknochen. Schließlich wohnte Avilas Großmutter in Medley, nur vier Blocks von einem Haustierfriedhof entfernt. An Blut heranzukommen, fiel Avila am schwersten, weil er nicht gerade scharf darauf war, lebendige Tiere zu opfern. Die ersten paar Male versuchte er Chango gewogen zu stimmen, indem er die Münzen und die Knochen mit Steaksaft und selbstgekochter Bouillon besprengte. Nichts tat sich. Offenbar bevorzugten die *Santería*-Heiligen nur das frische Produkt.

Also kaufte Avila an einem verregneten Sonntagnachmittag ein lebendiges Huhn. Seine Frau bereitete ein großes Abendessen für die Cousinen und Vettern vor, daher verbannte sie Avila aus der Küche. Er verstaute ein Ginsumesser in seiner Gesäßtasche und schmuggelte das Opfertier in die Garage. Sobald Avila Zeitungspapier auf dem Boden ausbreitete, schwante dem Huhn Böses. Avila war verblüfft, daß ein kümmerlicher fünf Pfund schwerer Vogel einen solchen Lärm verursachen konnte und zu einer derart beherzten Gegenwehr fähig war. Das laienhaft in Szene gesetzte Opfer wurde schließlich vollzogen, aber Avila ging zerkratzt, von Schnabelhieben übersät und mit blutigen Federn bedeckt daraus hervor. Das gleiche Schicksal hatte auch den cremefarbenen Buick Electra seiner Frau ereilt. Ihr ohrenbetäubender Wutausbruch bewog ihre Vettern und Cousinen, auf das Dessert zu verzichten und früher den Heimweg anzutreten.

Zwei Tage später geschah das Wunder. Der Staatsanwalt, der das Ziel von Avilas Hühnerfluch war, stürzte unter der Dusche und kugelte sich eine Schulter aus. Zu dieser Zeit befand er sich in Gesellschaft einer athletisch gebauten Prostituierten namens Kandi, die so umsichtig war, nicht nur einen Krankenwagen über den Notruf 911 zu bestellen, sondern sich auch für zahlreiche Presseinterviews bereitzuhalten. Angesichts des Medienwirbels empfahl der Leitende Staatsanwalt, daß der gefallene Ankläger einen unbefristeten Urlaub nehmen sollte.

Die Korruptionsuntersuchung wurde nicht abgebrochen, sondern jemand anderem übertragen. Nichtsdestoweniger war Avila überzeugt, daß der *Santería*-Zauber ein Erfolg war. Spätere Versuche, diesen Erfolg zu wiederholen, erwiesen sich als fruchtlos (und ziemlich unschön), doch Avila machte dafür seine mangelnde Erfahrung sowie das Fehlen entsprechender Räumlichkeiten verantwortlich. Vielleicht sprach er während der Opferhandlungen auch die falschen Gebete oder die richtigen Gebete in falscher Reihenfolge. Vielleicht nahm er auch die Zeremonien zu einer Tageszeit vor, die dem sprunghaften Chango nicht zusagte. Vielleicht lag es aber auch nur daran, daß Avila minderwertiges Geflügel benutzte.

Während er am Ende mit dem nachgerückten Staatsanwalt ein mildes Strafmaß aushandelte, war Avilas Glaube an die Zauberkraft von Knochen und Blut ungebrochen. Er entschied, daß Snappers Missetat so abscheulich war, daß ein Opfer von zwei Hühnern als durchaus gerechtfertigt erschien. Falls das nicht ausreichen sollte, würde er sogar einen Ziegenbock investieren.

Die Hähne ergaben sich nicht still und geduldig in ihr Schicksal, und ihr Geschrei weckte Avilas Frau, seine Tante und seine Mutter. Die Frauen stürmten in die Garage und trafen Avila an, wie er seiner geliebten Porzellanfigur spanisches Kauderwelsch vorsang. Avilas Frau entdeckte sofort rote Tropfen und das wächserne Fragment eines Hühnerschnabels am linken Kotflügel ihres Electra und attackierte ihren Mann heftigst mit einem Gartenrechen.

Auf der anderen Seite von Dade County schlief Snapper friedlich im Kunstledersessel eines Toten. Er verspürte keine Schmerzen von der übernatürlichen Hand Changos, noch war er sich des haßerfüllten Blicks von Edie Marsh bewußt, die auf einem schimmeligen Teppich lag und an einen nackten Versicherungsmann gefesselt war.

14. KAPITEL

Während die Kerzen zu formlosen Wachsklumpen herunterbrannten, flackerte Snappers Schatten auf den kahlen Wänden und schrumpfte allmählich ein. Sein Profil erinnerte Edie Marsh an einen Zwergtyrannosaurus.

Aus Jux hatte er Fred Dove verboten, das rote Kondom abzustreifen.

»Das ist gemein«, sagte Edie.

»Nun, ich bin eben ein gemeines Schwein«, verkündete Snapper. »Falls du mir das nicht glaubst, solltest du dir mal eine Polizistin ansehen, die zur Zeit im Krankenhaus liegt.«

Als er gähnte, verschob der schlecht verheilte Unterkiefer sich horizontal und schien sich regelrecht von seinem Gesicht zu lösen. Er sah in diesem Moment aus wie eine Schlange, die ein Ei zu verschlucken versucht.

»Was willst du?« fragte Edie.

»Das weißt du verdammt genau.« Snapper richtete den Strahl der Taschenlampe auf Fred Doves zurückweichenden Schwanz. »Wo haben Sie denn den roten Gummi gefunden?« fragte er. »Bestimmt in irgendeinem Postversand. Das Ding sieht aus wie eine Nikolausmütze.«

Auf dem Boden gab der Versicherungsmann einen unglücklichen Wimmerlaut von sich. Edie lehnte den Kopf gegen seinen Rücken. Snapper hatte sie mit den Hintern aneinandergeschoben und ihnen die Hände mit einer Vorhangschnur gefesselt. In Fred Doves Aktenkoffer hatte Snapper die Visitenkarte und Versicherungspolicen von Midwest Casualty gefunden. Danach konnte er sich alles zusammenreimen. Snapper beglückwünschte sich für das exzellente Timing seines Erscheinens.

»Fair ist fair«, sagte er. »Es wird durch drei geteilt.«

»Aber du bist doch abgehauen!« widersprach Edie. »Du hast mich mit diesem Arschloch Tony zurückgelassen!«

Snapper zuckte die Achseln. »Ich hab's mir eben anders überlegt. Das darf ich doch wohl, oder? Also, um wieviel Geld geht es denn?«

»Leck mich«, sagte Edie Marsh.

Ohne sich aus dem Sessel zu erheben, winkelte Snapper ein Bein an und trat ihr seitlich gegen den Kopf. Das Geräusch war übelkeiterregend. Edie stöhnte, vergoß aber keine Träne.

»Um Himmels willen!« Fred Doves Stimme klang brüchig, als wäre er es, der mißhandelt worden war.

»Dann erzählen Sie mir mal, wieviel es ist«, sagte Snapper.

»Wag es ja nicht.« Edie war ziemlich benommen, doch sie bohrte Fred Dove beide Ellbogen schmerzhaft in die Rippen.

»Ich warte«, sagte Snapper.

Edie spürte, wie der Versicherungsmann sich gegen die Fesseln stemmte. Dann hörte sie ihn sagen: »Hunderteinundvierzigtausend Dollar.«

»Trottel!« zischte Edie.

»Aber Sie bekommen keinen Penny«, warnte Fred Dove, »ohne mich und Edie.«

»Wirklich?«

»Jawohl, Sir.«

»Nicht einen gottverdammten Cent«, pflichtete Edie ihrem Leidensgefährten bei, »denn rate mal, wer den Scheck bekommt. *Missus* Neria Torres. Ich!«

Snapper richtete die Taschenlampe auf Edies Gesicht, auf dem der geschwollene Abdruck von Snappers Schuhsohle hellrot zu sehen war. »Schätzchen«, sagte er. »es dürfte nicht so einfach sein, einen Scheck zu unterschreiben, wenn man in einem Gipsbett liegt. Klar?«

Sie drehte den Kopf von dem grellen Lichtschein weg und verfluchte still ihren miesen Geschmack in Sachen Strafgefangene.

Fred Dove sagte zu Snapper: »Sie sollten uns lieber losbinden.«

»Hör sich mal einer unseren Nikolaus an.«

Edies Puls hämmerte in ihren Schläfen. »Weißt du, was los ist, Fred? Snapper ist eifersüchtig. Sieh mal, es geht hier nicht nur um das Geld von der Versicherung. Es geht auch darum, daß ich gerade mit dir schlafen wollte –«

»Hah!« rief Snapper aus.

»– und er weiß«, fuhr Edie fort, »er weiß, daß ich es auch für alles Gold in Fort Knox niemals mit ihm tun würde.«

Snapper lachte. Er stieß Fred Dove mit der Schuhspitze an und sagte: »Mach dir nichts vor, Kleiner. Sie würde sogar ein Stachelschwein mit Syphilis vögeln, wenn sie glaubte, einen Dollar rausholen zu können.«

»Wie nett«, sagte Edie. Allmächtiger Gott, tat ihr der Schädel weh.

Der Versicherungsmann bemühte sich, seine Nerven zu beruhigen. Er war total verdutzt, sich plötzlich in einer derart häßlichen, komplizierten und gefährlichen Affäre wiederzufinden. Noch vor wenigen Stunden erschien das Arrangement narrensicher und aufregend: eine bescheiden betrügerische Schadensforderung, eine schöne und hemmungslose Mitverschwörerin, ein wildes Abenteuer in einem verlassenen Hurrikanhaus.

Ein hellrotes Kondom schien dieser Situation durchaus angemessen zu sein.

Und dann erschien aus dem Nichts dieser Snapper, ein brutaler Kerl und echter Krimineller, nach dem zu urteilen, was Fred Dove gesehen und gehört hatte. Der Versicherungsmann wollte keine derart gewalttätige Figur als dritten Partner. Andererseits wollte er aber auch nicht sterben oder so schwer verletzt werden, daß eine Krankenhausbehandlung nötig wurde. Die Krankenversicherung würde Fakten wissen wollen – ebenso wie Fred Doves Ehefrau.

Daher bot er Snapper siebenundvierzigtausend Dollar an. »Das wäre genau ein Drittel.«

Snapper leuchtete in Fred Doves Gesicht. »Haben Sie das

etwa im Kopf ausgerechnet?« fragte er. »Ohne Bleistift und Papier, das ist ziemlich gut.«

Ja, dachte Edie Marsh. Vielen Dank, Dr. Einstein.

Fred Dove schaute Snapper fragend an. »Können wir uns darauf einigen?«

»Das ist nur fair.« Er erhob sich aus dem BarcaLounger und ging zur Garage. Nach wenigen Sekunden erwachte der tragbare Generator hustend zum Leben. Snapper kam ins Wohnzimmer zurück und knipste die einzelne Glühbirne an. Dann kniete er sich neben Fred Dove und Edie Marsh und schnitt die Vorhangschnüre um ihre Handgelenke durch.

»Laßt uns was essen gehen«, sagte er. »Ich bin am Verhungern.«

Fred Dove erhob sich schwankend. Er hielt sich schamhaft die Hände vor den Schoß. »Ich nehme dieses Ding jetzt ab«, verkündete er.

»Den Gummi?« Snapper stieß einen Daumen aufmunternd nach oben. »Ja, tun Sie das.« Er schaute zu Edie, die keinerlei Anstalten machte, ihre Brüste oder irgend etwas anderes zu bedecken. Sie betrachtete Snapper mit düsteren, giftigen Blikken.

Er fragte: »Willst du so zu Denny's gehen? Soll mir recht sein. Vielleicht bekommen wir ein Stück Kuchen gratis.«

Wortlos trat Edie hinter den Kunstledersessel, hob das Brecheisen auf, das sie dort liegengelassen hatte, machte zwei Schritte auf Snapper zu und schlug mit aller Kraft zu. Er ging schreiend zu Boden.

Mit der Waffe in der Hand hockte Edie sich rittlings auf ihn. Ihr feuchtes und zerzaustes Haar war heruntergefallen und bedeckte die geschwollene Hälfte ihres Gesichts. Für Fred Dove sah sie ungezähmt und strahlend schön und auf erschreckende Art und Weise fähig aus, einen Mord zu begehen. Er hatte Angst, zum ersten Mal einen mitansehen zu müssen.

Edie klemmte das Ende des Brecheisens zwischen Snappers

gegeneinander verschobene Kiefer und preßte seine blutleere Zunge gegen die Zähne.

»Tritt mich noch einmal«, sagte sie, »und ich stecke deine Eier in einen Mixer.«

Fred Dove schnappte sich seine Unterhose und seinen Aktenkoffer und suchte das Weite.

Sie brachten das geliehene Powerboot in den Jachthafen und kehrten nach Coral Gables zurück. Mühsam schleppten sie den Mann namens Skink in Augustines Haus.

Max Lamb erschrak über die Wand aus grinsenden Totenschädeln, sagte jedoch nichts, während er durch den Flur zur Dusche ging. Augustine hängte sich ans Telefon, um in Erfahrung zu bringen, was mit dem Kaffernbüffel seines verstorbenen Onkels geschehen war. Bonnie bereitete eine Kanne Kaffee und brachte sie ins Gästezimmer, wo der Gouverneur sich von dem Betäubungspfeil erholte. Er und Jim Tile unterhielten sich angeregt, als Bonnie hereinkam. Sie wollte dableiben und diesem unglaublichen Fremden zuhören, aber sie hatte das Gefühl, daß sie störte. Die Unterhaltung der Männer war ernst und wurde in gedämpftem Ton geführt. Sie hörte, wie Skink sagte:

»Brenda ist eine kräftige Frau. Sie kommt bestimmt durch.«

Dann sagte Jim Tiles: »Ich habe jedes Gebet gesprochen, das ich kenne.«

Während Bonnie wieder hinausging, traf sie auf Max, der zigarettenrauchend aus dem Badezimmer kam. Sie beschloß, sich nicht zu der abscheulichen neuen Gewohnheit ihres Mannes zu äußern, für die er den durch die Entführung ausgelösten Streß verantwortlich machte.

Sie folgte ihm ins Wohnzimmer und nahm neben ihm auf dem Sofa Platz. Dort beschrieb er in allen unglaublichen Details die Qualen, die er in der Gewalt des einäugigen Außenseiters erlitten hatte.

»Das Hundehalsband«, sagte Bonnie Lamb.

»Genau. Sieh dir nur meinen Hals an.« Max öffnete die obersten Knöpfe seines Hemdes, das er sich von Augustine geliehen hatte. »Siehst du die Verbrennungen? Schau doch!«

Bonnie konnte keinerlei Spuren entdecken, nickte jedoch mitfühlend. »Du willst ihn also auf jeden Fall verklagen.«

»Natürlich!« Max Lamb glaubte gewisse Zweifel in der Stimme seiner Frau mitschwingen zu hören. »Mein Gott, Bonnie, er hätte mich ermorden können.«

Sie drückte seine Hand. »Ich verstehe noch immer nicht warum – warum er es überhaupt getan hat.«

»Bei so einem Irren weiß man das doch nie genau.« Max Lamb erwähnte bewußt nichts von Skinks Zorn über die Hurrikanvideos. Er konnte sich daran erinnern, daß Bonnie ähnlich darüber dachte.

»Ich glaube, er braucht einen Arzt«, sagte sie.

»Nein, Schätzchen, er braucht einige Zeit im Knast.« Max hob den Kopf, schob das Kinn vor und blies Rauch zur Decke.

»Liebling, laß uns noch mal darüber nachdenken.«

Aber er wich vor ihr zurück und stürzte zum Telefon, wo Augustine soeben den Hörer auflegte. »Ich sollte lieber Pete Archibald anrufen«, rief Max Lamb über die Schulter, »und bei Rodale Bescheid sagen, daß es mir gutgeht.«

Bonnie Lamb erhob sich und ging ins Gästezimmer. Der Gouverneur saß aufrecht im Bett, aber die Augen waren noch halb geschlossen. Er trug immer noch die Plastikduschhaube. Sein zerzauster Bart war mit Meersalz verkrustet. Jim Tile hatte sich seinen Stetson unter den Arm geklemmt und stand am Fenster.

Bonnie schenkte jedem der beiden eine frische Tasse Kaffee ein. »Wie fühlt er sich?” erkundigte sie sich flüsternd.

Skinks gesundes Auge öffnete sich. »Besser«, sagte er schwerfällig.

Sie stellte die Kaffeekanne auf den Nachttisch. »Es war ein Betäubungsmittel für Affen«, erklärte sie.

»Das niemals mit psychoaktiven Drogen kombiniert werden sollte«, sagte Skink, »vor allem nicht mit Krötenschweiß.«

Bonnie schaute fragend zu Jim Tile, der sagte: »Ich habe ihn gefragt.«

»Was hast du mich gefragt?« krächzte Skink.

»Nach dem Toten in der Fernsehschüssel«, sagte der Trooper. Dann wandte er sich an Bonnie. »Er hat es nicht getan.«

»Obgleich ich den Stil bewundere«, sagte Skink.

Bonnie Lamb schaffte es nicht ganz, ihre Zweifel zu verbergen. Skink blickte sie beschwörend an. »Ich habe diesen Burschen nicht umgebracht, Mrs. Lamb. Aber ich weiß verdammt genau, daß ich es Ihnen niemals verraten würde, wenn ich es getan hätte.«

»Ich glaube Ihnen. Wirklich.«

Der Gouverneur leerte seine Kaffeetasse und bat um eine weitere. Er erklärte Bonnie, es sei der beste Kaffee, den er je getrunken habe. »Und ich mag Ihren Typen«, fuhr er fort und deutete auf die Schädelwand. »Mir gefällt es, wie er sich eingerichtet hat.«

Bonnie schüttelte den Kopf. »Er ist nicht mein ›Typ‹. Nur ein Freund.«

Skink nickte. »So einen braucht jeder von uns.«

Schwerfällig rollte er sich aus dem Bett und begann seine nassen Kleider auszuziehen. Jim Tile brachte ihn zur Dusche und drehte das Wasser auf. Als der Trooper mit der Plastikduschhaube des Gouverneurs zurückkam, fragte er Bonnie Lamb, was ihr Mann zu tun beabsichtige.

»Er will ihn anzeigen.« Sie setzte sich auf die Bettkante und lauschte dem Rauschen der Dusche.

Augustine erschien im Zimmer. »Nun?«

»Ich kann ihn heute verhaften«, erklärte Jim Tile, »wenn Ihr Mann zum Revier mitkommt und Anzeige erstattet. Was dann weiter geschieht, hängt allein vom Staatsanwalt ab.«

»Das würden Sie tun – Ihren eigenen Freund verhaften?«

»Besser ich als ein fremder Beamter«, sagte der Trooper. »Sie sollten deswegen kein schlechtes Gewissen haben, Mrs. Lamb. Ihr Mann hat jedes Recht, so zu handeln.«

»Ja, ich weiß.« Den Gouverneur anzuzeigen, war sicherlich genau das Richtige – man konnte nicht zulassen, daß jemand durch die Gegend lief und Touristen entführte, ganz gleich wie sehr sie sich danebenbenommen hatten. Dennoch bedrückte Bonnie die Vorstellung, daß Skink ins Gefängnis wandern könnte. Sicher, es war naiv, das wußte sie, aber so empfand sie nun mal.

Jim Tile fragte Augustine nach den Totenschädeln an der Wand. »Kubanischer Voodoo?«

»Nein, nichts in dieser Richtung.«

»Ich zähle neunzehn Stück«, sagte der Trooper. »Ich frage nicht, woher Sie sie haben. Für Mordopfer sind sie zu sauber.«

»Es sind medizinische Demonstrationsobjekte«, sagte Bonnie Lamb.

»Wie Sie meinen.« Nachdem er zwanzig Jahre lang mit Frontalzusammenstößen zu tun gehabt hatte, hegte Jim Tile eine wohlverdiente Abneigung gegen menschliche Körperteile. »Demonstrationsobjekte also«, sagte er.

Augustine nahm fünf Schädel von den Regalbrettern und reihte sie zu seinen Füßen auf den Holzdielen auf. Dann nahm er drei Stück in die Hand und begann damit zu jonglieren.

Der Trooper riß die Augen auf. »Mich laust der Affe!«

Während er jonglierte, dachte Augustine an den betrunkenen jungen Narren, der versucht hatte, den Kaffernbüffel seines Onkels zu erschießen. Was für eine traurige, dumme Art zu sterben. Geschickt hob Augustine den vierten Schädel vom Boden auf und fügte ihn in den Kreislauf ein, dann den fünften.

Bonnie Lamb ertappte sich dabei, wie sie die Darbietung lächelnd verfolgte, obgleich sie mehr als gespenstisch war. Der Gouverneur tauchte inmitten einer Dampfwolke aus der Dusche auf. Er war nackt bis auf ein himmelblaues Handtuch, das er sich um den Hals geschlungen hatte. Aus seinem dicken, silbergrauen Haar lief Wasser in kleinen Rinnsalen über seine Brust.

Mit einem Handtuchzipfel wischte er sich das Kondenswasser von seinem Glasauge. Er lachte strahlend, als er Augustine jonglieren sah.

Jim Tile wurde regelrecht benommen, als er die Schädel umherfliegen sah. Max Lamb erschien in der Türöffnung. Sein Gesichtsausdruck wechselte augenblicklich von Neugier zu Ekel, als wäre in seinem Kopf ein Schalter umgelegt worden. Bonnie wußte, was er sagen würde, ehe ihm die Worte über die Lippen kamen. »Halten Sie *das* etwa für lustig?«

Augustine jonglierte weiter. Es war nicht ganz klar, ob er oder die Nacktheit des Gouverneurs die Ursache für Max Lambs Mißfallen war.

»Es war eine lange Nacht, Mann«, stellte der Trooper fest.

»Bonnie, wir gehen.« Max' Tonfall war überheblich und näselnd. »Hast du gehört? Das Spielchen ist zu Ende.«

Sie reagierte wütend darauf, daß er mit ihr vor Fremden in diesem Ton redete. Sie stürmte aus dem Zimmer hinaus.

»Oh, Max?« Skink grinste hinterhältig und tippte sich mit dem Finger gegen den Hals. Max Lambs Hals begann Tri-Tronics-haft zu brennen. Er sprang reflexartig zurück und prallte gegen die Tür.

Aus dem Rucksack holte Skink Max' Brieftasche und die Schlüssel des Mietwagens. Er ließ beides in Max' Hand fallen. Max murmelte ein Dankeschön und folgte Bonnie.

Augustine hörte auf zu jonglieren und fing die Schädel nacheinander auf. Behutsam legte er sie wieder auf ihre Plätze an der Wand zurück.

Der Gouverneur nahm das Handtuch vom Hals und begann seine Arme und Beine abzutrocknen. »Ich mag die Kleine«, sagte er zu Augustine. »Und Sie?«

»Was kann man an ihr nicht mögen.«

»Sie müssen eine wichtige Entscheidung treffen.«

»Das ist sehr lustig. Sie ist verheiratet.«

»Love ist just a kiss away. So heißt es in einem Song.« Skink stieß Jim Tile spielerisch gegen den Ellbogen. »Sagen Sie mal, Officer, bin ich nun verhaftet oder nicht?«

»Das hängt von Mr. Max Lamb ab.«

»Ich muß es wissen.«

»Sie besprechen es gerade«, sagte Jim Tile.

»Denn falls ich nicht in den Knast muß, würde ich liebend gern das Arschloch suchen, das deine Brenda so übel zugerichtet hat.«

Für einen kurzen Moment schien der Trooper unter der Last seiner Trauer und Sorge zusammenzusacken. Tränen traten in seine Augen, aber er hielt sich aufrecht und brach nicht zusammen.

»Jim, bitte«, sagte Skink. »Ich lebe für solche Gelegenheiten.«

»Du hattest schon genug Aufregung. Die hatten wir alle.«

»Sie, mein Junge!« bellte der Gouverneur Augustine an. »Hatten Sie genug Aufregung?«

»Nun, sie haben soeben meinen Wasserbüffel in einem Supermarkt erschossen –«

»Hey!« rief Skink aus.

»– aber es wäre mir eine Ehre, wenn ich helfen dürfte.«

Das Jonglieren mit den Schädeln hatte Augustine energisch und tatendurstig gemacht. Er war in der Stimmung, ein neues Projekt in Angriff zu nehmen, nun, da Bonnies Ehemann in Sicherheit war.

»Denk über meine Worte nach«, sagte Skink zu Jim Tile. »In der Zwischenzeit bin ich fast hungrig genug, um mich in eine Imbißstube zu wagen. Wie ist es mit euch, Freunde?«

Er stürmte zur Tür, aber der Trooper versperrte ihm den Weg. »Zieh deine Hose an, Captain. Bitte!«

Die Leiche von Tony Torres lag nicht abgeholt und nicht identifiziert in der Leichenhalle. Jeden Morgen blätterte Ira Jackson den *Herald* durch, aber in den Hurrikannachrichten tauchte nirgendwo ein Hinweis auf einen gekreuzigten Mobilheimverkäufer auf. Ira Jackson interpretierte dies als Bestätigung für Tony Torres' Wert- und Bedeutungslosigkeit: Sein Tod war nicht einmal einen lausigen Absatz in der Zeitung wert.

Ira Jackson wandte seine rachsüchtigen Gedanken Avila zu, dem Inspektor, der korrupterweise die Zulassungen für den Wohnanhänger der verstorbenen Beatrice Jackson durch sein Amtssiegel abgesegnet hatte. Ira Jackson war überzeugt, daß Avila ebenso wie Tony Torres für die Tragödie verantwortlich war, die seine vertrauensselige Mutter das Leben gekostet hatte.

Am frühen Morgen des 28. August fuhr Ira Jackson zu der Adresse, die er im Rathaus aus dem zu amtlicher Verschwiegenheit verpflichteten Angestellten herausgeholt hatte. Eine Frau mit spanischem Akzent öffnete die Haustür. Ira Jackson bat darum, Señor Avila sprechen zu dürfen.

»Er arbeiten in Garasch.«

»Bitte, sagen Sie ihm, es sei wichtig.«

»Hokay, aber sehr beschäftigt.«

»Ich warte gern«, sagte Ira Jackson.

Avila schrubbte gerade Hühnerblut von den Weißwandreifen am Buick seiner Frau, als seine Mutter ihm Bescheid sagte, er habe Besuch. Avila fluchte und trat gegen den Eimer mit der Seifenlauge. Das mußte Gar Whitmark sein, der die sieben Riesen von ihm haben wollte. Was erwartete er eigentlich von Avila – sollte er vielleicht eine Bank überfallen?

Aber es war nicht Whitmark, der vor der Tür stand. Es war ein stämmiger Mann mittleren Alters mit Bürstenhaarschnitt, einer goldenen Halskette und einem Rest weißen Puders auf der Oberlippe. Avila erkannte den Puder als Doughnutzuckerguß. Er fragte sich, ob der Bursche Polizist war.

»Mein Name ist Rick«, stellte Ira Jackson sich vor und streckte eine fleischige, vernarbte Hand aus. »Rick Reynolds.« Als der Mann lächelte, waren zwischen seinen unteren Schneidezähnen Marmeladespuren zu erkennen.

»Ich bin im Augenblick ziemlich beschäftigt«, sagte Avila anstelle einer Begrüßung.

»Ich kam gerade vorbei und sah den Lastwagen.« Ira Jackson deutete auf das Fahrzeug. »Fortress Roofing – das sind Sie, nicht wahr?«

Avila antwortete weder mit ja noch nein. Sein Blick sprang zu seinem Truck am Bordstein und zu dem Cadillac, der dahinter geparkt war. Der Mann war kein Cop, bestimmt nicht mit so einem auffälligen Wagen.

»Der Sturm hat mein Dach mitgenommen. Und ich brauche so schnell wie möglich ein neues.«

Avila schüttelte den Kopf. »Wir sind völlig ausgebucht. Es tut mir leid.«

Er haßte es, einen zahlungswilligen Trottel abzuweisen, aber es wäre der reine Selbstmord, jemanden aufs Kreuz zu legen, der wußte, wo er wohnte. Vor allem wenn dieser jemand Unterarme wie Zaunpfähle hatte.

Avila nahm sich vor, den Lastwagen von der Straße zu entfernen und irgendwo abzustellen, wo Passanten oder Vorbeifahrende ihn nicht sehen konnten.

Ira Jackson leckte sich den Zuckerguß von der Lippe. »Es wird sich für Sie lohnen«, sagt er.

»Ich wünschte, ich könnte Ihnen helfen.«

»Wie gefallen Ihnen zehntausend? Zusätzlich zu Ihrem regulären Preis.«

So gleichgültig er sich gab, konnte Avila ein gewisses Interesse nicht verbergen. Der Bursche hatte einen New Yorker Akzent, und da oben wurde alles im großen Stil durchgezogen.

»Ich rede von zehntausend in bar«, fügte Ira Jackson hinzu. »Sehen Sie, meine Großmutter lebt bei uns. Sie ist neunzig Jahre alt, und plötzlich schüttet es wie aus Eimern auf ihren alten Kopf. Das Dach ist völlig weg.«

Avila gab Anteilnahme vor. »Neunzig Jahre alt? Gott schütze die alte Dame.« Er trat aus dem Haus und schloß die Tür hinter sich. »Das Problem ist, ich habe ein Dutzend anderer Aufträge, die ich noch erledigen muß.«

»Fünfzehntausend, wenn Sie mich an die Spitze der Liste setzen«, sagte Ira Jackson.

Avila massierte sein stoppeliges Kinn und musterte den Besucher. Wie oft, so dachte er, kam es vor, daß fünfzehn Riesen an seiner Tür klopften? Ein Betrug kam überhaupt nicht in Frage, aber eine andere Möglichkeit deutete sich an. Eine radikale, ganz gewiß, aber eine machbare: Avila könnte dem Mann ein vorschriftsmäßiges, komplettes Dach bauen. Und mit dem Geld Gar Whitmark auszahlen. Natürlich würde sein Bautrupp mekkern und stöhnen, die faulen Hunde. Ein richtiges Dach zu bauen, bedeutete harte, heiße, anstrengende Arbeit. Vielleicht war es tatsächlich so, daß schlechte Zeiten gelegentlich auch mal ehrliche Arbeit nötig machten.

»Wie ich sehe«, bemerkte Ira Jackson, »hat Ihr Heim den Hurrikan recht gut überstanden.«

»Wir waren Gott sei Dank ziemlich weit vom Zentrum entfernt.«

»Da können Sie Gott wirklich dankbar sein.«

»Wo genau wohnen Sie, Mr. Reynolds? Vielleicht kann ich Sie doch noch in meinem Terminplan unterbringen.«

»Das wäre phantastisch.«

»Ich schicke jemanden wegen des Kostenvoranschlags zu Ihnen«, sagte Avila. Dann fiel ihm ein, daß er niemanden hatte, den er hätte losschicken können. Dieser hinterhältige Bastard Snapper hatte sich aus dem Staub gemacht.

»Mir wäre es lieber«, sagte Ira Jackson, »wenn Sie sich persönlich darum kümmern könnten.«

»Aber klar, Mr. Reynolds. Wie wäre es mit morgen früh?«

»Und was ist mit gleich? Wir könnten in meinem Wagen hinfahren.«

Avila fand keinen einzigen Grund, weshalb er nicht mitfahren sollte, und fünfzehntausend Gründe, weshalb er es tun sollte.

Als Max Lamb den Hörer auflegte, war sein Gesicht grau, und sein Mund war schlaff. Er sah aus, als habe ein Arzt soeben eine tödliche Krankheit bei ihm diagnostiziert. Die Wirklichkeit war nicht weniger schlimm, soweit es die Agentur Rodale & Burns betraf. Der stets gut aufgelegte Pete Archibald am anderen Ende der Leitung hatte geschlagen und verzweifelt geklungen. Die Nachricht aus New York war wirklich schlimm.

Die National Institutes of Health hatten eine Pressekonferenz anberaumt, um verstärkt auf die durch das Rauchen hervorgerufene Gesundheitsgefährdung hinzuweisen. Gewöhnlich nahm die Werbeindustrie keine Notiz davon. So routinemäßig und vorhersagbar erfolgten derartige Warnrufe. Ganz gleich wie erschütternd die medizinischen Erkenntnisse waren, so dauerten die Auswirkungen auf den Zigarettenkonsum allenfalls ein paar Wochen. Dieses Mal hingegen hatte die Regierung raffinierteste Testverfahren eingesetzt, um spezielle Marken auf die Konzentration von Teeren, Nikotin und anderer karzinogener Substanzen zu untersuchen. An erster Stelle standen Broncos, dann folgten Bronco Menthols, und an dritter Stelle rangierten Lady Broncos. Epidemiologisch betrachtet waren sie das tödlichste Produkt in der Geschichte der gesamten Tabakindustrie. Eine Bronco zu rauchen war nach den leider gern zitierten Worten eines klugscheißerischen NIH-Wissenschaftlers »nur unbedeutend ungefährlicher, als direkt am Auspuff eines Chevrolet Suburban zu saufen«.

Einzelheiten der NIH-Untersuchung waren schnell zu Durham Gas Meat & Tobacco, den Herstellern von Broncos und anderen netten Produkten, durchgesickert. Die automatische Reaktion der Firma war eine hitzig vorgebrachte Drohung, die

Werbung in allen Zeitungen und Illustrierten zu stornieren, die die Absicht hatten, über die Untersuchungsergebnisse der Regierung zu berichten. Dieses absolut idiotische Manöver würde selbst, wie Max Lamb wußte, Riesenschlagzeilen hervorrufen, wenn sich nicht vernünftige Köpfe um Schadensbegrenzung bemühten. Max mußte so schnell wie möglich nach New York zurück.

Als er seine Frau davon in Kenntnis setzte, fragte sie: »Sofort?«

Als ob sie den Ernst der Krise überhaupt nicht begriff.

»In meinem Gewerbe«, erklärte Max ungeduldig, »ist diese Situation mit einer brennenden, mit Waisenkindern vollbesetzten 747 vergleichbar, die auf einen Berghang zurast.«

»Stimmt denn, was über Broncos gesagt wird?«

»Wahrscheinlich. Aber das ist nicht das Problem. Sie können nicht so einfach ihre Anzeigen zurückziehen. Es geht um eine Menge Geld. Um zweistellige Millionenbeträge.«

»Max.«

»Was ist?«

»Bitte, mach diese verdammte Zigarette aus.«

»Mein Gott, Bonnie, wie hörst du dich denn an!«

Sie saßen in Korbsesseln auf Augustines Terrasse. Es war drei oder vier Uhr morgens. Im Haus drang Neil Young aus der Stereoanlage. Durch die Terrassentüren konnte Bonnie Lamb Augustine in der Küche sehen. Er bemerkte, daß sie zu ihm herüberschaute, und schenkte ihr ein kurzes, schüchternes Lächeln. Der schwarze Polizist und der einäugige Gouverneur standen am Kochherd. Es roch nach gebratenem Speck und Schinken.

»Wir nehmen die erste Maschine«, entschied Max Lamb. Er drückte seine Bronco aus und schnippte den Stummel in eine Vogeltränke.

»Was ist mit ihm?« Bonnie blickte vielsagend zum Küchenfenster, wo Skink zu sehen war, wie er an der Spüle stand und

Eier aufschlug. »Du wolltest ihn doch anzeigen, nicht wahr?« sagte sie zu Max. »Ihn ins Gefängnis schicken, wo er hingehört.«

»Liebling, dazu ist jetzt keine Zeit. Wenn diese Schweinerei mit der NIH ausgestanden ist, kommen wir wieder her und nehmen uns diesen Verrückten vor. Keine Angst.«

»Wenn sie ihn jetzt laufen lassen ...« murmelte Bonnie Lamb. Sie beendete den Satz in Gedanken.

Wenn sie ihn jetzt laufen lassen, finden sie ihn nie wieder. Er wird wie ein Geist im Sumpf verschwinden. Und das wäre doch eine verdammte Schande.

Bonnie reagierte verwirrt auf ihre Empfindungen. Was ist los mit mir? Der Kerl hat meinen Mann entführt und mißhandelt. Weshalb will ich nicht, daß er bestraft wird?

»Du hast recht«, sagte sie zu Max. »Du solltest so bald wie möglich nach New York zurückkehren.«

Stirnrunzelnd streckte er die Hand aus und zerquetschte einen Moskito auf ihrem Arm. »Was soll das heißen – kommst du etwa nicht mit?«

»Max, ich bin für einen Flugzeugtrip heute morgen nicht in Stimmung. Mein Magen spielt noch immer verrückt.«

»Dann nimm eine Mylanta-Tablette.«

»Das habe ich schon«, log Bonnie. »Vielleicht ist die Bootsfahrt daran schuld.«

»Du fühlst dich bestimmt schon bald besser.«

»Das denke ich auch.«

Er sagte, er werde ihr in der Nähe des Flughafens ein Hotelzimmer besorgen. »Schlaf dich richtig aus«, schlug er vor, »und komm mit der Abendmaschine nach.«

»Das klingt gut.«

Armer Max, dachte sie. Er hat nicht die geringste Ahnung.

15. KAPITEL

Bonnie Brooks' Vater arbeitete in der Vertriebsabteilung der *Chicago Tribune*, und ihre Mutter war für Sears als Einkäuferin tätig. Sie hatten eine Wohnung in der Stadt und ein Ferienhaus am Wasser in Minnesota, an der kanadischen Grenze. Bonnie, ein Einzelkind, hatte bruchstückhafte Erinnerungen an Familienferien. Ihr Vater war kein unternehmungslustiger Mensch, und die nördliche Wildnis enthielt für ihn keinerlei Reiz. Da er nicht schwimmen konnte und allergisch gegen Viehfliegen war, mied er die Seen. Statt dessen blieb er in seiner Hütte und baute Modellflugzeuge zusammen. Klassische deutsche Fokker-Modelle waren seine ganze Leidenschaft. Das mühsame Hobby wurde durch die chronische Ungeschicklichkeit ihres Vaters noch mühsamer. Er schaffte es, die simpelsten Klebearbeiten zu einem regelrechten Drama ausarten zu lassen. Bonnie und ihre Mutter hielten sich von ihm fern, um nicht dafür verantwortlich gemacht zu werden, seine Konzentration gestört zu haben.

Während ihr Vater sich mit seinen Modellflugzeugen beschäftigte, paddelte Bonnies Mutter sie in einem alten Birkenrindenkanu über die Waldseen. Bonnie erinnerte sich gern an diese seligen Morgenstunden, wenn sie die Finger ins frische, kalte Wasser tauchte und den Sonnenschein warm auf ihrem Nacken spürte. Ihre Mutter war keine besonders geübte Paddlerin und daher nicht allzu leise, aber sie sahen trotzdem eine Menge Wild – Rehe, Eichhörnchen, Biber und gelegentlich sogar einen Elch. Bonnie entsann sich, mehr als einmal gefragt zu haben, weshalb ihre Eltern die Ferienhütte gekauft hatten, wenn ihr Vater doch so wenig für die freie Natur übrighatte. Ihre Mutter antwortete darauf stets: »Es war entweder hier oder Wisconsin.«

Bonnie Brooks besuchte die Northwestern University und studierte zur Verwunderung ihres Vaters Journalismus. Schon bald hatte sie eine erste ernsthafte Romanze mit einem geschiedenen außerordentlichen Professor, der behauptete, für seine Reportagen über den Vietnamkrieg mit Preisen überhäuft worden zu sein. Das völlige Fehlen entsprechender Urkunden im Büro des Professors schrieb Bonnie naiverweise seiner Bescheidenheit zu. Zu Weihnachten beschloß sie, ihn mit einer gerahmten, laminierten Kopie von der Titelseite der Zeitungsnummer zu überraschen, in der seine aufsehenerregende Reportage über die Verminung des Hafens von Haiphong erschienen war. Aber als Bonnie in der Universitätsbibliothek die Mikrofilme des *San Francisco Chronicle* durchsuchte, für den ihr Freund angeblich gearbeitet hatte, fand sie nicht eine einzige Story, die unter seinem Namen erschienen war. Indem sie den Jagdinstinkt eines erfahrenen Reporters demonstrierte, meldete sie sich in der Personalabteilung der Zeitung und konnte (unter einem harmlosen Vorwand) in Erfahrung bringen, daß ihr heldenhafter Verführer Südostasien nicht näher gekommen war als bis zum Redaktionstisch im *Chronicle*-Büro in Seattle.

Bonnie Brooks reagierte entschlossen und gründlich. Zuerst gab sie dem Armleuchter den Laufpaß, dann sorgte sie dafür, daß er von der Universität gefeuert wurde. Spätere Freunde waren loyaler und offener, aber was ihnen an Unehrlichkeit fehlte, machten sie durch Trägheit wett. Bonnies Mutter wurde es zunehmend leid, ihnen üppige Mahlzeiten zu kochen und danach ihre halbherzigen Angebote abzulehnen, beim Geschirrspülen zu helfen. Sie konnte es kaum erwarten, daß ihre Tochter ihr Universitätsstudium endlich abschloß und sich einen erwachsenen Mann suchte.

Jobs im Journalismus, ganz gleich ob gute oder schlechte, waren schwer zu finden. Wie viele ihrer Klassenkameradinnen schrieb Bonnie Brooks am Ende Werbetexte und Pressemitteilungen. Sie arbeitete zuerst in der Park- und Grünflächenabteilung der Stadtverwaltung von Chicago und danach bei einem Hersteller von Babynahrung, der schließlich von Crespo Mills International gekauft wurde. Dort wurde Bonnie zur Assistentin in der Werbeabteilung des Gesamtkonzerns befördert. Zu dem Titel gehörte ein Gehalt, das sich in zehn harten Jahren in den meisten Nachrichtenredaktionen niemals hätte verdienen lassen. Was die Schreiberei anging, so war sie genauso elementar wie unbefriedigend. Neben Fertignahrung und Frühstückszerealien produzierte Crespo Mills noch Brotaufstriche, Erdnußbutter, Müsliriegel, Kekse, Cracker, Studentenfutter, Würzpopcorn, Knabbergebäck und Croutons in drei verschiedenen Geschmacksrichtungen. In kürzester Zeit gingen Bonnie Brooks die appetitanregenden Adjektive aus. Versuche, wirkungsvoll originell zu sein, wurden von ihren Vorgesetzten bei Crespo Mills unterbunden. Während einer besonders tristen Phase wurde von ihr verlangt, das Wort »schmackhaft« in vierzehn aufeinanderfolgenden Pressemitteilungen zu benutzen. Als Max Lamb sie fragte, ob sie ihn heiraten und nach New York umziehen wolle, zögerte Bonnie nicht, ihren Job zu kündigen.

Max konnte nur für ein paar Tage frei nehmen, daher beschlossen sie, ihre Flitterwochen in Disney World zu verleben – eine ziemlich abgedroschene Wahl, aber Bonnie dachte bei sich, daß alles besser war als Niagara Falls. Sie wußte, daß ein Wasserfall, ganz gleich wie grandios, Max' Interesse einfach nicht fesseln konnte. Das galt, wie sich herausstellte, allerdings auch für Mickey Mouse. Zwei Tage im Magic Kingdom, und Max war so nervös und zappelig wie ein Fassadenkletterer.

Dann kam der Hurrikan, und er *mußte* einfach hinfahren, um mit eigenen Augen...

Bonnie hatte in Orlando bleiben wollen, vergraben unter den kratzigen Motelbettlaken und mit heftigem Liebesspiel beschäftigt, während der Regen gegen die Fenster prasselte. Weshalb reichte ihm das nicht aus?

Sie hätte beinahe diese Frage gestellt, während sie in der Dunkelheit nach dem Abenteuer in Stiltsville auf Augustines Patio saßen. Und später während der Fahrt zum Flughafen. Und erneut, als sie in der Delta-Abflughalle an der Sperre standen und Max sie auf eine nachlässige, gedankenlose Art und Weise umarmte, wobei sein Haar und sein Hemd nach Zigarettenrauch stanken.

Aber Bonnie hatte nicht gefragt. Es war nicht der richtige Moment. Er war ein Mann mit einem Ziel, einer Aufgabe. Ein erwachsener Mann, wie ihre Mutter ihn sich ihr gewünscht hatte. Abgesehen davon, daß ihre Mutter Max für ein Arschloch hielt. Ihr Vater, nun, er meinte, daß Max Lamb ein netter Kerl sei. Er dachte, daß alle Freunde Bonnies nette Kerle gewesen waren.

Sie fragte sich, was ihr Vater jetzt wohl von ihr denken würde, unterwegs zu einem Krankenhaus, eingezwängt auf dem Vordersitz eines Pick-up zwischen einem einäugigen, Krötenschweiß rauchenden Kidnapper und dem Überlebenden eines Flugzeugabsturzes, der mit Totenschädeln jonglierte.

Brenda Rourkes Schädel war an drei Stellen gebrochen, und eine ihrer Wangen bedurfte plastischer Chirurgie.

Sie hatte eine innere Blutung unter dem rechten Schläfenbein, aber die Ärzte hatten sie stoppen können. Ein plastischer Chirurg hatte einen tiefen Riß in ihrer Stirn geschlossen und das lose Hautstück oberhalb ihrer Haarlinie vernäht.

Bonnie Lamb hatte noch nie derart fürchterliche Wunden gesehen. Sogar der Gouverneur schien erschüttert zu sein. Augustine starrte nur auf seine Schuhspitzen – die Geräusche und Gerüche des Krankenhauses waren ihm nur zu vertraut. Er fühlte sich wie ausgedörrt.

Jim Tile hielt beide Hände Brendas fest. Ihre Augen waren offen, aber blicklos. Außer Jim nahm sie niemand anderen neben ihrem Bett wahr. Sie versuchte, trotz der Schmerzen und der Drogen etwas zu sagen. Er beugte sich zu ihr hinab, um besser zu hören.

Nach einer Weile richtete er sich auf und erklärte mit leiser, zornbebender Stimme: »Das Schwein hat ihren Ring gestohlen. Den Trauring ihrer Mutter.«

Skink schlüpfte so leise aus dem Zimmer, daß Bonnie und Augustine es nicht sofort bemerkten. Vor der Tür war nichts von ihm zu sehen, aber ein Gewimmel blau-weißer Schwesterntrachten ließ sie zum Ende des Flurs eilen. Der Gouverneur befand sich in der Entbindungsabteilung und spazierte zwischen den Neugeborenen umher. Er trug in jedem Arm einen Säugling. Die Babys schliefen tief und fest, und er betrachtete sie mit einem Ausdruck grenzenloser Traurigkeit. Bonnie kam er trotz des wilden Bartes und der schmuddeligen Kampfhose und der Soldatenstiefel völlig harmlos vor. Ein Trio kräftig gebauter Krankenpfleger hatte sich an einem Trinkwasserbrunnen versammelt. Offenbar hatte man es mit Verhandlungen versucht, wenngleich ergebnislos. Ruhig betrat Jim Tile die Entbindungsabteilung und legte die Säuglinge in ihre verglasten Bettchen zurück.

Niemand griff ein, als der Trooper Skink aus dem Krankenhaus hinausführte, denn es sah aus wie eine routinemäßige Verhaftung. Schon wieder wurde ein harmloser Spinner in den Knast geschafft: Jim Tile hatte den Arm um den Irren gelegt und führte ihn durch das Labyrinth blaßgrüner Flure. Die beiden unterhielten sich angeregt, während Bonnie und Augustine Rollstühlen und Krankenbahren auswichen und versuchten, den Anschluß nicht zu verlieren.

Als sie den Parkplatz erreichten, erklärte Jim Tile, er müsse wieder an die Arbeit. »Der Präsident kommt her, und ratet mal, wer den Verkehr regeln muß.«

Er schob Skink ein zusammengefaltetes Stück Papier in die Hand und stieg in den Streifenwagen. Wortlos bestieg Skink Augustines Pick-up und streckte sich auf der Ladefläche aus. Sein gesundes Auge starrte zum Himmel, und die Arme waren über der Brust verschränkt.

»Was sollen wir mit ihm machen?« wollte Augustine von Jim Tile wissen.

»Das hängt ganz von Ihnen ab.« Der Trooper klang erschöpft.

Bonnie Lamb erkundigte sich nach Brenda Rourke. Jim Tile erwiderte, die Ärzte gingen davon aus, daß sie durchkomme.

»Und was geschieht mit dem Kerl, der es getan hat?«

»Sie haben ihn noch nicht erwischt«, erwiderte der Trooper, »und das werden sie auch nicht.« Er legte sich den Sicherheitsgurt an, schloß die Tür und setzte die Sonnenbrille auf. »Die Gegend hier war mal was ganz Besonderes«, sagte er geistesabwesend. »Aber das ist schon lange her.«

Ein wilder Schrei erklang von der Ladefläche des Pick-up. Jim Tile schaute blinzelnd über den Rand seiner Sonnenbrille. »Es war schön, Sie kennengelernt zu haben, Mrs. Lamb. Sie und Ihr Mann sollten tun, was Sie für richtig halten. Der Captain wird es sicherlich verstehen.«

Dann fuhr der Trooper davon.

Auf dem Weg zum Flughafenhotel, wo Max Lamb ihr ein Tageszimmer reserviert hatte, rutschte Bonnie über den Vordersitz und schmiegte die Wange an Augustines Schulter. Er hatte Angst vor diesem Moment, vor dem Abschiednehmen. Da war eine bittere Trennung beinahe leichter, wenn Koffer geschlossen wurden, Türen zuknallten, Taxis mit quietschenden Reifen aus der Auffahrt rollten. Er warf einen Blick auf die Uhr im Armaturenbrett – noch weniger als drei Stunden bis zu ihrem Flug.

Durch das Heckfenster sah Bonnie, daß Skink sich die geblümte Duschhaube über das Gesicht gezogen und sich zu einer fötalen Haltung zusammengerollt hatte.

Sie sagte: »Ich möchte bloß wissen, was auf diesem Stück Papier steht.«

»Ich vermute«, erwiderte Augustine, »daß es entweder ein Name oder eine Adresse ist.«

»Von was oder von wem?«

»Es ist nur eine Vermutung«, sagte er, aber er verriet es ihr trotzdem.

An diesem Abend brauchte er sich nicht zu verabschieden,

denn Bonnie kehrte nicht nach New York zurück. Sie verzichtete auf den Flug und fuhr mit zu Augustines Haus. Ihre telefonischen Nachrichten an Max wurden bis kurz nach Mitternacht nicht erwidert, als sie bereits im Schädelzimmer in tiefem Schlaf lag.

Am frühen Nachmittag des 28. August begann das Telefon in Tony Torres' Küche zu klingeln.

Snapper verlangte von Edie Marsh, sie solle drangehen.

»Geh du doch«, sagte sie.

»Sehr witzig.«

Snapper konnte nicht gehen. Der Schlag mit dem Brecheisen hatte sein rechtes Bein übel zugerichtet. Er lag auf dem Barca-Lounger und hatte das Knie zwischen drei Beutel mit Eis gepackt, die Edie für fünfzig Dollar auf dem Quail Roost Drive einem reisenden Banditen in einem Fischlaster abgekauft hatte. Die fünfzig Bucks stammten aus Snappers dicker Beute bei den Whitmarks. Er verriet Edie Marsh nicht, wieviel Geld noch in seiner Tasche steckte. Er erwähnte auch nicht den Revolver der Polizistin im Cherokee, für den Fall, daß sie wieder vor Wut überschnappte.

Das Telefon klingelte weiter. »Nun geh endlich ran«, sagte Snapper. »Vielleicht ist es dein Freund, der Nikolaus.«

Edie nahm den Hörer ab. Am anderen Ende erklang eine Frauenstimme. »Hallo?«

Edie legte auf. »Es war nicht Fred«, sagte sie.

»Wer zum Teufel war es denn?«

»Ich habe nicht danach gefragt, Snapper. Eigentlich dürfen wir gar nicht hier sein, klar?« Sie sagte, es habe nach einem Ferngespräch geklungen.

»Und wenn es nun die Versicherung war? Vielleicht liegt der Scheck schon bereit.«

Edie schüttelte den Kopf. »Nein, das würde Fred mir sofort sagen.«

Snapper lachte meckernd. »Fred ist weg, du dämliche Schnalle. Du hast ihn verscheucht!«

»Um was willst du wetten?«

»Ach ja, richtig, er kann gar nicht wegbleiben, weil du so ein phantastisches Stück Arsch bist.«

»Du hast ja keine Ahnung«, sagte Edie und ließ ihre Zunge sehen. Vielleicht war sie für einen jungen Kennedy nicht scharf genug, aber sie war sicherlich das beste, was der junge Mr. Dove jemals zu sehen bekommen hatte. Außerdem konnte er jetzt nicht mehr so einfach aus dem Geschäft aussteigen. Er hatte die frisierte Schadensforderung bereits eingereicht.

Das Telefon klingelte erneut. »Scheiße«, sagte Edie Marsh.

»Verdammt noch mal, hilf mir endlich.« Snapper wälzte sich wütend auf dem BarcaLounger herum. »Jetzt komm schon!«

Indem er sich mit einem Unterarm an Edies Schulter abstützte, humpelte er in die Küche. Sie fischte den Hörer von der Gabel und reichte ihn weiter.

»Ja«, sagte Snapper.

»Hallo?« Eine Frau. »Tony, bist du das?«

»Hmmphrr«, antwortete Snapper vorsichtig.

»Ich bin's – Neria.«

Wer? Von der Eispackung rannen kalte Wassertropfen an Snappers verletztem Bein hinunter. Die rotviolett angelaufene Kniescheibe fühlte sich an, als wollte sie jeden Moment platzen, ähnlich wie eine faule Mango. Edie drängte sich näher heran und versuchte mitzuhören, was die Anruferin sagte.

»Tony, ich versuche schon seit Tagen, zu dir durchzukommen. Was ist mit dem Haus?«

Dann fiel es Snapper wieder ein: die Ehefrau! Tony Torres hatte gesagt, sie heiße Miriam oder Neria, irgend etwas Kubanisches. Er hatte außerdem gesagt, daß sie zurückkomme, um sich ihren Anteil an der Versicherungssumme zu holen.

»Schlechte Verbindung«, murmelte Snapper in die Sprechmuschel.

»Was ist los? Ich habe nebenan angerufen, und Mister Varga meinte, der Hurrikan habe unser Haus zerstört, und jetzt würden dort irgendwelche Fremden wohnen. Eine Frau, Tony. Hörst du mich? Und Mister Varga sagte außerdem, du habest ein Loch in die Garage geschossen. Was zum Teufel ist da unten im Gange?«

Snapper hielt den Hörer auf Armeslänge von sich, als wäre er eine Dynamitstange. Sein Unterkiefer klappte auf und zu wie eine Baggerschaufel. Die Gelenke in seinem Gesicht knackten dabei, so daß Edie sich unwillkürlich schüttelte.

»Tony?« quäkte die Stimme aus dem Telefon.

Edie ergriff den Hörer und sagte: »Es tut mir leid, aber Sie haben die falsche Nummer gewählt.« Dann legte sie auf.

Zuerst brachte Snapper nichts anderes über die Lippen als »Verdammt!«

»Die Frau?«

»Ja. Gottverdammt.«

Edie Marsh half ihm, zu seinem Sessel zurückzuhüpfen. Das Eis knirschte, als er sich hinsetzte. »Wo wohnt dein Nikolausfreund?«

»In irgendeinem Ramada.«

»Scheiße. Wir haben nicht mehr viel Zeit.«

»Wo ist Mrs. Torres?« fragte Edie. »Schon hier in Miami?«

»Woher soll ich das wissen. Bring mich zum Wagen.«

»Ich habe übrigens noch eine schlechte Nachricht. Die Hunde sind heute morgen zurückgekommen.«

»Diese Würstchen?«

»Wir können sie nicht so einfach hier zurücklassen. Sie müssen gefüttert werden.«

Mit beiden Händen umklammerte Snapper sein Bein, in dem ein dumpfer Schmerz pochte. »Nie wieder«, sagte er. »Das schwöre ich bei Gott.«

»Ach ja«, sagte Edie Marsh, »als wäre das Ganze für mich ein Vergnügen. Komm schon, gib mir deinen Arm.«

Avilas neuer Kunde nahm den Turnpike nach Süden. Es dauerte nicht lange, da steckte der Cadillac im Verkehr fest – Baulastwagen, Sattelschlepper, Armeetransporter, Ambulanzen, Gaffer, Angehörige der Nationalgarde und Hunderte von mürrischen Versicherungsvertretern, die alle in die Hurrikanzone wollten. Nichts ging mehr.

»Das sieht ja aus wie nach einem Bombenangriff«, sagte der Mann, der sich als Rick Reynolds vorgestellt hatte.

»Na klar. Wo steht Ihr Haus?«

»Wir müssen noch ein Stück fahren.« Während der Wagen schrittweise vorwärtsrollte, schaltete der Mann das Radio ein: Rush Limbaugh machte gerade ein paar Witze über die Frau eines Präsidentschaftskandidaten. Avila hielt die Bemerkungen nicht für besonders lustig, doch er lachte pflichtschuldigst. Nachdem das Programm beendet war, wurde in den Nachrichten angekündigt, daß der Präsident der Vereinigten Staaten mit dem Flugzeug nach Miami unterwegs sei, um sich mit eigenen Augen ein Bild vom Ausmaß der Sturmschäden zu machen.

»Na prima«, sagte Avila. »Wenn Sie meinen, dieser Verkehr sei schon schlimm, dann warten Sie mal ab.«

Der Mann nickte. »Ja, einmal hing ich hinter Reagans Autokonvoi im Holland Tunnel fest. Das war vielleicht eine Scheiße – zwei Stunden haben wir nur Abgase geatmet.«

Avila erkundigte sich, wie lange der Mann schon in Dade County lebte. Zwei Monate, antwortete er. Er sei von New York hergezogen.

»Und so was wie das hier habe ich noch nie gesehen.«

»Ich auch nicht«, sagte Avila.

»Ich begreif das nicht. Einige Häuser fallen auseinander, als seien sie aus Pappe, und bei anderen fehlt nicht mal eine Dachpfanne. Wie kann so was passieren?«

Avila warf einen Blick auf seine Armbanduhr. Er fragte sich, ob der Bursche die fünfzehn Riesen bei sich hatte oder vielleicht im Kofferraum. Er schaute auf den Rücksitz. Eine zerknüllte Straßenkarte und zwei leere Mister-Donut-Kartons.

»Ich vermute, daß irgendwer geschmiert worden ist«, fuhr der Mann fort. »Sonst wüßte ich nicht, wie sich so was erklären ließe.«

Avila blickte starr geradeaus. »Das hier ist nicht New York«, sagte er. Schließlich setzte der Verkehr sich wieder in Bewegung.

Der Kunde berichtete, ein Wohnwagenpark nicht weit von der Gegend entfernt, in der er wohnte, sei völlig weggeblasen worden. »Eine alte Dame ist getötet worden«, fügte er hinzu.

»Mann, das ist schlimm.«

»Eine reizende alte Lady. Aber jeder verdammte Wohnwagen wurde zerstört, jeder einzelne.«

Avila sagte: »Das war der Sturm des Jahrhunderts.«

»Nein, passen Sie auf. Die Halterungen dieser Mobilheime waren völlig verrottet. Die Erdschrauben wurden abgesägt, und die Ankerscheiben fehlten. Wollen Sie mir jetzt noch erzählen, daß kein Inspektor geschmiert wurde?«

Avila rutschte unbehaglich auf seinem Platz herum. »Die Sicherungsgurte verrotten in dieser Hitze sehr schnell. Wie weit noch?«

»Nicht mehr lange.«

Der Kunde bog in die Krome Avenue ein und fuhr bis zu 168th Street. Dort wandte er sich nach Osten und fuhr anderthalb Kilometer weit bis zu einer Siedlung namens Fox Hollow, die vom Hurrikan bis auf die nackten Grundmauern geschleift worden war. Der Mann parkte vor den skelettartigen Überresten eines kleinen Einzelhauses.

Avila stieg aus dem Cadillac und sagte: »Mein Gott, Sie haben nicht übertrieben.«

Das Dach des Hauses war vollständig weggeblasen worden, Giebel, Balken, Träger, alles. Avila war entsetzt, daß Mr. Reynolds es zuließ, daß seine Familie sich weiterhin in einem derart ungeschützten Bau aufhielt. Avila folgte ihm hinein, stieg dabei über vom Wind herausgerissene Türen. Die Ruine sah verlassen aus, bis auf die Küche, wo ein ganzes Rudel streunender Hunde sich um einen ranzigen Hamburger im umgekippten Kühlschrank balgte. Avilas Kunde ergriff einen Aluminiumbaseballschläger und verscheuchte die Köter.

Avila warf einen Blick in die überfluteten Schlafzimmer und fand keine Spur von der Familie des Kunden. Augenblicklich war ihm der ganze Tag verdorben. Nur um ganz sicherzugehen, fragte er: »Wo ist denn nun Ihre neunzigjährige Großmutter?«

»Tot und begraben«, erwiderte Ira Jackson und schlug sich mit dem Baseballschläger klatschend in die andere Hand, »auf dem schönen Staten Island.«

Während der Mann aus New York Vorbereitungen traf, um ihn an eine Fichte zu nageln, kam Avila zu dem Schluß, daß Snapper den Kerl angeheuert hatte. Der Plan sah eindeutig vor, Avila zu ermorden und die Kontrolle über seinen Bautrupp zu übernehmen. Wo blieb die mächtige Faust Changos? fragte Avila sich grimmig. War das Opfer der beiden Hühner etwa wirkungslos geblieben?

Dann lieferte der Mann aus New York eine Erklärung für alles – wer er war, was mit seiner Mutter passiert war und weshalb Avila nun einen schrecklichen, langsamen Tod sterben müsse. Zuerst spielte Avila den Unschuldigen und gab Entrüstung über den Tod von Beatrice Jackson vor. Bald begriff er, daß die Überlebenstechniken, die für einen Bürokraten der Countyverwaltung so wichtig sind – nämlich die Fähigkeit, sofort den Schwarzen Peter weiterzureichen, sich der Verantwortung zu entziehen und belastende Unterlagen verschwinden zu lassen –, ihm nun überhaupt nichts nutzten.

Avila kam zu dem Schluß, daß es besser sei, die Wahrheit zu sagen, als sie aus sich herausfoltern zu lassen. Daher lieferte er aus purer blasenzusammenziehender Angst Ira Jackson ein Geständnis.

Ja, er sei es gewesen, der die Mobilheime im Suncoast Leisure Village hätte inspizieren müssen. Und ebenfalls ja, er habe es versäumt, gründliche und zeitige Inspektionen durchzuführen. Und ja, ja! Gott möge ihm vergeben – er habe Bestechungsgelder angenommen, um Verstöße gegen die Bauvorschriften zu übersehen.

»Haben Sie denn die verrotteten Sturmsicherungen nicht gesehen?« wollte Ira Jackson wissen, der dabei war, aus Dachbalken ein Kruzifix zusammenzuzimmern.

»Nein«, gestand Avila.

»Die Erdschrauben?«

»Nein, ich schwöre.«

»Sie haben nicht ein einziges Mal auch nur nachgeschaut?« Ira Jackson ließ wütend den Hammer niedersausen.

»Ich habe sie nicht gesehen«, sagte Avila bedrückt, »weil ich gar nicht dort hinausgefahren bin.«

Ira Jacksons Hammer verharrte mitten in der Luft. Avila, der in einem Badezimmer an eine geborstene Toilette gefesselt war, schlug die Augen in einer Pantomime der Scham nieder. In diesem Moment sah er, daß es in der Toilettenschüssel von hellgrünen Fröschen und fleckigen braunen Schlangen wimmelte, die im stinkenden Wasser herumzappelten.

Er erschauerte und fuhr fort: »Ich war niemals in dem Wohnwagenpark. Der Kerl hat mir das Geld geschickt.«

»Wieviel?«

»Fünfzig Bucks pro Bau. Er hat es ins Büro bringen lassen, deshalb dachte ich, zum Teufel damit, weshalb soll ich auch noch Sprit vergeuden? Anstatt den weiten Weg dorthin zu fahren, war ich –« An dieser Stelle hielt Avila inne. Es erschien ihm unnötig zu enthüllen, daß er an dem Nachmittag, an dem er das Suncoast Leisure Village hatte inspizieren sollen, Golf gespielt hatte.

»– nicht dort.«

»Sie verscheißern mich.«

»Nein. Es tut mir wirklich sehr leid.«

Der Ausdruck in Ira Jacksons Gesicht veranlaßte Avila, seine Entscheidung, offen und ehrlich zu sein, noch einmal zu überdenken. Offenbar hatte der Doughnut-Mann die Absicht, ihn zu foltern, ganz gleich, wie er sich verhielt. Ira Jackson beugte sich über das Kruzifix und setzte seine Arbeit fort.

Laut genug, um den Arbeitslärm zu übertönen, sagte Avila: »Mein Gott, wenn ich gewußt hätte, was er mit diesen Wohnwagen macht, hätte er niemals die Zulassung für sie erhalten. Sie müssen mir glauben. Für kein Geld der Welt hätte ich die Häuser mit den abgesägten Erdschrauben freigegeben. Niemals!«

»Schnauze.« Ira Jackson schleppte das Kreuz in den Garten und begann es an den Fichtenstamm zu nageln. Es war ein hoher, üppiger grüner Baum gewesen, bis der Hurrikan die obersten zehn Meter abrasiert hatte. Nun war es nur noch ein mit Rinde bedeckter Pfahl.

Mit jedem Hammerschlag wurde Avila verzweifelter. Er sprach ein Gebet zu Chango, dann versuchte er es mit einem »Ave Maria« in der schwachen Hoffnung, daß traditionelle katholische Gebete sich beim Verhindern einer Kreuzigung als wirkungsvoller erweisen würden.

Während der Mann aus New York ihn zum Baum schleifte, schrie Avila: »Bitte, ich tue alles, was Sie wollen!«

»Okay«, sagte Ira Jackson. »Ich will, daß Sie sterben.«

Er lehnte Avila aufrecht stehend gegen das Kreuz und wikkelte Klebeband um seine Fußknöchel und Handgelenke, um den Bewegungsspielraum so weit wie möglich einzuschränken. Avila schloß die Augen, als er sah, wie der Doughnut-Mann den Hammer aufhob. In dem Moment, in dem die kalte Spitze eines Nagels seine Handfläche durchbohrte, gab Avila ein Hundejaulen von sich und verlor das Bewußtsein.

Als er wieder aus seiner Ohnmacht erwachte, sah er, daß Chango seine Gebete auf drastische Weise erhört hatte.

16. KAPITEL

Um Punkt neun Uhr am 31. August betrat eine attraktive brünette Frau, die zwei Zwergdackel auf dem Arm trug, eine Filiale der Barnett Bank in Hialeah und eröffnete ein Konto unter dem Namen »Neria G. Torres«.

Als Identifikation legte die Frau eine erloschene Automobilzulassung und einen Stapel regendurchweichter Post vor. Der Bankangestellte bat höflich um einen Führerschein oder einen Reisepaß, um irgendein Dokument mit einem Paßfoto. Die Frau erklärte, ihre persönlichen Papiere, inklusive des Führerscheins, seien vom Hurrikan weggeweht und weggespült worden. Als der Bankangestellte sie ein wenig eindringlicher befragte, reagierte die Frau erregt. Kurz darauf begannen ihre kleinen Hunde lauthals zu bellen. Einer sprang aus ihren Armen, rannte in der Halle herum und schnappte nach anderen Kunden. Um die Szene wieder zu beruhigen, gab der Bankier sich mit der Automobilzulassung der Frau als Identifikation zufrieden. Seine eigene Tante hatte sämtliche Einwanderungspapiere bei dem Sturm verloren, daher erschien Mrs. Torres' Erklärung durchaus einleuchtend. Um das Konto zu eröffnen, zahlte sie einhundert Dollar in bar ein und kündigte an, sie werde in Kürze einen größeren Versicherungsscheck einreichen.

»Sie können froh sein, daß sie bei Ihnen so schnell regulieren«, bemerkte der Bankangstellte. »Meine Tante hat große Probleme mit ihrer Gesellschaft.«

Die Frau sagte, sie habe ihre Hausversicherung bei der Midwest Casualty abgeschlossen. »Außerdem habe ich einen ganz hervorragenden Sachbearbeiter«, fügte sie hinzu.

Später, als Edie Marsh die Geschichte Fred Dove erzählte, reagierte er mit einem Anflug eines ironischen Lächelns. Unter den traurigen Umständen war das so gut wie ein Freudensprung.

Edie, Snapper und die beiden lärmenden Minihunde waren in sein Zimmer im Ramada eingezogen. Im Umkreis von knapp hundert Kilometern waren keine anderen Unterbringungsmöglichkeiten vorhanden, denn die Hotels waren bis unter die Dächer voll mit obdachlosen Familien, Katastrophenhelfern, Journalisten, Bauarbeitern und Schadenssachbearbeitern diverser Versicherungen. Fred Dove kam sich wie in einer Falle gefangen vor. Seine Angst, wegen Betrugs verhaftet zu werden, wurde nun durch die Angst gesteigert, daß seine Frau das Motelzimmer anriefe, Edie Marsh oder Snapper den Hörer abnähmen, die Miniköter zu heulen anfingen und Fred Dove gezwungen wäre, sich eine Erklärung einfallen zu lassen, die ihm keine halbwegs vernünftige Frau in Omaha, Nebraska, jemals abnehmen würde.

»Sei froh«, riet Edie ihm. »Mit der Bank ist alles geregelt.«

Das lange streßreiche Wochenende hatte die Nerven des Versicherungsmanns ziemlich beansprucht. Snapper war in verhaltener Wut ständig durch das kleine Motelzimmer gehumpelt, hatte Wodka in sich hineingeschüttet und damit gedroht, die jaulenden Dackel mit einem massigen schwarzen Revolver zu erschießen, den er einer Polizeibeamtin gestohlen haben wollte.

Kein Wunder, daß ich nervös bin, dachte Fred Dove.

Um seine düstere Stimmung zu vertiefen, ließ der Umstand, daß er das winzige Zimmer noch mit Snapper und den Hunden teilen mußte, dem Versicherungsmann keine Gelegenheit zu intimen Momenten mit Edie Marsh. Nicht daß er eine sexuelle Aufforderung in irgendeiner Form hätte nutzen können. Die lustfeindliche Wirkung von Snappers vorausgegangener koitaler Unterbrechung hielt an, weil Snapper damit fortfuhr, Fred Dove wegen des roten Kondoms zu verspotten.

Außerdem beschäftigte ihn die Frage nach Edies Hang zur Gewalt – eine beunruhigende Vision der Brecheisenepisode hatte sich unauslöschlich in Fred Doves Gedächtnis eingebrannt. Er machte sich Sorgen, daß sie oder Snapper einander jeden Moment umbringen könnten.

Edie legte sich neben ihm aufs Bett. »Du siehst schlimm aus«, stellte sie fest.

»So fühle ich mich auch«, sagte der Versicherungsmann.

Das verletzte Bein hochgelegt, residierte Snapper in einem Sessel, der kaum einen Meter vom Fernseher entfernt war. Ab und zu unternahm er den vergeblichen Versuch, Donald oder Marla mit einem Tritt zu erwischen, und befahl ihnen, verdammt noch mal endlich die Schnauzen zu halten.

»Sally Jessy«, flüsterte Edie. Fred Dove seufzte.

Im Fernsehen beschuldigte eine Frau mit einer schrecklichen gelben Perücke ihren zahnlückigen Ehemann, weißer Abschaum, mit ihrer jüngeren Schwester geschlafen zu haben. Anstatt es zu leugnen, sagte der Ehemann, verdammt richtig, und es war die beste Nummer, die ich je gemacht habe. Sofort meldete sich die Schwester, die ebenfalls eine furchtbare Perücke trug, zu Wort und sagte, sie könne gar nicht genug bekommen. Sally Jessy atmete mit einem schicksalergebenen Seufzer aus, das Studiopublikum johlte, und Snapper stieß ein lautes Kriegsgeheul aus, das die Hunde sofort wieder loskläffen ließ.

»Wenn das Telefon klingelt«, sagte Fred Dove, »dann nimm bitte nicht ab.«

Edie Marsh brauchte nicht zu fragen, weshalb.

»Hast du Kinder?« fragte sie.

Der Versicherungsmann antwortete, er habe zwei, einen Jungen und ein Mädchen. Er dachte, daß Edie auch wissen wollte, wie alt sie waren und welche Schulklasse sie besuchten und so weiter. Aber sie zeigte daran kein Interesse.

Sie sagte: »Lach mal, okay? Denk an deinen Trip nach Bimini.«

»Hör mal, ich frage mich schon die ganze Zeit –«

Snapper knurrte wütend über die Schulter: »Könnt ihr nicht die Klappe halten? Ich versuch mir die Show im Fernsehen anzusehen.«

Edie gab Fred Dove ein Zeichen, ihr ins Badezimmer zu folgen. Er wurde sofort hellwach, da er mit einer heimlichen Blasnummer oder etwas in dieser Richtung rechnete.

Aber Edie wollte nur ein ruhiges Plätzchen, um zu schwatzen. Sie hockten sich nebeneinander auf den Rand der Badewanne. Sie streichelte seine Hand und sagte: »Erzähl schon, Süßer. Was geht dir durch den Kopf?«

»Okay, die Gesellschaft schickt mir den Scheck.«

»Richtig.«

»Ich gebe ihn dir«, fuhr Fred Dove fort, »und du bringst ihn zur Bank.«

»Richtig.«

»Und dann?«

Edie Marsh antwortete mit übertriebener Deutlichkeit, wie eine Lehrerin, die einen besonders schwerfälligen Schüler vor sich hat. »*Dann*, Fred, gehe ich nach zwei Tagen wieder zur Bank und lasse mir *drei* einzelne Bankschecks über *je* siebenundvierzigtausend Dollar ausstellen – wie vereinbart.«

Unbeeindruckt von ihrer herablassenden Art sagte er: »Und vergiß nicht die hundert Dollar, die ich dir gegeben habe, um das Konto zu eröffnen.«

Edie ließ seine Hand los und wischte sie wie eine Kakerlake von ihrem Schoß. Mein Gott, was für ein analer Knilch! »Ja, Freddie, ich achte vor allem darauf, daß dein Scheck über siebenundvierzigtausend*einhundert* Dollar lautet. Okay? Fühlst du dich jetzt besser?

Der Versicherungsmann seufzte unglücklich. »Ich werd mich nicht viel besser fühlen, bis es vorbei ist.«

Edie Marsh informierte Fred Dove nicht vom Anruf der echten Neria Torres. Sie wollte ihm keine Angst einjagen, die ihn noch hätte aussteigen lassen.

»Das beste an dieser Abmachung ist«, sagte sie, »daß keiner den anderen aufs Kreuz legen kann. Du hast gegen mich etwas in der Hand, ich gegen dich, und wir beide wissen eine Menge über Snapper. Deshalb wird alles glattgehen.«

»Dieser Revolver jagt mir Todesangst ein«, klagte Fred Dove.

»Das können wir kaum ändern. Das Arschloch ist ganz heiß auf Revolver.«

Draußen begannen Donald und Marla an der Badezimmertür zu kratzen wie tollwütige Dachse.

»Laß uns lieber rausgehen«, sagte Edie Marsh, »ehe Snapper wieder verrückt spielt.«

»Das ist doch Wahnsinn!«

Edie legte Fred Doves Hand in einer automatischen Geste auf ihre Brüste. »Mach dir keine Sorgen«, sagte sie, und er wurde augenblicklich in ein warmes, duftendes Tal entführt, in dem ihm kein Leid geschehen konnte.

Dann wurde auf der anderen Seite der Tür ein Revolver abgefeuert, die Dackel kläfften, und Snapper fluchte.

»Mein Gott!« schrie Edie.

Der Versicherungsmann tauchte tief in ihren Ausschnitt. »Was sollen wir nur tun?« fragte er verzweifelt.

Avila dachte: Entweder bin ich tot, oder ich träume.

Denn eigentlich sollte er schlimmere Schmerzen haben als Gekreuzigter. Auch wenn es nur eine Hand war, hätte es schrecklich weh tun müssen. Ich sollte mir eigentlich die Seele aus dem Leib schreien, anstatt hier zu hängen und nur ein dumpfes Pochen zu spüren. Hier zu hängen wie ein nasser Lappen und auf... ja, auf was zu starren?

Es *mußte* ein Traum sein.

Denn in Florida gibt es keine Löwen. Und genau das ist dieses Monster, ein ausgewachsener afrikanischer Löwe. König des beschissenen Urwalds. So real, daß man seine Pisse riechen kann. So real, daß man die Wirbelsäule des toten Mannes, allmächtiger Gott, zwischen seinen Zähnen knacken hören kann.

Der Löwe fraß den Doughnut-Mann.

Avila war in der Haltung einer Vogelscheuche völlig erstarrt. Er hatte Angst zu blinzeln. Zwischen den Bissen schaute die große Katze hoch, gähnte, leckte ihre Tatzen und schüttelte sich die Mücken aus der Mähne. Avila bemerkte eine blaue Marke in einem der Ohren, aber das war nicht so wichtig.

Wichtig war: Er träumte eindeutig nicht. Der Löwe war echt. Er war offenbar gesandt worden, um ihm das Leben zu retten.

Und nicht vom katholischen Gott – Katholiken hatten keine Erfahrung darin, dämonische Urwaldbestien herbeizurufen. Nein, es war eine tollere, weitaus mystischere Gottheit, die auf Avilas Flehen vom Kreuz reagiert hatte.

Gracias, Chango. *Muchas gracias*.

Wenn ich nach Hause zurückkomme, versprach Avila seinem *Santería*-Schutzengel, werde ich ein Opfer bringen, das eines Königs würdig ist. Hühner, Kaninchen. Vielleicht spendiere ich sogar einen Ziegenbock.

In der Zwischenzeit, flehte Avila, laß bitte diesen Löwen verschwinden, damit ich mir den verdammten Nagel aus der Hand ziehen kann.

Die große Katze aß gemütlich nicht mehr als fünfzehn Meter vom Fichtenstamm entfernt zu Abend. Ira Jacksons Hammer lag dort, wo er ihn fallen gelassen hatte, nämlich zu Avilas Füßen. Den Spuren im Erdreich nach zu urteilen, schien der Doughnut-Mann von hinten angesprungen, schnell getötet und zu einem trockenen, grasbewachsenen Flecken Erde geschleift worden zu sein, wo der Löwe nun hockte und sich besitzergreifend von der zerfleischten, stummen Leiche bediente. Ira Jacksons goldene Halskette hing wie eine Nudel aus dem schnurrbärtigen Maul der Katze. Sie verschwand mit einem schnellen Zungenwischer.

Avilas Kenntnisse der Freßgewohnheiten von Löwen war eher bruchstückhaft, aber er konnte sich nicht vorstellen, daß das Tier immer noch Hunger haben konnte, nachdem es den gehaltvollen Mr. Jackson verzehrt hatte. Trotz des zunehmenden Schmerzes in seiner Hand blieb Avila stocksteif am Kreuz stehen, bis der Löwe zu kauen aufhörte und einnickte.

Langsam drehte Avila den Kopf, um den häßlichen Einstich zu begutachten. Seine Handfläche war gestreift von gestrocknetem Blut. Der Nagel war durch das fleischige Stück zwischen Zeige- und Mittelfinger gedrungen, die auf Avilas stummes Gebet sanft wackelten. In gewisser Hinsicht ein moralischer Sieg – Ira Jackson hatte nicht irgendwelche wichtigen Knochen gebrochen.

Indem er den schlafenden Löwen genauestens beobachtete und sich mit geradezu gletscherhafter Langsamkeit bewegte, zog Avila seine heile Hand aus der Klebebandfessel. Langsam griff er dann auf die andere Seite und begann den Nagel aus der durchstochenen Handfläche zu ziehen. Dieses Bemühen verursachte geringere Qualen, als er erwartet hatte. Vielleicht hatte Chango ihn auch noch zusätzlich schmerzunempfindlich gemacht.

Glücklicherweise war das Holz des Behelfskruzifixes ziemlich weich. In weniger als einer Minute ließ der Nagel sich herausziehen, und Avilas Hand fiel nach unten, begleitet von nur einer unbedeutenden Blutfontäne. Er klemmte die Hand zwischen seine zitternden Knie und biß sich auf die Unterlippe, um einen Schmerzensschrei zu unterdrücken. Der Löwe rührte sich nicht. Die Luft, die er bei seinem Schnarchen ausstieß, ließ Ira Jacksons Sporthemd flattern, das wie ein Lätzchen am Hals der großen Katze hing.

Während die Bestie schlief, wickelte Avila das Klebeband auch von seinen Fußgelenken ab. Während er sich behutsam und zentimeterweise vom Fichtenstamm entfernte, fiel sein Blick auf ein teilweise von Fleisch befreites Knochenstück – ein winziger Rest des Doughnut-Mannes, aber ein starker Talisman für zukünftige *Santería*-Rituale.

Avila verstaute das feuchte Andenken in seiner Tasche und stahl sich davon.

Skink zog es vor, die Nacht auf der Ladefläche des Pick-up zu verbringen. Kurz nach zehn tauchte Augustine mit einem scharfen kubanischen Sandwich und zwei Flaschen Bier aus dem Haus auf. Skink blinzelte dankbar und richtete sich auf. Er verputzte das Sandwich in vier großen Bissen, trank ein Bier und sagte: »Sie ist also geblieben.«

»Ich weiß nicht, warum.«

»Weil sie so etwas wie Sie noch nie gesehen hat.«

»Oder Sie«, sagte Augustine.

»Und weil ihr Mann sich schlecht benommen hat.«

Augustine lehnte sich gegen die Stoßstange. »Sie ist hier, und ich bin froh darüber. Was mich zu einem Ausbund der Rechtschaffenheit macht – eine Frau auf ihrer Hochzeitsreise, mein Gott!«

Skink zog eine verfilzte Augenbraue hoch. »Schon wieder ein Stimmungstief?«

»O ja.«

»Es war ihre Entscheidung, mein Junge. Machen Sie sich keine Vorwürfe.«

Angst und nicht Schuld nagte an Augustine. Auf seinem augenblicklichen Kurs würde er sich schon bald in Mrs. Max Lamb verlieben. Wieviel duftende nächtliche Kuscheleinheiten konnte ein Mann ertragen? Und Bonnie war eine feurige Kuschlerin, selbst auf platonische Weise. Augustine wurde von Sorge zerrissen. Er hatte überhaupt keine Chance, nicht wenn ihr Haar nach frischen Bougainvilleas duftete, nicht bei dem samtigen Schwung ihres Halses, nicht bei diesen jeansblauen Augen. Er konnte sich nicht erinnern, jemals mit einer Frau zusammengewesen zu sein, die sich so *richtig* anfühlte, die so perfekt in seine Umarmung paßte. Selbst ihre Schlafgeräusche beruhigten ihn – so heftig war er ihr schon jetzt verfallen.

Die Liebe war wirklich nur einen Kuß entfernt. Wie Mick und Keith behaupteten.

Eine frisch verheiratete Frau. Großartig.

Augustine ertappte sich dabei, wie er zum Fenster des Gästezimmers blickte. Kurz darauf schwebte Bonnies Schatten an den Vorhängen vorbei. Dann erlosch das Licht.

Skink verpaßte ihm einen Rippenstoß. »Beruhigen Sie sich. Nichts wird geschehen, wenn sie es nicht will.« Er stellte sich auf die Ladefläche des Pick-up und absolvierte eine Reihe Gymnastikübungen, die von ungeheuren asthmatischen Grunzlauten begleitet wurden. Das ging ungefähr zwanzig Minuten so unter dem Sternenzelt. Augustine schaute zu, ohne zu unterbrechen. Anschließend ließ Skink sich einfach fallen und brachte den Truck heftig zum Schaukeln.

Indem er auf die zweite Bierflasche zeigte, fragte er: »Trinken Sie das nicht?«

»Bedienen Sie sich.«

»Sie sind ein geduldiger junger Mann.«

»Ich habe mehr als genug Zeit«, sagte Augustine. Weshalb sollte er den Mann antreiben?

Skink legte den Kopf in den Nacken und setzte die Flasche an, bis sie leer war. Nachdenklich sagte er: »Man weiß nie, wie diese Dinge sich entwickeln.«

»Das ist egal, Captain. Ich mache mit.«

»Okay. Da ist es.« Er reichte Augustine den Fetzen Papier, den Jim Tile ihm im Krankenhaus zugesteckt hatte. Auf den Zettel hatte der Trooper geschrieben:

schwarzer Jp. Cherokee
BZQ-42F

Augustine war beeindruckt, daß Brenda Rourke sich nach den schrecklichen Mißhandlungen noch an das Nummernschild oder überhaupt irgend etwas erinnerte.

»Das Nummernschild ist gestohlen«, sagte Skink. »Was nicht überraschend ist.«

»Der Fahrer?«

»Weißer, männlich, kein Latino, Ende Dreißig. Deformierter Unterkiefer laut Trooper Rourke. Außerdem trug er einen Nadelstreifenanzug.«

Skink streckte sich wieder auf der Ladefläche des Pick-up aus. Er verschränkte die Hände unter dem Kopf.

Augustine schaute über den Rand der Ladefläche. »Wo fangen wir an?« Der Mann konnte schon längst in Atlanta sein.

»Ich hab ein paar Ideen«, sagte der Gouverneur.

Augustine hatte gewisse Zweifel. »Die Cops finden ihn sicher zuerst.«

»Sie haben alle Hurrikandienst und müssen Doppelschichten schieben. Sogar die Detectives sind zum Regeln des Verkehrs abkommandiert.« Skink kicherte verhalten. »Es ist keine schlechte Zeit, um auf der Flucht zu sein.«

Augustine spürte, wie etwas an seinem Bein entlangstrich – es war die gelbliche Katze der Nachbarn. Als er sich bückte, um sie zu streicheln, huschte die Katze unter den Truck.

»Ich tue das für Jim«, sagte der Gouverneur. »Es kommt nicht oft vor, daß er mich um etwas bittet.«

»Aber es gibt noch andere Gründe.«

Skink nickte. »Stimmt. Ich habe etwas gegen Scheißköpfe, die Frauen verprügeln. Und irgendwie bin ich ... unausgefüllt.«

Es war nicht die kataklystische Reinigung gewesen, auf die er gehofft und die er prophezeit hatte. Im Idealfall sollte ein Hurrikan Menschen verjagen und nicht anlocken. Die hohe Zahl von Neuankömmlingen in Florida war lediglich deprimierend. Das moralische Kaliber der Glückssucher war entsetzlich – miese Geschäftemacher, flinkzüngige Betrüger und kaltblütige Opportunisten, von den reinen Gangstern und Schlägern ganz zu schweigen. Genau die Art von miesen Typen, die einer Frau das Gesicht zertrümmern würden.

»Erwarten Sie ja nicht«, sagte Skink, »daß ich mich beherrschen kann.«

»Das würde ich im Traum nicht tun«, sagte Augustine.

Das Licht im Gästezimmer wurde angeknipst. Augustine fand Bonnie im Bett sitzend vor. Als Nachthemd trug sie ein langes T-Shirt, das sie in einer Schublade gefunden hatte: Tom Petty and the Heartbreakers. Augustine hatte es während eines Konzerts in der Miami Arena gekauft. Die Frau, die er zu dem Konzert mitgenommen hatte – die psychotische Ärztin, die später versucht hatte, ihn unter der Dusche zu sezieren – hatte ein schwarzes T-Shirt gekauft, das zu ihren Motorradstiefeln paßte. Damals hatte Augustine dieses Ensemble auf eine schäbige Art bezaubernd gefunden.

»Hat Max schon angerufen?« fragte Bonnie.

Augustine überprüfte den Anrufbeantworter. Keine Nachrichten. Er kehrte ins Schlafzimmer zurück und sagte es ihr.

Sie schüttelte den Kopf. »Ich war gerade eine Woche und einen Tag verheiratet. Was ist mit mir los?« Sie zog die Knie an die Brust. »Ich sollte eigentlich zu Hause sein.«

Genau! dachte Augustine. Völlig richtig!

»Sie halten meinen Mann für einen Blödmann, nicht wahr?«

»Aber ganz und gar nicht«, log Augustine anstandshalber.

»Weshalb hat er dann nicht angerufen.« Es war keine Frage. »Kommen Sie her«, sagte Bonnie Lamb dann.

Sie machte ihm unter den Laken Platz, aber Augustine blieb züchtig auf der Bettkante sitzen.

»Sie halten mich sicherlich für verrückt«, sagte Bonnie.

»Nein.«

»Mein Herz steht völlig kopf. Ich kann es nicht anders beschreiben.«

Augustine nickte. »Bleiben Sie, so lange Sie wollen.«

»Ich möchte mitgehen ... mit Ihnen und ... ihm. Dem Kidnapper.«

»Weshalb?«

»Ach, ich weiß nicht. Wahrscheinlich liegt das an Max oder an meinem Dad und seinen Modellflugzeugen oder an meiner traurigen Kindheit, obgleich meine Erinnerungen durchaus schön sind. Irgendeinen Grund muß es haben. Glückliche normale kleine Mädchen wachsen nicht heran, um ihren Ehemännern den Laufpaß zu geben, oder?« Bonnie Lamb knipste die Lampe aus. »Wollen Sie sich nicht hinlegen?«

»Lieber nicht«, sagte Augustine.

In der Dunkelheit fand ihre Hand seine Wange. Sie sagte: »Hören Sie sich meine Idee an. Ich finde, wir sollten zusammen schlafen.«

»Aber wir haben schon zusammen geschlafen, Mrs. Lamb.« Er sagte das, ohne zu zögern. Augustine lobte sich selbst – ein kleiner Scherz, um die Spannung ein wenig abzubauen.

Bonnie sagte: »Kommen Sie. Sie wissen, was ich meine.«

»Sie meinen lieben?«

»Oh, Sie sind wirklich ein ganz Schneller.« Sie ergriff seine Schultern und zog ihn herunter. Sein Kopf landete auf einem Kopfkissen. Ehe er sich wieder aufrichten konnte, saß sie schon auf ihm und hielt seine Arme fest. Koboldhaft stützte sie das Kinn auf sein Brustbein. Im Licht, das durch das Fenster hereindrang, konnte Augustine ihr Lächeln erkennen, die Lebhaftigkeit in ihren Augen und – hinter ihr – die Wand mit den grinsenden Totenschädeln.

»Mit Ihnen zu schlafen«, sagte Bonnie Lamb, »macht vielleicht meinen Kopf klarer.«

»Das könnte auch eine Elektroschocktherapie schaffen.«

»Ich bin ganz ernst.«

»Und sehr verheiratet«, sagte Augustine.

»Ja, aber Sie werden trotzdem hart.«

»Danke für die Information.«

Sie ließ seine Arme los und legte die Hände um sein Gesicht. Ihr Lächeln verflüchtigte sich, und Traurigkeit schwang plötzlich in ihrer Stimme mit. »Seien Sie nicht so ein Klugscheißer«, flüsterte sie. »Können Sie nicht verstehen – ich weiß nicht, was ich sonst tun soll. Ich habe es mit Weinen versucht. Es funktioniert nicht.«

»Es tut mir leid –«

»Ich fühle mich Ihnen viel näher, als ich Max jemals gestanden habe. Das ist kein gutes Zeichen.«

»Nein, das ist es nicht.«

»Vor allem nach nur einer Woche. Mein eigener Ehemann – und ich komme mir bereits alt und unsichtbar vor, wenn wir zusammen sind.« Sie raffte mit der Faust sein Hemd zusammen. »Mein Gott, wissen Sie was? Vergessen Sie alles, was ich gesagt habe.«

»Ja, in Ordnung.«

»Also haben Sie auch daran gedacht.«

»Ständig«, sagte Augustine. Dann, in einem Anflug närrischer Tugendhaftigkeit: »Aber es wäre ganz sicher falsch.«

Ihre Brüste schmiegten sich an seinen Rippenbogen. Sie bewegten sich sacht, wenn sie einatmete. Freundschaft, sagte er sich, kann eine Qual sein.

»Was geschieht nun?« fragte Bonnie.

»Oh, meine Erektion wird irgendwann wieder zurückgehen. Und dann können wir beide beruhigt einschafen.«

Sie senkte den Blick. Errötete sie etwa? Im Halbdunkel war es schwierig zu entscheiden. Sie sagte: »Nein, ich meinte mit dem Gouverneur. Was haben Sie beide vor?«

»Haarsträubende Wagnisse und temporeiche Abenteuer.«

Bonnie kuschelte sich an ihn und machte es sich für die Nacht gemütlich. Augustine verspürte die heftige Versuchung, ihr über das Haar zu streichen oder ihr einen Kuß auf den Scheitel zu hauchen oder mit dem Finger jenem berühmten samtigen Schwung ihres Halses nachzufahren. Aber aus idiotischer Anständigkeit hielt er sich zurück.

Mrs. Max Lamb schlief lange vor ihm ein. Kurz nach Mitternacht klingelte das Telefon in der Küche. Augustine stand nicht aus dem Bett auf, um den Hörer abzunehmen und sich zu melden, denn er wollte seine neue Freundin nicht aufwecken. Wahrscheinlich hätte er sie ganz sacht zur Seite schieben können, aber er versuchte es noch nicht einmal.

Sie schlief so fest und friedlich, und er fühlte sich so wohl.

17. KAPITEL

Bonnie Lamb drehte sich gegen drei Uhr morgens um und verschaffte Augustine genügend Bewegungsfreiheit, daß er aufstehen und ans Telefon gehen konnte, das seit Stunden immer wieder klingelte.

Es war natürlich Bonnies Ehemann in New York. Augustine rechnete mit einem lebhaften Gespräch.

»Was ist da unten los?« wollte Max Lamb wissen.

»Bonnie geht es gut. Sie schläft.«

»Antworten Sie!«

»Sie hat Ihnen mehrere Nachrichten hinterlassen. Sie hatte keine Lust zu einem Flugzeugtrip . . .«

»Wecken Sie sie bitte auf. Sagen Sie ihr, es sei wichtig.«

Während er wartete, dachte Max Lamb über die ungetrübte Saumäßigkeit seines langen, undankbaren Tages nach. Die Pressekonferenz der NIH, in der auf die Gefahren von Bronco-Zigaretten hingewiesen wurde, wurde von CNN, MTV und allen anderen Fernsehsendern ausführlich behandelt, natürlich gefolgt von unverblümten Gehässigkeiten von Jay Leno und David Letterman während ihrer Monologe zu Beginn ihrer Talk-Shows. Das neunmalkluge MTV-Feature tat besonders weh, denn es wandte sich direkt an die jungen Raucherinnen, die einen wichtigen Marktanteil im Rahmen der ständig steigenden Bronco-Umsätze darstellten. Titelgeschichten wurden am nächsten Morgen in der *Times*, dem *Wall Street Journal* und der *Washington Post* erwartet. Der Begriff »Desaster« reichte nicht aus, um die Krise zu beschreiben, als der spleenige Chef von Durham Gas Meat & Tobacco auf einem totalen Werbeembargo gegen alle Publikationen bestand, die über die neuesten Erkenntnisse der NIH berichteten – was praktisch alle Zeitungen und Illustrierten in den USA einschloß. Die Atmosphäre bei Rodale & Burns erinnerte an eine Leichenhalle aufgrund der vielen Millionen Dollar, die die Agentur verlieren würde, falls die Bronco-Anzeigen storniert wurden. Max Lamb hatte den größten Teil des Nachmittags damit verbracht, den DGM-&-T-Chef in Guadalajara zu erreichen, wo er dreimal täglich Injektionen von homogenisiertem Schafssamen erhielt, um das Wachstum der bösartigen Tumoren in seiner Lunge einzudämmen. Angestellte der Klinik erklärten, der Präsident nehme keine Anrufe entgegen, und weigerten sich, Max Lamb zu dem alten Knacker durchzustellen.

Und als wäre all das noch nicht genug, mußte Max sich jetzt mit einer launischen, widerspenstigen Ehefrau in Florida herumschlagen.

Bonnies Stimme war heiser vom Schlaf. »Liebling?« fragte sie.

Max umklammerte den Hörer, als wäre er der Hals einer sich windenden Klapperschlange. »Was genau geht da unten vor?«

»Es tut mir leid. Ich brauche noch ein paar Tage.«

»Weshalb bist du nicht im Motel?«

»Ich bin hier eingeschlafen.«

»Bei den Schädeln? Mein Gott, Bonnie!«

Wenn Max Lamb sich aufregte, schlich sich ein heftiges Schnarren in seine Stimme, das seine Mitarbeiter mit dem eines Asthmatikers verglichen, der Amphetamine schluckte. Bonnie nahm ihrem Mann nicht übel, daß er sich darüber aufregte, daß sie bei Augustine war. Dies erklären zu wollen, war sinnlos, denn sie verstand es nicht einmal selbst. Ihre versuchte Verführung – das verstand sie nur zu gut. Aber der Drang, mit dem Gouverneur über die Straßen zu ziehen, der Mangel an Interesse, nach Hause zurückzukehren und endlich ihr Leben als Ehefrau zu beginnen ... in der Tat, äußerst verwirrende Emotionen.

»Ich fühle mich noch immer nicht besonders wohl, Max. Vielleicht ist es die Erschöpfung.«

»Du kannst im Flugzeug schlafen. Oder in einem verdammten Motel.«

»In Ordnung, Liebling, ich besorge mir ein Zimmer.«

»Hat er irgend etwas versucht?«

»Nein!« erwiderte Bonnie scharf. »Er war ein perfekter Gentleman.« Dabei dachte sie: *Ich* bin es, wegen der du dir Sorgen machen mußt, Freundchen.

»Ich traue ihm nicht.« Max Lambs normale, vibrierende Stimme war zurückgekehrt, was auf ein günstiges Absinken seines Blutdrucks hinwies.

Bonnie entschied, jetzt wäre die Bemerkung angebracht, daß Max sich noch immer in der Gewalt des Kidnappers befände, wenn Augustine nicht gewesen wäre.

Das hatte ein zähneknirschendes Schweigen am anderen Ende zur Folge. Dann: »Irgend etwas stimmt mit ihm nicht.«

»Ach, und du bist völlig normal, Max. Fährst Hunderte von Kilometern, um zerstörte Häuser und schreiende Kinder zu filmen.«

Eine Bewegung bei Augustine fesselte Bonnies Aufmerksamkeit. Mit einem verschmitzten Grinsen hielt er drei dicke Pampelmusen hoch und begann damit zu jonglieren. Dabei tanzte er barfuß durch die Küche. Bonnie preßte sich die Hand auf den Mund, um nicht ins Telefon zu kichern.

Sie hörte Max sagen: »Ich fliege morgen nach Mexiko. Wenn ich zurückkomme, erwarte ich, dich hier zu sehen.«

Bonnies Blicke folgten den fliegenden Zitrusfrüchten.

»Natürlich werde ich dort sein.« Das Versprechen klang derart blutleer, daß ihr Mann es unmöglich glauben konnte. Bonnie empfand plötzlich eine tiefe Traurigkeit. Max war nicht dumm. Er wußte ganz sicher, daß irgendwas nicht stimmte. Sie holte tief Luft. Augustine schlüpfte aus der Küche hinaus und ließ sie allein.

»Bonnie?«

»Ja, Liebling?«

»Möchtest du nicht wissen, weshalb ich nach Mexiko fliege?«

»Mexiko«, sagte sie nachdenklich. Und dachte: Er geht nach *Mexiko.*

Und fragte: »Bleibst du lange weg, Max?«

Und fragte sich: Wer ist diese seltsame, rücksichtslose Frau, die in meine Haut geschlüpft ist!

Avila erzählte seiner Frau nichts von seinem qualvollen Kreuzigungserlebnis, denn sie hätte es sicherlich zu einer göttlichen Parabel aufgebläht und allen Nachbarn erzählt. Einmal hatte Avilas Frau das Gesicht der Jungfrau Maria in einem Brombeerpfannkuchen gesehen und jede Fernsehstation in Miami angerufen. Es war nicht abzusehen, wie weit sie mit ihrer Löwengeschichte rennen würde.

Nachdem er sich im Badezimmer eingeschlossen hatte, verband Avila seine schmerzende Hand und wartete, daß seine Frau einkaufen ging. Als die Luft rein war, holte er eine Schaufel aus der Garage, schlich in den Garten und grub einen Tupperwarebehälter voll Geld aus, der unter einem Mangobaum versteckt war. Das Geld gehörte dem Bruder seiner Frau und war sein Anteil aus einem kleineren Marihuanageschäft. Avilas Schwager residierte zur Zeit wegen zahlreicher Vergehen, die nichts mit dem Rauschgift zu tun hatten, im Staatsgefängnis, daher hatten Avila und seine Frau versprochen, auf das Geld bis zu seiner vorzeitigen Entlassung aufzupassen, mit der irgendwann um die Jahrtausendwende zu rechnen war. Avila hatte etwas dagegen, die Ersparnisse eines Verwandten anzugreifen, aber dies war ein Notfall. Wenn Gar Whitmark nicht umgehend seine sieben Riesen zurückbekam, würde er die Behörden benachrichtigen und Avila zusammen mit einem gefräßigen Perversen in eine Zelle sperren lassen. So mächtig war Whitmark, jedenfalls glaubte Avila das.

Er grub kraftvoll nach der Tupperwarebox und ignorierte dabei den Schmerz in der Nagelwunde. Angetrieben wurde er vom faulig süßen Geruch verrottender Mangofrüchte und von der Angst, daß einer seiner zahlreichen angeheirateten Verwandten unangekündigt auftauchte – Avila wollte nicht, daß irgendwer erfuhr, daß er von einem seiner eigenen falschen Dachdecker ausgetrickst worden war. Er zog den Behälter ohne weitere Schwierigkeiten aus der Erde und öffnete gierig den Deckel. Er holte siebzig feuchte Hundert-Dollar-Scheine heraus und stopfte sie sich in die Hosentasche. Aber etwas war nicht in Ordnung: Von dem Schatz seines Schwagers schien bereits Geld zu fehlen. Avilas Verdacht wurde durch ein schnelles Nachzählen bestätigt. Im Tupperwarebehälter fehlten noch weitere viertausend Dollar.

Diese blöden Schlampen! dachte Avila wütend. Sie haben schon wieder beim Indianer-Bingo verloren. Seine Frau und ihre Mutter waren geradezu süchtig danach.

Die Frauen mit seiner Entdeckung zu konfrontieren hätte Avila großes Vernügen bereitet, aber es hätte außerdem seinen eigenen heimlichen Zugriff offenbart. Traurig vergrub er die Tupperwarebox wieder an Ort und Stelle und tarnte das aufgewühlte Erdreich mit einer Schicht aus Laub und gemähtem Gras. Dann fuhr er zum Gar Whitmark Building, wo er, wie ein gemeiner Tagelöhner, anderthalb Stunden warten mußte.

Als eine Sekretärin ihn schließlich in Gar Withmarks Privatbüro führte, verdarb Avila sich jede Chance auf ein gesittetes Gespräch, indem er den Konzernboß fragte, was zum Teufel mit seiner Kopfhaut nicht stimmte, ob er einen Pilz oder was habe? Avila, der noch nie zuvor Haarimplantate gesehen hatte, wollte gar nicht unverschämt sein, aber Gar Whitmark explodierte regelrecht. Er stieß Avila zu Boden, riß ihm die siebentausend Dollar aus der Hand, kniete sich mit seinem ganzen Gewicht auf seine Brust und beschimpfte ihn ausgiebig. Whitmark war kein großer Mann, aber er war von vielen Nachmittagen auf dem Tennisplatz des Countryclubs topfit. Avila wehrte sich lieber nicht. Er dachte bereits über einen möglichen Zivilprozeß nach. Whitmarks Augen quollen vor Wut hervor, und er fluchte, bis ihm die Luft ausging, aber er schlug Avila kein einziges Mal. Statt dessen stand er auf, strich das Jackett seines italienischen Anzugs glatt, rückte seine Krawatte gerade und präsentierte dem zerzausten Betrüger einen detaillierten Kostenvoranschlag der Killebrew Roofing Co. über die schwindelerregende Summe von 23 250 Dollar.

Avila war niedergeschlagen, aber nicht völlig überrascht. Whitmark hatte sich den besten und teuersten Dachdecker in Süd-Florida ausgesucht. Außerdem den korrektesten. Aus seiner Zeit als korrupter Inspektor erinnerte Avila sich säuerlich an die wenigen Male, die er versucht hatte, bei Bautrupps von Killebrew ein paar Dollar lockerzumachen, nur um wie ein Stinktier von den Baustellen verscheucht zu werden. Killebrew hatte, ebenso wie Whitmark, beste Verbindungen in der Stadt.

Avila tat so, als studierte er den Kostenvoranschlag, während er über eine diplomatische Antwort nachdachte.

»Sie fangen nächste Woche an«, sagte Whitmark. »Richten Sie Ihre Finanzen dementsprechend ein.«

»Mein Gott, ich habe keine dreiundzwanzig Riesen.« Da – er hatte es ausgesprochen.

»Sie bringen mich zum Weinen.« Gar Whitmark schnalzte mit der Zunge.

Mit einer verbundenen Hand wedelte Avila mit dem Killebrew-Papier indigniert herum. »Ich könnte den gleichen Job für die Hälfte erledigen!«

Whitmark schnaubte. »Ich würde Sie noch nicht mal an das

Dach einer verdammten Hundehütte ranlassen.« Er reichte Avila die Fotokopie eines Zeitungsartikels. »Entweder Sie besorgen das Geld, oder Sie wandern ins Gefängnis. *Comprende*, Señor Arschgesicht?«

In dem Zeitungsartikel wurde berichtet, daß der Bezirksstaatsanwalt von Dade County eine Sonderkommission von Anklägern zusammenstellen wolle, um unehrlichen Unternehmern das Handwerk zu legen, die sich an Hurrikanopfern bereichern wollten.

»Ein Anruf genügt«, sagte Whitmark, »und schon sind Sie unterwegs ins Arschfickhotel.«

Avila senkte den Kopf. Der Anblick seiner schwarzgeränderten Fingernägel erinnerte ihn an den vergrabenen Tupperwarebehälter. Zur Hölle, da drin befanden sich nur noch zwölf, höchstens dreizehntausend. Er steckte in der Klemme.

»Meine Frau ist nach dem, was Ihre Leute mit ihr gemacht haben, immer noch ein nervliches Wrack. Sie sollten sich mal die gottverdammte Apothekenrechnung ansehen.« Whitmark deutete zur Tür und wünschte Avila einen guten Tag. »Wir sprechen uns bald wieder«, sagte er drohend.

Auf dem Heimweg ging Avila niedergeschlagen seine verschiedenen Möglichkeiten durch. Wie oft könnte er sich an Chango wenden, ohne ihn zu verärgern oder egoistisch zu erscheinen? Aber der *Santero*-Priester, der Avila ausgebildet hatte, hatte nichts von einer zahlenmäßigen Einschränkung hinsichtlich übernatürlicher Bitten gesagt. Heute abend, entschied Avila, nehme ich eine Ziege – nein, lieber gleich *zwei*!

Und morgen mache ich mich auf die Suche nach diesem Schwein Snapper.

Die Kirche der Heiligen Pfingstlichen Besinnung mit Hauptquartier in Chicoryville, Florida, betreute alle Naturkatastrophen der westlichen Hemisphäre. Erdbeben-, Hochwasser- und Hurrikangebiete erwiesen sich als fruchtbare Gegenden für die

Konversion und Rekrutierung armer Sünder. Weniger als sechsunddreißig Stunden, nachdem der Killersturm Dade County in Stücke gerissen hatte, wurde ein erfahrenes Team von sieben Besinnungs-Missionaren in einem geleasten Dodge-Kleinbus losgeschickt. Hotelbetten waren knapp, daher teilten sie sich ein einziges Zimmer im Ramada Inn unweit des Turnpike. Es gab keine Klagen.

An jedem Vormittag beteten die Missionare, trösteten und verteilten Pamphlete. Dann stellten sie sich in der Zeltstadt für freie Mahlzeiten der Armee an und kehrten für zwei Stunden zu stillen Meditationen und einigen Gin-Rummy-Runden ins Hotel zurück. Das Ramada bot freies Kabelfernsehen an und erlaubte den Besinnern, zu jeder Tages- und Nachtzeit ein halbes Dutzend anderer religiöser Programme zu verfolgen. An einem Nachmittag, in Ermangelung eines reinen Pfingst-Predigers, entschieden sie sich für Pat Robertson und den *700 Club*. Die Besinner teilten Robertsons paranoide Weltsicht nicht, aber sie bewunderten seine Tod-oder-Leben-Taktik, mit der er zum Spenden aufforderte, und hofften, ein paar fruchtbare Anregungen zu erhalten.

Gegen Ende des Programms schloß Reverend Robertson die Augen und betete. Die Besinner ergriffen sich bei den Händen – kein leichtes Unterfangen, da vier von ihnen auf einem Bett saßen und drei auf dem anderen. Das Gebet war ihnen fremd, sie kannten es nicht aus der Heiligen Schrift. Offenbar hatte Reverend Robertson es ganz persönlich geschaffen, denn es enthielt mehrere Hinweise auf sein Postfach in Virginia. Nichtsdestoweniger war es ein gutes Gebet, mit Inbrunst gesprochen, und den Besinnungs-Missionaren gefiel es ausnehmend gut.

Kaum hatte Reverend Robertson das Wort »Amen« ausgesprochen, als das Motelzimmer von einer gedämpften Detonation erschüttert wurde und der Fernsehapparat vor den erschrockenen Augen der Missionare explodierte. Reverend Robertsons zwinkerndes Gesicht zerfloß in einer Wolke beißenden blauen Qualms, und sein weinerliches Flehen ging in einem Regen herunterrieselnden Glases unter. Die Besinner krabbelten von den Betten herunter, fielen auf die Knie und stimmten eine Hymne an: »Näher mein Gott, zu Dir«. So fand der Manager des Ramada sie vor, als er eine Viertelstunde später vorbeischaute, um sich zu entschuldigen.

»Irgendein Arschloch eine Etage tiefer hat eine .357er abgefeuert«, erklärte er.

Der Gesang brach ab. Der Hotelmanager schob den zerstörten Fernseher von der Wand weg und deutete auf ein ausgefranstes Loch im Teppichboden. »Von der Kugel«, sagte er. »Aber machen Sie sich keine Sorgen. Ich habe sie rausgeworfen.«

»Eine Schußwaffe?« rief ein älterer Besinner und sprang auf.

»Das ist noch nicht mal das Schlimmste«, sagte der Hotelmanager. »Sie hatten außerdem Hunde im Zimmer! Ist so etwas zu fassen? Die haben den Bettvorleger und wer weiß was noch zerfetzt.« Er versprach, den Besinnern einen neuen Fernseher zu besorgen, bat sie jedoch, ihre Hymnen so leise wie möglich zu singen, damit die anderen Gäste nicht gestört würden.

»Hier sind alle ein wenig gereizt«, fügte der Manager unnötigerweise hinzu.

Nachdem er hinausgegangen war, verriegelten die Missionare die Tür und hielten eine ernste Konferenz ab. Sie kamen überein, daß sie für die armen Menschen in Süd-Florida alles in ihrer Macht Stehende getan hatten, und packten schnellstens die Koffer.

»Also, das war wirklich genial.«

Snapper sagte zu Edie Marsh, sie solle endlich den Mund halten und nicht ständig darauf herumreiten. Was passiert war, war passiert.

»Wirklich toll«, sagte sie, »wie du es geschafft hast, daß wir aus dem einzigen Hotelzimmer zwischen hier und Daytona Beach rausgeflogen sind. Absolut und einmalig genial.«

Mit einem gasartigen Zischen sackte Snapper im BarcaLounger zusammen. Die hatte es gerade nötig, ihm Vorwürfe zu machen, so wie sie ihm das Bein mit dem Brecheisen zugerichtet hatte. Wer wäre denn nicht mieser Laune, wenn einem das verdammte Knie geschwollen war wie ein Georgiaschinken?

»Es ist deine Schuld«, sagte er, »du mit deinen verdammten Kötern. Hey, gib mir mal ein Coors.«

Während der Rückfahrt zum Torres-Haus hatten sie an einem 7-Eleven haltgemacht, um zu tanken und Eis und Lebensmittel zu kaufen. Fred Dove hatte Tylenol und Pfefferminz-Tic-Tacs gekauft, ehe er zu einem arbeitsreichen Nachmittag voller Sturmschadenschätzungen aufgebrochen war. Bei der Abfahrt hatte er in den Augen den leeren Ausdruck eines Mannes, dessen Leben soeben total ruiniert worden war.

Edie Marsh holte eine Bierdose aus der Kühlbox und warf sie Snapper zu. »Wir können von Glück reden, daß wir nicht im Knast gelandet sind«, sagte sie mindestens zum fünftenmal.

»Die Hunde wollten nicht still sein.«

»Deshalb hast du ein Loch in die Zimmerdecke geschossen.«

»Verdammt richtig.« Snapper justierte seinen Unterkiefer, damit er den Strom Coors-Bier verlustfrei auffing. Er erinnerte Edie an Popeye auf den Comicseiten der alten Samstagszeitungen.

»Ich bringe die verdammten Tölen um«, sagte er. »Heute nacht, wenn du schläfst. Dann habe ich immer noch drei Kugeln übrig, also komm ja nicht auf dumme Gedanken.«

»Donnerwetter, ein Mathegenie«, sagte Edie, »und das bei all deinen anderen Talenten.«

»Glaubst du mir etwa nicht?«

»Die Hunde sind draußen angebunden. Die stören niemanden.«

Als Snapper sein Bier ausgetrunken hatte, zerquetschte er die Dose und warf sie auf den Teppich. Dann holte er den Revolver hervor und begann die Trommel zu drehen. Offenbar hatte er das irgendwann im Kino gesehen. Edie Marsh beachtete ihn nicht. Sie ging in die Garage, um Benzin für den Generator nachzufüllen – sie brauchten Strom, um den Fernseher zu betreiben, ohne den Snapper kaum unter Kontrolle zu halten wäre.

Und tatsächlich, als sie ins Wohnzimmer zurückkam, lag er zufrieden in seinem Sessel und sah sich Oprah Winfreys Talk-Show an.

»Nutten«, meldete er, wobei er wie gebannt auf den Bildschirm starrte.

»Dein Glückstag.«

Edie Marsh fühlte sich klebrig vor Schweiß. Der Hurrikan hatte das komplizierte Röhrensystem von Tony Torres' Klimaanlage völlig zerstört. Selbst wenn die Anlage noch funktioniert hätte, es gab keine Türen, Fenster oder ein Dach, um die gekühlte Luft im Haus zu halten. Edie verschwand im Schlafzimmer, zog ihr Bankkostüm aus und schlüpfte dafür in eine von Mrs. Torres' teuren Leinenshorts und in einen beigefarbenen kurzärmeligen Pulli. Sie wäre untröstlich gewesen, wenn ihr die ausgeborgten Sachen gepaßt hätten, aber Gott sei Dank taten sie es nicht. Mrs. Torres war mindestens drei Nummern größer. Die zusätzliche Weite lieferte eine willkommene Ventilation bei der tropischen Schwüle und wirkte nicht einmal unattraktiv.

Edie Marsh begutachtete gerade ihr neues Outfit im Spiegel, als das Telefon zu klingeln begann. Snapper brüllte, sie solle verdammt noch mal den Hörer abnehmen!

Gewöhnlich nicht von bösen Vorahnungen geplagt, erlebte Edie nun eine besonders starke, die sich als zutreffend erwies. Als sie sich meldete, fragte eine Angestellte der Telefongesellschaft, ob sie bereit wäre, die Kosten für ein R-Gespräch einer »Neria in Memphis« zu übernehmen.

Memphis! Die Hexe war unterwegs nach Süden!

»Ich kenne niemanden, der Neria heißt«, sagte Edie und gab sich Mühe, ruhig zu bleiben.

»Ist dort 305-443-1676?«

»Ich weiß es nicht. Sehen Sie, ich wohne nicht hier – ich ging gerade am Haus vorbei, als ich das Telefon klingeln hörte.«

»Ma'am, bitte –«

»Fräulein, falls Sie es noch nicht gehört haben sollten, wir hatten hier unten einen furchtbaren Hurrikan!«

Nerias Stimme erklang. »Ich will mit meinem Mann sprechen. Fragen Sie sie, ob Antonio Torres in der Nähe ist.«

»Das Haus ist leer«, berichtete Edie Marsh. »Ich war gerade in der Nähe, und ich dachte, vielleicht ruft irgendein Verwandter an. Ein Notfall möglicherweise. Der Mann, der hier gewohnt hat, ist weg. Er hat seine Sachen in einen Ryder-Truck geladen und ist am Freitag ausgezogen. Er sagte, er wolle nach New York.«

»Danke«, sagte die Frau in der Telefonvermittlung.

»Wie bitte? Wie heißen Sie, Lady?« fragte Neria aufgeregt.

»Danke sehr«, wiederholte die Telefonvermittlung und versuchte das Gespräch abzukürzen.

Aber Edie kam erst richtig in Fahrt. »Er und irgendeine junge Lady hatten einen Miettransporter. Vielleicht war es seine Frau. Sie sah aus wie drei-, vierundzwanzig. Langes blondes Haar.«

Neria explodierte. »Nein, *ich* bin die Ehefrau! Das ist *mein* Haus!«

Klar, dachte Edie, jetzt, wo das Geld von der Versicherung im Anmarsch ist. Da schickst du deinen Müsliprofessor in die Wüste und kommst zum fetten alten Tony zurückgerannt.

»Brooklyn«, phantasierte Edie. »Ich glaube, er sagte etwas von Brooklyn.«

»Dieser Hurensohn«, stöhnte Neria.

Die Telefonvermittlung erkundigte sich ungehalten, ob Mrs. Torres eine andere Telefonnummer versuchen wolle. Keine Antwort. Sie legte auf. Edie Marsh ebenfalls.

Ihr Herz schlug heftig gegen ihre Rippen. Unbewußt rieb sie ihre feuchten Handflächen an Mrs. Torres' schicken Leinenshorts trocken. Dann lief sie in die Garage und entdeckte eine kleine Drahtzange mit grünen Handgriffen.

Aus dem Wohnzimmer erklang Snappers Stimme. »Wer zum Teufel war das? Schon wieder die Frau?« Als er die Garagentür hörte, erhob er die Stimme. »Hey, ich rede mit dir!«

Edie Marsh hörte ihn nicht. Sie schlich nach nebenan, um die Telefondrähte durchzuschneiden, damit Neria Torres nicht Mr. Varga anrufen konnte, um ihn zu bitten, die wilde Geschichte mit Tony und der jungen Blondine und dem Miet-Lkw zu überprüfen.

Das Nummernschild des schwarzen Cherokee war am Morgen nach dem Hurrikan in einer Siedlung namens Turtle Meadow von einem Camaro gestohlen worden. Dorthin war Augustine unterwegs, als Skink ihn anwies, an einer Zeltstadt haltzumachen, die die Nationalgarde für all jene errichtet hatte, die durch den Hurrikan ihr Heim verloren hatten.

Skink sprang vom Truck herunter und marschierte zwischen langen Reihen offener Zelte umher. Bonnie und Augustine hielten sich dicht hinter ihm und nahmen die ernüchternde Szene in sich auf. Benommene, stumpfe Blicke folgten ihnen. Männer und Frauen lagen gleichgültig auf Feldbetten, Teenager wateten mit leeren Blicken durch milchige Pfützen, Kinder klammerten sich verzweifelt an neue Puppen, die vom Roten Kreuz verteilt worden waren.

»All diese armen Seelen!« rief Skink und ruderte erregt mit den Armen in der Luft herum.

Die Soldaten nahmen an, daß er von dem Sturm immer noch unter Schock stand. Sie ließen ihn in Ruhe.

An der Spitze einer unordentlichen Warteschlange verteilten Nationalgardisten Plastikflaschen mit Evian-Wasser. Skink marschierte weiter. Ein kleiner Junge in einer schlammbespritzten Windel krabbelte ihm entgegen. Mit einer Hand hob er das Kind hoch und betrachtete es traurig.

Bonnie Lamb stieß Augustine an. »Was sollen wir tun?«

Als sie Skink erreichten, hörten sie ihn mit einer Stimme singen, die erstaunlich hoch und zärtlich klang:

Es ist bloß 'ne Tüte Regen,
Ich weiß nicht, wer sie hierhergestellt.
Glaub's, wenn du sie brauchen kannst,
Oder laß es, wenn's dir nicht gefällt.

Der kleine Junge – Bonnie schätzte ihn auf knapp zwei Jahre – hatte Pausbacken, braune Locken und einen frisch verheilten Kratzer an der Stirn. Er trug ein ärmelloses Baumwollhemdchen mit einem Batman-Logo. Er lächelte bei dem Lied und zupfte neugierig an den silbergrauen Strähnen im Bart des Fremden. Ein feiner Nieselregen fiel vom bedeckten Himmel.

Augustine legte Skink eine Hand auf die Schulter. »Captain?«

Skink interessierte sich nur für den Jungen. »Wie heißt du denn?« fragte er ihn.

Die Antwort bestand aus einem verlegenen Kichern. Skink schaute das Kind eindringlich an. »Du wirst es bestimmt nicht vergessen, okay? Ein Hurrikan ist ein Räumungsbefehl von Gott. Sag das deinen Eltern.«

Er stimmte wieder ein Lied an, wobei seine Stimme auf einmal näselnd klang, weil der Junge ihm die Nase zuhielt.

Denn es ist bloß 'ne Tüte Regen,
Oder eine Schleife in deinem Haar.
Man ist so lange, lange weg,
Und so kurz nur ist man da.

Das Kind klatschte in die Hände. Skink küßte es sanft auf die Stirn. Er sagte: »Du wärst ein guter Begleiter für mich, Sonny. Was hältst du von spannenden Abenteuern?«

»Nein!« Bonnie Lamb trat vor. »Wir nehmen ihn nicht mit. Denken Sie nicht mal daran!«

»Es würde ihm sicherlich Spaß machen, nicht wahr?«

»Captain, bitte.« Augustine hob den Jungen hoch und reichte ihn Bonnie, die sich schnellstens auf die Suche nach seinen Eltern machte, ehe der wilde Mann es sich vielleicht doch noch anders überlegte.

Der bleifarbene Himmel füllte sich mit einem lauten, flappenden Dröhnen. Leute in der Trinkwasserschlange deuteten auf einen Schwarm tieffliegender Armeehubschrauber. Die Helikopter begannen zu kreisen und ließen die Zeltplanen flattern und knallen. Schnell rollte ein Konvoi aus Streifenwagen, Regierungslimousinen, schwarzen Chevrolet Blazer und Fernsehtrucks auf das Gelände.

Skink reckte den Kopf. »Ha! Unser Oberkommandierender!«

Fünf Secret-Service-Typen stürzten aus einem der Blazer. Gefolgt vom Präsidenten. Über einem Oberhemd mit Krawatte trug er einen marineblauen Regenmantel mit einem Wappen auf der Brust. Er winkte den Fernsehkameras zu und begann zwanghaft die Hände jedes Nationalgardisten und Armeesoldaten, den er sah, zu schütteln. Dieses seltsame Verhalten hätte bis zum Einbruch der Dunkelheit angedauert, wenn nicht einer der vielen Helfer des Präsidenten (ebenfalls in einem blauen Regenmantel) ihm etwas ins Ohr geflüstert hätte. In diesem Augenblick wurde eine Familie authentischer Hurrikanopfer, sorgfältig aus der wogenden Masse ausgesucht und überprüft, herangeführt, um dem Präsidenten vorgestellt und mit ihm fotografiert zu werden. Zu der Familie gehörte natürlich der obligatorische süße Säugling, an dem der Führer der freien Welt sich gurrend und schäkernd abmühte. Dieses Fotomotiv blieb weniger als drei Minuten erhalten, wonach der Präsident wieder seine besessenen Fraternisierungsversuche mit jedem erreichbaren Uniformträger aufnahm. Diese unnatürliche Anteilnahme wurde auch auf einen weißhaarigen Offizier der örtlichen Heilsarmee ausgedehnt, um dessen Schultern der Oberkommandierende seinen sehnigen Arm legte. »Nun«, sprach er den verwirrten Oldtimer an, »zu welcher Einheit gehören Sie denn?«

Ein kurzes Stück entfernt stand Augustine mit verschränkten Armen. »Erbärmlich«, sagte er.

Skink pflichtete ihm bei. »Sehen Sie nur den Glanz in seinen Augen. Es gibt nichts Schlimmeres als einen Republikaner im alkyonischen Rausch.«

Sobald Bonnie Lamb zurückgekehrt war, fuhren sie weiter nach Turtle Meadow.

18. KAPITEL

Dank Jim Tile hatte Skink die Adresse aus dem Polizeibericht erhalten. Die Briefkästen und die Straßenschilder waren nicht mehr vorhanden, daher fanden sie das Haus erst nach längerer Suche. Aufgrund seiner respektablen und adretten Erscheinung sollte Augustine die Befragung durchführen. Skink wartete auf der Ladefläche des Pick-up und sang den Refrain des »Ventilator Blues«. Bonnie Lamb kannte diesen Song nicht, aber ihr gefiel Skinks samtige Baßstimme. Sie stand am Wagen und behielt ihn im Auge.

Augustine wurde an der Tür von einer müde aussehenden Frau in einem pinkfarbenen Hausanzug begrüßt. »Der Trooper«, sagte sie, »hat Ihren Besuch schon angekündigt.« Ihr Tonfall war so leblos wie ihr Blick. Sie war vom Hurrikan total überfahren worden.

»Es ist schon an die drei Tage her, daß ich die Cops gerufen habe.«

»Wir sind ziemlich knapp an Personal«, sagte Augustine.

Die gesamte Familie der Frau – Ehemann, vier Kinder, zwei Katzen – biwakierte im Elternschlafzimmer unter dem einzigen

Stück Dach, das der Hurrikan nicht weggerissen hatte. Der Familienvater trug ein grünes Netzunterhemd, eine ausgebeulte Shorts, Sandalen und eine Kappe mit dem Emblem der Cleveland Indians. Er hatte graumelierte Bartstoppeln. Er bediente einen kleinen Sterno-Kocher, der auf der Kommode stand. Daneben waren sechs Dosen Bohnen mit Schweinefleisch aufgereiht. Die Deckel waren bereits entfernt worden. Die Kinder beschäftigten sich mit batteriebetriebenen Gameboys, die piepsten wie Miniradargeräte.

»Wir haben noch immer keinen Strom«, sagte die Frau zu Augustine. Sie erklärte ihrem Mann, er sei der Beamte, den die Highway Patrol wegen des gestohlenen Nummernschilds hergeschickt habe. Der Ehemann wollte von Augustine wissen, weshalb er keine Uniform trage.

»Weil ich Detective bin«, sagte Augustine, »und Zivil trage.«

»Oh.«

»Erzählen Sie mal, was passiert ist.«

»Diese vier Jungs tauchten mit ihrem Wagen auf und montierten das Schild von meinem Camaro. Ich war gerade draußen im Garten und hab Fische begraben – sehen Sie, als der Strom ausfiel, lief auch das Aquarium nicht mehr, deshalb hatten wir jede Menge toter Guppys...«

»Schleierschwänze«, korrigierte eins der Kinder.

»Auf jeden Fall mußte ich die verdammten Dinger verschwinden lassen, ehe der Gestank unerträglich wurde. In diesem Moment fuhr der Jeep vor, vier schwarze Typen, Stereo voll aufgedreht. Sie hatten einen Schraubenzieher und nahmen sich gleich den Camaro vor. Ich stand direkt daneben.«

Die Frau ergriff das Wort. »Ich hab gewußt, daß etwas nicht stimmte. Ich hab die Kinder sofort ins Haus geholt und ins Schlafzimmer gebracht.«

Ihr Mann kippte den Inhalt zweier Dosen Bohnen mit Schweinefleisch in einen kleinen Kochtopf, den er über die hellblaue Flamme des Sterno-Kochers hielt. »Ich laufe also mit der Schaufel rüber und sage, was fällt euch eigentlich ein, und einer der Burschen zieht eine Pistole und sagt mir, ich soll ihm – Sie wissen schon. Ich hab nicht widersprochen. Hab sofort den Rückzug angetreten. Mir wegen einem verdammten Nummernschild eine Kugel einzufangen, stand nicht auf meinem Terminplan für den Tag, wenn Sie verstehen, was ich meine.«

Augustine nickte. »Und was geschah dann?«

»Sie montierten das Schild an den Jeep und hauten ab. Ihre sogenannte Musik konnte man noch kilometerweit hören.«

»David hat eine Pistole«, fügte seine Frau hinzu, »und er kann damit umgehen. Aber –«

»Nicht wegen einem Nummernschild für dreißig Dollar«, sagte ihr Mann.

Augustine lobte David dafür, daß er so vernünftig reagiert hatte. »Aber lassen Sie mich zur Sicherheit noch einmal die Nummer überprüfen.« Er holte das zusammengefaltete Stück Papier hervor und las laut vor: »BZQ-42F.«

»Richtig«, sagte David, »aber das Schild ist nicht mehr an diesem Jeep.«

»Woher wissen Sie das?«

»Ich sah ihn neulich, als ich über den Calusa Drive fuhr.«

»Es war derselbe?«

»Ein schwarzer Cherokee. Breitreifen, getönte Fenster. Ich würde die Farm darauf setzen, daß es derselbe Wagen war. Ich hab ihn an den Schmutzfängern wiedererkannt.«

Die Frau runzelte die Stirn. »Erzähl ihm doch davon.«

»Schmutzfänger, wie man sie an den Sattelschleppern sehen kann. Sie wissen schon, mit nackten Frauen drauf.«

»In Chrom«, sagte die Frau. »Daher wußten wir auch, daß es derselbe war –«

»Wo ist der Calusa Drive?« fragte Augustine.

» – nur wurde er diesmal von einem Weißen gefahren.«

»Wie sah er aus?«

»Nicht sehr freundlich«, erwiderte der Mann.

»Paß auf die Bohnen auf, David«, warnte seine Frau. »Und erzähl ihm von der Musik.«

»Das ist der andere Punkt«, sagte David und rührte im Topf. »Er hatte die verdammte Stereoanlage genauso laut aufgedreht wie die farbigen Jungs. Nur war es diesmal keine Rapmusik, sondern Travis Tritt. Ich fand das ziemlich schrill, dieser Typ in einem Geschäftsanzug und in einem aufgeniggerten Jeep, und hört sich Travis Tritt an.«

»David!« Die Frau lief rot an, weil sie offenbar ehrlich entrüstet war. Augustine gefiel sie. Er vermutete, daß sie die Seele der Kompanie war.

Ihr Mann reagierte mit einer Art Entschuldigung für den Ausrutscher. »Ach, Sie wissen doch, was ich meine. Alles voller Chrom und dann die getönten Scheiben – irgendwie paßte der Typ nicht dazu.«

Augustine erinnerte sich an Brenda Rourkes Beschreibung ihres Angreifers. »Sind Sie sich hinsichtlich des Anzugs ganz sicher?«

»Hundertprozentig.«

»Wir dachten, daß er vielleicht der Boß ist«, sagte die Frau. »Möglich, daß die Kids, die das Nummernschild gestohlen haben, für ihn arbeiten.«

»Das könnte sein«, sagte Augustine. Er genoß es, den Cop zu spielen, frische Spuren zu verfolgen.

»Sie sagten, er habe nicht sehr freundlich ausgesehen. Wie meinen Sie das?«

David löffelte das Schweinefleisch und die Bohnen in tiefe Porzellanteller. »Sein Gesicht«, antwortete er. »So etwas vergißt man nicht.«

Seine Frau ergriff wieder das Wort. »Wir waren unterwegs zum Circle K, um Eis zu holen. Zuerst dachte ich, er habe eine Halloweenmaske an, der Mann im Jeep. So komisch sah er aus – warte, Jeremy, es ist noch zu heiß!« Sie bremste ihren jüngsten Sohn, der sich auf die Bohnen stürzen wollte.

Augustine bedankte sich im Namen der Polizei von Dade County für ihre Mithilfe. Er versprach, nichts unversucht zu lassen, um das gestohlene Nummernschild wiederzubeschaffen. »Ich habe nur noch eine letzte Frage.«

»Wo ist der Calusa Drive?« fragte David lächelnd.

»Genau.«

»Margo zeichnet es Ihnen auf. Nimm eine von den Servietten.«

Als Avilas Frau die Garage betrat, fand sie ihren Mann unweit des Buick auf dem Boden liegend vor, wo er sich vor Schmerzen krümmte. Er blutete aus einer großen Stichwunde im Unterleib. Einer der als Opfer ausersehenen Ziegenböcke hatte ihn, sein Schicksal vorausahnend, aufgespießt.

»Wo sind sie?« erkundigte Avilas Frau sich auf spanisch.

Mit zusammengebissenen Zähnen gestand Avila, daß beide Ziegen entkommen waren.

»Ich hab dich gewarnt! Ich hab dich gewarnt!« schrie seine Frau und schaltete ins Englische um. Sie rollte Avila auf den Rücken und machte seine Hose auf, um die Wunde zu untersuchen. »Du brauchs ’ne Tennisspritze«, entschied sie.

»Bring mich zum Arzt.«

»Nich in *meim* Wagen! Ich will kein Blut aufem Polster.«

»Dann hilf mir in den verdammten Truck.«

»Du siehs schlimm aus.«

»Willst du, daß ich hier liegen bleibe und sterbe? Ist es das, was du willst?«

Avila hatte die Ziegenböcke vom Neffen des *Santero*-Priesters in Sweetwater gekauft. Der Neffe besaß eine Farm, wo er Kampfhähne und anderes Vieh für religiöse Zwecke züchtete. Die beiden Ziegen hatten Avila insgesamt dreihundert Dollar gekostet, und sie vertrugen sich überhaupt nicht. Während der ganzen Heimfahrt rammten sie ihre Schädel gegeneinander und traktierten einander mit wütenden Tritten. Irgendwie hatte er es geschafft, die beiden Tiere in die offene Garage zu schleifen, aber ehe er sie fesseln und die Tür schließen konnte, begannen ihre großen bernsteinfarbenen Augen wütend zu funkeln. Avila fragte sich, ob sie Changos übernatürliche Ausstrahlung gespürt hatten oder ob sie lediglich das Blut und die Eingeweide von früheren *Santería*-Opfern witterten. Auf jeden Fall verfielen die Ziegen in eine wilde Raserei und zerstörten unter anderem einen absolut intakten, fahrbaren Rasenmäher. Der größere der Ziegenböcke durchlöcherte Avila sauber mit einem Horn, ehe er in die Nachbarschaft davongaloppierte.

Avilas Frau beschimpfte ihn heftig während der Fahrt zum Krankenhaus. »Dreihundert Bucks! Du bis total verrückt!« Wenn sie schimpfte und fluchte, verfiel sie stets vom Spanischen ins Englische wegen der reicheren Auswahl an Schimpfworten.

»Erzähl mir nichts von Geld«, fauchte Avila. »Du und deine Mami habt schon wieder eure fetten Hintern beim Miccosukee-Bingo verloren, oder? Also erzähl mir nicht, ich sei verrückt.«

Er inspizierte die Wunde in seinem Schoß. Sie hatte den Durchmesser einer Fünfzig-Cent-Münze. Die Blutung hatte aufgehört, aber der Schmerz tobte in seinen Eingeweiden. Er schwitzte und war leicht benommen.

Oh, Chango, dachte Avila. Was habe ich getan, daß du auf mich so zornig bist?

In der Notaufnahme bettete eine Krankenschwester ihn auf eine Bahre und hängte ihn an einen wunderbaren Beutel intravenöser Demerol-Lösung. Avila erklärte dem Arzt, er sei auf einen verrosteten Rasensprenger gestürzt. Der Arzt sagte, er habe Glück gehabt, daß keine Arterie verletzt worden sei. Er erkundigte sich nach dem schmutzigen Verband an Avilas linker Hand, und Avila sagte, das sei eine unangenehme Blase vom Golfspielen. Nichts Ernstes.

Während der Schmerz nachließ, ging sein Geist in einen weichen freien Fall über. Snappers schiefes Gesicht erschien in einer Wolke.

Ich werde dich finden, coño! schwor Avila.

Aber wie?

Verschwommen erinnerte er sich an den Abend, als sie sich kennenlernten. Es war in einem Nachtclub in der Lejeune Road gewesen. Snapper saß mit zwei Frauen eines Begleitservice an der Bar. Die Frauen trugen eine dicke Schicht Mascara und Hochfrisuren. Avila machte sich mit ihnen bekannt. Er hatte Geld in der Tasche, nachdem er kurz vorher Schmiergeld von einem Burschen erhalten hatte, der mit Glasfiberdachpfannen von fragwürdiger Dauerhaftigkeit handelte. Die Nutten erzählten Avila, der Name des Begleitservice sei Gentlemen's Choice und er sei an sieben Tagen in der Woche geöffnet. Sie erzählten außerdem, Snapper sei ein regelmäßiger Kunde, und zwar einer der besten. Sie sagten, er führe sie aus, um mit ihnen zu feiern, da er für drei bis fünf Jahre ins Gefängnis ginge und dort nicht allzu viele Muschis antreffen würde, professionelle oder andere. Snapper erzählte Avila, er habe einen arschgesichtigen Drogendealer getötet, nach dem kein Hahn krähe. Die Ankläger hätten sich mit ihm auf Totschlag geeinigt, und mit ein wenig Glück sei er schon in zwanzig Monaten wieder draußen. Avila glaubte dem Typen kein Wort, aber er dachte, die Totschlagsgeschichte würde bei den Girls ziemlich viel Eindruck machen. Er spendierte Snapper und den Prostituierten mehrere Drinks in der Hoffnung, daß Snapper sich von seiner großzügigen Seite zeigte. Und genau das passierte. Als Avila von der Toilette zurückkam, flüsterte die eine der beiden, die ihm besonders gut gefiel – eine gesellige Platinblonde namens Morganna – ins Ohr, Snapper habe gemeint, es sei okay, solange Avila seinen Teil bezahle. Danach waren sie in ein heruntergekommenes Hotel an der West Flagler gefahren und hatten ganz schön auf die Sahne gehauen. Morganna erwies sich als energiegeladen und überaus einfallsreich und war jeden Penny des Dachpfannengeldes wert.

Narkotische Erinnerungen lenkten Avilas Geist von der umfangreichen Näharbeit ab, die in einem frisch ausrasierten Dreieck etwa fünfzehn Zentimeter südwestlich seines Nabels durchgeführt wurde. Dann, während er ausgelassen kicherte, traf ihn aus den Wolken ein erhellender Blitz – ein offensichtlicher Weg für Avila, diesen Schwanzlutscher Snapper zu finden und die sieben Riesen zurückzubekommen.

Die Cops würden so was eine Spur nennen.

Nicht gerade eine heiße Spur, aber besser als nichts.

Ein weiterer neugieriger Nachbar schaute vorbei und erkundigte sich nach Tony. Edie Marsh tischte ihm die gleiche absurde Geschichte von der entfernten Torres-Cousine auf, die so nett war, auf das Haus aufzupassen. Sie machte sich gar nicht erst die Mühe, Snappers Anwesenheit zu erklären, der mit einem Revolver auf dem Schoß im Sessel lag und schlief.

Ein paar Minuten später, während Edie Donald und Marla im Vorgarten ausführte, kam Fred Dove zurück. Der Versicherungsmann sah freudloser und bleicher aus als je zuvor. An der Art und Weise, wie er seinen Aktenkoffer vom Beifahrersitz des Wagens riß, glaubte Edie erkennen zu können, daß seine Schwermut eine gewisse Dringlichkeit angenommen hatte.

»Mein Abteilungsleiter«, verkündete er, »möchte sich das Haus ansehen.«

»Hat er Verdacht geschöpft?«

»Nein. Es ist eine routinemäßige Überprüfung der Schadensforschung.«

»Wo ist dann das Problem, Fred? Zeig ihm das Haus.«

Er lachte bitter und ließ sie stehen. Edie band die Hunde an und folgte ihm ins Haus.

»Das Problem ist«, sagte Fred Dove, »Mr. Reedy wird sich mit ›Mr. und Mrs. Torres‹ unterhalten wollen.« Er ließ den Aktenkoffer mit einem Knall auf die Frühstücksbar fallen und weckte Snapper.

»Keine Panik«, sagte Edie. »Das kriegen wir hin.«

»Keine Panik? Die Firma will wissen, weshalb ich aus dem Motel geworfen wurde. Meine Frau will wissen, wo ich wohne und mit wem. Dennis Reedy wird morgen hier erscheinen, um mit zwei Anspruchsberechtigten zu reden, die ich ihm nicht vorführen kann. Ich für meinen Teil denke, daß es ein geradezu idealer Augenblick ist, um in Panik zu geraten.«

»Hey, Nikolaus!« Es war Snapper, der sich vom Wohnzimmer aus bemerkbar machte. »Haben Sie den Versicherungsscheck?«

Edie Marsh ging zur Tür und sagte: »Noch nicht.«

»Dann sorg dafür, daß er endlich die Klappe hält.«

Fred Dove ließ die Stimme herabsinken. »Ich kann nicht mit diesem Irren zusammenbleiben. Das ist unmöglich.«

»Er hat Schmerzen im Bein«, sagte Edie. Sie hatte Snapper die letzte ihrer Darvon-Tabletten gegeben, deren Wirkung offensichtlich allmählich nachließ. »Sieh mal, mir gefällt dieses ganze Arrangement auch nicht. Aber entweder halten wir hier durch, oder wir müssen im Wald schlafen.«

Der Versicherungsmann nahm die Brille ab und preßte die Daumen gegen die Schläfen. Ein Moskito landete auf einem seiner Lider. Er schüttelte den Kopf wie ein Hund, bis das Insekt davonschwirrte. »Wir kommen niemals damit durch«, sagte er gequält.

»Doch, das tun wir, Süßer. Ich bin Mrs. Torres, und Snapper ist Tony.«

Fred Dove schien in sich zusammenzusacken. »Ihr seht nicht gerade aus wie Kubaner. Keiner von euch, wirklich.« Er schlug mit der Faust gegen eine Schranktür. »Mein Gott, wie konnte ich mich bloß auf so etwas einlassen!« jammerte er.

Snapper erklärte, daß Fred Dove kurz vor der Kastration stehe, wenn er nicht sofort seine dämliche Klappe halte. Edie Marsh bugsierte den völlig aufgelösten Versicherungsmann in Nerias Kleiderschrank. Sie küßte ihn zärtlich. Gleichzeitig öffnete sie den Reißverschluß seiner Hose. Fred zuckte bei ihrer Berührung zusammen. Sie war warm, aber unerwartet. Edie drückte ihn sanft, bis er sich beruhigt hatte und völlig hilflos war.

»Dieser Dennis Reedy«, flüsterte sie, »was für ein Typ ist das?«

Fred Dove wand sich genußvoll.

»Ein harter Bursche? Ein Geizkragen? Was tut er?«

»Er ist eigentlich ganz in Ordnung«, antwortete der Versicherungsmann. Er hatte bisher nur einmal mit Reedy zu tun gehabt, und zwar im Zusammenhang mit einer überfluteten Siedlung in Dallas. Reedy war streng, aber durchaus fair. Er hatte die meisten Schadensmeldungen Fred Doves akzeptiert und nur unbedeutende Korrekturen vorgenommen.

Edies freie Hand zog Freds Hose herunter. Sie sagte: »Wir gehen heute die Schadensaufstellung durch, für den Fall, daß er ein Quiz veranstaltet.«

»Was ist mit Snapper?«

»Das regle ich schon. Wir werden die Nummer proben.«

»Was tust du da?« Der Versicherungsmann verlor beinahe das Gleichgewicht.

»Wonach sieht es denn aus, Fred? Hat Mr. Reedy unseren Scheck?«

Mit einem Ausdruck erstarrter Seligkeit blickte Fred Dove auf Edies Kopf hinunter. Finger wühlten in ihrem seidigen Haar – seine eigenen Finger, dem goldenen Trauring und dem Klassenring der Universität von Nebraska nach zu urteilen. Fred Dove kämpfte um Klarheit. Dies war nicht der Zeitpunkt für ein außerkörperliches Erlebnis. Für diesen lange ersehnten Moment wünschte er sich geschärfte Sinne und absolute Muskelkontrolle.

Der Versicherungsmann bemühte sich, seinen Geist von Sorge und Schuldgefühlen zu reinigen, um Platz für die bevorstehende Ekstase zu schaffen. Er atmete tief ein. Der Schrank roch nach welken Gardenien und Schimmel – Nerias vorprofessorale Garderobe, feucht und stockig von dem Unwetter. Fred

Dove hatte das Gefühl zu ersticken, obgleich das von einem lebenswichtigen Körperteil nicht behauptet werden konnte.

Ohne die Hände zu benutzen, lehnte Edie Marsh ihn gegen die Wand, um mehr Gegendruck zu erhalten. Er löste seine Hände aus ihrem Haar und umfaßte berauscht und affengleich die hölzerne Garderobenstange. Sein nach oben gewandtes Gesicht wurde von der seidenen Achselhöhle irgendeines Hochzeitskleides verdeckt.

Plötzlich erschien vor seinem geistigen Auge die erniedrigende Szene, zu der es gekommen war, als Snapper sie auf dem Fußboden des Wohnzimmers überrascht hatte. Um eine Wiederholung zu vermeiden, tastete Fred nach dem Türknauf und hielt ihn krampfhaft fest.

Unten hielt Edie Marsh kurz inne, um erneut nachzufragen: »Bringt Reedy den Scheck über die Schadenssumme mit?«

»N-nein. Der Scheck kommt immer aus Omaha.«

»Scheiße.«

Fred Dove war sich nicht sicher, ob er hörte, wie sie es sagte, oder ob er spürte, wie sie es sagte. Wichtig war nur, daß sie nicht aufhörte.

Als Augustine nach draußen zum Track zurückkam, waren Bonnie Lamb und der Gouverneur verschwunden. Er fand sie ein paar Straßen weiter hinter einer verlassenen Hurrikanruine. Skink kniete am Rand eines Swimmingpools, schöpfte dicke braune Kröten aus dem fauligen Wasser und verstaute sie vorsichtig in seinen Hosentaschen. Bonnie hatte genug damit zu tun, die Moskitos zu verscheuchen, die in einer dunklen Wolke ihr Gesicht umschwirrten.

Augustine berichtete, was er über den schwarzen Jeep Cherokee erfahren hatte. Skink fragte: »Wo ist der Calusa Drive?«

»Sie haben eine Karte für mich gezeichnet.«

»Fahren wir jetzt hin?« fragte Bonnie.

»Morgen«, entschied Skink. »Wir brauchen Tageslicht.«

Er und Augustine beschlossen, die Nacht in der Nähe zu verbringen. Sie fanden ein freies Feld und fachten aus Sturmtrümmern ein Lagerfeuer an. Nicht weit entfernt flackerte ein anderes kleines Feuer in der Öffnung eines Fünfundfünfzig-Gallonen-Fasses – Wanderarbeiter aus Ohio. Zwei von ihnen kamen auf der Suche nach Crack herüber. Augustine verscheuchte sie, indem er beiläufig seinen .38er hervorholte. Skink tauchte mit den Kröten in einem dichten Palmendickicht unter.

»Was ist DMT?« erkundigte Bonnie sich.

»Eine Wall-Street-Droge«, erwiderte Augustine. »Vor unserer Zeit.«

»Er sagte, er trocknet das Krötengift und raucht es dann. Er sagt, es sei ein chemischer Ableger von DMT.«

»Ich glaube, ich bleibe lieber bei Bier.« Augustine holte zwei Schlafsäcke aus dem Führerhaus des Trucks. Er rollte sie aus, schüttelte sie auf und legte sie neben dem Feuer auf die Erde.

»Es tut mir leid wegen der vergangenen Nacht«, sagte sie leise.

»Hören Sie mit diesem Quatsch auf.« Als wäre es der schlimmste Fehler ihres ganzen Lebens gewesen.

»Ich weiß nicht, was mit mir nicht stimmt«, sagte sie.

Augustine warf ein paar abgestorbene Äste auf das Feuer. »Nichts stimmt nicht mit Ihnen, Bonnie. Sie sind so normal, daß einem angst und bange werden kann.« Er saß mit übereinandergeschlagenen Beinen auf den Schlafsäcken.

»Kommen Sie mal her«, sagte er. Als er die Arme um sie legte, fühlte sie sich völlig sicher und entspannte sich. Dann sagte er: »Ich kann Sie zum Flughafen bringen.«

»Nein!«

»Denn nach heute nacht stecken Sie bis zum Hals mittendrin.«

Bonnie Lamb nickte entschlossen. »Genau das will ich. Max hatte sein Abenteuer, jetzt will ich meins.«

Ein schrilles Heulen drang aus dem Palmendickicht und zerfaserte zu einem gespenstischen hohlen Gelächter.

Bufo-Wahnsinn, dachte Augustine. Bonnie wurde in seinen Armen starr. »Jetzt gehe ich nicht weg«, erklärte sie mit Nachdruck. »Auf keinen Fall.«

Er legte ihr eine Hand unters Kinn. »Das ist sicher kein normaler Mensch. Er hat Ihrem Mann ein Schockhalsband verpaßt, und er berauscht sich mit Krötenschleim. Er hat Dinge getan, von denen Sie lieber nichts wissen sollten. Vielleicht hat er sogar Menschen umgebracht.«

»Wenigstens glaubt er an etwas.«

»Lieber Himmel, Bonnie!«

»Weshalb sind *Sie* denn dann hier? Wenn er so gefährlich, so verrückt ist –«

»Wer hat etwas von verrückt gesagt?«

»Beantworten Sie meine Frage, Señor Herrera.«

Augustine blinzelte im hellen Schein des Feuers. »Ich selbst bin auch nicht ganz dicht. Das dürfte doch offensichtlich sein.«

Bonnie Lamb schob sich noch näher an ihn heran. Sie fragte sich, weshalb sie es so genoß, daß diese Männer so unberechenbar und impulsiv waren – also das genaue Gegenteil von dem Mann, den sie geheiratet hatte. Max war außerordentlich zuverlässig, aber er war weder tiefsinnig noch rätselhaft. Fünf Minuten mit Max, und man wußte genau, woran man war.

Sie sagte: »Ich nehme an, ich rebelliere ganz einfach. Gegen was, weiß ich nicht. Für mich ist es das erste Mal.«

Augustine tadelte sich selbst, daß er mit seinen Schädeln geprahlt hatte. Welche Frau konnte einem solchen Zauber widerstehen? Bonnie lachte verhalten.

»Im Ernst«, sagte er, »zwischen Ihrer und meiner Situation besteht ein erheblicher Unterschied. Sie haben einen Ehemann und führen ein geregeltes Leben. Ich habe nichts zu tun und nichts zu verlieren, wenn ich es nicht tue.«

»Und die Tiere Ihres Onkels?«

»Die sind längst über alle Berge«, sagte er. »Außerdem gibt es für einen Affen sicherlich schlimmere Gegenden als Miami. Sie kommen bestimmt gut zurecht.« Nach einer traurigen Pause: »Wegen des Wasserbüffels fühle ich mich ziemlich mies.«

Bonnie sagte, es habe keinen Sinn, über Motivation nachzudenken. Sie seien beide vernünftige, reife, intelligente Erwachsene. Sie wüßten ganz sicher, was sie täten, auch wenn sie nicht wüßten, warum.

Aus dem Dickicht drang ein weiteres durchdringendes Geheul.

Bonnie schaute auf die Palmen. »Ich habe das Gefühl, als wäre es ihm völlig egal, ob wir bleiben oder nicht.«

»Stimmt.« Augustine verzichtete auf Umwege, sondern fragte sie geradeheraus, ob sie ihren Ehemann wirklich liebte.

Sie antwortete, ohne zu zögern: »Ich weiß es nicht. Was nun?«

Ohne Vorwarnung brach der Gouverneur mit nacktem Oberkörper zwischen den Bäumen hervor. Er war wie im Fieber und in Schweiß gebadet. Sein heiles Auge leuchtete so hell wie ein Rettich. Das Glasauge war verrutscht, und in der Höhle war gelblicher Knochen zu sehen. Bonnie eilte zu ihm hin.

»Verdammt«, stöhnte er, »das war aber ganz schlimmer Krötenstoff!«

Augustine hatte seine Zweifel, was Skinks Technik zur Gewinnung des Giftes und weiteren Bearbeitung des Stoffs zum Inhalieren anging. Betrachtete man den derzeitigen Zustand des Mannes, dann hatte er wahrscheinlich einen pharmakologischen Fehler gemacht.

»Setzen Sie sich ans Feuer«, forderte Bonnie ihn auf.

Er streckte die Hände aus, die mit lederartigen, leicht gescheckten Eiern gefüllt waren. Augustine zählte insgesamt zwölf Stück. Skink hielt sie in der Hand wie Golfbälle.

»Abendbrot!« frohlockte er.

»Was ist das?«

»Eier, mein Junge!«

»Ich weiß. Aber wovon?«

»Keine Ahnung.« Der Gouverneur schlenderte zum Arbeitercamp hinüber und kehrte fünf Minuten später mit einer Bratpfanne und einer Plastikflasche Ketchup zurück.

Ungeachtet ihrer Herkunft schmeckten die Eier im gebratenen Zustand einfach köstlich. Augustine war beeindruckt, als er beobachtete, mit welchem Appetit Bonnie aß.

Nachdem sie die Mahlzeit beendet hatten, sagte Skink, es werde allmählich Zeit, schlafen zu gehen. »Das wird morgen ein harter Tag. Nehmt die Schlafsäcke, ich verkrieche mich im Gebüsch.« Und damit war er verschwunden.

Augustine brachte die Bratpfanne zu der Truppe aus Ohio zurück, die mittlerweile selig betrunken und überhaupt nicht streitsüchtig war. Er und Bonnie blieben noch einige Zeit dicht nebeneinander sitzen, verfolgten, wie das Feuer herunterbrannte, und redeten nur wenig. Bei der ersten Moskitoattacke verkrochen sie sich in einem der Schlafsäcke und zogen ihn über ihren Köpfen zu. Wie zwei Schildkröten, sagte Bonnie, die sich einen Panzer teilten.

Sie umarmten sich in der Dunkelheit und lachten ausgelassen. Nachdem Bonnie wieder zu Atem gekommen war, sagte sie: »Mein Gott, ist es hier drin heiß!«

»So ist der August in Florida.«

»Nun, ich ziehe mich jetzt aus.«

»Das tun Sie nicht.«

»Aber ja doch. Und Sie helfen mir dabei.«

»Bonnie, wir sollten zusehen, daß wir etwas Schlaf bekommen. Wir haben einen harten Tag vor uns.«

»Ich brauche eine harte Nacht, um nicht ständig daran zu denken.« Sie hatte Schwierigkeiten, ihr Oberteil über den Kopf zu ziehen. »Gehen Sie mir doch zur Hand, gnädiger Herr!«

Augustine gehorchte. Sie waren schließlich trotz allem vernünftige, reife und intelligente Erwachsene.

19. KAPITEL

Der Tod von Tony Torres blieb den Detectives des Morddezernats nicht verborgen, da sogar in Miami Kreuzigungen selten vorkamen. Jedoch waren die meisten Morduntersuchungen in den hektischen Tagen nach dem Hurrikan einstweilen auf Eis gelegt worden. Da die Straßenverbindungen teilweise unterbrochen waren, verfügte die Polizei über zu wenige Leute. Jeder einsatzfähige Beamte, egal welchen Dienstgrads, mußte sich beim Regeln des Verkehrs betätigen, mußte Plünderer jagen oder Hilfskonvois ins Katastrophengebiet begleiten. Im Falle des unbekannten Toten #92-312 (so die Bezeichnung auf Tony Torres' Mordakte) wurde die mangelnde Dringlichkeit der Ermittlungen durch die Tatsache unterstützt, daß weder Freunde noch Angehörige erschienen, um die Leiche zu identifizieren, was der Polizei Grund zu der Annahme gab, daß niemand ihn vermißte, was wiederum den Schluß zuließ, daß sein Ableben niemanden sonderlich berührte.

Zwei Tage nachdem die Leiche gefunden worden war, schickte ein Fingerabdruckspezialist dem Leichenschauhaus ein Fax mit dem Hinweis, daß dem Gekreuzigten nun ein richtiger Name zugeordnet werden konnte: Antonio Rodrigo Guevara-Torres, Alter fünfundvierzig Jahre. Die Fingerabdrücke des verstorbenen Mr. Torres befanden sich bei den Akten, denn er hatte während einer besonders bewegten Phase seines Erwachsenenlebens siebenunddreißig faule Schecks hintereinander ausgestellt. Wäre einer dieser Schecks nicht auf den Hilfsfonds für bedürftige Ex-Polizisten ausgestellt worden, wäre Tony Torres wahrscheinlich einer Anklage entgangen. Um sich das Gefängnis zu ersparen, bekannte er sich schuldig und versprach, den Schaden in voller Höhe wiedergutzumachen, eine Ankündigung, die im Zuge der Anforderungen seines vollen Einsatz fordernden neuen Jobs als Verkaufsassistent in einem Mobilheimladen namens A-Plus Affordable Homes sehr schnell der Vergessenheit anheimfiel.

Da der Haftbefehl ziemlich alt war, stimmten die Adresse und die Telefonnummer von Tony Torres nicht mehr. Im aktuellen Branchentelefonbuch war keine Firma namens A-Plus Affordable mehr aufgeführt. Drei erfolglose Nachfragen entmutigten den jungen Detective, der mit dem Fall des gekreuzigten Scheckbetrügers betraut worden war, nachhaltig. Er reagierte äußerst erleichtert, als sein Lieutenant ihm befahl, den Mordfall ruhen zu lassen und statt dessen nach Cutler Ridge runterzufahren, wo er mitten auf der Kreuzung Eureka Drive und 117th Avenue parkte, um den Verkehr für den Konvoi des Präsidenten zu blockieren.

Der junge Detective dachte nicht mehr an den ungedeckte Schecks verteilenden Mobilheimverkäufer, bis zwei Tage später im Polizeipräsidium der Anruf einer aufgeregten Frau einging, die behauptete, die Gattin des Opfers zu sein.

Avila telefonierte mit dem Begleitservice Gentlemen's Choice und fragte nach Morganna. Sie kam an den Apparat und sagte: »Ich benutze diesen Namen schon seit einem halben Jahr nicht mehr. Ich heiße jetzt Jasmine.«

»Okay, Jasmine.«

»Kenne ich dich, Schätzchen?«

Avila erinnerte sie an ihre wilde, trunkene Nacht in dem Motel an der West Flagler Street.

»Hey«, sagte sie, »das engt den Kreis auf etwa neunzig Typen ein.«

»Du hattest eine Freundin, Daphne, Diane oder so ähnlich. Eine Rothaarige mit einer Tätowierung auf der linken Brust.«

»Was für eine Tätowierung?« fragte Jasmine.

»Ich glaube, es war ein Ballon oder so was.«

»Da klingelt nichts bei mir.«

»Bestimmt erinnerst du dich an den Typ, mit dem zu zusammen warst«, sagte Avila. »Ein ziemlich furchteinflößender Kerl mit einem schlimm zugerichteten Gesicht.«

»Little Pepe, der sich verbrannt hat?«

»Nein, es war nicht Pepe mit den Verbrennungen. Der Name des Mannes war Snapper. Sein Unterkiefer war total verschoben und krumm. Du erinnerst dich bestimmt. Es war eine Party, ehe er in den Knast ging.«

»Nein, da klingelt noch immer nichts«, sagte Jasmine. »Was treibst du heute abend, Süßer? Brauchst du eine Freundin?«

Was für eine kalte beschissene Welt, dachte Avila. So etwas wie einen Gefallen ohne Hintergedanken gab es nicht mehr. Jeder hielt die Hand auf und dachte nur an Geld.

»Erwarte mich bei Cisco's«, sagte er knapp. »Um neun Uhr an der Bar.«

»Das klingt schon besser.«

»Bist du immer noch blond?«

»Wenn du willst.«

Avila kam mit zwanzig Minuten Verspätung an. Er hatte nach einem weiteren verstohlenen Zwiegespräch mit der Tupperwarebox heiß und ausgiebig geduscht. Die Wundnaht in seinem Schoß brannte leicht von der Dusche.

Jasmine saß an der Bar und trank Perrier aus der Flasche. Sie trug einen raffinierten dunkelroten Minirock und eine auffällige Carol-Channing-Perücke. Ihr Parfüm roch wie ein ganzer Obststand. Avila setzte sich vorsichtig und bestellte ein Bier. Er drückte einen zusammengefalteten Hundert-Dollar-Schein in Jasmins leere Hand.

Sie lächelte. »Jetzt erinnere ich mich an dich.«

»Was ist mit Snapper?«

»Du bist ein Quieker.«

»Cómo?«

»Du quiekst beim Ficken. Wie ein glücklicher kleiner Hamster.«

Avila errötete und griff schnell nach seinem Bier.

»Du brauchst dich nicht zu schämen«, sagte Jasmine. Sie ergriff sein linkes Handgelenk und untersuchte die Perlen seines *Santería*-Armbands. »Daran erinnere ich mich auch. Eine Art Voodoo, nicht wahr?«

Avila zog die Hand weg. »Hat Daphne in letzter Zeit mal was von Snapper gehört?«

»Sie heißt nicht mehr Daphne. Sie heißt Bridget.« Jasmine holte eine Packung Marlboros aus der Handtasche. »Sie hat den Hurrikan mit ihm verbracht. Stockbesoffen in irgendeinem Hotel oben in Broward.«

Avila machte keinerlei Anstalten, ihr Feuer für ihre Zigarette zu geben. »Wann hat sie ihn das letzte Mal gesehen?« wollte er wissen.

»Gestern erst.«

»Gestern!«

Es war zu schön, um wahr zu sein! Dank, mächtiger Chango! Avila erstarrte vor Ehrfurcht und kam sich winzig klein vor.

»Dieser Snapper ruft dauernd an«, sagte Jasmine, »seitdem er aus Sumter entlassen wurde. Sie hat den Jungen absolut fest im Griff. Übrigens, die Tätowierung – es ist kein Ballon, sondern ein Lollipop.« Jasmine lachte. »Aber du hattest recht mit der Titte.«

»Wo ist Snapper jetzt?«

»Süßer, woher soll ich das wissen? Er ist Daphnes Freier.«

»Du meinst Bridgets.«

Jasmine deutete eine spöttische Verbeugung an. »Touché«, sagte sie gutmütig.

Avila holte noch einen Hundert-Dollar-Schein hervor. Er legte ihn auf die Theke unter die Perrier-Flasche. »Ist er in einem Motel?«

»In einem Haus, glaube ich.«

»Wo?«

»Da muß ich sie erst fragen«, sagte Jasmine.

»Brauchst du Kleingeld fürs Telefon?«

»Sie arbeitet heute. Gib mir deine Nummer.«

Avila schrieb sie auf den Rand des feuchten Hunderters. Jasmine steckte ihn in ihre Handtasche.

»Ich hab Hunger«, sagte sie.

»Ich nicht.«

»Was ist los?« Sie tätschelte sein Knie. »Ach, ich weiß. Ich weiß, warum du sauer bist.«

»Du weißt überhaupt nichts.«

»Doch, ich weiß. Du bist sauer wegen dem, was ich über dich im Bett gesagt habe.«

Avila sprang auf und verlangte die Rechnung. Jasmine zog ihn zurück auf den Barhocker. Sie drückte ihre Brust gegen seinen Arm und senkte ihre Stimme zu einem Flüstern herab. »Hey, es ist völlig in Ordnung. Ich fand's richtig süß.«

»Ich *quieke* nicht«, erklärte Avila eisig.

»Du hast recht«, sagte Jasmine. »Du hast völlig recht. Komm schon, Liebling, kannst du mir nicht wenigstens ein Steak spendieren?«

Edie Marsh und Snapper waren wegen des Callgirls in einen heftigen Streit geraten. Edie hatte gemeint, dies sei wohl nicht der richtige Zeitpunkt zum Vögeln – sie müßten schließlich ihre Ehepaarnummer für den Fall proben, daß Fred Doves Boß auftauchte. Snapper hatte erwidert, sie solle sich nicht so anstellen und endlich die Klappe halten. Der Anblick der versammelten üppigen Prostituierten in Oprah Winfreys Talk-Show hatte in ihm den Wunsch geweckt, noch mal am Lollipop der früheren Daphne zu lecken.

Da das Begleitservicegeschäft nach dem Hurrikan melassenzäh lief, freute sie sich, von ihm zu hören. Sie nahm ein Taxi zum Torres-Haus, traf dort jedoch ein wenig verspätet ein, weil der Fahrer sich in der Dunkelheit und dem Verkehrschaos verfahren hatte.

Es gab keine Tür, an die man hätte klopfen können, daher

schlenderte Bridget unangekündigt hinein. Edie Marsh und Snapper funkelten einander im Wohnzimmer beim Kerzenschein wütend an.

»Hallo«, sagte Bridget zu Edie, die ihr unfreundlich zunickte.

Bridget stöckelte zum BarcaLounger und drapierte sich in Snappers Schoß. Sie kreuzte ihre stämmigen Beine in der Luft und gab ihm einen laut schallenden Kuß auf den Hals (der verformte Unterkiefer machte Küsse auf den Mund problematisch).

»Du sitzt auf meiner Kanone«, sagte Snapper.

Bridget wackelte mädchenhaft mit dem Hintern, während er den Revolver hervorzog. »Schätzchen, was ist mit deinem Bein passiert?« fragte sie.

»Frag unsere kleine verrückte Schlampe.«

Bridget blickte zu Edie Marsch. »Er hat mich geschlagen«, sagte Edie unbarmherzig, »also habe ich zurückgeschlagen.«

»Mit einem Scheiß-Brecheisen.«

»Autsch«, sagte die Nutte.

Snapper forderte Edie auf, sie solle zwei Stunden lang die Hunde Gassi führen.

»Du hast Hunde? Wo?« fragte Bridget aufgeregt und richtete sich auf. »Ich liebe Hunde.«

»Zieh dich einfach nur aus«, sagte Snapper. »Wo ist der Wodka?«

»Alle Schnapsläden waren verrammelt.«

»Heilige Muttergottes!«

Edie Marsh sagte: »Hören Sie, Bridget, ich hab nichts persönlich gegen Sie. Aber wir haben morgen einen sehr wichtigen Termin –«

»Moment mal«, unterbrach Snapper sie. »Heißt das, du hast nichts zu trinken mitgebracht? Hab ich dich richtig verstanden?«

»Baby, der Hurrikan, erinnerst du dich? Alles ist geschlossen.«

»Quatsch. Du hast es nicht mal versucht.«

»Beruhige dich«, sagte Bridget. »Wir brauchen keinen Schnaps für ’ne Party.«

Edie Marsh versuchte ihr Glück erneut. »Ich möchte ja nur, daß Sie morgen früh verschwunden sind, okay? Ein Mann kommt zu unserem Haus, und er würde die Situation nicht verstehen.«

»Kein Problem, Schätzchen.«

»Es ist nichts Persönliches.«

Bridget lachte. »Es ist nicht gerade so, daß ich mein Herz daran hänge, möglichst lange in diesem Loch zu bleiben.«

»Sie sollten mal die Badezimmer sehen«, sagte Edie. »*So* große Moskitos brüten in den Kloschüsseln!«

Bridget verzog das Gesicht und preßte die Knie zusammen. Snapper räusperte sich drohend. »Edie, ich zähl bis zehn. Setz endlich deinen faulen Arsch in Bewegung.«

Donald und Marla begannen im Garten zu bellen.

»Sind das Ihre Hündchen?« Bridget sprang von Snappers Schoß herunter und rannte durch die Maueröffnung, in der sich mal Terrassentüren befunden hatten, nach draußen. »Die klingen ja allerliebst – was für eine Rasse?« Sie starrte gespannt in die Nacht.

Snapper tauchte humpelnd neben ihr auf. »Düngerhunde«, sagte er.

»Düngerhunde?«

»Ja, wenn ich mit ihnen fertig bin. Das ist das einzige, wozu sie gut sind.« Er hob die Pistole und feuerte zweimal auf das infernalische Geheul. Bridget stieß einen Schrei aus und hielt sich die Ohren zu. Edie Marsh kam von hinten angestürmt und trat Snapper in die rechte Kniekehle. Er kippte mit einem überraschten Grunzlaut um.

Draußen steigerte sich der Hundelärm um viele Dezibel. Donald und Marla waren hysterisch vor Angst. Edie Marsh rannte hinaus, um die Leinen zu entwirren, ehe sie sich gegenseitig erwürgten. Bridget kniete sich neben Snapper und schimpfte ihn aus, daß er so gemein sein konnte.

So wie Levon Stichler es sah, hatte er nichts zu verlieren. Der Hurrikan hatte ihm alles genommen, einschließlich der Urne mit der Asche seiner kürzlich verstorbenen Frau. Das Leben, in das er den größten Teil seiner Soldatenrente investiert hatte, war zu einem Haufen Glasscherben und Schutt zertrümmert worden. Stundenlanges Herumstöbern hatte kaum genug trokkene Habseligkeiten zutage gefördert, um damit eine Köderkiste zu füllen. Levon Stichlers Nachbarn im Wohnwagenpark befanden sich in derselben aussichtslosen Lage. Innerhalb von vierundzwanzig Stunden hatten sein Schock und seine Verzweiflung sich in hochgradige Wut verwandelt. Jemand mußte dafür bezahlen! donnerte Levon Stichler. Und logischerweise sollte dieser jemand der grinsende Hurensohn sein, der ihnen die Mobilheime verkauft hatte, dieser fette, aalglatte Gauner, der ihnen versichert hatte, die Mobilheime seien staatlich geprüft und absolut sturmsicher.

Levon Stichler hatte Tony Torres am Morgen nach dem Hurrikan auf dem Gelände des Wohnwagenparks entdeckt, aber der feige Sack hatte sich wie ein Kojote aus dem Staub gemacht. Levon Stichler hatte tagelang seine Wut genährt und dabei alles halbwegs Brauchbare aus den Wohnwagentrümmern zusammengesucht, bis die Arbeiter des County erschienen, um die Trümmer mit Baggern wegzuräumen. Der alte Mann dachte kurz daran, nach Saint Paul zurückzukehren, wo seine einzige Tochter wohnte, aber der Gedanke an lange eisige Winter – und daran, seinen Lebensraum mit sechs hyperaktiven Enkelkindern teilen zu müssen – war mehr, als er ertragen konnte.

Es würde keinen Umzug nach Norden geben. Levon Stichler betrachtete sein Leben als offiziell ruiniert und kam zu dem Schluß, daß ein Mann für diese Tragödie moralisch verantwortlich sei. Er würde keinen Frieden finden, solange Tony Torres am Leben war. Den Verkäufer zu töten, könnte aus Levon Stichler sogar einen Helden machen, zumindest in den Augen seiner Mobilheimnachbarn – das redete sich der alte Mann ein. Er malte sich öffentliche Sympathiekundgebungen und nationenweite Schlagzeilen aus und vielleicht sogar ein Interview mit Connie Chung von CNN. Und das Gefängnis wäre auch nicht so schlimm. Auf jeden Fall wäre es um einiges sicherer als ein Komfortwohnwagen. Hah! Levon Stichler erzählte niemandem etwas von seiner Mission. Der Hurrikan hatte ihn zwar nicht um den Verstand gebracht, aber genau darauf wollte er bei der Gerichtsverhandlung plädieren. Die Alzheimer-Verteidigung bot sich ebenfalls als vielversprechende Taktik an. Aber zuerst mußte er einen überzeugend exzentrischen Mordplan entwerfen.

Sobald dieser Plan feststand, rief Levon Stichler die Nummer der PreFab Luxury, Inc. an. Das Telefon klingelte und klingelte, so daß der alte Mann sich zu fragen begann, ob der Sturm die Mobilheimfirma ebenfalls vernichtet hatte. Tatsächlich erlebte PreFab Luxury eine grandiose Geschäftswoche dank umfangreicher Bestellungen der staatlichen Katastrophenhilfe. Es schien, als stellte Uncle Sam sämtlichen obdachlosen Sturmopfern kostenlos Wohnwagen zur Verfügung. Viele der bedauernswerten heimatlosen Seelen, die in PreFab-Luxury-Wohnwagen gewohnt hatten, als der Hurrikan sie hinwegfegte, würden erneut in ein Produkt von PreFab Luxury einziehen. Weder die Firma noch die Bundesregierung hielten es für nötig, die Bewohner über der Ironie dieses Arrangements zu informieren.

Schließlich meldete sich eine Empfangsdame und betonte, wie beschäftigt sie alle seien. Levon Stichler fragte nach Mr. Torres. Die Frau erwiderte, Tony habe sich offenbar wegen einer familiären Angelegenheit freigenommen, und niemand wisse, wann er zurückkehren werde. Levon Stichler vermutete, daß er nicht der erste unzufriedene Kunde war, der die gleichen

Nachforschungen anstellte. Die Telefonistin weigerte sich höflich, die Privatnummer des Verkäufers bekanntzugeben.

Aus seinem vom Regen durchweichten Telefonbuch riß Levon Stichler vorsichtig die Seite mit den Namen und Adressen aller Tony Torres' im Großraum Miami heraus. Dann stieg er in seinen Wagen, tankte ihn voll und begab sich auf die Jagd.

Am ersten Tag strich Levon Stichler drei Automechaniker, einen Tauchlehrer, einen Brustchirurgen, einen Handleser, zwei Rechtsanwälte und einen Universitätsprofessor von seiner Liste. Sie alle hießen Antonio Torres, aber keiner war der Schurke, den Levon Stichler suchte. Er war erschöpft, aber weiterhin zu allem entschlossen.

Am zweiten Tag fuhr Levon Stichler fort, die Kandidatenliste durchzusieben: ein Börsenmakler, ein Krankenpfleger, ein Krabbenfänger, ein Polizeibeamter, zwei Elektriker, ein Optometriker und ein Greenkeeper. Ein anderer Tony Torres, ungekämmt und eindeutig geistesgestört, wollte ihm einen ganzen Sack gestohlener Dilaudid-Tabletten verkaufen. Ein weiterer drohte damit, ihn mit einer Sense zu enthaupten.

Der dritte Tag seiner Menschenjagd führte Levon Stichler zur Turtle-Meadow-Siedlung und dort zur Adresse 15600 Calusa Drive. Mittlerweile hatte er genügend Hurrikanschäden gesehen, um den Anblick eines weiteren zerstörten, abgedeckten Hauses ungerührt zu ertragen. Wenigstens standen noch die Grundmauern dieser Ruine, was mehr war, als Levon Stichler von seiner eigenen Hütte sagen konnte.

Eine hübsche Weiße empfing ihn an der offenen Haustür. Sie trug eine weite Jeans und ein langes lavendelfarbenes T-Shirt. Levon Stichler bemerkte, daß sie barfuß war und (falls seine einundsiebzig Jahre alten Augen ihm nichts vorgaukelten) keinen Büstenhalter trug. Die Fußnägel leuchteten hibiskusrot.

»Ist dies das Torres-Haus?« erkundigte er sich.

Die Frau bejahte.

»Von Antonio Torres? Dem Verkäufer?«

»Richtig.« Die Frau streckte ihm eine Hand entgegen. »Ich bin Mrs. Torres. Kommen Sie herein, wir haben Sie schon erwartet.«

Levon Stichler zuckte zusammen. »Wie bitte?«

Er folgte der barfüßigen und büstenhalterlosen Frau ins Haus. Sie führte ihn in die Küche, die ein einziges Trümmerfeld war.

»Wo ist Ihr Mann?«

»Im Schlafzimmer. Ist Mr. Dove unterwegs hierher?«

»Keine Ahnung«, antwortete Levon Stichler und dachte: Wer zum Teufel ist Mr. Dove?

»Hören Sie, Mrs. Torres –«

»Bitte, ich heiße Neria.« Die Frau entschuldigte sich, um nach dem Generator zu sehen, der in der Garage stand. Als sie in die Küche zurückkam, schaltete sie die Kaffeemaschine ein und machte drei Tassen.

Levon Stichler bedankte sich umständlich und nahm einen Schluck. Die Ehefrau war ein Problem. Er brauchte Tony Torres allein.

Die barfüßige Frau rührte zwei Löffel Zucker in ihren Kaffee. »Ist das Ihre erste Station heute?«

»Na klar«, sagte Levon Stichler total verwirrt. Da er noch nie jemanden ermordet hatte, war er übernervös. Er schaute so oft auf seine Armbanduhr, daß es der Frau unmöglich entgehen konnte.

»Tony ist unter der Dusche«, sagte sie. »Er kommt gleich zu uns.«

»Das ist schon okay.«

»Ist der Kaffee so richtig? Tut mir leid, daß es keine Sahne gibt.«

Levon Stichler sagte: »Er ist ganz prima so.«

Sie schien ja richtig nett zu sein. Wie war sie nur an einen fetten Gauner wie Torres geraten?

Er hörte gedämpfte Laute aus einem anderen Zimmer, zwei

Stimmen: das kehlige Lachen eines Mannes und das schrille Kichern einer Frau. Levon Stichler griff langsam in die rechte Tasche seiner Windjacke. Seine Hand legte sich um den kühlen Schaft der Waffe.

»Liebling?« rief die barfüßige Frau. »Mr. Reedy wartet!«

Reedy? Levon Stichlers tapfere Entschlossenheit bekam Risse. Irgendwas war mit diesem Tony Torres nicht ganz richtig. Doch Levon hatte die Auszeichnung für den Verkäufer des Jahres an der Wand entdeckt, PreFab Luxury, Inc. in erhabenen goldenen Lettern. Es mußte der Widerling sein.

Levon Stichler wußte, daß er schnell handeln mußte, sonst vertat er für immer die Gelegenheit, sich zu rächen. Er zog die versteckte Waffe aus der Tasche und hob sie drohend, so daß die Ehefrau sie sehen konnte.

»Sie sollten lieber gehen«, riet er ihr.

Ruhig stellte sie die Kaffeetasse auf die Frühstücksbar. Sie runzelte die Stirn, aber nicht vor Angst, sondern eher so, als hinge sie in einem Kreuzworträtsel fest. »Was ist das?« Sie deutete auf das Ding in Levon Stichlers Hand.

»Wie sieht es denn Ihrer Meinung nach aus?«

»Nach einer riesigen Schraube?«

»Es ist ein Erdanker, Mrs. Torres. Er sollte eigentlich mein Wohnmobil im Sturm sichern.«

Levon Stichler hatte sich das Verbrechen hundertmal in Gedanken ausgemalt, das letzte Mal, während er die Spitze des Ankers an einer Schleifscheibe wetzte. Das fette Gesicht von Tony Torres wäre ein einfaches Ziel. Eines dieser großen, haarigen Nasenlöcher könnte mit Gewalt so verformt werden, daß es die Stahlspitze aufnehmen konnte, die (nach Levons Berechnung) gut durch den Nasenbereich und bis ins Gehirn dringen würde.

Die barfüßige Frau sagte: »Nehmen Sie es mir nicht übel, aber sind Sie total bescheuert?«

Ehe Levon Stichler antworten konnte, erschien die massige

Gestalt eines Mannes in der Küchentür. Levon Stichler packte den Spieß wie eine Lanze und griff an. Die Frau rief eine schrille Warnung, und der Mann warf sich auf dem nassen Fliesenboden nach hinten. Der Erdanker bohrte sich in die hölzerne Rückwand eines Schränkchens. Nicht einmal mit beiden Händen konnte Levon Stichler den Dorn herausziehen. Aufgeregt schaute er auf sein vermeintliches Opfer hinab.

»Oh, Scheiße«, sagte er. »Sie sind es ja gar nicht.« Er ließ den Erdanker los. »Sie sind ja gar nicht der Kerl, der mir das Mobilheim verkauft hat.«

Die andere Frau – sie sah ziemlich wild aus und war nur halb bekleidet – stürzte aus dem Schlafzimmer heraus. Zusammen halfen sie und die Barfüßige Snapper auf die Beine.

In anklagendem Tonfall sagte Levon Stichler: »Sie sind *nicht* Tony Torres!«

»Von wegen«, sagte Snapper.

Edie Marsh trat zwischen die beiden Männer. »Liebling«, sagte sie zu Snapper, »unser Mr. Reedy scheint bescheuert zu sein.«

»Schlimmer als bescheuert«, sagte Bridget.

»Ich heiße gar nicht Reedy.«

Edie wirbelte zu dem alten Mann herum. »Moment mal – Sie kommen nicht von Midwest Casualty?«

Levon Stichler, der mittlerweile Snappers Raubtieraugen und sein verformtes Kinn hatte eingehend betrachten können, spürte, wie seine alten Knochen zerbröselten. »Wo ist Mr. Torres?« fragte er mit deutlich weniger Courage.

Edie seufzte enttäuscht. »Unglaublich«, sagte sie zu Snapper. »Er ist nicht Reedy. Ist eine solche Scheiße denn zu fassen?«

Snapper wollte ganz sichergehen. Er beugte sich vor, bis sein Gesicht nur noch wenige Zentimeter von der Nase des alten Mannes entfernt war. »Sie kommen nicht von der Versicherung? Sie sind nicht Fred Doves Chef?«

Levon Stichler schätzte die Situation völlig falsch ein und

schüttelte feierlich den Kopf. Edie Marsh machte Platz, damit Snapper ihn bewußtlos schlagen konnte.

Sie saßen auf den zusammengerollten Schlafsäcken und warteten darauf, daß der Gouverneur im Palmendickicht aufwachte.

Wie Männer es manchmal tun, nachdem sie ein besonders grandioses Erlebnis hinter sich haben, nahm Augustine an, daß eine Entschuldigung angebracht wäre.

»Für was?« fragte Bonnie Lamb. »Es war doch meine Idee.«

»Nein, nein, nein. Sie müssen jetzt sagen, daß es ein schrecklicher Fehler war. Daß Sie sich haben mitreißen lassen. Daß Sie nicht wußten, auf was Sie sich eingelassen haben. Daß Sie sich jetzt billig und schlecht und benutzt vorkommen und daß Sie schnellstens nach Hause zu Ihrem Mann zurückkehren wollen.«

»Eigentlich fühle ich mich ganz toll.«

»Ich mich auch.« Augustine küßte sie. »Verzeih mir, aber ich bin katholisch erzogen worden. Ich wußte nie, ob ich wirklich Spaß haben kann, ohne mich anschließend schuldig zu fühlen.«

»Ach, du redest von Schuldgefühlen? Natürlich habe ich welche. Du solltest auch welche haben, weil du dich von einer frisch Verheirateten hast verführen lassen.« Sie stand auf und reckte die Arme. »Aber, Señor Herrera, es gibt einen großen Unterschied zwischen Schuld und Bedauern. Und Bedauern verspüre ich überhaupt nicht.«

Augustine nickte. »Ich auch nicht. Und ich habe ein schlechtes Gewissen, daß ich es nicht tue.«

Bonnie stieß einen Freudenschrei aus und kletterte wie ein Affe auf seinen Rücken. Sie wälzten sich in einem verliebten Ringkampf auf dem Erdboden.

Skink kam aus dem Dickicht und lächelte. »Tiere!« brüllte er wie ein Racheengel. »Nicht besser als Tiere, die sich unter freiem Himmel paaren!«

Bonnie und Augustine standen auf und klopften sich gegenseitig den Staub ab. Der Gouverneur bot einen merkwürdigen Anblick. Zweige und feuchtes Laub klebten in seinen verfilzten Haaren. An seinen Wangen glitzerten hauchdünne Spinnweben in der Morgensonne.

Er trottete melodramatisch auf das Lagerfeuer zu und brüllte: »Unzucht! Fellatio! Ihr solltet euch schämen!«

Augustine zwinkerte Bonnie Lamb zu. »Das ist etwas, woran ich noch gar nicht gedacht habe – an Scham.«

»Ja, das ist doch was ganz Tolles.«

Der Gouverneur verkündete, er habe fürs Frühstück eine wohlschmeckende Überraschung. »Euer lustvolles Gewusel hat mich heute nacht geweckt«, sagte er, »daher bin ich mal zur Straße gelaufen.«

Aus seiner Tarnhose holte er zwei kleine, frisch gehäutete Kadaver. »Wer möchte Kaninchen«, fragte er, »und wer Eichhörnchen?«

Später löschten sie das Feuer und beluden den Pick-up. Dank der Skizze, die Augustine von den hilfsbereiten Hurrikanopfern Margo und David erhalten hatte, fanden sie den Calusa Drive ohne Schwierigkeiten. Der schwarze Cherokee parkte in der Straße vor einem schrecklich zugerichteten Haus. Die bunten Schmutzfänger waren unmöglich zu übersehen. Skink riet Augustine, weiterzufahren. Sie stiegen knapp einen Kilometer weiter aus dem Pick-up und kehrten zu Fuß zu der Hurrikanruine zurück.

Bonnie Lamb stellte beunruhigt fest, daß Augustine weder die Pistole noch das Betäubungsgewehr bei sich hatte. »Vorerst wollen wir uns nur umsehen«, erklärte er.

Sie verließen den Calusa Drive und näherten sich ihrem Ziel auf einer Parallelstraße, einen Block weiter nördlich. Als sie nahe genug herangekommen waren, durchquerten sie einen Garten und versteckten sich in einem verlassenen Haus genau gegenüber der Nummer 15600. Durch das zerbrochene Fenster eines Zimmers im vorderen Teil des Hauses hatten sie einen ungehinderten Blick auf die Haustür, die Garage, den schwarzen Cherokee und zwei andere Fahrzeuge, die in der Auffahrt abgestellt waren.

Margo und David hatten recht. Ihr gestohlenes Nummernschild war vom Jeep abmontiert worden. Skink wußte eine Erklärung. »Ich glaube, folgendes ist passiert: Nachdem der Kerl Brenda verprügelt hatte, riß er das Nummerschild vom Cherokee ab und warf es weg. Jetzt befindet sich wahrscheinlich das Schild vom Chevy am Wagen.«

Der Wagen, der direkt vor der Garage parkte, war ein Caprice jüngeren Datums. Das Nummernschild fehlte. Der zweite Wagen war ein rostiges Schiff von einem Oldsmobile mit einem rissigen Vinyldach und ohne Radkappen. Augustine sagte, es sei sicherlich nützlich zu wissen, wie viele Leute sich im Haus aufhielten. Skink gab ein zustimmendes Knurren von sich.

Bonnie versuchte zu raten, wie der nächste Schritt aussah. Die Polizei zu benachrichtigen, nahm sie an, gehörte nicht zum Plan des Gouverneurs. Als sie sich umschaute, empfand sie tiefe Traurigkeit. In dem Zimmer hatte mal ein Baby geschlafen. Buntes Plastikspielzeug lag auf dem Fußboden verstreut. Ein nasser Teddybär war bäuchlings in einer Regenwasserpfütze gelandet. An den Wänden hingen Laubsägebilder von berühmten Disney-Figuren – Mickey Mouse, Donald Duck, Schneewittchen. Seltsamerweise erinnerten sie Bonnie an ihre Hochzeitsreise und an Max. Das erste, was er sich in Disney World gekauft hatte, war eine Mickey-Mouse-Golfmütze gewesen.

Ich hätte es schon in diesem Moment erkennen müssen, dachte sie. Der arme Kerl, er konnte wahrscheinlich wirklich nichts dafür.

Sie stand auf, um sich das Babybettchen anzusehen. Ein Mobile mit tropischen Schmetterlingen, das am Gitter gehangen hatte, war abgebrochen. Die Matratze war fleckig von dunkelgrünem Schimmel. Glänzende rote Ameisen marschierten über die flauschige rosafarbene Decke. Bonnie fragte sich, was mit dem Kind und seinen Eltern geschehen war. Sicherlich waren sie geflüchtet, ehe das Dach wegflog.

Augustine winkte zu sich ans Fenster. Mit wild pochendem Herzen kniete sie zwischen den beiden Männern. *Was tue ich hier? Wohin wird das noch führen?*

Ein weiterer Wagen fuhr vor dem Haus 15600 Calusa Drive vor. Ein weißer Mittelklassewagen.

Ein Mann stieg aus. Hager und wie ein Priester aussehend. Graues Haar. Braune Windjacke, eine weite dunkle Hose. Er erinnerte Bonnie an ihren Vermieter in Chicago. Wie hatte er noch geheißen? Seine Frau gab Klavierunterricht. Wie zum Teufel hatte er geheißen?

Der ältere Mann blieb vor seinem Wagen stehen und setzte eine Brille auf. Schaute auf ein Stück Papier, dann zu den Zahlen an der Hauswand. Nickte. Nahm die Brille ab. Verstaute sie in der linken Brusttasche seiner Windjacke. Klopfte auf die rechte Tasche, als wolle er etwas überprüfen.

Schrecklich heiß für eine Jacke, dachte Bonnie. Sommer in Miami, wie kann da jemand frieren?

»Wer ist das denn?« fragte Augustine.

»Ein Bauunternehmer. Handwerker. Etwas in dieser Richtung«, spekulierte Skink.

Bonnie Lamb beobachtete, wie der alte Mann sich straffte und entschlossen zur Haustür schritt. Er betrat das Haus.

»Ich glaube, ich hab eine Frau gesehen«, sagte Augustine.

»Ja.« Skink kraulte sich nachdenklich den Bart.

Creedlow! dachte Bonnie. So hatte ihr ehemaliger Vermieter geheißen. James Creedlow. Der Name seiner Frau, der Klavierlehrerin, war Regina. Chicago lag gar nicht so lange zurück – Bonnie kam sich ziemlich komisch vor, weil sie sich nicht sofort erinnert hatte. James und Regina Creedlow, natürlich.

»Was nun, Captain?« fragte Augustine.

Skink legte sein bärtiges Kinn auf die Fensterbank. »Wir warten.«

Zwei Stunden später war der alte Mann noch immer nicht aus dem Haus 15600 Calusa Drive herausgekommen. Bonnie begann sich Sorgen zu machen.

Dann hielt ein weiterer Wagen vor dem Haus.

20. KAPITEL

Neria Torres hatte keine Lust, den weiten Weg bis nach Brooklyn zu fahren, um ihren verdammten Ehemann zu suchen.

»Dann flieg doch«, schlug Celeste vor, die Studentin, die sich den VW-Bus mit Neria und Nerias Liebhaber, dem Professor, teilte.

Der Name des Professors war Charles Gabler. Sein Interessengebiet war Parapsychologie. »Neria fliegt nicht«, sagte er. »Sie hat vor Flugzeugen Todesangst.«

»Donnerwetter«, sagte Celeste, die auf einem Campingherd im hinteren Teil des Busses kochte. Sie war für den makrobiotischen Speiseplan zuständig.

»Es ist nicht nur das Fliegen an sich«, sagte Neria, »sondern es ist auch Brooklyn. Wie soll ich Tony dort finden?«

»Ich weiß, wie«, zwitscherte Celeste, »mit einem Hellseher.«

»Gute Idee. Wir rufen Kreskin an.«

Der Professor schüttelte beleidigt den Kopf. »Neria, du brauchst deswegen keine abfälligen Bemerkungen zu machen.«

»O doch, das muß ich.«

Sie und Dr. Gabler waren ziemlich knapp bei Kasse gewesen, als er eine Woche zuvor vorgeschlagen hatte, Celeste mitzunehmen. Sie wollten von Eugene, Oregon, nach Miami fahren. Die junge Celeste war mit einem komfortablen Treuhandvermögen und hübschen, der Erdanziehung spottenden Brüsten gesegnet. Neria machte sich keinerlei Illusionen über die Motive des Professors, aber sie bemühte sich, ihre Besorgnis zu unterdrücken.

Sie brauchten Benzingeld, und Celeste führte einen Riesenstapel Kreditkarten in ihrer Handtasche mit sich. Irgendwo in der Nähe von Salina, Kansas, fühlte Neria sich bemüßigt, Dr. Gabler darauf aufmerksam zu machen, daß er ihrer Reisegefährtin zuviel Aufmerksamkeit schenkte, daß sein Benehmen nicht nur gemein, sondern auch beleidigend sei, und daß die Great Plains im Hochsommer nicht der ideale Ort seien, um sich erneut die Grundregeln des Trampens anzueignen. Der Professor schien sich die Warnung zu Herzen genommen zu haben.

In Wirklichkeit begann Neria sich bei Dr. Gabler und seinen absurden blauen und roten Kristallen zu langweilen. Mystisches Heilen am Arsch – ein Karton Doughnuts sieht schnell ziemlich mystisch aus, wenn man genug Dope geraucht hat. Was genau das war, womit der Professor den größten Teil seiner wachen Stunden verbrachte. Das Fahren überließ er Neria und Celeste.

»Ich würde sowieso lieber nach Miami gehen«, sagte Celeste und kippte zwei Meßbecher ungeschälten Reis in den Kochtopf. »Ich würde gern in einer dieser Zeltstädte arbeiten. Und für die Obdachlosen kochen, wenn sie Verwendung für mich haben.«

Der Professor musterte Neria Torres mit blutunterlaufenen Hundeaugen. »Darling, es hängt allein von dir ab. Wir fahren, wohin du willst.«

»Donnerwetter«, sagte Neria. Celeste, die in ein kompliziertes Rezept vertieft war, überhörte den spöttischen Unterton. Neria erklärte, sie wolle einen Spaziergang machen, und stieg aus dem Bus.

Sie hatten auf einem öffentlichen Campingplatz unweit der Interstate 20 kurz vor Atlanta geparkt, um zu beraten, in welche Richtung sie fahren sollten – nach New York oder nach Miami, nach Norden oder Süden. Neria Torres rief sich noch einmal die beunruhigende Unterhaltung mit der Fremden ins Gedächtnis, die Tonys Telefonhörer abgenommen hatte. Je öfter Neria darüber nachdachte, desto mißtrauischer wurde sie. Nicht, daß ihr schweinchenhafter Ehemann nicht fähig war, sich in eine vierundzwanzigjährige Blondine zu verlieben; eher war es höchst unwahrscheinlich, daß sie sich in ihn vergaffte. Und Brooklyn? Nicht gerade die ideale Gegend für das Mobilheimbusineß. Irgendwie stimmte die Geschichte der Fremden hinten und vorne nicht.

Neria Torres hatte versucht, sich die finsteren Details von Varga, dem nächsten Nachbar, bestätigen zu lassen, aber sein Telefon war gestört. Neria war sich in zwei Punkten absolut sicher: Sie hatte Anspruch auf die Hälfte der Versicherungssumme für das Haus in Miami. Und ihr verlassener Ehemann ging ihr aus dem Weg.

In New York war die Aussicht auf Erfolg astronomisch gering. In Florida könnte sie wenigstens eine Spur aufnehmen. Neria beschloß daher, nach Miami zu fahren, so wie sie es ursprünglich geplant hatten.

Sie dachte daran, das Netz noch weiter zu spannen. Weshalb sollte nicht auch die Polizei nach Tony suchen? Schließlich waren sie Profis. Neria wanderte durch das Lager zu einer Telefonzelle, wo sie die PIN-Nummer ihres Mannes benutzte, um die Polizei in Dade County anzurufen und eine Vermißtenanzeige aufzugeben.

Nachdem der diensthabende Beamte sie nach ihrem Anliegen gefragt hatte, bat er Neria zu warten. Es dauerte mehrere Minuten, und sie wurde allmählich ungeduldig. Es begann zu nieseln. Neria schäumte vor Wut. Sie dachte an Dr. Gabler und die junge Celeste, die zusammen hinten im VW-Bus saßen. Sie fragte sich, ob der Professor soeben seine Übungen zum »menschlichen Ouija-Brett« demonstrierte, mit denen er auch Neria bezaubert hatte.

Um Nerias Hals hing ein polierter Splitter Rosenquarz, den Dr. Gabler ihr geschenkt hatte, damit ihre noch unausgeschöpften Strömungen »bedingungsloser Liebe« gebündelt wurden. Arschloch! dachte Neria. In diesem Moment justierte er vermutlich die inneren Chakras der jungen Celeste. Bis zu dem Moment, als sie den Professor kennenlernte, hatte Neria Torres gar nicht gewußt, was ein Chakra ist. Celeste kannte sich aus. Sie und Dr. Gabler schienen auf derselben Wellenlänge zu schwingen.

Der Nieselregen steigerte sich zu einem Wolkenbruch. Unter Nerias Füßen verwandelte sich der rote Georgia-Lehm in Schlamm. Ein Mann mit einer Zeitung über dem Kopf erschien hinter ihr und blieb unangenehm dicht bei ihr stehen. Er machte geräuschvolle, hastige Atemzüge, um sein Bedürfnis nach dem Telefon zu unterstreichen. Neria fluchte laut und knallte den Hörer auf die Gabel.

Am anderen Ende, im Polizeipräsidium von Miami, hatte der diensthabende Beamte sorgfältig die Merkmale des vermißten Ehemanns mit den Angaben auf der Liste der unbekannten Toten im Leichenschauhaus verglichen. Zu seiner Überraschung landete er einen möglichen Treffer: Einer der Toten hatte denselben Namen, dasselbe Geburtsdatum und die gleiche teure Armbanduhr.

Der Beamte hatte Mrs. Torres' Anruf sofort zum Morddezernat weitergeschaltet. Als ein Detective den Hörer abnahm, war niemand mehr in der Leitung.

Max Lamb flog von New York über San Diego nach Guadalajara, wo er elf Stunden lang schlief. Er wachte auf und rief das Flughafenhotel in Miami an. Bonnie war dort nicht aufgetaucht. Max zündete sich eine Bronco-Zigarette an und ließ sich aufs Kopfkissen zurückfallen.

Er dachte über ein Szenario nach, in dem seine junge Frau ihn mit einem von zwei erwiesenen Verrückten oder gar mit beiden betrog. Er konnte es sich nicht vorstellen. Die Bonnie Brooks, die er kannte, war kein Freigeist – das war eine der Eigenschaften, die er an ihr liebte. Beständig und berechenbar, das war Bonnie. Soweit Max wußte, war das Impulsivste, das sie je getan hatte, daß sie eine kalte Pizza wie eine Frisbeescheibe aus dem Apartmentfenster in Manhattan geschleudert hatte. Was den Sex betraf, war sie sehr altmodisch. Sie hatte erst bei ihrem siebten Rendezvous mit *ihm* geschlafen.

Daher brauchte Max Lamb nur wenige Minuten, um seine Sorgen wegen Bonnies Treue beiseite zu schieben. Die Fähigkeit, sich in solchen Dingen etwas vormachen zu können, war ein Vorteil eines total übersteigerten Ego. Max konnte sich einfach nicht vorstellen, daß Bonnie einen anderen Mann haben wollte. Vor allem *diese* beiden Typen: Gesetzlose und Verrückte. Unmöglich! Er kicherte und blies genußvoll den Zigarettenrauch aus. Sie bestrafte ihn, mehr nicht. Offensichtlich war sie immer noch sauer wegen des Hurrikanausflugs.

Während er sich unter der Dusche abschrubbte, beschäftigte Max Lamb sich erneut mit der Aufgabe, die vor ihm lag: dem widerspenstigen Clyde Nottage, jr., unpäßlicher Präsident von Durham Gas Meat & Tobacco. Max' Auftrag bestand darin, den alten Knacker zur Vernunft zu bringen, ihm die ernsten Folgen zu erklären, die sich aus der Streichung all jener teuren Werbeanzeigen in den Printmedien ergeben würden. Bevor Max Lamb New York verließ, hatten vier stellvertretende Direktoren von Rodale & Burns ihn ins Gebet genommen und ihm die Bedeutung der Guadalajara-Mission klargemacht. Der Erfolg, so wußte Max, würde ihm eine lange und ausgedehnte Karriere in der Agentur garantieren. Ein Homerun, wie es einer der Häuptlinge ausgedrückt hatte. Den alten Mann umzudrehen sei ein spielentscheidender Homerun am Ende des neunten Innings. Clyde Nottage war ein störrischer alter Sack.

Ein Taxi brachte Max Lamb zur Aragon-Klinik, einem zweistöckigen aufwendigen Gebäude, frisch gestrichen und sorgfältig gepflegt, das in einer Wohnsiedlung der City stand. Die Lobby der Klinik zeigte Spuren einer kürzlich erfolgten Renovierung, die leider keine zentrale Klimaanlage einschloß. Max lockerte seine Krawatte und setzte sich. Auf einem Glastisch lag ein Stapel Informationsbroschüren auf spanisch. Neugierig hob Max eine hoch. Auf der ersten Seite befand sich eine

Zeichnung von einem männlichen Schaf, zwischen dessen Hinterbeine ein Pfeil zielte.

Max legte die Broschüre auf den Tisch zurück. Er wollte rauchen, aber ein Schild an der Wand verkündete »No Fumar«. Ein Schweißtropfen rann an seinem Unterkiefer herab. Max tupfte ihn mit einem Taschentuch weg.

Ein Mann in einem weißen Laborkittel erschien. Ein blaßäugiger Amerikaner Mitte Sechzig. Er stellte sich als Dr. Caulk, Mr. Nottages Arzt, vor.

»Wann kann ich zu ihm?« fragte Max Lamb.

»In ein paar Minuten. Er beendet soeben seine Therapie.«

»Wie geht es ihm?«

»Im großen und ganzen besser«, erwiderte Dr. Caulk geheimnisvoll.

Sie kamen auf die Klinik und auf Krebs zu sprechen. Der Arzt wollte von Max wissen, ob er Raucher sei.

»Ich hab gerade damit angefangen.«

»Angefangen?« Der Arzt machte ein ungläubiges Gesicht.

»Das ist eine lange Geschichte«, sagte Max.

»Mr. Nottage raucht vier Päckchen am Tag.«

»Ich habe gehört, es seien sechs.«

»Oh, wir haben ihn auf vier heruntergekriegt«, sagte der Arzt. Er vermittelte den Eindruck, als wäre es ein Kampf Wille gegen Wille gewesen.

Max Lamb erkundigte sich nach der ungewöhnlichen Art und Weise der Tumorbehandlung. Dr. Caulk geriet sofort ins Schwärmen.

»Wir sind da wirklich einer interessanten Sache auf der Spur«, sagte er zu Max. »Bisher sind die Ergebnisse verblüffend.«

»Wie kamen Sie auf diese Therapie mit... Sie wissen schon...«

»Schafssamen?« Dr. Caulk lächelte weise. »Das ist wirklich eine interessante Geschichte.«

Während Max Lamb zuhörte, fragte er sich, ob seiner Miene die zunehmende Bestürzung anzusehen war. Die Caulk-Therapie basierte ausschließlich auf der zufälligen Feststellung, daß männliche Schafe nur zu einem geringen Prozentsatz unter Lungenkrebs leiden.

»Im Vergleich womit...?«

Der Arzt drohte Max scherzhaft mit dem Finger. »Jetzt klingen Sie genauso wie die FDA.« Er faltete die Hände und beugte sich vor. »Ich nehme an, Sie möchten gern wissen, wie wir den Samen gewinnen.«

»Nicht im geringsten«, sagte Max mit Nachdruck.

Eine Krankenschwester so groß wie ein Berg erschien hinter dem Arzt. Sie verkündete, Mr. Nottages nachmittägliche Behandlung sei abgeschlossen. Dr. Caulk führte Max zum Zimmer des alten Mannes.

Vor der Tür senkte der Arzt die Stimme. »Ich lasse Sie beide allein. In letzter Zeit ist er mir gegenüber ein wenig unfreundlich.«

Max Lamb hatte Clyde Nottage jr. erst ein einziges Mal persönlich getroffen, nämlich auf einem Golfplatz in Raleigh. Der robuste, lebhafte, blauäugige Brummbär, den er in Erinnerung hatte, hatte mit dem ausgezehrten, grauhäutigen Invaliden im Krankenhausbett keinerlei Ähnlichkeit.

Bis Clyde Nottage den Mund aufmachte. »Auf was zum Teufel starrst du so dämlich, Junge?«

Max schob einen Stuhl neben das Bett. Er setzte sich und legte den Aktenkoffer auf seinen Schoß.

»Zigarette«, murmelte Nottage.

Während Max eine Bronco zwischen die blutleeren Lippen des alten Mannes klemmte, sagte er: »Sir, hat der Arzt Sie von meinem Besuch unterrichtet? Wie fühlen Sie sich?«

Nottage ignorierte ihn. Er nahm die Zigarette aus dem Mund und betrachtete sie wehmütig. »Es ist wahr, was sie sagen, alles ist wahr. Daß diese Dinger Krebs verursachen. Ich weiß, daß es stimmt. Du auch. Und die ganze verdammte Regierung ebenfalls.«

Max Lamb fühlte sich unbehaglich. »Die Leute werden doch nicht zum Rauchen gezwungen«, sagte er.

Nottage lachte, und es klang wie ein tuberkulöses Schnüffeln. Mit zitternder Hand steckte er sich die Zigarette wieder in den Mund. Max gab ihm Feuer.

Der alte Mann nickte. »Sie haben dich bestens präpariert. Sieh mich an, mein Junge – hast du von diesem Schafszeug gehört?«

»Ja, Sir.«

»Ich hab in der Brust einen Tumor so groß wie eine kubanische Mango, und jetzt kriege ich Schafssperma, meine letzte Hoffnung auf Erden.«

»Der Arzt sagte –«

»Oh, der kann mich mal am Arsch lecken.« Nottage hielt inne, um trotzig an seiner Bronco zu ziehen. »Du bist wegen der Anzeigen hier, stimmt's? Rodale hat dich hergeschickt, um mich umzustimmen.«

»Sir, der Bericht der NIH war nichts als eine Nachricht von vielen – zugegeben, eine schlechte Nachricht. Aber sie haben nur ihre Arbeit gemacht, die Zeitungen und die Illustrierten. Sie mußten die Geschichte drucken. Sie war schließlich auch im Fernsehen . . .«

Clyde Nottage lachte, bis ihm die Nase lief. Er wischte sie sich mit einem haarlosen Unterarm ab. »Mein Gott, du hast überhaupt nichts begriffen. Sie alle haben nichts begriffen.«

Der scherzhafte Ton des alten Mannes weckte in Max falsche Hoffnungen.

»Ich habe diese verdammten Anzeigen abgesetzt«, fuhr Nottage fort, »weil ich sauer war. Das zumindest trifft zu. Aber ich war nicht wütend, weil sie den Krebsbericht veröffentlicht hatten.«

»Weshalb denn?«

Ein Stück Asche rieselte von der Zigarette des alten Mannes auf die Bettdecke herunter. Er versuchte den Aschekrümel wegzublasen, aber das Lachen hatte ihn völlig erschöpft. Seine Lungen wehrten sich gegen die neuerliche Anstrengung. Nachdem er sich wieder etwas erholt hatte und ruhiger atmete, sagte er: »Der eigentliche Grund, weshalb ich sauer war, ist der, daß sie verdammte Heuchler sind. Sie erzählen der ganzen Welt, daß wir Gift verkaufen, und bringen es gleich auf der ersten Seite. Trotzdem nehmen sie mit Kußhand unser Geld und werben für dasselbe Gift. Geldgierige schwanzlutschende Heuchler, und das kannst du so auch den Jungs in New York bestellen.«

Max Lamb erkannte, daß das Gespräch eine gefährliche Wendung genommen hatte. Er sagte: »Es ist doch bloß ein Geschäft, Sir.«

»Nun, es ist ein Geschäft, aus dem ich aussteige. Hier und jetzt. Ehe ich diese traurige Welt verlasse.«

Max wartete auf die Pointe, die aber nicht kam. Es rumorte in seinen Eingeweiden.

Clyde Nottage tauchte die glimmende Bronco-Kippe in einen Plastikbecher voll Orangensaft. »Seit heute morgen ist Durham Gas Meat & Tobacco nur noch Durham Gas Meat.«

»Bitte«, platzte Max Lamb heraus. »Warten Sie damit, bitte. Sie sind gar nicht in der Verfassung, um so eine wichtige Entscheidung zu treffen.«

»Ich sterbe, du verdammter Idiot. Dreimal am Tag schießt eine Schwester, die aussieht wie Pancho Villa, diesen Schafsaft in meinen Bauch. Verdammt richtig, daß ich in keiner guten Verfassung bin. Gib mir mal ein Kleenex.«

Max reichte ihm einen Karton mit Papiertaschentüchern vom Nachttisch. Nottage riß eins heraus und hustete heftig hinein.

»Mister Nottage, ich bitte Sie dringend, jetzt nichts zu unternehmen.«

»Zur Hölle, es ist bereits erledigt. Ich hab heute morgen alles Notwendige in die Wege geleitet.« Nottage spuckte wieder aus.

Er faltete das Taschentuch auseinander und untersuchte seinen Inhalt mit klinischem Blick. »Als ich das letzte Mal nachgesehen habe, hatte ich noch einundfünfzig Prozent der Firmenanteile. Du hast ein ziemlich teures Flugticket vergeudet, mein Junge. Die Entscheidung ist gefallen.«

Max Lamb, dem vor Verzweiflung regelrecht übel war, begann zu protestieren. Nottage krümmte sich, schlug die Hände vors Gesicht und brach in wildes Husten aus.

Max sprang vom Bett hoch. »Soll ich Dr. Caulk rufen?«

Der alte Mann starrte in seine Hände. »Oh, Scheiße«, keuchte er.

Max trat einen Schritt näher. »Ist alles in Ordnung?«

»Wenn man bedenkt, daß ich ein Stück meiner verdammten Lunge in der Hand halte.«

»O Gott!« Max wandte sich ab.

»Wer weiß«, sinnierte der alte Mann, »vielleicht ist sie eines Tages etwas wert. Man sollte sie im Smithsonian Institute ausstellen – genauso wie Dillingers Schwanz.«

Er holte mit seinem zerbrechlichen rechten Arm aus und schleuderte das stinkende Gewebestück gegen die Wand, wo es kleben blieb wie eine Portion Salatsauce.

Max Lamb stürzte aus dem Zimmer. Sekunden später ließ Clyde Nottage jr. den Kopf aufs Kissen zurücksinken und starb mit einem fröhlichen Röcheln. Der Ausdruck auf seinem Gesicht war reinster Triumph.

Dennis Reedy verfügte über ein inneres Radar für potentiellen Verdruß. Sein legendärer Instinkt hatte Midwest Casualty im Laufe der Jahre viele Millionen Dollar erspart, daher wurden seine Dienste als Schadenskontrolleur in der Zentrale in Omaha überaus geschätzt. Reedy war die logische erste Wahl als Führer des Hurrikan-Katastrophenteams. Süd-Florida war das Versicherungsschwindel-Mekka der Nation, und Reedy kannte die Gegend in- und auswendig.

Im Haus 15600 Calusa Drive ließ sein Radar sämtliche Alarmglocken schrillen. Die Kieferverletzung des Mannes war alt und verheilt. Aber es gab ein weiteres mögliches Problem.

»Mister Torres«, sagte Reedy. »Wie kam es zu Ihrer Beinverletzung?«

Ungehalten schaute der Mann von seinem BarcaLounger hoch. »Das war der Sturm«, sagte er.

Reedy wandte sich an Fred Dove. »Davon haben Sie nichts erwähnt.«

»Sie verlangen auch nichts für die Verletzung.«

Reedy unterdrückte den Drang, dem jungen Fred Dove schallend ins Gesicht zu lachen. Antonio Torres war das Paradebeispiel eines lästigen Versicherungsnehmers. Er war mißgebildet, mürrisch und ungesellig – genau jene Art von unzufriedenem Zeitgenossen, der keine Skrupel hätte, eine Versicherung zu betrügen. Torres war vielleicht noch nicht auf diese Idee gekommen, aber irgendwann würde es passieren.

Dennis Reedy fragte ihn, wie es zu dem Unfall gekommen sei. Mr. Torres warf Mrs. Torres, die neben Fred Dove stand, einen Blick zu. Reedy stellte eine nervöse Animosität im Blick des Ehemanns fest.

Mr. Torres setzte zu einer Antwort an, aber seine Frau fuhr dazwischen. »Tony ist von einem Dachbalken getroffen worden.«

»Ach?«

»Während er mit den Hunden draußen war. Unten am Ende der Straße.«

Fred Dove lächelte innerlich vor Erleichterung. Junge, Junge, sie war wirklich gut. Und schnell!

»Demnach ist der Unfall nicht auf diesem Grundstück passiert?« hakte Reedy nach.

»Nein«, erwiderte Edie Marsh, »aber ich wünschte, es wäre anders. Dann wüßten wir, wen wir dafür haftbar machen könnten.«

Sie alle kicherten bis auf Snapper. Er blickte wütend auf das Emblem des knurrenden Dachses, das in die Brusttasche von Dennis Reedys Firmenblazer eingestickt war.

»Ich hoffe, es stört Sie nicht, daß ich wegen des Unfalls frage«, sagte Reedy, »aber wir müssen alle Umstände kennen – damit es später nicht zu Mißverständnissen kommt.«

Edie Marsh nickte kooperationsbereit. »Nun, wie ich Mister Dove schon erklärt habe, ich habe Tony davor gewarnt, mit den Hunden während des Sturms rauszugehen. Es würde uns schon nicht umbringen, wenn sie dieses eine Mal auf den Teppich oder wer weiß wohin machen würden. Aber er wollte nicht auf mich hören. Sie sind nun mal seine Lieblinge – Donald und Marla, so heißen sie. Total verwöhnt und verzogen. Wir haben nämlich keine Kinder, müssen Sie wissen.«

Sie bedachte Snapper mit einem traurigen, liebevollen Lächeln. Der Blick, den er ihr zurückschickte, war mörderisch. Sie fuhr fort: »Tony hat gewartet, bis das Auge des Sturms vorbei war und der Wind aufgehört hat, ehe er rausging. Aber kurz darauf begann es wieder zu stürmen, und ehe Tony es mit den Hunden bis nach Hause schaffte, wurde er durch einen Balken vom Dach irgendeines Nachbarn getroffen. Dabei wurde sein Knie ziemlich übel zugerichtet.«

Reedy nickte, ohne die Miene zu verziehen. »Mister Torres, wo genau hat dieser Unfall stattgefunden?«

»Unten am Ende der Straße. Wie sie gesagt hat.« Snapper antwortete mit gelangweilter Stimme. Er haßte es, Sesselfurzern wie Reedy Rede und Antwort stehen zu müssen.

»Erinnern Sie sich noch an die Adresse, Mr. Torres?«

»Nee, Mann, da war doch dieser Scheißregen.«

»Waren Sie bei einem Arzt?«

»Ich komme schon hoch.«

»Ich finde, Sie sollten einen Arzt aufsuchen.«

»Ich habe ihm das gleiche gesagt«, warf Fred Dove ein.

»Ach, Tony ist stur wie ein Esel.« Edie Marsh hakte sich bei

Dennis Reedy unter. »Kommen Sie, ich zeige Ihnen das restliche Haus.«

Reedy verbrachte eine Stunde damit, die Ruine zu durchkämmen. Fred Dove war ein einziges Nervenbündel, aber Edie blieb völlig cool. Mit Reedy zu flirten kam nicht in Frage. Sie erkannte auf Anhieb, daß er ein alter Profi war. Sie hielt ihn gekonnt vom Wandschrank in der Diele fern, wo der alte Knacker mit dem Erdanker gefesselt und geknebelt abgelegt worden war.

Snapper blieb mit säuerlicher Miene vor dem Fernseher liegen. Edie erinnerte ihn daran, daß das Benzin für den tragbaren Generator allmählich knapp würde, aber er achtete nicht auf sie. Donahue leitete eine Fernsehdiskussion über gemischtrassische lesbische Ehen, und Snapper verfolgte das Programm mit einer Mischung aus Ekel und lustvoller Neugier. Weiße Schnallen lecken schwarze Schnallen! Darauf schien es hinauszulaufen – und der gute alte Phil Donahue tat so, als wäre das alles völlig normal, als machte er ein Interview mit den verdammten Osmonds!

Nachdem er das Anwesen inspiziert hatte, ließ Dennis Reedy sich in der Küche nieder, um die letzten Zahlen zu überprüfen. Seine Finger tanzten über die Tastatur des Taschenrechners. Fred Dove und Edie Marsh tauschten erwartungsvolle Blicke aus. Reedy kritzelte ein paar Zahlen auf einen langen Papierstreifen und schob ihn über die Frühstücksbar. Edie überflog ihn. Es war ein detailliertes Schadensformular, das sie noch nie gesehen hatte.

Reedy sagte: »Mister Dove hat die Verlustsumme des Hausrats auf fünfundsechzigtausend geschätzt. Das ist ein wenig hoch, ich schlage sechzig vor.« Er deutete mit dem Radiergummiende seines Bleistifts auf den Zettel. »Damit beläuft die Gesamtsumme sich auf 201 000 Dollar. Sehen Sie?«

Edie Marsh war verblüfft. »Hausrat?« Dann, als sie allmählich begriff: »Ach ja, natürlich.« Sie kam sich wie eine totale Närrin vor. Sie hatte angenommen, daß die geschätzte Summe für das Haus auch den persönlichen Besitz der Torres' einschloß. Fred Dove zwinkerte ihr verstohlen zu.

»Hunderteinundvierzig für das Haus«, erklärte Dennis Reedy, »plus sechzig für den Hausrat.«

»Nun, ich glaube, damit müssen wir wohl zufrieden sein«, sagte Edie. Sie schaffte es überzeugend, die Enttäuschte zu spielen.

»Und wir möchten, daß Ihr Mann eine Erklärung unterschreibt, daß er im Zusammenhang mit seiner Knieverletzung keine weiteren Forderungen an unsere Gesellschaft stellt. Andernfalls könnte sich die Schadensregulierung erheblich verzögern. Unter den gegebenen Umständen wollen Sie sicherlich so bald wie möglich über die Schadenssumme verfügen, nicht wahr?«

»Tony wird unterschreiben«, versicherte Edie. »Geben Sie mir das Formular.«

Sie ging ins Wohnzimmer und kniete sich neben den Barca-Lounger. »Alles läuft bestens«, flüsterte sie und legte beide Schriftstücke – die Verzichterklärung auf weitere Ansprüche und die Schadensaufstellung – auf die Armlehne. »Und vergiß nicht«, sagte sie, »Torres wird mit s geschrieben.«

Snapper löste kaum den Blick vom Fernseher, während er Tonys Unterschrift fälschte. »Hast du solche abartigen Schweine schon mal gesehen?« sagte er und deutete auf Phil Donahues Diskussionsrunde. »Bring mir ein verdammtes Bier.«

In die Küche zurückgekehrt, bedankte Edie Marsh sich bei Dennis Reedy für die Zeit, die er ihnen geopfert hatte. »Wie lange wird es dauern, bis wir das Geld bekommen?«

»Zwei Tage. Sie stehen ganz oben auf der Liste.«

»Das ist ja wunderbar, Mr. Reedy.«

»Sie haben sicherlich unsere Fernsehspots gesehen, Mrs. Torres«, sagte Fred Dove. »Wir sind die schnellsten auf dem Markt.«

Mein Gott, dachte Edie, Fred übertreibt wirklich. Aber abgesehen von dem geschwätzigen Zeichentrickdachs erinnerte sie sich, von den Fernsehspots von Midway Casualty tatsächlich beeindruckt gewesen zu sein. Ein Spot zeigte einen eifrigen Angestellten der Firma, wie er Hochwasseropfern am Mississippi Schadensschecks per Ruderboot überbrachte.

»Ich habe im Hotel einen Laptop«, erklärte Dennis Reedy. »Wir geben jeden Abend per Modem alles nach Omaha weiter.«

Edie schüttelte staunend den Kopf. »Das ist ja unglaublich.« Zwei Tage! Aber was war mit den zusätzlichen sechzig Riesen?

Sobald Reedy draußen war, schloß Fred Dove sie in die Arme. Als er versuchte, sie zu küssen, schob sie ihn weg und sagte: »Du hast es gewußt!«

»Es sollte eine Überraschung sein.«

»Ach ja.«

»Ich schwöre es dir! Sechzigtausend extra – für dich und mich.«

»Freddie, red keinen Blödsinn.«

»Wie hätte ich es für mich behalten sollen, Edie? Der Scheck lautet auf Mr. und Mrs. Torres! Das seid ihr. Denk doch nach.«

Sie ging ungehalten in der Küche auf und ab. »Ich bin so dämlich«, murmelte sie. »Herr Jesus.«

Natürlich wurden die Möbel und die Kleider und sonstigen Einrichtungsgegenstände und jeder noch so dämliche Kitsch in der Bude gesondert berechnet. Fred Dove riß sie aus ihren Gedanken. »Du hast noch nie irgendwelche Ansprüche an eine Versicherung gestellt, nicht wahr? Deshalb wußtest du es nicht.«

»Haus *und* Hausrat?«

»Genau.«

Sie blieb abrupt stehen und senkte die Stimme. »Snapper hat keinen Blick auf die Zahlen geworfen.«

Fred Dove stieß in einer triumphierenden Geste den Daumen nach oben. »Das war meine nächste Frage.«

»Ich hab die Hand über das Papier gehalten, damit er nichts sieht.«

»Braves Mädchen.«

»Können wir denn zwei Schecks statt einem bekommen?«

»Ich denke, schon, Edie. Bestimmt sogar.«

»Einer für das Haus, der andere für den Hausrat.«

»Genauso denke ich es mir«, sagte der Versicherungsmann. »Ein Bonus von sechzig Riesen für dich und mich. Aber verlier darüber kein Wort.«

»Bestimmt nicht, Sherlock. Er hat immer noch drei Kugeln in seiner Knarre, klar?« Sie hauchte Fred Dove einen Kuß auf die Lippen und schob ihn zur Hintertür hinaus.

21. KAPITEL

Skink und Bonnie Lamb behielten weiterhin das Haus am Calusa Drive im Auge, während Augustine zum Pick-up zurückkehrte, um die Waffen zu holen. Er war nicht in der Stimmung, auf irgend jemanden zu schießen, noch nicht einmal mit einem Betäubungspfeil für Affen. Nach der Nacht mit Bonnie war er hoffnungslos friedlich gestimmt und schläfrig. Er beschloß, sich aus diesem Zustand wachzurütteln.

Zuerst einmal versuchte er sich selbst mit Zweifeln und moralischen Selbstvorwürfen aus seinem Zustand euphorischer Schwärmerei herauszuholen. Die Frau war verheiratet, frisch verheiratet! Sie war verwirrt, einsam, verletzlich – Augustine häufte einen Vorwurf auf den nächsten und setzte alles daran, sich zu fühlen wie ein wertloses, heruntergekommenes Stück Scheiße. Aber er war einfach zu glücklich. Bonnie bezauberte ihn mit ihrer Energie. Augustine war noch nie mit einer Frau zusammen gewesen, die gleichmütig überfahrene Wildtiere verzehrte oder es versäumte, sich über Moskitos zu beklagen.

Hinzu kam, daß sie den psychotherapeutischen Nutzen des Schädeljonglierens zu begreifen schien. »Den Tod berühren«, nannte sie es, »oder vielleicht ihn ärgern.«

Während des Abklingens der Leidenschaft und nackt in einem Schlafsack steckend kann das müdeste Gemurmel eines Liebespaars schon mal als durchdringende Einsicht mißverstanden werden. Augustine hatte sich dagegen gewappnet, zuviel aus diesen zärtlichen erschöpften Momenten mit Bonnie Lamb herauszulesen. Dennoch war ein Leuchten in seinem Herzen, und sein Gang erschien federnd. Ob er jemals lernen würde?

So sehr er sich ihre Nähe wünschte, so hatte Augustine doch erhebliche Bedenken, daß Bonnie an Skinks Expedition teilnahm. Er befürchtete, daß er durch die Sorge um sie von seinem eigentlichen Ziel abgelenkt würde. Dabei war es unbedingt notwendig, daß sein Gehirn klar und von allem Ballast befreit war. Solange der Gouverneur das Unternehmen leitete, waren die Probleme absolut sicher vorprogrammiert. Augustine rechnete fest damit. Er konnte nicht warten. Am Ende war er kurz davor, wenigstens vorübergehend, Taktik und Zweck des Ganzen zu rekapitulieren.

Bonnie stellte dabei eine gewisse Komplikation dar. Noch vor einer Woche hatte Augustine nichts zu verlieren gehabt, und nun hatte er etwas. Nämlich alles. Die Liebe hat schon immer ein lausiges Timing gehabt, dachte er.

Heimliche Aktionen wären weitaus einfacher durchzuführen, wenn sie – Skink und er – nur zu zweit wären. Aber Bonnie verlangte, mitmachen zu dürfen, also die Rolle Ettas bei ihrer Butch-und-Sundance-Nummer zu spielen. Dem Gouverneur schien es egal zu sein. Er lebte natürlich in einem völlig anderen Universum. »›Glückseligkeit ist niemals von Bedeutung‹«, hatte er Augustine zugeflüstert. »Aldous Huxley. ›Zufrieden zu sein hat niemals den Reiz eines anständigen Kampfs gegen das Mißgeschick.‹ Denken Sie mal darüber nach.«

Als Augustine den Truck erreichte, nahm er das Betäubungsgewehr auseinander und verstaute die Teile in einer Sporttasche. Die .38er Pistole steckte er unter seinem Hemd in den Hosenbund seiner Jeans. Er schwang sich die Sporttasche auf die Schulter und marschierte zurück zum Calusa Drive. Dabei dachte er darüber nach, ob Huxley recht hatte.

Sobald Dennis Reedy und Fred Dove weggefahren waren, zerrte Edie Marsh Levon Stichler aus dem Wandschrank. Snapper war ihr dabei keine große Hilfe. Er erklärte, er müsse mit seiner Energie haushalten.

Edie stieß den alten Mann mit einem nackten Zeh an. »Was fangen wir mit ihm an?« Es war eine Frage von entscheidender Bedeutung auch für Levon Stichler. Seine Augen weiteten sich in Erwartung von Snappers Antwort, welche lautete:

»Wir schaffen ihn uns vom Hals.«

»Wohin?« fragte Edie.

»So weit weg wie möglich«, antwortete Snapper. »Der Scheißer wollte mich umbringen.«

»Es war ein jämmerlicher Versuch, das mußt du zugeben.«

»Na und? Allein die Absicht zählt.«

»Sieh ihn dir doch an, Snapper«, sagte Edie. »Er ist die Kugel nicht wert.«

Levon Stichler fühlte sich dadurch kein bißchen beleidigt. Edie zog den Knebel aus seinem Mund, woraufhin der alte Mann mehrmals auf den Boden ausspuckte. Der Knebel war ein Staublappen, der durchdringend nach Möbelpolitur schmeckte.

»Vielen Dank«, keuchte er.

»Schnauze, du Arschloch«, bellte Snapper.

»Wie heißt du denn, Opa?« erkundigte Edie Marsh sich.

Levon Stichler stellte sich vor. Er erklärte außerdem, weshalb er erschienen war und den Mobilheimverkäufer hatte töten wollen.

»Nun, jemand ist dir zuvorgekommen.« Edie schilderte den Besuch des stämmigen Burschen mit den beiden Zwergdackeln.

»Er hat diesen Drecksack Tony mitgenommen. Der kommt nicht mehr zurück. Da bin ich mir sicher.«

»Oh«, sagte Levon Stichler. »Und wer sind Sie?«

Snapper schickte Edie einen schlechtgelaunten Blick. »Siehst du? Ich sagte doch, wir müssen den Knacker wegschaffen.«

Der alte Mann entschuldigte sich sofort für seine Neugier. Snapper sagte, es mache nichts, sie würden ihn sowieso verschwinden lassen.

»Das ist wirklich nicht nötig«, widersprach Levon. Als er anfing, sich wortreich zu verteidigen, beschloß Snapper, ihn wieder zu knebeln. Der alte Mann hustete den Staublappen aus und jammerte: »Bitte – ich habe ein schwaches Herz!«

»Sehr gut.« Snapper befahl Edie Marsh, den Erdanker zu holen. Levon Stichler begriff sofort. Er verstummte und ließ zu, daß ihm der Mund gestopft wurde.

»Verbinde ihm auch die Augen«, sagte Snapper.

Edie benutzte dazu ein schwarzes Chiffontuch, das sie in Neria Torres' Wäscheschrank gefunden hatte. Es war eine ziemlich feudale Augenbinde.

»Ist das zu eng?« erkundigte sie sich.

Levon Stichler verneinte zaghaft.

»Und nun?« sagte sie zu Snapper.

Er zuckte unschlüssig die Achseln. »Hast du noch ein paar Darvons? Mein verdammtes Bein brennt wie Feuer.«

»Liebling, ich hab ganz bestimmt keine –«

»Scheiße!« Mit seinem gesunden Bein trat er Levon Stichler in die Rippen. Er hatte keinen Grund, nur den, daß der alte Mann sich als willkommenes Ziel anbot. Edie zog Snapper zurück und redete auf ihn ein, er solle sich um Himmels willen zusammenreißen.

Halblaut fuhr sie fort: »Es läuft alles wie geschmiert, okay? Reedy hat die Liste mit unseren Forderungen abgezeichnet. Jetzt brauchen wir nur noch auf das Geld zu warten. Wenn du diesen alten Knacker tötest, verdirbst du alles.«

Snapper bewegte seinen Unterkiefer wie einen Löffelbagger. Seine Augen waren blutunterlaufen vor Schmerzen und von den Auswirkungen eines schweren Katers. »Ich weiß nicht, was man sonst tun könnte«, murmelte er.

Edie sagte: »Dann hör mal zu ... Wir packen den alten Levon in den Wagen und bringen ihn raus in die Sümpfe. Wir sagen ihm, er solle sich mit dem Rückweg Zeit lassen, sonst machen wir uns an seine Enkelkinder heran und ... ach, ich weiß nicht –«

»Schlachten sie wie Schweine?«

»Schön. Was auch immer. Der Punkt ist, daß wir ihm eine Höllenangst einjagen, und schon vergißt er alles, was gewesen ist. Er will doch nichts anderes als am Leben bleiben.«

»Mein gottverdammtes Bein will jeden Moment platzen«, sagte Snapper.

»Sieh dir das Fernsehprogramm an. Ich besorg inzwischen ein paar Tabletten.«

Edie durchsuchte die Medizinschränkchen, um sich zu vergewissern, ob irgendwelche brauchbaren Pharmazeutika den Hurrikan überstanden hatten. Das beste, was sie fand, war eine noch ungeöffnete Flasche Midol-Tabletten. Sie erklärte Snapper, es sei ein Kodeinpräparat, und schüttete ihm fünf Tabletten auf die Handfläche. Er spülte sie mit einem Schluck lauwarmem Budweiser runter.

»Ist noch Sprit im Jeep?« fragte Edie.

»Ja. Nach Sally Jessy brechen wir auf.«

»Und was ist das heutige Thema?«

»Tittenvergrößerungen, die in die Hose gegangen sind.«

»Wie nett«, sagte Edie. Sie ging hinaus, um mit Donald und Marla um den Block zu spazieren.

Nach Tagen in einem Morphiumnebel fühlte Trooper Brenda Rourke sich endlich besser. Der plastische Chirurg versprach, ihr noch vor Ende der Woche einen Operationstermin zu verschaffen.

Durch ihren dicken Gesichtsverband sagte sie zu Jim Tile: »Du siehst völlig abgespannt aus, großer Mann.«

»Wir arbeiten immer noch in Doppelschichten. Es ist hier draußen fast wie in Daytona beim Biker-Treffen.«

Brenda fragte, ob er schon das letzte gehört habe. »Von einem Pfandleiher in der Nähe der Kendall Road – das Schwein hat versucht, den Trauring meiner Mutter zu verscherbeln.«

»Derselbe Bursche?«

»Scheint so. Der Angestellte war von dem Gesicht beeindruckt.«

»Nun, das ist ja ein Anfang«, sagte Jim Tile.

Aber die Nachricht beunruhigte ihn. Er hatte den Gouverneur laufenlassen, damit er sich um Brendas Angreifer kümmerte, weil er angenommen hatte, daß der Gouverneur schneller war als die Polizei. Diese Pfandleihergeschichte frischte jedoch die Spur auf. Nun war es möglich, daß Skink auf seiner Jagd nach dem Mann im schwarzen Cherokee den Detectives ins Gehege kam. Es war keine besonders erfreuliche Aussicht.

»Ich muß schrecklich aussehen«, sagte Brenda, »denn ich habe dich noch nie so schwermütig erlebt.«

Natürlich ging es ihm nahe – Brenda bleich und zerschlagen im Krankenhaus. Bei seiner Arbeit hatte Jim Tile eine Menge Blut, Schmerz und Leid gesehen, jedoch hatte er niemals eine derart blinde Wut verspürt wie am ersten Tag an Brendas Krankenbett. Darauf zu vertrauen, daß die Justiz sich ihres Angreifers annahm, war dem Trooper lachhaft naiv und absolut sinnlos erschienen. Sie hatten es hier mit einem ganz speziellen Monster zu tun. Das war offensichtlich angesichts dessen, was er ihr angetan hatte. Dieser Kerl haßte entweder Frauen, Cops oder beide. Auf jeden Fall war er gefährlich. Er mußte aus der Herde entfernt werden.

Nun, als er über alles nachdachte, wünschte Jim Tile sich, mit seiner Entscheidung noch ein wenig gewartet zu haben, bis seine innere Wut sich wenigstens teilweise gelegt hatte. Als Brenda sich an die Nummer des Cherokee erinnerte, hätte er sie auf dem offiziellen Weg weitermelden sollen. Den Gouverneur auf die Fährte zu setzen, war ein übereilter und falscher Entschluß gewesen. Der verrückte Wunsch nach Selbstjustiz. Brenda würde sich von den Mißhandlungen erholen, aber nun hatte Jim Tile seinen guten alten Freund einem hohen Risiko ausgesetzt. Es wäre nahezu unmöglich, ihn jetzt noch zurückzuhalten.

»Ich muß dich etwas fragen«, sagte Brenda.

»Nur zu.«

»Ein Detective vom Raubdezernat war heute hier. Außerdem eine Frau aus dem Büro des Staatsanwalts. Sie wußten nichts von dem schwarzen Jeep.«

»Hmm.«

»Wegen des Nummernschilds – ich dachte, du hättest ihnen die Nummer gegeben.«

»Ich habe einen Fehler gemacht, Brenda.«

»Hast du es vergessen?«

»Nein, ich hab's nicht vergessen. Ich habe einen Fehler gemacht.«

Jim Tile setzte sich auf die Bettkante und beichtete ihr, was er getan hatte. Nachher schwieg sie bis auf ein paar beiläufige Bemerkungen, als eine Schwester hereinkam, um ihre Verbände zu wechseln.

Später, als sie und Jim Tile wieder allein waren, sagte Brenda: »Dann hast du also deinen verrückten Freund gefunden. Wie?«

»Das ist nicht so wichtig.«

»Und er war hier, in diesem Zimmer, und du hast mich nicht mit ihm bekannt gemacht?«

Jim Tile lachte verhalten. »Du warst weggetreten, Liebling.«

Brenda streichelte seine Hand. Er wußte, daß sie immer noch darüber nachdachte. Schließlich sagte sie: »Junge, Junge, du mußt mich wirklich lieben, daß du so etwas getan hast.«

»Ich habe Mist gebaut. Es tut mir leid.«

»Das reicht jetzt. Eine Frage noch.«

»Okay.«

»Wie stehen die Chancen«, sagte Brenda, »daß dein Freund das Arschloch findet, das den Ring meiner Mutter hat?«

»Die Chancen stehen recht gut.«

Brenda Rourke nickte und schloß die Augen. Jim Tile wartete, bis ihr Atem tief und regelmäßig ging; wartete, bis er sicher war, daß es ein tiefer, gesunder Schlaf war und nichts anderes. Ehe er hinausging, küßte er sie auf die Wange in einen Spalt zwischen den Bandagen und wurde durch die Wärme ihrer Haut getröstet. Er war sich ziemlich sicher, daß er auf ihren Lippen den Anflug eines Lächelns entdeckte.

Skinks Stirn ruhte auf der Fensterbank. Er hatte seit einer Stunde keinen Laut von sich gegeben und sich auch nicht gerührt, als Augustine sich auf den Weg machte, um die Waffen zu holen. Bonnie Lamb konnte nicht feststellen, ob er eingedöst war oder ob er sie lediglich ignorierte.

»Dies war das Zimmer eines Babys. Haben Sie das bemerkt?« fragte sie.

Nichts.

»Sind Sie wach?«

Immer noch keine Reaktion.

Eine Wespe kam durch die zerbrochene Fensterscheibe herein und fand sofort Gefallen an Skinks scharf riechender Mähne. Bonnie verscheuchte das Insekt. Von der anderen Straßenseite, aus dem Haus 15600 Calusa Drive, drang Hundegebell herüber.

Der Gouverneur meldete sich zu Wort. »Ach, die kommen schon wieder.« Er hob den Kopf nicht von der Fensterbank.

»Wer?«

»Die Leute mit dem Baby.«

»Wie wollen Sie das wissen?«

Schweigen.

»Vielleicht hat der Hurrikan sie endgültig vertrieben.«

»Optimistin«, brummelte Skink.

Während sie den ertrunkenen Teddybären betrachtete, dachte Bonnie, keine Familie habe es verdient, daß ihr Leben auf eine solch qualvolle Art zerstört wurde. Der Gouverneur schien ihre Gedanken zu lesen.

Er sagte: »Es tut mir leid, daß ihnen so etwas zugestoßen ist. Und es tut mir leid, daß sie überhaupt herkamen.«

»Und es würde Ihnen noch mehr leid tun, wenn sie wieder zurückkämen.«

Skink blickte hoch und blinzelte wie eine schläfrige Eidechse. »Es ist nun mal ein Hurrikangebiet«, sagte er knapp.

Bonnie war der Meinung, er sollte sich auch einmal den Standpunkt eines Außenstehenden anhören. »Die Menschen ziehen hierher, weil sie denken, daß es hier besser ist als dort, wo sie waren. Sie glauben an die Postkartenidylle, und wissen Sie was? Für viele ist es wirklich besser als dort, wo sie herkommen, ganz gleich, ob es Long Island oder Des Moines oder Havanna ist. Das Leben hier ist fröhlicher, angenehmer, daher lohnt sich das Risiko. Vielleicht lohnt es sich sogar, möglicherweise von einem Hurrikan heimgesucht zu werden.«

Der Gouverneur schaute sich mit seinem heilen Auge im Kinderzimmer um. »Wenn man auf Mutter Natur einschlägt, dann schlägt sie zurück.«

»Die Menschen haben Träume, das ist alles. Genauso wie die Siedler im Wilden Westen.«

»Ach, Kindchen.«

»Wie bitte?« fragte Bonnie spitz.

»Verraten Sie mir doch mal, was noch zum Besiedeln übrig ist.« Skink ließ wieder den Kopf auf die Fensterbank sinken.

Sie zupfte am Ärmel seines Tarnhemdes. »Ich will, daß Sie mir zeigen, was Sie Max gezeigt haben. Den wildesten Teil.«

Skink kicherte leise. »Weshalb? Ihr Mann war nicht sonderlich beeindruckt.«

»Ich bin nicht wie Max.«

»Hoffen wir inständig, daß das stimmt.«

»Bitte. Zeigen Sie es mir?«

Erneut keine Reaktion. Bonnie wünschte sich, Augustine wäre wieder zurück. Sie wandte ihre Aufmerksamkeit dem Haus zu, vor dem der schwarze Cherokee parkte, und ließ sich durch den Kopf gehen, was sie im Verlauf des langen heißen Vormittags gesehen hatten.

Eine halbe Stunde, nachdem der alte Mann erschienen war, hielt ein Taxi vor dem Haus. Aus dem Hauseingang von 15 600 Calusa Drive kam eine rothaarige Frau in einem engen, glänzenden Cocktailkleid und beeindruckenden Stöckelschuhen. Augustine und Bonnie waren sich darin einig, daß sie aussah wie eine Prostituierte. Während die Frau sich auf die Rückbank des Taxis schlängelte, bemerkte Skink, daß ihre auffälligen Strümpfe sich sehr gut als Fischnetz eignen würden.

Kurze Zeit später hatte ein taubenblauer Taurus in der Auffahrt gehalten. Der Gouverneur sagte, es müsse ein Mietwagen sein, denn nur Mietwagenfirmen kauften taubenblaue Fahrzeuge. Zwei Männer waren aus dem Taurus gestiegen, und keiner der beiden hatte einen mißgebildeten Unterkiefer. Der jüngere der beiden war ein eifrig wirkender junger Blondschopf. Er trug eine Brille und hatte einen braunen Aktenkoffer in der Hand. Der ältere, der ein wenig dicker war, hatte kurzgeschnittenes dunkles Haar und ein Schreibbrett mit Notizblock unter den Arm geklemmt. Seine gesamte Haltung drückte Autorität aus – wahrscheinlich war er ein ehemaliger Angehöriger des Militärs, vermutete Skink, der es als junger Mann bis zum Sergeant gebracht hatte. Die beiden Männer waren lange in dem Haus geblieben. Schließlich war der ältere Mann allein herausgekommen. Er setzte sich auf den Fahrersitz des Wagens, ließ die Tür offenstehen und machte sich Notizen. Wenig später war der Mann mit dem Aktenkoffer aus dem Garten gekommen und um die Hausecke gebogen, und zusammen fuhren sie davon.

Während die Besucher nicht wie gewalttätige Desperados

aussahen, meinte Skink, in Miami könne man sich auf so etwas nicht unbedingt verlassen. Augustine hatte die Anspielung verstanden und war losgezogen, um Gewehr und Pistole aus dem Pick-up zu holen.

Nun hatte der Gouverneur wieder seine Stirn auf die Fensterbank gebettet und begann zu summen. Bonnie erkundigte sich nach dem Titel des Songs.

»›Number Nine Dream‹«, antwortete er.

»Den kenne ich nicht.«

Sie wollte soviel über sein Leben erfahren. Sie wollte, daß er aus sich herausging und die aufregendsten und schockierendsten aller wahren Geschichten erzählte.

»Singen Sie ihn mir vor«, bat sie.

»Ein anderes Mal.« Skink deutete über die Straße. Ein Mann und eine Frau verließen das Haus.

Bonnie Lambs Augen weiteten sich. »Was um alles in der Welt haben sie vor?«

Der Gouverneur erhob sich schnell. »Kommen Sie, mein Kind«, sagte er.

Nach Ende der Sally-Jessy-Show führte Snapper zwei Telefongespräche, um irgendwas zu organisieren. Was genau, wußte Edie Marsh nicht. Offenbar war ihm eingefallen, was er mit dem alten Mann tun konnte, ohne ihn zu ermorden.

»Hilf mir mal«, sagte er zu Edie und begann, die Wohnzimmervorhänge von den Schienen zu ziehen. Die Vorhänge waren bordellrosa und schwer und muffig vom Regen. Sie breiteten den Stoff zu einem Quadrat auf dem Fußboden aus. Dann legten sie Levon Stichler in die Mitte und rollten ihn darin ein.

Für Edie sah das fertige Produkt wie eine Erdbeerrolle aus. Sie sagte: »Hoffentlich kriegt er darin genügend Luft.«

Snapper trat gegen die rosafarbene Rolle. »Hey, Arschloch. Kannst du atmen?«

Der geknebelte alte Mann antwortete mit einem lauten Stöhnen. Snapper nickte zufrieden. »Ihm geht's gut. Komm, schaffen wir ihn nach draußen zum Jeep.«

Levon Stichler war nicht so leicht zu tragen. Snapper nahm das schwere Ende, aber jeder Schritt war eine Qual für sein zerschmettertes Knie. Sie ließen den alten Mann mehrmals fallen, ehe sie die Auffahrt erreichten. Jedesmal, wenn es passierte, fluchte Snapper wütend und führte einen einbeinigen Tanz um das Stoffbündel auf. Edie öffnete die Heckklappe des Cherokee, und irgendwie schafften sie es, Levon Stichler in den Laderaum zu falten.

Snapper lehnte sich gegen die Stoßstange und wartete darauf, daß der glühende Schmerz in seinem Bein nachließ, als er den hochgewachsenen Fremden entdeckte, der vom verlassenen Haus auf der anderen Straßenseite zu ihnen herüberkam. Sein langes, wildes Haar sah aus wie bereifter Hanf. Zuerst glaubte Snapper, es wäre ein Streuner, ein Vietnamveteran vielleicht oder einer dieser cracksüchtigen Penner, die unter der Interstate hausten. Allerdings bewegte er sich zu schnell und zu zielstrebig, um ein Penner zu sein. Er ging, als hätte er einen gefüllten Magen, gesunde starke Muskeln und etwas ganz Bestimmtes im Sinn. Zehn Meter hinter ihm und darum bemüht, ihn einzuholen, erschien eine gepflegt aussehende junge Frau.

»Oh, Scheiße«, sagte Edie Marsh und schlug die Heckklappe des Jeeps zu. Sie befahl Snapper, den Mund zu halten und das Reden ihr zu überlassen.

Während der Fremde sich näherte, richtete Snapper sich auf beiden Beinen auf. Der Schmerz in seinem lädierten Knie ließ ihn mit seinen verschobenen Backenzähnen knirschen. Er schob eine Hand in sein Jackett.

»Entschuldigen Sie«, sagte der Fremde. Die Frau, die einen nervösen Eindruck machte, blieb hinter ihm stehen.

Edie Marsh fragte hilfsbereit: »Haben Sie sich verlaufen?«

Der Fremde strahlte – ein ansteckendes Lachen voller Filmstarzähne. Snapper wappnete sich. Das war kein Straßenpenner.

»Was für eine nette Frage«, sagte der Mann zu Edie. Dann wandte er sich an Snapper. »Sir, Sie und ich haben etwas gemeinsam.«

Snapper starrte ihn finster an. »Wovon zum Teufel reden Sie?«

»Sehen Sie mal hier.« Der Fremde pulte lässig einen seiner Augäpfel heraus und hielt ihn hoch wie einen funkelnden Edelstein, damit Snapper ihn betrachten konnte. Snapper spürte, wie er zu schwanken begann, und stützte sich am Jeep ab. Der Anblick der eingesunkenen Augenhöhle war noch schlimmer als der der glitzernden Prothese.

»Es ist aus Glas«, sagte der Mann. »Eine kleine Behinderung wie Ihr Unterkiefer. Aber wir müssen beide täglich mit dem Spiegel kämpfen, nicht wahr?«

»In der Hinsicht habe ich keine Schwierigkeiten«, sagte Snapper, obgleich er dem Fremden nicht ins Gesicht blicken konnte. »Sind Sie etwa ein Scheiß-Prediger oder so was?«

»Mister«, schaltete Edie Marsh sich ein, »ich will nicht unhöflich sein, aber wir haben es eilig. Wir sind in der Stadt verabredet.«

Der Fremde hatte einen düsteren, unerklärlichen Charme, ließ eine gefährliche und ungebändigte Intelligenz erahnen, die Edie beunruhigte. Er schien mit der Aussicht auf eine physische Auseinandersetzung durchaus zufrieden zu sein. Die hübsche junge Frau, zurückhaltend und zierlich gebaut, schien als Partnerin nicht zu ihm zu passen. Edie fragte sich, ob sie vielleicht seine Gefangene war.

Der hochgewachsene Fremde legte den Kopf in den Nacken und setzte sich geschickt das Glasauge wieder ein. Dann blinzelte er kurz und sagte dann: »Okay, Kids. Dann laßt mich mal einen Blick in diesen tollen Jeep werfen.«

Snapper riß den .357er aus der Tasche und zielte damit auf

einen Hemdknopf in der Mitte der breiten Brust des Mannes. »Einsteigen«, knurrte er.

Erneut grinste der Fremde. »Wir dachten schon, Sie würden uns nie dazu auffordern!« Die junge Frau umklammerte einen seiner Arme und versuchte ein Zittern zu unterdrücken.

Augustine entdeckte einen Jungen mit strubbeligen Haaren, der starr in einem zerfetzten Liegestuhl vor einem ramponierten Haus lag. Der größte Teil des Dachs war verschwunden, daher war eine billige blaue Plastikfolie zum Schutz vor Regen und Sonne an die Dachbalken geheftet worden. Die Folie knisterte und flatterte im Wind.

Der flachsköpfige Junge schien nicht älter als zehn oder elf Jahre zu sein. Er hatte eine Ruger Mini-14 aus rostfreiem Stahl in den Händen, die er nun aus dem Schoß hochhob, als Augustine auf dem Bürgersteig vorbeiging. Mit dünner Stimme rief der Junge: »Plünderer werden erschossen!«

Diese Warnung paßte zu einer Botschaft, die mit Sprayfarbe in fast metergroßen Lettern auf die Fassade des Hauses aufgesprüht war: PLÜNDERN VERBOHTEN!!

Augustine winkte dem Kind zu. »Ich bin kein Plünderer. Wo ist dein Vater?«

»Holz holen. Er hat gesagt, ich soll Wache halten.«

»Du machst deine Sache gut.« Augustine betrachtete anerkennend das schwere Gewehr. Ein Bankräuber hatte das gleiche Modell benutzt, um vor ein paar Jahren fünf FBI-Agenten in Suniland zu erschießen.

»Am Tag nach dem Hurrikan«, erklärte der Junge, »hatten wir Besuch von Plünderern. Wir waren zu der Zeit bei Onkel Rick. Er wohnt in einem Ort namens Dania. Sie sind gekommen, während wir weg waren.«

Augustine machte ein paar Schritte, um besser sehen zu können. Das Magazin steckte in der Ruger. Das Gewehr war entsichert. Der Junge hatte einen ernsten Ausdruck im Gesicht und blinzelte Augustine an, als stünde er hundert Meter entfernt. Der Junge rutschte in dem wackligen Sessel hin und her. Ein Mundwinkel verzog sich zu einem herablassenden Grinsen. Fast erwartete Augustine, jeden Moment Banjomusik zu hören.

»Sie haben unsere Fernseher und den CD-Player mitgenommen«, fuhr der Junge fort. »Und Dads Werkzeugkiste. Ich soll die Schweine erschießen, wenn sie zurückkommen.«

»Hast du denn das Gewehr schon mal abgefeuert?«

»Aber immer.« Die harten graublauen Augen des Jungen flackerten bei der Lüge. Die Mini-14 war schwer. Seine kleinen Arme waren schon ganz müde vom langen Halten. »Sie sollten jetzt lieber weitergehen«, sagte der Junge.

Augustine nickte und entfernte sich. »Paß nur gut auf, okay? Damit du nicht den Falschen erwischst.«

»Mein Dad sagt, er will überall Fallen aufbauen, damit es ihnen beim nächsten Mal leid tut. Er ist zum Eisenwarenladen. Meine Mom und Debbie sind noch bei Onkel Rick. Debbie ist meine Halbschwester, sie ist sieben.«

»Versprich mir, daß du mit dem Gewehr vorsichtig bist.«

»Sie ist in einen rostigen Nagel getreten, und die Wunde hat sich entzündet.«

»Versprich mir, daß du ganz ruhig bleibst.«

»Okay«, sagte der Junge. Ein Schweißtropfen rann über seine rosige, sonnenverbrannte Wange. Sie kitzelte ganz bestimmt, aber der Junge nahm die Hand nicht vom Gewehr.

Augustine winkte ihm zum Abschied zu und setzte seinen Weg fort. Als er das Haus erreichte, wo er Bonnie und den Gouverneur zurückgelassen hatte, fand er es leer und verlassen vor. Und auf der anderen Straßenseite, vor dem Haus 15600 Calusa Drive, war der schwarze Jeep Cherokee aus der Auffahrt verschwunden.

22. KAPITEL

Augustine sprintete über die Straße. Er zog die Pistole, als er den Hauseingang erreichte. Er erhielt keine Antwort, als er Bonnies Namen rief. Vorsichtig streifte er durch das Haus. Es war leer. Die Luft war schal. Schimmel und Schweiß, außer in einem der Schlafzimmer – aufdringliches Parfüm und Sex. Ein Wandschrank in der Diele stand offen, aber es befand sich nichts Ungewöhnliches darin. Eine Urkunde an der Wohnzimmerwand verkündete, daß das Haus einem Verkäufer namens Antonio Torres gehörte. Der Hurrikan hatte dem Bau wirklich übel mitgespielt. Im Garten fand Augustine zwei Zwergdackel, die an einen Rasensprenger gebunden worden waren. Sie bellten aufgeregt, als sie ihn entdeckten.

Er ließ sich auf den Kunstledersessel fallen und versuchte zu rekonstruieren, was in den zwanzig Minuten, die er unterwegs gewesen war, geschehen sein konnte. Offensichtlich hatte irgend etwas den Gouverneur dazu gebracht zu handeln. Bestimmt hatte er von Bonnie verlangt, auf der anderen Straßenseite zu warten, aber sie war ihm wahrscheinlich trotzdem gefolgt. Augustine mußte davon ausgehen, daß sie jetzt mit dem schlimmen Finger im Jeep saßen und zu einem unbekannten Ziel unterwegs waren.

Augustine nahm das Haus ein zweites Mal unter die Lupe und suchte nach Hinweisen. Im Durcheinander des Schlafzimmers befand sich ein Album mit vom Wasser angegriffenen Fotos: der Verkäufer, seine Ehefrau und eine Vielzahl wohlgenährter Verwandter. Brenda Rourke hatte ihren Angreifer nicht als übergewichtigen Mann spanischer Abstammung in Erinnerung, und die Bilder von Antonio Torres zeigten keine auffällige gesichtsmäßige Mißbildung. Augustine entschied, daß es nicht derselbe Mann sein konnte. Er ging weiter in die Küche.

In einem Geschirrschrank über der Doppelspüle, versteckt in

einer großen Saucenschüssel, befand sich die Lederhandtasche einer Frau. Darin steckte eine Brieftasche, die einen in Florida gültigen Führerschein für eine weiße Frau namens Edith Deborah Marsh enthielt, geboren am 7. 5. 1963. Die Adresse war ein Apartment in West Palm Beach. Das Foto auf dem Führerschein war ungewöhnlich aufschlußreich: eine hübsche junge Lady mit verhangenen, raubtierhaften Augen. Der Fotograf in der Führerscheinausgabe hatte sich selbst übertroffen. In der Handtasche befanden sich außerdem säuberlich zusammengefaltet die rosafarbenen Durchschläge zweier Schadensabrechnungen der Midwest Casualty, eine über 60 000 und eine über 141 000 Dollar. Die Abrechnungen betrafen Sturmschäden am Haus 15 600 Calusa Drive und trugen die Unterschriften von Antonio und Neria Torres. Interessanterweise war auf den Versicherungspapieren das Datum desselben Tages eingetragen. Augustine fand es höchst seltsam, daß diese Dokumente sich im Besitz von Mrs. Edie Marsh befanden, und nahm sich die Freiheit, sie in seine eigene Tasche zu transferieren.

Es war eine interessante Wendung, aber Augustine bezweifelte, daß sie ihm helfen würde, Bonnie und den Gouverneur zu finden. Der Schlüssel zu dem ganzen Rätsel war der Scheißkerl mit dem schiefen Kinn. Er wäre derjenige, der Brenda Rourkes Dienstrevolver in seinem Besitz hatte. Er wäre derjenige, der am Steuer des Cherokee saß. Trotzdem enthielt das Haus keinerlei sichtbare Spuren.

Mit jeder Sekunde, die verstrich, vergrößerte sich die Distanz zwischen dem Scheißkerl und ihm selbst. Augustine empfand einen Anflug von Panik bei dem Gedanken, was passieren könnte. Es war unvorstellbar, daß der Gouverneur sich während einer Entführung kooperativ verhielt. Widerstand lag dem Mann im Blut. Eine .357er, die auf seine Stirn zielte, wäre lediglich eine weitere Herausforderung. Und wenn er einen Fehler machte, wäre Bonnie Lamb verloren.

Augustine brannte vor Sorge. Sein erster Gedanke war, in den

Truck zu steigen und einfach loszufahren und immer weitere Kreise zu beschreiben in der wilden Hoffnung, den Jeep irgendwann zu sichten. Der Schläger hatte nur einen knappen Vorsprung, allerdings auch den beträchtlichen Vorteil, daß er wußte, welche Richtung er einschlug.

Dann dachte Augustine an Jim Tile, den State Trooper. Ein einziges Signal über den Polizeifunk, und jeder Cop in Süd-Florida würde nach dem Cherokee Ausschau halten. Augustine hatte das neue Nummernschild auswendig gelernt: PPZ-350. Rettet die Seekuh.

Er nahm den Hörer des Küchentelefons ab, um sich von der Auskunft die Nummer der Highway Patrol geben zu lassen – und entdeckte seine alte Freundin, die Wahlwiederholungstaste.

Er war auf den Trick gekommen, als er mit der verrückten Chirurgin zusammengelebt hatte, der Frau, die sich am Ende unter der Dusche mit einem Skalpell auf ihn gestürzt hatte. Immer wenn er sie nicht zu Hause antraf, hatte Augustine auf die Wahlwiederholungstaste gedrückt, um festzustellen, ob sie in der Stadt herumtelefoniert hatte, um weitere Dilaudid-Tabletten aufzutreiben, oder ob sie irgendwelche Gegenstände zu verhökern versuchte, die sie aus seinem Haus gestohlen hatte. Es dauerte gar nicht lange, und er kannte die Stimmen ihrer verschiedenen Drogenhändler und Hehler, ehe sie auflegten. Auf diese Weise war der Wahlwiederholungsknopf ein nützliches Hilfsmittel gewesen, um die Launen seiner Freundin vorherzubestimmen und fehlendes Eigentum aufzuspüren.

Daher drückte er nun auf die Taste, um die Nummer festzustellen, die vor Skinks und Bonnies Verschwinden zuletzt von 15600 Calusa Drive aus angerufen worden war. Nach drei Rufzeichen erklang eine freundliche weibliche Stimme.

»Paradise Palms. Kann ich Ihnen helfen?«

Augustine zögerte. Er kannte nur ein Paradise Palms, ein Strandhotel unten in Islamorada. Er versuchte es damit. »Mein Bruder hat vorhin angerufen. Aus Miami.«

»O ja. Der Freund von Mr. Horn.«

»Wie bitte?«

»Der Eigentümer, Mr. Horn. Ihr Bruder heißt doch Lester, nicht wahr?«

»Richtig«, sagte Augustine, nun im Blindflug.

»Er ist die einzige Buchung, die wir heute hatten. Möchte er absagen?«

»O nein«, sagte Augustine. »Nein, ich wollte mich nur vergewissern, daß mit der Reservierung alles klargeht. Sehen Sie, wir wollen ihn überraschen – er hat morgen Geburtstag. Wir wollten mit ihm zum Fischen aufs Meer rausfahren.«

Die Frau im Hotel berichtete, daß die Dolphins sich ziemlich weit draußen aufhielten, und riet ihm, es bei Bud 'n Mary's bei den Docks zu versuchen, um ein Boot zu chartern. »Soll ich für Sie nachfragen?«

»Nein, das ist nicht nötig.«

»Weiß Mr. Horn Bescheid?«

»Worüber?« fragte Augustine.

»Daß Lester Geburtstag hat. Es tut ihm sicherlich leid, daß er nicht mitfeiern kann – er hält sich geschäftlich in Tampa auf.«

»Ach, das ist aber schade«, sagte Augustine. »Ich wollte noch wissen – wann kommt mein Bruder an? Damit wir alles rechtzeitig vorbereiten können. Sie wissen schon, für die Überraschungsparty.«

»Natürlich. Er sagte, wir könnten heute am späten Nachmittag mit seiner Ankunft rechnen.«

»Das paßt ideal.«

»Und machen Sie sich keine Sorgen. Ich werde nichts verraten, damit die Überraschung auch gelingt.«

»Ma'am«, sagte Augustine, »ich weiß nicht, wie ich Ihnen danken soll.«

Nach einem Tag sinnlosen Trinkens und qualvollen Selbstmitleids nahm Max Lamb eine Maschine von Guadalajara nach

Miami. Dort faßte er den Vorsatz, mit dem Rauchen aufzuhören, seine einer Gehirnwäsche unterzogene Frau zurückzuholen und sein Leben neu zu ordnen. Wichtig war erst einmal eine zweite Hochzeitsreise – aber diesmal zu einem Ziel, das so weit wie möglich von Florida entfernt war.

Hawaii, dachte Max. Vielleicht sogar Australien.

Sein Kopf war wie ein Ziegelstein. Der Kater nach dem Tequila sorgte im Flugzeug für lebhafte Alpträume. Einmal wachte er davon auf, wie er mit den Fingern ein unsichtbares Schockhalsband herunterreißen wollte, weil sein Hals in Flammen stand. In dem Alptraum war es Bonnie und nicht der Kidnapper, die mit der Fernbedienung des Tri-Tronics herumfuchtelte und mit teuflischem Grinsen auf die Knöpfe drückte. Eine Stunde später folgte ein zweiter Traum, wieder mit seiner Frau. Diesmal liebten sie sich auf einem Propellerboot, das unter einem porzellanblauen Himmel durch die Everglades flitzte. Bonnie saß auf ihm und hatte die Augen halb geöffnet, während ihr das Riedgras ins Gesicht peitschte. Auf ihrer nackten Schulter hockte ein Affe – dieselbe verrückte Bestie, die Max nach dem Hurrikan mit der Videokamera aufgenommen hatte! Im Traum konnte Max das Gesicht des Propellerbootlenkers nicht sehen, aber er glaubte, es sei der stille junge Mann, der mit Schädeln jonglierte. Während Bonnie ihre Hüften ruckartig bewegte, hing der häßliche Affe an ihr wie ein winziger Würger. Plötzlich erhob er sich auf die Hinterbeine und zeigte eine rosige Errektion. In diesem Moment schrie Max auf und erwachte. Er war hellwach, aber erheblich ruhiger, als die Maschine schließlich landete.

Dann, im Flughafen von Miami, wurden seine Tequila-Phantasien durch eine Zeitungsschlagzeile erneut zum Leben erweckt:

Leichenreste in Fox Hollow als Mafioso identifiziert.
Vermutlich Opfer einer entlaufenen Raubkatze.

Max kaufte die Zeitung und las die Story voller Entsetzen. Ein Gangster namens Ira Jackson war von einem wilden Löwen verschlungen worden, der während des Sturms aus einer Tierfarm entkommen war. Die blutrünstigen Details steigerten die Dringlichkeit von Max' Vorhaben.

Er erreichte Augustines Haus mit einer vorbereiteten Ansprache und, falls nötig, einer juristischen Drohung. Das Haus war dunkel. Niemand öffnete die Tür. Da ihm niemand entgegentrat, faßte Max den kühnen Entschluß, nach hinten in den Garten zu schleichen.

Die Schiebetür auf der Veranda war nicht abgeschlossen. Im Haus war es stickig und warm. Max schaltete die Klimaanlage ein und knipste jede Lampe an, die er finden konnte. Er wollte seine Anwesenheit deutlich kundtun. Auf keinen Fall wollte er sich dabei erwischen lassen, wie er wie ein gemeiner Einbrecher in der Dunkelheit durch die Flure schlich.

Angestachelt von seiner eigenen Kühnheit, durchsuchte Max das Haus nach Spuren seiner Frau. In einem Schrank hingen die Kleider, die sie an dem Tag getragen hatte, als er entführt worden war. Da der Mietwagen mit ihren Habseligkeiten total ausgeraubt worden war, kam Max zu dem Schluß, daß Bonnie die Kleider von jemand anderem tragen mußte oder daß ihre Eltern ihr telegrafisch Geld geschickt hatten – oder vielleicht hatte Augustine ihr auch eine teure neue Garderobe gekauft. War es nicht das, was Verführer von Ehefrauen gewöhnlich taten?

Max Lamb zwang sich, das Gästezimmer zu betreten. Er hielt sich von der Wand mit den Schädeln fern, fröstelte aber trotzdem unter ihren leeren Blicken. Zufrieden stellte er fest, daß die Bettlaken nur auf der linken Seite – Bonnies Lieblingsseite – zerwühlt waren. Eine Vertiefung im einzigen Kopfkissen schien, nach genauer Untersuchung, genau den Umrissen des Kopfs einer jungen Frau zu entsprechen. Das Bett wies keine Spuren von männlicher Benutzung auf.

In einer Eichenkommode befand sich ein ganzes Sortiment an Frauenkleidung von Büstenhaltern bis hin zu Bluejeans in erstaunlich vielen unterschiedlichen Größen. Überbleibsel von Augustines ehemaligen Freundinnen, vermutete Max. Dem amazonenhaften Schnitt einer schwarzen Gymnastikhose nach zu urteilen, mußte eine von ihnen über eins achtzig groß gewesen sein. Max fand mehrere kleine Kleidungsstücke, die seiner Frau sicherlich gepaßt hätten, darunter auch ein Paar blauer Sportsocken, die als kleines Häufchen auf dem Holzfußboden lagen. Seine Laune besserte sich. Wenigstens trug sie geliehene Kleidung.

Er wappnete sich für die nächste Überprüfung: Augustines Zimmer.

Das Bett des Mannes sah aus, als sei eine Granate unter den Laken explodiert. Max Lamb dachte: Er hat entweder phantastischen Sex oder furchtbare Alpträume. Die Unordnung machte es unmöglich zu entscheiden, ob zwei Personen sich die Matratze geteilt hatten. Soweit Max es beurteilen konnte, hätte auch die gesamte Besetzung von *A Chorus Line* in dem Bett geschlafen haben können.

Ungewißheit nagte an seinem Ego. Ihm kam eine Idee – geschmacklos, aber effektiv. Er beugte sich über Augustines Bett, hielt seine Nase an die Laken und schnüffelte nach einer Spur von Bonnies Parfüm. Untypischerweise konnte Max Lamb sich nicht an den Produktnamen des Duftes erinnern, aber er würde niemals sein fruchtiges Aroma vergessen.

Er schnüffelte einem imaginären Gitternetz folgend, begann am Kopfbrett und arbeitete sich über die Matratze nach unten. Ein heftiges Niesen verkündete seinen Fund: Paco Rabanne for men. Max erkannte den Duft, denn er trug ihn selbst (trotz einer ihn nahezu zur Untätigkeit verdammenden Allergie) jeden Montag zu den Rodale-Konferenzen im sechsten Stock.

Paco und Bleichmittel waren alles, was Max an Augustines Laken wahrnahm.

Eine Stelle zum Nachschauen blieb noch übrig: der Abfalleimer im Badezimmer. Grimmig durchwühlte Max den Inhalt. Keine benutzten Kondome, Gott sei Dank.

Später, als er sich auf Augustines Sofa ausgestreckt hatte, erkannte Max, daß Bonnies Treue oder ihr mögliches Nichtvorhandensein gar nicht der wichtigste Punkt war. Der war ihre geistige Gesundheit. Irgendwie hatten sie sie eingewickelt, diese Verrückten. Sie waren wie eine perverse Sekte – der eine ernährt sich von Asphaltpizza, der andere spielt mit menschlichen Schädeln.

Wie konnte sich eine intelligente junge Frau nur von solchen Verrückten beeindrucken lassen!

Max Lamb entschloß sich zu einem kühnen Schritt. Er skizzierte für sich ein Drehbuch und probte es eine Stunde lang, ehe er zum Telefonhörer griff. Dann wählte er die Nummer in New York und hinterließ eine Nachricht für seine herumvagabundierende Frau. Das Ultimatum.

Anschließend rief Max die Nummer ein zweites Mal an, um zu hören, wie es auf dem Anrufbeantworter klang. Seine Stimme war derart stählern, daß er sich selbst kaum wiedererkannte.

Hervorragend, dachte er. Genau das, was Bonnie jetzt hören muß.

Wenn sie nur anriefe.

Avilas Frau verkündete spöttisch, daß seine teuren *Santería*-Ziegen sich in der Obhut der Animal Control befänden. Eine war eingefangen worden, als sie auf dem Bankett des Don Shula Expressway weidete, während die andere in einer Autowaschanlage aufgetaucht sei, wo sie ihre Hörner in den Kühlergrill einer geleasten Jaguar-Limousine gebohrt habe. Avilas Frau berichtete weiter, es sei die Sensationsmeldung der Nachrichten von Channel 7 gewesen.

»Und? Was soll *ich* deiner Meinung nach tun?« fragte Avila.

»Ach, vergiß doch! Dreihundert Dollars, du vergiß doch!«

»Soll ich die Ziegen stehlen? Okay, ich fahre heute nacht zum Tierasyl, schneide den Zaun auf und entführe die verdammten Dinger. Bist du dann zufrieden? Während ich schon mal da bin, kann ich dir auch gleich noch ein paar Katzen oder Hunde mitbringen. Vielleicht auch ein fettes Meerschweinchen für deine Mutter, oder?«

»Ich dich hasse! Ich dich hasse!«

Avila schüttelte den Kopf. »Jetzt geht das schon wieder los.«

»Du und dein Chango, dein schwuler *orícha*!«

»Lauter«, sagte Avila. »Vielleicht weckst du einige deiner toten Verwandten in Havanna.«

Das Telefon klingelte. Er nahm ab und wandte seiner Frau den Rücken zu, die mit einer Dose schwarzer Bohnen nach ihm warf und aus der Küche stürmte, wobei sie englische Schmähungen ausstieß.

Jasmine war am anderen Ende. »Was hat der Lärm zu bedeuten?« erkundigte sie sich.

»Familienbande«, sagte Avila.

»Na schön, Schätzchen. Ich sitze gerade mit Bridget zusammen, und rate mal, wo wir heute abend hingehen.«

»Jemandem einen blasen?«

»Mein Gott, da ist aber jemand in einer beschissenen Laune.«

»Tut mir leid«, sagte Avila. »Ich hatte einen beschissenen Tag.«

»Wir fahren in die Keys.«

»Ja und?«

»Um deinen Freund zu treffen«, sagte Jasmine.

»Ohne Scheiß? Wo?«

»In irgendeinem Motel am Meer. Kannst du verstehen, daß er uns beide dafür bezahlt, daß wir uns um einen alten Knacker kümmern?«

»Um wen?« Avila hatte keine Ahnung, welche neue Nummer Snapper abziehen wollte.

»Irgendein alter Sack«, sagte Jasmine. »Mehr weiß ich nicht.

Wir sollen ihn zwei Tage lang beschäftigen und dabei ein paar heiße Fotos schießen. Dein Freund will dafür jedem von uns fünfhundert geben.«

»Mein Gott, ist das schofel.«

»Die Geschäfte laufen schleppend, Süßer. Der Hurrikan hat all unsere Stammkunden in anständige, treue, gottesfürchtige Familienväter verwandelt.«

Avila hörte im Hintergrund Bridgets Kichern. Jasmine sagte: »Also sind fünfhundert im Augenblick doch schon ganz gut.«

»Ich verdopple das Ganze, wenn du mir den Namen des Motels verrätst.«

»Was meinst du denn, weshalb wir dich angerufen haben? Bist du nicht stolz auf mich?«

»Du bist die Beste«, sagte Avila.

»Aber hör mal, Schätzchen, wir müssen wissen –«

»Laß mich mal mit Bridget reden.«

»Nee, wir wollen wissen, was du vorhast. Denn wir beide sind auf Bewährung draußen, wie üblich –«

»Keine Sorge«, sagte Avila.

»– und wir brauchen nicht noch mehr Ärger, in juristischer Hinsicht.«

»Beruhigt euch, hab ich gesagt.«

»Du willst diesen Burschen doch nicht umbringen, oder?«

»Welchen Burschen – Snapper? Zur Hölle, nein, er schuldet mir Geld, das ist alles. Wann seid ihr mit ihm verabredet?«

»Gegen acht«, sagte Jasmine.

Avila schaute auf seine Armbanduhr. »Ihr schafft es niemals rechtzeitig bis nach Key West, es sei denn, ihr nehmt einen Raketenwagen.«

»Nicht Key West, Schätzchen. Islamorada.«

Das lag über hundert Kilometer näher, aber Avila wußte trotzdem nicht, ob er rechtzeitig hinkäme. Zuerst einmal müßte er ein Opfer darbringen. Eine solche wichtige Reise war ohne ein Opfer undenkbar.

»Wie ist der Name des Motels?« wollte er von Jasmine wissen.

»Erst mußt du mir versprechen, daß ich und Bridget nicht in Schwierigkeiten kommen.«

»Mein Gott, das hab ich euch doch schon gesagt.«

»Dann hör gut zu, wie es läuft«, sagte sie. »Du mußt warten, bis wir von deinem Freund Snapper unser Geld bekommen haben. Und dann mußt du versprechen, daß du niemanden vor unseren Augen erschießt, okay?«

»Beim zukünftigen Grab meiner Frau«, sagte Avila.

»Außerdem mußt du versprechen, uns zu zahlen, was du gesagt hast – fünfhundert für jeden.«

»Jawoll.«

»Plus zwei große Portionen stone crabs in einem Fischrestaurant. Auf die Idee ist Bridget gekommen.«

»Kein Problem«, sagte Avila. Die Prostituierten davon zu unterrichten, daß die Saison für stone crabs vorbei war, hätte die weiteren Verhandlungen nur unnötig erschwert.

»Der Name«, drängte Avila.

»Paradise Palms. Ich bin noch nie dort gewesen. Bridget auch nicht, aber Snapper meinte, es sei wirklich hübsch.«

»Verglichen mit dem Knast ist es bestimmt das reinste Ritz. Welche Zimmernummer?«

Jasmine gab die Frage an Bridget weiter, aber Bridget wußte es nicht.

»Das macht nichts«, sagte Avila. »Ich finde euch schon.«

»Vergiß nicht, was du versprochen hast.«

»Ja, ich versuch's. Es ist schließlich schon sieben Sekunden her.«

»Schön, Süßer, wir fahren jetzt lieber los.«

Avila wollte schon den Hörer auf die Gabel legen, als ihm noch etwas einfiel. »Hey! Jasmine, warte!«

»Was ist denn?«

»Hast du ihr von mir erzählt?«

»Wem? Bridget? Ich hab ihr nichts erzählt.« Jasmine klang verwirrt. »Was gibt's denn zu erzählen?«

»Nichts.«

»Ach ... du meinst von –«

»Sprich's ja nicht aus!«

»Liebling, das würde ich *niemals*«, versicherte Jasmine. »Das ist eine Sache nur zwischen dir und mir. Ganz ehrlich.«

»Denn neulich hast du gesagt, ich sei besser gewesen.« Wie sehr hatte Avila sich angestrengt, seine vokalen Emissionen während des Vögelns zu unterdrücken! Die paar Laute, die er von sich gegeben hatte, waren auch bei großzügigster Interpretation keine Quieker gewesen.

»Neulich warst du ganz toll«, sagte Jasmine. »Einfach phantastisch. Viel besser als in meiner Erinnerung.«

»Das gleiche gilt für dich«, sagte Avila.

Später, als er nach Sweetwater fuhr, um die Hühner zu besorgen, dachte er immer wieder an das schwüle Kompliment des Callgirls. Ob sie es ernst gemeint hatte oder nicht, war keine weitere Überlegung wert. Das Prinzip der Aufrichtigkeit war Avila derart fremd, daß er sich nicht dazu berufen fühlte, in dieser Hinsicht über Jasmine zu urteilen. Er war nur froh, daß sie sich nicht mehr »Morganna« nannte – ein Name, der fast zu grotesk war, um sich in den Momenten höchster Leidenschaft daran zu erinnern.

Die kombinierte Wirkung von Marihuana und Methaqualon auf Dr. Charles Gablers Urteilsfähigkeit war nicht heilsam. Das wurde niemals offenkundiger als in der Nacht des 1. September in einem Motel am Rand der Interstate 10 in der Nähe von Bonifay, Florida. Überwältigt von Sehnsucht und Begierde schlüpfte der Professor aus dem Doppelbett, das er sich mit der schlafenden Neria Torres teilte, und stieg um in das Doppelbett, das mit der wachen jungen Studentin Celeste besetzt war. Während er sich feurig an eine von Celestes cremefarbenen Brüsten hängte, wurde Dr. Gabler von einem warmen, harmonischen Zusammenfluß physischer und metaphysischer Strömungen beruhigt. Sein Timing hätte nicht schlechter sein können.

Neria Torres hatte die Parameter ihrer Beziehung mit dem Professor immer wieder kritisch überdacht, seit sie vor Jackson, Mississippi, den Highway verlassen hatten, damit er austreten konnte. Während sie auf dem Fahrersitz saß und zusah, wie Dr. Gabler versuchte, einige Azaleen zu besprengen, hatte Neria gedacht: Das finde ich gar nicht mehr hübsch.

Als der Professor dann zum VW-Bus zurücktrottete, hatten die Scheinwerferstrahlen die rubinroten Kristalle, die an einer Schnur um seinen Hals hingen, dramatisch illuminiert.

»Oh, Mann«, hatte die junge Celeste ausgerufen, durchdrungen von mystischem Staunen und dem besten Stoff, den das Humboldt County lieferte.

Das war der Augenblick, als Neria Torres in ihre Zukunft geblickt und entschieden hatte, daß der Professor nicht in größerem Maß daran beteiligt werden sollte. Vor allem nicht an der Versicherungssumme für die Hurrikanschäden. Neria stellte sich vor, daß Dr. Gabler vielleicht versuchte, ihr einen Teil des Geldes abzuschwatzen – wahrscheinlich würde er es ein freundschaftliches Darlehen nennen –, und dann bei Nacht mit seinem mannbaren Schützling das Weite suchen würde. Schließlich hatte er so ziemlich genau das mit seiner früheren Freundin, einer Makramee-Händlerin, getan, als Neria Torres in sein Leben getreten war.

Und selbst wenn der Professor keine egoistischen Absichten bezüglich der Hurrikanbeute hegte, hatte Neria einen durchaus praktischen Grund, ihm den Laufpaß zu geben. Sein Erscheinen in Miami würde den Kampf um das Versicherungsgeld gegen ihren verlassenen Mann komplizierter machen. In Anbetracht der fragwürdigen Begleitumstände ihres Abschieds aus dem Haus bezweifelte Neria, daß Tony gewillt wäre, zu vergeben und zu vergessen. Daß es ihr nicht gelungen war, in den Tagen nach dem Sturm mit ihm in Verbindung zu treten, war ein schlechtes Omen – offensichtlich hatte der rachsüchtige Bastard die Absicht, auch ihre Hälfte des Geldes einzustecken. Falls der Kampf vor Gericht stattfinden sollte, würde Dr. Gablers triefäugige Anwesenheit während der Verhandlung sich bestimmt nicht allzu vorteilhaft auf ihre Sache auswirken.

Dies waren die Gedanken, mit denen sie im Motel in Bonifay einschlief. Wäre ihr Schlaf fester gewesen oder wäre die aus der Eisenhower-Ära stammende Klimaanlage noch um einige Dezibel lauter gewesen, wäre Neria Torres vielleicht nicht durch das gedämpfte Schmatzen und Saugen und das verliebte Hmmmhmmm aus dem Nachbarbett geweckt worden. Aber sie wurde geweckt.

Außer daß sie die Augenlider einen winzigen Spalt öffnete, bewegte Neria anfangs keinen Muskel. Statt dessen lag sie da, lauschte mit einem Gefühl erstaunter Faszination und versuchte, ihre Empfindungen zu ordnen. Einerseits war sie unendlich erleichtert, daß sie nun einen triftigen Grund hatte, den Professor fallenlassen zu können. Andererseits war sie wütend, daß dieser miese, kleine Scheißer so ungehobelt und gedankenlos war. Im Laufe der Jahre war Tony Torres zweifellos ab und zu fremdgegangen – aber niemals während sie im selben Zimmer schlief!

Am Ende war es das aufdringliche Kichern der jungen Celeste, das Neria Torres aktiv werden ließ. Sie sprang aus dem Bett, knipste sämtliche Lampen an, ergriff den Samtbeutel, der Dr. Gablers besondere Heilkristalle enthielt, und begann wie wild auf den zuckenden Hügel aus Bettlaken einzuschlagen. Der Beutel war schwer, und die Steine waren scharfkantig und forderten ihren Tribut vom schlaffen Fleisch des Professors. Mit einem weibischen Aufschrei galoppierte er ins Badezimmer und verriegelte die Tür. Unterdessen kauerte die Studentin nackt und tränenübertrömt auf der Matratze. Die Bartstoppeln an Dr. Gablers Kinn hatten auf ihrer Haut eine verräterische Spur aus roten Scheuer- und Druckstellen hinterlassen, die vom Hals bis zu ihrem zitternden Bauch hinunterführte. Neria Torres bemerkte mit einem Gefühl grimmiger Befriedigung eine winzige Narbe unter jeder von Celestes makellosen Brüsten: eine Erdmutter mit Implantaten!

Die Studentin schnappte aufgeregt nach Luft. »Es tut mir leid, Neria«, stammelte sie. »Bitte, bring mich nicht um! Bitte...«

Neria schleuderte den Samtbeutel mit den Kristallen auf den Fußboden. »Celeste, weißt du, was ich für dich hoffe? Ich hoffe, daß dieses Arschloch, das sich gerade auf der Toilette versteckt, der absolute Höhepunkt deines ganzen verdammten Lebens ist. Wo sind die Schlüssel für den Bus?«

Stunden später, an einer stark frequentierten Raststätte in Gainesville, versuchte Neria erneut, Mr. Varga, ihren ehemaligen Nachbarn in Miami, anzurufen. Diesmal funktionierte sein Telefon. Varga nahm beim dritten Klingeln ab. Er beteuerte, daß er nichts davon wisse, daß Nerias Ehemann und eine junge blonde Frau einen Mietlastwagen beladen hätten.

»Tatsache ist, daß ich Tony zwei Tage nach dem Hurrikan das letzte Mal gesehen habe und seitdem nicht mehr.«

»Sind immer noch Fremde im Haus?«

»Ständig, Leute kommen und gehen. Aber keine Blondinen.«

»Wer sind diese Leute?«

»Keine Ahnung. Freunde und Verwandte von Tony, wie ich hörte. Sie haben zwei Hunde, die die ganze Nacht bellen. Ich dachte, Tony hat sie gebeten, auf das Haus aufzupassen.«

Varga gab seine Theorie zum besten: Nerias Ehemann sei untergetaucht aufgrund der ungünstigen Presse für die Mobilheimindustrie. »Jede verdammte Hütte ist vom Sturm weggeblasen worden«, berichtete Varga. »Die Zeitungen und das Fernsehen machen deswegen einen Riesenwirbel. Wahrscheinlich wird es eine Untersuchung geben. Höchstwahrscheinlich durch das FBI.«

»Also, ich bitte Sie.«

»So lauten die Gerüchte«, sagte Varga. »Ihr Tony ist nicht dumm. Ich denke, er bleibt so lange unsichtbar, bis sich alles ein wenig abgekühlt hat und die Leute sich wieder abgeregt haben. Ich meine, es ist doch nicht *seine* Schuld, daß diese Wohnwagen auseinandergefallen sind. Das war Gottes Wille. Er prüft uns damit, genauso wie er es mit Noah gemacht hat.«

»Nur daß Noah nicht versichert war«, sagte Neria Torres.

In einem Punkt hatte Mr. Varga durchaus recht: Tony würde niemals dableiben, wenn die Polizei herumschnüffelte. Er würde sich ein hübsches Hotelzimmer nehmen und abwarten. Bis dahin würde er dafür sorgen, daß entweder seine Schmarotzerverwandtschaft oder irgendwelche Verkäuferkollegen mit ihren Schnallen im Haus am Calusa Drive wohnten. Tony wäre nicht allzuweit weg. Niemals würde er die Stadt verlassen, ohne sich das Versicherungsgeld von der Midwest Casualty unter den Nagel zu reißen.

Neria faßte neuen Mut. Die Geschichte von der jungen Blondine und von Brooklyn war offensichtlich Quatsch, eine List ihres Mannes. Außerdem reines Wunschdenken, dachte Neria. Das Gespräch mit Mr. Varga bekräftigte sie in ihrer Absicht, nach Miami zurückzukehren.

»Kommen Sie wirklich nach Hause?« fragte er. »Wollen Sie und der Mister es noch mal miteinander versuchen?«

»Es sind schon seltsamere Dinge passiert«, sagte Neria Torres. Sie ließ Mr. Varga auf einen ganzen Stapel Bibeln schwören, nicht ein Wort darüber zu verlieren. Sie sagte, es werde alles verderben, wenn Tony erfahren sollte, daß sie zu ihm unterwegs sei.

23. KAPITEL

Snapper befahl Edie Marsh, den Turnpike zu nehmen und auf den Tachometer zu achten. Er lehnte sich gegen die Beifahrertür und hielt den .357er auf den Verrückten in Tarnkleidung gerichtet. Die Frau stellte keine unmittelbare Bedrohung dar.

Der Fremde blinzelte wie eine alte Schildkröte. Er fragte: »Wieviel haben Sie für Ihren Ring bekommen?«

Snapper runzelte die Stirn. Der Scheißer wußte Bescheid – aber woher?

Edie Marsh löste den Blick nicht von der Straße. »Wovon redet er? Wessen Ring?«

Snapper bemerkte im unteren Bereich seines Gesichtsfeldes den hin und her wandernden Bogen seines Unterkiefers. Er sagte: »Jeder hält jetzt verdammt noch mal die Schnauze!«

Der Langhaarige beugte sich vor und wandte sich an Edie. »Ihr knallharter Freund hat eine Polizistin zusammengeschlagen. Er hat ihr den Dienstrevolver und den Trauring ihrer Mutter gestohlen – hat er Ihnen das nicht erzählt?«

Edie erschauerte. Vielleicht war es sein Atem in ihrem Nacken oder das tiefe Dröhnen seiner Stimme oder das, was er sagte. Unterdessen fuchtelte Snapper mit der Polizeiwaffe herum und brüllte, die ganze Welt solle die Schnauze halten oder verdammt noch mal sterben!

Er rammte eine CD in die Stereoanlage: fünfundneunzig Dezibel Country-Schnulzen. Nach wenigen Minuten verrauchte seine Wut, besänftigt von Rebas Gesang oder vielleicht auch von den fünf weißen Pillen, die Edie ihm im Haus gegeben hatte.

Okay, Boy, jetzt denk mal nach.

Der ursprüngliche Plan hatte vorgesehen, den verrückten alten Mann von den Nutten bearbeiten zu lassen. Dort gab es keine Probleme. Ein Typ, den Snapper aus seiner Zeit in Fort Lauderdale kannte, Johnny Horn, betrieb ein kleines Motel unten in den Keys. Der ideale Ort für Levon Stichler, um dort einen Kurzurlaub zu verbringen. Snapper wollte eine dieser billigen Einwegkameras besorgen, damit die Nutten ein paar Bilder schießen konnten, wie ein anständiger Bürger sie wohl kaum seine Enkelkinder sehen lassen wollte. Zwei oder drei Tage nackt an ein Motelbett gefesselt, und der alte Knacker würde es nicht wagen, sich daran zu erinnern, daß er jemals seinen Fuß in das Haus 15600 Calusa Drive gesetzt hatte. Wenn er versprach zu gehorchen, dann würde man die Wegwerfkamera vielleicht sogar wegwerfen. Der alte Mann könnte nach Miami zurückkehren mit nichts anderem als einem durchgelegenen Rücken und einem wundgescheuerten Schwanz als Erinnerung an seine Erlebnisse.

Das beste war, daß Snapper das Motelzimmer in den Keys nicht bezahlen mußte, denn Johnny Horn schuldete ihm noch eine Gefälligkeit. Vor zwei Jahren hatte Snapper ein Corvette-Kabrio von dem Schmarotzerfreund einer der Ex-Frauen Johnny Horns mehr oder weniger zwangsgepfändet. Snapper hatte die Corvette direkt in den Hafen von Miami gefahren und sie am hellichten Tag auf einem Containerschiff geparkt, das nach Cartagena auslaufen sollte. Es war ein äußerst riskantes Unternehmen, und Johnny hatte Snapper gesagt, er solle ruhig das Paradise Palms anrufen, wann immer er einen Schlafplatz oder ein Versteck brauche, um dort mit einem Girl unterzukriechen.

Snapper hatte sich den Plan für den alten Stichler ganz allein ausgedacht, ohne irgendwelche Anregungen von Edie. Er wollte all diese Cleverneß ganz bestimmt nicht zum Fenster hinauswerfen, aber er hatte keine Idee, wie er diese neuen Störenfriede in sein Vorhaben einbauen sollte, und er war von den Pillen einfach zu benebelt, um zu improvisieren. Es erschien ihm einfacher, den einäugigen Freak und seine Begleiterin zu töten – und solange Snapper sich so mutig und entschlossen fühlte, weshalb sollte dann nicht auch der verrückte alte Levon dran glauben? Auf diese Weise, sagte Snapper sich, brauchte er den beiden

Nutten gar kein Geld zu geben, außer vielleicht für das Benzin und ein Abendessen.

Dagegen sprach: Wie sollte er die drei Leichen loswerden? Die Logistik wäre ziemlich kompliziert. Snapper vermutete, daß sein benebeltes Gehirn dieser Herausforderung nicht gewachsen wäre. Jemanden zu töten kostete einiges an Energie, und Snapper fühlte sich plötzlich so müde, als könnte er drei Wochen an einem Stück schlafen.

Er versuchte sich selbst aufzumuntern und erinnerte sich an das, was ein Mafioso ihm mal im Knast erklärt hatte: *Leichen verschwinden zu lassen ist genauso wie Grundstücke kaufen – es kommt nur auf die Lage an.* Snapper dachte: Sieh dich um, Junge. Da sind die Mangroveninseln, die Everglades, der Atlantische Ozean. Was willst du mehr? Ein schneller Kopfschuß, und dann konnten die Haie oder die Alligatoren oder die Krabben den Job beenden. Was ist daran so verdammt schwierig?

Aber, lieber Gott, das Risiko war hoch. Ein kleiner Fehler, und schon geht's zurück nach Raiford für den Rest meines Lebens. Wahrscheinlich in eine drei mal drei Meter große Zelle zu irgendeinem schmierigen, geilen, schwulen, schwarzen Gewichtheber. Der meinen mageren Arsch rammelt, bis ich rumlaufe wie Julia Roberts.

Und Leute erschießen *macht* schrecklichen Lärm. Snapper wußte genau, daß Edie Marsh damit niemals einverstanden wäre. Sie würde ihm eine ziemlich heftige Szene machen. Und Edie mit den anderen zu töten, war unklug, denn (a) hatte er nicht genug Kugeln und (b) konnte er den Versicherungsscheck ohne sie nicht einlösen. *Verdammt.*

»Was ist nun?« übertönte Edie die Musik.

Snapper vollführte mit der Hand eine sarkastische Reißverschlußgeste vor seinen Lippen. Er dachte: Ich bin so gottverdammt müde. Wenn ich nur ein kleines Schläfchen einschieben könnte, würde mir was einfallen. Ein neuer Plan.

Der einäugige Fremde stimmte in die Musik aus der Stereoanlage ein. Snapper betrachtete ihn kühl. Woher wußte er von der Polizistin? Snappers Hände zitterten leicht. Seine Lippen waren pergamenttrocken. Wenn die Schnalle nun gestorben war? Und wenn es ihr vorher noch gelungen war, sich sein Gesicht und vielleicht sogar den Jeep einzuprägen? Wenn alles längst im Fernsehen gebracht worden war und jeder Cop in Florida auf ihn Jagd machte?

Snapper sagte sich: Hör auf zu grübeln, denk positiv. Zum ersten Mal seit einigen Tagen schmerzte sein Knie weniger heftig. Das war doch etwas, worüber man sich freuen konnte.

Die junge Frau auf der Rückbank begleitete nun den Gesang ihres seltsamen Gefährten. Sie war zwar nicht besonders textsicher, aber das störte Snapper nicht. Dafür hatte sie eine hübsche Stimme.

Edie Marsh klopfte den Takt auf dem Lenkrad mit und schien sich über den Amateurchor zu ärgern. Nach etwa drei Minuten drückte sie auf den Ausschaltknopf des CD-Players. Reba verstummte, und der Chor auf dem Rücksitz ebenfalls.

Snapper kündigte an, der nächste Titel sei von Travis Tritt.

»Verschon uns«, sagte Edie.

»Was ist los mit dir?«

Die Frau auf dem Rücksitz ergriff das Wort. »Ich heiße Bonnie. Dies ist der Gouverneur. Er möchte mit ›Captain‹ angeredet werden.«

»Skink reicht eigentlich«, sagte der einäugige Mann. »Und ich würde jetzt wer weiß was für die Allman Brothers geben.«

Snapper wollte wissen, was sie im Schilde führten, weshalb sie das Torres-Haus beobachtet hätten. Der Mann, der sich Skink nannte, erwiderte: »Wir haben Sie gesucht.«

»Weshalb?«

»Wir haben einem Freund einen Gefallen getan. Sie würden ihn sowieso nicht kennen.«

Edie Marsh schüttelte den Kopf. »Was Sie sagen, ergibt keinen Sinn.«

Irgend etwas bewegte sich hinten im Jeep. Dem Geräusch folgte ein schwaches, zitterndes Seufzen.

»Wie heißen Sie?« wollte Bonnie wissen.

Edie Marsh verdrehte die Augen. Bonnie bemerkte es im Rückspiegel.

»Ihr seid verdammte Idioten«, stellte Snapper fest.

»Ich wollte doch nur wissen, wie wir Sie anreden sollen«, sagte Bonnie.

»Ich bin Farrah Fawcett«, sagte Edie. Dann deutete sie mit einem Kopfnicken auf Snapper. »Er ist Ryan O'Neal.«

Beleidigt schaute Bonnie aus dem Fenster. »Vergessen Sie's.«

Eine warme Hand legte sich auf Edies Schulter. »Wie immer Sie heißen mögen«, sagte Skink in vertraulichem Ton, »Sie sind wirklich ein reizendes Pärchen.«

»Leck mich...«

Snapper warf sich nach hinten über die Sitzlehne und drückte dem Fremden die Mündung des .357er gegen die Wange. »Meinst du, ich hätte nicht den Mumm, abzudrücken?«

Skink schob lässig die Waffe beiseite. Er lehnte sich gemütlich zurück und verschränkte die Arme. Diese furchtlose Haltung irritierte Edie Marsh. Snapper befahl ihr, bei der nächsten Ausfahrt rauszufahren. Er mußte dringend auf die Toilette.

Da sie noch nie mit vorgehaltener Waffe entführt worden war, reagierte Bonnie Lamb in keiner Weise so eingeschüchtert, wie sie eigentlich hätte reagieren müssen. Sie schrieb diese unerwartete Gelassenheit ihrer Abenteuerlust und der völlig unverständlichen Selbstsicherheit des Gouverneurs zu. Aus nichts anderem als blindem Vertrauen war Bonnie überzeugt, daß Skink niemals zulassen würde, daß ihnen von einem entstellten Autodieb ein Haar gekrümmt wurde. Daß der Kerl ständig mit der Waffe herumfuchtelte, konnte einem schon auf die Nerven gehen, aber es wirkte zusammen mit einer anderen Frau im Jeep nicht übermäßig bedrohlich. Bonnie Lamb konnte sehen, daß sie keine einfältige Wohnwagenpark-Nutte war. Sie war ganz schön clever und hatte keine Angst vor dem Heini mit der Pistole. Bonnie war sich ziemlich sicher, daß innerhalb des Jeeps niemand getötet würde.

Sie fragte sich, was Max Lamb wohl dächte, wenn er sie jetzt sehen könnte. Wahrscheinlich war es am besten, daß er es nicht konnte. Sie hatte ein furchtbar schlechtes Gewissen, daß sie ihrem jungen Ehemann derart weh tat, aber vermißte sie ihn? Ihr kam es nicht so vor. Vielleicht tat sie Max sogar den größten Gefallen seines Lebens. Nachdem sie eine ganze Woche damit gewartet hatte, mit einem nahezu Fremden Ehebruch zu begehen, kam Bonnie zu dem Schluß, daß sie sich, im Jargon der populären Psychotherapie, mit »ungelösten Problemen« auseinandersetzen müsse. Der arme Max war ein Opfer irreführender Verpackung geworden. Er dachte, er bekäme eine bestimmte Art Frau, und dabei bekam er eine ganz andere. Und deswegen fühlte Bonnie sich schuldig.

Sie gelobte, sich nicht in tiefe Depressionen zu manövrieren, indem sie ihre spontane Zuneigung zu Augustine übermäßig analysierte. Sie wünschte sich, daß er bei ihr wäre, und fragte sich, wie er sie jemals aufspüren sollte. Bonnie selbst hatte nicht die geringste Ahnung, wohin sie fuhren.

»Nach Süden«, meldete der Gouverneur. »Und der Süden ist gut.«

»Halt die Schnauze, Arschloch«, fauchte der Mann mit dem Revolver.

Plötzlich hatte Bonnie eine gespenstische hologrammartige Vision vom nackten Schädel des Revolverhelden an der Wand von Augustines Gästezimmer. Der gebrochene Kiefer bewirkte, daß der Schädel ein wenig schief auf dem Regalbrett ruhte. Der Ausdruck ähnelte dem bösartigen Grinsen eines Piraten. Dann sah Bonnie vor ihrem geistigen Auge, wie Augustine unter anderem auch mit dem Schädel des Revolverhelden jonglierte.

Skink zog aus einer Tasche eine zappelnde Kröte, die ihn sofort bepinkelte. Der Mann mit dem .357er grinste schadenfroh.

Die Frau am Lenkrad warf einen Blick über die Schulter. »Was soll das?« fragte sie gereizt.

»Wenn man ihren Schweiß raucht«, sagte Skink und barg die Kröte und ihre bernsteinfarbene Pfütze in seiner Hand, »kann man glatt eine Herde Mastodonten sehen.«

»Schmeiß dieses stinkende Ding raus«, befahl Snapper.

»Wußten Sie, daß es früher in Florida Mastodonten gab? Äonen bevor Ihre Vorfahren mit ihren verderblichen Paarungsriten begannen. Mastodonten so groß wie Zementlaster!« Skink setzte die Kröte vorsichtig durch das Fenster nach draußen. Dann wischte er den Krötenurin am Nadelstreifenanzug seines Vordermanns ab.

»Du Arsch!« Snapper richtete die Pistole drohend auf Skinks heiles Auge.

Die Frau am Lenkrad riet ihm, sich zu beruhigen – andere Autofahrer blickten bereits seltsam. Sie verließ die Schnellstraße an der nächsten Ausfahrt und lenkte den Wagen in eine verlassene Tankstelle. Der Hurrikan hatte die Zapfsäulen wie Dominosteine umgekippt. Plünderer hatten die Werkstatt ausgeräumt. Auf dem Dach lagen die Überreste eines Mazda Miata mit der Unterseite nach oben wie ein heller Marienkäfer.

Während der Revolverheld den Jeep verließ, um sich hinter dem Gebäude zu erleichtern, übernahm die Frau widerwillig den .357er. Sie wirkte direkt derart unbehaglich damit, daß Bonnie Lamb ein wenig Mitleid empfand. Das arme Mädchen bekam das verflixte Ding kaum hoch. Bestimmt, dachte Bonnie, war das der Moment, in dem Skink handeln würde.

Doch er tat es nicht. Statt dessen lächelte er die Frau auf dem Fahrersitz an und sagte: »Sie sind wirklich schön. Und Sie wissen es natürlich. Der wesentliche Impuls Ihres Lebens, vermute ich mal – Ihr attraktives Aussehen.«

Die Frau errötete, dann verhärtete sich ihre Miene.

»Wo haben Sie denn den Sturm überstanden?« erkundigte Skink sich.

»In einem Motel. Mit unserem Mel Gibson da draußen«, sagte die Frau und deutete mit einem Kopfnicken in Snappers Richtung, »und mit einer Nutte.«

»Ich war an eine Brücke gefesselt. Das sollten Sie auch mal versuchen.«

»Aber klar doch.«

»Er macht keine Witze«, sagte Bonnie Lamb.

Die Frau nahm den .357er in die andere Hand. »Was um alles in der Welt treibt ihr eigentlich? Wer hat euch zu dem Haus geschickt – Tonys Frau?« Sie drehte sich halb auf den Knien und stützte die Revolverhand auf dem Vordersitz ab. »Bonnie, Schätzchen«, sagte sie schneidend, »ich warte auf eine Antwort.«

»Würden Sie mir abnehmen, daß ich mich auf einer Hochzeitsreise befinde?«

»Das ist doch Unsinn.« Die Frau blickte zweifelnd zu Skink.

»O nein, nicht mit *ihm*.« Bonnie lachte. »Mein Mann ist in Mexiko.«

»Mannomann, haben Sie sich vielleicht verirrt«, sagte die Frau.

Bonnie schüttelte den Kopf. »Eigentlich nicht.«

Der Sturm hatte die Ampelanlage in Florida City flachgelegt, oder besser, was von Florida City noch übrig war. Ein müder Polizist in einem gelben Regenmantel regelte den Verkehr auf der Kreuzung. Edie Marsh verkrampfte am Lenkrad des Jeeps. Sie riet Snapper, dafür zu sorgen, daß die Waffe nicht zu sehen war. Während sie an dem Beamten vorbeirollten, dachte Bonnie Lamb, daß es sicherlich ein geeigneter Augenblick wäre, um den Kopf zum Fenster rauszustrecken und um Hilfe zu rufen, aber Skink ließ kein Zeichen der Ermutigung erkennen. Sein Kinn sank auf die Brust.

Die meisten Hinweisschilder an der Straße waren dem Hurrikan zum Opfer gefallen, aber Bonnie entdeckte eins, das ihnen mitteilte, sie seien soeben im Begriff, die wunderschönen Florida Keys zu betreten. Snapper rechnete mit mehreren Straßensperren auf dem Highway One, daher wies er Edie Marsh an, statt dessen die Card Sound Road zu benutzen.

»Aber die ist gebührenpflichtig«, bemerkte sie.

»Na und?«

»Ich habe mein Portemonnaie zu Hause gelassen.«

»Mein Gott, ich habe Geld«, sagte Snapper.

»Das glaube ich dir glatt.« Edie Marsh mußte ständig an das denken, was der einäugige Fremde gesagt hatte, nämlich daß Snapper eine Polizistin zusammengeschlagen und ihr den Trauring ihrer Mutter gestohlen hatte.

»Wieviel hast du dafür bekommen?« wollte sie wissen.

»Für was?«

»Den Ring.« Edie starrte auf die schnurgerade, ebene Straße, die sich nach Osten erstreckte, so weit sie blicken konnte.

Snapper murmelte ein obszönes Schimpfwort. Er kramte in seiner Jackentasche herum und holte einen schlichten goldenen Ring hervor. Er hielt ihn Edie dicht vor die Nase.

»Zufrieden?« fragte er.

Der Anblick des gestohlenen Rings übte auf Edie eine unerwartete Wirkung aus. Sie fühlte sich abgestoßen und dann niedergeschlagen. Sie versuchte sich die Polizistin vorzustellen, fragte sich, ob sie verheiratet war oder Kinder hatte, und weiter, was Snapper ihr angetan hatte.

Mein Gott, dachte Edie, was für ein mieses, enttäuschendes Leben führe ich doch. Sie wollte sich einreden, daß es anders verlaufen wäre, wenn sie den schüchternen jungen Kennedy nur hätte überreden können, mit ihr ins Bett zu steigen. Aber sie war sich dessen nicht mehr so sicher.

»Ich konnte ihn nicht verhökern«, sagte Snapper soeben. »In das verdamte Ding ist etwas eingraviert. Niemand wollte ihn haben.«

»Was steht denn dort?« fragte Edie leise. »Auf dem Ring, meine ich.«

»Wen interessiert das schon?«

»Na los doch. Wie lautet die Inschrift?«

Die Frau auf dem Rücksitz beugte sich ebenfalls neugierig vor, als Snapper die Inschrift laut vorlas: »Für meine Cynthia. In Ewigkeit.« Er lachte spöttisch und hängte den Arm aus dem Fenster, um den Ring aus dem Wagen zu werfen.

»Tu das nicht«, sagte Edie und nahm den Fuß vom Gaspedal.

»Warum nicht, verdammt noch mal? Wenn ich das verdammte Ding nicht verscherbeln kann, dann schmeiß ich ihn weg. Für den Fall, daß wir angehalten werden.«

»Laß es einfach bleiben, okay?« sagte Edie.

»Huch. Zu spät.« Er winkelte den Arm an und schleuderte den Ring so weit er konnte. Er plumpste in einen Kanal am Straßenrand und erzeugte auf der Wasseroberfläche konzentrische Kreise.

Edie hatte alles aus den Augenwinkeln verfolgt. »Du mieses Schwein.« Ihre Stimme war hart wie Granit.

Die Frau auf dem Rücksitz spürte, wie der Jeep wieder beschleunigte.

Trotzig fuchtelte Snapper mit dem schweren schwarzen Revolver herum. »Vielleicht hast du noch niemals von einem Vergehen namens ›Besitz von gestohlenem Gut‹ gehört – so was wird bestraft, falls du das vergessen haben solltest. Und noch etwas: Verstoß gegen Bewährungsauflagen! Heißt übersetzt: Wenn ich geschnappt werde, wandere ich mit meinem süßen kleinen Arsch direkt nach Starke. Dann ist es aus mit der Freiheit, und das Hurrikangeld kann ich auch vergessen. Also scheiß ich auf die Pretiosen der Polizistin, verstanden?«

Edie Marsh sagte nichts. Sie zwang sich dazu, sich auf die nasse zweispurige Asphaltstraße zu konzentrieren, die bedeckt war mit verstreut herumliegenden Fichtenästen, Palmwedeln und Sperrholztrümmern. Es war der reinste Hinderniskurs.

Edie warf einen Blick auf den Tacho: knapp hundertfünfundvierzig Sachen. Nicht schlecht für ein Mädchen aus der Stadt.

Als Snapper verlangte, sie solle langsamer fahren, konnte er die nackte Nervosität in seiner Stimme nicht unterdrücken. Edie tat so, als hätte sie nichts gehört.

Der Mann, der sich Skink nannte, tauchte nicht aus seiner Trance oder seinem Koma oder was immer es war, auf. Unterdessen zog die frisch Verheiratete – wie Edie im Rückspiegel beobachtete – behutsam ihren eigenen Trauring vom Finger.

Das Kassenhäuschen war unbesetzt und die Schranke offen. Edie bremste nicht einmal ab. Bonnie Lamb hielt den Atem an.

Als sie durch die schmale Durchfahrt rasten, stieß Snapper einen Schrei aus. »Mein Gott!«

Als der Jeep die steile Brückenauffahrt hinaufdröhnte, hob Skink den Kopf. »Das ist die Stelle.«

»Wo Sie den Sturm erlebt haben?« fragte Bonnie.

Er nickte. »Es war grandios.«

Unter ihnen zeichnete das durch die Wolken gebrochene Sonnenlicht kupferrote und schiefergraue Streifen auf die Biscayne Bay. Vor ihnen lud ein Gebirge lavendelfarbener Wolken dichte Regenkaskaden auf die grünen Mangrovenufer von North Key Largo ab. Als der Jeep den Scheitelpunkt der Brücke erreichte, deutete Skink auf eine Herde stumpfnasiger Tümmler, die am Rand einer Bootsfahrrinne durch die bewegte See zogen. Aus dieser Höhe erinnerten die geschwungenen Flanken der Tiere an glitzernde Düsenjägerrümpfe, die von schäumenden Wogen umspült wurden.

»Sehen Sie nur«, sagte Bonnie Lamb. Der Gouverneur hatte recht – von hier oben hatte man eine prachtvolle Aussicht.

Sogar Edie Marsh war beeindruckt. Sie ließ den Jeep nach dem höchsten Punkt der Brücke am Fahrbahnrand langsam ausrollen und stellte den Motor ab. Sie reckte den Kopf, um die verspielten Tümmler nicht aus den Augen zu verlieren.

Snapper geriet in Rage. »Was soll dieser Scheiß?« Er schlug Edie mit dem .357er auf den Arm. »Hey, fahr weiter!«

»Immer mit der Ruhe.«

»Ich hab gesagt, du sollst weiterfahren, verdammt noch mal!«

»Und ich hab gesagt, immer mit der verdammten Ruhe!«

Edie sah finster aus. Snapper hatte diesen haßerfüllten Blick zum letzten Mal gesehen, kurz bevor sie sein Knie mit dem Brecheisen bearbeitet hatte. Er spannte den Hahn des Revolvers. »Werd nur nicht frech, du Fotze!«

»Wie bitte?« Eine Augenbraue hob sich. »Was hast du gesagt?«

Bonnie Lamb befürchtete, daß Edie die Kontrolle über sich verlor und Snapper an die Gurgel ging, woraufhin sie wahrscheinlich erschossen würde. Snapper rammte die Revolvermündung gegen ihre rechte Brust.

Der Gouverneur bekam von alledem nichts mit. Er hatte den Oberkörper durch das Seitenfenster gezwängt, um die Tümmler auf ihrem Weg nach Norden zu beobachten und um den frischen, kühlen Regen zu genießen, der mittlerweile eingesetzt hatte. Bonnie versuchte, seine Hand zu greifen, aber sie war zu groß. Sie gab sich damit zufrieden, zwei seiner Finger zu drükken. Stück für Stück schlängelte Skink sich zurück in den Jeep und konzentrierte sich auf das dramatische Schauspiel, das auf den Vordersitzen stattfand.

»Du hast gehört, was ich gesagt habe«, knurrte Snapper.

»Also warst du das«, sagte Edie, »der mich Fotze genannt hat.«

Snapper drehte den Revolverlauf, spannte den Blusenstoff fast bis zum Zerreißen und verformte brutal das weiche Fleisch darunter. Mein Gott, dachte Bonnie, muß das weh tun!

Edie Marsh ließ sich nichts anmerken.

»Fahr los!« bellte Snapper erneut.

»Sobald ich genug von Flipper gesehen habe!«

»Scheiß auf Flipper.« Snapper hob die Waffe und jagte einen Schuß durch das Dach des Jeeps.

Bonnie Lamb stieß einen gellenden Schrei aus und preßte die Hände auf die Ohren. Edie Marsh umklammerte das Lenkrad, um ein Zittern zu unterdrücken. Der Schmerz in ihrer rechten Brust ließ sie kurzfristig erwägen, ob sie getroffen worden war. Das war nicht der Fall.

Snapper betrachtete freudlos das Loch im Jeepdach. Der beißende Korditgestank reizte ihn zum Niesen. »Gesundheit«, sagte er mit einem dumpfen Kichern.

Eine Tür wurde geöffnet, Skink stieg aus dem Jeep, um sich zu recken. »Gefällt es euch denn nicht?« Er breitete die Arme aus und streckte sie den Wolken entgegen. »Weckt diese Szenerie denn nicht das Tier in euch?«

Grandios, pflichtete Bonnie ihm schweigend bei. Das ist genau das richtige Wort dafür.

»Zurück in den Wagen«, bellte Snapper.

Skink gehorchte und schüttelte sich wie ein Schäferhund die Regentropfen aus den Haaren. Wortlos startete Edie den Motor und setzte die Fahrt fort.

24. KAPITEL

»Was meinst du damit, keine Hähne?«

Der Inhaber der *botanica* entschuldigte sich. Geflügel hatte gerade in dieser Woche reißenden Absatz gefunden. Er bot Avila statt dessen einen Ziegenbock an.

Avila schüttelte energisch den Kopf. »Unmöglich, José.« Die Wundnaht von seinem letzten Ziegenopfer juckte ständig. »Ich hab noch nie gehört, daß jemandem die Hähne ausgegangen wären. Was hast du sonst noch?«

»Schildkröten.«

»Ich habe keine Zeit, um Schildkröten zu opfern«, sagte Avila. Die Panzer zu entfernen war eine ziemlich mühsame Angelegenheit. »Hast du vielleicht ein paar Tauben?«

»Tut mir leid, keine da.«

»Lämmer?«

»Morgen früh.«

»Und wie steht es mit Katzen?«

»Nee, auch nichts, ist auch nicht erlaubt.«

»Ja, als kümmerte dich das einen Scheißdreck.« Avila schaute auf die Uhr. Er mußte sich mit seinem Opfer beeilen und dann sofort in die Keys fahren. »Okay, Señor, was *hast* du denn?«

Der Ladeninhaber führte ihn in einen kleinen Lagerraum und deutete auf eine Holzkiste. Darin konnte Avila ein pelziges braunes Tier von der Größe eines Beagle erkennen. Es hatte Knopfaugen, einen Rüssel wie ein Ameisenbär und einen langen Schwanz mit schwarzen Ringen.

»Was ist das?« fragte Avila. »Ein Waschbär?«

»Ein Nasenbär. Aus Südamerika.«

Das Tier gab zwitschernde Laute von sich und stecke seine samtigen Nasenlöcher zwischen den Kistenbrettern hindurch. Es war eins der seltsamsten Lebewesen, die Avila jemals gesehen hatte.

»Großer Zauber«, versprach der Ladeninhaber.

»Ich brauche etwas für Chango.«

»Oh, Chango wird sich freuen.« Der Ladeninhaber hatte Avila sofort als blutigen Amateur eingestuft, der so gut wie nichts über *santería* wußte. Der Tierhändler sagte: *»Sí, es muy bueno por Chango.«*

»Beißt er?« fragte Avila.

»Nein, mein Freund. Sieh doch.« Der *Botaníca*-Inhaber kitzelte die feuchte Nase des Nasenbären. »Harmlos wie ein kleines Hündchen.«

»Okay, wieviel?«

»Fünfundsiebzig.«

»Da hast du sechzig, *chico*. Hilf mir, ihn ins Auto zu laden.«

Als er sich seinem Haus näherte, sah Avila, wie der Buick rückwärts aus der Auffahrt setzte. Seine Frau und ihre Mutter waren offensichtlich unterwegs zum Indianer-Bingo. Er winkte. Sie winkten zurück.

Avila beglückwünschte sich. Perfektes Timing. Endlich einmal habe ich das Haus für mich allein. Schnell schleifte er die Holzkiste in die Garage und schloß das elektrisch betriebene Tor. Der Nasenbär schnaufte protestierend. Aus einem Weidenkorb holte Avila hastig die Opferutensilien – blutbeschmierte Pennymünzen, Kokosnußschalen, die gebleichten Knochen einer Katze, polierte Schildkrötenpanzer und einen alten Zinnbecher. Einer verzinkten Kiste entnahm Avila seinen neuesten und wahrscheinlich wirkungsvollsten Gegenstand – das angenagte Knochenstück des bösen Mannes, der ihn hatte kreuzigen wollen. Andächtig und voller Hoffnung legte Avila den Knochen in den Zinnbecher, der bald mit Tierblut gefüllt sein würde.

Als Lebensmittel bevorzugte Chango bekanntermaßen trokkenen Wein und Süßigkeiten. Das beste, was Avila kurzfristig auftreiben konnte, waren ein Krug Sangria und eine Rolle alter grüner Life Savers. Er zündete drei lange Kerzen an und stellte sie im Dreieck auf dem Zementboden der Garage auf. Innerhalb dieses Dreiecks errichtete er den Altar. Der Nasenbär war verstummt. Avila spürte seinen Blick zwischen den Kistenbrettern hindurch. Wußte er etwa, was auf ihn zukam? Avila verdrängte diesen Gedanken ganz schnell aus seinem Bewußtsein.

Der letzte Gegenstand, der aus dem Weidenkorb genommen wurde, war der wichtigste: ein fünfundzwanzig Zentimeter langes Jagdmesser mit einem Griff, der aus einer echten Elchschaufel geschnitzt war. Das Messer war ein antikes Stück und stammte aus Wyoming. Avila hatte es als Bestechungsgeschenk erhalten, als er noch Bauinspektor des County gewesen war. Es war ein Weihnachtsgeschenk von einem Dachdecker ohne Lizenz, der hoffte, daß Avila vielleicht einen völlig mangelhaften Scherenträger übersah. Irgendwie hatte Avila sich überwinden können, genau das zu tun.

Energisch schärfte er das Jagdmesser auf einem Wetzstein. Der Nasenbär begann in seinem Gefängnis schnaubend hin- und herzulaufen. Avila verbarg sorgfältig die blitzende Klinge vor den Blicken des todgeweihten Tiers. Dann trat er in das aus den Kerzen gebildete Dreieck und improvisierte ein kurzes Gebet zu Chango, der – wie Avila zuversichtlich hoffte – Verständnis dafür haben würde, daß er es eilig hatte.

Anschließend nahm er eine Brechstange zur Hand und begann die Kistenbretter aufzuhebeln. Der sakramentale Nasenbär wurde zunehmend aufgeregter. Avila versuchte ihn mit sanften Worten zu beruhigen, aber das Tier ließ sich nicht täuschen. Es schoß aus der Kiste heraus und rannte wie rasend durch die Garage, verstreute die Katzenknochen und kippte zwei *Santería*-Kerzen um. Avila versuchte den Nasenbär zu beruhigen, indem er ihm einen Schlag mit einem Brecheisen verpaßte, aber er war zu schnell und wendig. Wie ein Affe kletterte er an einem Stahlregal hinauf und sprang auf den Deckenträger des elektrischen Garagentores. Dort blieb er hokken, benutzte seinen bemerkenswerten Schwanz, um das Gleichgewicht zu halten, kreischte und fletschte scharfe, gelbliche Zähne. Unterdessen rollte eine der *Santería*-Kerzen unter Avilas Rasenmäher und setzte den Benzintank in Brand. Wüste Flüche ausstoßend, rannte Avila in die Küche, um den Feuerlöscher zu holen. Als er in die Garage zurückkehrte, wurde er mit einer neuen Katastrophe konfrontiert.

Das elektrische Garagentor stand offen. In der Auffahrt parkte der Buick seiner Frau mit laufendem Motor. Weshalb sie zurückgekommen war, wußte Avila nicht. Vielleicht wollte sie frisches Bingogeld aus der vergrabenen Tupperwarebox holen. Es spielte wirklich keine Rolle.

Offenbar war ihre Mutter zuerst aus dem Wagen gestiegen. Die Szene, die Avila erwartete, war derart verblüffend, daß er kurzfristig den brennenden Rasenmäher vergaß. Aus Gründen, die sich dem menschlichen Verständnis entzogen, war der überdrehte Nasenbär von seinem Platz in der Garage herabgesprungen, war hinausgerast und hatte sich auf Avilas Schwiegermutter gestürzt. Nun hockte das Lebewesen auf der Frisur der Frau, einem zerbrechlichen Bauwerk in leuchtendem Orange. Avila hatte immer vermutet, daß die Mutter seiner Frau Perücken trug. Doch hier war der unwiderlegbare Beweis, daß ihr phantastischer Lockenturm echt war. Sie kreischte und stolperte durch den Vorgarten und schlug mit spastischen Bewegungen nach dem Teufel auf ihrem Kopf. Der schnatternde Nasenbär hielt sich mit allen vier Klauen fest. Kein Haarteil, entschied Avila, könnte einen solchen Härtetest überstehen.

Seine Frau brüllte ihn zweisprachig an, er solle irgendwas unternehmen und um Gottes willen nicht so dämlich rumstehen! Das Brecheisen kam keinesfalls in Frage. Ein schlecht gezielter Schlag, und mit seiner Schwiegermutter wäre es aus. Daher versuchte Avila sein Glück mit dem Feuerlöscher. Er löste das Ding aus nächster Entfernung aus und seifte das widerspenstige Tier mit Natriumbikarbonat ein. Der Nasenbär knurrte und schnappte nach den Schaumflocken, weigerte sich aber unglaublicherweise, das Haar der alten Frau freizugeben. In dem Durcheinander ließ es sich nicht verhindern, daß ein Teil des kalten Nebels aus dem Feuerlöscher auch Avilas Schwiegermutter traf, die die Hände vors Gesicht schlug, sich mit den Knöcheln die Augen rieb und geblendet losrannte. Avila verfolgte sie einen Dreiviertelblock weit, gab dabei mehrere Schaumstöße ab, doch die alte Frau legte ein erstaunliches Tempo vor.

Avila gab es auf und trottete nach Hause, um das Feuer in der Garage zu löschen. Anschließend schob er den angesengten Rasenmäher in den Garten und spritzte ihn gründlich ab. Seine verzweifelte Frau blieb auf der Motorhaube des Buick liegen und jammerte: »*Mami, mami,* sieh doch, was du mit meiner *mami* gemacht hast!«

Über ihrem Geheul war schließlich der Klang von Sirenen zu hören – jemand im Block hatte wahrscheinlich die Feuerwehr alarmiert. Weshalb können die Leute sich verdammt noch mal nicht um ihre eigenen Angelegenheiten kümmern, dachte Avila. Er schäumte vor Wut, als er zu seinem Wagen rannte.

Im gleichen Moment, als er den Schlüssel ins Zündschloß steckte, explodierte das Beifahrerfenster. Avila machte sich vor Schreck beinahe in die Hose. Dort stand seine Frau, das Gesicht hochrot und rasend vor Zorn, in der Hand das Brecheisen.

»Du verdammtes Schwein!« schrie sie.

Avila rammte den Fuß aufs Gaspedal und jagte los.

»O Chango, Chango«, flüsterte er und wischte sich Glasscherben vom Schoß. »Ich weiß, daß ich schon wieder Mist gebaut habe, aber laß mich jetzt nicht im Stich. Nicht heute abend.«

Eine seltsame Eigenschaft dieses Hurrikans, staunte Jim Tile während der Fahrt nach North Key Largo, war die dramatische Exaktheit seines Weges. Das Auge hatte wie eine Kugel an Land eingeschlagen, einen schmalen Korridor völlig zerstört und die Küste unmittelbar nördlich und südlich davon praktisch unberührt gelassen. Hurrikane im August sind selten so rücksichtsvoll. Dieser hier hatte die Feriengebiete des feudalen Ocean Reef zertrümmert und einen breiten Streifen Mangrovenwald vernichtet. Aber drei Kilometer weiter die Küste hinunter gediehen die Mangroven in sattem Grün und mit üppigem Laub und wiesen durch nichts darauf hin, daß in der Nähe ein mörderischer Sturm gewütet hatte. Ein baufälliger Wohnwagenpark stand völlig unbeschädigt in der Landschaft. Nicht ein Fenster war zerbrochen, nicht ein Baum war entwurzelt worden. Phänomenal, dachte Jim Tile.

Er kitzelte aus dem Crown Victoria muntere hundertvierzig Sachen heraus, Blaulicht, keine Sirene. Bei hohen Geschwindigkeiten pfiff der Ford wie ein Feuerwerksheuler.

Paradise Palm war ein Hinweis, aber keine Garantie. Augustine hatte in einer schwierigen Lage sein Bestes gegeben. Der Trick mit dem Wahlwiederholungsknopf war wirklich raffiniert. Vielleicht war der Kerl, der Brenda zusammengeschlagen hatte, wirklich in dem schwarzen Jeep Cherokee. Augustine wußte es nicht mit letzter Sicherheit. Durchaus möglich, daß sie in die Keys wollten, vielleicht aber auch nicht. Möglich, daß sie den Jeep behielten, aber es war genausogut möglich, daß sie sich einen anderen Wagen suchten.

Sicher war nur, daß sie Skink und diese Touristin, Augustines Freundin, bei sich hatten. Die Umstände der Entführung und ihr Zweck blieben ein Rätsel. Augustine hatte versprochen, sich zurückzuhalten und im Paradise Palms zu warten, und der Trooper hatte erklärt, das sei eine hervorragende Idee. Ein-Mann-Rettungsaktionen klappten gewöhnlich nur im Kino.

Die alte Straße von Ocean Reef kehrte unterhalb von Jewfish Creek wieder zum Highway One zurück, wo dieser sich in vier Fahrspuren auffächerte. Der Verkehr wurde dichter, daher verlangsamte Jim Tile sein Tempo bis auf gut hundert Stundenkilometer und schlängelte sich gekonnt zwischen den Wohnmobilen und Mietwagen hindurch. Es war jene spätsommerliche Zeit, in der die untergehende Sonne unerfahrenen Fahrern das Leben schwermachen konnte, doch an diesem Tag gab es keine grellen Sonnenstrahlen aus dem Westen. Die fleckige Wolkenwand eines heraufziehenden Gewitters verdunkelte den Horizont und legte ein düsteres Zwielicht auf die Inseln und das Wasser. Blitze zuckten hoch oben zwischen den fernen Wolkenbänken über der Florida Bay. Das einmalige Naturfeuerwerk war zumindest an Jim Tile verschwendet, denn er dachte an nichts anderes als daran, daß es sicherlich bald heftig regnen würde. Und seine Verfolgungsjagd war schon heikel genug, wenn die Straßen trocken waren.

Bei Plantation Key verengte der Highway sich wieder, und während der Verkehr sich auf zwei Fahrspuren drängte, glaubte Jim Tile, nicht allzuweit voraus den schwarzen Cherokee entdeckt zu haben. Schnell schaltete er das Blaulicht aus. Es mußte derselbe Jeep sein. Die glänzenden Schmutzfänger waren genauso auffällig, wie Augustine sie beschrieben hatte.

Vier Fahrzeuge trennten Jim Tile von dem Jeep – drei Personenwagen und ein Kombi, der ein Fischerboot auf einem schlingernden Anhänger hinter sich herzog. Das Boot war groß und ausreichend hoch, so daß den Insassen im Jeep der Streifenwagen, der im Verkehr hinter ihnen eingekeilt war, nicht auffiel. Es hatte bereits zu regnen begonnen, und dicke Tropfen zerplatzten sporadisch auf der Motorhaube des Ford. Der sich immer mehr verdunkelnde Himmel verhieß eine wahre Sintflut.

Der Kombiwagen vor Jim Tile begann völlig verfrüht, wenngleich vorhersehbar, seine Fahrt zu verlangsamen. Ungünstige Vorzeichen waren im Überfluß vorhanden: Nummernschilder des Staates Michigan deuteten auf absolute Unkenntnis örtlicher Orientierungszeichen hin; der Fahrer und eine Beifahrerin gestikulierten heftig und legten den Verdacht einer ehelichen Auseinandersetzung nahe. Noch beunruhigender aus Jim Tiles Sicht war jedoch die Tatsache, daß deutlich zu erkennen war, wie eine dritte Person im Wagen eine Straßenkarte so groß wie eine Tischdecke entfaltete.

Sie haben sich verfahren, dachte der Trooper. Und ausgerechnet in den Florida Keys. Wo es nur einen einzigen Weg hinein und heraus gab. Erstaunlich.

Nun wurde die Karte zum Vordersitz gereicht, wo der Fahrer und seine Frau regelrecht darum zu kämpfen schienen. Der Kombiwagen schlingerte hin und her, wobei der Bootsanhänger den Bewegungen der Zugmaschine irgendwie unentschlossen folgte. Zwei McDonald's-Tüten flogen durch eins der Wagenfenster nach draußen und verstreuten verschmähte Pommes frites und Ketchuptüten auf dem Randstreifen des Highways.

»Schweine«, sagte Jim Tile laut. Er warf einen wütenden Blick auf den Tachometer. Nicht mal fünfzig Stundenkilometer. Wenn er zu überholen versuchte, würde der Kerl im Jeep ihn wahrscheinlich bemerken. Der Trooper kochte vor Wut. Als der Regen zunahm, schaltete er Scheibenwischer und Scheinwerfer ein.

Der dahinschleichende Kombiwagen blieb für die gesamte Strecke von Plantation Key vor ihm, bis das einzige intakte Bremslicht zu flackern begann. Das Gespann rollte schlingernd aus.

Niedergeschlagen blieb Jim Tile ebenfalls stehen und schob den Schalthebel in Parkposition. Dabei dachte er: Das ist wohl nicht mein Tag.

Voraus tauchte die Zugbrücke über den Snake Creek auf. Der schwarze Jeep und die drei Fahrzeuge dahinter überquerten sie ohne Eile, ehe die Schranke sich herabsenkte. Der Idiot im Kombiwagen hätte es ebenfalls geschafft, wenn er sich entschlossen hätte, zur Abwechslung mal aufs Gaspedal zu treten.

Nun hing der Trooper fest. Der Jeep befand sich auf der anderen Seite des Wasserarms und damit außer Sicht. Jim Tile stieg aus dem Wagen und knallte die Tür zu. Während Regentropfen von der Krempe seines Stetsons herabrannen, näherte er sich dem dämlichen Fahrer des Kombiwagens und verlangte nach seinem Führerschein, der Wagenzulassung und der Versicherungskarte. In den sieben Minuten, die verstrichen, ehe die Snake-Creek-Brücke wieder heruntergeklappt wurde, schaffte der Trooper es, den verwirrten Touristen sieben gebührenpflichtige Verwarnungen zu verpassen, von denen mindestens drei ein persönliches Erscheinen vor Gericht erforderlich machten.

Auf dem Weg zum Torres-Haus hielt Fred Dove an, um Blumen und eine Flasche Weißwein zu besorgen. Er wollte, daß Edie Marsh wußte, daß er auf ihre Vorstellung als Neria, die liebende Ehefrau von Tony, stolz war.

Als der Versicherungsagent vor dem Haus 15600 Calusa Drive vorfuhr, sah er, daß der Jeep nicht mehr in der Auffahrt stand. Sein Herzschlag beschleunigte sich angesichts der Möglichkeit, daß Snapper verschwunden und er mit Edie endlich allein war. Nicht daß sie besonders heikel auf Störungen ihrer Privatsphäre reagierte, aber Fred Dove war in diesem Punkt eigen. Er konnte sexuell nicht voll aufdrehen, solange ein mordlustiger Irrer nebenan vor dem Fernseher saß. Snappers laute und wilde Anwesenheit wirkte sich in jeder Hinsicht erschlaffend aus.

Niemand antwortete, als der Versicherungsmann gegen den Türpfosten klopfte. Er betrat das Torres-Haus und rief Edies Namen. Die einzige Anwort kam von den beiden Zwergdackeln, die im Garten zu bellen begannen. Sie klangen müde und heiser.

Der häßliche Kunstledersessel im Wohnzimmer war nicht besetzt, und der Fernseher war ausgeschaltet. Fred Dove faßte Mut – kein Snapper in der Nähe. Im Haus wurde es allmählich dunkel. Als der Versicherungsmann einen Lichtschalter betätigte, geschah nichts. Der Generator lief nicht. Wahrscheinlich war der Tank leer. Er fand Snappers Taschenlampe und durchsuchte die Zimmer in der Hoffnung, Edie sehnsuchtsvoll auf einer Matratze ausgestreckt liegend vorzufinden. Tat sie aber nicht.

Fred Dove entdeckte ihre Handtasche auf der Frühstücksbar. Die Brieftasche lag aufgeklappt oben drauf. Sie enthielt zweiundzwanzig Dollar und eine Visa-Kreditkarte. Fred Dove war erleichtert. Wenigstens war das Haus nicht ausgeraubt worden. Er richtete den Lichtstrahl der Taschenlampe auf Edies Führerschein. Ihr Gesichtsausdruck auf dem Foto erschreckte ihn. Es war nicht gerade ein Porträt absoluter Vertrauenswürdigkeit und Treue.

Nun ja, dachte er, viele Frauen sehen auf ihrem Führerschein aus wie Lizzie Borden.

Der Versicherungsmann kehrte ins Wohnzimmer zurück, zündete eine Kerze an und machte es sich auf dem Liegesessel bequem. Er fragte sich, wohin Edie verschwunden war und weshalb sie ihre Handtasche liegengelassen hatte, obwohl sie wußte, daß es auf den Straßen von Plünderern wimmelte. Es schien, als sei sie in aller Eile aufgebrochen, wahrscheinlich mit dem Jeep und in Snappers Begleitung.

Fred Dove bereitete sich auf eine längere Wartezeit vor. Die Kerze roch nach Vanille. Das heimelige Licht, mit dem sie die Wände erhellte, erinnerte ihn an den Abend, als sie sich beinahe auf dem Fußboden geliebt hatten, an den Abend, an dem Snapper hereingeplatzt war. Die Erniedrigung schmerzte noch immer. Dieser Augenblick hatte Snapper eine unüberwindliche Macht über den Versicherungsmann verliehen. Das und die geladene Pistole. Fred Dove konnte kaum erwarten, daß der irre Schläger endlich ausbezahlt wurde. Dann wären er und Edie von ihm befreit.

Hin und wieder knipste der Versicherungsmann die Taschenlampe an und betrachtete Edies Foto auf dem Führerschein. Der raubgierige Ausdruck der Augen wurde nicht weicher. Fred Dove fragte sich, ob es ihre Verschlagenheit war, die er so erregend fand. Diese Vorstellung beunruhigte ihn, daher zog er sich auf harmlosere Überlegungen zurück. Er hatte zum Beispiel nicht gewußt, daß ihr zweiter Name Deborah lautete. Das war ein Name, der ihm gefiel: schneidig, grundsolide und zuverlässig klingend. Er hätte in diesem Augenblick darauf gewettet, daß man, wenn man sämtliche Frauengefängnisse Amerikas durchsuchte, kaum ein halbes Dutzend Deborahs fände. Vielleicht stammte der Name von einer von Edies Großmüttern oder von einer ganz besonderen Tante. Auf jeden Fall betrachtete er ihn als positives Zeichen.

Er machte sich außerdem Gedanken über die Wohnung, die als ihre Adresse in West Palm angegeben war. Welche Bilder hingen an den Wänden? Welche Farbe hatten die Handtücher, die im Badezimmerschrank lagen? Wie sahen die Magnethalter aus, mit denen sie ihre Notizzettel an die Kühlschranktür heftete? Linus und Snoopy? Oder Garfield der Kater? Schön wär's, dachte Fred Dove. Er stellte sich auch Edies Bett vor. Er hoffte, daß es ein Doppelbett war mit einem Gestell aus Messing oder ein schweres Bett mit dicken Pfosten – alles mögliche, nur kein Wasserbett, was gewöhnlich seine Stoßtechniken negativ beeinflußte. Fred Dove wünschte sich, daß Edie Bettlaken aus importierter Seide besaß und daß sie ihn eines Tages einladen würde, sich darauf auszuruhen.

Mehr als zwei Stunden hielt es der Versicherungsmann in dem Sessel aus. Längst waren die Hämmer und die Kettensägen in der Nachbarschaft verstummt. Er erhob sich schließlich aus dem Sessel und ging neben einer zerbrochenen Fensterscheibe in Lauerstellung. Er erwartete, mitansehen zu müssen, wie sein Mietwagen von einer Gruppe schwankender, laut krakeelender Teenager demoliert wurde. Zum Glück beachteten sie Fred Doves unauffällige Limousine nicht, aber wenige Minuten, nachdem sie das Haus passiert hatten, hörte er einen lauten Doppelknall, der entweder die Fehlzündung eines Autos oder Gewehrfeuer gewesen sein konnte. Im Garten verfielen Donald und Marla in wütende Raserei und stimmten mit einem halben Dutzend anderer streunender Hunde im Block ein lautes Massengeheul an. Fred Dove war das reinste Nervenbündel. Er steckte Edies Führerschein wieder in die Handtasche. Er arrangierte die Blumen eilig in einer Vase und stellte sie neben die ungeöffnete Weinflasche auf den Eßzimmertisch. Dann blies er die Kerze aus und ging nach draußen, um nach den Dackeln zu sehen.

Die Hundeleinen hatten sich hoffnungslos verheddert, und die Tiere wimmerten vor Hunger, Einsamkeit und allgemeiner Angst. In ihrem schwachen Gedächtnis war die beinahe tödliche Begegnung mit dem entlaufenen Bären immer noch virulent. In dem Augenblick, in dem Fred Dove die Hunde befreite, sprangen sie ihm auf den Schoß und begannen schamlos sein Gesicht abzulecken. Gerührt tat er ihnen den Gefallen und unternahm mit ihnen einen kurzen Spaziergang.

Während er die unbeschwerte Fröhlichkeit bewunderte, mit der Donald und Marla herumtobten und ihre diversen Geschäfte verrichteten, machte dem Versicherungsmann der Gedanke zu schaffen, daß die Zwergdackel vielleicht die ganze Nacht draußen verbringen mußten, ohne daß sich jemand um sie kümmerte. Er schrieb Edie eine Nachricht auf einen Zettel, faltete diesen zusammen und legte ihn auf ihre Handtasche. Dann brachte er die Winzlinge zu seiner Mietlimousine, fuhr zum Motel zurück und schmuggelte sie in einem Wäschebeutel hinauf auf sein Zimmer. Es war geringfügig besser, als sich die Nachtfilme bei Spectravision anzusehen.

Die Motels in den Upper Keys füllten sich allmählich mit Schadenssachbearbeitern von außerhalb. Die Empfangsdame im Paradise Palm äußerte ihr Unbehagen darüber, daß sie vom Hurrikan profitierten.

»Aber ein Gast ist nun mal ein Gast. Darf ich Ihren Namen erfahren?«

Augustine stellte sich als Lesters Bruder vor. »Ich habe vorhin angerufen. Welche Zimmernummer hat er?«

»Er ist noch nicht da.« Die Angestellte beugte sich über die Theke und fuhr im Flüsterton fort: »Aber Ihre Schwestern sind vor etwa zwanzig Minuten angekommen. Sie haben Zimmer 255. Das heißt, ich nehme an, daß es Schwestern sind, wo sie ebenfalls Parsons heißen.«

»Parsons, natürlich.« Augustine nickte und tat erfreut. Schwestern? Das konnte ja heiter werden.

Er bezahlte sein Zimmer in bar. Die Angestellte zwinkerte ihm grinsend zu. »Diese Mädchen wissen, wie man sich für eine Party anzieht, das muß ich schon sagen.«

»Mein Gott«, sagte Augustine. »Was haben sie denn jetzt schon wieder angestellt?«

»Regen Sie sich nicht auf – lassen Sie ihnen doch ihren Spaß.« Sie reichte ihm den Zimmerschlüssel. »Sie haben 240. Ich habe versucht, Ihnen das Zimmer nebenan zu geben, aber so ein dämlicher Heini von Prudential wollte partout nicht tauschen.«

»Das ist nicht schlimm.«

In seinem Zimmer legte Augustine die geladene .38er auf die Kommode neben der Tür. Er holte die Einzelteile des Betäubungsgewehrs aus der Sporttasche und breitete sie auf der Tagesdecke des Bettes aus. Seine Nackenmuskeln waren verkrampft, und er wünschte, er hätte ein paar Schädel zur Entspannung mitgenommen.

Augustine schaltete den Fernseher ein, während er das Betäubungsgewehr zusammensetzte. Es überraschte ihn, daß er noch vor dem schwarzen Jeep in Islamorada eingetroffen war und ihn nicht einmal auf dem knapp dreißig Kilometer langen Straßenstück südlich von Florida City überholt hatte. Er fragte sich, ob sie vielleicht auf die Card Sound Road abgebogen waren oder irgendwo anders angehalten hatten – und weshalb. Seine schlimmste Befürchtung, die ständig in seinem Kopf herumging, war, daß dieses Schwein mit dem schiefen Unterkiefer Skink und Bonnie schon umgebracht und irgendwo abgeladen hatte. Es gab nur etwa hundert geeignete Stellen dafür zwischen Homestead und Key Largo. Es könnte Jahre dauern, ehe die Leichen gefunden würden.

Nun, er würde es bald erfahren. Wenn das Arschloch ohne die beiden auftauchte, dann wüßte er Bescheid.

Falls das Arschloch überhaupt erschien. Augustine war sich nämlich noch immer nicht ganz sicher, ob »Lester Parsons« der Mann mit dem schiefen Unterkiefer war.

Er stellte das Betäubungsgewehr in einen Wandschrank und steckte sich die Pistole unter dem Hemd in den Hosenbund. Regen peitschte ihm ins Gesicht, sobald er durch die Tür hinaustrat. Er überschattete die Augen und huschte über den Verbindungsgang zu Zimmer 255. Er klopfte siebenmal wie ein alter Bekannter – da-di-di-da-da, dam-dam –, um den falschen Eindruck zu erwecken, daß er erwartet wurde.

Die Tür wurde von einer wohlriechenden rothaarigen Frau in Stöckelschuhen und einem leuchtendgrünen Bikini aufgerissen. Augustine erkannte in ihr die Nutte mit den Netzstrümpfen aus dem Haus am Calusa Drive.

Ein orangefarbener Dauerlutscher war auf der mit Sommersprossen bedeckten Wölbung ihrer linken Brust eintätowiert. In der linken Hand hielt sie ein beschlagenes Glas mit einem Rum Runner.

»Scheiße«, sagte sie, »ich dachte, Sie seien Snapper.«

»Es tut mir leid«, sagte Augustine. »Ich hab mich im Zimmer geirrt.«

»Es braucht Ihnen nicht leid zu tun.«

Eine andere Frau kam aus dem Badezimmer und sagte: »Dieser verdammte Regen. Ich wollte eigentlich im Pool ein paar Züge schwimmen.« Sie trug einen silbernen Einteiler, eine aufgeplusterte weiß-blonde Perücke und goldene Ohrringe. Als sie Augustine in der Türöffnung entdeckte, fragte sie: »Wer sind Sie denn?«

»Ich dachte, dies wäre das Zimmer meiner Schwester, aber ich glaube, ich bin im falschen Motel gelandet.«

Die Rothaarige stellte sich als Bridget vor. »Wollen Sie nicht reinkommen und sich abtrocknen?«

»Bestimmt nicht, wenn Snapper was dagegen hat.« Augustine dachte, Snapper – was für ein bescheuerter Name ist das denn?

Die Rothaarige lachte. »Ja, er ist schon ein eifersüchtiger Irrer. Kommen Sie rein.«

Die Blondine war überhaupt nicht einverstanden. »Mein Gott, Bridget, sie können jeden Moment eintrudeln –«

Aber Augustine war bereits eingetreten und sah sich unauffällig um. Ein kleiner Wochenendkoffer, zwei Kosmetikkoffer, ein Cocktailkleid auf einem Bügel. Nichts Ungewöhnliches. Bridget warf ihm ein Handtuch zu. Sie sagte, ihre Freundin heiße Jasmine. Sie kämen aus Miami.

»Ich heiße George«, sagte Augustine, »aus Kalifornien.« Er schüttelte den Nutten die Hand.

Bridget hielt seine fest und inspizierte seinen Ringfinger. »Nicht verheiratet?«

»Ich fürchte, nein.« Augustine befreite sich mit sanfter Gewalt.

Jasmine sagte zu Bridget, sie solle es sich aus dem Kopf schlagen, sie hätten nicht genug Zeit. Bridget erwiderte, so viel Zeit bräuchten sie gar nicht.

»George sieht aus wie ein ganz Schneller.« Sie zwinkerte Augustine ein wenig mechanisch zu. »Hast du keine Lust auf ein bißchen Spaß, bis der Regen aufhört?«

»Danke, aber ich kann wirklich nicht bleiben.«

»Ein Hunderter«, schlug Bridget vor. »Für beide.«

Jasmine zog ein langes weißes T-Shirt über ihren Badeanzug. Sie machte einen Schmollmund. »Hey, werde ich vielleicht auch noch gefragt? Ein Hunderter für was?«

Bridget schlang einen weißen Arm um Augustines Taille und zog ihn an sich. Das offensichtliche Implantat in ihrer linken Brust drückte wie ein Sack Kleingeld gegen seinen Brustkorb. »Fünfundsiebzig«, sagte sie und blickte auffordernd auf ihre Tätowierung, »und du darfst mal an meinem Lolli lutschen.«

»Geht nicht«, sagte Augustine. »Ich bin Diabetiker.«

Jasmine lachte spöttisch. »Ihr seid ein trauriges Paar, Bridget, laß ›George aus Kalifornien‹ lieber weiter nach seinen Schwestern suchen.« Sie setzte sich mit übereinandergeschlagenen Beinen auf das Bett und reparierte einen angebrochenen künstlichen Fingernagel mit scharfriechendem Klebstoff. »Junge, Junge, dieses Wetter ist vielleicht beschissen«, murmelte sie vor sich hin.

Bridgets animierende Umarmung erschlaffte, und sie löste sich langsam von Augustines Seite. »Unser George hat eine Pistole«, verkündete sie mit einer Mischung aus Besorgnis und Bedauern in der Stimme. »Ich hab sie gespürt.«

Jasmine hauchte auf ihren Klebstoff und schaute hoch. »Verdammt, Bridget, ich wußte es! Bist du jetzt zufrieden? Wir sind geliefert.«

»Nein, das seid ihr nicht.« Augustine holte die Pistole heraus und zeigte sie ihnen mit einer lässigen Geste, um auf diese Weise ihre Befürchtungen zu zerstreuen. »Ich bin kein Cop, ehrlich nicht.«

Jasmines Augen verengten sich. »Scheiße, jetzt weiß ich Bescheid. Der Quieker hat dich hergeschickt.«

»Wer?«

»Avila.«

»Noch nie von ihm gehört.«

Bridget wich zum Bett zurück und setzte sich neben ihre Freundin. Nervös verschränkte sie die Arme vor der Brust. »Wer zum Teufel bist du dann, *George*? Hinter wem oder was bist du her?«

»Ich brauche Informationen.«

»Ja, schön.«

»Wirklich. Ihr sollt mir nur von diesem ›Snapper‹ erzählen«, fuhr Augustine fort, »und es würde mich interessieren, ob ihr beiden Hübschen ein Geheimnis für euch behalten könnt.«

25. KAPITEL

Der VW des Professors hatte den letzten Tropfen Benzin knapp drei Kilometer vor der Tankstelle des Einkaufszentrums in Fort Drum verbraucht. Neria Torres stellte sich an den Straßenrand und hielt einen Lastwagen an. Es war ein alter Chevy Pick-up. Drei Männer saßen im Führerhaus, vier weitere hatten es sich auf der Ladefläche bequem gemacht. Sie kamen aus Tennessee. Neria war über diese Kombination nicht gerade begeistert.

»Wir suchen Arbeit«, erklärte der Fahrer, ein drahtiger, unrasierter Bursche mit biblischen Tätowierungen auf beiden Armen. Er sagte, er heiße Matthew. Sein zweiter Vorname sei Luke.

Trotzdem war Neria ziemlich nervös. Die Männer starrten sie hungrig an. »Was treiben Sie denn?« fragte sie.

»Wir sind vom Bau. Der Hurrikan hat uns hergelockt.« Matthew hatte einen Reservekanister. Er kippte vier Gallonen in den Tank des VW. Neria bedankte sich.

»Ich kann Ihnen aber nur drei Dollar geben«, sagte sie.

»Das ist schon okay.«

»Und was bauen Sie?«

»Alles, was man von uns verlangt«, sagte Matthew. Die anderen Männer lachten. »Wir fällen auch Bäume. Ich habe einige Erfahrung mit der Kettensäge«, fügte Matthew hinzu.

Neria Torres fragte nicht nach, ob der Trupp eine Lizenz besaß, um in Florida Geschäfte zu machen. Sie kannte die Antwort auch so. Die Männer stiegen aus dem Lastwagen, um sich die Beine zu vertreten und zu urinieren. Einer wußte sich immerhin so gut zu benehmen, daß er ihr den Rücken zuwandte, während er den Reißverschluß seiner Hose öffnete.

Neria entschied, daß dies der geeignete Augenblick sei, um sich zu verabschieden. Aber Matthew stand zwischen ihr und dem VW-Bus. »Ich hab Ihren Namen nicht verstanden.«

»Neria.«

»Das ist kubanisch, nicht wahr?«

»Ja.«

»Sie haben ja gar keinen Akzent.«

Sie dachte: Vielen Dank, Daddy. »Ich bin in Miami geboren«, sagte sie.

Matthew schien sich damit zufriedenzugeben. »Sie sind also auf dem Heimweg – hey, wie haben Sie denn den Sturm überstanden?«

»Das weiß ich erst, wenn ich dort bin«, antwortete Neria.

»Wir reparieren auch Wohnhäuser.«

»Tatsächlich?«

»Holz oder Mauerwerk, ganz egal. Außerdem Dächer. Wir haben einen absoluten Teerpappenspezialisten bei uns.« Matthew zeigte in seine Richtung. »Der Kahlkopf da drüben im Gebüsch – er hat den neuen Wal-Mart in Chat'nooga mit aufgebaut. Der Cousin seiner Frau – Chip.«

Neria Torres nickte. »Soweit ich gehört habe, dürften Sie keine Probleme haben, Arbeit zu finden, wenn Sie erst mal in Dade County sind.«

»Hey, was ist denn mit *Ihrer* Hütte?«

»Keine Ahnung. Ich hab sie noch nicht gesehen.«

»Vielleicht ist sie total hinüber«, sagte Matthew hoffnungsvoll.

Langsam öffnete Neria die Tür des VW. Erst als sie damit gegen seine Schulterblätter stieß, machte Matthew ihr Platz.

Neria setzte sich hinter das Lenkrad und ließ den Motor an. »Hören Sie, wenn ich zu Hause bin und sehe, in welchem Zustand das Dach ist, rufe ich Sie an. Wo wohnen Sie?«

Die anderen Arbeiter lachten wieder. »Im Arme-Leute-Hilton«, erwiderte Matthew. »Wir kampieren draußen.« Er erklärte, sie könnten sich kein Hotel leisten.

Neria kramte im Handschuhfach herum, bis sie einen angeknabberten Bleistiftstummel und ein Streichholzbriefchen des Professors fand, das durchdringend nach Marihuana roch. Sie schrieb eine Phantasietelefonnummer auf und reichte Matthew das Stück Pappe. »Okay, dann rufen Sie mich doch bei Gelegenheit an.«

Er warf nicht mal einen Blick auf die Nummer. »Ich hab eine bessere Idee. Da keiner von uns schon mal in Miami war ...«

O nein! dachte sie. Bitte nicht.

»... fahren wir einfach hinter Ihnen her. Auf diese Weise können wir uns wenigstens nicht verfahren. Und falls an Ihrem Haus etwas getan werden muß, können wir gleich mit der Arbeit anfangen.«

Matthews Plan wurde von seiner Mannschaft mit Beifall aufgenommen. »Ich finde, das ist keine gute Idee«, sagte Neria vergeblich.

»Wir haben Referenzen.«

Sie betrachtete den Pick-up und fragte sich, ob wohl eine Chance bestand, ihn mit dem VW des Professors abzuhängen.

»Wir haben schon drüben in Charleston garbeitet«, sagte Matthew und riß sie aus ihren Überlegungen, »nach dem Hurrikan Hugo.«

Neria nickte ungeduldig. »Es ist schon ziemlich spät.«

»Wir bleiben dicht hinter Ihnen.«

Und das taten sie, den ganzen Turnpike hinunter.

Der einzige intakte Scheinwerfer des Lastwagens war auf Fernlicht eingeschaltet und erhellte das Innere des VW-Busses wie ein Fernsehstudio. Neria fühlte sich unbehaglich in dem grellen Licht, weil sie wußte, daß sieben unzüchtige männliche Augenpaare sich an ihrem Hinterkopf festgesaugt hatten. Sie fuhr lächerlich langsam in der Hoffnung, daß die Rednecks ungeduldig wurden und sich zum Überholen entschlossen. Sie dachten jedoch nicht daran.

Ihr blieb nichts anderes übrig, als aus dieser Situation das beste zu machen. Selbst wenn die Neandertaler keine Ahnung vom Baugewerbe hatten, könnten sie ihr vielleicht bei der Suche nach ihrem flüchtigen Ehemann behilflich sein.

Max Lamb öffnete die Tür einen Spalt und schob den Kopf hinaus. Er war noch nie zuvor einem FBI-Agenten begegnet. Der Mann, der vor ihm stand, hatte keinerlei Ähnlichkeit mit Efram Zimbalist jr. Er trug ein grünes Polohemd, hellbraune Dockers und Cordschuhe. Außerdem hielt er eine Einkaufstüte von Ace Hardware in der Hand.

Was Produktnamen betraf, entging Max so gut wie nichts. Er glaubte, daß es zu seinem Job gehörte, zu wissen, wer in Amerika was und wo einkaufte.

Der Agent fragte: »Ist Augustine zu Hause?«
»Nein, ist er nicht.«
»Wer sind Sie?«
»Darf ich mal Ihren Ausweis sehen?« fragte Max.
Der Agent zeigte ihm eine Dienstmarke in einem Lederetui. Max ließ ihn eintreten. Sie gingen ins Wohnzimmer und setzten sich. Max fragte, was sich in der Einkaufstüte befinde, und der Agent antwortete, er habe verschiedene Steinbohrer gekauft. »Der Sturm hat in meiner Küche sämtliche Regale von der Wand gerissen«, erklärte er.
»Black and Decker?«
»Makita.«
»Das ist ein erstklassiges Fabrikat«, sagte Max.
Der Agent hatte eine Engelsgeduld. »Sind Sie mit Augustine befreundet?«
»Könnte man sagen. Ich heiße Max Lamb.«
»Wirklich? Das freut mich aber, daß ich Sie gesund und munter antreffe.«
Max' Augenbrauen sprangen in die Höhe.
»Wegen der Entführung«, sagte der Agent. »Sie sind es doch, der gekidnappt wurde, stimmt's?«
»Ja!« Max jauchzte innerlich, als er erkannte, daß Bonnie sich solche Sorgen um ihn gemacht hatte, daß sie sogar das FBI eingeschaltet hatte. Das war ein eindeutiger Beweis für ihre Treue.
»Sie hat mir das Tonband vorgespielt«, erzählte der Agent, »die Nachricht, die Sie auf dem Anrufbeantworter hinterlassen haben.«
»Dann haben Sie ja seine Stimme gehört – die Stimme des Kerls, der mich entführt hat.« Max holte eine Flasche Michelob aus dem Kühlschrank. Der FBI-Mann war mit einer Dose Sprite zufrieden.
»Wo ist Ihre Frau?« erkundigte er sich.
»Das weiß ich nicht.«

Aufgeregt erzählte Max Lamb die ganze Geschichte, von seiner Entführung auf dem Calusa Drive über die mitternächtliche Rettung in Stiltsville bis hin zu Bonnies Verschwinden mit Augustine und dem verrückten einäugigen Gouverneur. Der FBI-Mann hörte mit anscheinend aufrichtigem Interesse zu, machte sich jedoch keine Notizen. Max fragte sich, ob sie eine spezielle Ausbildung erhielten, die sie in die Lage versetzte, sich alles zu merken, was sie hörten.

»Das sind gefährliche Leute«, sagte er ominös.

»Wurde Ihre Frau gegen Ihren Willen mitgenommen?«

»Nein, Sir. Deshalb sind sie ja so gefährlich.«

»Sie sagen, er habe Ihnen ein Halsband angelegt.«

»Ein Schockhalsband«, sagte Max düster, »wie es zum Abrichten von Jagdhunden benutzt wird.«

Der FBI-Mann wollte wissen, ob der Kidnapper auch mit Bonnie so verfahren sei. Max meinte, er glaube nicht. »Sie ist sehr vertrauensselig und leicht zu beeindrucken. Das haben sie sich zunutze gemacht.«

»Welche Rolle spielt Augustine denn in dieser Sache?«

»Ich glaube«, antwortete Max, »daß der Kidnapper auch ihn einer Gehirnwäsche unterzogen hat.« Er holte sich ein zweites Bier und bediente sich aus einer Tüte Salzbrezeln.

»Ein Gerichtsverfahren dürfte recht schwierig werden«, sagte der Agent. »Denn dann stünde Ihre Aussage gegen seine.«

»Aber Sie glauben mir doch, oder?«

»Mr. Lamb, es hat überhaupt keine Bedeutung, was ich glaube. Versetzen Sie sich doch mal in die Geschworenen. Die Geschichte, die sie Ihnen abnehmen sollen, ist ziemlich verworren ...«

Max schoß aus seinem Sessel hoch. Er hatte sich die Backen mit Salzbrezeln vollgestopft, die er nun fast ausspuckte. »Herrgott im Himmel, meine Frau ist verschwunden!«

»Das verstehe ich, und ich würde mich auch darüber aufregen.« Der FBI-Agent war unerträglich verständnisvoll und höflich. »Und ich will Ihnen nicht vorschreiben, was Sie tun sollen. Aber Sie müssen wissen, was auf Sie zukommen kann.«

Max setzte sich und starrte wütend vor sich hin.

Der Agent erläuterte, daß das FBI selten eingeschaltet wurde, wenn kein Lösegeld gefordert wurde. »Und das ist in Ihrem Fall nicht geschehen. Für Ihre Frau trifft das gleiche zu.«

»Nun, *ich* glaube, daß ihr Leben in Gefahr ist«, sagte Max, »und ich denke, daß Sie und Ihre Leute die größten Schwierigkeiten bekommen, wenn ihr irgend etwas zustößt.«

»Glauben Sie mir, Mr. Lamb, ich kann Ihre Gefühle sehr gut nachvollziehen.«

Nein, das kannst du nicht, schäumte Max innerlich, sonst würdest du nicht mit mir reden, als hättest du einen Zehnjährigen vor dir!

»Haben Sie schon mit der Polizei gesprochen?« wollte der Agent wissen.

Max berichtete ihm von dem schwarzen State Trooper, der mit dem Kidnapper befreundet war. »Er sagte, ich müsse Anzeige erstatten. Er wollte mich sofort aufs Revier mitnehmen.«

Der FBI-Mann nickte. »Das ist der beste Weg, wenn Sie wissen, was Sie wollen.«

Max sagte zu dem Agenten, es gebe da etwas, das er sich unbedingt ansehen müsse. Er führte ihn in Augustines Gästezimmer und zeigte ihm die Wand mit den Totenschädeln. »Seien Sie mal ehrlich«, sagte er zu dem FBI-Mann, »würden Sie sich keine Sorgen machen? Er *jongliert* mit diesen verdammten Dingern!«

»Augustine? Ja, klar.«

»Das wissen Sie?«

»Er wird Ihrer Frau nichts tun, Mr. Lamb.«

»Gott sei Dank, jetzt fühle ich mich gleich viel besser.«

Der Agent schien gegen Sarkasmus immun zu sein. »Sie werden früher oder später von Mrs. Lamb hören. Das ist mein Tip. Wenn nicht, dann rufen Sie mich an. Oder rufen Sie mich auch an, wenn sie sich melden sollte.« Er reichte Max seine Visitenkarte. Max studierte sie mit unverhohlener Skepsis. Dann begab er sich in die Küche, wohin der Agent ihm folgte.

»Eine Frage habe ich noch«, sagte der FBI-Mann, »hat Augustine Ihnen einen Schlüssel überlassen?«

Max fuhr herum.

»Vom Haus«, sagte der Agent.

»Nein, Sir. Die Schiebetür war offen.«

»Demnach sind Sie einfach reingegangen. Weiß er nicht, daß Sie hier sind?«

»Nun ja...« Es war Max überhaupt nicht in den Sinn gekommen, daß er irgendwelche Gesetze übertrat. Für einen Moment glaubte er, daß der FBI-Mann ihn verhaften wollte.

Aber der Agent sagte: »Das ist wirklich eine tolle Methode, sich den Kopf wegschießen zu lassen – sich in einem Haus aufzuhalten, ohne daß die Bewohner es wissen. Vor allem hier in Miami.«

Max erkannte zähneknirschend, daß die Situation plötzlich völlig auf dem Kopf stand. Er vergeudete nur seinen Atem. Ein State Trooper ist mit dem Kidnapper befreundet, und ein FBI-Mann steckt mit dem Totenschädelsammler unter einer Decke.

»Wissen Sie, was ich am liebsten möchte?« Max leerte die Flasche auf einen Zug und stellte sie hart auf die Frühstücksbar. »Ich möchte meine Frau finden, sie in ein Flugzeug setzen und nach New York zurückkehren. Ich möchte diesen absolut verrückten Ort vergessen und das Wort Hurrikan nie mehr hören.«

Der Agent sagte: »Das ist ein verdammt guter Plan, Mr. Lamb.«

26. KAPITEL

Snapper befahl Edie Marsh, vor einem Spirituosenladen in Islamorada anzuhalten.

»Nicht jetzt«, sagte sie.

»Es *muß* sein.«

»Wir sind doch fast da.«

Vom Rücksitz erklang ein Poltern. »Gönnen Sie doch dem Mann seinen Drink.«

Sie parkte hinter dem Laden, so daß sie von der Straße aus nicht zu sehen waren. Jim Tile bemerkte den schwarzen Cherokee nicht, als er vorbeiraste. Desgleichen Avila zehn Minuten später.

Snapper ließ sich nicht von seinem Verlangen abbringen, und Edie machte sich große Sorgen. Sie wußte aus eigener Erfahrung, was geschah, wenn man Schnaps und Midol-Tabletten kombinierte. Mit einer doppelten Tablettendosis im Bauch würde Snapper einen Monat lang Winterschlaf halten.

Bonnie bat um eine kalte Cola. »Ich verbrenne fast.«

»Herzlich willkommen in Florida«, sagte Edie.

Snapper warf drei Zehn-Dollar-Scheine in ihren Schoß. »Johnnie Red«, sagte er.

»Keine gute Idee bei den Mengen Kodein, die du intus hast.«

»Scheiße, ich bin schon mit zehnmal schlimmeren Dingen fertig geworden. Außerdem fühlt es sich nicht so an wie Kodein, was du mir gegeben hast.«

Edie runzelte die Stirn. »Dein Knie tut doch nicht mehr weh, oder? Auf dem Fläschchen stand ›Kodein‹.«

Snapper nahm den .357er in die linke Hand. Mit der rechten raffte er Edies Haar zusammen und drehte es, als wollte er ein Büschel Unkraut ausreißen. Als sie vor Schmerzen aufstöhnte, sagte er: »Von mir aus könnte auf der Medizinflasche Terpentin stehen. Hol mir endlich meinen Johnnie Walker.«

Edie riß sich los und sprang aus dem Jeep. Sie zeigte ihm den Finger, während sie durch die Tür des Spirituosenladens verschwand. »Stures Biest.«

»Ganz schön dreist«, pflichtete Skink ihm bei.

Bonnie Lamb hatte das Gefühl, als knisterte ihre Haut. Sie dachte daran, wie herrlich es wäre, sich in frisch gefallenem Schnee einzugraben. »Bei Gott, es ist so heiß. Am liebsten würde ich mir die Kleider vom Leib reißen.«

Sie konnte nicht fassen, daß sie es laut ausgesprochen hatte.

Snapper war erschrocken und zu verwirrt für wollüstige Gefühle. »Mein Gott, was ist denn mit euch los?«

»Ich ersticke«, sagte Bonnie.

Seine Blicke wanderten zur Brust der jungen Frau. Es gab nichts Schlimmeres als ein Paar Titten, um das Gleichgewicht der Kräfte zu stören. Er wußte, wenn sie diese Dinger entblößte, würde seine Position sofort geschwächt, seine Autorität untergraben. Es war ein verlorengegangener Vorteil, den nicht einmal der .357er wettmachen konnte.

»Behalten Sie Ihre gottverdammte Bluse an«, befahl er ihr.

»Keine Sorge.« Bonnie fächelte sich mit einem Ausdruck nervöser Verlegenheit kühle Luft zu. Hinten im Jeep jammerte Levon Stichler hilflos, eingesperrt in den Kokon des schimmeligen Teppichs. Skink sagte sich, daß der alte Mann sicherlich gelauscht hatte und nun glaubte, etwas zu versäumen.

Edie Marsh kehrte aus dem Laden zurück. Winzige Regentropfen funkelten in ihrem Haar. Sie reichte Bonnie eine Dose Dr. Pepper. »Die Cola-Dosen waren nicht kalt genug. Da, du Arschloch.« Sie hielt Snapper eine braune Tüte hin. Er holte die Johnnie-Walker-Flasche heraus und öffnete sie mit einer Hand. Dann legte er den Kopf in den Nacken und trank wie aus einer Feldflasche.

»Nicht so schnell«, warnte Edie.

Er schmatzte verächtlich. »Ich wette, mit Glatze würdest du einmalig aussehen«, sagte er zu ihr. »Dieser Typ in der neuen

Star-Trek-Serie, Gene Luke – ihr beide könntet als Zwillinge durchgehen.«

»Wehe, du gehst mir an die Haare«, sagte Edie. »Versuch's nur.«

Er schwenkte den .357er herum, bis die Mündung Edies Nasenspitze berührte. Er spannte den Hammer und sagte: »Na los doch. Wer will mich davon abbringen?«

Bonnie dachte: O mein Gott, bitte nicht. Sie fröstelte, als ihr der kalte Schweiß ausbrach.

Snapper trank einen weiteren großzügigen Schluck Whisky. Der einäugige Mann erinnerte ihn an seine Munitionsknappheit. »Wenn Sie sie erschießen, bleibt Ihnen nur noch eine einzige Kugel für den Rest von uns.«

»Es gibt auch noch andere Möglichkeiten außer der Knarre.«

Skink brach in schallendes Gelächter aus. »Mein Sohn, ich bin gegen stumpfe Gegenstände und scharfkantige Instrumente weitgehend immun.«

Edies Drohung war ein wenig schlichter. »Wenn du abdrückst«, sagte sie zu Snapper, »kannst du dich von deinem Hurrikangeld für immer verabschieden. Dann fliegen siebenundvierzig Riesen zusammen mit meinem Gehirn aus dem Fenster.«

Snappers deformierter Unterkiefer begann zu knacken. Ein Zeichen, wie Skink hoffte, des möglichen Begreifens. Der Idiot schwankte zwischen dem langfristigen Vorteil des Geldes und der kurzfristigen Befriedigung, sie zu erschießen. Offenbar war es keine leichte Entscheidung.

»Betrachten Sie es als einen Intelligenztest, Chief«, sagte Skink.

Spontan öffnete Bonnie Lamb die Dr.-Pepper-Dose und schüttete sie unter die Bluse. Es war eine prickelnde Karamelkaskade, die sich vom Hals auf ihren Bauch ergoß.

»Stop!« brüllte Snapper. »Hör sofort mit diesem verrückten Scheiß auf!«

»Ich ersticke hier drin –«

»Das ist mir egal! Scheißegal!«

Bonnie war von der Hitze so benommen, daß sie Snappers rasende Wut überhaupt nicht registrierte. »Es tut mir leid«, sagte sie, »ganz ehrlich, aber in dieser blöden Karre sind es mindestens fünfzig Grad.«

Die Limonade tränkte ihr Oberteil, so daß Snapper die spitzenbesetzten Konturen ihres Büstenhalters und ein blasses, feuchtes Oval ihres nackten Bauchs erkennen konnte. Skink bat Edie Marsh, die Klimaanlage einzuschalten.

»Das habe ich schon versucht. Sie ist defekt.« Edies Stimme klang leer und verloren.

»Wag nicht mal dran zu denken, dich auszuziehen«, warnte Snapper Bonnie, »sonst bringe ich dich um.« In seinem Kopf erklang ein Gewirr lauter Stimmen. Einige waren seine eigenen. In seiner hilflosen Wut brüllte er plötzlich: »Glaubt ihr vielleicht, ich könnte euch verdammte Scheißtypen nicht allesamt erschießen? Fühlt ihr euch so verdammt sicher? Dann seht euch nur mal das Loch im Dach an.«

Ja, dachte Edie. Es paßt zu dem, das du zwischen deinen Ohren hast.

»Können wir jetzt endlich weiterfahren?« sagte sie säuerlich. »Es ist wirklich verdammt schwül hier drin.«

Während Bonnies Haut sich abkühlte, hörte sie, wie sie sich in einem fort entschuldigte. Dabei war es völlig absurd, daß sie sich schämte. Weshalb sollte sie sich darüber den Kopf zerbrechen, was zwei gemeine Kriminelle von ihr hielten?

Aber es war ihr wichtig. Sie konnte nichts dafür. Sie war so erzogen worden. Eine anständige junge Frau duschte sich nicht mit Limonade vor völlig Fremden, und schon gar nicht vor Verbrechern.

»Es ist schon in Ordnung«, sagte Skink. »Sie haben Angst, das ist alles.«

»Ich glaube auch.«

Snapper hörte sie. Mit einem ordinären Kichern pflichtete er ihr bei. »Prima. Du solltest auch verdammte Angst haben.« Er war kurz davor, besoffen zu werden.

Edie fuhr langsam und nachdenklich. Der Mann war ein totales Wrack. Wie konnten sie ihren Plan jetzt noch durchziehen? Sie entwarf in ihrer Phantasie ein Wunschszenario: Falls Snapper stockbesoffen war und einschlief, würde sie ihn aus dem Jeep stoßen. Dann würde sie dem exzentrischen Pärchen auf dem Rücksitz erklären, daß es ihr sehr, sehr leid täte – es sei alles nur ein schreckliches Mißverständnis gewesen. Sie würde ihnen Snappers Anteil an der Versicherungssumme von Midwest Casualty anbieten, falls sie den ganzen furchtbaren Abend vergäßen. Sie würde sie ohne Aufenthalt nach Miami zurückfahren und – um zu beweisen, daß sie im Grunde ein anständiger Mensch war – anbieten, den der Polizistin gestohlenen Trauring zu ersetzen. Der bewußtlose Snapper würde auf dem Highway von einem Krabbentransporter überfahren und wäre keine Gefahr mehr für die Gesellschaft und für Edies Zukunft.

Unglücklicherweise nickte Snapper nicht ein. Die Johnnie-Walker-Flasche lag verschlossen auf der Ablage des Armaturenbretts. Im Augenblick spielte Snapper mit seinem Revolver, ließ die Trommel rotieren und summte fröhlich vor sich hin.

»Könntest du das vielleicht bleibenlassen?« sagte Edie Marsh.

Snapper gab ein gurgelndes Lachen von sich, wobei er sein Kinn vorstieß wie eine Schublade. »Dir ist so heiß, Edie, und du schwitzt so sehr, daß du tun solltest, was sie beinahe getan hätte. Zieh dich aus.«

»Das hättest du gern, nicht wahr?«

»Ich fänd's herrlich. Möchtest du nicht doch?« Er winkte Skink und Bonnie Lamb mit dem .357er zu. »Na los, wollt ihr nicht Edies Titten sehen? Das sind richtige Schmuckstücke.«

Bonnie kam sich richtig schäbig vor, weil sie Snapper auf die Idee gebracht hatte.

»Was mich betrifft«, sagte Skink, »ja, durchaus. Sie sind bestimmt herrlich. Aber lieber ein anderes Mal.«

Edie Marsh spürte, wie sie errötete. Niemand redete jetzt. Snapper begann wieder eine Melodie zu summen, die vom regelmäßigen Quietschen der Scheibenwischer begleitet wurde. Ein Stück voraus, auf der dem Ozean zugewandten Seite des Highway, entdeckte Edie das stahlblaue Hinweisschild des Paradise Palms Resort Motel.

Skink rollte Levon Stichler unsanft aus dem Teppich und ließ ihn wie einen Mehlsack auf den Fliesenboden fallen. Jemand entfernte einen Knebel und die Augenbinde.

Die Augen des alten Mannes begannen angesichts der plötzlichen Helligkeit zu tränen.

Die Stimme einer Frau: »Sie schon wieder.«

Levon blinzelte, bis vor ihm ein Gesicht auftauchte – die Rothaarige aus der Hurrikanruine in Turtle Meadow. Das Chiffontuch, Levons Augenbinde, baumelte von ihren grell bemalten Fingernägeln herab. Neben der Rothaarigen stand eine ziemlich wild aussehende Blondine. Sie sagte: »Wie heißt du, Süßer?«

Die Rothaarige trug ein hauchdünnes schwarzes Bustier, Netzstrümpfe und Pumps mit Stilettoabsätzen. Die Blonde hatte sich für einen Teddy aus Silberlamé entschieden, der sie schimmern ließ wie die Kühlerfigur auf einem Rolls-Royce Silver Shadow. Die Luft war süß und schwer von Parfüm. Nach drei Stunden Knebel und Schimmel und Teppichstaub war dies das reinste Paradies. Als Levon Stichler sich aufrichtete, stellte er fest, daß er der Mittelpunkt eines überaus interessierten Kreises war: die zwei Prostituierten, der Schläger im Nadelstreifenanzug, die hübsche langhaarige Brünette, eine weitere junge Frau mit heller Haut und attraktivem Gesicht und ein großer bärtiger Mann, der eine geblümte Plastikduschhaube auf dem Kopf trug. Der bärtige Mann polierte gerade ein Glasauge auf dem Ärmel seiner Jacke. Sie befanden sich in einem kleinen Motelzimmer.

»Was hat das alles zu bedeuten?« fragte Levon Stichler.

Die Prostituierten stellten sich vor. Bridget und Jasmine.

Snapper ließ sich auf die Couch fallen. Er kniff den alten Mann grob in den Nacken. »Du hast versucht, mich umzubringen, erinnerst du dich?«

»Das war ein Irrtum. Ich hab's Ihnen doch erklärt.«

»Hör zu, wie's weitergeht. Du wirst zwei oder drei Tage mit den Mädels hierbleiben. Sie bumsen mit dir und blasen dir einen, bis du nicht mehr gehen kannst. Außerdem machen sie ein paar Fotos.«

Levon war skeptisch. Der Mann stank nach Schnaps und redete, als habe er den Mund voller Murmeln.

»Erschießen Sie mich einfach und machen Sie ein Ende.«

»Wir erschießen niemanden.« Es war die hübsche Brünette. »Ehrlich«, sagte sie, »solange Sie keine Dummheiten machen.«

»Vielleicht bist du schon zu alt, um einen hochzukriegen«, sagte Snapper, »vielleicht sind dir Männer lieber – das interessiert mich einen Dreck. Der Punkt ist, du bleibst zusammen mit den Mädels hier, bis ich anrufe und Bescheid sage, daß ihr abhauen könnt. Du siehst zu, daß du nach Miami zurückkehrst, und zwar gemütlich. Darunter verstehe ich, daß du dich an die Straße stellst und deinen Daumen benutzt. Ist das klar?«

Levon stammelte etwas Unverständliches und blinzelte. Snapper schlug ihm zweimal ins Gesicht.

»Ich glaube nicht, daß Mr. Stichler die Alternative klar ist«, sagte Edie Marsh. »Die Alternative sieht so aus, daß wir zur Polizei gehen und erzählen, daß Sie Snapper ermorden und mich mit dem Erdanker vergewaltigen wollten. Ihre Familie wird glauben, Sie seien völlig senil geworden. Die Fotos sprechen auch nicht gerade für Sie – Großvater beim Spielen mit zwei Callgirls.«

Levon schaute zu Bridget und Jasmine hoch. Sie waren groß

und furchteinflößend. Er erkannte, daß sie schon des öfteren zusammengearbeitet hatten.

»Betrachten Sie es als einen Urlaub«, sagte Edie. »Hey, Sie dürfen jede Menge Spaß haben.«

»Ich wünschte, ich könnte es.«

»Hm-hm.« Bridget kniete sich neben ihn. »Die Prostata?«

Der alte Mann nickte ernst. »Sie wurde im vergangenen Jahr rausgenommen.«

Jasmine sagte, er solle sich mal keine Sorgen machen. »Wir lassen uns was einfallen.«

Skink, der soeben sein Glasauge an seinen angestammten Platz zurücksetzte, riet Levon Stichler, zu tun, was von ihm verlangt wurde. »Das ist immer noch besser, als erschossen zu werden.«

»Vielen Dank auch«, sagte Bridget.

Snapper bezahlte die Prostituierten von dem Bündel der gestohlenen Anzahlung für die Dachreparatur. Die Frauen zählten das Geld, teilten es auf und verstauten es. Sie wandten sich ab, damit er nicht in ihre Handtaschen schauen konnte, die mit anderem Geld prall gefüllt waren, das ihnen zehn Minuten vorher von Avila und zehn Minuten davor von diesem gutaussehenden jungen Mann mit der .38er Special gegeben worden war.

»Ist Eis in dem Kübel?« fragte Bonnie Lamb. Die Nutte namens Jasmine meinte, sie solle sich ruhig bedienen. Bonnie holte zwei Handvoll Eiswürfel heraus und preßte sie gegen ihre Wangen.

Der einäugige Mann half den Prostituierten, Levon Stichler auf die Beine zu stellen. Snapper stieß mit dem Pistolenlauf gegen den Adamsapfel des alten Mannes. »Mach keine Dummheiten«, sagte er. »Diese Girls können zwischen ihren Beinen Kokosnüsse knacken. Einen klapprigen alten Knacker wie dich umzubringen, ist überhaupt kein Problem für sie.«

Levon Stichler zweifelte keine Sekunde daran. »Keine Sorge, Mister. Ich bin kein Held.«

Die Rothaarige kniff ihn verspielt in den Hintern. »Das werden wir noch sehen.«

Augustine versteckte sich hinter einem Müllcontainer, als der schwarze Cherokee mit den piekfeinen Schmutzfängern vor dem Paradise Palms eintraf. Zu seiner unbändigen Erleichterung sah er Bonnie Lamb aussteigen, gefolgt vom Gouverneur. Gefahren wurde der Wagen von einer Frau mit braunem Haar in einem lavendelfarbenen Top. Wahrscheinlich war es die Inhaberin des Führerscheins, Edith Deborah Marsh, Alter 29. Sie verließ als nächste den Jeep. Auf der Beifahrerseite tauchte ein dünner, bleicher Mann in einem zerknitterten Anzug und ohne Krawatte aus dem Wagen auf. Sein deformierter Unterkiefer war im Schein der Straßenbeleuchtung deutlich zu erkennen. Augustine hatte nicht den geringsten Zweifel. Er war es, der Kerl, der Brenda Rourke so übel zugerichtet hatte und von dem die Prostituierten ihm erzählt hatten. Snapper im wirklichen Leben, »Lester Parsons« im Gästebuch des Motels.

Der Mann öffnete die Heckklappe des Cherokee und gab Skink einen barschen Befehl. Der Gouverneur zog daraufhin ein längliches Stoffbündel aus dem Jeep und lud es sich auf die Schulter. Sobald die Prozession im Motel verschwunden war, rannte Augustine zum Jeep, kletterte in den Gepäckraum und schloß behutsam die Klappe. Er kauerte sich unter das Heckfenster und legte die .38er rechts neben sich. Das Betäubungsgewehr hielt er mit beiden Händen vor der Brust.

Dies, so dachte er, wäre etwas, was man seinem alten Herrn erzählen sollte. Da würden seine dicken Schläfenadern anschwellen. Dad würde es nicht mal im Traum einfallen, seinen Hals zu riskieren, wenn es nicht um größere Geldbeträge ginge. Liebe, Loyalität und Ehre hatten im Credo eines Drogenschmugglers keinen Platz. Augustine glaubte den ungläubigen Tonfall seines Vaters deutlich hören zu können: *A. G, weshalb zum Teufel tust du etwas derart Verrücktes?*

Weil der Mann es verdient hat. Er hat eine Polizistin zusammengeschlagen und ihr den Trauring ihrer Mutter gestohlen. Er war Abschaum.

Sei doch kein Idiot. Du hättest dabei draufgehen können.

Er hat die Frau entführt, die ich liebe.

Ich habe einen Idioten großgezogen!

Nein, hast du nicht. Du hast niemanden großgezogen.

Wenn Augustine seinem Vater schrieb, vergaß er niemals zu erwähnen, wieviel Geld er ehemaligen Freundinnen, obskuren Wohlfahrtsinstituten und ultraliberalen politischen Bewegungen geschenkt hatte. Er malte sich dann immer aus, wie das Gesicht seines Vaters sich vor Bestürzung grau färbte.

Du enttäuschst mich, A. G.

Das von einem dämlichen Arsch, der bei voller Fahrt mit dreiunddreißig Kilo Stoff im Rumpf und der gesamten Verteidigungsstreitmacht der Bahamas im Nacken auf Grund gelaufen ist.

»Du enttäuschst mich.«

Richtig. Augustine lauschte dem Regen, der aufs Dach des Jeeps trommelte. Das Geräusch machte ihn schläfrig.

Er hatte nicht erwartet, seinen Vater warten zu sehen, als er aus dem Koma erwachte, daher war er nicht enttäuscht. Vor allem hatte er sich gefreut, daß er lebte. Die Person neben seinem Bett war eine haitianische Krankenschwester namens Lucy in den mittleren Jahren. Sie erzählte ihm von dem Flugzeugabsturz und von dem monatelangen Schlaf. Augustine umarmte sie mit Tränen in den Augen. Lucy zeigte ihm einen Brief von seinem Vater, den er aus dem Gefängnis in Talladega geschrieben hatte. Sie hatte Augustine den Brief laut vorgelesen, als er bewußtlos war. Sie bot ihm an, ihn noch einmal vorzulesen.

Mein Sohn, ich hoffe, daß du lebst und diese Worte dich erreichen. Was passiert ist, tut mir leid. Dad hätte an dieser Stelle Schluß machen sollen, aber Takt und Bescheidenheit waren nicht gerade seine starke Seite.

Alles, was ich getan habe, habe ich für dich getan, schrieb er. *Jeder Schritt, den ich tat, ob richtig oder falsch.*

Was Quatsch war, eine unnötige Lüge. Es stimmte Augustine ein wenig trauig, aber es machte ihn nicht verbittert. Er war längst über dieses Stadium hinaus. Der Flugzeugabsturz hatte seine Empfindungen bis auf die Wurzeln zurückgeschnitten. Nichts betraf ihn mehr in der gleichen Weise wie vorher, was in Ordnung war. Er entschied, daß ein kurzes Koma für jedermann nützlich wäre. Es schaffte klare Verhältnisse.

Was war schon dabei, wenn er Jahre brauchte, um ein neues Ziel zu finden. Da war es. Da war *sie.*

Dad würde es nicht gutheißen. Glücklicherweise war Dad nicht von Bedeutung.

Augustine hörte, wie eine Tür geschlossen wurde, dann Schritte, die durch Pfützen patschten, und Stimmen, die über den Motelparkplatz näher kamen. Er atmete dreimal tief durch. Entsicherte das Betäubungsgewehr.

Er war froh über das Wetter, denn es ließ die Fenster des Jeeps beschlagen und machte ihn von draußen unsichtbar. Die Stimmen wurden lauter, deutlicher – zwei Männer, die miteinander stritten. Augustine erkannte sie nicht. Vielleicht Snapper und jemand anderer, aber wer?

Laute Worte durchbrachen das Flüstern des Regens. Augustine beschloß, sich nicht bemerkbar zu machen, es sei denn, Bonnie Lamb wäre in Gefahr. Die Diskussion kam näher. Dann ertönte ein dumpfes Seufzen, die Geräusche eines Ringkampfs. Eine Flasche zerschellte auf dem Asphalt.

Einer der Männer stieß hervor: »Halt die verdammte Kanone fest, während ich den Scheißkerl erwürge.«

Snappers Sorge wegen der beiden letzten noch verbliebenen Kugeln in dem .357er war wohlbegründet. Ein Meisterschütze war er nämlich nicht gerade.

Ein Polizeibericht vom 7. Juli 1989 offenbarte, daß ein gewisser Lester Maddox Parsons verhaftet worden war, weil er vor dem Satellite Grill in Dania, Florida, Theodore »Sunny« Shea erschossen hatte. Das Opfer war nicht bloß ein stinknormaler Crackdealer, wie Snapper nach dem Vorfall behauptete. In Wahrheit war Sunny Shea sein langjähriger Geschäftspartner. Ihre Geschäfte gingen über Drogen hinaus und umfaßten gestohlene Waffen, Schmuck, Kleidung, Gartenmöbel, Stereoanlagen, bei einer Gelegenheit sogar eine ganze Ladung Babynahrung. Irgendwann kam Sunny Shea der Verdacht, daß Snapper ihn betrog, und er konfrontierte ihn an einem Sommerabend im Eingang des Satellite Grill vor sechzehn Augenzeugen mit dieser Anschuldigung.

Snappers ungehaltene Reaktion bestand im Hervorholen einer 9-mm-Glock (die er aus dem Handschuhfach eines Zivilfahrzeugs der Polizei von Coral Springs entwendet hatte) und dem Versuch, diese Waffe in Sunny Sheas Körper zu entleeren. Insgesamt feuerte Snapper elfmal aus einer Entfernung von knapp drei Metern. Nur sechs Kugeln trafen Sunny Shea, und nicht eine beschädigte ein lebenswichtiges Organ – ein echtes Wunder, wenn man bedachte, daß Sunny Shea nur hundertdreißig Pfund wog und nicht ein Gramm Fett am Körper hatte. Die glücklose Schießvorstellung war um so bemerkenswerter, als Snapper zu diesem Zeitpunkt stocknüchtern war.

Sunny Shea verlor nicht das Bewußtsein und erwies sich als außerordentlich kooperativ, als die Polizei sich nach der Identität des Angreifers erkundigte. Die beiden Detectives, die Lester Maddox Parsons schließlich nach Broward ins Countygefängnis schafften, verspotteten ihn unbarmherzig wegen seiner lausigen Schießkünste.

Am nächsten Morgen, als sie in seine Zelle kamen, um ihn darüber zu informieren, daß die Anklage wegen versuchten Mordes raufgesetzt worden war, hatte Snapper jede Menge rechtfertigende Argumente auf der Zunge. Dann erfuhr er, daß es nicht eine seiner Kugeln gewesen war, die seinen mageren, verhaßten Partner getötet hatte – irgendein Klotzkopf in der Notaufnahme hatte Theodore »Sunny« Shea ein Antibiotikum injiziert, gegen das er hochgradig und tödlich allergisch war.

Snapper plädierte auf einen lächerlichen Totschlag und bekam eine leichte Strafe aufgebrummt, aber sein Vertrauen in die Wirksamkeit von Handfeuerwaffen war für immer ruiniert. Zwei Kugeln in einem .357er war kaum besser als überhaupt keine Kugeln.

Deshalb wollte er sie nicht an Avila, den jämmerlichen Bohnenfresser, vergeuden. Er war wirklich der letzte, den Snapper im Paradise Palms anzutreffen erwartet hatte. Er tauchte wie ein ertrunkener Geist aus dem Wolkenbruch auf und machte ihm Vorwürfe wegen der Anzahlung auf die Dachreparatur, die Snapper Mrs. Whitmark aus der Tasche geluchst hatte.

»Weißt du, wer sie ist? Weißt du, mit wem sie verheiratet ist?« kreischte Avila. Skink und die beiden Frauen zogen sich zu einem trockenen Beobachtungsplatz zurück, unter das Vordach des Motels, während Avila Snapper wie ein Terrier über den Parkplatz jagte. Es war nicht leicht, ihrer Unterhaltung zu folgen, aber Edie Marsh bekam den wesentlichen Punkt mit: Snapper hatte siebentausend Dollar eingesackt.

Seltsam, daß er vergessen hatte, ihr davon zu erzählen. Genauso wie von dem Trauring.

Die Pistole in Snappers Hand machte Avila Sorgen, sie schreckte ihn aber nicht ab. Während hundertzwanzig Kilometern hatte er um Changos Beistand gebetet und fühlte sich jetzt einigermaßen geschützt. Snapper erschien verwirrt und unsicher. Wahrscheinlich wurde er von bösen Geistern heimgesucht.

»Gib mir das Geld«, sagte Avila.

»Friß Scheiße«, knurrte Snapper.

Als er sich abwandte, sprang Avila auf seinen Rücken. Snapper schüttelte ihn ab. Avila attackierte erneut, zerriß Snappers Anzug und schlug ihm die Johnnie-Walker-Flasche aus der

Hand. Die beiden verhakten sich ineinander und kreiselten durch den Nebel. Am Ende gelangte Snapper bis zu einer Palme und rammte Avila mit dem Rücken gegen den Stamm. Er gab ein echtes Quieken von sich, während er an dem Stamm herabrutschte.

Außer Atem winkte Snapper zu Edie hinüber. »Halt die verdammte Kanone fest, während ich den Scheißkerl erwürge.«

Halbherzig ergriff sie die Pistole und richtete sie auf Bonnie und Skink. Snapper stürzte sich auf Avila und schlug atemlos auf ihn ein. Avila war von der Schärfe und Klarheit der Schmerzen überrascht. Als seine Nase unter Snappers Faust explodierte, erkannte er, daß es töricht von ihm gewesen war, auf eine göttliche Intervention zu setzen. Offenbar hatte Chango ihm das vorzeitig abgebrochene Nasenbär-Opfer nicht verziehen.

Während Snappers schmutzige Fingernägel sich in seine Kehle gruben, machte Avila eine Bestandsliste von den vielfältigen Ursachen seiner Qualen: die gebrochene Nase, die Glasscherbe der Whiskyflasche in seinem rechten Oberschenkel, das noch nicht verheilte Kreuzigungsloch in seiner linken Hand, die durch den Ziegenbock vorgenommene Perforation in seinem Unterleib und in Kürze ein zerquetschter Kehlkopf.

Er dachte: Vergiß die sieben Riesen. Scheiß auf Gar Whitmark. Es ist Zeit, abzuhauen.

Avila wuchtete sein Knie zwischen Snappers Beine. Snappers Augenlider flatterten, aber er lockerte nicht seinen Griff um Avilas Kehle. Avila benutzte sein Knie noch zweimal in gleicher Weise, ehe er das erwünschte Resultat erzielte. Snapper stöhnte auf und kippte weg. Avila kämpfte sich auf die Füße. Er machte drei Schritte und rutschte aus. Als er sich wieder aufgerappelt hatte, hörte er, wie Snapper sich hinter ihm erhob. Gehetzt stürmte Avila in Richtung Straße.

Der Regen machte es schwierig, die Einzelheiten der beiden Männer zu erkennen, die über den Highway One rannten. Keiner der beiden war groß genug, um der Gouverneur zu sein, oder körperlich so fit wie Augustine. Von dort, wo sein Dienstwagen der Highway Patrol parkte, ungefähr hundert Meter vom Geschehen entfernt, konnte Jim Tile nicht erkennen, ob der größere der beiden Männer einen deformierten Unterkiefer hatte. Er hätte ebensogut irgendein alter Keys-Säufer in einem triefnassen Nadelstreifenanzug sein können.

Der schwarze Jeep stand noch immer vor dem Paradise Palms. Der Trooper beschloß, sitzenzubleiben und zu warten.

Avila schaffte einen knappen Kilometer, ehe seine Kraft nachließ. Er blieb auf der Tea-Table Bridge stehen, knickte nach vorne ein und schnappte gierig nach Luft. Er versuchte einen der vorbeirollenden Autofahrer anzuhalten, aber keiner hatte in seinem eiskalten Herzen ein kleines Plätzchen für einen durchnäßten, sabbernden, blutbefleckten Tramper. Avila erhielt einen weiteren moralischen Tiefschlag, als er im Fenster eines vorbeijagenden Airstream ein sommersprossiges Mädchen sah, das ihn fotografierte.

Was für eine kranke Welt, dachte er, in der ein verwundetes menschliches Wesen zu einer Touristenattraktion am Straßenrand verkommt.

Unterdessen tauchte Snapper aus den Regenschleiern auf. Er taumelte wie ein Zombie über die Brücke. Als Waffe hatte er sich für die Achse eines verrosteten Jet-Ski-Anhängers entschieden.

Avila hob einlenkend beide Arme. »Vergessen wir die ganze Sache, okay?«

»Rühr dich nicht.« Snapper packte die Achse an einem Ende und hob sie hoch über den Kopf wie einen Vorschlaghammer.

Mit einem traurigen Piepsen schwang Avila sich seitlich über das Brückengeländer. Der Fall dauerte nur knapp sechs Meter, aber angesichts seiner Höhenangst hätten es ebensogut vierzehn Stockwerke sein können. Avila war gelinde erstaunt, daß er den Aufprall überlebte.

Das Wasser war warm, und die Strömung war stark. Er ließ sich von ihr durch den Kanal und hinaus in den Ozean tragen, denn er hatte nicht genug Kraft, um dagegen anzuschwimmen. Als das Gewicht seiner mit Wasser vollgesogenen Kleidung ihn nach unten zu ziehen begann, streifte er die Schuhe und die Hose ab und schlängelte sich aus seinem Hemd. Schon bald wurden die Lichter des Overseas Highway von der Dunkelheit und vom schlechten Wetter verschluckt. Avila konnte nichts anderes sehen als das gelegentliche Aufleuchten eines Hitzeblitzes in großer Höhe. Als ein schwarzes Objekt in Taillenhöhe gegen seine Rücken stieß, war er überzeugt, daß es sich um das Maul eines großen weißen Hais handelte und sein Tod unmittelbar bevorstand.

Aber es war nur ein Stück Bauholz. Avila klammerte sich daran wie ein verkrüppelter Frosch. Er dachte an die unglaubliche Ironie seiner Lage – wenn nun dieses lebensrettende Balkenstück von einem der Dächer stammte, die nicht zu inspizieren er bestochen worden war? Vielleicht war dies Changos Vorstellung von einem harmlosen Streich.

Die ganze Nacht lang, die er in den Wellen dahintrieb, verfluchte Avila den Hurrikan, weil er ihm soviel Leid beschert hatte: den sadistischen Doughnut-Mann, Whitmark und Snapper natürlich. Der Regen ließ bei Tagesanbruch nach, aber die Sonne drang nicht durch die Wolken. Es war bereits vorgerückter Nachmittag, als Avila einen Motor hörte. Während er um Hilfe rief, trieb ein hohes weißes Angelboot bis in Rufweite heran. Der Skipper und seine tropisch gekleideten Klienten winkten zurück.

»Halte durch, *amigo*«, rief der Skipper und entfernte sich.

Zwanzig Minuten später erschien ein Boot der Küstenwache und holte Avila an Bord. Die Mannschaft versorgte ihn mit trockener Kleidung, heißem Kaffee und frisch zubereitetem Chili. Er aß in dankbarem Schweigen. Anschließend wurde er unter Deck in ein Besprechungszimmer gebracht, wo er von einem Mann des Immigration and Naturalization Service begrüßt wurde.

In stockendem Spanisch fragte der Einwanderungsbeamte Avila nach dem Namen des kubanischen Hafens, von dem aus er geflohen war. Avila lachte und erklärte, er stamme aus Miami.

»Was machen Sie dann hier draußen in Ihrer Unterwäsche?«

Avila sagte, ein Räuber habe ihn über die Straße gehetzt, daher sei er in Islamorada von einer Brücke gesprungen

»Sagen Sie die Wahrheit«, mahnte der Einwanderungsmann ernst. »Offenbar sind Sie mit einem Floß abgehauen. Also woher kommen Sie – aus Havanna? Aus Mariel?«

Avila wollte erneut widersprechen, als ihm dämmerte, daß es keine schnellere und bessere Chance gab, seine alten Lasten abzuwerfen. Was erwartete ihn schon in seinem derzeitigen Leben anderes als eine ihm niemals verzeihende Ehefrau, eine traumatisierte Schwiegermutter, der persönliche Konkurs, die Rache Gar Whitmarks und eine mögliche Strafverfolgung.

Er hatte eine Frage an den Einwanderungsbeamten. »Was passiert mit mir, wenn ich ein Geständnis ablege?«

»Nichts. Sie werden nach Krome gebracht, dort nimmt man Ihre Daten auf, und anschließend können Sie gehen, wohin Sie wollen.«

»Wenn ich ein politischer Flüchtling bin?«

»Das ist die übliche Prozedur.«

»*Sí*«, sagte Avila. »*Yo soy balsero.* Ich bin auf einem Floß geflohen.«

Der Einwanderungsmann schien derart erleichtert zu sein, daß Avila (der ebenfalls früher im öffentlichen Dienst gearbeitet hatte) zu der Überzeugung gelangte, er habe dem Mann Berge von Papierkrieg erspart.

»*Su nombre, por favor?*«

»Juan«, antwortete Avila. »Juan Gómez. Aus Havanna.«

»Und welchen Beruf haben Sie auf Kuba ausgeübt?«

»Ich war staatlicher Bauinspektor.«

27. KAPITEL

Sie warteten im Jeep – Edie Marsh vorne mit dem Revolver in der Hand, Bonnie Lamb und der Gouverneur auf dem Rücksitz.

Bonnie sagte: »Was ist, wenn er nicht zurückkommt?«

Edie dachte das gleiche. Hoffte es. Das Problem war, daß Snapper die verdammten Wagenschlüssel hatte. Sie wandte sich an den Mann mit der Duschhaube. »Wissen Sie, wie man einen solchen Wagen kurzschließt?«

»Das ist doch illegal.«

Das Kinolächeln verblüffte sie. Sie fragte: »Weshalb haben Sie keine Angst?«

»Wovor?«

»Vor der Pistole. Vor dem Sterben. Vor allem.«

Bonnie sagte, sie habe genug Angst für alle zusammen. Der Regen ließ nach. Von Snapper oder Avila war noch immer nichts zu sehen. Edie fiel es schwer, ihre Blicke von dem Mann namens Skink zu lösen.

»Was ist los?« fragte er. »Liegt es an meiner Mütze?«

Sie hob den .357er. »Sie könnten mir dieses Ding jederzeit abnehmen, wenn Sie wollten. Das wissen Sie.«

»Vielleicht will ich es nicht.«

Das war es, was ihr angst machte. Welchen Sinn hatte es, einen solchen Menschen mit einem Revolver in Schach zu halten?

Er sagte: »Ich möchte Ihnen nicht weh tun.« Erneut dieses Lächeln.

Edie Marsh hatte eine Schwäche für Lachfältchen um die Augen. Sie sagte zu Bonnie: »Ich glaube, ich weiß, was Sie an diesem Typ finden.«

»Wir sind Freunde, mehr nicht.«

»Tatsächlich? Dann können Sie mir vielleicht verraten«, sagte Edie, »was er vorhat.«

»Ganz ehrlich, ich weiß es nicht. Ich wünschte, ich wüßte es.«

Edie war aufgewühlt und zitterte. Als sie Mr. Stichler im Motelzimmer bei den beiden Nutten abgeladen hatten, lief im Fernsehen ein Bericht, der neue Träume in ihr geweckt hatte – eine Reportage vom Besuch des Präsidenten der Vereinigten Staaten im Hurrikangebiet, wo er sich einen Überblick über das Ausmaß der Schäden verschaffte. Neben ihm war ein hochgewachsener, jungenhaft attraktiver Mann in den Dreißigern zu sehen, den die Nachrichtensprecher als Sohn des Präsidenten identifizierten. Als erwähnt wurde, daß er in Miami lebte, hatte Edie Marsh eine blitzartige Idee. Was machte es schon, daß er kein Kennedy war? Und vielleicht war er ein zu anständiger Republikaner, um irgendein heißes Girl in einer Bar aufzureißen und mit ihr ein wenig über die Stränge zu schlagen. Vielleicht hatte er aber nur sein ganzes unterdrücktes Leben lang auf eine solche Gelegenheit gewartet. Und er war nun mal der Sohn des Präsidenten. Das wäre etwas, dachte Edie, das man sich vielleicht für die Zukunft vornehmen konnte. Vor allem wenn das Hurrikanprojekt sich weiterhin so schleppend entwickelte.

Sie legte Snappers Revolver auf den Sitz. »Steigen Sie aus«, sagte sie zu Skink und Bonnie. »Hauen Sie ab. Ich erzähle ihm, Sie hätten mich niedergeschlagen und seien geflohen.«

Bonnie sah den Gouverneur an, welcher sagte: »Das ist Ihre Chance, Kleines.«

»Und was ist mit Ihnen?«

Er schüttelte den Kopf. »Ich habe Jim etwas versprochen.«

»Wer zum Teufel ist Jim?« wollte Edie Marsh wissen.

»Dann«, sagte Bonnie, »glaube ich, wir bleiben lieber hier.«

Skink redete ihr gut zu, doch die Fliege zu machen. »Rufen Sie Augustine an. Melden Sie sich, damit er weiß, daß Sie okay sind.«

»Nein«, sagte Bonnie.

»Und rufen Sie auch Ihren Mann an.«

»Nein! Nicht bevor das hier vorbei ist!«

Edie war entrüstet, ihre Nerven machten das alles nicht mehr lange mit. Snapper hatte recht, sie waren wirklich verrückt. »Na schön«, sagte sie, »wenn ihr so bescheuert seid, dann bleibt hier, ich verschwinde jedenfalls.«

Skink sagte: »Hervorragende Entscheidung.«

»Erzählen Sie ihm, ich sei auf die Toilette gegangen.«

»Kein Problem«, sagte Bonnie.

»Ich hätte meine Periode bekommen oder was auch immer.«

»Okay.«

Skink beugte sich vor. »Würden Sie mir die Waffe geben?«

»Warum nicht«, sagte Edie. Vielleicht würde der Lächler Snapper erschießen. Es gab außer dem revolvergroßen Bluterguß in ihrer rechten Brust etwa siebenundvierzigtausend Gründe, weshalb Edie sich darüber nicht aufregen würde.

Sie reichte Skink den .357er, aber er winkte plötzlich ab. »Ach, wenn ich es mir recht überlege –«

Edie drehte sich um und atmete zischend aus. Es war Snappers Gesicht, triefnaß, das am Fenster des Jeeps klebte. Die gebogene Nase und der deformierte Mund ließen ihn aussehen wie einen monsterhaften Wasserspeier.

»Hast du mich vermißt, Baaii-biiee?« sang er, wobei seine bleichen Lippen wie Plattwürmer über die Scheibe wischten.

Jim Tile spielte mit dem Gedanken, Verstärkung anzufordern, obgleich dies das Ende der freigewählten Zurückgezogenheit des Gouverneurs bedeutet hätte.

Vor langer Zeit hatten sie eine Vereinbarung getroffen: keine Kavallerie, es sei denn, das Leben Unschuldiger wäre in Gefahr. Der Trooper betrachtete die Touristin als mehr oder weniger unschuldig. Sie und Skink könnten schon tot sein.

Düster beobachtete Jim Tile, wie der Regen sich auf die vorbeirasenden Fahrzeuge auf dem Highway One ergoß. Erneut machte er sich Vorwürfe, daß er eher seinen Gefühlen als seinem Gehirn gefolgt war. Brenda lebte. Er hätte Gott danken und die Angelegenheit auf sich beruhen lassen sollen.

Aber das tat er nicht. Und der Gouverneur hatte nur wenig Mühe aufwenden müssen, um ihm die Zulassungsnummer auf dem gestohlenen Schild zu entlocken.

»Schädlingsbekämpfung« hatte Skink es genannt, während sie das Krankenhaus verließen.

»Wer immer das Mrs. Rourke angetan hat, ist kein lebensfähiges Mitglied der menschlichen Rasse. Kein willkommener Spender für den Genbestand. Darwin persönlich würde dem zustimmen.«

»Sei vorsichtig«, hatte der Trooper lediglich bemerkt.

»Jim, wir sind mit diesem perversen Mistkerlen verseucht. Sieh dir an, was sie aus der Gegend gemacht haben.«

Der Trooper hatte ins Leere gestarrt. »Das Nummernschild wurde wahrscheinlich von einem anderen Wagen gestohlen. Möglich, daß es dich nicht weiterbringt.«

Der Gouverneur, der sich aus dem festen Griff seines Freundes befreite, hatte erwidert: »Sie verwandeln hier alles in ein Dreckloch. Einige kommen mit Pistolen, andere mit Aktenkoffern – aber es ist bei allem das gleiche gottverdammte Verbrechen.«

»Schädlingsbekämpfung.«

»Wir tun, was wir können.«

»Sei vorsichtig, Captain.«

Dann hatte er gelächelt und seine Filmstarbeißer gezeigt, die ihm auch dazu verholfen hatten, gewählt zu werden. Und Jim Tile hatte sich zurückgehalten und ihn von dannen ziehen lassen. Sollte er sich ruhig auf die Suche nach dem Kerl im schwarzen Jeep Cherokee begeben.

Der nun im windigen Nieselregen vor dem Paradise Palms parkte. Der Trooper zählte drei Gestalten im Innern des Jeeps. Zwei von ihnen, hoffte er, waren Skink und Bonnie Lamb.

Eine dunkle Gestalt am Straßenrand erregte seine Neugier.

Der große Mann im Anzug rannte über den Schotterstreifen am Rand des Highway One. Seine Bewegungen hatten etwas Unsicheres an sich. Er hatte offenbar Mühe, einen geraden Kurs zu verfolgen und den vorbeijagenden Fahrzeugen nicht in die Quere zu kommen. Er zuckte zusammen und duckte sich, als das Fernlicht eines Benzintankwagens sein Gesicht traf.

Jim Tile hatte freie Sicht auf den schiefen Unterkiefer.

Er sah, wie der Mann unter dem hell leuchtenden Schild vor dem Motel herlief. Er beobachtete, wie er zu dem Jeep ging und durch ein Fenster blickte. Dann rannte der Mann um den Wagen herum zur Fahrerseite, öffnete die Tür und stieg ein. Eine Abgaswolke quoll aus dem Auspuff. Die Bremslichter flackerten.

»Hallo«, sagte Jim Tile und ließ den Motor an.

Plötzlich war ringsum die Nacht in blau-weißes Licht getaucht.

Snapper setzte gerade mit dem Jeep zurück und erzählte vergnügt, was mit Avila passiert war. »Dieser dämliche Hund ist einfach von der Brücke runtergesprungen, das hättet ihr sehen sollen – Hey! Hey, was zur Hölle...«

Überall zuckten grelle Lichter. Sie spiegelten sich in den Pfützen wider. Wurden von den korallenroten Mauern des Hotels zurückgeworfen. Pulsierten in den Kronen der Palmen.

Snapper schob den Schaltknüppel des Jeeps in Parkposition. »Scheiß-Cops!«

»Unmöglich«, sagte Edie. Aber sie wußte, daß er recht hatte.

Eine Gestalt in Grau näherte sich dem Cherokee. Snapper kurbelte das Fenster nach unten. Es war ein State Trooper, ein riesiger schwarzer Hundesohn dazu. Er hatte seinen Streifenwagen so geparkt, daß er die Ausfahrt versperrte.

Snappers Gedanken rasten, halb betrunken, halb in Panik. Allmächtiger Gott im Himmel, Mami und Papi kriegen einen Nervenzusammenbruch, wenn sie erfahren, daß ich von einem Niggercop zur Strecke gebracht worden bin. Vor allem Mami.

Blitzschnell überlegte Snapper, was passiert sein mußte: Die Polizistin war entweder noch am Leben, oder sie hatte die Mißhandlungen lange genug überlebt, um eine Beschreibung von dem Jeep, vielleicht sogar von Snapper selbst, weiterzugeben.

Demnach war dies also der große schwarze Verfolgertrupp.

Snapper war sich darüber im klaren, daß er den Cherokee gleich nach dem Zwischenfall hätte stehenlassen sollen. Klar, nichts wie rein mit dem Scheißding in den nächsten Kanal, und ab dafür. Aber, mein Gott, wie gut hatte ihm die Stereoanlage gefallen! Reba, Garth, Hank jr. – sie hatten noch nie so toll geklungen. Sein ganzes Leben lang hatte Snapper sich immer einen Wagen mit anständigen Lautsprechern gewünscht. Deshalb hatte er den gestohlenen Jeep behalten, wegen seiner sensationellen Stereoanlage – und hier war der Preis, den er dafür zahlen mußte.

Ein riesiger schwarzer Wichser von einem Cop, der über den Parkplatz kam und seinen Revolver zog.

Der einäugige Mann klopfte ihm auf die Schulter. »Gib Gas und hau ab!«

»Häh?«

»Das würde ich an Ihrer Stelle tun.«

»Nein«, murmelte Edie Marsh. »Wir sind geliefert.«

Snapper befahl ihr, die Klappe zu halten. Er riß den .357er vom Sitz, hielt ihn aus dem Fenster und schaffte es irgendwie, dem Trooper mitten in die Brust zu schießen. Der Mann kippte nach hinten um und landete in einer Pfütze.

»Gute Nacht, Nigger«, sagte Snapper.

Skink erstarrte. Bonnie und Edie schrien. Snapper rammte den Schaltknüppel nach vorne und gab Gas, daß die Reifen quietschend durchdrehten.

»Habt ihr das geseeee-hen?« jubelte er. »Ein Schuß, ein Niggercop! Yiipiieeeh! Ein Schuß!«

Im Gepäckraum des Cherokee erhob Augustine sich auf die

Knie. Der Kolben des kurzen Betäubungsgewehrs lag an seiner Schulter, Snappers Hals befand sich genau im Visier. Er war überrascht, als Skink sich umdrehte und ihn auf den Boden zurückstieß.

In diesem Moment zersprang das Heckfenster des Jeeps in einem Scherbenregen.

Die Explosion riß Snapper aus seiner Konzentration, während er sich bemühte, den Jeep um den geparkten Highway-Patrol-Wagen herumzulenken, der durch die Nacht leuchtete wie ein Festwagen beim Mardi Gras.

Snapper duckte sich und schaute in den Rückspiegel. Er sah den schwarzen Polizisten in einer Pfütze liegen. Sein Arm schwang hin und her, aber er zielte nicht mit dem qualmenden Revolver. Dann wurde der Trooper schlaff, und Snapper lachte gackernd.

Der Cherokee schlingerte auf dem regennassen Asphalt, als er auf den Highway einbog. Edie Marsh saß zusammengekauert wie eine alte Nonne auf ihrem Platz und schluchzte in die Hände, die sie vors Gesicht geschlagen hatte. Skink hatte Bonnie Lamb aus der Schußlinie und auf seinen Schoß gezogen. Im Gepäckraum liegend, pflückte Augustine sich leise die Sicherheitsglassplitter von der Kleidung.

Snapper war aufgedreht von Midols, Johnnie Walker und reinstem kriminellen Adrenalin. »Habt ihr gesehen, wie der große Nigger umgekippt ist?« brüllte er so laut er konnte. »*Peng!* Und schon lag er auf dem Arsch!«

Christophe Michel verbrachte die Nacht des Hurrikans in der sicheren und heiteren Atmosphäre von Key West. Gegen Mittag des folgenden Tages schaltete er den Fernseher ein und erkannte, unter heftigen Angstkrämpfen, die ausgebombten Überreste einer Luxuswohnanlage namens Gables-on-the-Bay. Die Siedlung war von einer Firma namens Zenith Customs Homes erbaut worden, die nicht nur Christophe Michel als leitenden

Bauingenieur beschäftigte, sondern in ihrem Verkaufsprospekt auch mit seinen umfassenden Referenzen warb. Michel war von einem der ältesten Ingenieurbüros Frankreichs abgeworben worden, das nicht energisch gegen seinen Abgang protestiert hatte. Unter den Gebieten, auf denen es Michel empfindlich an Erfahrung mangelte, befand sich auch die Technik der Befestigung von Einfamilienhäusern gegen die Wucht tropischer Wirbelstürme. Sein neuer Arbeitgeber versicherte ihm, das alles sei ganz einfach, und schickte ihm per Federalexpreß eine Ausgabe der in Süd-Florida gültigen Bauvorschriften, den sogenannten South Florida Building Code, der mehrere Pfund schwer war. Christophe Michel blätterte ihn während des Fluges von Orly nach Miami gründlich durch.

Er kam bei Zenith bestens zurecht, sobald er begriff, daß Kostenbegrenzung auf der Liste der Firmenprioritäten weit vor der Baustatik und -stabilität rangierte. Um ihre absurd überhöhten Preise zu rechtfertigen, propagierte die Firma Gables-on-the-Bay als »Süd-Floridas erste hurrikansichere Gemeinde«. In ähnlicher Weise war, wie Michel sich später erinnerte, auch die *Titanic* als unsinkbar gerühmt worden.

Die ganze Woche hindurch kamen zunehmend schlechte Nachrichten aus Dade County. Die Zeitung engagierte ihre eigenen Bauingenieure, um die Sturmtrümmer zu untersuchen, und förderte so viele Konstruktionsfehler und Baumängel zutage, daß eine vollständige Liste auf einer Zeitungsseite nur Platz hatte, wenn sie in der kleinsten lesbaren Schrifttype gedruckt wurde. Einer der Ingenieure ließ die sarkastische Bemerkung fallen, daß Gables-on-the-Bay eher Gables-*in*-the-Bay hätte getauft werden sollen – ein derart anschauliches und treffendes Zitat, so daß es in riesigen Lettern auf der Titelseite einer breiten Leserschaft zugänglich gemacht wurde.

Als Hausbesitzer mit Spruchbändern vor der Verwaltungszentrale von Zenith aufmarschierten und nach einer Grand Jury verlangten, plante Christophe Michel umsichtig seine Abreise aus den Vereinigten Staaten. Er löste seine Bankkonten auf, verrammelte die Eigentumswohnung in Key West, belud seinen Seville und machte sich auf den Weg zum Festland.

Der Regen steigerte sein ohnehin schwaches Vertrauen in den amerikanischen Straßenverkehr nicht gerade. Jede Kurve und Steigung des Overseas Highway war eine Prüfung für Reflexe und Gemütsruhe. Michel rauchte seine letzte Zigarette, während er die Bahia Honda Bridge überquerte, und hatte bis Islamorada seine Vierzig-Dollar-Maniküre bis auf die Fingerkuppen abgekaut. Während der ersten Regenpause hielt er vor einem Circle-K-Markt und kaufte eine Stange Broncos, eine amerikanische Zigarettenmarke, an der er unerklärlicherweise Geschmack gefunden hatte.

Als er zu seinem Seville zurückkehrte, tauchten vier Fremde wie aus dem Nichts auf. Einer von ihnen rammte ihm eine Schußwaffe in den Bauch.

»Gib uns deinen verdammten Wagen«, sagte der Mann.

»Aber gern.«

»Glotz mich nicht so an!«

»Verzeihung.« Der geübte Blick des Ingenieurs schätzte die Abweichung des Unterkiefers des Mannes von seiner normalen Mittelposition auf fünfunddreißig Grad.

»Ich habe noch eine Kugel übrig.«

»Ich glaube Ihnen«, sagte Christophe Michel.

Der deformierte Revolvermann befahl ihm, in den Laden zurückzukehren und von einhundert an langsam rückwärts zu zählen.

»Darf ich meinen Koffer herausholen?« fragte Michel.

»Verdammt, nein!«

»Ich verstehe.«

Er zählte laut vor sich hin, während er zum zweiten Mal den Circle K betrat. Die Angestellte an der Kasse erkundigte sich, ob irgend etwas nicht in Ordnung sei. Michel, der nach einem Feuerzeug suchte, um sich eine Bronco anzuzünden, nickte.

»Meine gesamten Ersparnisse sind soeben davongefahren«, sagte er. »Darf ich mal telefonieren?«

Bonnie Lamb erwartete, daß Skink von Mordlust gepackt würde, nachdem er gesehen hatte, wie sein bester Freund niedergeschossen wurde. Das war nicht der Fall. Bonnie machte sich wegen seiner eingesunkenen Schultern und der Kraftlosigkeit seiner Bewegungen Sorgen. In seinen Augen lag der dumpfe, leere Ausdruck von jemandem, der sich unter dem Einfluß stärkster Beruhigungsmittel befindet. Es tat Bonnie weh zu sehen, daß die Lebensgeister des Gouverneurs offensichtlich völlig ausgelöscht worden waren.

Unterdessen geiferte und fluchte Snapper, weil der Seville keinen CD-Player besaß, sondern nur einen Kassettenrecorder, wo er sich doch die gottverdammte Mühe gemacht hatte, seine Compact Disks aus dem Jeep zu holen, ehe sie ihn hinter dem Circle K stehenließen.

Bonnie drückte Skinks Arm und erkundigte sich, ob mit ihm alles in Ordnung sei. Er bewegte seine Füße, und etwas klirrte metallisch auf den Wagenboden. Er hob den Gegenstand auf und fragte: »Was ist das denn?«

Es war ein rotes Instrument mit zwei Zinken und einem schwarzen Plastikgriff und einem verchromten Schloß.

Snapper blickte über die Schulter und kicherte. »Der Riegel.«

»Der was?«

»Sie wissen doch«, sagte Bonnie Lamb. »Das Ding, für das ständig im Fernsehen geworben wird.«

»Ich sehe nicht fern«, sagte Skink.

Snapper stieß einen Pfiff aus. »Der Riegel, verdammt noch mal. Der Riegel! Sieh mal, er wird hier angeschlossen« – er klopfte auf das Lenkrad –, »damit dein Wagen nicht gestohlen werden kann.«

»Tatsächlich?«

»Ja. Das Ding hat dem Scheißkopf am Circle K 'ne Menge

genutzt.« Snappers Gelächter hatte einen triumphierenden Unterton.

Edie Marsh hatte Mühe, sich nach der Schießerei zu beruhigen. Sogar in der Dunkelheit konnte Bonnie frische Tränen in ihren Wimpern glänzen sehen.

»Ich hatte mal einen Freund«, schniefte Edie, »der eins dieser Dinger in seinem neuen Firebird angebracht hat. Sie haben ihn trotzdem geklaut. Aus der Auffahrt, am hellichten Tag. Sie haben es geschafft, indem sie das Schloß vereisten und einfach mit einem Hammer zerschlugen.«

Snapper staunte. »Ohne Scheiß? Sie haben es eingefroren?«

»Ja.« Edie konnte sich nicht mit dem abfinden, was am Paradise Palms geschehen war, verstand die Ungeheuerlichkeit und den Irrsinn des Ganzen überhaupt nicht. Jetzt würden sie nicht mehr davonkommen. Niemals. Einen Polizisten zu töten! Wie hatte sich ein harmloser Versicherungsbetrug nur so katastrophal entwickeln können?

Skink war beeindruckt von der genialen Einfachheit des Riegels. Besonderes Interesse fand der mit Kerben versehene Verstellmechanismus, welcher zuließ, daß die beiden Zinken in fast jede größere Öffnung eingepaßt werden konnten.

»Siehst du, auf diese Weise kann man das Lenkrad nicht mehr drehen«, erklärte Snapper weiter und amüsierte sich noch immer über die Ironie des Ganzen, »und niemand kann mit deinem eleganten neuen Cadillac Seville abhauen. Es sei denn, sie halten dir eine Kanone unter die Nase. Ha! Kaufen Sie keine billigen Kopien!«

Skink legte das Gerät beiseite.

»Kaufen Sie keine billigen Kopien!« krähte Snapper erneut und wedelte mit dem .357er herum.

Der Blick des Gouverneurs wanderte zum Fenster hinaus und verlor sich wieder im Nichts. Neckend sagte Bonnie: »Ich kann nicht glauben, daß Sie noch nie eins von diesen Dingern gesehen haben.«

Diesmal war das Lächeln traurig. »Ich habe ein ziemlich behütetes Leben geführt.«

Edie Marsh fragte sich, ob Snapper sich zum Erschießen eines Cops nicht noch einen ungünstigeren Ort hätte aussuchen können – ein County schmaler, untereinander verbundener Inseln mit nur einem Weg hinaus. Sie hielt ständig Ausschau nach zuckendem Blaulicht hinter ihnen.

Snapper befahl ihr, endlich damit aufzuhören, wegen ihr sei jeder schon ein nervöses Wrack. »Noch eine halbe Stunde, und wir haben es geschafft«, sagte er. »Dann sind wir wieder auf dem Festland. Und dann suchen wir uns einen anderen Wagen.«

»Ich wette, einen mit CD-Player.«

»Verdammt richtig.«

Der Seville wurde durch einen langsam fahrenden Biertransporter gebremst. Sie fuhren dicht auf und blieben vor einer roten Ampel in Key Largo stehen. Erneut warf Edie einen verstohlenen Blick nach hinten. Snapper hörte, wie sie nach Luft schnappte.

»Was ist los?« Er drehte sich ruckartig um. »Etwa Polizei?«

»Nein. Der Jeep!«

»Du bist verrückt, das ist nicht möglich –«

»Direkt hinter uns«, sagte Edie.

Bonnie Lamb machte Anstalten, sich umzudrehen, aber Skink hielt sie an der Schulter fest. Die Ampel sprang um auf Grün. Snapper gab Gas und lenkte den Seville geschickt zwischen dem Bierwagen und einem Schlängellinien fahrenden Toyota hindurch. Er sagte: »Du verrückte Schnalle, hier fahren rund eine Million verdammter schwarzer Jeeps rum.«

»Ja?« erwiderte Edie. »Mit einem Loch im Dach?« Sie konnte pilzförmig hochgebogenen Stahl über dem Beifahrersitz erkennen.

»Mein Gott.« Snapper nahm den Lauf der .357er zu Hilfe, um den Innenspiegel zu justieren. »Himmel, bist du sicher?«

Der Cherokee klebte noch immer an ihrer Stoßstange. Bonnie bemerkte, daß ein schwaches Lächeln um die Lippen des Gouverneurs spielte. Edie fiel es ebenfalls auf. Sie sagte: »Was ist da im Gange? Wer ist das hinter uns?«

Skink zuckte die Achseln. »Was haltet ihr davon?« fragte Snapper. »Mir ist es gleich, wer hinter uns ist, denn er ist schon ein totes Arschloch. Genauso viele Kugeln habe ich nämlich noch übrig.«

In einer für Bonnie einzigen, fließenden Bewegung langte der Gouverneur über den Sitz, wand den .357er aus Snappers Hand und schoß aus kürzester Entfernung ins Armaturenbrett des Cadillac.

Dann ließ er die Waffe in Snappers Schoß fallen und bemerkte: »Jetzt hast du gar nichts mehr.«

Snapper hatte Mühe, den Wagen nicht vor Schreck gegen einen Strommast zu lenken. Edie Marshs Ohren klingelten von der Explosion, obgleich das, was passiert war, sie überhaupt nicht überrascht hatte. Es war lediglich eine Frage der Zeit gewesen. Der Lächler hatte sie nur gewähren lassen.

Ein Gedanke hallte ständig in Bonnie Lambs Kopf wider: Was nun? Was um alles in der Welt tut er als nächstes?

Snapper, der alles daransetzte, nicht ängstlich zu erscheinen, brüllte Skink über die Schulter an. »Versuch etwas, *irgendwas*, und ich schwöre, daß wir alle von der Brücke fliegen. Hast du verstanden? Dann sind wir alle tot!«

»Augen auf die Straße, Chief.«

»Faß mich nicht an, verdammt noch mal!«

Skink legte sein Kinn neben die Kopfstütze, nur wenige Zentimeter von Snappers rechtem Ohr entfernt. Er sagte: »Der Cop, den du erschossen hast, war ein Freund von mir.«

Edie Marshs Mund klappte auf. »Sagen Sie bloß nicht, daß es Jim war!«

»Doch, das war er.«

»Natürlich.« Sie seufzte untröstlich.

»Na und?« sagte Snapper. Seine Schultern ruckten hoch.

»Woher hätte ich das wissen sollen? Ein beschissener Cop ist wie der andere.«

Für Bonnie waren die Machtverhältnisse innerhalb des gestohlenen Seville völlig irreal. Logischerweise hätte die Entführung enden müssen, sobald in Snappers Waffe keine Kugel mehr war. Dennoch fuhren sie noch immer über die Straße, als hätte sich überhaupt nichts geändert. Als wären sie zwei Pärchen auf einer Vergnügungsfahrt. Bestimmt hielten sie gleich an, bestellten eine Pizza und vielleicht einen Milchshake dazu.

Sie räusperte sich. »Darf ich mal etwas fragen? Wohin wollen wir? Wer hat im Augenblick eigentlich das Sagen?«

»Ich, verdammt noch mal«, antwortete Snapper. »Solange ich fahre –«

Er spürte Edies Finger schmerzhaft in seiner Seite. »Der Jeep«, sagte sie und zeigte nach draußen. »Paß auf!«

Der schwarze Wagen befand sich auf der linken Fahrspur und fuhr im gleichen Tempo wie der Cadillac. Snapper trat das Gaspedal bis auf das Bodenblech durch, aber der Jeep blieb auf gleicher Höhe.

»Also, so eine Scheiße«, knurrte er. Edie hatte recht. Es war derselbe Wagen, den sie vor zehn Minuten stehengelassen hatten. Snapper war völlig entgeistert. Wie konnte das sein?

Sie sahen, wie das Beifahrerfenster heruntergedreht wurde. Der Geisterfahrer lenkte nur mit der linken Hand. Seine Blicke blieben auf den Highway gerichtet. Im Licht der entgegenkommenden Automobile konnte Snapper das Gesicht des Mannes sehen, das er nicht kannte. Er sah jedoch deutlich, daß der Fremde keine Uniform der Highway Patrol trug. Diese Beobachtung ließ Snapper ungerechtfertigterweie aufatmen.

Bonnie Lamb erkannte den anderen Fahrer sofort. Sie winkte ihm verstohlen zu. Der Gouverneur ebenfalls.

»Was soll das!« Edie Marsh kniete auf dem Vordersitz und deutete nach draußen. Ihre Stimme drohte umzukippen. »Was ist hier los? Wer ist dieses Arschloch?«

Sie reagierte eher mutlos als erschrocken, als der Fahrer des Jeeps ein Gewehr hochhob. Als Snapper es ebenfalls sah, hörte er auch schon den Schuß.

Pffft. Wie eine Luftpistole.

Dann ein schmerzhafter Stich unter einem Ohr. Eine flüssige Hitze breitete sich in seinen Armen, seiner Brust, seinen Beinen aus. Er wurde schlaff, kippte nach Steuerbord und murmelte: »Wassn los, verdammp noch maa –«

Skink sagte, dies sei der ideale Augenblick für Edie, um am Lenkrad auszuhelfen. »Halten Sie es nur gerade«, fügte er hinzu. »Wir geraten sonst ins Schleudern.«

Sie beugte sich über Snappers Körper und lenkte den Seville vorsichtig auf den Schotterstreifen neben dem Highway. Der schwarze Jeep stoppte vor ihnen.

Edie biß sich auf die Unterlippe. »Ich kann es nicht glauben. Ich kann es einfach nicht glauben.«

»Ich auch nicht«, sagte Bonnie Lamb. Sie hatte schon die Tür aufgestoßen, war hinausgesprungen und rannte auf Augustine zu, ehe der Wagen richtig stand.

28. KAPITEL

Jim Tile hatte früher als Stürmer für die Universität von Florida gespielt. In seinem ersten Jahr, während des letzten Heimspiels der Saison, hatte ein knochiger Cornerback aus Alabama seinen roten Helm mit voller Wucht gegen Jim Tiles Brustbein gerammt. Jim Tile hatte den Football festgehalten, jedoch total vergessen, wie man atmet.

Genauso fühlte er sich, als er im kalten Regenwasser lag und zum besorgten Gesicht der platinblonden Prostituierten emporblickte. Der Aufprall der Kugel hatte Jim Tiles Lungen völlig entleert, und sie flehten stumm um frische Luft. Das Blinken der

Warnlichter des Streifenwagens wurde blau-weiß-blau von den Augen der Prostituierten reflektiert.

Jim Tile begriff, daß er unmöglich im Sterben liegen konnte – er fühlte sich nur so. Die Kugel des Arschlochs steckte nicht in lebenswichtigem Bronchialgewebe, sondern in einer Schicht segensreich undurchdringlichen DuPont-Kevlar-Stoffs. Wie die meisten Polizeibeamten verabscheute Jim Tile die Weste, vor allem im Sommer – sie war heiß, behindernd und drückte an allen möglichen Stellen. Aber er trug sie, weil er es seiner Mutter, seinen Nichten, seinem Onkel und natürlich Brenda versprochen hatte, die selbst eine trug. Die Arbeit bei der Highway Patrol war rein statistisch der gefährlichste Job im Bereich des Gesetzesvollzugs. Natürlich wurde er auch am schlechtesten bezahlt. Erst nachdem zahlreiche Beamte niedergeschossen worden waren, wurden kugelsichere Westen für die State Patrol angefordert, deren Budget so mager war, daß die Anschaffung nur möglich wurde durch das Zusammenbetteln von Spenden.

Lange davor entschieden Jim Tiles Angehörige, daß er nicht warten sollte, bis die gesetzgebende Versammlung des Staates ihre Fürsorge für Polizeibeamte demonstrierte. Die Kevlarweste war ein Weihnachtsgeschenk der ganzen Familie. Jim Tile trug sie nicht immer, während er in den ländlichen Gegenden des Panhandle Streife fuhr, aber in Miami würde er ohne sie noch nicht mal die Kirche besuchen. Er war froh, daß er sie auch an diesem Tag angezogen hatte.

Wenn er sich nur auch noch daran erinnern könnte, wie man atmete.

»Bleib ganz ruhig, Baby«, sagte die Nutte immer wieder. »Ganz ruhig. Wir haben schon 911 angerufen.«

Während Jim Tile sich aufsetzte, gab er ein saugendes, schmatzendes Geräusch von sich, daß die Prostituierte an einen defekten Müllschlucker erinnerte. Als sie ihm zwischen die Schulterblätter schlug, fiel ein verformtes Stück Blei aus einem vierteldollargroßen Loch in Jim Tiles Hemd und plumpste in die Pfütze. Er fischte es aus dem Wasser. Es war die Kugel des .357er.

Jim Tile fragte: »In welche Richtung sind sie weg?« Seine Stimme war ein mattes Rasseln. Mühsam verstaute er seinen Dienstrevolver im Holster.

»Bewegen Sie sich nicht«, sagte die Frau.

»Habe ich ihn getroffen?«

»Sitzen Sie still.«

»Ma'am. Helfen Sie mir hoch. Bitte.«

Er schlurfte zu seinem Wagen, als die Ambulanz eintraf. Die Sanitäter nötigten ihn, sich hinzulegen, während sie ihm das Hemd und die Weste auszogen. Sie sagten zu ihm, er bekomme einen außerordentlich häßlichen Bluterguß, und er habe sehr viel Glück gehabt.

Als die Sanitäter mit ihm fertig waren, wurde der Parkplatz des Paradise Palms von neugierigen Einheimischen, umherstreifenden Touristen und Motelgästen, einer ganzen Flotte Polizeibeamten von Monroe County, zwei Fernsehteams und drei glänzenden Streifenwagen der Highway Patrol ohne eine Beule verstopft, mit denen Jim Tiles Vorgesetzte erschienen waren. Sie hatten sich unter schwarzen Regenschirmen versammelt, um ihre Dienstformulare auszufüllen.

Unterdessen raste der Schütze mit dem Gouverneur und der jungen Braut über den Highway One.

Ein Lieutenant sagte zu Jim Tile, er solle sich keine Sorgen machen, sie kämen niemals aus den Keys heraus.

»Sir, ich möchte gern an der Verfolgung teilnehmen. Ich fühle mich okay.«

»Sie fahren nirgendwohin.« Der Lieutenant schwächte den Befehl mit einem brüderlichen Lächeln ab. »Zur Hölle, Jimbo, wir fangen doch gerade erst an.«

Er reichte dem Trooper einen Stapel Formulare und einen Kugelschreiber.

Es war nicht zu vermeiden, daß die Leiche von Tony Torres das gesteigerte Interesse eines Zeitungsreportes fand, der über Hurrikanopfer berichtete. Der Autopsiebericht benutzte an keiner Stelle den Begriff »Kreuzigung«, doch das Diagramm der Stichwunden offenbarte die ganze blutige Geschichte. Um eine peinliche Publicity zu vermeiden, unternahm die Polizei überstürzte Bemühungen, die Ermittlungen erneut in Gang zu bringen. Sie waren seit dem unterbrochenen Anruf einer Frau eingeschlafen, die behauptet hatte, die Witwe des Toten zu sein. Innerhalb eines Tages konnte ein erfahrener Detective des Morddezernats namens Brickhouse eine ziemlich aktuelle Adresse des ermordeten Tony Torres in Erfahrung bringen. Dies schaffte er, indem er die Cartier-Armbanduhr des Opfers bis zu einem Juwelier in Bal Harbour zurückverfolgte, der Tony als einen arroganten Schnösel in Erinnerung hatte und detaillierte Quittungen der Transaktion in Erwartung zukünftiger Kontroversen aufbewahrt hatte. Der Juwelier war nicht allzu geknickt bei der Nachricht von Señor Torres' Ableben und nannte dem Detective bereitwilig die gesuchte Adresse. Während die Presseabteilung der Polizeibehörde den Zeitungsreporter bremste, fuhr Brickhouse zu der Adresse in Turtle Meadow.

Dort fand er ein verlassenes, vom Hurrikan demoliertes Haus mit einem Chevrolet neueren Typs und einem altersschwachen Oldsmobile in der Auffahrt vor. Das Nummernschild des Chevy war abmontiert worden, aber die Motornummer wies auf Antonio Rodrigo Guevara-Torres, das Opfer, hin. Die Nummer an dem rostigen Olds gehörte zu einem gewissen Lester Maddox Parsons. Brickhouse forderte ein Vorstrafenregister an, das, wenn er Glück hatte, am nächsten Morgen in seinem Büro bereitliegen sollte. Der Hurrikan hatte nämlich in den Polizeicomputern elektronische Kobolde entfesselt.

Der natürliche Impuls des Detectives war, das Haus zu betreten, was in Ermangelung irgendwelcher Türen ziemlich einfach gewesen wäre. Das Problem war nicht so sehr, daß Brickhouse keinen Durchsuchungsbefehl hatte. Nein, es war der alte Mann nebenan, der von der Holzkonstruktion seiner Vorderveranda herüberschaute. Er wäre der erste Zeuge des Anwalts oder Verteidigung bei einer Verhandlung über die Zulassung oder Abweisung von Beweismitteln, falls die gesetzeswidrige Durchsuchung der Räumlichkeiten des Opfers irgendwelche Beweise zutage fördern sollte.

Daher blieb Brickhouse im Garten und schaute durch zerbrochene Fenster und eingeschlagene Türen ins Haus. Er bemerkte einen benzinbetriebenen Stromgenerator in der Garage, Wein und Blumen im Eßzimmer, die Handtasche einer Frau, halb heruntergebrannte Kerzen, eine Igloo-Kühlbox neben einem BarcaLounger – eindeutige Zeichen dafür, daß das Haus nach dem Hurrikan bewohnt worden war. Alles andere war der übliche, vom Hurrikan erzeugte Schutt. Brickhouse entdeckte keinerlei Blutspuren, wodurch seine ursprüngliche Theorie, daß der Mobilheimverkäufer woanders hingeschafft worden war, um gekreuzigt zu werden, untermauert wurde.

Der Detective schlenderte hinüber, um mit dem neugierigen Nachbarn, der sich als Leonel Varga vorstellte, ein Schwätzchen zu halten. Er erzählte eine verworrene, aber farbige Geschichte von unheimlich aussehenden Besuchern, rätselhaften langbeinigen Frauen und unerträglichen bellenden Hunden. Brickhouse machte sich höflich Notizen. Varga erzählte, Mr. und Mrs. Torres lebten getrennt, obgleich sie vor kurzem angerufen und angekündigt habe, sie wolle nach Hause zurückkehren.

»Aber das ist ein Geheimnis«, fügte er hinzu.

»Ganz bestimmt«, sagte Brickhouse. Ehe er Feierabend machte, heftete er seine Visitenkarte an den Türpfosten von 15600 Calusa Drive.

Dort fand Neria Torres sie bei Tagesanbruch.

Matthews Pick-up war ihr den ganzen Weg von Fort Drum bis zum Haus in Turtle Cove gefolgt. Die sieben Männer aus Tennessee liefen durch das demolierte Haus und staunten verzückt über diese Betätigungsmöglichkeit, die Gott ihnen beschert hatte. Matthew verkündete dramatisch, sie sollten sofort mit den Reparaturen beginnen.

»Noch nicht gleich«, sagte Neria. »Helfen Sie mir, meinen Mann zu finden, dann können Sie von mir aus mit dem Haus anfangen.«

»Na klar, sicher. Wo ist er denn?«

»Zuerst muß ich ein paar Telefongespräche führen.«

»Natürlich«, sagte Matthew. »Unterdessen können wir schon erste Vorbereitungen treffen.« Er bat Neria um Erlaubnis, ein paar Werkzeuge aus ihrer Garage auszuleihen.

»Warten Sie noch damit«, erwiderte sie.

Aber sie stiegen bereits auf dem Dach und im Gebälk herum wie eine Herde haarloser Schimpansen. Neria ließ sie gewähren. Der Anblick des Anwesens erschütterte sie heftiger, als sie erwartet hatte. Sie hatte die Zerstörungen, die der Hurrikan hinterlassen hatte, in den CNN-Nachrichten gesehen, aber selbst knietief hindurchzuwaten, war etwas völlig anderes. Geradezu überwältigend, wenn die Trümmer früher einmal das eigene Haus gewesen waren. Als sie ihre verschimmelten Hochzeitsfotos in dem Durcheinander entdeckte, verspürte sie für einen kurzen Moment eine wehmütige Verzweiflung, doch diese Empfindung verflog sehr schnell, als sie im Eßzimmer auf Blumen und eine Flasche Wein stieß. Neria Torres vermutete sofort, daß Tony beides für eine Schlampe besorgt hatte.

Sie drehte die Visitenkarte des Detective zwischen den Fingern. Sie hoffte, daß ihre Existenz an diesem Ort bedeutete, daß die Cops ihren Mann, dieses Arschloch, in den Knast gesteckt hatten und für sie damit der Weg frei war, die Hälfte der Schadenssumme für ihren gemeinsamen Besitz zu beanspruchen. Oder vielleicht sogar mehr.

Sie hörte aus der Garage ein plötzlich einsetzendes regelmäßiges Knattern. Die einfallsreichen Männer aus Tennessee hatten

Benzin für den Generator aufgetrieben. Eine nackte Glühbirne begann im Wohnzimmer zu flackern und gab dann einen stetigen, trüben Schein von sich.

Leonel Varga war immer noch im Bademantel, kam jedoch herüber, um hallo zu sagen. Er versicherte ihr, daß der Detective ein netter Mensch sei.

»Was wollte er? Ging es um Tony?«

»Das denke ich mir. Gesagt hat er nichts.« Mr. Varga schaute zu den geschäftigen Männern auf den Dachbalken hinauf, die als dunkle Silhouetten vor einen rotleuchtenden Sonnenuntergang zu erkennen waren. »Haben Sie Dachdecker aufgetrieben?«

»Oh, ich habe ernsthafte Zweifel«, sagte Neria Torres.

Sie wählte die Privatnummer, die Detective Brickhouse auf der Rückseite seiner Visitenkarte notiert hatte. Er meldete sich wie jemand, der daran gewöhnt ist, von Fremden aus dem Schlaf geklingelt zu werden. Er sagte: »Ich bin froh, daß Sie anrufen.«

»Geht es um Tony?«

»Ja, ich fürchte.«

»Erzählen Sie mir nur nicht, daß er im Gefängnis sitzt«, sagte Neria und hoffte inständig, daß Brickhouse ihr genau das mitteilte.

»Nein«, sagte der Detective. »Mrs. Torres, Ihr Mann ist tot.«

»O Gott. O Gott. O Gott.« Nerias Geist hüpfte wie ein flacher Stein auf einem Fluß.

»Es tut mir leid –«

»Sind Sie sicher?« fragte sie. »Sind Sie sicher, daß es Antonio ist?«

»Wir sollten mal ins Leichenschauhaus fahren. Sind Sie jetzt zu Hause?«

»Ja. Ja, ich bin zurückgekommen.«

Brickhouse überlegte. »Ich muß heute morgen zum Gericht. Wie wäre es, wenn ich gegen Mittag vorbeikäme? Wir könnten dann zusammen hinfahren. Dann hätten wir auch ein wenig Zeit, um uns zu unterhalten.«

»Worüber?«

»Es sieht so aus, als wäre Antonio ermordet worden.«

»Wie bitte? Ermordet?«

»Wir reden später, Mrs. Torres. Jetzt sollten Sie sich erst mal ausruhen.«

Neria wußte nicht, was sie empfand oder was sie hätte empfinden sollen. Der Tote im Leichenschauhaus war der Mann, den sie geheiratet hatte. Ein fetter Widerling, ganz gewiß, aber immer noch der Ehemann, den sie früher einmal zu lieben geglaubt hatte. Der Schock war ganz natürlich. Neugier. Ein selbstsüchtiger Anflug von Angst. Vielleicht sogar Trauer. Tony hatte seine miesen Seiten, und trotzdem...

Zum ersten Mal fiel ihr Blick auf die Handtasche. Die Handtasche einer Frau, offen, auf dem Küchentresen. Obenauf lag eine Notiz in Blockbuchstaben und mit den Initialen »F. D.« unterschrieben. Die Notiz beschrieb, daß der Autor die Hunde ins Motel mitgenommen habe. Die Nachricht begann mit »Mein leidenschaftlicher Liebling« und endete mit »In Liebe«.

Hunde? Neria Torres dachte nach.

Sie fragte sich, ob Tony sich hinter diesem »F. D.« verbarg, und wenn ja, was die Initialen bedeuten sollten. Fettes Dreckschwein?

Neugierig untersuchte sie den Inhalt der Handtasche. Ein Führerschein identifizierte die Eigentümerin als Edith Deborah Marsh. Neria las das Geburtsdatum und führte eine schnelle Kopfrechnung durch. Die Schlampe war neunundzwanzig.

Tony, du dreckiger, alter Perversling.

Neria betrachtete das Gesicht auf dem Foto. Eine echte Granate. Tony hatte sicher beide fetten Hände voll gehabt. Neria empfand eine unverständliche Befriedigung angesichts der Tatsache, daß die junge Edith eine scharfäugige Brünette war und keine dämliche Blondine.

Sie hörte plötzlich schnaufende Atemzüge, fuhr herum und starrte auf Matthew, der ihr über die Schulter sah.

»Himmel Herrgott!«

»Ich wollte Sie nicht erschrecken.«

»Was ist los? Was wollen Sie?«

»Es regnet.«

»Das habe ich schon bemerkt.«

»Es schien eine gute Gelegenheit für eine Pause zu sein. Wir wollten zum nächsten Heimwerkermarkt fahren und Dachpappe, Nägel, Holz und anderes Zeug holen.«

»Holzbalken«, sagte Neria Torres spitz, »für Dachausbauten gibt es nur im Baustoffhandel und nicht in Bastlermärkten. Das müßten Sie eigentlich wissen.«

»Klar weiß ich das.« Er kratzte seine alttestamentarischen Tätowierungen.

»Dann fahren Sie schon«, sagte sie.

»Ja, also, wir brauchen Geld. Für die Balken.«

»Matthew, da ist etwas, was ich Ihnen sagen muß.«

»Klar, ich höre.«

»Mein Mann wurde ermordet. Nachher kommt ein Detective vorbei.«

Matthew wich einen Schritt zurück und sagte: »Lieber Herrgott, das tut mir aber leid.« Er begann ein Gebet zu improvisieren, aber Neria fiel ihm ins Wort.

»Sie und Ihre Mannschaft«, sagte sie, »haben doch sicherlich eine offizielle Lizenz, um in Dade County zu arbeiten, nicht wahr? Ich meine, es gibt doch hoffentlich keine Probleme, falls der Detective entsprechende Fragen stellen sollte...?«

Die Männer aus Tennessee hatten innerhalb einer Viertelstunde alles zusammengepackt und waren verschwunden. Neria fand die plötzliche Einsamkeit entspannend. Unterbrochen wurde die Stille nur vom leisen Flüstern des Regens und dem gelegentlichen Summen eines Moskitos. Sie dachte an Tony, fragte sich, wen er derart verärgert hatte, daß er umgebracht wurde – vielleicht die harte, junge Edith? Neria dachte auch an den Professor, fragte sich, wie er und seine erdmütterliche Fellatiokünstlerin ohne fahrbaren Untersatz zurechtkommen mochten.

Sie dachte auch an die vielen Dinge, die sie nicht tun wollte, wie zum Beispiel in das zerstörte Haus 15600 Calusa Drive zurückzukehren. Oder von einem Detective des Morddezernats verhört zu werden. Oder das Leichenschauhaus aufzusuchen und sich die Leiche ihres von ihr verlassenen Mannes anzusehen. Geld war ein unmittelbares Problem. Neria überlegte, ob ihr sorgloser Mann wohl die Bankkonten auch unter ihrem Namen hatte weiterbestehen lassen und wie hoch (wenn überhaupt) die Guthaben waren. Der wertvollste Gegenstand am Haus war sein Wagen, den der Hurrikan verschont hatte. Neria fand den Reserveschlüssel in der Garage, aber der Motor wollte nicht anspringen.

»Kann ich Ihnen helfen?«

Vor ihr stand ein glattrasierter junger Mann in einer Federal-Express-Uniform. Er hielt einen Briefumschlag für Neria Torres in der Hand. Sie unterschrieb die Empfangsbestätigung und legte ihn auf den Vordersitz von Tonys Chevy.

»Ich habe Starthilfekabel im Wagen«, sagte der junge Mann. »Wären Sie so freundlich?«

Sie hatten den Motor schon nach wenigen Sekunden in Gang gebracht. Neria ließ ihn einige Zeit laufen, damit die Batterie sich auflud. Der FedEx-Bote sagte, der Wagen klinge nicht schlecht. Auf halbem Weg zu seinem Fahrzeug blieb er stehen und drehte sich um.

»Hey, jemand hat Ihr Nummernschild mitgehen lassen.«

»Scheiße.« Neria stieg aus, um sich mit eigenen Augen davon zu überzeugen. Der Kurier sagte, das sei sicherlich ein Plünderer gewesen.

»Hier in der Gegend wird jeder beklaut«, sagte er.

»Das hatte ich noch nicht mal bemerkt. Danke.«

Sobald er verschwunden war, öffnete Neria den FedEx-Umschlag. Ihr wilder Schrei lockte den neugierigen Mr. Varga hinaus auf die Vorderveranda. Er trug noch kein Oberhemd und hatte die Zahnbürste im Mund. Fasziniert beobachtete er, wie seine Nachbarin in ihr Haus stürmte.

Der Umschlag enthielt zwei auf Antonio und Neria Torres ausgestellte Schecks. Die Schecks stammten von der Midwest Life and Casualty Company in Omaha, Nebraska. Sie beliefen sich auf den Gesamtbetrag von 201 000 Dollar. Als Zweck war eingetragen: »Sturmschäden.«

Kurz nach Mittag, als Detective Brickhouse die Nummer 15600 Calusa Drive erreicht hatte, fand er das Haus wieder verwaist vor. Der Chevrolet war verschwunden, desgleichen die Witwe von Antonio Torres. Ein aufgerissener Federal-Express-Umschlag lag in der Auffahrt neben dem verrosteten Oldsmobile. Mr. Varga, der Nachbar, informierte den Detective, daß Neria Torres davongerast sei, ohne sich auch nur mit einem Winken zu verabschieden.

Brickhouse setzte rückwärts aus der Auffahrt, als ein Mietwagen vor dem Haus stoppte. Ein schlanker blonder Mann mit runden Brillengläsern stieg aus. Brickhouse registrierte, daß der Mann braune Hush Puppies an den Füßen trug und einen Karton Whitman-Pralinen in der Hand hielt. Heiseres, aufgeregtes Gebell war vom Rücksitz seines Wagens zu hören.

Der Detective rief den Mann zu sich. »Wollen Sie zu Mrs. Torres?«

Der Mann zögerte. Brickhouse zeigte seinen Ausweis. Der Mann blinzelte krampfhaft, als wäre seine Brille schmutzig.

Er sagte: »Ich kenne niemanden namens Torres. Ich glaube, ich habe mich in der Adresse vertan.« Er eilte zu seinem Wagen zurück.

Brickhouse lehnte sich aus dem Wagenfenster. »Hey, für wen sind die Pralinen?«

»Für meine Mutter!« erwiderte Fred Dove, was bei dem Hundegebell kaum zu verstehen war.

Der Detective beobachtete, wie der verwirrte junge Mann

davonfuhr, und versuchte eine Antwort auf die Frage zu finden, weshalb er gelogen hatte. Sogar Cracksüchtige wußten ihre Mütter zu finden. Brickhouse überlegte kurz, ob er den Burschen verfolgen sollte, entschied jedoch, daß es wohl Zeitverschwendung sei. Wer immer Torres gekreuzigt haben mochte, hatte ganz gewiß keine Hush Puppies getragen. Darauf hätte Brickhouse seine Pension verwettet.

Augustine parkte neben einer Telefonzelle hinter einer Tankstelle. Der Gouverneur bat sie zu warten, weil er telefonieren wollte. Als er zurückkam, summte er eine Beatles-Melodie.

»Jim lebt«, sagte er.

Edie Marsh lehnte sich vor. »Ihr Freund! Woher wissen Sie das?«

»Wir haben eine Nummer, wo wir Nachrichten füreinander hinterlassen.«

Bonnie fragte, ob er schwer verletzt wäre.

»Nein. Er hat eine kugelsichere Weste getragen.«

Augustine stieß triumphierend die Faust in die Höhe. Alle waren erleichtert, sogar Edie. Skink riet Bonnie, ihre Mutter anzurufen, aber sie solle sich kurz fassen. Das Gespräch verlief etwa folgendermaßen:

»Mom, es ist etwas passiert.«

»Das hatte ich schon vermutet.«

»Zwischen Max und mir.«

»O nein.« Bonnies Mutter bemühte sich, betroffen zu klingen, während Bonnie genau wußte, was sie empfand.

»Was hat er getan, Liebes?«

»Nichts, Mom. Es liegt allein an mir.«

»Habt ihr euch gestritten?« fragte ihre Mutter.

»Weißt du, ich habe zwei ungewöhnliche Männer kennengelernt. In einen von ihnen hab ich mich wohl verliebt.«

»Während deiner Flitterwochen, Bonnie?«

»Ich fürchte, so ist es.«

»Was macht er beruflich?«

»Er weiß es noch nicht genau«, sagte Bonnie.

»Diese Männer – sind sie gefährlich?«

»Nicht für mich, Mom, sie sind völlig anders als jeder, den ich bisher kennengelernt habe. Sie haben ein sehr ... primitives Charisma.«

»Das letzte sollten wir deinem Vater lieber nicht erzählen.«

Als nächstes rief Bonnie ihr Apartment in New York an. Als sie zum Seville zurückkam, sagte sie zu Skink, er solle ohne sie weiterfahren.

»Max hat eine Nachricht auf dem Anrufbeantworter hinterlassen.« Als sie es sagte, sah sie Augustine nicht an. Sie konnte es nicht.

Bonnie wiederholte die Nachricht ihres Mannes. »Er sagt, es sei vorbei, wenn ich nicht zu ihm zurückkomme.«

»Es ist sowieso vorbei«, sagte Skink.

»Bitte.«

»Rufen Sie noch an und hinterlassen Sie Ihre eigene Nachricht.« Der Gouverneur erklärte ihr die Einzelheiten – den Ort, die Zeit und wer alles dort wäre.

Nachdem Bonnie telefoniert hatte, führte Skink selbst ein weiteres Gespräch. Dann stiegen sie wieder in den Wagen. Augustine gab Vollgas und ließ die Reifen qualmen. Bonnie legte eine Hand auf seinen Arm. Er lächelte verkrampft und wehmütig.

Sie erreichten die Abzweigung zur 905 schon nach kurzer Zeit. Der nach Norden fließende Verkehr staute sich bis hinter den Lake Surprise. Skink äußerte die Vermutung, daß die Polizei die Brücke über den Jewfish Creek hochgezogen hatte, um die Straße zu sperren. Er prophezeite, daß sie mit der Brücke über den Card Sound das gleiche tun würden, sobald weitere Streifenwagen vom Festland herübergekommen seien.

»Wo sollen wir jetzt hin?« fragte Edie Marsh.

»Geduld.«

Die beiden setzten sich auf den Rücksitz. Auf dem Schoß des Gouverneurs lag ein Bill-Blass-Koffer. Er hatte ihn aus dem Kofferraum des Cadillac herausgenommen, um Platz für den weggetretenen Snapper zu schaffen.

»Fahrer, Innenbeleuchtung! *Por favor.*«

Augustine drückte auf mehrere Knöpfe am Armaturenbrett, bis das Deckenlicht aufflammte. Skink brach die Schlösser des Koffers auf und öffnete ihn.

»Was haben wir denn da?« sagte er.

Die Polizisten warteten die ganze Nacht am Jewfish Creek. Wie Jim Tile vorausgesagt hatte, tauchte der schwarze Jeep Cherokee nicht auf, und auch der silberne Cadillac, der einem Kunden vor einem Supermarkt in Key Largo gestohlen worden war, wurde nicht gesichtet. Das französische Opfer hatte den bewaffneten Autodieb trocken als »Modellfall für eine Schönheitsoperation« beschrieben.

Bei Tagesanbruch hoben die Cops die Straßensperre auf und kämmten die Upper Keys durch. Es dauerte drei Tage, bis der Seville gefunden wurde. Er stand verlassen auf einem nicht mehr benutzten Schmugglerpfad unweit der County Road 905, wenige Kilometer vom exklusiven Ocean Reef Club entfernt. Die Polizei wartete weitere achtundvierzig Stunden ab, bis sie die Entdeckung des Fahrzeugs bekanntgaben. Sie verzichtete dabei auf die Erwähnung des Einschußlochs im Armaturenbrett, da sie die Bewohner und Gäste des Ocean Reef nicht unnötig beunruhigen wollte. Schließlich befanden sich unter ihnen einige der prominentesten, politisch einflußreichsten und chronisch ungeduldigsten Steuerzahler des östlichen Teils der Vereinigten Staaten. Einige von ihnen waren bereits ziemlich gereizt wegen der reichlich ungelegenen Beschädigungen ihrer Ferienhäuser durch den Hurrikan. Meldungen, daß ein mordlustiger Krimineller in den Mangroven lauern könnte, würde Kommuniqués auf höchster Ebene mit Talahassee und Washington, D.C., zur Folge haben. Die Ocean-Reef-Clique fakkelte nicht lange.

Wie sich kurz darauf herausstellte, bestand überhaupt keine Gefahr.

Die meisten frisch verheirateten Männer wären an Max Lambs Stelle rasend vor Trauer, Eifersucht und Wut gewesen. Max hingegen war mit einer gesunden, ihn für alles andere blind machenden Sorge um seine berufliche Karriere gesegnet.

Ein quälender Gedanke ging ihm ständig durch den Kopf, und er hatte nichts mit seiner durchgebrannten Frau zu tun. Es war etwas, das dieser verrückte Kidnapper zu ihm gesagt hatte: *Sie brauchen ein Vermächtnis.*

Sie hatten hinten in einem U-Haul-Truck gesessen und sich über unvergeßliche Werbeslogans unterhalten. Max hatte nichts Zündendes vorzuweisen, womit er hätte prahlen können, außer dem kurzlebigen Plum-Crunchies-Sätzchen. Seit dem Fehlschlag der Müsli-Kampagne hatte der sechste Stock ihn häufiger an Reklametafeln und der grafischen Anzeigengestaltung mitwirken lassen und nicht so sehr auf dem sprachkreativen Sektor.

Was schmerzte, denn Max hielt sich für einen wirklich ideenreichen und talentierten Wörterschmied. Er glaubte fest daran, daß es im Bereich seiner Fähigkeiten lag, einen Werbeslogan zu schaffen, der Eingang in den nationalen Wortschatz finden könnte – eben einen dieser Klassiker, von denen der Kidnapper gesprochen hatte. Ein Vermächtnis, wenn man wollte.

Nun da die Bronco-Zigaretten der Vergangenheit angehörten, konnte Max nichts weiter tun, als die Möglichkeiten anderer Werbeetats abzuklopfen. Das extrem kohlensäurehaltige Sodawasser, das ihm während des Fluges nach Miami serviert wurde, hatte ihn an das Old Faithful Root Beer erinnert. Die Beliebtheit von Old Faithful hatte ihren Höhepunkt im Sommer 1962 erreicht, und seitdem war sein Anteil auf dem weltweiten Limonadenmarkt bis auf ein mikroskopisch kleines Segment zurückgegangen. Rodales Mission bestand darin, Old Faithful im Bewußtsein der Verbraucher erneut zu etablieren, und um das zu erreichen, war die Mormonenfamilie, der die Firma gehörte, bereit, einen ansehnlichen siebenstelligen Betrag aufzuwenden.

Bei Rodale & Burns galt der Etat für Old Faithful Root Beer als lukrativ, jedoch hoffnungslos in den Sand gesetzt. Niemand mochte das Zeug, denn eine kleine Flasche erzeugte ein donnerndes Rülpsen, das häufig tagelang anhielt. Während einer Party hatte Pete Archibald betrunken einen Scherzslogan vorgeschlagen: »Das Root Beer, das du nie vergißt – denn es läßt dich nicht los!«

Während er in Augustines Haus auf Bonnie wartete, berauschte Max Lamb sich an der Aussicht, Old Faithful ganz allein neues Leben einzuhauchen. Das wäre ein Coup, der ihn in der Madison Avenue zur Legende aufsteigen lassen würde. Zur Inspiration schaltete er das Home Shopping Network ein. Während der Abendstunden bastelte er unermüdlich an getränkebezogenen Alliterationen, Anspielungen, Wortspielen, Versen und Metaphern. Bonnie kam ihm nicht einmal in den Sinn.

Am Ende landete Max einen sicheren Sieger, etwas das für Kinder wie ein ausgelassener Nonsensspruch klang und gleichzeitig Teenager und junge Twens ansprach:

»Old Faithful Root Beet – prickelt auch dort, wo es bei dir noch nie geprickelt hat!«

Max Lamb war so aufgeregt, daß er nicht einschlafen konnte. Noch einmal rief er die Wohnung in New York an. Keine Bonnie, aber der Anrufbeantworter gab einen aufschlußreichen Piepton von sich. Er tippte den dreistelligen Abfragecode ein und wartete.

Bonnie hatte seine Nachricht erhalten – und ihm eine Antwort hinterlassen, die ihn kurzfristig das Old Faithful Root Beer vergessen ließ. Die Haut unter Max' Hemdkragen brannte und schwitzte und fieberte bis zum Morgengrauen.

Die Symptome überraschten ihn nicht. Sie rührten daher, daß er, wenn er seine Frau träfe, auch den geistesgestörten Kidnapper wiedersehen würde. Nur ein Idiot würde bei dieser Aussicht keine Scheißangst bekommen.

29. KAPITEL

Als Snapper zu sich kam, geschah dies unter dem traumhaften Eindruck, daß er sich irgendwo befand, wo er seit zwanzig Jahren nicht mehr gewesen war – in einem Zahnarztstuhl. Er spürte, wie der Zahnarzt sich über ihn beugte, und fühlte große geschickte Hände, die in seinem Mund arbeiteten. Beim letzten Mal, als Snapper sich eine Füllung hatte einsetzen lassen, hatte er reflexartig die Spitze des rechten Zahnarztdaumens abgebissen. Diesmal stand er unter dem beruhigenden Einfluß des Pfeils aus dem Betäubungsgewehr.

»Lester Maddox Parsons!« Der Zahnarzt versuchte ihn aufzuwecken.

Snapper schlug die Augen in einer Nebelbank auf. Im psychedelischen Dunst war ein silberbärtiges Grinsen zu erkennen. Ein Zahnarzt mit einer Plastikduschhaube auf dem Kopf? Snapper krümmte sich.

»Wafffnloof?« erkundigte er sich.

»Ganz ruhig, Chief.«

Das tiefe Kichern des Zahnarztes rollte wie ein Güterzug durch Snappers Schädeldecke. Seine Kiefer waren weit geöffnet, als warteten sie auf den Einsatz des Bohrers. Nun mach schon, dachte er, damit wir es hinter uns haben.

Er hörte ein Summen. Gut!

Aber das Summen war nicht in seinem Mund. Es war in seinen Ohren. Insekten. Beschissene Insekten flogen in seinen Ohren herum!

»Hrrrnnnfff!« Snapper schüttelte heftig den Kopf. Es tat weh. Plötzlich wurde er von einem Schwall Salzwasser übergossen. Was er nicht heraushusten konnte, blieb als lauwarme Pfütze in seinem vorgeschobenen Unterkiefer stehen, der wie eine natürliche Zisterne fungierte.

Nun war er vollends wach. Nun erinnerte er sich. Der Nebel zog sich aus seinem Geist zurück. Er sah ein Lagerfeuer. Edie, verschwitzt und barfuß. Und die junge Braut, Bonnie, die die Arme um das Arschloch schlang, das auf ihn geschossen hatte.

»Yo, Lester.« Es war der riesengroße einäugige Verrückte mit einem Eimer in der Hand. Es gab keinen Zahnarzt.

Aber Snapper spürte ganz deutlich einen kalten stählernen Gegenstand, der seinen Mund aufspannte. Es drückte gegen seinen Gaumen und grub sich in das empfindliche Fleisch unter seiner Zunge. Dabei war es so schwer, daß es seinen Kopf ständig nach vorne herabsacken ließ, etwas, das diagonal von seinem Kinn bis über die Stirn nach oben ragte.

Irgendeine schwere Stange, Snapper schielte, um etwas erkennen zu können. Die Stange war rot.

O Scheiße.

Er heulte auf, versuchte sich zu erheben. Seine Beine verknoteten sich. Mit gummiweichen Armen schlug er sinnlos gegen das Ding, das fest in seinem Mund verriegelt war.

Skink hielt den kleinen chromblitzenden Schlüssel hoch und sagte: »Kaufen Sie keine billigen Kopien!«

»Nnnnnggggeiii!!«

»Du hast auf meinen Freund geschossen. Du hast ihn Nigger genannt. »Skink zuckte resignierend die Achseln. »Du hast eine Frau geschlagen, hast ihr den Trauring ihrer Mutter gestohlen und sie am Straßenrand liegenlassen. Welche andere Wahl ist mir da geblieben?«

Er packte Snapper bei den Haaren und schleifte ihn, der in einem fort blubberte, zum Ufer eines milchig grünen Bachs.

»Welche Wahl?« wiederholte Skink leise und sanft.

»Unngh! Unnnggghhh!«

»Sicher. *Jetzt* tut es dir leid.«

Edie, Bonnie und Augustine erschienen am Ufer. Skink kauerte im Schlamm dicht neben Snapper.

»Paß gut auf, wie es weitergeht. Bei den meisten anderen Arten wärst du wahrscheinlich schon längst tot. Schon mal was von Charles Darwin gehört?«

Moskitos krabbelten über Snappers Augenlider, während er mit dem Kopf nickte.

»Gut«, sagte Skink. »Dann verstehst du vielleicht auch, was passieren wird.« Er wandte sich an die anderen. »Erzähl doch mal einer von euch Mister Lester Maddox Parsons, wo wir hier sind.«

»Crocodile Lakes«, sagte Augustine.

»Tja, da sind wir.« Skink erhob sich. Erneut hielt er den chromblitzenden Schlüssel hoch, das einzige Ding, das den Riegel aus Snappers schmerzhaft erweiterter Mundöffnung entfernen konnte.

Skink warf ihn ins Wasser. Er sagte: »Crocodile-Lakes-Natur- und Wildschutzgebiet. Rate mal, woher es seinen Namen hat.«

Betrübt betrachtete Snapper die konzentrischen Kreise im Wasser, die von dem Punkt ausgingen, wo der Schlüssel in den Bach geplumpst war.

Sie hielten einmal auf der County Road 905 an, damit Skink eine tote Diamondbackschlange vom Asphalt aufklauben konnte.

»Erzählen Sie mir nichts«, sagte Edie. »Das Fleisch schmeckt genauso wie Hühnerfleisch, stimmt's?«

Der Gouverneur, der die schlaffe Klapperschlange zusammengeringelt auf den Erdbogen legte, spielte den Beleidigten. Er sagte zu Edie, sie sei viel zu hübsch, um eine solche Zynikerin zu sein. Er zwickte die Rassel der Schlange ab und überreichte sie ihr als Andenken.

Nachdem er den Wagen abgestellt hatte, bastelte Skink aus

einem Fichtenast eine Fackel. Fast zwei Stunden lang führte er sie unter einem dichten Dach aus Sykomoren, Giftbäumen, Feigen, Traubenbäumen und Mahagoni durchs Halbdunkel. Er hatte sich Snapper wie einen Mehlsack auf den Rücken geladen. In der einen Hand hielt er die Fackel, in der anderen den Bill-Blass-Koffer. Edie Marsh folgte ihm auf einen Pfad, der kaum breit genug war für ein Kaninchen. Dann kam Bonnie und dicht hinter ihr Augustine, der (auf Skinks Geheiß) das Betäubungsgewehr und den Riegel trug. Die .38er Special steckte in seinem Gürtel.

Schließlich erreichten sie eine kleine Lichtung. In der Mitte befand sich ein Kreis aus verrußten Steinen, offenbar ein Lagerfeuerplatz. Ein paar Meter entfernt stand ein ausrangierter Truck mit Rostflecken und einem verblichenen orangefarbenen Streifenmuster. Auf dem Dach war eine Reihe zerbrochener roter Lampen befestigt. Bonnie und Augustine traten näher – es war ein alter Krankenwagen aus Monroe County, der auf Ziegelsteinen aufgebockt war. Augustine öffnete die Heckklappe und stieß einen anerkennenden Pfiff aus. Der Krankenwagen war voll mit alten Büchern.

Der Gouverneur ließ Snapper auf den Erdboden gleiten und lehnte ihn gegen einen schuppigen Baumstamm. Er steuerte auf einen Punkt auf der anderen Seite der Lichtung zu, schob mit den Füßen Laub und Zweige beiseite und legte so eine olivfarbene Plane frei. Er kramte unter der Plane herum und holte einen Becher Brotkrümel, ein Glas Pflanzenöl, einen Fünf-Gallonen-Krug frisches Wasser und einen wächsernen Stift Insektenabwehrmittel aus Armeebeständen hervor, den er herumgehen ließ.

Während er trockenes Holz für ein Feuer sammelte, ging Edie Marsh zu ihm hin. »Wo sind wir?«

»Mitten im Nirgendwo.«

»Weshalb?«

»Weil es keinen besseren Ort gibt.«

Sie versammelten sich, um ihm dabei zuzusehen, wie er der Klapperschlange die Haut abzog. Edie war von seinen riesengroßen Händen beeindruckt, die sicher, geschickt und völlig natürlich mit dem Messer umgingen.

Während das Feuer aufloderte, zog Augustine Bonnie an sich und vergrub sein Gesicht in ihrem seidigen Haar. Das leise Knistern des Feuers beruhigte ihn. In der Ferne saß eine Eule auf einer Stromleitung und schrie. Waschbären schnatterten und schnauften in den dunklen Schatten, und über den vom Feuer beleuchteten Baumwipfeln war das Rauschen der Schwingen von Ziegenmelkern zu hören, die Jagd auf Insekten machten. Das einzige störende Geräusch war das krampfartige Schnarchen von Lester Maddox Parsons.

Die Luft schmeckte frisch; der Regen hatte seit einiger Zeit aufgehört. Augustine hätte mit niemandem auf der ganzen Welt den Platz tauschen mögen. Crocodile Lakes in einer warmen Septembernacht war völlig in Ordnung. Er küßte Bonnie sanft und hatte im Augenblick keine besonderen Pläne. Er zwang sich, nicht an Max Lamb zu denken, der morgen erscheinen würde, um seine Frau zurückzuholen.

Skink begann Stücke gebratener Schlange zu verteilen. Edie Marsh sagte scherzhaft, es sei unhöflich, nicht auch für Snapper ein Stück zu reservieren. Skink erwiderte, er habe nicht die Absicht, das Andenken eines toten Reptils auf diese Art und Weise zu entehren.

Danach bat er Augustine um den Riegel.

Er wandte den anderen den Rücken zu, während er die Vorrichtung zwischen Snappers papierenen grauen Lippen einsetzte. Bonni war überzeugt, daß diese Prozedur physisch undurchführbar gewesen wäre, hätte Snapper nicht diesen saurierhaft verformten Unterkiefer gehabt. Anschließend sagte niemand einen Ton, bis Snapper ein fragendes Murmeln von sich gab.

Skink beugte sich über ihn. »Lester?«

»Mmmmmfrrrrtttthh.«

»Lester Maddox Parsons!«

Snappers Augenlider flatterten. Der Gouverneur bat Augustine, mit einem Eimer zum Bach zu gehen und Wasser zu holen, um den armen Hundesohn aufzuwecken.

Das pinkorangefarbene Parfait der Morgendämmerung konnte Edie nicht aufmuntern. Sie war verschwitzt, zerkratzt, ihr war unerträglich heiß, und sie fühlte sich ausgedörrt, schmutzig und so elend wie noch nie in ihrem Leben. Sie wollte weinen und sich die Haare ausreißen und schreien. Sie wollte eine Szene machen. Am liebsten wäre sie geflohen, doch das war unmöglich. Sie war an allen Seiten von summender, knisternder Wildnis umgeben. Sie kam ihr so vor wie ein vier Meter hoher Stacheldrahtzaun. Ihre Hände und Füße waren nicht gefesselt. Der Gouverneur hielt sie nicht mit einer Waffe in Schach. Nichts hielt sie davon ab wegzulaufen als die grimmige Gewißheit, daß sie niemals aus diesem Urwald hinausfinden würde, daß sie sich in den Wäldern verirren und verhungern würde und daß ihr entkräfteter Körper von Krokodilen, Klapperschlangen und hungrigen tropischen Ameisen verschlungen würde. Die Aussicht auf einen anonymen Tod in den Sümpfen beleidigte Edies Würde. Sie wollte nicht, daß ihre sonnengebleichten Knochen von Jägern, Anglern oder Vogelkundlern gefunden würden. Daß sie von hochtrabend daherquasselnden Medizinstudenten und Leichenbeschauern zusammengesetzt würden. Und daß sie allein durch die Röntgenaufnahmen des Kieferorthopäden ihrer Kindheit identifiziert würde.

Sie näherte sich zaghaft dem Gouverneur. »Ich möchte mit Ihnen reden.«

Er murmelte etwas vor sich hin und tastete sein Hemd ab. »Verdammt«, sagte er, »keine Kröte mehr da.« Er schaute Edie an. »Sie sind doch eine Frau von Welt. Haben Sie schon mal Bufo geraucht?«

»Wir müssen uns unterhalten«, sagte sie. »Allein.«

»Wenn es um den Koffer geht, dann können Sie es gleich vergessen.«

»Das ist es nicht.«

»Na schön. Sobald ich mit Lester fertig bin.«

»Nein, jetzt!«

Skink legte eine seiner großen, rauhen Hände unter ihr Kinn. Edie Marsh ahnte, daß er ihr so leicht und mühelos das Genick brechen könnte, wie er eine Bierflasche aufmachte. Er sagte: »Sie haben ziemlich beschissene Manieren. Gehen Sie zurück zu den anderen.«

Bonnie und Augustine knieten in dem alten Ambulanzwagen und begutachteten Skinks Bibliothek. Edie konnte nicht verstehen, wie sie so sorglos sein konnten.

»Wir müssen etwas unternehmen«, sagte sie. Es klang wie ein Befehl.

Augustine zeigte Bonnie eine Erstausgabe von *Absalom, Absalom.* Er schaute zu Edie hoch und sagte: »Es ist wie eine Vergnügungsfahrt. Wenn sie vorbei ist, ist sie vorbei.«

»Aber wer *ist* er?« Sie deutete auf Skink. Dann zu Bonnie gewandt: »Haben Sie keine Angst? Mein Gott, bin ich denn die einzige, die genug Hirn im Schädel hat, um beunruhigt zu sein?«

»Gestern abend hatte ich Angst«, gab Bonnie zu. »Jetzt nicht mehr.«

Augustine riet Edie, sie solle sich beruhigen. »Es ist vorbei, wenn er es sagt. Bis dahin sollten Sie sich bemühen, ihn nicht zu verärgern.«

Edie reagierte ungehalten auf Augustines harschen Ton. Er deutete mit einem Daumen auf Snapper, der mit aufgerissenem Mund am Lagerfeuer saß. »Was haben Sie überhaupt mit diesem Scheißkerl zu tun?«

»Reden wir doch von was anderem«, schaltete Bonnie sich ein.

»Nein, es ist schon in Ordnung. Ich will es erklären«, sagte

Edie. »Es war rein geschäftlich. Wir wollten gemeinsam eine Sache durchziehen.«

»Einen Betrug.«

»Es ging um Geld von der Versicherung«, gab sie zu, »im Zusammenhang mit dem Wirbelsturm.« Sie bemerkte, wie Bonnie sie anstarrte. »Willkommen in der Wirklichkeit, Prinzessin.«

»Wann sollte denn das große Geld kommen?« fragte Augustine.

Edie lachte wehmütig. »Der Sachbearbeiter meinte, es könnte jeden Tag eintreffen. Es würde per Federal Express geschickt. Und jetzt sitze ich hier, mitten in den beschissenen Everglades.«

»Das sind nicht die Everglades«, sagte Augustine. »Tatsächlich ist das hier Saint-Tropez, verglichen mit den Everglades. Aber ich kann verstehen, weshalb Sie sich ärgern. Es ist nicht schön, zweihundert Riesen davonflattern zu sehen.«

Edie Marsh war sprachlos. Bonnie sagte: »Du machst Witze. Zweihunderttausend Dollar?«

»Zweihunderteins.« Augustine zwinkerte Edie zu.

Sie fragte kaum hörbar: »Woher wissen Sie das?«

»Sie haben etwas im Haus am Calusa Drive zurückgelassen.«

»Oh, Scheiße.«

Er faltete die rosafarbenen Durchschläge der Schadensmeldung von Midwest Casualty auseinander – Edie erkannte den Comicstrip-Dachs im Briefkopf. Augustine zerriß die Durchschläge. Er sagte: »An Ihrer Stelle würde ich mir eine intelligente Erklärung ausdenken, weshalb Ihre Brieftasche ausgerechnet in dieser Küche herumlag. Die Polizei wird das bestimmt interessieren.«

»Scheiße.«

»Was ich damit sagen will: Sie sollten es lieber nicht so eilig haben, wieder in die Zivilisation zurückzukehren.« Er wandte sich wieder den Büchern des Gouverneurs zu.

Edie biß sich auf die Unterlippe. Lieber Himmel, manchmal war es wirklich schwer, gelassen zu bleiben. Sie hatte das Gefühl, als würde sie jeden Moment wieder zusammenbrechen. »Was hat das alles zu bedeuten? Ist das irgendein Spiel?«

»Ich glaube, nicht«, sagte Bonnie.

»Herrgott im Himmel.«

»Lassen Sie die Dinge einfach laufen. Halten Sie durch, bis es vorbei ist.«

Ich nicht, dachte Edie. Niemals.

Der Riegel verzerrte Snappers ohnehin schon verzerrte Gesichtszüge noch stärker. Er drückte die obere Hälfte seiner Visage in kleine Falten, so daß er einem Shar-pei-Welpen ähnelte. Die Augen waren feuchte Schlitze, die Nase wurde zusammengedrückt und fast bis zur Stirn hochgeschoben. Der Rest war Schlund.

»Ein echter Mundatmer«, stellte Skink fest und studierte ihn, als wäre er ein Museumsstück.

»Fhhhrrrggaaah«, erwiderte Snapper. Seine Ellbogen brannten von den Kratzern und Hautabschürfungen, die er sich zugezogen hatte, als der Verrückte ihn zum Bach geschleift hatte.

Nun sagte der Verrückte: »Gott, wie ich das Wort ›Nigger‹ hasse. Im Motel hatte ich ernstlich in Erwägung gezogen, Sie zu töten, als Sie es benutzt haben. Ich hätte am liebsten Ihre drei Teelöffel Gehirnmasse im Jeep verteilt. Selbst wenn Sie nicht auf meinen Freund geschossen hätten, wäre mir der Gedanke durch den Kopf gegangen.«

Snapper hörte auf zu stöhnen. Er bemühte sich, sein Gelalle unter Kontrolle zu bringen. Dabei sah er hilflos mit an, wie Nachtfalter und Moskitos in seinem Mund ein und aus flogen.

»Dagegen läßt sich nicht viel tun.« Skink schlug nach den Insekten. Er hatte bereits eine großzügige Menge Insektenabwehrmittel auf dem Hals und den Armen seines Gefangenen verteilt. »›Nicht zum Einnehmen.‹ So steht es auf der Packung.«

Snapper nickte schicksalsergeben.

»Lester Maddox Parsons lautet der Name auf Ihrem Führerschein. Ich rate mal, daß sie nach diesem klotzköpfigen Betbruder in Georgia benannt wurden. Habe ich recht?«

Ein mattes Nicken.

»Demnach haben Sie Ihr Leben gleich mit zwei Handikaps begonnen. Das ist schade, Lester, aber ich denke, selbst wenn Ihre Familie Sie Gandhi getauft hätte, wären Sie trotzdem am Ende das grandiose Arschloch geworden, das Sie jetzt sind. Passen Sie auf, ich will Ihnen mal was zeigen.«

Der Gouverneur zog den Bill-Blass-Koffer unter seinem Gesäß hervor. Er legte ihn vor Snapper auf die Erde und klappte ihn mit einer eleganten Bewegung auf. »Sie können ruhig anfangen zu sabbern«, sagte er.

Snapper richtete sich auf. Der Koffer war vollgestopft mit Geld: mit Banderolen umwickelte Zwanzigerpakete.

»Vierundneunzigtausend Dollars«, informierte Skink ihn. »Plus diverse Oberhemden, Socken und Freizeitkleidung. Zwei Päckchen französische Kondome, ein Paar goldene Manschettenknöpfe, eine Tube Feuchtigkeitscreme – was sonst noch? Ach ja, persönliche Papiere.«

Er stocherte im Kofferinhalt herum. »Kontoauszüge, Zeitungsausschnitte über den Hurrikan. Und dies...«

Es war eine Hochglanzwerbebroschüre für ein Immobilienprojekt namens Gable-on-the-Bay. Skink setzte sich neben Snapper und schlug die Broschüre auf.

»Da ist unser Freund. Christophe Michel. ›International angesehener Bauingenieur.‹ Sieh mal, da ist auch ein Bild von ihm.«

Snapper erkannte in ihm den Trottel vom Circle K wieder.

»Was würden Sie tun«, sinnierte Skink, »wenn Sie all diese abartig teuren Häuser entworfen und gebaut hätten – und sie kippten schon beim ersten kräftigen Windstoß um? Ich glaube, ein cleverer Zeitgenosse würde schnellstens das Geld zusammenraffen und sich aus dem Staub machen, ehe die ersten gerichtlichen Vorladungen eintrudeln. Ich glaube, genau das ist auch der Plan unseres Monsieur Michel gewesen.«

Snapper interessierte der Franzose nicht im geringsten. Er war vom Anblick des Geldes völlig gebannt. Er hätte auch den Mund aufgerissen, wenn seine Kiefer nicht auseinandergezwängt worden wären. Er erinnerte sich an eine Sally-Jessy-Folge, oder vielleicht war es auch bei Phil Donahue gewesen, mit einer Hotelangestellten aus Miami Beach, einem Zimmermädchen, das unter einem Bett rund zweiundvierzig Riesen gefunden hatte. Das Mädchen hatte das Geld aus irgendeinem Grund dem Hoteldirektor gegeben, anstatt den Kies für sich zu behalten! Dadurch war sie bei Sally Jessy eingeladen worden. An jenem Tag lautete das Thema »Ehrliche Menschen«. Snapper erinnerte sich noch genau, wie er den Fernsehschirm angebrüllt hatte: Was für eine dämliche Fotze! Sie hatten eine Aufnahme von dem Geld gezeigt, und ihm wäre es beinahe gekommen.

Und nun saß er hier und hatte fast das Doppelte vor der Nase. Praktisch in Reichweite.

»Whhrrrrooognnn? Whhhaaakkkfff?«

»Eine gute Frage, Lester.«

Ohne Vorwarnung stand der einäugige Verrückte auf, knöpfte seine Armeehose auf, holte sein Gerät heraus und – zu Snappers unendlicher Qual – urinierte ausgiebig auf das Hurrikangeld.

Jammernd schaukelte Snapper hin und her. Ihm war schlecht. Skink packte wieder ein und ging das Affengewehr holen. Er öffnete die Kammer und schaute hinein. Dann schlenderte er zu Snapper hinüber, warf ihn auf den Bauch und schoß ihm einen Betäubungspfeil in den Hintern. Sofort wallte eine Nebelwand auf, und Snapper wurde schläfrig. Das letzte, was er hörte, war eine Frage aus Skinks Mund.

»Wer hat Lust, schwimmen zu gehen?«

Bonnie und Augustine stöberten weiter in der Bibliothek herum, während der Gouverneur mit Edie zum Bach hinunterging. Sie wollte reden, Skink wollte ins Wasser. Er zog sich aus und fing mit der Duschhaube an.

Während er ins Wasser stieg, fragte sie: »Und was ist mit den Krokodilen?«

»Sie werden uns nicht behelligen. Es sind nicht genug übriggeblieben, um irgendwen zu bedrohen. Ich wünschte, sie wären noch da.«

Friedlich tauchte er unter, dann schoß er hoch und schüttelte Bläschen und Tropfen aus seinem Bart. Er war so braun wie eine Seekuh und so groß, daß er die gesamte Breite des Bachs zu überbrücken schien. Edie war auf den Anblick seines Körpers nicht so vorbereitet: die mächtigen Arme und die breite Brust, sein Hals so dick wie ein Zypressenstamm. Die weiten, ausgebeulten Armeeklamotten hatten nichts davon erkennen lassen.

»Wollen Sie nicht reinkommen?«

»Nur, wenn wir miteinander reden können«, erwiderte sie.

»Was sollten wir sonst tun?«

Edie dachte: Da ist schon wieder dieses verdammte Lächeln. Sie bat ihn, sich umzudrehen, während sie aus ihren Kleidern schlüpfte.

Er hörte sie in den Bach gleiten. Dann spürte er ihre schlanken Arme und Beine. Sie klammerte sich an seinen Rücken. Während er ins tiefere Wasser ging, schlang sie die Beine um seine Oberschenkel.

»Ich habe ein wenig Angst«, sagte sie.

»Hah! Sie und ich sind die furchteinflößendsten Tiere in diesem Dschungel.«

Edies Mund befand sich dicht neben seinem Ohr. »Ich möchte zurück nach Miami.«

»Dann gehen Sie.«

»Aber ich weiß nicht, wie ich hier rauskomme.«

Der Gouverneur hielt sich wassertretend in der starken Strömung. Sie schäumte um ihre tanzenden Köpfe, als wären sie abgestorbene Baumstümpfe im Bach.

Edies Atem beschleunigte sich von der Erregung, die das schnell dahinströmende Wasser auf sie ausübte. Sie sagte: »Bereits in dem Moment, als Sie und Pollyanna zum Haus kamen, wußte ich, daß es vorbei ist. Snappers Revolver – er hatte überhaupt keine Bedeutung. Nicht wir haben Sie entführt – Sie haben uns entführt.«

»Die Natur erzeugt automatisch eine Hierarchie. Das tut sie immer«, stellte Skink fest.

Edie ließ ihre Stimme zu einem angespannten Flüstern herabsinken. »Bitte. Zeigen Sie mir den Weg, der hinausführt.«

»Und ich war mir so sicher, daß Sie es auf den Koffer abgesehen haben.«

»Ganz und gar nicht«, sagte sie, obgleich ihr dieser Gedanke flüchtig durch den Kopf gegangen war. Statt dessen hatte sie entschieden, lieber alles zu tun, um lebend aus den Keys herauszukommen.

Ein kleiner Fisch sprang in nächster Nähe aus dem Wasser und fiel wieder zurück. Spielerisch versuchte Skink, ihn mit der Hand zu fangen. »Edie«, sagte er, »Ihre Meinung von den Menschen – die ist wirklich nicht gut. Zumindest das haben wir gemeinsam. Mein Gott, stellen Sie sich nur vor, wie Florida heute aussehen würde, wenn Frauen für das Programm verantwortlich gewesen wären! Stellen Sie sich einen Strand ohne ein oder zwei häßliche Apartmentsilos vor. Oder denken Sie an einen See ohne Golfkurse.« Er klatschte in die Hände und erzeugte ein fröhliches Plätschern.

»Sie irren sich«, sagte Edie.

»Liebling, ich kann träumen.« Er spürte, wie ihre Lippen über seinen Nacken fächelten. Dann eine Zunge, gefolgt von der unverblümten Forderung eines Knabberns. Er sagte: »Und was war das?«

»Was denken Sie denn?«

Als sie ihn erneut küßte, gingen sie unter. Das salzige Wasser brannte in ihren Augen, aber sie schlug sie trotzdem auf. Er lächelte sie an und erzeugte mit dem Mund beim Ausatmen Wasserblasen. Sie kamen zusammen an die Oberfläche hoch und lachten ausgelassen. Vorsichtig veränderte sie ihre Position, kletterte um ihn herum, als wäre er ein Baum. Sie hängte sich an seine granitharten Unterarme und Schultern, stützte die Knie gegen seine Hüftknochen, während sie sich nach vorne schwang. Dabei spürte sie die ganze Zeit, wie er sich eine seichtere Stelle im Bach suchte, damit er stehen konnte, während er sie festhielt.

Nun schauten sie sich in die Augen. Grünes Wasser schäumte zwischen ihnen. »Und nun?« sagte Edie.

»Hatten Sie nicht Angst wegen der Krokodile?«

»Es müßte uns beide fressen, oder nicht?«

»Im Augenblick ja.«

»Dann müßte es schon ungeheuer groß und hungrig sein.«

»Wir sollten trotzdem leise sein«, sagte Skink, »nur für alle Fälle. Bestimmte Geräusche locken sie an.« Er klang ernst.

»Wie leise?« Sacht streifte sie mit ihren Brustwarzen über seine Rippen.

»Sehr leise. Keinen Laut.«

»Das ist unmöglich.« Sie spürte seine Hände auf der Rundung ihres Gesäßes. Er hob sie hoch und hielt sie in einem angenehmen Schwebezustand. Dann war er in ihr. Einfach so.

»Pssst«, sagte er.

»Ich kann nicht.«

»Doch, du kannst, Edie.«

Sie liebten sich so langsam, daß es manchmal schien, als bewegten sie keinen einzigen Muskel. Alle Berührung und Aktion wurde durch die warme Sommerflut erzeugt, die sie umströmte. In den Mangroven schimpfte ein erboster Reiher. Weitere silbern glänzende Meeräschen sprangen aus dem seichten Wasser in die Luft. Eine lange schwarze Schlange schwamm vorbei, ließ sich gleichgültig von der Strömung mitnehmen, als triebe sie auf jadefarbener Seide.

Edie Marsh war gut. Sie gab kaum einen Laut von sich. Für eine Weile vergaß sie sogar den Zweck der Verführung.

Nachher wollte sie, daß sie sich abtrockneten und ein wenig schliefen, aber Skink sagte, dazu hätten sie keine Zeit. Sie zog sich schnell an. Wortlos führte er sie durch den zugewucherten Wald. Edie sah keinen richtigen Pfad. Manchmal kam es ihr sogar so vor, als gingen sie im Kreis. Sobald sie die asphaltierte Straße erreichten, ergriff er ihren Arm. Sie gingen knapp zwei Kilometer weit bis zu einer Kreuzung mit einer blinkenden Verkehrsampel. Ein Schild gab an, daß eine Straße nach Miami führte und die andere nach Key West.

Skink sagte, sie solle dort warten.

»Auf was?«

»Jemand nimmt dich zum Festland mit. Er wird bald hier sein.«

Edie war überrascht. »Wer?«

»Bleib ganz ruhig.«

»Aber ich wollte, daß *du* mich bringst.«

»Tut mir leid«, sagte Skink. »Ich gehe nicht weiter.«

»Es wird bald wieder regnen.«

»Richtig.«

»Ich hab es donnern hören!« sagte Edie.

»Dann darfst du keinen Drachen steigen lassen.«

»Wann hast du das geplant? Mich hier abzusetzen...« Sie geriet jetzt in Zorn. Sie erkannte nun, daß er von Anfang an vorgehabt hatte, sie laufen zu lassen – was bedeutete, daß der Sex im Bach völlig unnötig gewesen war.

Nicht daß sie ihn nicht genossen hätte oder es gern wiederholen würde, aber sie fühlte sich trotzdem ausgetrickst.

»Weshalb hast du mir das nicht schon gestern verraten?«

Skinks Gesicht verzog sich zu seinem Politikerlächeln. »Es war mir entfallen.«

»Arschloch.« Sie pflückte ein Blatt aus ihrem nassen Haar und schnippte es mürrisch in den Wind. Verscheuchte mit einer Handbewegung eine Bremse von ihrem Fußknöchel. Verschränkte die Arme und funkelte den Gouverneur wütend an.

Er beugte sich herab und gab ihr einen Kuß auf die Stirn. »Betrachte es doch einfach von der positiven Seite, Mädchen. Du hast deine Angst vor Krokodilen überwunden.«

30. KAPITEL

Gegen halb eins stoppte ein Polizeiwagen an der Kreuzung Card Sound Road und County 905. Ein breitschultriger Schwarzer in lässiger Kleidung machte sich durch ein Hupen bei Edie Marsh bemerkbar. Als er sie zum Wagen winkte, erkannte sie ihn als den Cop, auf den Snapper vor dem Paradise Palms geschossen hatte.

»Wahrscheinlich glauben Sie mir nicht«, sagte sie, »aber ich bin wirklich froh, daß Sie okay sind.«

»Danke für Ihre Anteilnahme.« Sein Tonfall war so neutral, daß sie beinahe seinen Sarkasmus überhörte. Er trug verspiegelte Brillengläser und hatte einen Zahnstocher im Mundwinkel. Als er über den Beifahrersitz langte, um die Tür zu öffnen, bemerkte Edie den weißen Schimmer eines Verbandes zwischen den mittleren Knöpfen seines Oberhemdes.

»Sie sind Jim, stimmt's? Ich bin Edie.«

»Das hatte ich mir gedacht.«

Er nahm die Straße nach Miami. Edie vermutete, daß sie verhaftet war. Sie sagte: »Ich hatte wirklich nicht damit gerechnet, daß er schießen würde.«

»Es ist schon seltsam, wenn Idioten Waffen in die Finger kriegen.«

»Hören Sie, ich weiß, wo er ist. Ich kann Sie hinführen.«

Jim Tile erwiderte: »Das weiß ich längst.«

Dann verstand sie. Der Trooper hatte gar nicht die Absicht, Snapper zu suchen. Snapper hatte es hinter sich.

»Was ist mit mir?« fragte sie und stellte insgeheim Berechnungen über die Anzahl von Vergehen an, derentwegen sie belangt werden könnte. Versuchter Mord. Flucht vom Tatort. Beihilfe und Anstiftung. Autodiebstahl. Ganz zu schweigen von dem Versicherungsbetrug, von dem der Trooper vielleicht noch gar nichts wußte, je nachdem was der Gouverneur ihm erzählt hatte.

»Also was geschieht nun mit mir?« fragte sie erneut.

»Gestern erreichte mich eine Nachricht des Inhalts, daß eine Lady eine Mitfahrgelegenheit aufs Festland suche.«

»Und Sie hatten gerade nichts Besseres zu tun.«

Die Antwort kam von weither hinter den Brillengläsern. »Der Anrufer war ein alter Freund.«

Edie Marsh spielte weiterhin die Abgebrühte. Leicht war es nicht. Kein anderes Fahrzeug war zu sehen. Der Kerl könnte mich vergewaltigen, mich töten und meine Leiche in den Sumpf werfen. Wer würde je davon erfahren? Außerdem war er ein Cop.

»Sie haben meine Frage noch nicht beantwortet«, sagte sie.

Der Zahnstocher wackelte. »Die Antwort ist: nichts. Nichts wird mit Ihnen geschehen. Der Freund, der die Nachricht hinterließ, hat ein gutes Wort eingelegt.«

»Ja?«

»›Das Gefängnis wird auf diese Frau keinen Eindruck hinterlassen. Vergeude nicht deine Zeit.‹ Das ist ein Zitat.«

Edie errötete. »Schönes gutes Wort.«

»Deshalb haben Sie jetzt eine Freifahrt nach Florida City. Basta.«

Nachdem sie die Card Sound Bridge überquert hatten, hielt der Tropper bei Alabama Jack's an. Er fragte Edie, ob sie ein Fischsandwich oder einen Hamburger wolle.

»Ich bin barfuß«, sagte sie.

Endlich zeigte sein Gesicht ein Lächeln. »Ich glaube nicht, daß es hier Bekleidungsvorschriften gibt.«

Während der Mahlzeit versuchte Edie Marsh es erneut. »Mir

wurde regelrecht schlecht, als Snapper abdrückte«, sagte sie, »vor dem Motel, meine ich. Ich schwöre es. Es war wirklich das letzte, was ich mir gewünscht habe.«

Jim Tile sagte, es spiele so oder so keine Rolle. Um einen freundlichen Eindruck zu hinterlassen, wollte Edie wissen, wie lange er schon in Miami arbeitete.

»Zehn Tage.«

»Sind Sie wegen des Hurrikans hergekommen?«

»Genau wie Sie«, sagte er und gab ihr zu verstehen, daß er sie durchschaut hatte.

Als sie das Restaurant verließen, kaufte er ihr für die Reise eine zweite Portion Pommes frites und eine Cola. Im Wagen versuchte Edie die Unterhaltung in Gang zu halten. Sie fühlte sich sicherer, wenn er redete, anstatt nach vorne zu starren wie eine Sphinx und diesen verdammten Zahnstocher von einem Mundwinkel zum anderen wandern zu lassen.

Sie fragte, ob sie seine kugelsichere Weste sehen dürfe. Er erwiderte, er habe sie im Polizeipräsidium als Beweisstück abgeben müssen. Sie fragte, ob die Kugel ein Loch hinterlassen habe, und er sagte nein, lediglich eine kleine Delle.

»Sie haben bestimmt nicht damit gerechnet, daß der Hurrikandienst so gefährlich sein kann.«

Jim Tile drehte an einem Radioknopf.

»Was ist eigentlich das Verrückteste, daß Sie bisher gesehen haben?« fragte Edie.

»Abgesehen von dem Versuch Ihres seltsamen Partners, mich zu erschießen?«

»Ja, abgesehen davon.«

»Der Präsident der Vereinigten Staaten«, sagte er, »als er versucht hat, einen Nagel in ein Stück Holz zu schlagen. Er brauchte mindestens neun Versuche.«

Edie saß ruckartig kerzengerade. »Sie haben den Präsidenten gesehen?«

»Ja. Wir mußten Eskorte fahren.«

Nachdenklich kaute sie auf einer Fritte. »Haben Sie auch seinen Sohn gesehen?«

»Sie fuhren in derselben Limosine.«

»Ich wußte gar nicht, daß er in Miami lebt – der Sohn des Präsidenten, meine ich.«

»Da hat er aber Glück«, sagte der Trooper.

Edie Marsh trank von ihrer Cola und bemühte sich, nicht zu durchsichtig zu erscheinen. »Ich frage mich, wo er wohnt. In Key Biscayne möglicherweise, oder vielleicht in den Gables. Manchmal mache ich mir so meine Gedanken über berühmte Leute. Wo sie essen, wenn sie ausgehen. Wo sie ihre Wagen waschen und polieren lassen. Wer ihr Zahnarzt ist. Ich meine, man muß es sich nur mal vorstellen. Der Sohn des Präsidenten muß sich schließlich auch mal den Zahnstein entfernen lassen. Denken Sie niemals über solche Dinge nach?«

»Niemals.« Dicke Regentropfen klatschten auf die Windschutzscheibe. Der Trooper blieb immer noch in seiner Festung hinter der Sonnenbrille.

Edie gab nicht auf. »Haben Sie eine Freundin?« erkundigte sie sich.

»Ja.«

Endlich, dachte Edie. Etwas, worüber man reden kann. »Wo ist sie?«

»Im Krankenhaus«, sagte Jim Tile. »Ihr Freund hat sie zu Brei geschlagen.«

»O Gott, nein…«

Er bemerkte, daß sie ihre Cola verschüttet hatte und es ihr nicht mal aufgefallen war.

»Mein Gott, es tut mir so leid«, sagte sie. »Ich schwöre, ich hatte keinerlei Ahnung – erholt sie sich wieder?«

Jim Tile hielt ihr einladend einen ganzen Stapel Papiertaschentücher hin. Edie versuchte die Cola aus ihrem Schoß zu entfernen. Ihre Hände zitterten.

»Ich wußte es nicht«, sagte sie mehr als einmal. Sie erinnerte sich an die Inschrift im Trauring ihrer Mutter, den Snapper gestohlen hatte. »Cynthia« lautete der Name in dem Ring, die Mutter der Freundin des Troopers.

Jetzt spürte Edie die Nähe zum Verbrechen. Jetzt war ihr wirklich schlecht.

»Die Ärzte meinen, daß sie wieder auf die Beine kommt.«

Alles, was Edie tun konnte, war, zu nicken. Der Trooper drehte die Lautstärke des Polizeifunkgeräts höher. Als sie das Festland erreichten, hielt er vor einem mit Brettern verrammelten McDonald's an. Der Hurrikan hatte die Türen und Fenster weggeblasen.

Ein taubenblauer Kleinwagen parkte unter einer nackten Palme. Ein Mann in einem leuchtendgrünen Poncho saß auf der Motorhaube. Den scharfen Falten nach zu urteilen, war der Poncho brandneu. Der Mann sprang von der Haube runter, als er den Wagen der Highway Patrol sah.

»Wer ist das?« fragte Edie.

»Passen Sie auf Glasscherben auf«, sagte Jim Tile.

»Setzen Sie mich hier raus?«

»Ja, Ma'am.«

Als Edie Marsh ausstieg, stieg der Mann ein. Der Trooper wies ihn an, die Tür zu schließen und den Sicherheitsgurt anzulegen. Edie trat nicht von dem Wagen zurück. Sie stand nur da und hatte die Arme in einer halb trotzigen Haltung vor der Brust verschränkt. Der Effekt wurde gemildert durch den peitschenden Regen, der sie zum Blinzeln und Zwinkern zwang, und durch den stürmischen Wind, der ihr Haar wie Pompons flattern ließ.

Durch das Unwetter rief sie Jim Tile zu: »Was soll ich jetzt tun?«

»Denken Sie daran, wie gut Sie's haben«, schlug er vor. Dann wendete er und fuhr zurück nach Key Largo.

Bonnie gab Augustine einen nervösen Kuß, ehe sie mit Skink das Lager verließ. Ihr Ehemann war unterwegs. Sie wollten sich auf der Straße treffen.

Augustine blieb allein zurück, versuchte zu lesen und verkroch sich dazu in dem alten Krankenwagen, damit die Seiten trocken blieben. Aber er konnte sich nicht konzentrieren. In seiner Phantasie stellte er sich vor, wie Bonnies und Max' Begegnung ablaufen könnte. Dabei gab es zwei unterschiedliche Versionen – eine endete mit einem traurigen Abschied, die andere lief auf einen Neubeginn à la Tut-mir-leid-versuchen-wir's-noch-mal-von-vorn hinaus.

Einerseits rechnete er damit, Bonnie nicht mehr wiederzusehen. Er erwartete, daß sie es sich anders überlegte und nach New York zurückkehrte. Augustine hatte sich im Laufe der Zeit an solche Enttäuschungen gewöhnt.

Andererseits hätte es keine seiner drei Ex-Verlobten so lange im Dschungel ausgehalten, ohne einen Nervenzusammenbruch zu kriegen oder ihm eine Szene zu machen. Bonnie Lamb war völlig anders als sie. Augustine hoffte, daß sie sich auch darin von ihnen unterschied, daß sie nicht einfach weglief.

Trotz seiner Sorge und Niedergeschlagenheit behielt Augustine Snapper im Auge, der immer noch von dem Affenberuhigungspfeil völlig weggetreten war. Lange würde es aber nicht mehr dauern, bis der dämliche Sack aufwachen und sich beschweren würde. Bis auf den billigen Nadelstreifenanzug erinnerte er Augustine an die Typen mit den leeren Blicken, die sein Vater früher als Bootsmannschaft anzuheuern pflegte.

Was ihn ebenfalls an seinen Vater denken ließ, war das lausige Wetter. Augustine erinnerte sich an einen verhangenen Septembernachmittag, als sein Vater sechzig Ballen über Bord geworfen hatte, weil er ein sich näherndes Boot für eine Patrouille der Küstenwache gehalten hatte. In Wirklichkeit war es ein Hatteras-Kreuzer gewesen, der mit trinkfreudigen Chirurgen besetzt und nach Cat Cay unterwegs war. Das Marihuana tanzte auf über zwei Meter hohen Wellen im Golfstrom, während Augustines Vater hektisch Freunde, Nachbarn, Verwandte, Dockratten und sogar Augustine selbst rekrutierte, ihm beim Bergen des Treibguts zu helfen. Mit Bootshaken und Fischnetzen retteten sie die Ladung bis auf vier Ballen, die von der eifrigen Crew eines vorbeifahrenden griechischen Tankers aufgefischt wurden. Spät am Abend desselben Tages, als die Ladung sicher in einem Lagerhaus zum Trocknen deponiert war, veranstaltete Augustines Vater eine Party für seine Helfer. Jeder war am Ende völlig stoned, bis auf Augustine, der zu der Zeit erst zwölf Jahre alt war. Schon damals wußte er, daß er mit der Fischerei seines Vaters nichts im Sinn hatte.

Augustine stieg aus dem Krankenwagen und streckte sich. Ein Habicht zog seine engen Kreise über dem Lagerplatz. Augustine schlenderte hinüber zu der Stelle, wo Snapper schlief. Der Gouverneur hatte das Hurrikangeld achtlos im Koffer liegengelassen, wo es durchdringend nach Urin stank. Augustine stieß Snapper mit dem Fuß an. Nichts. Er packte den Riegel und drehte den Kopf des Mannes hin und her. Er war so schlaff wie eine Lumpenpuppe. Die Bewegung bewirkte ein sachtes Rühren und ein schläfriges Murmeln, aber die Augen blieben geschlossen. Augustine ergriff eine von Snappers Händen und kniff sehr hart in einen Daumennagel. Der Kerl reagierte nicht einmal.

Der träumt noch, dachte Augustine. Es war nicht nötig, ihn zu fesseln.

Er empfand den Anblick und die Schlafgeräusche Lester Maddox Parsons' als besonders deprimierend, wenn er sich vorstellte, daß Bonnie Lamb vielleicht nie mehr zurückkam. Das Camp mit einem beschissenen Kriminellen zu teilen, war nicht sehr reizvoll. Der Geruch des kräftigen Regens, der elegant am Himmel kreisende Habicht, die kühle grüne Umarmung des Waldes – all das wurde durch Snappers Anwesenheit völlig verdorben.

Augustine konnte hier nicht länger warten. Es war schlimmer, als völlig allein zu sein.

»Wo ist der junge Mann?« fragte Jim Tile.

»In der Bibliothek«, antwortete Skink.

Sie saßen im Wagen des Polizisten unweit des Weges, auf dem Skink Bonnie zur Straße gebracht hatte. Sie und ihr Mann saßen nebeneinander auf einem der Stahlgeländer, die die Crocodile Lakes absperrten. Der Polizeiwagen parkte in siebzig Meter Entfernung von ihnen. Es war das beste, was Jim Tile und Skink ihnen an Privatsphäre bieten konnten. Selbst auf diese Distanz und im Regen war Max Lamb in seinem Leuchtfarbenponcho deutlich zu sehen.

»Sein alter Herr sitzt im Knast.« Skink sprach noch immer von Augustine. »Das wird dir gefallen: Sie sagt, er sei während eines Hurrikans gezeugt worden.«

»Wer?«

»Donna.«

Jim Tile lächelte. »Das ist ein Ding.«

»Zweiunddreißig Jahre später: ein neuer Sturm, ein neuer Anfang. Der Junge lebt unter einem glücklichen Stern, meinst du nicht?«

Der Trooper lachte verhalten. »Ich meine, du spinnst.« Tiefe Sympathie schwang in der Bemerkung mit. »Was ist denn mit dem Vater?«

»Ein Schmuggler«, sagte Skink, »und kein sehr begabter.«

Jim Tile dachte kurz darüber nach. »Nun, ich mag den jungen Mann. Er ist in Ordnung.«

»Ja, das ist er.«

Der Trooper schaltete die Scheibenwischer ein. Sie konnten an der Bewegung des Ponchos erkennen, daß Bonnies Ehemann aufgestanden war und auf und ab ging.

»*Ihn* beneide ich nicht«, sagte Jim Tile.

Skink zuckte die Achseln. Er hatte es Max Lamb noch nicht

ganz verziehen, daß er mit seiner Handycam nach Miami gekommen war. Er sagte: »Zeig mal, wo die Kugel dich getroffen hat.«

Der Trooper knöpfte das Oberhemd auf und schob den Verband beiseite. Trotz der Weste, in der sie steckengeblieben war, hatte die Kugel einen dunkelblauen Bluterguß auf Jim Tiles Brustbein hinterlassen. Der Gouverneur stieß einen Pfiff aus. »Du und Brenda, ihr braucht Urlaub.«

»Die Ärzte sagen, daß sie vielleicht in zehn Tagen das Krankenhaus verlassen kann.«

»Fahr mit ihr auf die Inseln«, schlug Skink vor.

»Sie war noch nie im Westen. Sie liebt Pferde.«

»Dann in die Berge. Nach Wyoming.«

Der Trooper nickte. »Das würde ihr gefallen.«

»Egal wohin, Jim. Hauptsache, so weit wie möglich weg von hier.«

»Ja.« Er schaltete die Scheibenwischer wieder aus. Der dichte Regen floß wie Sirup über die Windschutzscheibe. Von Snapper sprachen sie nicht.

»Welcher ist es?« fragte Max Lamb.

Er hoffte, daß es der Kidnapper war, der wildere. Das würde seine Theorie bestätigen, daß seine Frau den Verstand verloren hatte. Eine wetterbezogene Version des Stockholm-Syndroms. Das würde es ihm einfacher machen, die Sache zu akzeptieren, sie seinen Freunden und Eltern zu erklären. Bonnie war von einem drogensüchtigen Eremiten verhext worden. Von einem Manson ohne Familie.

Bonnie sagte: »Max, das Problem bin *ich*.«

Dabei wußte sie, daß es nicht so war, jedenfalls nicht ganz. Sie hatte beobachtet, wie er, nachdem er aus dem Polizeiwagen gestiegen war, beim Anblick eines harmlosen Sumpfkaninchens zusammengezuckt und zurückgewichen war, als stünde ein hundert Pfund schwerer Timberwolf vor ihm.

Nun sagte er: »Bonnie, sie haben mit dir eine Gehirnwäsche gemacht.«

»Niemand – «

»Hast du mit ihm geschlafen?«

»Mit wem?«

»Mit einem von beiden.«

»Nein!« Um die Lüge zu kaschieren, schlug Bonnie einen indignierten Tonfall an.

»Aber du wolltest es.«

Max Lamb erhob sich, wobei der Regen in Rinnsalen über seinen Poncho perlte. »Du willst mir weismachen, daß du das hier« – er machte mit dem Arm eine umfassende Geste – »der Stadt vorziehst?«

Sie seufzte. »Ich hätte nichts dagegen, mal ein junges Krokodil zu sehen. Das ist alles, was ich gesagt habe.« Sie war sich bewußt, wie unerhört es für jemanden wie Max geklungen haben mußte.

»Er hat dich dazu gebracht, diesen Mist zu rauchen, nicht wahr?«

»Ich bitte dich.«

Er marschierte auf und ab. »Ich kann das alles nicht glauben.«

»Ich auch nicht«, sagte sie leise. »Es tut mir leid, Max.«

Er straffte die Schultern, drehte sich ruckartig um und blickte hinaus auf die Seen. Er war zu wütend, um zu weinen, zu tief getroffen, um zu betteln. Außerdem dämmerte es ihm allmählich, daß Bonnie recht haben könnte, daß er sie vielleicht gar nicht richtig kannte. Selbst wenn sie es sich anders überlegte und mit ihm nach New York zurückkehrte, würde er sich ständig Sorgen machen, daß sie vielleicht irgendwann wieder ausflippen würde, und er würde sich ständig fragen, was diesen Impuls auslösen könnte. Was hier draußen passiert war, hatte ihre Beziehung beschädigt, wahrscheinlich für immer.

Max drehte sich langsam zu ihr um. Seine Stimme klang müde. »Ich dachte, daß du ein wenig ... vernünftiger wärst.«

»Ich auch.« Jetzt zu widersprechen, würde die ganze Geschichte verzögern. Bonnie war entschlossen, allem zuzustimmen und sich für alles zu entschuldigen, egal, was er sagte. Sie mußte ihm irgend etwas lassen – wenn nicht seinen Stolz, dann wenigstens seine übertriebene Vorstellung männlicher Überlegenheit. Sie dachte, es wäre nur ein kleiner Preis, den sie zahlte, um ihm über seine Verletztheit hinwegzuhelfen.

»Eine letzte Chance«, sagte Max Lamb. Er griff unter seinen hellen Poncho und holte zwei Flugtickets hervor.

»Es tut mir leid«, sagte Bonnie und schüttelte den Kopf.

»Liebst du mich? Ja oder nein.«

»Max, ich weiß es nicht.«

Er verstaute die Tickets wieder im Trockenen. »Das ist unfaßbar.«

Sie stand auf und gab ihm einen Abschiedskuß. Tränen glänzten in ihren Augen, obgleich Max es wahrscheinlich nicht bemerkte bei all den Regentropfen in ihrem Gesicht.

»Ruf mich an«, sagte er bitter, »wenn du dir über dich selbst klargeworden bist.«

Allein kehrte er zu dem Streifenwagen zurück. Der Kidnapper hielt ihm die Tür auf.

Max schwieg während der Rückfahrt zum Festland. Es war ein vorwurfsvolles Schweigen. Der State Trooper war mit dem Verrückten, der Max entführt und seine Frau einer Gehirnwäsche unterzogen hatte, befreundet. Der Trooper hatte eine moralische und gesetzlich vorgeschriebene Pflicht, solche Verführungsaktionen zu unterbinden oder es zumindest zu versuchen. Das war Max' persönliche Meinung.

Als sie zum verrammelten McDonald's kamen, sagte Max zu ihm: »Kümmern Sie sich darum, daß dieser verrückte einäugige Mistkerl anständig für sie sorgt.«

Es hatte wie eine Warnung klingen sollen, und normalerweise hätte Jim Tile sich über Max' Überheblichkeit amüsiert. Aber er tat ihm leid wegen der schlechten Nachricht, die er für ihn hatte.

»Nach dem heutigen Tag«, sagte er, »sieht sie den Gouverneur nie wieder.«

»Dann – «

»Ich glaube, Sie haben etwas durcheinandergebracht«, sagte der Trooper. »Es ist der junge Mann mit den Schädeln, in den sie sich verliebt hat.«

»Mein Gott.« Max Lamb schüttelte sich entsetzt.

Als Jim Tile wegfuhr, konnte er ihn im Rückspiegel beobachten – er stampfte im Regen über den Parkplatz, rannte durch die Pfützen und flatterte dabei wie eine riesige leuchtfarbene Fledermaus.

Sie waren knapp zwei Kilometer von der Straße entfernt, als Augustine auf dem Pfad erschien. Bonnie rannte zu ihm. Sie umarmten sich noch immer, als Skink verkündete, er kehre ins Lager zurück.

Augustine ging mit Bonnie zum Bach. Er fand ein trockenes Fleckchen am Ufer, und sie setzten sich. Sie sah, daß er ein Taschenbuch aus dem Krankenwagen mitgenommen hatte.

»Oh, du willst mir ein Sonett vorlesen!« Sie legte beide Hände auf die Brust und schloß verträumt die Augen.

»Sei kein Klugscheißer«, sagte Augustine und fuhr ihr mit der Hand durchs Haar. »Erinnerst du dich noch an das erste Mal, als dein Mann nach der Entführung angerufen hat – die Nachricht, die er auf dem Anrufbeantworter hinterlassen hat?«

Bonnie betrachtete es nicht mehr als Entführung, aber sie nahm an, daß es doch eine gewesen war. Rein technisch betrachtet.

Augustine sagte: »Der Gouverneur hat ihn am Telefon etwas vorlesen lassen. Nun, ich hab's gefunden.« Er zeigte auf den Titel auf dem Buchrücken. *Wendekreis des Krebses* von Henry Miller.

»Hör zu«, sagte Augustine: »›Früher glaubte ich, menschlich zu sein sei das höchste Ziel, das ein Mensch sich stecken könnte, aber ich sehe jetzt, daß es dahin führte, mich zu zerstören. Heute bin ich stolz darauf zu sagen, daß ich *unmenschlich* bin, daß ich nicht zu Menschen und Regierungen gehöre, daß ich nichts mit Glaubensbekenntnissen und Grundsätzen zu tun habe. Ich habe nichts mit der knarrenden Maschinerie der Humanität zu tun – ich gehöre der Erde! Ich sage das auf meinem Kopfkissen liegend und kann die Hörner aus meinen Schläfen sprossen fühlen.‹«

Er reichte Bonnie den Roman. Sie sah, daß Skink die Stelle rot unterstrichen hatte.

»Das ist er, tatsächlich.«

»Oder ich«, sagte Augustine. »An manchen Tagen.«

Der Himmel verfärbte sich purpurn. Über ihnen zog eine Schar Truthahngeier im auffrischenden Wind dahin. In der Ferne erklang das dumpfe Rumpeln von Donner. Augustine fragte Bonnie, was Max nun täte.

»Er fliegt allein zurück«, sagte sie. »Weißt du, mir ist der Gedanke gekommen, daß ich dabei bin durchzudrehen.« Sie holte ihren Trauring hervor. Augustine vermutete, daß sie ihn sich entweder an den Finger stecken oder ihn in den Bach werfen wollte.

»Tu's nicht«, sagte er und meinte damit beide Möglichkeiten.

»Ich schicke ihm den Ring zurück. Ich weiß nicht, was ich sonst tun soll.« Ihre Stimme klang leise und traurig. Rasch steckte sie den Ring wieder weg.

»Was hast du jetzt vor?« fragte Augustine.

»Ich möchte eine Weile bei dir sein. Einverstanden?«

»Aber klar.«

Bonnies Gesicht hellte sich auf. »Und was ist mit dir, der du nur im Heute lebst?«

»Es wird dich freuen zu erfahren, daß ich einen Plan habe.«

»Das ist schwer zu glauben.«

»Tatsächlich«, sagte er. »Ich werde Onkel Felix' Farm, oder das, was davon noch übrig ist, verkaufen. Und auch mein Haus.

Dann suche ich mir einen Ort wie diesen hier und fange ganz von vorne an. Irgendwo am Rand der Welt. Immer noch interessiert?«

»Ich weiß nicht. Gibt es dort Kabelfernsehen?«

»Nein.«

»Klapperschlangen?«

»Möglicherweise.«

»Junge, Junge. Das ist wirklich das Ende der Welt.« Bonnie tat so, als ließe sie sich den Vorschlag durch den Kopf gehen.

Er sagte: »Schon mal was von den Ten Thousand Islands gehört?«

»Hat jemand sie alle gezählt?«

»Nein, Liebling. Dazu bräuchte man ein ganzes Menschenleben.«

»Ist das dein Plan?« fragte sie.

Augustine kannte sich mit dem grundlegenden Dilemma bei der Partnerwahl bestens aus. Sie entschied gerade, ob sie einen Anker oder ein Segel haben wollte. Er sagte: »Es gibt dort eine Stadt namens Chokoloskee. Es ist möglich, daß du sie haßt.«

»Quatsch. Bleib mal hier.« Bonnie sprang auf.

»Wohin willst du?«

»Zurück zum Lager, um etwas Lyrik zu holen.«

»Setz dich. Ich bin noch nicht fertig.«

Sie stieß seinen Arm weg. »Du hast mir etwas vorgelesen, jetzt werde ich dir etwas vorlesen.«

Was Bonnie im Sinn hatte, als sie über den Pfad rannte, war Whitman. Irgendwo in dem verrosteten Krankenwagen lag eine Hardcoverausgabe von »Song of Myself« herum, ein Gedicht, das sie schon seit der High-School innig liebte. Vor allem eine Zeile – »Vergebens verkriecht sich das Mammut unter sein eigenes zerstäubtes Gebein« – erinnerte sie an Skink.

Als sie ins Lager kam, sah sie ihn regungslos auf der Erde liegen. Snapper beugte sich über ihn und gab kehlige Knurrlaute von sich. Er schien rasend vor Wut zu sein. In einer Hand hielt er ein Stück verkohltes Holz, das Bonnie als Wanderfackel des Gouverneurs wiedererkannte.

Sie blieb stocksteif stehen, ballte die Fäuste. Snapper hatte einen verzerrten Ausdruck im Gesicht, der durch die rote und chromglänzende Stange in seiner Mundhöhle nicht weniger boshaft gemacht wurde. Er ahnte nicht, daß Bonnie ihn vom Waldrand aus beobachtete. Er ließ die Fackel fallen, raffte den Koffer an sich und rannte los.

Blindlings folgte sie ihm.

31. KAPITEL

Snapper war von einem kalten Nieselregen geweckt worden. Im Lager war es still. Der einäugige Verrückte schlief. Er lag in seiner schmutzigen Armeekluft unter einem Baum. Von Edie Marsh oder dem Scharfschützen oder der seltsamen Braut, die sich im Jeep mit Limonade geduscht hatte, war nichts zu sehen.

Langsam richtete Snapper sich auf. Seine Augen waren verklebt, und sein Mund war aschetrocken. Ein schwarzer Dreckklumpen klebte in einer Augenbraue. Zum x-ten Mal versuchte er erfolglos, den Riegel aus seinem Mund zu reißen. Die Schmerzen waren furchtbar, als ob die Knochen seines Gesichts derart angespannt wären, daß sie jeden Moment zerspringen könnten. Er war dafür dankbar, daß er sich nicht selbst sehen konnte. Er sah sicherlich aus wie ein beschissener Zirkusfreak. Der Mann mit dem Müllschluckermund. Spießer stellten sich an, um ihm Gummibälle in den Rachen zu werfen.

Herrgott im Himmel, dachte er, ich muß den Kopf klarbekommen.

Auf der Erde lag der Koffer mit dem Geld, offen, wo Skink ihn liegengelassen hatte. Der Geruch erinnerte Snapper nachhaltig daran, daß es doch kein Alptraum gewesen war. Das Arschloch hatte tatsächlich auf vierundneunzigtausend absolut gute US-Dollar gepißt.

Snapper überprüfte seine Beine. Erst das rechte, dann das linke, dann beide zusammen. Als nächstes ballte er die Fäuste und beugte die Arme. So weit, so gut. Die Wirkung des zweiten Betäubungspfeils hatte sich endlich verflüchtigt.

Er kämpfte sich auf die Füße. Behutsam machte er einen Schritt in Richtung Geld. Dann einen zweiten. Die Eisenstange in seinem Mund war derart sperrig und schwer, daß er beinahe das Gleichgewicht verlor und nach vorne stolperte. Er versuchte den Atem anzuhalten, während er den Koffer schloß, aber der Gestank war durchdringend. Snapper fand den Wasserkrug und kippte sich den Inhalt in den Rachen. Das Gluckern weckte den schlafenden Irren nicht.

Snapper erblickte eine handliche Waffe – ein Stück Holz, am Ende verkohlt.

Der große Trottel mußte ihn kommen gehört haben, denn er versuchte sich wegzurollen, als Snapper ausholte. Der Schlag erwischte den Mann an der Schulter anstatt am Kopf, aber Snapper hörte Knochen brechen. Er wußte, daß es weh tat.

»Ahhheeegggnnnn!« krächzte er und schlug wieder und wieder zu, bis der Scheißkerl sich nicht mehr bewegte, liegenblieb und ein leises Zischen von sich gab wie ein Autoreifen mit einem Loch

Bonnie war für ihre Größe schon immer ziemlich rauflustig gewesen. In der Junior High hatte sie einen Jungen verfolgt, der in der Kantine der Schule ihren Rock hochgehoben hatte. Der Name des Jungen war Eric Schultz. Er war fast einen Meter achtzig groß, hatte eine große Klappe und war der Star der Basketballmannschaft. Er war etwa achtzig Pfund schwerer als Bonnie. Als er weglaufen wollte, sprang sie ihn an und brachte ihn zu Fall. Sie hielt ihn auf dem Fußboden fest und rammte ihm das Knie in die Hoden. Eric Schultz fiel für die erste und zweite

Runde der Basketball-Playoffs aus. Bonnie Brooks durfte drei Tage nicht die Schule betreten. Ihr Vater sagte, das sei die Sache wert, er sei stolz auf sie. Bonnies Mutter sagte, sie habe überzogen reagiert, denn dieser Eric habe schon zweimal die achte Klasse wiederholt. Bonnies Mutter sagte, das, was er Bonnie getan hätte, habe er wahrscheinlich nur deshalb getan, weil er es nicht besser wüßte. *»Jetzt weiß er es«*, hatte Bonnie erwidert. Sie war sich mit ihrem Vater einig. Dummheit war ein überstrapazierter Entschuldigungsgrund.

Mit seinem lädierten Knie war Snapper leicht einzuholen. Sein Tempo wurde außerdem durch das sperrige Gerät in seinem Gesicht, das sich in Zweigen und Ästen verfing, erheblich gedrosselt. Er ging in der gleichen Haltung wie Eric Schultz zu Boden – alle viere von sich gestreckt und mit dem Gesicht nach unten. Es dauerte nur einen kurzen Moment, bis Snapper erkannte, daß es eine Frau war, die an seinen Schultern hing, und noch nicht mal eine besonders große. Die lässige Art und Weise, in der er sie abschüttelte, machte Bonnie klar, daß ihre Handkantenschläge wirkungslos waren. Im Gegensatz zum jungen Eric Schultz hatte Lester Maddox Parsons im Gefängnis gesessen, wo er eine Menge über die schmutzige Art zu kämpfen gelernt hatte. Er hatte nicht vor zuzulassen, daß ein hundert Pfund schweres Mädchen ihm in die Kronjuwelen trat.

Mit beiden Armen schwang er den Koffer des Franzosen und schleuderte Bonnie seitlich gegen den knorrigen Stamm einer alten Sykomore. Sie landete auf dem Rücken und schlug wild um sich. Die rote Stahlstange vor Snappers Wangen bremste ihre besten Schläge. Er hielt schnell ihre Handgelenke fest, aber sie hörte erst auf sich zu wehren, als er ihr ein Knie gegen das Schambein rammte.

Unter dem erdrückenden Gewicht seines Oberkörpers verlor sie für kurze Zeit die Geier und die heraufziehenden Wolken aus den Augen. Der nächste Anblick war eine glänzende, rosige, mit Fisteln übersäte Höhle – sein Mund, aufgerissen wie zu einem ewigen Schrei. Er keuchte vor Anstrengung, stieß einen heißen, stinkenden Luftschwall nach dem anderen aus. Bonnie wollte sich übergeben. Etwas Feuchtes und Wurmartiges kam auf dem Grübchen in ihrem Kinn zur Ruhe.

Eine Lippe.

Sie nahm sie zwischen die Zähne und biß fest zu. Snapper jaulte auf und wich zurück. Eine halbe Sekunde später wurde Bonnie von einem heftigen Hieb gegen ihre Schläfe betäubt. Der Riegel. Das Schwein versuchte sie damit zu schlagen und tat das mit hektischen, von einem Schnauben begleiteten Schwenkbewegungen seines Kopfs. Sie konnte sich nicht davor schützen. Snapper ließ ihre Arme nicht los, denn er brauchte seine eigenen nicht für diese Attacke. Sein Schädel übernahm die ganze Arbeit. Bonnie wurde von einem weiteren weißglühenden Schmerz gelähmt. Sie schloß die Augen, damit sie nicht das aufklaffende nasse Loch von einem Gesicht sehen mußte. Sie machte sich ganz schlaff und dachte, daß eine Ohnmacht jetzt das einzig Wahre wäre.

Snapper kam sich vor wie ein wilder Stier in der Arena, der seine Gegner beherrscht und sie nach Gutdünken auf die Hörner nimmt. Die Schnalle war unter ihm hilflos und rührte sich kaum. Er hielt inne, um zu Atem zu kommen, Blut zu spucken und sich dazu zu gratulieren, daß er ein solches Handikap in eine wirkungsvolle Kampfwaffe umfunktioniert hatte. Der Cop in dem Werbespot im Fernsehen hatte recht: Der Riegel war unzerstörbar! Trotz dem stechenden Schmerz in seiner Lippe und dem Brennen in seinem Knie und dem elektrisierenden Pulsieren in seinem Kiefergelenk fühlte Snapper sich eigentlich nicht übel. Sein Stolz überwog den Schmerz. Ganz gewiß hatte er sich jetzt ein Anrecht auf das Hurrikangeld des Franzosen verdient.

In diesem Moment bewegte sich eine Hand zwischen seinen Beinen. Ganz sacht, wie ein Sperling auf einem Zweig.

»Nnnngggguuuhhh!«

Die Schnalle packte zu. Snapper schrie. Er warf den Kopf

nach vorne und versuchte sie mit dem schweren Ende des Riegels zu treffen. Dann begriff er, daß es gar nicht die Frau sein konnte, die seine Eier quetschte, weil er ihre beiden Handgelenke auf dem Erdboden festnagelte. Sie bewegte keinen Muskel. Es mußte jemand anders sein.

Dann, aus einiger Entfernung, hörte er eine Stimme. »Nein! Tu's nicht.«

Er versuchte, still liegenzubleiben. Versuchte zu atmen, ohne zu wimmern. Versuchte sich zu drehen, um nachzusehen, wer zum Teufel mindestens eine (möglicherweise beide) seiner Klöten zwischen den Fingern hatte.

Erneut die Stimme, diesmal näher. »Tu's nicht! Nein!«

Der einäugige Irre rief es.

Wen meint er? fragte Snapper sich. *Was* soll er nicht tun?

Dann ging die Pistole an seinem Kopf los, und er wußte es.

Zu seiner Überraschung fand Max Lamb auf dem Beifahrersitz seines Mietwagens eine schlafende Frau vor. Er erkannte sie als die Frau, die der State Trooper früher am Nachmittag auf dem Parkplatz abgesetzt hatte.

Sie richtete sich auf, strich sich das braune Haar aus den Augen. »Es hat geregnet. Ich wußte nicht, wo ich hin sollte.«

Kein bißchen schüchtern.

»Das ist schon okay«, sagte Max. Er schlängelte sich aus dem Leuchtfarbenponcho und warf ihn nach hinten auf den Rücksitz.

»Ich heiße Edie.« Sie streckte ihm die Hand entgegen.

Er ergriff sie gezwungen. Sie hatte einen kräftigen Händedruck.

»Ich bin Max«, sagte er. Dann hörte er sich sagen: »Soll ich Sie nach Miami mitnehmen?«

Edie Marsh nickte dankbar. Darauf hatte sie gezählt. Auf die eine oder andere Art kehrten am Ende alle Mietwagen nach Miami zurück.

Sie sagte: »Ich hätte es ja mit Trampen versucht, aber es hat geblitzt.«

»Ja, ich habe das Gewitter gehört.«

Irgendwie verfehlte Max die Auffahrt zum Turnpike. Es war nicht leicht, aber er schaffte es. Edie beklagte sich nicht. Eine Mitfahrgelegenheit war nun mal eine Mitfahrgelegenheit. Außerdem führten sowieso alle Straßen in die gleiche Richtung.

»Woher kommen Sie, Max?« Er sah völlig harmlos aus, aber sie wollte trotzdem, daß er redete. Stilles Vor-sich-Hinbrüten machte sie nervös und gereizt.

»Aus New York. Ich arbeite in der Werbung.«

»Kein Scherz?«

Und schon legte er los. Während der nächsten Stunde erfuhr Edie eine ganze Menge über die Madison Avenue. Max war völlig begeistert, als er erfuhr, daß sie auf Plum Crunchies ganz versessen gewesen war. Und sie erinnerte sich sogar an seinen Slogan, Wort für Wort!

»Welche andern haben Sie geschrieben?« fragte sie gespannt.

Max wollte ihr schon den Intimate-Mist-Slogan verraten, überlegte es sich jedoch anders. Nicht jeder fühlte sich wohl, wenn von Intimspray die Rede war.

»Bronco-Zigaretten«, sagte er statt dessen.

»Wirklich?«

»Apropos, haben Sie etwas dagegen, wenn ich rauche?«

»Ganz und gar nicht«, sagte Edie Marsh.

Er bot ihr eine Mentholzigarette an. Sie lehnte höflich ab. Als Rauch das Wageninnere zu füllen begann, drehte sie ihr Fenster nach unten und gab sich alle Mühe, sich nicht die Seele aus dem Leib zu husten. »Wann fahren Sie nach New York zurück?«

»Morgen«, sagte Max. Er wurde wieder still.

»Wenn Sie es mir sagen, sage ich es Ihnen auch«, meinte Edie.

Max sah sie irritiert an.

»Sie wissen schon – was wir mit diesem Cop zu tun hatten. Ich kam, und Sie gingen.«

»Oh.« Nach einer Pause. »Ich bin nicht in Schwierigkeiten, wenn es das ist, was Sie meinen.«

»Ich hatte schon vermutet, daß Sie nicht Ted Bundy sind«, bemerkte sie trocken.

Diese Augen, dachte Max. Was für eine interessante Frau! Er hatte Grund anzunehmen, daß sie sich ihrer Wirkung bewußt war.

Er sagte: »Wie wäre es damit: Wenn Sie es mir nicht erzählen, dann erzähle ich es Ihnen auch nicht. Vorbei ist vorbei.«

»Das gefällt mir.«

»Einigen wir uns darauf, daß wir beide einen schlechten Tag hatten.«

»Und wie schlecht!«

In South Dade gerieten sie in dichten Verkehr, wo der Sturm aufs Festland getroffen war und alles weggefegt hatte. Edie Marsh hatte die Zerstörung am Tag nach dem Hurrikan gesehen, aber jetzt kam ihr alles noch viel schlimmer vor. Sie stellte zu ihrer Überraschung fest, daß sie gegen Tränen ankämpfte.

Völlig unvermittelt sagte Max: »Hey, ich wette, ich kann raten, was für einen Wagen Sie fahren.« Offensichtlich versuchte er, sie von dem, was sie sahen, abzulenken: zwei unrasierte Männer, die sich an einer Straßenecke um einen Fünf-Gallonen-Kanister Trinkwasser stritten. Ihre Kinder und Frauen sahen ängstlich vom Bürgersteig aus zu.

»Ernsthaft«, sagte Max. »Ich habe ein besonderes Talent, Leuten anzusehen, welchen Wagen sie fahren.«

»Und worauf ist das begründet?«

»Ich glaube, man kann es Intuition nennen.«

Edie nickte. »Okay, dann versuchen Sie es mal.«

Max betrachtete sie eingehend von oben bis unten, als wollte er ihr Körpergewicht schätzen. »Nissan 300?«

»Nein.«

»A 280Z?«

»Versuchen Sie es mal mit einem Acclaim.«

Er zuckte enttäuscht die Achseln. »Ich hätte angenommen, Sie fahren einen importierten Sportwagen.«

»Nun, ich fühle mich geschmeichelt«, sagte Edie und lächelte.

In Max' albernem Spiel steckte eine brutale Wahrheit. Verfügbare Kennedys und sogar Söhne von amtierenden Präsidenten hielten für gewöhnlich keine Frauen in 1987er Plymouths an.

Später, als Max die Ausfahrt vom Turnpike fand und in Richtung Innenstadt fuhr, fragte er: »Wo kann ich Sie absetzen?«

»Das muß ich mir noch überlegen«, sagte Edie Marsh.

»Captain, haben Sie einen Spiegel?«

»Nein.«

»Gut«, sagte Bonnie.

Sie spürte eine wunde Beule auf der Stirn und eine andere auf einem Wangenknochen. Augustine versicherte ihr, daß sie nicht so schlimm aussah, wie sie annahm. »Aber du könntest ein wenig Eis vertragen.«

»Später.« Sie betrachtete Skink. »Ich kenne jemanden, der schnellstens in ein Krankenhaus gehen sollte.«

»Nein«, sagte der Gouverneur.

»Augustine meint, Ihr Schlüsselbein sei gebrochen.«

»Ich glaube, da hat er recht.«

»Und mehrere Rippen.«

»Ich sollte Sie Schwester Nightingale nennen.«

»Weshalb sind Sie so stur?«

»Ich kenne einen Arzt in Tavernier.«

»Und wie wollen Sie dorthin kommen?«

»Im aufrechten Gang«, erwiderte Skink. »Das ist eine der wenigen positiven Fähigkeiten unserer Rasse.«

Bonnie sagte, er solle nicht so albern sein. »Sie haben furchtbare Schmerzen, das sehe ich doch.«

»Die ganze Welt leidet Schmerzen, Mädchen.«

Sie schaute Augustine flehend an. »Bring ihn bitte zur Vernunft.«

»Er ist ein erwachsener Mann, Bonnie. Und jetzt halt mal still.«

Er säuberte ihr Gesicht mit seinem Hemd, das er ausgezogen und in den Bach getaucht hatte. Skink hockte auf einem Baumstamm und hatte die Arme vor der Brust verschränkt. Kurz vorher hatten sie miterlebt, wie er ein Dutzend Anacin-Tabletten aus einer Plastikflasche geschluckt hatte, die er unter der Plane hervorgeholt hatte. Bonnie schluckte kühn drei Tabletten.

Snapper wurde nichts dergleichen angeboten. Er war mit einer verrosteten Abschleppkette an eine Sykomore gefesselt worden. Er war beschmiert mit nassem Laub, Matsch und getrocknetem Blut. Sein billiger Anzug war schmutzig und stellenweise zerrissen. Während des Kampfs hatte Augustine ihn gezwungen, mit seinem Unterkiefer eine kleine Rinne zu graben, daher war sein Mund voll kleiner Steine und lockerer Erde wie ein Pflanzbeet. Außerdem fehlte ihm ein Ohrläppchen, das Augustine ihm aus nächster Nähe abgeschossen hatte. Es war Snapper völlig unbegreiflich, daß eine so harmlose Wunde derart quälende Schmerzen verursachen konnte.

»Ich dachte schon, Sie wollten ihn umbringen«, sagte Skink zu Augustine.

»Es war verlockend.«

»Meine Methode ist besser.«

»Nach dem, was er Jims Freundin angetan hat?«

»Ja. Sogar unter diesem Aspekt.« Der Gouverneur senkte den Kopf. Er hatte Schmerzen.

Augustine war ausgelaugt. Das Adrenalin hatte sich verflüchtigt. Er dachte nicht mehr daran, Snapper zu töten, und hatte Zweifel, daß er dazu überhaupt fähig war. Vor einer Stunde schon. Aber nicht jetzt. Es war vermutlich ein geeigneter Augenblick, um sich zu verabschieden.

Bonnie studierte seinen Gesichtsausdruck, während er ihre Wangen und ihre Stirn abtupfte. »Geht's dir gut?« fragte sie.

»Ich weiß nicht. So wie er dich zugerichtet hat – «

»Hey, ich hab's doch darauf angelegt.«

»Aber du wärst nicht hier draußen, wenn ich nicht wäre.«

Spielerisch rammte sie ihm einen Finger in die Seite. »Was macht dich so sicher? Vielleicht bin ich wegen *ihm* hier.«

Skink grinste, schaute aber nicht hoch. Auch Augustine mußte lachen. Deshalb sind wir beide hier, dachte er. Wegen ihm.

»Ist es unhöflich«, sagte Bonnie zu Skink, »wenn ich Sie frage, was Sie mit dem Geld vorhaben?«

Sein Kinn kam von seiner Brust hoch. »Ach, das!« Mit schmerzverzerrtem Gesicht erhob er sich von dem Baumstamm. »Lester, bist du wach? Lester!«

»Ghhhnungggh.«

Der Gouverneur schob mit dem Fuß den Koffer des Franzosen über die Lichtung hinüber zu der Sykomore, wo er mit einem Tritt die Schlösser aufschnappen ließ. Snapper betrachtete die Geldstapel mit einer Mischung aus unverhohlener Gier und Zweifel. Er fragte sich, was für eine perverse Nummer sich dieser Scheißkerl jetzt ausgedacht hatte.

Nur die oberen Scheine waren feucht. Skink wischte sie mit den Händen beiseite. Bonnie und Augustine kamen zu ihm herüber.

Der Gouverneur deutete auf den Kofferinhalt. »Wollt ihr etwas davon haben?« fragte er. Sie schüttelten die Köpfe.

»Ich auch nicht«, murmelte er. »Das ist nur zusätzlicher Ballast, den man mitschleppen muß.« Er wandte sich an Snapper. »Chief, ich bin sicher, in deinem armseligen Leben hat es irgendwann Zeiten gegeben, in denen dir vierundneunzig Riesen willkommen gewesen wären. Glaub mir, wenn ich dir sage, daß diese Zeiten vorbei sind.«

Skink holte ein Streichholzbriefchen aus der Tasche. Er bat

Bonnie und Augustine, ihm die Ehre zu erweisen. Snapper spuckte Dreck und stemmte sich unermüdlich gegen die Kette.

Das Geld verströmte einen würzigen, süßen Geruch, als es brannte.

Später löste er die Abschleppkette, die Snapper an den Baum gefesselt hatte. Flehend deutete Snapper auf die rote Sperre in seinem Mund. Skink schüttelte den Kopf.

»Es geht folgendermaßen weiter, Lester. Wenn ich zurückkomme, solltest du nicht mehr hier sein. Laß mein Lager in Ruhe, laß die Finger von meinen Büchern. Es wird bald wieder regnen, also leg dich auf den Rücken und trink soviel du kannst. Du wirst es brauchen.«

Snapper gab keine Antwort. Augustine trat zu ihm. Er holte die .38er Special hervor und sagte: »Wenn du versuchst, uns zu folgen, blase ich dir den Schädel weg.«

Bonnie erschauerte. Der Gouverneur holte ein paar Gegenstände unter der Plane hervor und packte sie in einen Rucksack. Dann zündete er die Fackel an und führte die anderen in den Wald.

Snapper hatte nicht den geringsten Wunsch, ihnen zu folgen. Er war froh, daß diese verrückten Ärsche endlich weg waren. Ein Windstoß fuhr in die Glut zu seinen Füßen und wehte ein paar Ascheflocken in seinen Schoß. Er wühlte mit den Händen in der Asche herum, hielt sich eine Handvoll an die Nase. Es roch nicht einmal mehr nach Geld.

Später erwachte er vom heftigen Rascheln im Laub. Der Regen hatte eingesetzt. Snapper befolgte den Rat des Mannes. Er trank soviel davon wie möglich.

Bei Tagesanbruch startete er zu seinem Marsch.

Sie suchten sich einen neuen Pfad durch den Wald. Bonnie machte sich Sorgen, daß Snapper vielleicht doch einen Weg aus dieser Wildnis fand. »Aber nicht durch einen See«, sagte Skink.

Sie hakte ihre Finger hinter Augustines Gürtel, als sie schwimmen mußten. Der Gouverneur hielt die Fackel, die Schuhe und den Rucksack über den Kopf, damit nichts davon naß wurde. Augustine war erstaunt, wie gut der Mann mit einem gebrochenen Schlüsselbein schwimmen konnte. Die Überquerung dauerte weniger als eine Viertelstunde, obgleich es Bonnie wie eine Ewigkeit vorkam. Sie konnte sich nicht mit dem Gedanken beruhigen, daß Krokodile das Licht der Fackel scheuten.

Anschließend ruhten sie sich am Ufer aus. Skink schlüpfte in seine schnürsenkellosen Schuhe. »Wenn er hier rauskommt, dann hat er die Freiheit verdient.«

Augustine schüttelte den Kopf. »Aber das wird er nicht.«

»Nein, er wählt den falschen Weg. Das liegt in seiner Natur.«

Dann ging Skink wieder los, eine orangefarbene Flamme, die sich vor ihnen zwischen den Bäumen hindurch bewegte. Bonnie, die sich anstrengen mußte, das Tempo mitzuhalten, sagte: »Irgend etwas wird ihn erwischen. Ein Panther oder so was.«

Augustine sagte: »Nichts so Exotisches, Mrs. Lamb.«

»Was dann?«

»Die Zeit. Die Zeit bringt ihn zur Strecke.«

»Genau!« dröhnte der Gouverneur. »Das ist der Kreislauf des Lebens. Für Lester haben wir diesen traurigen Weg lediglich ein wenig beschleunigt. Heute sind wir die Gesandten Darwins.«

Bonnie beschleunigte ihre Schritte. Sie war glücklich, mit ihnen zusammenzusein, hier draußen mitten im Nirgendwo. Ein Stück voraus auf dem Pfad sang Skink leise vor sich. Sie nahm an, daß er spürte, wie ihm die Hörner aus den Schläfen sprossen.

Zwei Stunden später ließen sie den Wald hinter sich. Eine heftige Windbö begrüßte sie.

»O Bruder«, sagte Augustine, »gleich ist es soweit.«

Grimassierend nahm Skink den Rucksack vom Rücken. »Das ist für euren Marsch.«

»So weit ist es nicht.«

»Nehmt ihn, für alle Fälle.«

Bonnie starrte ihn an. »Mein Gott, Ihr Auge.«

Ein kleiner Zweig mit Holunderbeeren schmückte die leere, faltige Höhle. Der Gouverneur tastete sie ab. »Verdammt. Wahrscheinlich ist es rausgefallen.«

Bonnie konnte ihn kaum anschauen.

»Es ist nicht schlimm«, beruhigte er sie. »Ich habe irgendwo noch einen ganzen Karton Ersatzaugen.«

Sie sagte: »Seien Sie nicht so dumm. Kommen Sie mit uns zum Festland.«

»Nein!«

Eine schlammgraue Regenwand rauschte über die Straße auf sie zu. Bonnie schüttelte sich, als sie über ihnen war. Skink beugte sich zu Augustine herab. »Lassen Sie sich mindestens drei Monate Zeit.«

»Bestimmt.«

»Für was?« fragte Bonnie.

»Ehe ich versuche, diesen Ort wiederzufinden«, sagte Augustine.

»Weshalb willst du zurück?«

»Rein wissenschaftlich«, sagte Augustine.

»Nostalgie«, sagte der Gouverneur.

Der Schauer löschte die Fackel, die er in einen Busch roter Mangroven steckte. Er schob sein Haar unter die Plastikduschhaube und verabschiedete sich. Bonnie gab ihm einen Kuß aufs Kinn und bat ihn, vorsichtig zu sein. Augustine salutierte scherzhaft.

Für eine Weile konnten sie seine große Gestalt beobachten, wie sie nach Süden wanderte, beleuchtet vom violetten Flackern vereinzelter Blitze. Dann war er verschwunden. Das Wetter bedeckte ihn wie ein Leichentuch.

Sie wandten sich um und gingen in die andere Richtung.

Augustine legte auf dem Asphalt einen zügigen Schritt vor, so daß der Rucksack auf seinen nackten Schultern tanzte.

»Hey, die Narbe sieht aber gut aus«, sagte Bonnie.

»Magst du sie noch immer?«

»Ein Prachtstück.« Sie konnte sie deutlich sehen, sobald ein Blitz die Umgebung erhellte. »Mit einem Korkenzieher unter der Dusche – das war kein Scherz, oder?«

»Gott, ich wünschte, es wäre einer«, sagte Augustine.

Sie hörten hinter sich einen Wagen. Während er sich näherte, verlängerten die Scheinwerferstrahlen ihre Schatten auf dem Asphalt. Augustine fragte Bonnie, ob sie mitgenommen werden wolle. Sie verneinte. Sie verließen die Fahrbahn, um den Wagen vorbeizulassen.

Nach kurzer Zeit erreichten sie die hohe Brücke über den Card Sound. Augustine sagte, es sei Zeit für eine Rast. Er öffnete den Rucksack, um nachzusehen, was der Gouverneur für sie eingepackt hatte. Eine Rolle Seil, zwei Messer, vier Halstücher, eine Tube Wundsalbe, ein wasserdichtes Päckchen Streichhölzer, eine Flasche Trinkwasser, Chlortabletten, ein paar Orangen, einen Stift Insektenabwehrmittel, vier Dosen Linsensuppe und eine Dose unidentifizierbaren Trockenfleisches.

Augustine und Bonne teilten sich das Wasser, dann gingen sie die Brücke hoch.

Der Regen stach wie Nadeln auf Bonnies Blutergüsse ein, während sie die lange Auffahrt hinaufstapfte. Sie schmeckte das Salzwasser im Wind und schämte sich nicht, Augustines rechten Arm zu ergreifen – die Böen waren so stark, daß sie sie beinahe von den Füßen rissen.

»Vielleicht ist es ein neuer Hurrikan!«

»Wohl kaum«, erwiderte er.

Auf dem Scheitelpunkt der Brücke hielten sie an. Augustine schleuderte die Pistole so weit weg wie möglich. Bonnie blickte über das Betongeländer, um zu sehen, wie sie auf die Wasserfläche auftraf, eine lautlose Punktierung. Augustine legte seine Hände um ihre Taille und hielt sie fest. Das Gefühl, das sie dabei empfand, gefiel ihr, das Vertrauen, das dabei mitspielte.

Tief unten war die Bucht gischtgekrönt und aufgewühlt, ein trügerisch anderer Ort als bei Bonnies erstem Besuch. Dies war keine Nacht für Tümmler.

Sie zog Augustine an sich und küßte ihn lange. Dann drehte sie ihn um und kramte im Rucksack herum.

»Was tust du?« brüllte er seine Frage, um das Rauschen des Regens zu übertönen.

»Psst.«

Als er sich wieder zu ihr umdrehte, leuchteten ihre Augen. In den Händen hielt sie die Seilrolle.

»Binde mich an die Brücke«, sagte sie.

EPILOG

Die Ehe von BONNIE BROOKS und MAX LAMB wurde diskret von einem Richter annulliert, der zufälligerweise ein Skikumpan von Max Lambs Vater war. Max kehrte zu Rodale & Burns zurück und steckte seine ganze Energie in eine neue Werbekampagne für Old Faithful Root Beer. Unterstützt durch Max' schlichten Slogan, meldete die Firma schon bald eine vierundzwanzigprozentige Umsatzsteigerung. Max wurde in den sechsten Stock befördert und erhielt einen Achtzehn-Millionen-Dollar-Etat für ein fettarmes Malzgetränk namens Steed.

Ende des Jahres gaben MAX und EDIE MARSH ihre Verlobung bekannt. Sie bezogen eine Wohnung auf der Upper West Side von Manhattan, wo Edie in Wohltätigkeitseinrichtungen aktiv mitarbeitete. Zwei Jahre nach dem Hurrikan, während des Besuchs eines Kenny-G-Konzerts zur Unterstützung der Opfer eines Bergrutschs in Kolumbien, traf Edie denselben jungen Kennedy wieder, den sie vor so langer Zeit erfolglos zu verführen versucht hatte. Sie war gelinde überrascht, als er, während er sie begrüßte, seine Zungenspitze in ihr Ohr bohrte. Max meinte, sie habe sich das bestimmt nur eingebildet.

BRENDA ROURKE erholte sich vollständig von ihren Verletzungen und kehrte zur Highway Patrol zurück. Sie beantragte ihr Versetzung nach Nord-Florida, die ihr auch bewilligt wurde. Dort bauten sie und JIM TILE sich ein kleines Haus am Ochlockonee River. Zu Weihnachten schenkte er ihr eine gravierte Goldkopie des Traurings ihrer Mutter und zwei ausgewachsene Rottweiler aus Stuttgart.

Nachdem er vor Islamorada aus dem Meer gefischt worden

war, wurde AVILA nach Krome in die dortige Haftanstalt gebracht und als »Juan Gómez Duran« registriert, ein Floßflüchtling aus Havanna, der um politisches Asyl bat. Er wurde neun Tage lang in Krome festgehalten, bis eine in spanischer Sprache sendende Rundfunkstation sich für seine Entlassung einsetzte. Als Gegenleistung erklärte der tapfere »Señor Gómez« sich bereit, die Einzelheiten seiner Abenteuer auf hoher See den Radiohörern zu schildern, die von seiner herzzerreißenden Geschichte tief bewegt waren, allerdings ein wenig irritiert auf seine äußerst ungenauen Kenntnisse der kubanischen Geographie reagierten. Anschließend packte Avila seine Habseligkeiten und zog nach Fort Myers an der Westküste Floridas, wo er umgehend als Kontrollbeamter der örtlichen Baugenehmigungsbehörde angestellt wurde. Während der ersten vier Wochen in seinem neuen Job inspizierte und genehmigte Avila zweihundertzwölf neue Häuser – ein Rekord für einen einzelnen Inspektor, der noch heute besteht. Neunzehn Monate nach dem Hurrikan, während er auf dem Patio seines luxuriösen neuen Hauses mit Meerblick ein Chango-Opfer vorbereitete, wurde Avila von einem wasserscheuen Kaninchen heftig in den Oberschenkel gebissen. Da er sich zu sehr schämte, um einen Arzt aufzusuchen, starb er zweiundzwanzig Tage später in seiner Hot Tub. Zu Ehren seiner kurzen, aber produktiven Tätigkeit bei der Bauaufsichtsbehörde gründete die Lee County Home Builders Association, ein Zusammenschluß örtlicher Bauunternehmer, den Juan Gómez Duran Scholarship Fund.

Ein Tag, nachdem der State Trooper auf dem Parkplatz niedergeschossen worden war, wurden erneut Sanitäter in das Paradise Palm Motel in den Florida Keys gerufen. Dieses Mal hatte ein Gast namens LEVON STICHLER einen leichten Herzinfarkt erlitten. Während der Fahrt ins nächste Krankenhaus beharrte der Mann, der offensichtlich phantasierte, darauf, im Motel von zwei energischen Prostituierten gefangengehalten worden zu sein. Ärzte im Mariners Hospital benachrichtigten

Levon Stichlers Tochter in Saint Paul, die verständlicherweise erschrak, als sie von den Halluzinationen ihres Vaters erfuhr. Nachdem sie den Telefonhörer aufgelegt hatte, informierte sie ihre Kinder, daß Großvater für einige Zeit zu Besuch käme.

Die angenagten Überreste von IRA JACKSON wurden, nachdem sie durch Röntgenaufnahmen identifiziert worden waren, während einer schlichten Zeremonie auf Staten Island verbrannt und bestattet. Mehrere Gewerkschaftsbosse schickten ebenso Blumengrüße wie der pensionierte Rechnungsprüfer des Central States Pension Fund. Drei Wochen nach dem Hurrikan wurde der afrikanische Löwe, der Ira Jackson angegriffen hatte, eingefangen, während er gerade in einem Müllcontainer hinter einer Pizza-Hut-Filiale in Perrine herumstöberte. Das betäubte Tier wurde desinfiziert, geimpft, entwurmt und auf den Namen »Peperoni« getauft. Man kann es zur Zeit in einem Zoo in West Palm Beach besichtigen.

Der Mord an TONY TORRES bleibt ungelöst, obgleich die Polizei den Verdacht hat, daß seine Frau das Verbrechen bestellt hatte, um sich in den Besitz der gesamten von Midwest Casualty gezahlten Schadenssumme zu bringen. Detectives, die NERIA TORRES in diesem Zusammenhang befragen wollten, erfuhren, daß sie nach Belize umgezogen war, sich dort eine Villa am Meer gemietet und sich mit einem expatriierten amerikanischen Angelführer zusammengetan hatte. Eine gerichtlich angeordnete Überprüfung der Bankkonten ihres verstorbenen Mannes enthüllte, daß Mrs. Torres vor Verlassen der Vereinigten Staaten 201 000 Dollar über ein einziges Konto hatte einlösen lassen. Das Haus 15600 Calusa Drive wurde nicht repariert und stand zweiundzwanzig Monate lang leer, bis es schließlich vollends abgebrochen wurde.

Fünf Wochen nach dem Hurrikan kehrte FRED DOVE nach Omaha zurück und brachte seiner Frau zwei Zwergdackel mit, die der Sturm zu Waisen gemacht hatte. Er, DENNIS REEDY und acht andere Schadenssachbearbeiter von Midwest Casualty wurden für ihre heldenhafte Tätigkeit im Florida-Krisenteam ausgezeichnet. Um ihre schnelle und entgegenkommende Bearbeitung der Hurrikanschäden publik zu machen, ließ die Firma die Männer im nationalen Fernsehen in einem Werbespot auftreten, der während des Bob Hope Christmas Special zum ersten Mal ausgestrahlt wurde. Fred Dove hoffte, daß EDIE MARSH sich nach Ausstrahlung des Werbespots bei ihm melden würde, aber er hörte nie mehr von ihr.

Mit Schadensersatzklagen von hundertsechsundachtzig Kunden konfrontiert, deren Häuser während des Hurrikans mehr oder weniger eingestürzt waren, meldete Bauunternehmer GAR WHITMARK Konkurs an und ließ seine Baufirmen unter anderen Namen wieder ihre Geschäfte aufnehmen. Er kam dreizehn Monate später bei einem Unfall auf einer Baustelle ums Leben, als die Windbö eines tropischen Sturms einen Eimer mit heißem Teer von einem Dach wehte und dieser durch die Windschutzscheibe seines Infiniti Q45 brach. Seine trauernde Witwe schwor allen Medikamenten ab und trat der Scientology Church bei, der sie das gesamte Erbe ihres verstorbenen Mannes vermachte.

Die Leiche von CLYDE NOTTAGE JR. wurde von Guadalajara nach Durham, North Carolina, geflogen, wo – auf Wunsch seiner Familie – am Medical Center der Duke-Universität eine Autopsie vorgenommen wurde. Vier Tage später verhafteten mexikanische Behördenvertreter DR. ALAN CAULK, schlossen sein Labor und deportierten ihn auf die Bahamas. Seltsamerweise wurden in der Aragon Klinik überhaupt keine Schafe gefunden.

Trotz gegenteiliger Gutachten von zwei prominenten Psychiatern überredeten Anwälte von DURHAM GAS MEAT & TOBACCO einen Richter in Raleigh, Clyde Nottage jr. für geistig unzurechnungsfähig zu erklären. Diese posthume Feststellung basierte auf entsprechenden medizinischen Beweisen, die von mexikanischen Behörden übermittelt wurden und für immer von den Gerichten North Carolinas unter Verschluß gehalten werden. Sechzig Tage nach Nottages Tod nahm DGM & T die Produktion von Bronco-Zigaretten wieder auf. Der Werbevertrag mit Rodale & Burns wurde nicht erneuert.

Elf Monate nach dem Hurrikan machte ein Biologe des U.S. Fish und Wildlife Refuge in North Key Largo einen grausigen Fund: einen deformierten menschlichen Unterkiefer. In den Kiefer gespannt war eine verstellbare Eisenstange, die gewöhnlich als Wegfahrsperre zum Schutz vor Autodiebstählen benutzt wird. Röntgenaufnahmen von den Zähnen identifizierten den Eigentümer des Unterkiefers als LESTER MADDOX PARSONS, Berufsverbrecher und verurteilter Mörder, der wegen tätlichen Angriffs auf zwei Beamte der Florida Highway Patrol gesucht wurde. Laut Aussage des Gerichtsmediziners deuten Spuren am Fundort darauf hin, daß Parsons vermutlich verhungert ist. Eine intensive Suche in der Umgebung des Fundortes förderte die restlichen Teile seines Skeletts bis auf den Schädel zutage.

AUGUSTINE HERRERA verkaufte die Tierfarm seines verstorbenen Onkels und zog zusammen mit BONNIE BROOKS nach Chokoloskee, ein Fischerdorf am Rand der Ten Thousand Islands in Florida. Dort kaufte er ein Krabbenboot und baute ein Holzhaus mit ausreichendem Platz für eine umfangreiche Bibliothek. Außerdem befindet sich in dem Haus eine Wand, an der er seine Schädelsammlung ausstellt, die mittlerweile zwanzig Exemplare umfaßt.

BONNIE BROOKS begann mit der Aquarellmalerei, mit Fahrradfahren und Naturfotografie. Ihr bemerkenswertes Bild von einem Paar weißköpfiger Seeadler, die in einer Zypresse nisten, wurde auf dem Titel einer Ausgabe des *Audubon*-Magazins veröffentlicht.

Die meisten Wildtiere, die aus FELIX MOJACKS Tierfarm während des Hurrikans hatten fliehen können, wurden wieder eingefangen oder unglücklicherweise von bewaffneten Hausbesitzern getötet. Die Ausnahme bilden ein Berglöwenweibchen, vierundvierzig seltene Vögel, mehr als dreihundert exotische Eidechsen, achtunddreißig Schlangen (giftige und ungiftige) und neunundzwanzig erwachsene Rhesusaffen, die bis auf den heutigen Tag in mehreren kleinen Guerillatrupps durch Dade County streifen.

Für ihre Sachkenntnis auf den esoterischen Fachgebieten danke ich aus ganzem Herzen meinen guten Freunden John Kipp (für die Feinheiten des Schädelsammelns), Tim Chapman (für Informationen über die Wirkung von Elektroschockhalsbändern für Hunde auf menschliche Freiwillige) und Bob Branham (für Hinweise zur Haltung und Behandlung von ungezähmten südamerikanischen Nasenbären). In tiefer Schuld stehe ich außerdem bei meinen talentierten Kollegen vom *Miami Herald*, deren Berichterstattung im Zusammenhang mit dem Hurrikan Andrew ausgesprochen reichhaltiges Material für diesen Roman lieferte.

C. H.

MARK CHILDRESS

»Childress ist ein begnadeter Fabulierer mit Umblättergarantie, ein wunderbarer Geschichtenspinner mit einem großen Herz für seine Figuren.«
stern

42308

42310

43207

GOLDMANN